СТЕФАНИ МАЙЕР

STEPHENIE MEYER

MIDNIGHT SUN

СТЕФАНИ МАЙЕР

СОЛНЦЕ ПОЛУНОЧИ

Издательство АСТ
Москва

УДК 821.111-312.9(73)
ББК 84(7Сое)-44
М14

Серия «Стефани Майер: Возвращение»

Stephenie Meyer
MIDNIGHT SUN

Cover design by Dave Caplan

Перевод с английского *У. Сапциной*

Компьютерный дизайн *В. Воронина*

Печатается с разрешения Writers House LLC
и Synopsis Literary Agency.

Майер, Стефани.

М14 Солнце полуночи : [роман] / Стефани Майер ; [перевод с английского У. Сапциной]. — Москва : Издательство АСТ, 2021. — 784 с. — (Стефани Майер: Возвращение).

ISBN 978-5-17-133952-4

Автор мировых бестселлеров № 1 Стефани Майер возвращается с новым романом о Белле Свон и Эдварде Каллене!

До сих пор поклонники саги «Сумерки» знали лишь о событиях, рассказанных Беллой.

Теперь перед вами — история их любви и приключений от лица Эдварда. И эта история поможет по-новому взглянуть на многое, произошедшее в предыдущих книгах саги.

Каким в действительности было прошлое красавца вампира?

Что довелось ему испытать и пережить за время своего нежеланного бессмертия?

Почему он, страстно влюбленный в Беллу и знающий, что любим, так отчаянно пытался с ней расстаться? И что заставило его вернуться?

И, главное, почему был с самого начала настолько уверен, что отношения с ним являются для Беллы смертельной опасностью?

В романе «Солнце полуночи» Стефани Майер вновь переносит нас в притягательный и опасный мир «Сумерек», повествуя о запретной страсти и ее драматических последствиях...

УДК 821.111-312.9(73)
ББК 84(7Сое)-44

ISBN 978-5-17-133952-4

© Stephenie Meyer, 2020
© Cover art by Roger Hagadone, 2020
© Cover by Hachette Book Group, Inc., 2020
© Перевод. У. Сапцина, 2021
© Издание на русском языке AST Publishers, 2021

Эта книга посвящена всем читателям, которые составляли такую счастливую часть моей жизни последние пятнадцать лет. Когда мы встретились впервые, многие из вас были совсем юными подростками с прекрасными блестящими глазами, полными мечтаний о будущем. Надеюсь, что за прошедшие годы вы все обрели свои мечты и что новая реальность оказалась даже лучше, чем вы ожидали.

Глава 1
Первый взгляд

То было время, когда я особенно жалел, что не сплю.

Школа.

Или вернее было бы сказать «чистилище»? Если есть искупление моим грехам, наверняка вот эти муки мне хоть как-нибудь да зачтутся. К такой скукотище я так и не привык; каждый последующий день невыносимой монотонностью превосходил предыдущий.

Пожалуй, это состояние могло бы даже считаться присущей только мне формой сна — если определять сон как бездействие между периодами активности.

Я глазел на трещины, разбегающиеся по штукатурке в дальнем углу кафетерия, и мысленно дорисовывал вокруг них узоры, которых там не было. Таков мой способ отключаться от голосов, бурлящих речным потоком у меня в голове. Несколько сотен этих голосов я игнорировал — так скучны они были.

Если уж на то пошло, всевозможных человеческих умов я уже наслушался раньше и более чем достаточно. Сегодня мысли окружающих были поглощены заурядным событием — пополнением в узком кругу учеников. Какой же малости хватило, чтобы взбудоражить их. Я видел, как новое лицо возникает во всех ракурсах в одной мысли за другой. Обычная, ничем не примечательная человеческая девушка. Ажиотаж вокруг ее появления был удручающе предсказуем: той же реакции можно добиться от малышей, недавно научившихся ходить, показав им какую-нибудь блестящую вещицу. Половина баранов в человеческом обличье уже навоображали, что втюрились в нее только потому, что она еще не успела им примелькаться. Я постарался как следует отключиться от них.

Лишь четыре голоса я блокировал скорее из вежливости, чем из отвращения — моей семьи, двоих братьев и двух сестер, которые настолько привыкли к нехватке уединения в моем присутствии, что это редко заботило их. Я делал для них что мог. Старался по возможности не слушать.

Но, несмотря на все старания, я все-таки... знал.

Розали, как обычно, думала о себе — ее разум был стоячей водой, бедной сюрпризами. Поймав отражение своего профиля в чьих-то очках, она принялась жевать мысль о собственном совершенстве. Ни у кого другого цвет волос не был настолько близок к настоящему золотистому, никто другой не мог похвастать такой идеальной фигурой «песочные часы», ни у кого больше лицо не имело настолько безукоризненно симметричного овала. Она сравнивала себя не с присутствующими здесь людьми: подобное сопоставление было бы смехотворным и нелепым. Думала она о других, таких же, как мы, и среди них ей не находилось равных.

Обычно беззаботное лицо Эмметта кривилось от досады. Вот и теперь он провел огромной лапищей по своим черным, как эбеновое дерево, кудрям, скручивая их в кулаке. Все еще злился из-за проигранного Джасперу вчера ночью поединка. Понадобятся все его небогатые запасы терпения, чтобы дотянуть до конца учебного дня и уж тогда устроить матч-реванш. Слушая мысли Эмметта, я не считаю себя незваным гостем, потому что он никогда и не думает ничего такого, что не сказал бы вслух или не воплотил бы в жизнь. Может, только потому я и чувствую себя виноватым, читая чужие мысли, что понимаю: есть вещи, в которые эти люди не захотели бы посвящать меня. И если разум Розали — стоячая лужа, то у Эмметта он — ничем не замутненная, прозрачная, словно стекло, гладь озера.

А Джаспер... страдал. Я подавил вздох.

«*Эдвард!*» — мысленно позвала меня Элис и сразу привлекла мое внимание.

Все равно как если бы окликнула меня по имени вслух. Хорошо еще, в последние несколько десятилетий мое имя вышло из моды — раньше это здорово досаждало: стоило кому-нибудь подумать о каком-нибудь Эдварде, и я оборачивался машинально.

Теперь же не повернул головы. Нам с Элис неплохо удавались такие конфиденциальные разговоры. На них мы попадались редко. Я не сводил глаз с трещин в штукатурке.

«*Как он? Держится?*» — спросила Элис.

Я нахмурился, очертания моего рта едва заметно изменились. Ничего такого, чем я выдал бы себя, а нахмуриться вполне мог от скуки.

Джаспер сохранял неподвижность слишком долго. Не совершал свойственные людям быстрые тики, какие приходится делать всем нам — постоянно быть в движении, чтобы не выделяться: к примеру, Эмметту — теребить волосы, Розали — класть ногу на ногу то так, то этак, Элис — постукивать пальцами ног по линолеуму, а мне — поворачивать голову, разглядывая всякие трещины на стене. Джаспер выглядел парализованным, его поджарое тело оставалось прямым, словно он проглотил кол, и даже медовые волосы как будто не шевелил долетающий из вентиляции ветерок.

Внутренний голос Элис звучал тревожно, по ее мыслям я понял, что она краем глаза наблюдает за Джаспером. «*Есть причины опасаться?*» Она вгляделась в ближайшее будущее, отыскивая среди видений обыденности то, которое заставит меня нахмуриться, и даже при этом не забыла подоткнуть крошечный кулачок под свой острый подбородок и время от времени моргать. И отвела со лба черную прядь своей короткой рваной стрижки.

Я слегка повернул голову влево, будто глядя на кирпичную стену, вздохнул и повернул снова — на этот раз вправо, обратно к трещинам на потолке. Наши сочли бы, что я просто изображаю человека. И только Элис поняла, что это я покачал головой.

Она расслабилась. «*Сообщи мне, если станет совсем скверно*».

Я ответил только движением глаз — вверх по потолку, затем снова вниз.

«*Спасибо за это*».

Даже хорошо, что ответить ей вслух я не мог. А то что бы я сказал? «*Мне только в радость*»? Вовсе нет. Мне не нравилось прислушиваться к терзаниям Джаспера. Обязательно ли было в самом деле ставить такие опыты? Разве не безопаснее просто признать, что он никогда не научится справляться со своей жаждой так, как умеем мы, остальные, и впредь не зарываться? Зачем играть с огнем?

После нашей предыдущей охотничьей экспедиции прошло две недели. Для нас это время выдалось не особо трудным. Порой немного некомфортным — когда человек проходил слишком близко или ветер дул не в ту сторону. Но слишком близко люди проходят редко. Инстинкты подсказывают им то, что никогда не поймет их рассудок: мы — опасность, которой следует избегать.

Прямо сейчас Джаспер был невероятно опасен.

Такое случалось нечасто, но время от времени я поражался безразличию людей вокруг нас. Мы привыкли к нему, всегда ожидали его, однако порой оно выглядело более вопиющим, чем обычно. Никто из людей не обращал внимания на нас, расположившихся здесь, в кафетерии, за раздолбанным столом, хотя, окажись на нашем месте стая тигров, она представляла бы не столь смертельную опасность. Все, что видели в нас окружающие, — пятерых ребят странноватого вида, достаточно похожих на людей, чтобы сойти за них. Трудно было представить, как человеческим существам удается выживать, если их чувства настолько притуплены.

В тот момент невысокая девчушка остановилась у стола, ближайшего к нашему, чтобы поболтать с подружкой. Она встряхнула короткими волосами песчаного оттенка, провела по ним пятерней. С воздухом от батарей отопления до нас долетел ее запах. Я давно привык к ощущениям, которые вызывали во мне подобные запахи, — к сухой боли в горле, к тянущей пустоте в желудке, к машинальному напряжению мышц, к обильному приливу яда во рту.

Все это были обычные и знакомые явления, и, как правило, не обращать на них внимания не составляло труда. Но теперь, пока я следил за Джаспером, стало труднее, остро ощущались удвоенные реакции.

Джаспер дал волю своему воображению. И представлял, как это происходит, — как встает со своего места рядом с Элис и подходит к невысокой девчушке. Думал, как наклонится, будто собираясь что-то прошептать ей на ухо, и позволит себе скользнуть губами по изгибу ее горла. Воображал, как ощутит губами горячую пульсацию ее крови под непрочной преградой кожи...

Я пнул его стул.

Он встретился со мной взглядом, в его глазах мелькнуло возмущение, и он отвел их. Я слышал у него в голове стыд и мятежность.

— Виноват, — пробормотал Джаспер.

Я пожал плечами.

— Ты бы ничего не сделал, — смягчая в нем унижение, шепнула Элис. — Я же видела.

Я сдержался и не стал хмуриться, чтобы не выдать ее ложь. Нам надо держаться заодно, Элис и мне. Непросто быть белой вороной среди тех, кто и без того не такие, как все. Мы берегли секреты друг друга.

— Немного помогает, если думать о них как о людях, — подсказала Элис, и ее высокий мелодичный голос зажурчал слишком быстро и неразборчиво для слуха тех людей, которые случайно окажутся поблизости и услышат ее. — Ее зовут Уитни. У нее есть сестра — совсем малышка, она ее обожает. Ее мать звала Эсме на ту вечеринку в саду, помнишь?

— Я знаю, кто она, — отрывисто бросил Джаспер. Отвернувшись, он уставился на узкие окна под самым потолком длинного помещения. Судя по его тону, разговор был закончен.

Сегодня ему придется выйти на охоту. Глупо вот так рисковать — в попытке испытать свою силу, развить выносливость. Джаспер должен просто признать свои ограничения и ориентироваться на них.

Элис мысленно вздохнула, встала, забрала со стола свой поднос с едой — бутафорию, если так можно выразиться, — и отошла, оставив Джаспера в покое. Она поняла, что ему уже хватило моральной поддержки с ее стороны. Отношения Розали и Эмметта выглядели более явными, но именно Элис и Джаспер знали каждую потребность друг друга, как свою собственную. Как будто тоже умели читать мысли, но только один у другого.

«*Эдвард*».

Рефлекторная реакция. Я обернулся на звук собственного имени, словно меня позвали, хотя это был не зов, просто мысль.

На секунду я встретился взглядом с большими шоколадно-карими человеческими глазами на бледном лице, формой напоминающем сердечко. Это лицо было мне знакомо, хотя в тот момент своими глазами я увидел его впервые. Но сегодня оно возникало в мыслях почти у всех окружающих. Новая ученица Изабелла Свон. Дочь начальника местной полиции, переселилась сюда из-за каких-то изменений ситуации с опекой. Белла. Она поправляла каждого, кто называл ее полным именем.

Я равнодушно отвернулся. Понадобилось несколько секунд, чтобы сообразить, что мое имя подумала не она.

«*Все ясно, она уже запала на Калленов*», — услышал я продолжение недавней мысли.

Только теперь я узнал этот «голос».

Джессика Стэнли — давненько она не досаждала мне внутренней болтовней. С каким облегчением я вздохнул, когда она преодолела свою неуместную зацикленность. Было почти невозможно отделаться от ее непрестанных и нелепых грез наяву. В то время меня так и подмывало объяснить ей, *что именно произойдет, если рядом с ней окажутся мои губы*, а вместе с ними и зубы. Это положило бы конец ее докучливым фантазиям. Представив себе ее реакцию, я чуть не улыбнулся.

«*Ни черта ей не светит, — продолжала Джессика. — Она ведь вообще никакая. Не понимаю, с чего вдруг Эрик так на нее пялится... и Майк*».

От последнего имени она мысленно дрогнула. Предмет ее нового помешательства, всеобщий любимчик Майк Ньютон, ее в упор не замечал. Зато, по-видимому, очень даже замечал новенькую. Еще одно дитя тянется к блестящей игрушке. Это придало мыслям Джессики язвительность, хотя внешне она держалась приветливо, пересказывая новенькой общеизвестные сведения о моей семье. Должно быть, та расспрашивала о нас.

«Сегодня все глазеют и на меня, — самодовольно думала Джессика. *— Белла со мной в одном классе сразу на двух предметах — чем не удача? Спорим, Майк спросит у меня, что она...»*

Я мысленно отгородился от глупого щебета, пока своей мелочностью и пошлостью она не свела меня с ума.

— Джессика Стэнли вываливает перед этой новенькой, Свон, все грязное белье клана Каллен, — чтобы отвлечься, вполголоса сказал я Эмметту.

Он еле слышно хмыкнул. *«Надеюсь, старается вовсю»,* — подумал он.

— Вообще-то с фантазией у нее туго. Лишь легчайший намек на скандальность. И ни капли ужасов. Я даже немного расстроился.

«А новенькая? Ее тоже расстроили сплетни?»

Я прислушался, чтобы выяснить, что думает об услышанном от Джессики эта девушка, Белла. Как она воспринимает странную, бледную как мел семейку, которой сторонятся все вокруг?

Узнать ее реакцию я был просто обязан. Я, за неимением лучшего выражения, стоял на страже своей семьи. Для того, чтобы защищать нас. Если бы у кого-нибудь возникли подозрения, я бы мог вовремя предупредить остальных и найти легкий путь к отступлению. Порой такое случалось: кто-нибудь из обладателей живого воображения усматривал в нас сходство с героями книги или фильма. И, как правило, ошибался, но перебраться на новое место было проще, чем рисковать, привлекая к себе пристальное внимание. Редко, чрезвычайно редко чья-нибудь догадка оказывалась верной. Таким людям мы не давали шанса проверить их предположения. Мы просто исчезали, чтобы стать не более чем пугающим воспоминанием.

Но подобного не случалось уже несколько десятилетий.

Я не услышал ничего, хотя нацеливал внимание в ту сторону, где продолжал изливаться легкомысленный внутренний монолог Джессики. Как будто никто и не сидел рядом с ней. Как странно. Неужели новенькая пересела? Маловероятно, ведь Джессика все еще тараторила, обращаясь к ней. В растерянности я поднял глаза. Мой добавочный «слух» в проверках никогда прежде не нуждался.

И опять наши взгляды встретились — мой и взгляд широко распахнутых карих глаз. Она сидела там же, где и прежде, и смотрела на нас — в этом я не усматривал ничего удивительного, ведь Джессика продолжала кормить ее местными сплетнями о Калленах.

Со стороны новенькой думать о нас тоже было бы вполне естественно.

Но я не различал ни единого шепота.

Теплый, призывный румянец проступил на ее щеках, она потупилась, исправляя досадную оплошность — ее поймали глазеющей на незнакомого человека. К счастью, Джаспер по-прежнему смотрел в окно. Даже представлять не хотелось, как отразился бы на его умении владеть собой этот мгновенный прилив крови.

Чувства так отчетливо читались на ее лице, словно были выписаны на нем словами: удивление по мере того, как она невольно замечала неявные признаки межвидовых различий — между собственным и моим видом; любопытство, с которым она выслушивала рассказ Джессики, и еще что-то... Влечение? Не у нее первой. Мы прекрасны для людей, предназначенной для нас добычи. И наконец, смущение.

Но, несмотря на всю отчетливость отражения мыслей в ее необычных глазах — необычных из-за их глубины, — я слышал лишь тишину с того места, где сидела она. Только... молчание.

Я ощутил мимолетное беспокойство.

Ни с чем подобным я еще никогда не сталкивался. Со мной что-то не так? Но я чувствовал себя в точности как всегда. Тревожась, я прислушался как следует.

Все голоса, которые я до сих пор отключал, вдруг завопили у меня в голове.

«... *знать бы, какой музон ей по нраву... может, про мой новый диск при ней сказать...*» — думал Майк Ньютон на расстоянии двух столиков от меня, не сводя глаз с Беллы Свон.

«*Гляньте, как он на нее вылупился. Мало ему, что половина девчонок школы ждут, стоит ему только...*» — язвительные мысли Эрика Йорки тоже вращались вокруг девчонок.

«*...аж тошнит. Как будто она знаменитость или типа того... Даже Эдвард Каллен уставился...* — На лице Лорен

Мэллори была написана такая острая зависть, что ей по любым меркам полагалось бы густо позеленеть. — *Да еще Джессика, выискалась новая лучшая подружка. Умора...*» — ее мысли продолжали сочиться ядом.

«*...спорим, об этом ее спрашивают все подряд. Но поболтать-то с ней хочется. Что бы такого придумать пооригинальнее?*» — ломала голову Эшли Даулинг.

«*...а вдруг она будет со мной на испанском...*» — надеялась Джун Ричардсон.

«*...куча домашки осталась на завтра! Тригонометрия да еще тест по английскому. Надеюсь, мама...*» — тихоню Анджелу Вебер, в мыслях которой царило удивительное добродушие, единственную из сидящих за столом не захватила одержимость Беллой.

Я слышал их всех, слышал каждую несущественную мыслишку сразу же, едва она проносилась у них в голове. Но ни звука не долетало от новой ученицы с обманчиво приветливыми глазами.

Но я, разумеется, слышал, что она говорила, обращаясь к Джессике. Умение читать мысли не требовалось, чтобы различить ее приглушенный чистый голос в дальнем углу длинного зала.

— Тот рыжеватый парень — кто он? — донесся до меня ее вопрос, и она украдкой бросила на меня еще один взгляд, только чтобы увидеть, что я по-прежнему наблюдаю за ней, и поспешно отвести глаза.

Если у меня и успела мелькнуть надежда, что услышанный голос поможет мне уловить тембр ее мыслей, то меня сразу же постигло разочарование. Как правило, высота внутреннего и физического голосов человека совпадает. Но этот тихий застенчивый голос звучал незнакомо, не соответствовал ни одной из сотен мыслей, разносящихся по залу, — в этом я не сомневался. Совершенно новый голос.

«*Ну и флаг в руки, дурында!*» — подумала Джессика прежде, чем ответила на вопрос соседки:

— Это Эдвард. Он, конечно, потрясный, но лучше не тратить на него время. Он ни с кем не встречается. Видно, считает, что никто из симпатичных девчонок здесь ему не пара. — И она негромко фыркнула.

Я отвернулся, пряча улыбку. Джессика и ее одноклассницы понятия не имели, как им повезло, что ни одну из них я не счел особо привлекательной.

Сквозь эту мимолетную вспышку веселья я ощущал неожиданный порыв, не вполне понятный мне. Он имел некое отношение к зловредному оттенку мыслей Джессики, о котором новенькая не подозревала... Мной овладело престранное желание встать между ними, загородить Беллу Свон от темных помыслов Джессики. Какое непривычное ощущение. Пытаясь выяснить, чем вызван этот порыв, я опять вгляделся в новенькую, на этот раз глазами Джессики. Мой пристальный взгляд привлекал слишком много внимания.

Может, все дело было в давно погребенном глубоко внутри инстинктивном стремлении защищать — сильный за слабого. Почему-то эта девушка выглядела более ранимой и хрупкой, чем ее новые одноклассницы. Ее кожа была такой тонкой, почти прозрачной, что с трудом верилось в сколько-нибудь достаточную надежность этой защиты от внешнего мира. Я видел, как ритмично пульсирует кровь в ее жилах под этой чистой бледной оболочкой... Но сосредотачивать на ней внимание мне не следовало. Я был хорошо приспособлен к жизни, которую избрал, но голод мучил меня так же, как и Джаспера, даже в отсутствие соблазнов.

Между ее бровями обнаружилась еле заметная складочка, о которой она, кажется, не знала.

Но насколько же невероятной была досада! Ведь я прекрасно видел, каких усилий ей стоит сидеть здесь, поддерживать разговор с малознакомыми людьми, находиться в центре внимания. Чувствовал ее робость по тому, как она слегка сутулила хрупкие плечи, словно ожидая, что ее в любую минуту могут резко осадить. И тем не менее я лишь видел, лишь чувствовал, лишь мог представить себе. Но от этой совершенно непримечательной человеческой девушки исходило только молчание. Я ничего не слышал. Почему?

— Идем? — шепнула Розали, прерывая мою задумчивость.

От мыслей об этой девушке я отвлекся с облегчением. Мне не хотелось и дальше терпеть неудачу — со мной такое случалось редко и тем сильнее раздражало. Не хотелось пробуждать в себе интерес к ее скрытым мыслям только потому, что они скрыты. Несомненно, когда я разгадаю их — а я обязательно найду способ сделать это, — они окажутся такими же ничтожными и обыденными, как у любого другого человека. Не стоящими усилий, которые я потрачу, чтобы выяснить их.

— Так новенькая уже боится нас? — спросил Эмметт, все еще ждущий от меня ответа на свой предыдущий вопрос.

Я пожал плечами. Он был не настолько заинтересован, чтобы выпытывать подробности.

Мы встали из-за стола и вышли из кафетерия.

Эмметт, Розали и Джаспер притворялись старшими; они разошлись по классам. Я делал вид, будто младше их. И направился на урок биологии начального уровня, мысленно настраиваясь на скуку. Вряд ли мистер Баннер с его умственными способностями не выше средних умудрится выдать на уроке хоть что-нибудь, что удивит обладателя двух дипломов в области медицины.

В классе я устроился на своем месте и вывалил на стол книги — опять-таки бутафорские, не содержащие ничего ранее неизвестного мне. Из всех учеников только мне одному достался стол весь целиком. Людям недоставало ума *понимать*, что они меня боятся, но инстинкта самосохранения хватало им, чтобы сторониться меня.

Класс постепенно заполнялся, ученики один за другим возвращались с обеда. Я откинулся на спинку стула и стал ждать, когда пройдет время. И вновь жалеть, что лишен способности предаваться сну.

Поскольку думал я о новенькой, ее имя сразу вторглось в мои мысли, когда Анджела Вебер ввела ее в класс.

«*Похоже, Белла такая же стеснительная, как и я. Могу поспорить, что сегодня ей пришлось тяжко. Сказать бы ей что-нибудь... только наверняка все равно ляпну глупость*».

«*Да!*» — мелькнуло у Майка Ньютона, который повернулся на своем месте при виде вошедших девчонок.

А с того места, где стояла Белла Свон, по-прежнему не доносилось ничего. Там, где ее мыслям следовало бы изводить и тревожить меня, зияла пустота.

А если пропало *все*? И это лишь первый симптом какой-нибудь разновидности умственного упадка?

Я часто мечтал избавиться от какофонии чужих мыслей. И стать нормальным — в пределах, доступных мне. Но теперь вдруг запаниковал. Кем я стану без своих прежних способностей? Я ни разу не слышал о таком. Надо выяснить, доводилось ли Карлайлу.

Девушка прошла по проходу мимо меня, направляясь к учительскому столу. Бедная, свободное место осталось только рядом со мной. Машинально я сгреб в стопку книги, освобождая ее половину стола. Вряд ли ей будет здесь удобно. А терпеть придется целый семестр — по крайней мере, в этом классе. С другой стороны, возможно, я, сидя рядом с ней, наконец разведаю, где прячутся ее мысли... правда, раньше близкое соседство мне для этого не требовалось. И не то чтобы я рассчитывал найти что-либо достойное внимания. Белла Свон прошла в потоке нагретого воздуха, который дул в мою сторону из вентиляции.

Ее запах обрушился на меня как боевой таран, стал подобием взрыва гранаты. Не существовало образа достаточно бурного, мощного и внезапного, чтобы сравнить с ним силу, воздействию которой я подвергся в тот момент.

В тот же миг я преобразился. Утратил всякое сходство с человеком, которым некогда был. От скудных остатков человеческого, которыми мне удавалось прикрываться долгие годы, не осталось и следа.

Я стал хищником. А она — моей добычей. И в целом мире больше не было ничего, кроме этой истины.

Не было полного класса свидетелей — мысленно я уже записал их в сопутствующие потери. Забытой оказалась тайна ее мыслей. Они не значили ничего, ибо думать ей осталось недолго.

Я был вампиром, а в ней струилась сладчайшая кровь из всех, какие мне случалось обонять за более чем восемьдесят лет.

Мне и в голову не приходило, что такой запах может существовать. Знай я об этом, давным-давно бы уже бросился на поиски. Обшарил бы всю планету, разыскивая ее. Мне представился вкус...

И жажда опалила горло потоком пламени. Во рту пересохло и запеклось, и прилив свежего яда облегчения не принес. Желудок скрутило от голода — отголоска жажды. Мышцы напружинились, готовые сработать.

Не прошло и секунды. Она все еще делала тот же самый шаг, который увел ее в подветренную сторону от меня.

Когда ее ступня коснулась пола, она скользнула глазами в мою сторону, явно пытаясь сделать это незаметно. Ее взгляд встретился с моим, и я увидел свое отражение в зеркале ее глаз.

Шок от увиденного спасал ей жизнь на протяжении нескольких самых острых мгновений.

Сама она не помогла ничем. Когда она осмыслила выражение моего лица, кровь опять прилила к ее щекам, придала коже самый лакомый оттенок, какой я когда-либо видел. От запаха густой туман затопил мой мозг. Мысли едва пробивались сквозь него. Инстинкты бушевали, беспорядочно метались, отказывались подчиняться.

Она прибавила шагу, словно понимая, что надо бежать. И от спешки сделалась неловкой — споткнулась, повалилась вперед, чуть не упала на девчонку, сидящую передо мной. Уязвимая, слабая. Даже в сравнении с другими людьми.

Я старался сосредоточиться на лице, отражение которого увидел в ее глазах и узнал, испытав отвращение. На лице чудовища у меня внутри — того самого, победа в борьбе с которым стоила мне десятков лет усилий и безупречной дисциплины. Но как же легко оно теперь вынырнуло на поверхность!

Запах вновь окутал меня, рассеял мысли и чуть не заставил сорваться с места.

Нет.

Силясь удержаться на стуле, я стиснул пальцы под краем стола. Древесина не рассчитана на такую нагрузку. Пальцами я проломил поперечную планку под столом, ладонь наполнилась древесной трухой, а на планке остались выемки от моих сжатых пальцев.

Уничтожай улики. Так гласит непреложное правило. Я быстро выровнял пальцами края выемок, так что от них осталась лишь неровная дыра в планке и кучка трухи на полу, которую я раскидал ногой.

Уничтожай улики. Сопутствующие потери...

Я знал, что сейчас будет. Этой девушке придется сесть рядом со мной, а мне — убить ее.

Ни в чем не повинных свидетелей, находящихся в том же классе — восемнадцать других учеников и одного учителя, —

ни в коем случае нельзя отпускать после того, что они вскоре увидят.

При мысли о том, что мне надлежит сделать, меня передернуло. Даже в худшие времена мне не доводилось так зверствовать. Я никогда не убивал невинных. А теперь замышлял настоящую бойню — уничтожение двадцати человек сразу.

Чудовище, которое я видел в собственном отражении, издевалось надо мной.

С содроганием отталкивая его, я в то же время строил планы насчет того, что будет дальше.

Если я убью девчонку первой, то на нее у меня останется от силы пятнадцать-двадцать секунд, прежде чем опомнятся остальные. Или чуть больше, если они не сразу сообразят, что я делаю. Она не успеет ни вскрикнуть, ни почувствовать боль; убивать ее жестоко я не стану. По крайней мере, это я смогу сделать для незнакомки с ужасающе соблазнительной кровью.

Но потом понадобится помешать остальным сбежать. Насчет окон можно не беспокоиться — они слишком узкие и высоко расположенные, чтобы служить путем к побегу хоть для кого-нибудь. Остается лишь дверь: загородить ее, и все окажутся в ловушке.

Будет медленнее и труднее, если пытаться прикончить их всех, пока они беспорядочно мечутся и сталкиваются в панике. Ничего невозможного, но шума будет много. Времени с избытком хватит для визга и воплей. Кто-нибудь наверняка услышит... и я буду вынужден за единственный черный час загубить еще больше невинных душ.

А ее кровь успеет остыть, пока я их убиваю.

Запах терзал меня, забивал горло сухой ноющей болью...

Значит, первыми — свидетелей.

В голове сложился план. Я находился в середине класса, в самом дальнем ряду. Сначала я займусь теми, кто справа от меня. По моим оценкам, за секунду я мог свернуть четыре-пять шей. Почти не поднимая шума. Правой стороне повезет: они не увидят, как я приближаюсь. Затем я метнусь вдоль переднего ряда и дальше по левой стороне класса; мне понадобится самое большее пять секунд, чтобы отнять жизнь у всех, кто здесь находится.

Достаточно долго, чтобы Белла Свон успела мельком увидеть, что ее ждет. Достаточно, чтобы ощутила страх. Достаточно, чтобы завизжала, если только не оцепенеет от шока. На единственный негромкий вопль никто не сбежится.

Я сделал глубокий вдох, и все тот же запах взметнулся пламенем в моих пересохших венах, выжигая в груди все благие порывы, на какие я еще был способен.

Она как раз оборачивалась. Еще пара секунд, и она сядет на расстоянии нескольких дюймов от меня.

Чудовище у меня в голове возликовало.

Кто-то с треском захлопнул папку слева от меня. Я не стал поднимать голову, чтобы выяснить, кто из обреченных людей сделал это, но от его движения мне в лицо ударила волна самого обычного, ничем не пахнущего воздуха.

На краткую секунду ко мне вернулась способность ясно мыслить. И за этот драгоценный миг я увидел перед мысленным взором сразу оба лица.

Одно — мое, вернее, когда-то было моим: лицо красноглазого монстра, который истребил столько народу, что я уже сбился со счета. Совершал логически обоснованные, оправданные убийства. Я был убийцей убийц, убивал других, менее могущественных чудовищ. Да, я признавал, что это комплекс бога — решать, кто заслуживает смертного приговора. Сделка с самим собой. Я питался человеческой кровью, но лишь в самом широком смысле из возможных. Мои жертвы в своем разнообразном и мрачном времяпрепровождении демонстрировали немногим больше человеческого, чем было свойственно мне.

Вторым было лицо Карлайла.

Между этими двумя лицами не наблюдалось никакого сходства. Они отличались, как ясный день и самая черная из ночей.

Для сходства и не было причин. В строго биологическом смысле Карлайл не приходился мне отцом. Общих черт у нас с ним не наблюдалось. Одинаковым цветом лица мы были обязаны тому, кем оба являлись: любой вампир мертвенно-бледен. Сходство цвета глаз — другое дело: оно отражало наш совместный выбор.

Но, несмотря на отсутствие оснований для сходства, мне казалось, что за последние семьдесят с лишним лет, на протяжении которых я принимал его выбор и следовал по его стопам, мое лицо в некоторой мере стало отражением его лица. Мои черты не изменились, но мне казалось, будто выражение на моем лице отчасти отмечено его мудростью, толику его сострадания можно уловить в очертании моих губ, намек на его терпение виден на моем лбу.

Все эти мизерные улучшения исчезли с лица чудовища. За считаные мгновения во мне не осталось никаких напоминаний о годах, проведенных с моим создателем, моим наставником, моим отцом во всех отношениях, какие только принимались во внимание. Теперь мои глаза горели багровым огнем, как у дьявола; никакого сходства будто и не бывало.

В добрых глазах Карлайла, которые я видел перед мысленным взором, не было осуждения в мой адрес. Я знал, что он простит мне эту мерзость. Потому что он любит меня. Потому что он обо мне лучшего мнения, чем я сам.

Белла Свон сидела рядом со мной, ее движения выглядели скованными и неловкими — наверняка от страха, — и запах ее крови распускался вокруг меня облаком, от которого было никуда не деться.

Я стану доказательством, что отец ошибался на мой счет. Горечь этого факта жгла почти так же сильно, как пожар у меня в горле.

Я отклонился от соседки брезгливо, с отвращением к чудовищу, которое жаждало завладеть ею.

С чего ее принесло сюда? Почему она *существует*? Зачем ей понадобилось лишать меня даже той малой частицы покоя, какая была в этой моей не-жизни? Зачем вообще родилось это злополучное человеческое существо? Она меня погубит.

Я отвернулся от нее, едва меня окатила внезапная ненависть, бессмысленная и яростная.

Я не желаю быть чудовищем! Не хочу уничтожать целый класс безобидных детей! Не хочу терять все, чего добился за целую жизнь ценой жертв и лишений!

Не хочу и не буду.

Она меня не заставит.

Загвоздка была в запахе, ужасающе притягательном запахе ее крови. Только бы нашелся способ устоять... только бы повеяло свежим воздухом, чтобы прояснилось в голове.

Белла Свон взмахнула в мою сторону длинными и густыми волосами оттенка темного красного дерева.

Спятила?

Нет, на спасительный ветерок никакой надежды. Но ведь мне же *незачем* дышать.

Я остановил поток воздуха, проходящий через мои легкие. Полегчало мгновенно, но ненамного. В голове еще сохранились воспоминания об этом запахе, на корне языка — его вкус. Даже так я долго не продержусь.

Жизни всех присутствующих в этом классе грозит опасность, пока в нем находимся вместе она и я. Я должен бежать. Я и *хотел* сбежать, очутиться подальше от исходящего от нее жара и мучительной жгучей боли, но не был на все сто процентов уверен в том, что, если дам волю мышцам, чтобы сдвинуться с места, хотя бы просто встать, не сорвусь внезапно и не устрою уже спланированную бойню.

Однако я, пожалуй, мог бы продержаться примерно час. Хватит ли часа для того, чтобы овладеть собой и двигаться свободно, не бросаясь в атаку? В этом я усомнился, но заставил себя подчиниться. Я *сделаю* так, чтобы часа хватило. Времени как раз достаточно, чтобы убраться из класса, полного жертв, которым, пожалуй, вовсе незачем *становиться* жертвами. Если я сумею продержаться всего один краткий час.

Неудобное это было ощущение — не дышать. Мой организм не нуждался в кислороде, но отсутствие дыхания противоречило инстинктам. В напряженные минуты я полагался на обоняние более, чем на какое-либо из чувств. Оно указывало путь на охоте, оно первым предупреждало об опасности. Мне редко случалось сталкиваться с чем-либо столь же опасным, как я, но инстинкт самосохранения у моего племени так же силен, как у среднестатистического человека.

Неудобно, но терпимо. Все лучше, чем чуять ее и сдерживаться, чтобы не впиться зубами в эту нежную, тонкую, просвечивающую кожу и не прокусить ее до горячей, влажной, пульсирующей...

Час! Всего один час. Нельзя думать о запахе и вкусе.

Молчунья отгородилась от меня волосами, наклонилась вперед так, что концы прядей рассыпались по ее папке. Ее лица я не видел, понять, что она чувствует, по ее глубоким ясным глазам не мог. Неужели это попытка спрятать от меня глаза? Из страха? Застенчивости? Скрытности?

Мое недавнее раздражение, вызванное тем, как наглухо отгорожены от меня ее беззвучные мысли, оказалось слабым и бледным по сравнению с потребностью — и ненавистью, — которые завладели мной теперь. Ибо я ненавидел сидящую рядом хрупкую девушку, ненавидел ее со всем пылом, с которым цеплялся за свое прежнее «я», за мою любовь к семье, за мечты стать лучше, чем я был. Ненависть к ней, ненависть к чувствам, которые она во мне вызвала, немного помогала. Да, прежнее раздражение было слабым, но слегка помогало и оно. Я хватался за любую мысль, способную отвлечь меня, не дать вообразить, какова она была бы на *вкус*...

Ненависть и досада. Нетерпение. Да когда же он наконец пройдет, этот час?

А когда он истечет... она выйдет из этого класса. И что делать мне?

Если мне под силу обуздать чудовище, убедить его, что промедление стоит того... значит, я мог бы и представиться. «*Привет, я Эдвард Каллен. Можно проводить тебя на следующий урок?*»

Она согласится. Из вежливости. Несмотря на весь страх передо мной, который она наверняка уже ощутила, она последует условностям и зашагает со мной рядом. Увести ее не в том направлении труда не составит. Соседний лес тянется острым, похожим на палец выступом до дальнего угла стоянки. Я мог бы сказать ей, что забыл в машине учебник...

Вспомнит ли кто-нибудь, что именно со мной ее видели в последний раз? Как обычно, идет дождь. Два ученика в темных дождевиках, уходящих не в ту сторону, вряд ли вызовут заметный интерес или выдадут меня.

Вот только сегодня за ней внимательно следят и другие, хоть и не так мучительно, как я. В особенности Майк Ньютон чутко отзывался на каждое смещение веса ее тела, стоило ей поерзать на стуле — ей было неловко сидеть так близко ко мне, как было бы неловко любому, как я и ожидал, пока вся моя доброжелательность не улетучилась от ее запаха. Майк Ньютон непременно заметит, если она покинет класс вместе со мной.

Если я продержусь час, смогу ли протянуть все два?

Я вздрогнул от жгучей боли.

Она вернется из школы в пустой дом. У начальника полиции Свона восьмичасовой рабочий день. Я знал его дом, как знал каждый дом в этом городишке. Он приткнулся прямо у густого леса, другие дома довольно далеко. Даже если она успеет завизжать, а ей ни за что не успеть, никто ее не услышит.

Это и есть способ справиться с ситуацией ответственно. Я обходился без человеческой крови более семидесяти лет. Затаив дыхание, я смогу продержаться два часа. А когда застану ее одну, ни в коем случае никто другой не пострадает. *И нет никаких причин торопиться с этим опытом*, согласилось чудовище у меня в голове.

Не что иное, как казуистика — считать, что спасение девятнадцати присутствующих в этом классе ценой усилий и терпения убавит мне чудовищности, когда я убью эту ни в чем не повинную девушку.

Ненавидя ее, я в то же время прекрасно сознавал, что моя ненависть несправедлива. Я понимал, что на самом деле ненавижу самого себя. И возненавижу нас обоих гораздо сильнее, когда она будет мертва.

Так я и держался весь час — коротал время, представляя, как бы получше прикончить ее. Причем старался не рисовать в воображении само *действо*. Такого зрелища я мог и не выдержать. Поэтому лишь разрабатывал стратегию, и не более.

Один раз, уже перед самым концом урока, она украдкой взглянула на меня сквозь зыбкую завесу своих волос. Ничем не оправданная ненависть прожгла меня насквозь, едва я встретился с ней взглядом и увидел в ее испуганных глазах отражение этой ненависти. Кровь окрасила румянцем ее щеку, прежде чем она снова спряталась за волосами, и я едва сдержался.

Но тут грянул звонок. И мы — вот ведь шаблон — были спасены. Она — от смерти. А я, хоть и на краткое время, — от участи жуткой твари, внушающей мне самому страх и отвращение.

Пора было сваливать.

Даже сосредоточив все свое внимание на простейших действиях, я не сумел передвигаться так медленно, как следовало бы, и вылетел из класса стрелой. Если бы за мной кто-нибудь наблюдал, мой уход мог бы навести на подозрения. Но никто не обращал на меня ни малейшего внимания; мысли всех присутствующих по-прежнему вертелись вокруг девушки, обреченной умереть чуть позже, чем через час.

Я спрятался в своей машине.

Думать о том, что я прячусь, было неприятно. Выглядело это как трусость. Но мне с трудом хватало выдержки, чтобы находиться среди людей. На то, чтобы не убить *одного* из них, понадобилось слишком много стараний, в итоге у меня просто не осталось сил, чтобы противостоять остальным. Какое расточительство. Если бы уж я поддался чудовищу, то воспользовался бы поражением по полной.

Я включил диск, который обычно успокаивал меня, но теперь почти не подействовал. Нет, если что и помогло, так это прохладный сырой воздух, залетавший вместе с легкой изморосью в открытые окна. И хотя я предельно ясно помнил запах крови Беллы Свон, вдыхать этот чистый воздух было все равно что промывать изнутри тело, зараженное ее запахом.

Я снова был в здравом уме. Вновь мог мыслить. И бороться. Я был способен бороться с тем, чем не желал быть.

Мне не обязательно являться к ней домой. Не обязательно убивать ее. Все всяких сомнений, я — разумное, мыслящее существо, и у меня есть выбор. Выбор есть всегда.

В классе мне казалось иначе, но теперь я находился далеко от нее.

Мне *незачем* расстраивать отца. Незачем вызывать у матери стресс, тревогу... боль. Да, я ранил бы и мою приемную мать. А она такая ласковая, нежная и любящая. Причинять страдания такому существу, как Эсме, поистине непростительно.

Возможно, если я буду как можно старательнее избегать эту девушку, мне не понадобится менять свою жизнь. Все в ней устроено так, как мне нравится. Так зачем допускать, чтобы какое-то злополучное и аппетитное ничтожество испортило ее?

Забавно, а я-то еще рвался уберечь эту человеческую девушку от жалкой, беззубой угрозы, которую представляли ехидные мысли Джессики Стэнли. Да я годился на роль защитника Изабеллы Свон меньше, чем кто-либо другой. Ни от чего она не нуждалась в защите так остро, как от меня.

Где же Элис, вдруг спохватился я. Неужели она не видела, как я убиваю эту девушку, Свон, множеством способов? Почему не пришла ко мне на помощь — не важно, чтобы остановить меня или помочь замести следы? Или она была настолько занята предчувствием неприятностей для Джаспера, что упустила из виду гораздо более ужасную вероятность? Или же я сильнее, чем мне казалось? И на самом деле ничего бы этой девушке не сделал?

Нет. Я же сам знал, что это неправда. Видимо, Элис сосредоточила все свое внимание на Джаспере.

Я поискал сестру, зная, что она должна быть в небольшом корпусе, где проходили уроки английского. Мне не понадобилось много времени, чтобы уловить ее знакомый мысленный голос. И я оказался прав. Все ее помыслы были направлены на Джаспера, она придирчиво изучала каждый выбор, который он мог совершить, вплоть до самых незначительных.

С одной стороны, жаль, что нельзя спросить у нее совета, но с другой стороны, даже хорошо, что она не узнала, на что я был способен. Меня пронзила насквозь новая обжигающая волна — стыд. Лучше бы о случившемся не узнал никто из наших.

И если я смогу избегать Беллу Свон, если умудрюсь не убить ее — от этой мысли чудовище во мне скорчилось и заскрежетало зубами в досаде, — тогда никому знать и незачем. Только бы мне держаться подальше от ее запаха...

Во всяком случае, нет причин не попробовать. Сделать правильный выбор. Попытаться вести себя так, как я должен, по мнению Карлайла.

Последний час пребывания в школе почти истек. Я решил привести свой план в исполнение немедленно. Все лучше, чем сидеть здесь, на стоянке, где она может пройти мимо и загубить мою попытку. Во мне вновь вспыхнула несправедливая ненависть к этой девушке.

Быстро — чуть быстрее, чем следовало, но меня никто не видел, — я зашагал через крошечный кампус к административному корпусу.

Там было пусто — если не считать секретаря, которая не заметила моего бесшумного появления.

— Мисс Коуп?..

Женщина с неестественно рыжими волосами подняла глаза и вздрогнула. Людей всегда застают врасплох мелочи, наши отличительные признаки, которых они не понимают, сколько бы раз ни встречались с нами.

Она невольно вздохнула и слегка смутилась. Оправила юбку. «*Дура*, — мысленно выругала себя. — *Он же тебе в сыновья годится*».

— Привет, Эдвард, чем могу помочь? — Ее ресницы затрепетали за толстыми стеклами очков.

Неловкость. Но я умел быть обаятельным, когда хотел. Это просто, ведь я мгновенно узнавал, как восприняты каждый мой оттенок интонации или жест.

Я подался вперед, встретился с ней взглядом так, будто заглядывал в самую глубину ее тускло-карих глаз. Мысленно она уже трепетала. Наверняка труда не составит.

— Я только хотел узнать, не поможете ли вы мне с расписанием, — произнес я мягким голосом, который приберегал для людей, чтобы не пугать их.

Стало слышно, как ее сердце ускорило бег.

— Конечно, Эдвард. Чем я могу тебе помочь?

«*Слишком молод, слишком молод*», — твердила она себе. И, само собой, ошибалась. Я старше ее деда.

— Я хотел спросить, нельзя ли мне поменять уроки биологии на какой-нибудь курс естественных наук для выпускного класса. На физику, к примеру?

— Проблемы с мистером Баннером, Эдвард?

— Никаких, просто я уже изучал этот материал...

— В той школе с обучением по ускоренному методу, в которую все вы ходили на Аляске. Ясно, — поджав тонкие губы, об этом она и задумалась. «*Им всем самое место в колледже. Учителя жалуются, я сама слышала. Средний балл аттестата — твердая четверка, ответы абсолютно без запинки, ни единой ошибки в тестах — как будто они нашли какой-то способ жульничать по каждому предмету. Мистер Варнер скорее поверит, что все списывают на тригонометрии, чем предположит, что ученик умнее его. Готова поспорить, что с ними занимается мать...*» — Знаешь, Эдвард, вообще-то на физике уже почти битком. Мистер Баннер терпеть не может, когда в классе больше двадцати пяти учеников...

— Со мной неприятностей не будет.

«Еще бы они были с кем-то из идеальных Калленов!»

— Это я знаю, Эдвард. Но так или иначе, мест просто не хватит...

— В таком случае можно мне пропускать этот урок? Вместо него я мог бы заниматься самостоятельно.

— Пропускать биологию? — У нее невольно открылся рот. *«Ничего себе. Да что в этом сложного — отсидеть предмет, который уже знаешь? Наверняка что-то не так с мистером Баннером».* — Тебе не хватит баллов для аттестата.

— Наверстаю в следующем году.

— Лучше бы тебе сначала обсудить этот вопрос с родителями.

Позади меня открылась дверь, но кто бы это ни был, обо мне он не думал, так что я, не оборачиваясь, сосредоточил все внимание на мисс Коуп. Я придвинулся к ней ближе и еще пристальнее и глубже заглянул ей в глаза. Способ сработал бы успешнее, будь мои глаза сегодня не черными, а золотистыми. Чернота пугает людей, как и должно быть.

Мой просчет подействовал на женщину. Она отпрянула, озадаченная конфликтом своих инстинктов.

— Ну пожалуйста, мисс Коуп! — зашептал я вкрадчиво и убедительно, как только смог, и ее мгновенная неприязнь улетучилась. — Неужели не найдется другого курса, на который я мог бы переключиться? Наверняка хоть где-нибудь да есть свободное место. Не может быть, чтобы не нашлось других вариантов, кроме биологии шестым часом...

Я улыбался ей, стараясь поменьше показывать зубы, чтобы не напугать ее снова, и смягчив выражение лица.

Ее сердце забилось быстрее. *«Слишком молод»,* — лихорадочно напомнила она себе.

— Ладно уж, поговорю с Бобом... то есть с мистером Баннером. Посмотрим, получится ли...

Всего секунда понадобилась, чтобы изменилось все: атмосфера в комнате, цель моего прихода сюда, причина, по которой я придвинулся к рыжеволосой женщине... Все, что раньше было сделано ради одной цели, теперь служило другой.

Всего секунда понадобилась Саманте Уэллс, чтобы войти в комнату, положить подписанную записку об опоздании в проволочный лоток и юркнуть за дверь, желая поскорее удрать из школы. Внезапный порыв ветра ворвался в открытую дверь, обрушился на меня, и я понял, почему первая из вошедших сюда девчонок не помешала мне своими мыслями.

Я обернулся, хотя и не нуждался в подтверждениях.

Белла Свон стояла у двери, вжавшись спиной в стену и комкая в руках какую-то бумажку. Ее глаза раскрылись еще шире при виде моего свирепого, нечеловеческого взгляда.

Запахом ее крови пропиталась каждая частица воздуха в тесной и душной комнатушке. У меня в горле вспыхнул пожар.

Из зеркала ее глаз на меня вновь зыркнуло чудовище, маска исчадия зла.

Моя ладонь зависла в воздухе над стойкой. Мне не понадобилось бы оборачиваться, чтобы протянуть руку и убить мисс Коуп, впечатав ее головой в стол. Две жизни, отнятые вместо двадцати. Обмен.

Изнывая от голода, чудовище в напряжении ждало, когда я так и поступлю.

Но выбор есть всегда — *должен* быть.

Я прервал движения легких, зафиксировал перед мысленным взором лицо Карлайла. Снова повернулся к мисс Коуп и услышал, как она внутренне удивилась перемене на моем лице. И отшатнулась от меня, но ее испуг не был облечен в связные слова.

Призвав на помощь все умение владеть собой, усвоенное за десятки лет воздержания, я сделал звучание своего голоса ровным и плавным. Воздуха в легких осталось ровно столько, чтобы скороговоркой произнести еще несколько слов.

— Нет так нет. Понимаю, это невозможно. Большое вам спасибо за помощь.

Круто повернувшись, я вылетел из комнаты, стараясь не замечать тепло крови, исходящее от тела девушки, на расстоянии нескольких дюймов от которой я прошел.

Я не останавливался, пока не достиг машины, и всю дорогу до нее двигался слишком быстро. Большинство учеников уже разъехались, так что свидетелей нашлось немного. Я услышал, как Ди-Джей Гарретт из класса второго года обучения заметил неладное, но не придал этому значения.

«А Каллен откуда тут взялся? Будто возник из воздуха. Ну вот, опять у меня разыгралась фантазия. Мама вечно твердит...»

Когда я скользнул за руль своего «вольво», оказалось, что остальные уже ждут меня, сидя в машине. Я старался дышать ровно, но хватал свежий воздух ртом так, будто задыхался.

— Эдвард?.. — с тревогой в голосе спросила Элис.

Я только помотал головой, взглянув на нее.

— Что еще за хрень у тебя стряслась? — потребовал ответа Эмметт, ненадолго отвлекаясь от мыслей о том, что Джаспер не в настроении устраивать матч-реванш.

Вместо ответа я перешел на заднюю передачу. Мне не терпелось покинуть стоянку, пока сюда вслед за мной не явилась и Белла Свон. Мой личный демон-мучитель... Я развернулся и прибавил скорость. До сорока миль я разогнался, еще не успев выехать со стоянки, до семидесяти — раньше, чем свернул за угол улицы.

Я не оглядывался, но и без этого знал, что Эмметт, Розали и Джаспер дружно уставились на Элис. Она пожала плечами. Видеть прошлое она не могла, только то, что еще предстояло.

На этот раз в будущее она заглянула по моей просьбе. Мы оба попытались осмыслить то, что она видела мысленным взором, и оба изумились.

— Уезжаешь? — шепотом спросила она.

Теперь остальные вытаращились на меня.

— Да ну? — огрызнулся я сквозь зубы.

После чего она увидела, как моя решимость поколебалась, и совсем другой выбор направил мое будущее по более темному пути.

— Ох.

Белла Свон — мертвая. Мои глаза, налитые багрянцем свежей крови. Поиски, а они непременно последуют. Время, которое нам придется старательно выждать, прежде чем будет безопасно покинуть Форкс и начать все заново...

— Ох... — повторила она. Картина обрастала подробностями. Я впервые увидел, как выглядит внутри дом начальника полиции Свона, увидел Беллу в тесной кухоньке с желтыми шкафами: я следил за ней из тени, она стояла, повернувшись ко мне спиной, и запах так и тянул меня к ней...

— Стоп! — тяжко вздохнул я, не в силах больше вынести ни секунды.

— Извини, — шепотом откликнулась Элис.

Чудовище возликовало.

Тем временем видения в голове снова сменились. Пустое ночное шоссе, вдоль него деревья в снегу, мелькающие на скорости под двести миль в час.

— Я буду скучать по тебе, — призналась Элис. — На какой бы короткий срок ты ни уехал.

Эммет и Розали встревоженно переглянулись.

К тому времени мы уже приблизились к повороту на длинную подъездную дорожку, ведущую к нашему дому.

— Высади нас здесь, — распорядилась Элис. — Сообщить Карлайлу ты должен сам.

Я кивнул и резко остановил взвизгнувшую тормозами машину.

Эммет, Розали и Джаспер вышли молча; объяснения из Элис они вытянут, когда я уеду. Элис тронула меня за плечо.

— Ты все сделаешь как надо, — пробормотала она. Это было не видение — приказ. — Она — единственный близкий человек Чарли Свона. Это убило бы и его.

— Да, — отозвался я, соглашаясь только с последними словами.

Элис выскользнула из машины вслед за остальными, тревожно сведя брови. Вчетвером они растворились в лесу, скрывшись из виду еще до того, как я успел развернуть машину.

Устремляясь обратно в Форкс и разгоняясь до девяноста, я знал, что видения в голове Элис, яркие, как вспышки стробоскопа, будут то и дело возникать и погружаться во мрак. Я не совсем представлял, куда еду. Попрощаться с отцом? Признать чудовище у меня внутри и подчиниться ему? Из-под моих шин улетало прочь шоссе.

Глава 2
Открытая книга

Я упал спиной в мягкий сугроб, вдавился в него, и под тяжестью моего тела в рыхлом сухом снегу появилась вмятина. Моя кожа охладилась до температуры воздуха, мельчайшие частицы льда казались бархатными на ощупь.

Небо надо мной было чистым, сверкающим от звезд, кое-где отливало синевой, в других местах — желтым светом. Звезды рисовали величественные вихри на черном фоне пустой вселенной — поразительное зрелище. Изысканно прекрасное. Вернее, ему следовало быть изысканным. И оно было бы таковым, если бы я мог как следует разглядеть его.

Лучше не становилось. Шесть дней прошло, шесть дней я скрывался в безлюдной глуши национального парка Денали, но от свободы был так же далек, как в первый же момент, когда уловил ее запах.

Я глазел в инкрустированное звездами небо, и мне все мерещилось, будто есть некое препятствие между моими глазами и его красотой. Этим препятствием было лицо, ничем не примечательное человеческое лицо, но казалось, что из головы мне его не выкинуть никогда.

Приближение чужих мыслей я услышал раньше, чем сопровождающие их шаги. Они вызывали лишь легкий шорох рыхлого снега.

Меня не удивило то, что Таня последовала за мной сюда. Я знал, над предстоящим разговором она размышляла последние несколько дней и откладывала его до тех пор, пока не поняла, что именно хочет сказать.

Она внезапно возникла в поле зрения на расстоянии шестидесяти ярдов, вспрыгнув на верхушку выступающего на поверхность черного скального пласта и балансируя там на подушечках босых ступней.

Ее кожа серебрилась при свете звезд, длинные белокурые с рыжинкой кудри отливали розовым. Поблескивая янтарными глазами, она высмотрела меня, наполовину зарывшегося в снег, и ее пухлые губы медленно растянулись в улыбке.

Изумительная красота. *Если бы я* в самом деле мог оценить ее. Я вздохнул.

Она оделась не для человеческих глаз; на ней были лишь тонкая ситцевая кофточка и шорты. Присев на корточки на выступе камня, она коснулась его пальцами рук, и ее тело сжалось, как пружина.

«*Пушечное ядро*», — подумала она.

И ввинтилась в воздух. Ее силуэт превратился в черную изогнутую тень, грациозно вращающуюся между мной и звездами. В клубок она свернулась прямо перед тем, как рухнула в соседний высокий сугроб.

Вокруг меня взвихрилась метель. Звезды померкли, меня накрыло толстым слоем ажурных кристалликов льда.

Я снова вздохнул, втягивая кристаллики вместе с воздухом, но не сделал попытки выбраться из-под снега. Темнота в сугробе не портила вид и не меняла его к лучшему. Я по-прежнему видел все то же лицо.

— Эдвард?..

Снег вновь взметнулся — Таня спешила откопать меня. Она смахнула с моей кожи снежную пудру, стараясь не встречаться со мной взглядом.

— Извини, — пробормотала она. — Это была шутка.

— Я понял. Смешно.

Уголки ее губ опустились.

— Ирина и Кейт считают, что я должна оставить тебя в покое. Думают, что я тебе навязываюсь.

— Нисколько, — заверил я ее. — Наоборот, это я веду себя невежливо — до отвращения невежливо. Мне очень жаль.

«*Домой едешь, да?*» — мысленно спросила она.

— Я еще... не решил окончательно.

«*Но здесь ты не останешься*», — в этой мысли читалась грусть.

— Не останусь. Похоже, это... не помогает.

Она надула губы.

— Все из-за меня, да?

— Нет, конечно.

Само собой, задачу она мне не облегчала, но единственным подлинным препятствием на пути к ней было лицо, которое неотступно преследовало меня.

«*Не строй из себя джентльмена*».

Я улыбнулся.

«*Я тебя смущаю*», — с упреком добавила она.

— Нет.

Она приподняла бровь, всем видом выразив такое недоверие, что я невольно рассмеялся. За кратким смешком последовал очередной вздох.

— Вообще-то да, — признался я. — Немного.

Она тоже вздохнула и подперла подбородок ладонями.

— Ты в тысячу раз красивее звезд, Таня. И ты, конечно, сама прекрасно знаешь об этом. Не дай моему упрямству подорвать свою уверенность в себе, — и я усмехнулся, *настолько* это было маловероятно.

— Я не привыкла к отказам, — капризным тоном отозвалась она и очаровательно надулась, выпятив нижнюю губку.

— Разумеется, — согласился я, почти безуспешно пытаясь отгородиться от ее мимолетных мыслей о тысячах былых побед. Таня предпочитала главным образом человеческих мужчин — прежде всего как гораздо более многочисленных и вдобавок более мягких и теплых. И неизменно пылких, это уж наверняка.

— Суккуб, — поддразнил я ее, надеясь прервать поток воспоминаний, мелькающих у нее в голове.

Она усмехнулась, сверкнув зубами.

— Своеобразный.

В отличие от Карлайла в Тане и ее сестрах сознательность просыпалась медленно. В конечном итоге пристрастие к человеческим мужчинам и отвратило их от кровопролития. Теперь мужчины, которых они любили... оставались в живых.

— Когда ты объявился здесь, — медленно заговорила Таня, — я подумала, что...

Я знал, о чем она подумала. И должен был догадаться, какая последует реакция. Но в тот момент мои способности к аналитическому мышлению были не на высоте.

— Ты подумала, что мои намерения изменились.

— Да. — Она насупилась.

— Мне ужасно неловко за то, что я обманул твои ожидания, Таня. Я не нарочно... я не подумал. Просто я уезжал... весьма спешно.

— И наверное, не объяснишь, почему?

Я сел, скрестил руки на груди и решительно распрямил плечи.

— Я предпочел бы это не обсуждать. Прошу простить мою скрытность.

Она притихла, продолжая мысленно строить догадки. Не прислушиваясь к ней, я тщетно пытался любоваться звездами.

После недолгого молчания она сдалась, ее мысли повернули в новом направлении.

«И куда же ты отправишься, Эдвард, если уйдешь отсюда? Назад к Карлайлу?»

— Вряд ли, — шепотом ответил я.

Куда мне теперь? На целой планете нет ни единого места, которое представляло бы интерес для меня. Ничего такого, что мне хотелось бы увидеть или чем заняться. Потому что, куда бы я ни направился, суть будет не в том, *к чему* я стремлюсь, а в том, *от чего* я бегу.

Ненавистное чувство. С каких это пор я стал таким трусом?

Таня закинула мне на плечи тонкую руку. Я замер, но не уклонился от ее прикосновения. Ведь она просто хотела утешить меня по-дружески. Почти.

— А по-моему, ты *все же* отправишься обратно, — заявила она, и в ее голосе послышался легкий намек на давно утраченный русский акцент. — В чем бы ни было дело... или в ком...

но оно не дает тебе покоя. И ты встретишься с ним открыто. Так ты устроен.

В ее мыслях читалась та же убежденность, что и в ее словах. Я попытался взглянуть на себя ее глазами. Увидеть в себе того, кто способен встретиться с чем-либо открыто. Вновь думать о себе вот так было приятно. В своей отваге и умении не отступать перед испытаниями я не сомневался никогда прежде — до того ужасного часа в школе, до злополучного урока биологии, случившегося совсем недавно.

Я поцеловал Таню в щеку и быстро отстранился, когда она повернулась ко мне. Моя поспешность вызвала у нее грустную улыбку.

— Спасибо тебе, Таня. Мне было необходимо услышать это.

Ее мысли стали раздраженными.

— Да не за что вроде бы. Хотела бы я видеть тебя более благоразумным, Эдвард.

— Извини, Таня. Знаешь, ты заслуживаешь гораздо лучшей участи, чем я. Просто я... еще не нашел то, что ищу.

— Ну что ж, если уедешь до того, как мы снова увидимся... до свидания, Эдвард.

— До свидания, Таня, — с этими словами я увидел, что будет. Увидел, как уезжаю. Собравшись с духом настолько, чтобы вернуться в то единственное место, где мне хотелось быть. — Еще раз спасибо.

Она вскочила одним порывистым движением и побежала прочь, скользя по снегу так быстро, что он просто не успевал проваливаться под ее ступнями. Следов она не оставляла. И не оглядывалась. Мой отказ задел ее сильнее, чем прежде она позволяла себе расстроиться даже в мыслях. Новой встречи со мной до моего отъезда она не желала.

Мои губы скривились, уголки опустились. Я не хотел обидеть Таню, хотя чувства ее не отличались ни глубиной, ни чистотой, и в любом случае ответить на них я бы не смог. И все же понимал, что поступил отнюдь не как джентльмен.

Положив подбородок на колени, я снова загляделся на звезды, хотя мной вдруг овладело нетерпеливое и тревожное желание поскорее двинуться в путь. Я знал, что Элис увидит, как я возвращаюсь домой, и расскажет остальным. Они обрадуются, особенно Карлайл и Эсме. Но я медлил, рассматривая звезды и стараясь не замечать лицо перед моим мысленным взором. В растерянных шоколадно-карих глазах между мной и мерцающими в небе звездами словно застыл вопрос о моих мотивах и, кажется, еще один — что означает это решение для *нее*. Естественно, я не мог знать наверняка, что именно об этом спрашивают ее любопытные глаза. Даже в своем воображении я был не в силах читать ее мысли. Глаза Беллы Свон продолжали вопрошать, а ничем не заслоненное звездное небо — ускользать от меня. С тяжким вздохом я сдался и встал. Бегом я доберусь туда, где оставил машину Карлайла, меньше чем за час.

Спеша увидеться с семьей — и страстно желая быть тем Эдвардом, который не отступает перед испытаниями, — я помчался по освещенной звездами заснеженной равнине, не оставляя следов.

— Обойдется, — выдохнула Элис. Ее взгляд был невидящим, Джаспер одной рукой слегка придержал ее под локоть, направляя вперед, и мы вошли в обшарпанный кафетерий, плотно сбившись в группу. Розали и Эмметт прокладывали путь. Эмметт имел нелепый вид телохранителя посреди вражеской территории. Роз тоже напряглась, но раздражения в ее настороженности было больше, чем стремления защитить.

— А как же иначе, — проворчал я. Их поведение выглядело смехотворно. Не будь я абсолютно уверен в том, что справлюсь с ситуацией, остался бы дома.

Внезапный переход от нашего нормального, даже озорного утра — ночью выпал снег, и Эмметт с Джаспером не постеснялись воспользоваться моей рассеянностью и закидать меня мокрыми снежками, а когда им наскучило отсутствие реакции с моей стороны, затеяли бой друг с другом, — к этой утрированной бдительности выглядел бы комично, если бы не так раздражал.

— Ее здесь еще нет, но судя по тому, с какой стороны она войдет... вряд ли она сядет так, чтобы ветер дул от нее, если мы займем наше обычное место.

— *Ну разумеется*, обычное, какое же еще. Элис, прекрати. Ты действуешь мне на нервы. Со мной все будет в полном порядке.

Она моргнула, пока Джаспер помогал ей сесть, и наконец сосредоточила взгляд на моем лице.

— Хм-м... — ее голос звучал удивленно. — Похоже, ты прав.

— *Естественно*, — буркнул я.

Я терпеть не мог быть в центре их внимания и заботы. И внезапно посочувствовал Джасперу, вспомнив, сколько раз мы досаждали ему своей опекой. Коротко переглянувшись со мной, он ухмыльнулся.

«*Бесит, да?*»

Я метнул в него сердитый взгляд.

Неужели всего неделю назад эта длинная неряшливая комната казалась мне убийственно унылой? И пребывание в ней напоминало сон или коматоз?

Сегодня мои нервы были натянуты до предела — фортепианные струны в напряженной готовности запеть от легчайшего нажима. Перевозбуждение затронуло все чувства; я улавливал каждый звук, каждый зрительный образ, каждое движение воздуха, касающееся моей кожи, каждую мысль. Особенно мысли. Только одному чувству я не давал воли, отказывался пользоваться им. Обонянием, конечно. Я не дышал.

Я думал, что буду чаще встречать упоминания о Калленах во всех чужих мыслях, которые перебирал. Весь день я ждал, искал новых знакомых Беллы Свон, которым она могла довериться, пытался выяснить, какое направление примут новые сплетни. Но не узнал ничего. Никто не обращал особого внимания на пятерых вампиров в кафетерии — в точности как перед появлением новенькой. Несколько присутствующих здесь людей все еще думали о ней, и эти мысли были точно такими же, как на прошлой неделе. Однако теперь они уже не нагоняли на меня невыносимую скуку — я увлекся ими.

Неужели она ни с кем не говорила обо мне?

Она никак не могла не заметить мой зловещий, убийственный взгляд. Я почувствовал ее реакцию на него. Безусловно, я нанес ей травму. И был убежден, что она упомянет об этом кому-нибудь, может, даже для пущей выразительности слегка приукрасит случившееся. Припишет мне парочку угрожающих реплик.

А потом она услышала, как я пытался отвертеться от общих для нас с ней уроков биологии. Заметив выражение на моем лице, она наверняка даже принялась гадать, не она ли стала причиной моего решения. Нормальная девчонка начала бы расспросы, принялась сравнивать чужие впечатления с собственными, искать в них нечто общее, что объяснило бы мое поведение и вместе с тем избавило бы ее от ощущения, будто все дело в ней. Люди постоянно прилагают отчаянные усилия, чтобы чувствовать себя обычными, быть как все. Не выделяться среди окружающих, сливаться с толпой, как похожие друг на друга овцы в стаде. Эта потребность особенно сильна в годы подростковой неуверенности в себе. И эта девушка никакое не исключение из общего правила.

Но никто не обращал внимания на то, что мы сидим рядом, за нашим обычным столом. Должно быть, Белла на удивление стеснительна, если не доверилась никому. Может, она поговорила с отцом, может, ее отношения с ним — прочнее всех остальных, хотя, пожалуй, маловероятно, если вспомнить, как мало времени она провела с отцом за свою жизнь. Скорее всего она более близка с матерью. И все же стоило бы пройти мимо начальника полиции Свона как-нибудь в ближайшее время и послушать, о чем он думает.

— Есть что-нибудь новое? — спросил Джаспер.

Я сосредоточился, вновь впустив в себя целый рой чужих мыслей. Среди них не было ничего примечательного; никто не думал о нас. Несмотря на мои недавние тревоги, по-видимому, я не утратил способности, вот только мысли молчаливой девушки прочитать не мог. После возвращения я поделился своим беспокойством с Карлайлом, но услышал в ответ, что ему известно лишь о том, как крепнут способности благодаря практике. Но не исчезают никогда.

Джаспер в нетерпении ждал.

— Ничего. Она, должно быть... ни о чем не проболталась.

От такого известия все наши дружно подняли брови.

— Или ты не настолько страшный, как тебе кажется, — хмыкнул Эммет. — Держу пари, что я сумел бы запугать ее лучше, чем *некоторые*.

Я закатил глаза.

— Интересно все-таки, почему?.. — Он вновь озадачился, вспомнив мои откровения о непривычном молчании новенькой.

— Об этом мы уже говорили. *Я не знаю.*

— Она идет, — прошипела Элис, и я похолодел. — Постарайся выглядеть по-человечески.

— По-человечески, говоришь? — переспросил Эмметт.

Он поднял сжатую в кулак правую руку, разжал пальцы и показал принесенный с улицы снежок. Он не растаял, Эмметт превратил его в твердый ледяной комок. Смотрел он на Джаспера, но я видел направление его мыслей. И Элис, разумеется, видела тоже. И когда он вдруг кинул в нее ледяным комком, она отразила удар небрежным взмахом пальцев. Ледяной ком пролетел через весь кафетерий, слишком быстро, а потому и незаметно для человеческого глаза, и с хрустом рассыпался, ударившись о кирпичную стену. Кирпич тоже треснул.

Ученики, сидящие в том углу кафетерия, уставились на кучку битого льда на полу, потом обвели взглядом всех вокруг, разыскивая виновника. Но осматривали они лишь ближайшие столы. На нас никто не глядел.

— Очень по-человечески, Эмметт, — съязвила Розали. — Раз уж дело дошло до шалостей, почему бы тебе не проломить стену?

— Если это сделаешь ты, впечатление будет ярче. Шикарнее.

Я старался не отвлекаться от них, удерживал на лице приклеенную ухмылку, будто сам участвовал в их перепалке. И не позволял себе смотреть в сторону очереди, в которой, как уже успел заметить, стояла она. Но прислушивался на самом деле только к ее окружению.

Я слышал, что у Джессики не хватает терпения на новенькую, которая, кажется, тоже о чем-то задумалась, застыв столбом в движущейся очереди. В мыслях Джессики я прочитал, что щеки Беллы Свон вновь ярко порозовели от прилива крови.

Я сделал несколько быстрых неглубоких вдохов, готовясь перестать дышать вообще, если хотя бы намек на ее запах возникнет в воздухе рядом со мной.

Рядом с двумя девушками в очереди стоял Майк Ньютон. Я слышал оба его голоса — мысленный и обычный, когда он спрашивал Джессику, что это с Беллой. Неприятно было наблюдать, как его мысли вертятся вокруг нее, как затуманивает их мелькание уже укоренившихся фантазий, пока он смотрел, как она вздрогнула, очнувшись от своих раздумий, будто совсем забыла, что он рядом.

— Ничего, — услышал я ответ Беллы. Ее чистый негромкий голос колокольчиком прозвенел в гомоне кафетерия, но я понимал, что это мне лишь показалось, потому что я старательно напрягал слух. — Возьму сегодня содовой, — продолжала она, догоняя убежавшую вперед очередь.

Не удержавшись, я бросил единственный взгляд в ее сторону. Она смотрела в пол, кровь постепенно отливала от ее лица. Я поспешил перевести взгляд с нее на Эмметта, который рассмеялся при виде улыбки на моем лице, похожей теперь на гримасу боли.

«*Нездоровый у тебя видок, братец мой*».

Я придал своему лицу беспечное и непринужденное выражение.

Джессика вслух удивилась отсутствию аппетита у спутницы:

— Совсем не хочешь есть?

— Тошнит немного, — она слегка понизила голос, но тот по-прежнему звучал совершенно отчетливо.

Почему оно задело меня, это беспокойное стремление опекать, внезапно проскользнувшее в мыслях Майка Ньютона? Какая разница, что в них появился собственнический оттенок? Не мое дело, если Майк Ньютон беспричинно переживает за нее. Может, такую реакцию она вызывает у всех и каждого. Разве у меня самого не возник инстинктивный порыв защитить ее? В смысле, еще до того, как мне захотелось ее убить...

А вдруг она *в самом деле* больна?

Судить трудно — со своей тонкой просвечивающей кожей она выглядит такой хрупкой... И тут я понял, что тревожусь точно так же, как этот недоумок, и запретил себе думать о ее здоровье.

Так или иначе, мне не нравилось наблюдать за ней посредством мыслей Майка. Я переключился на Джессику, исподтишка поглядывая, как они втроем выбирают, за какой бы стол сесть. На мою удачу, они присоединились к обычным соседям Джессики за одним из столов с другой стороны зала. Не так, чтобы ветер дул от нее, как Элис и предвидела.

Элис толкнула меня локтем. *«Она скоро посмотрит. Веди себя по-человечески».*

Удерживая на лице улыбку, я стиснул зубы.

— Да не напрягайся ты, Эдвард, — посоветовал Эмметт. — Право слово. Ну убил ты человека. Это еще не конец света.

— Тебе виднее, — шепотом отозвался я.

Эмметт рассмеялся.

— Пора бы уже тебе усвоить правило: пережил — и забыл. Как делаю я. Вечность — слишком долгий срок, чтобы предаваться угрызениям совести.

Тут-то Элис и швырнула в лицо ничего подобного не ожидавшему Эмметту припрятанную горсть снега.

Он растерянно заморгал, потом осклабился в предвкушении.

— Сама напросилась, — заявил он, наклонился над столом и тряхнул осыпанными снегом волосами в сторону Элис. С волос сорвался целый ливень подтаявшего в тепле снега вперемешку с водой.

— Фу! — поморщилась Роз, вместе с Элис уворачиваясь от потопа.

Элис рассмеялась, все мы поддержали ее. В мыслях Элис я увидел, как был подстроен этот безупречный момент, и понял, что она — надо бы перестать мысленно называть ее так, будто она единственная девушка в мире, — что Белла увидит, как мы смеемся, дурачимся, выглядим счастливыми, не отличающимися от людей и неправдоподобно идеальными, как иллюстрация Нормана Роквелла.

Продолжая смеяться, Элис заслонилась подносом, как щитом. Она — то есть Белла — наверняка все еще смотрит на нас.

«..опять глазеет на Калленов», — подумал кто-то, привлекая мое внимание.

Я машинально повернулся на этот невольный зов и сразу узнал голос, едва увидел, откуда он исходит, — за сегодня я уже наслушался его.

Но по Джессике я лишь скользнул глазами и встретился с пристальным взглядом ее соседки.

Она сразу потупилась, опять спрятавшись за завесой густых волос.

О чем она думает? Досада, вызванная ее молчанием, казалось, не притуплялась со временем, а обострялась. Я попытался — нерешительно, поскольку раньше никогда этого не делал, — силой мысли прощупать тишину вокруг нее. Мой особый слух всегда включался сам собой, без просьб; для этого мне не требовалось напрягаться. Но теперь я сосредоточился, силясь пробиться сквозь некий панцирь, окружающий ее.

Ничего, кроме молчания.

«*Да что в ней такого?*» — думала Джессика, эхом вторя моему раздражению.

— На тебя таращится Эдвард Каллен! — шепнула она на ухо этой девушке, то есть Белле Свон, и хихикнула. В ее голосе не было ни намека на зависть и досаду. Похоже, Джессика владела искусством притворной дружбы.

Полностью поглощенный происходящим, я прислушался к ответу.

— Он не злится? — шепнула она.

Так, значит, она все же *заметила* мою безумную реакцию на прошлой неделе. Не могла не заметить.

Вопрос озадачил Джессику. Я увидел в ее мыслях мое собственное лицо, к выражению на котором она стала присматриваться, но в тот момент я с ней взглядом не встречался. И все еще сосредотачивал внимание на ее соседке, надеясь услышать хоть *что-нибудь*. Но даже полная сосредоточенность нисколько не помогла.

— Нет, — ответила ей Джесс, и я понял, как ей хотелось бы сказать «да», как растравляет ей душу мой пристальный взгляд, но ни следа этих чувств не отразилось в ее голосе. — С какой стати?

— Мне кажется, я ему не нравлюсь, — шепнула ее собеседница и подперла голову ладонью, словно от внезапной усталости. Я попытался понять смысл ее жеста, но мог лишь строить догадки. Может, она и *впрямь* устала.

— Калленам никто не нравится, — заверила ее Джесс. — А может, они просто никого вокруг не замечают, — «*и не за-*

мечали *никогда*», — обидчиво проворчала она про себя. — А Эдвард до сих пор смотрит на тебя.

— Отвернись! — встревожилась она и подняла голову, убеждаясь, что Джессика послушалась.

Джессика хихикнула, но сделала, как сказано.

Остаток часа ее соседка просидела, глядя в стол. Мне показалось — хотя, конечно, я не мог знать наверняка, — что она сдерживается намеренно. Ее как будто тянуло посмотреть на меня. Поерзав на месте, она поворачивалась было в мою сторону, начинала поднимать подбородок, а потом спохватывалась, глубоко вздыхала и устремляла неподвижный взгляд на того, с кем говорила.

Большей частью я пропускал мимо ушей чужие мысли, вертевшиеся вокруг нее, если в тот момент они к ней не относились. Майк Ньютон собирался затеять после уроков бой снежками на стоянке — видимо, не подозревая, что снег уже сменился дождем. Вместо шороха снежинок, оседающих на крышу, слышался более привычный стук дождевых капель. Неужели Майк его не слышит? По-моему, он довольно громкий.

Обеденный перерыв кончился, но я не двигался с места. Народ потянулся к выходу, а я поймал себя на попытке отличить звук ее шагов от остальных, будто в нем было нечто важное или особенное. Как глупо.

Мои близкие тоже не предпринимали попыток уйти. Они ждали, чтобы узнать, как поступлю я.

Пойду на урок и сяду с ней рядом, где мне придется вдыхать ее немыслимо дурманящий запах и всей кожей ощущать тепло ее сердцебиения? Хватит ли у меня для этого сил? Или на сегодня мне уже достаточно?

В кругу семьи мы обсудили этот момент со всех мыслимых сторон. Карлайл не одобрял риск, но не стал бы навязывать мне свою волю. Неодобрение Джаспера было почти так же велико, но объяснялось скорее страхом перед разоблачением, нежели заботой о человечестве. Розали беспокоилась лишь о том, в какой мере дальнейшее повлияет на ее жизнь. Элис видела столько вариантов туманного, противоречивого будущего, что ее видения на этот раз ничем не помогали. Эсме считала, что ничего плохого я не сделаю. А Эмметту просто хотелось сравнить подробности — у него тоже имелся опыт, связанный с особо притягательными запахами. В свои воспоминания он втягивал и Джаспера, хотя у того история умения владеть собой была такой короткой и продолжалась с настолько переменным успехом, что он не мог утверждать наверняка, приходилось ему так же бороться с собой или нет. В отличие от него Эмметт помнил два подобных случая. И его воспоминания о них совсем не обнадеживали. Но в то время он был моложе и хуже владел собой. Я определенно не настолько слаб.

— Я... мне *кажется*, все в порядке, — нерешительно произнесла Элис. — Ты настроился. *Пожалуй*, час ты продержишься.

Но Элис не хуже меня знала, как быстро могут меняться решения.

— Зачем нарываться, Эдвард? — спросил Джаспер. Хоть ему и не нравилось с чувством самодовольства думать о том, что на этот раз слабаком оказался я, мне было слышно, как он злорадствует, пусть и слегка. — Поедем домой. Не будем торопить события.

— А что такого-то? — не соглашался с ним Эмметт. — Или он прикончит ее, или нет. Вот и пусть все решится сразу так или иначе.

— А я пока не хочу переезжать, — пожаловалась Розали. — Не хочу начинать все заново. Мы же почти окончили школу, Эмметт. *Наконец-то*.

Я разрывался в равной мере между двумя решениями. Мне хотелось, причем хотелось нестерпимо, не убегать, а открыто встретить испытание и выстоять. Вместе с тем я не желал идти на излишний риск. На прошлой неделе Джаспер совершил ошибку, слишком долго обходясь без охоты; неужели и эта ошибка столь же бессмысленна?

Не хватало еще, чтобы из-за меня всей семье пришлось сорваться с обжитого места. Никто из близких не поблагодарит меня за это.

Но на урок биологии я хотел. И сознавал, что хочу снова увидеть ее лицо.

Вот оно и приняло решение за меня, это любопытство. А я разозлился на себя за то, что оно вообще у меня возникло.

Ведь я же пообещал себе, что не допущу, чтобы тишина у нее в мыслях пробудила ничем не оправданный и чрезмерный интерес к ней — разве нет? И вот, пожалуйста: чрезмерно заинтересовался.

Меня не покидало желание узнать, о чем она думает. Ее мысли закрыты, зато глаза широко распахнуты. Возможно, я смогу читать по ним.

— Нет, Роз, мне кажется, все на самом деле обойдется, — вмешалась Элис. — Появляется... определенность. Я на девяносто три процента уверена, что если он пойдет на урок, ничего плохого не случится. — И она испытующе вгляделась в меня, гадая, какие перемены в моих мыслях сделали ее видение будущего более отчетливым.

Хватит ли моего любопытства для спасения жизни Беллы Свон?

Впрочем, Эмметт прав — почему бы не дать вопросу разрешиться так или иначе? Я встречусь с искушением лицом к лицу.

— Идите на урок, — распорядился я, оттолкнулся от стола, повернулся и зашагал прочь, не оглядываясь. Я слышал, как шлейфом тянутся за мной тревога Элис, осуждение Джаспера, одобрение Эмметта и досада Розали.

У двери класса я сделал последний глубокий вдох, задержал воздух в легких и вошел в тепло и тесноту помещения.

Я не опоздал: мистер Баннер все еще готовился к сегодняшней лабораторной. Она сидела за моим — то есть за *нашим* столом, — опять опустив голову и уставившись на тетрадь, на обложке которой рисовала каракули. Приближаясь, я разглядывал ее рисунок, меня заинтересовало даже это пустячное порождение ее разума, но смысла оно не имело. Просто путаница из петель, вписанных одна в другую. Может, она рисовала машинально, а думала о чем-то другом?

Свой стул я отодвинул излишне резко, царапнув ножками по линолеуму — люди чувствуют себя спокойнее, когда о чьем-то приближении возвещает шум.

Я понял, что она услышала: голову не подняла, но пропустила петлю на своем рисунке, нарушив его симметрию.

Почему она не взглянула на меня? Наверное, побоялась. Обязательно надо постараться на этот раз произвести на нее другое впечатление. Дать понять, что в прошлый раз ей все померещилось.

— Привет, — негромко произнес я тоном, которым пользовался, когда хотел, чтобы люди чувствовали себя рядом со мной непринужденно. И изобразил вежливую улыбку, не показывая зубов.

Только тогда она подняла голову, ее широко распахнутые карие глаза были полны удивления и безмолвных вопросов. Именно это выражение застыло на лице, которое я видел перед мысленным взором всю прошедшую неделю.

Заглядевшись в эти удивительно бездонные карие глаза — оттенка молочного шоколада, но по яркости сравнимые скорее с крепким чаем, обладающие глубиной и прозрачностью, с крошечными крапинками цвета зеленого агата и золотистой карамели, — я осознал, что моя ненависть, та самая ненависть, которой, как мне казалось, эта девушка заслуживает самим фактом своего существования, улетучилась. Не дыша и не ощущая привкуса ее запаха, я с трудом мог поверить, что настолько уязвимое существо могло вообще вызвать ненависть.

На ее щеках начал проступать румянец, она молчала.

Я по-прежнему смотрел ей в глаза, всецело сосредоточившись на их испытующих глубинах, и старался не обращать внимания на аппетитный оттенок ее щек. Воздуха мне пока хватало, я мог бы некоторое время поддерживать разговор, не делая вдохов.

— Я Эдвард Каллен, — сказал я, хотя это она уже знала. Вежливый способ начать разговор. — На прошлой неделе я не успел представиться. А ты, наверное, Белла Свон.

Она, кажется, растерялась: между бровей появилась морщинка. Ей понадобилось на полсекунды больше, чем следовало бы, чтобы ответить.

— Откуда ты знаешь, как меня зовут? — спросила она чуть дрогнувшим голосом.

Должно быть, я не на шутку напугал ее, вместе с этой мыслью ко мне явились угрызения совести. Я негромко рассмеялся, зная, что этот звук помогает людям почувствовать себя свободнее.

— По-моему, это все знают. — Не могла же она не догадаться, что в этом скучном городке с его небогатой событиямими жизнью привлекла всеобщее внимание. — Твоего приезда ждал весь город.

Она нахмурилась, словно услышала что-то неприятное. Пожалуй, при своей застенчивости она не видит во внимании окружающих ничего хорошего. В отличие от большинства людей. Не желая выделяться, вместе с тем они рвутся обратить на себя внимание своей личной одинаковостью.

— Да нет же, — сказала она, — я о другом: почему ты назвал меня Беллой?

— А тебе больше нравится «Изабелла»? — спросил я, озадачившись и не понимая, к чему ведет этот вопрос. Я недоумевал: ведь она в первый же день несколько раз ясно дала понять, какое обращение предпочитает. Неужели все люди настолько непостижимы, если нельзя ориентироваться по их мыслям? Как же сильна, оказывается, моя зависимость от особых способностей. Неужели без них я был бы совершенно слепым?

— Нет, «Белла», — ответила она, чуть склонив голову набок. Если я правильно понял выражение ее лица, она колебалась между смущением и замешательством. — Но Чарли, то есть мой отец, скорее всего называет меня за спиной Изабеллой, поэтому все здесь, похоже, знают меня как Изабеллу. — Ее порозовевшая кожа стала на оттенок ярче.

— А-а, — протянул я и поспешно отвел взгляд от ее лица.

Только теперь я понял, что означал ее вопрос: я просчитался, допустил ошибку. Если бы я не подслушивал чужие мысли весь первый день, тогда в первый раз назвал бы ее полным именем. И она это заметила.

Я ощутил укол беспокойства. Слишком уж стремительно она среагировала на мой промах. Изрядная сообразительность, особенно для человека, которому полагалось быть насмерть перепуганным моим соседством.

Однако у меня возникли проблемы и посерьезнее подозрений насчет меня, надежно запертых у нее в голове, какими бы ни были эти подозрения.

У меня заканчивался воздух. Для того, чтобы вновь заговорить с ней, мне требовалось сделать вдох.

Избежать разговора было бы трудно. К несчастью для нее, сидя за одним столом со мной, она неизбежно становилась моей напарницей на лабораторных занятиях, и сегодня нам предстояла совместная работа. Мои попытки не замечать ее во время лабы могли показаться странностью и необъяснимой грубостью. И неизбежно пробудили бы в ней новые подозрения и страхи.

Я отклонился от нее так далеко, как только мог, не отодвигая свой стул, свесил голову в проход. Собрался с духом, напряг мышцы, а потом разом набрал полную грудь воздуха, сделав вдох одним только ртом.

— А-ап!

Боль была жуткая, я словно сглотнул горящие угли. Даже в отсутствие запаха я почувствовал языком ее вкус. Жажда вспыхнула так же мощно, как в первый раз, когда я ощутил ее запах на прошлой неделе.

Я скрипел зубами и старался держать себя в руках.

— Начали! — скомандовал мистер Баннер.

Искусство владеть собой, отточенное за семьдесят четыре года упорного труда, понадобилось мне все до последней капли, чтобы снова повернуться к девушке, которая смотрела в стол перед собой, и улыбнуться.

— Сначала дамы, напарник? — предложил я.

Она подняла голову, посмотрела на меня, и ее лицо застыло. Что-то не так? Я видел, как отражается в ее глазах выражение лица, с которым я обычно изображал дружелюбие. Эта маска выглядела идеально. А она вновь испугалась? И молчала.

— Или я начну — как скажешь, — негромко добавил я.

— Нет, — ответила она, и ее бледное лицо вновь вспыхнуло. — Я первая.

Я уставился на инвентарь у нас на столе — потертый микроскоп, коробку с предметными стеклами, — лишь бы не видеть, как пульсирует кровь под ее прозрачной кожей. Сделал еще один быстрый вдох сквозь зубы и поморщился от привкуса, который обжег мне горло изнутри.

— Профаза, — сказала она, едва взглянув в микроскоп. И начала было вынимать стекло, которое толком не рассмотрела.

— Можно и мне взглянуть?

Непроизвольно — и глупо, будто мы с ней принадлежали к одному виду, — я протянул руку, чтобы помешать ей убрать предметное стекло. За долю секунды жар ее кожи успел обжечь мою. Словно электрический импульс, этот жар пронзил мне пальцы и стремительно взметнулся вверх по руке. Она выдернула свою ладонь из-под моей.

— Извини, — пробормотал я. В силу необходимости отвлечься хоть чем-нибудь я взялся за микроскоп и ненадолго заглянул в окуляр. Она оказалась права. — Профаза, — согласился я.

Я по-прежнему был слишком взбудоражен, чтобы смотреть на нее. Стараясь дышать как можно тише сквозь стиснутые зубы и не обращать внимания на жгучую жажду, я всецело сосредоточился на элементарной задаче — вписывании названия фазы в соответствующую графу лабораторной таблицы, а затем занялся сменой прежнего предметного стекла на новое.

О чем она думала в те минуты? Как восприняла прикосновение моей руки? Моя кожа наверняка была холодна как лед — вызывала отвращение. Неудивительно, что она притихла.

Я взглянул на предметное стекло.

— Анафаза, — сказал я себе под нос и записал название в следующую графу.

— Можно? — спросила она.

Подняв глаза, я с удивлением обнаружил, что она замерла в выжидательной позе, протянув руку к микроскопу. Испуганной она не *выглядела*. Неужели и вправду думала, что я дал неверный ответ?

Невольно улыбнувшись при виде полного надежд выражения ее лица, я придвинул к ней микроскоп.

Она заглянула в окуляр, и ее воодушевление сразу угасло. Уголки губ опустились.

— Третье стекло? — спросила она и протянула руку, не отрываясь от микроскопа. Я уронил следующее предметное стекло ей на ладонь, стараясь на этот раз не коснуться ее. Сидеть рядом с ней было все равно что с инфракрасной лампой. Даже я сам немного потеплел, нагревшись от нее.

И третье стекло она разглядывала недолго.

— Интерфаза, — объявила она небрежным тоном, но, пожалуй, чуточку перестаралась, изображая небрежность, и придвинула микроскоп ко мне. К таблице она не притронулась, ожидая, когда я впишу ответ. Я на всякий случай проверил — она опять определила фазу правильно.

Так мы и закончили работу, время от времени перебрасываясь словом и стараясь не встречаться взглядами. Справились единственные из класса — остальным лаба давалась с трудом. Майку Ньютону, похоже, никак не удавалось сосредоточиться — он все поглядывал на нас с Беллой.

«*Там бы лучше и сидел, куда он там умотал*», — думал Майк, испепеляя меня взглядом. Любопытно. Не знал, что этот малый питает ко мне какую-то особую неприязнь. И возникла она не так давно — видимо, с появлением новенькой. И что еще примечательнее, к своему удивлению, я обнаружил, что наши с Майком чувства взаимны.

Я снова взглянул на свою соседку, озадаченный масштабами потрясений, произведенных ею в моей жизни, несмотря на ее самую обычную, безобидную внешность.

Не то чтобы я не понимал, отчего завелся Майк. Вообще-то для человека она была довольно симпатичной, на свой необычный лад. Лучше, чем просто красивое, ее лицо выглядело... неожиданно. Не совсем соразмерное — с узким подбородком при широких скулах, резко-контрастное — с сочетанием светлой кожи и темных волос, да еще эти глаза — слишком большие для ее лица, до краев полные невысказанных секретов...

И эти глаза вдруг впились взглядом в мои.

Я уставился на нее в ответ, пытаясь разгадать хотя бы один ее секрет.

— Ты в контактных линзах? — вдруг выпалила она.

Какой странный вопрос.

— Нет. — Я чуть не улыбнулся этой шутке — надо же, с помощью линз улучшить *мое* зрение!

— А-а... — и она пробормотала: — Просто мне показалось, что у тебя глаза стали другими.

Меня вдруг снова зазнобило: я понял, что сегодня секреты выведываю не только я один.

Я пожал напряженными плечами и устремил взгляд вперед, туда, где расхаживал учитель.

Разумеется, мои глаза изменились с тех пор, как она в прошлый раз смотрела в них. Готовясь к сегодняшнему испытанию, к сегодняшнему искушению, я все выходные охотился, как можно полнее утоляя жажду, и не на шутку перестарался. Я буквально упился кровью животных, хотя это мало что меняло, когда в воздухе вокруг неё распространялся немыслимый аромат. В прошлый раз, когда я смотрел на нее в упор, мои глаза были черными от жажды. А теперь, с заполненным чужой кровью телом, мои глаза приобрели теплый золотистый оттенок светлого янтаря.

Еще один промах. Если бы я сразу понял, в чем смысл ее вопроса, я мог бы без колебаний ответить «да».

В этой школе бок о бок с людьми я просидел уже два года, и она первая принялась изучать меня настолько пристально, что заметила, как мои глаза меняют цвет. Остальные же, восхищаясь красотой всей моей семьи, старались поскорее потупиться, когда мы отвечали им взглядами. Они отстранялись, отгораживались от подробностей нашей внешности в инстинктивном стремлении уберечь себя от понимания. Для человеческого разума незнание было благом.

Почему именно *эта* девушка оказалась настолько наблюдательной?

Мистер Баннер подошел к нашему столу. Я с благодарностью вдохнул волну свежего, еще не смешанного с ее запахом воздуха, которую он пригнал.

— Эдвард, может, — заговорил он, просмотрев нашу таблицу, — стоило дать Изабелле возможность поработать с микроскопом?

— Белле, — на автомате поправил его я. — Вообще-то она определила три препарата из пяти.

Мысли мистера Баннера приобрели скептический оттенок, он повернулся к девушке.

— Ты уже выполняла эту работу?

Словно зачарованный, я смотрел, как она улыбнулась, судя по ее виду, слегка смутившись.

— Но не с препаратами лукового корня.

— С бластулой сига? — допытывался мистер Баннер.

— Да.

Это его удивило. Сегодняшнюю лабу он позаимствовал из программы старшего класса. Он задумчиво кивнул Белле:

— В Финиксе ты училась по программе повышенной сложности?

— Да.

Значит, обладала достаточно развитым — для человека — интеллектом. Этому я не удивился.

— Ну что же, — мистер Баннер поджал губы, — хорошо, что на лабораторных вы сидите вместе. — Он повернулся и отошел, бормоча себе под нос: «Так у остальных будет шанс хоть чему-то научиться самостоятельно». Вряд ли Белла его слышала. Она вновь принялась рисовать на обложке своей тетради.

Два промаха за каких-нибудь полчаса. Предельно низкий для меня результат. Я не имел ни малейшего представления о том, что думает моя соседка обо мне — насколько ей страшно, что она заподозрила, — однако я понимал, что должен приложить все старания, чтобы вновь поразить ее воображение. И тем самым приглушить ее воспоминания о нашей ужасающей прошлой встрече.

— Обидно получилось со снегом, верно? — произнес я, повторяя треп, который уже слышал от десятка учеников. Нудная, заезженная тема для разговора. Обсуждать погоду всегда можно без опасений.

Девушка уставилась на меня с явным сомнением в глазах — ненормальная реакция на мои совершенно нормальные слова.

— Вообще-то нет.

Я попытался вновь направить разговор по шаблонному пути. Она приехала из таких солнечных и теплых краев — об этом, несмотря на светлый оттенок, свидетельствовала ее кожа, — что в прохладном климате наверняка чувствовала себя неуютно. А от моего ледяного прикосновения и подавно.

— Ты не любишь холод, — догадался я.

— И сырость тоже, — согласилась она.

— Тяжко тебе приходится в Форксе.

Вот и незачем было приезжать сюда, хотелось добавить мне. *Вот и надо было остаться там, где тебе самое место.*

Но в том, что я действительно этого хочу, я сомневался. Мне предстояло навсегда запомнить запах ее крови — и где гарантия, что рано или поздно я не брошусь по ее следу? И потом, если она уедет, ее мысли останутся для меня загадкой, извечной, неотвязной головоломкой.

— Еще как, — она понизила голос, бросив на меня быстрый взгляд.

Ее ответы всякий раз оказывались для меня неожиданностью. Они вызывали желание задавать новые вопросы.

— Зачем же ты сюда приехала? — потребовал ответа я и мгновенно осознал, насколько укоризненным и недостаточно непринужденным для нашего разговора получился мой тон. Вопрос прозвучал назойливо и грубо.

— Это... сложно объяснить.

Она заморгала, ограничившись кратким ответом, а я чуть не лопнул от любопытства — в ту секунду оно вспыхнуло и обожгло почти так же сильно, как жажда в моем горле. В сущности, я заметил, что дышать стало немного легче; пытка сделалась чуть более терпимой, стоило привыкнуть к ней.

— А ты попробуй, — настаивал я. Возможно, элементарная вежливость побудит ее отвечать на мои вопросы до тех пор, пока мне хватит наглости задавать их.

Она молча уставилась на свои руки. Мной овладело нетерпение. Захотелось взять ее за подбородок и заставить поднять голову, чтобы читать мысли по ее глазам. Но я, конечно, не смог бы вновь коснуться ее кожи.

Она вдруг подняла глаза. Каким облегчением было увидеть в них отражение чувств. Она выпалила скороговоркой:

— Моя мама снова вышла замуж.

А, это так по-людски, понять нетрудно. Грусть скользнула по ее лицу, вызвала появление складочки между бровями.

— Пока что все понятно, — отозвался я, и мой голос прозвучал мягко без каких-либо усилий с моей стороны. Как ни странно, при виде ее подавленности я растерялся, мне захотелось хоть чем-нибудь поднять ей настроение. Странный порыв. — Когда это случилось?

— В прошлом сентябре. — Ее выдох был тяжким, но все-таки не вздохом. Теплое дыхание овеяло мое лицо, и я на миг застыл.

— И ты его недолюбливаешь, — предположил я после краткой паузы, продолжая выуживать информацию.

— Нет, Фил хороший, — поправила мое предположение она. Теперь возле уголков ее полных губ возник намек на улыбку. — Может, слишком молодой, но славный.

Это обстоятельство не вписывалось в сценарий, который уже складывался у меня в голове.

— Почему же ты не осталась с ними?

Вопрос прозвучал слишком азартно, будто я лез не в свое дело. Чем я, собственно говоря, и занимался.

— Фил постоянно в разъездах. Он зарабатывает на жизнь бейсболом. — Легкая улыбка стала чуть шире: выбранная им карьера забавляла ее.

Я тоже улыбнулся, но не по своему выбору. И не для того, чтобы развеять ее напряжение. Просто при виде ее улыбки захотелось улыбнуться и мне, будто нас объединял общий секрет.

— Я мог слышать о нем? — Мысленно я пробежался по списку профессиональных бейсболистов, гадая, который из Филов ее отчим.

— Вряд ли. Фил играет *так себе*. — Еще улыбка. — Всего лишь в низшей лиге. И постоянно ездит куда-нибудь.

Списки в моей голове мгновенно перетасовались, возможные кандидатуры я собрал в них меньше чем за секунду. И за то же время успел придумать новый сценарий.

— И твоя мать отправила тебя сюда, чтобы самой ездить вместе с ним, — подытожил я. Предположениями вытягивать у нее информацию было легче, чем вопросами. Способ опять сработал. Она выпятила подбородок, ее лицо вдруг стало упрямым.

— Никуда она меня не отправляла, — заявила она новым, резким тоном. Мое предположение чем-то обидело ее, но я так и не понял чем. — Я сама.

Я не сумел ни понять, что она имеет в виду, ни догадаться, что ее уязвило. И совсем растерялся.

Раскусить эту девушку было просто невозможно. Она отличалась от других людей. Возможно, тишина ее мыслей и аромат крови — не единственное, что есть в ней необычного.

— Не понимаю, — признался я, нехотя смиряясь с поражением.

Она вздохнула, уставилась мне в глаза и смотрела в них дольше, чем выдерживало большинство обычных людей.

— Сначала мама оставалась со мной, но очень скучала по Филу, — с расстановкой объяснила Белла, и ее голос с каждым словом звучал все тоскливее. — Она была несчастна... вот я и решила, что пора пожить у Чарли.

Крошечная складочка между ее бровями стала глубже.

— И теперь несчастна ты, — пробормотал я, по-прежнему высказывая свои гипотезы вслух в надежде узнать что-нибудь еще, пока она будет опровергать их. Но эта, по-видимому, попала недалеко от истины.

— И что с того? — отозвалась она, как будто это вообще не стоило принимать во внимание.

Я по-прежнему смотрел ей в глаза — с таким чувством, словно наконец-то впервые заглянул ей в душу, хоть и мельком. Различить ее я смог в единственном коротком вопросе, которым она определила собственное место в списке приоритетов. В отличие от большинства людей она выносила свои потребности в самый конец этого списка.

Эгоизма в ней не было.

Как только я понял это, мне слегка приоткрылась личность, которую таили ее спокойный нрав и безмолвствующий разум.

— По-моему, несправедливо, — сказал я. И пожал плечами, стараясь, чтобы этот жест выглядел небрежно.

Она рассмеялась, но совсем не весело.

— А разве ты не знал? В жизни нет справедливости.

Мне захотелось засмеяться ее словам, хотя не до веселья было и мне. О несправедливости жизни я знал не понаслышке.

— Кажется, что-то в этом роде я уже слышал.

Она уставилась на меня и казалась вновь чем-то озадаченной. Ее взгляд метнулся в сторону, потом вновь нацелился в мои глаза.

— Вот, собственно, и все, — сказала она.

Завершить этот разговор я был не готов. Морщинка между ее бровями, напоминание о ее грусти, не давала мне покоя.

— Здорово у тебя получается, — произнес я медленно, все еще продолжая обдумывать очередное предположение. — Но готов поспорить, что ты страдаешь, хотя и не подаешь виду.

Она состроила гримасу — прищурила глаза, угрюмо скривила губы на одну сторону и отвернулась от меня в сторону класса. Правильность моей догадки ей не понравилась. В отличие от типичных мучеников в зрителях для своей боли она не нуждалась.

— Я ошибся?

Она слегка вздрогнула, ничем другим не давая понять, что слышала меня.

От этого я улыбнулся.

— Нет, вряд ли.

— А тебе-то что? — все еще глядя в сторону, резко отозвалась она.

— Вопрос в самую точку, — признал я, обращаясь скорее к себе, чем к ней.

Она оказалась проницательнее меня — умела заглянуть в самую суть, пока я блуждал вокруг да около, вслепую разбираясь в зацепках. Подробности ее совершенно человеческой жизни и вправду меня *не* касались. Ошибкой с моей стороны было интересоваться ее мыслями. Человеческие мысли несущественны, если речь не идет о защите моей семьи от подозрений.

К роли менее сообразительного из собеседников я не привык. Слишком во многом я полагался на свой дополнительный слух, и оказалось, что я не обладаю той силой восприимчивости, какую себе приписывал.

Девушка вздохнула и засмотрелась в сторону классной доски. В ее раздраженном выражении лица было что-то комичное. И вся ситуация, весь этот разговор тоже выглядели комично. Ни для кого другого я не представлял такую опасность, как для этой хрупкой человеческой девушки, — в любой момент я мог, забывшись в своей смехотворной увлеченности разговором, сделать вдох носом и напасть на нее, не успев опомниться, — а *она* досадовала на то, что я не ответил на ее вопрос.

— Я тебя раздражаю? — спросил я, улыбаясь от абсурдности ситуации в целом.

Она коротко посмотрела на меня и вдруг словно застряла глазами в ловушке моего взгляда.

— Не то чтобы ты, — ответила она. — Скорее, я сама себя раздражаю. У меня все написано на лице — мама говорит, что читает меня, как открытую книгу.

И она недовольно нахмурилась.

Я в изумлении уставился на нее. Стало быть, она расстроилась, считая, что я раскусил ее *чересчур легко*. Невероятно. Тратить так много усилий, чтобы понять кого-то, мне еще не доводилось за всю свою жизнь — или, скорее, существование, потому что *жизнью* это не назовешь. На самом деле нет у меня никакой *жизни*.

— Наоборот! — возразил я, ощущая странную... настороженность, словно где-то рядом таилась опасность, которую я не заметил. Помимо совершенно явной опасности было еще что-то... Я вдруг занервничал, предчувствие встревожило меня. — Тебя очень трудно читать.

— Ты, похоже, спец в этом деле, — высказала она предположение, и оно опять попало точно в цель.

— Ну, в общем, да, — согласился я.

И улыбнулся ей — широко, заворачивая губы и обнажая ряды блестящих, прочных, как сталь, зубов.

Дурацкий поступок, но внезапно, совершенно неожиданно для самого себя, я отчаянно захотел хоть как-нибудь предостеречь эту девушку. Теперь ее тело находилось ближе ко мне, чем раньше, — она невольно сменила позу за время разговора. Все мелкие знаки и метки, которых хватало, чтобы отпугнуть остальных представителей рода человеческого, на нее, казалось, не действовали. Почему она до сих пор не отшатнулась от меня в ужасе? Ведь темной стороны моей натуры она увидела достаточно, чтобы осознать опасность.

Дождаться, когда мое предостережение возымеет желаемое действие, я не успел. Как раз в эту минуту мистер Баннер потребовал тишины, и Белла сразу же отвернулась от меня. Кажется, она была только рада тому, что нас прервали, а может, что-то и впрямь подсознательно поняла.

Я рассчитывал на последнее.

Увлеченность нарастала во мне, я чувствовал это, хоть и пытался искоренить ее. Я просто не мог позволить себе заинтересоваться Беллой Свон. Или, скорее, этого не могла позволить себе *она*. А я уже с нетерпением ждал, когда мне снова представится шанс поговорить с ней. Хотел узнать подробнее про ее мать, про ее жизнь до приезда сюда, про ее отношения с отцом. Все те незначительные подробности, благодаря которым обрастет плотью стержень ее характера. Но каждая секунда, проведенная с ней, была ошибкой, риском, на который ей не следовало идти.

В задумчивости она встряхнула густыми волосами как раз в тот момент, когда я позволил себе сделать еще один вдох. Волна ее особо насыщенного запаха ударила мне в глотку.

Это было как в первый день, как взрыв гранаты. От боли, сухости и жжения меня замутило. Пришлось снова схватиться за край стола, чтобы удержаться на месте. На этот раз я владел собой чуть лучше. По крайней мере, ничего не раскрошил и не сломал. Чудовище рычало у меня внутри, но моя боль не доставляла ему удовольствия. Слишком крепко оно было сковано. На данный момент.

Я полностью перестал дышать и отодвинулся от девушки так далеко, как только сумел.

Нет, мне никак нельзя было позволить себе заинтересоваться ею. Чем больше интереса она у меня вызывала, тем больше была вероятность, что я убью ее. Сегодня я уже допустил два мелких промаха. А если совершу третий, и на этот раз уже *не мелкий*?

Едва дождавшись звонка, я вылетел из класса — и, вероятно, разрушил все впечатление вежливости, которое почти создал за последний урок. И вновь принялся хватать ртом чистый влажный воздух возле здания, словно целительный аттар[1]. Я спешил, чтобы удалиться от этой девушки на максимальное расстояние.

Эмметт ждал меня у двери класса, где нам предстоял урок испанского. Некоторое время он вглядывался в мое безумное лицо.

«*Как все прошло?*» — настороженно подумал он.

— Никто не умер, — буркнул я.

«*Ну и ладно. Когда я увидел, как Элис рванула туда в конце, я уж думал...*»

Пока мы входили в класс, я успел просмотреть, как в воспоминаниях давностью несколько минут он, сидя на предыдущем уроке, видел в приоткрытую дверь Элис, с непроницаемым лицом быстро идущую в сторону корпуса естествознания. Ему помнилось, как он порывался вскочить и догнать ее, а потом передумал. Если бы Элис требовалась его помощь, она бы попросила.

---

[1] Эфирное масло. — *Здесь и далее, кроме особо оговоренных случаев, примеч. ред.*

Обмякнув на своем месте, я в ужасе и отвращении прикрыл глаза.

— Я даже не сознавал, что был на волоске. Не подумал, что готов... Не видел, насколько все было скверно, — прошептал я.

«*Да не было,* — заверил он меня. — *Никто же не умер, верно?*»

— Верно, — сквозь зубы подтвердил я. — На этот раз — нет.

«*Может, дальше будет легче*».

— Само собой.

«*Или ты убьешь ее.* — Он пожал плечами. — *И будешь далеко не первым, кто накосячил. Никто не станет слишком строго судить тебя. Порой попадаются люди, которые просто чересчур вкусно пахнут. Я вообще поражен, что ты так долго продержался*».

— От этого не легче, Эмметт.

Меня возмутило то, как он смирился с мыслью, что я убью эту девушку, словно с чем-то неизбежным. Как будто это она виновата в том, что настолько вкусно пахнет.

«*Да уж, когда это случилось со мной...*» — пустился он в воспоминания, уводя меня за собой на полвека назад, на проселочную дорогу в сумерках, где женщина средних лет стаскивала свои высохшие простыни с веревки, протянутой между яблонями. Я уже видел прежде ее, эту самую памятную из двух встреч Эмметта, но теперь воспоминания казались особенно яркими — может быть, потому, что мое горло все еще горело, опаленное за последний час. Эмметту помнился густой аромат яблок, повисший в воздухе — урожай уже был собран, отбракованные плоды валялись на земле, источая запах помятыми боками. Гармоничным фоном для этого запаха служил свежескошенный луг. Посланный Розали с каким-то поручением, Эмметт шел по улице, не обращая ни малейшего внимания на женщину. Небо над головой было лиловым, а на западе над горами — оранжевым. Так он и продолжал бы путь по извилистой дороге и навсегда забыл бы этот вечер, если бы внезапный порыв вечернего ветерка не раздул белые простыни, словно паруса, и не обдал запахом женщины лицо Эмметта.

— О-о... — тихонько застонал я, как будто мне было мало воспоминаний о собственной жажде.

«Так что я-то знаю. Я не продержался и полсекунды. И даже не подумал сопротивляться».

Его воспоминания стали слишком откровенными, чтобы я мог выдержать их.

Я вскочил, крепко сцепив зубы.

— *Estás bien*[1], Эдвард? — спросила миссис Гофф, вздрогнув от моего внезапного движения. Увидев собственное лицо ее глазами, я понял, что мой вид хорошим не назовешь.

— *Perdóname*[2], — пробормотал я, рванувшись к двери.

— Эмметт, *por favor, puedes ayudar a tu hermano?*[3] — спросила она, беспомощно указав на меня, выбегающего из класса.

— Конечно, — услышал я голос Эмметта. И он сразу же бросился за мной.

Он проследовал за мной в дальний конец корпуса, где догнал и схватил за плечо.

Я оттолкнул его руку, приложив больше силы, чем требовалось. Такой удар раздробил бы кости не только в человеческой кисти, но и во всей руке.

— Извини, Эдвард.

— Да ладно, чего там. — Я глубоко втягивал воздух, стараясь прочистить голову и легкие.

— Было так же плохо? — спросил он, стараясь не думать о том запахе и не вызывать его в памяти, но безуспешно.

— Хуже, Эмметт, хуже.

На минуту он притих.

«Может быть...»

— Нет, если я разом покончу со всем, лучше не станет. Иди в класс, Эмметт. Я хочу побыть один.

Не сказав и не подумав больше ни слова, он повернулся и быстро ушел. Учительнице испанского он скажет, что я заболел, или решил прогулять урок, или я опасный вампир, который не в состоянии держать себя в руках. Да какая разница, что он ей объяснит? Может, я вообще не вернусь. Может, мне придется уехать.

Я ушел в машину, дожидаться, когда закончатся уроки. Спрятался. Опять.

---

[1] Ты в порядке? *(исп.)*
[2] Извините *(исп.)*.
[3] Пожалуйста, ты можешь помочь своему брату? *(исп.)*

Мне следовало потратить это время, чтобы принять решение или подкрепить решимость, но я, как наркоман, вдруг обнаружил, что вслушиваюсь в гул чужих мыслей, исходящий от школьных корпусов. Знакомые голоса выделялись в этой мешанине, но в эту минуту мне было неинтересно прислушиваться к видениям Элис или жалобам Розали. Джессику я отыскал без труда, но Беллы с ней не было, и я продолжил поиски. Мысли Майка Ньютона привлекли мое внимание, и я наконец-то обнаружил ее в спортивном зале вместе с ним. Майк был недоволен тем, что я разговорился с ней сегодня на биологии. И как раз вспоминал, как она отреагировала на его попытку поднять эту тему.

«*Никогда не видел, чтобы он с кем-нибудь перебросился больше чем парой слов. А тут вдруг решил поболтать с Беллой. Не нравится мне, как он на нее глазеет. Но она, похоже, от него не в восторге. Как это она сказала мне? «Интересно, что с ним стряслось в прошлый понедельник». Как-то так. Нет, все-таки ей, кажется, все равно. Не могло быть в том разговоре ничего особенного...*»

Он утешался мыслью о том, что Белле было неинтересно общаться со мной. Это меня слегка задело, и я перестал слушать его.

Я поставил диск с какой-то агрессивной музыкой и прибавлял громкость, пока не заглушил все остальные звуки. Пришлось изо всех сил сосредоточиться на музыке, чтобы не вслушиваться в мысли Майка Ньютона в попытке пошпионить за ничего не подозревающей Беллой.

До окончания урока я несколько раз смошенничал. И вовсе я не шпионю, пытался я убедить себя. Просто готовлюсь. Мне хотелось точно знать, когда она выйдет из спортивного зала и окажется на стоянке. Не хватало еще, чтобы она застала меня врасплох.

Когда ученики потянулись один за другим из дверей спортзала, я вышел из машины — сам не знаю зачем. Накрапывал дождь, я не обращал внимания, как он постепенно пропитывал мои волосы влагой.

Неужели я хотел, чтобы она увидела меня здесь? И надеялся, что она подойдет поговорить со мной? Чем я вообще занимался?

Я не двигался с места, хотя и убеждал себя вернуться в машину, понимая, что своим поведением заслуживаю всяческих упреков. Руки я держал скрещенными на груди и стал дышать совсем неглубоко, едва завидел, как она медленно бредет в мою сторону, опустив уголки губ. На меня она не смотрела. Только пару раз хмуро взглянула на тучи, будто их вид оскорблял ее.

К моему разочарованию, до своей машины она дошла раньше, чем миновала меня. А если бы прошла мимо, заговорила бы со мной? Или я с ней?

Она села в выцветший красный пикап «шеви» — ржавую махину старше ее отца. Я смотрел, как она заводит ее — древний двигатель ревел громче, чем у всех тачек на стоянке, вместе взятых, — затем подносит ладони к решеткам обогревателя. Холод был ей неприятен, она не любила его. Она принялась перебирать густые волосы, подставляя пряди под струю горячего воздуха, словно пыталась высушить их. Я представил себе, как пахнет в пикапе, и сразу же поспешно отогнал эту мысль.

Она оглянулась, готовясь сдать назад, и наконец посмотрела в мою сторону. Ее взгляд задержался на мне всего на полсекунды, и я успел прочесть в ее глазах лишь удивление, прежде чем она отвернулась и рывком переключила передачу. И тут же резко затормозила, чудом не въехав задом пикапа в «компакт» Николь Кейси.

С приоткрытым ртом она уставилась в зеркало заднего вида, ужасаясь тому, что чуть не стала причиной столкновения. Когда другая машина проехала мимо, она дважды проверила все слепые зоны и выехала со своего места на парковке так опасливо, что я невольно усмехнулся. Как будто считала, что ее развалина в самом деле представляет *опасность*.

Думая о Белле Свон как угрозе для кого бы то ни было, независимо от того, какую машину она водит, я рассмеялся, а тем временем она проехала мимо, устремив взгляд прямо перед собой.

Глава 3

Puck

Сказать по правде, жажда меня пока не мучила, но я решил в ту ночь вновь выйти на охоту. В качестве меры предосторожности, хоть я и понимал, что ее в любом случае недостаточно.

Карлайл составил мне компанию. Мы с ним еще не оставались вдвоем с тех пор, как я вернулся из Денали. Пока мы мчались по черному лесу, я слышал, как он вспоминает наше поспешное прощание неделей раньше.

В его воспоминаниях я увидел собственное лицо, искаженное яростью и отчаянием. Вновь ощутил его удивление и внезапную вспышку тревоги.

«*Эдвард?..*»

«*Мне надо уехать, Карлайл. Надо уехать сейчас же*».

«*Что случилось?*»

«*Ничего. Пока ничего. Но случится обязательно, если я останусь*».

Он потянулся к моей руке. И я увидел, какую боль причинил ему, когда отпрянул.

«*Не понимаю*».

«*Тебе когда-нибудь... когда-нибудь случалось?..*»

Я увидел самого себя будто сквозь призму его тревоги: как я тяжело вздохнул, как в моих глазах вспыхнул дикий огонь.

«*Бывало так, чтобы запах какого-то человека казался тебе лучше всех? Гораздо лучше?*»

«*А-а*».

Как только я убедился, что он меня понял, на моем лице отразился стыд. Он вновь потянулся ко мне, и хотя я опять отшатнулся, все же положил мне руку на плечо.

«*Делай, что должен, лишь бы устоять, сынок. Я буду скучать по тебе. Вот, возьми мою машину. Бак полный*».

Потом он задумался, правильно ли поступает, отсылая меня. И не обидел ли меня своим недоверием.

— Нет, — прошептал я на бегу. — Именно это мне и было нужно. Если бы ты велел мне остаться, я вполне мог бы не оправдать такого доверия.

— Мне жаль, что ты страдаешь, Эдвард. Но ты должен сделать все, что в твоих силах, чтобы эта девочка Свон осталась жива. Даже если для этого ты будешь вынужден вновь расстаться с нами.

— Знаю, знаю.

— Но почему ты *все-таки* вернулся? Ты знаешь, как я рад, что ты снова здесь, но если это настолько трудно...

— Не люблю чувствовать себя трусом, — признался я.

Мы сбавили темп и теперь бежали почти трусцой в темноте.

— Это лучше, чем подвергать ее опасности. Через год-другой она уедет.

— Ты прав, я понимаю. — Но от его слов мне, наоборот, захотелось остаться. Ведь она через год-другой уедет...

Карлайл остановился, и я тоже. Он повернулся и вгляделся в мое лицо.

«*Но бежать ты не намерен, так?*»

Я повесил голову.

«*Из гордости, Эдвард? Нет ничего постыдного в том, чтобы...*»

— Нет, здесь меня удерживает вовсе не гордость. Только не теперь.

«*Некуда податься?*»

Я издал короткий смешок.

— Нет. И это меня не остановило бы, если бы я мог заставить себя уехать.

— Мы уедем с тобой, разумеется, если тебе это нужно. Только попроси. Ты ведь переезжал ради других, не жалуясь. И они не станут злиться на тебя.

Я поднял бровь.

Он рассмеялся.

— Да, Розали могла бы, но она перед тобой в долгу. В любом случае гораздо лучше, если мы уедем сейчас, пока ущерб еще не нанесен, чем потом, когда прервется чья-то жизнь.

К тому времени, как он договорил, от недавнего веселья не осталось и следа.

От его слов я вздрогнул.

— Да, — согласился я. Мой голос прозвучал хрипло.

«*Но ведь ты не уезжаешь?*»

Я вздохнул.

— А должен.

— Что удерживает тебя здесь, Эдвард? Никак не пойму...

— Не знаю, смогу ли я объяснить. — Даже мне самому это казалось бессмыслицей.

Долгую минуту он вглядывался в меня.

«*Нет, все-таки не понимаю. Но вторгаться в твою личную жизнь не стану, если ты предпочитаешь промолчать*».

— Спасибо. Очень великодушно с твоей стороны, тем более что скрыть от меня свою личную жизнь не удается никому.

С единственным исключением. И я всеми силами старался лишить ее этого права — разве не так?

«*У каждого свои странности. —* Он снова рассмеялся. *— За дело?*»

Он только что учуял небольшое стадо оленей. Непросто было изобразить воодушевление от запаха, который даже при наилучших обстоятельствах особого аппетита не вызывал. А теперь, когда запах крови той девушки был еще свеж в моей памяти, от оленьего меня чуть не вывернуло наизнанку.

Я вздохнул.

— Давай, — согласился я, хотя и знал, что, сколько бы я ни заливал жажду оленьей кровью, это не поможет.

Мы оба приняли охотничью стойку, припав к земле, и отнюдь не соблазнительный запах безмолвно поманил нас вперед.

* * *

К тому времени, как мы вернулись домой, началось похолодание. Растаявший снег подмерз, и казалось, все вокруг покрылось тонким слоем стекла — каждая сосновая иголка, каждая ветка папоротника, каждая травинка заледенела.

Карлайл ушел переодеваться к утреннему дежурству в больнице, а я остался у реки ждать, когда взойдет солнце. Сам себе я казался прямо-таки... *распухшим* от выпитой крови, но понимал, что утоленная таким способом жажда мало что изменит, когда я вновь окажусь рядом с той девушкой.

Холодный и неподвижный, как камень, я сидел и смотрел на темную воду, бегущую вдоль ледяных берегов, смотрел будто сквозь нее.

Карлайл прав. Мне надо уехать из Форкса. Остальные пустят какой-нибудь слух, чтобы объяснить мое отсутствие. Закрытая школа в Европе. Визит к дальним родственникам. Подростковый побег. Не важно, что именно. Никто не станет докапываться.

Всего год-два, а потом эта девушка уедет. Займется своей жизнью — ведь у нее-то она *есть*, эта жизнь. Поступит в какой-нибудь колледж, начнет строить карьеру, может, выйдет замуж. Мне представилась эта картина: она сама, вся в белом, размеренным шагом идущая под руку со своим отцом.

Она была странной — боль, вызванная у меня этим видением. Я не мог ее понять. Неужели я завидовал ее будущему, потому что сам был его лишен? Но это же бессмысленно. У каждого из людей, которые меня окружали, впереди имелись те же возможности — целая жизнь, — а я тем не менее редко удостаивал их завистью.

Что я должен сделать, так это оставить ее в покое вместе с ее будущим. Перестать подвергать риску ее жизнь. Так будет правильно. Карлайл всегда выбирает верные решения. И мне следует прислушиваться к нему. Что я и сделаю.

Солнце выглянуло из-за туч, слабый свет заблестел на замерзшей траве.

Еще один день, решил я. Увижу ее еще раз. Я справлюсь. Может, упомяну вскользь о своем предстоящем исчезновении, подготовлю почву.

Будет трудно. Я чувствовал это по острому нежеланию, уже вынуждающему меня изобретать предлоги, чтобы остаться, отодвинуть срок отъезда на два дня, три, четыре... Но я поступлю так, как будет правильно. Советам Карлайла можно доверять — это мне известно. Как и то, что сейчас я слишком взвинчен, чтобы самому принять верные решения.

Чересчур взвинчен. В какой мере мое нежелание уезжать объясняется одержимостью и любопытством, а в какой — моим ненасытным аппетитом?

Я направился в дом, переодеваться в чистую одежду к школе.

Элис ждала меня, сидя на верхней ступеньке лестницы на третьем этаже.

«*Опять уезжаешь*», — упрекнула она.

Я вздохнул и кивнул.

«*Никак не могу увидеть, куда ты едешь на этот раз*».

— Пока еще сам не знаю, — шепотом объяснил я.

«*Хочу, чтобы ты остался*».

Я покачал головой.

«*Может, нам с Джаззом поехать с тобой?*»

— Остальным вы понадобитесь, ведь меня не будет рядом, чтобы присмотреть за ними. И еще, подумай об Эсме. Ты готова одним махом лишить ее половины семьи?

«*Ты так расстроишь ее*».

— Сам знаю. Вот потому-то вы и должны остаться.

«*Мы тебя не заменим, и ты это понимаешь*».

— Да. Но я должен поступить так, как будет правильно.

«*Но ведь поступить правильно можно по-разному, и неправильно тоже, — разве нет?*»

На краткий миг ее затянуло в одно из ее странных видений, и я вместе с ней смотрел, как вспыхивают и вертятся размытые образы. Видел самого себя среди непонятных теней, которые не смог различить — смутные, расплывчатые фигуры. А потом вдруг моя кожа засияла под ярким солнцем на небольшом открытом лугу. Это место я знал. Со мной на лугу был кто-то еще, но опять неявно, не настолько *там*, чтобы я его узнал. Образы задрожали и рассыпались, миллионы мизерных решений и выборов вновь сложились в будущее.

— Я мало что уловил, — признался я, когда видение померкло.

«*Вот и я тоже. Твое будущее настолько переменчиво, что я не успеваю следить за ним. Но по-моему...*»

Она умолкла и пересмотрела специально для меня обширную коллекцию воспоминаний о других недавних видениях. Все они были одинаковые — туманные и неясные.

— *По-моему*, что-то меняется, — сказала она вслух. — Похоже, твоя жизнь на перепутье.

Я мрачно засмеялся.

— Ты ведь понимаешь, что выразилась сейчас как ярмарочная гадалка?

Она показала мне узкий язычок.

— Но сегодня-то все в порядке, так? — спросил я голосом, в котором вдруг зазвенела тревога.

— Я не вижу, чтобы ты сегодня кого-нибудь убил, — заверила она.

— Спасибо, Элис.

— Иди одеваться. Я ничего не скажу остальным — сам объяснишь, когда будешь готов.

Она вскочила и ринулась вниз по лестнице, слегка ссутулив плечи. «*Буду скучать по тебе. Честно*».

Да, и я тоже буду очень скучать по ней.

До школы ехали молча. Джаспер чувствовал, что Элис чем-то расстроена, но знал: если бы она хотела поговорить об этом, то уже завела бы разговор. Эммет и Розали, не замечая ничего вокруг, переживали один из тех моментов, когда только и делали, что глядели друг другу в глаза как зачарованные, — смотреть на это со стороны было довольно противно. Все мы прекрасно знали, что они безумно влюблены. А может, мне просто было горько, потому что одиноким среди них оставался лишь я. Порой жить в окружении трех идеальных пар оказывалось труднее, чем обычно. Видимо, день выдался как раз из таких.

Может, им будет даже лучше, если я не стану отираться поблизости, вспыльчивый и раздражительный, как старик, каким мне уже полагается быть по возрасту.

Разумеется, в школе я первым делом занялся поисками той самой девушки. Просто чтобы подготовиться.

Вот именно.

Неловко было сознавать, что мой мир вдруг стал казаться без нее совершенно пустым.

Впрочем, довольно легко понять почему. После восьмидесяти лет одинаковых дней и ночей любое изменение приковывало к себе все внимание целиком.

Она еще не приехала, но я уже слышал вдалеке громовой рев двигателя ее пикапа. И в ожидании привалился к боку машины. Элис осталась со мной, остальные направились прямиком в класс. Им уже наскучила моя зацикленность — их пониманию было недоступно, как человеческое существо, как бы приятно оно ни пахло, могло заинтересовать меня на такое длительное время.

Ее машина показалась вдалеке, девушка не сводила глаз с дороги, вцепившись в руль. Она казалась чем-то озабоченной. Мне понадобилась секунда, чтобы понять, в чем дело, и вспомнить, что то же выражение я видел сегодня на всех человеческих лицах. А, вот оно что: дорога стала скользкой от льда, и все люди пытались вести машину как можно осторожнее. Сразу было видно, как серьезно эта девушка относится к дополнительному риску.

Эта черта соответствовала тому немногому, что я уже успел узнать о ее характере. Я внес ее в небольшой список: она серьезный и ответственный человек.

Она припарковалась неподалеку от меня, но еще не успела заметить, что я стою и смотрю на нее. Интересно, что она сделает, когда меня увидит? Покраснеет и уйдет? Таким стало мое первое предположение. А может, ответит взглядом в упор. Или подойдет поболтать.

Я сделал глубокий вдох, с надеждой наполняя легкие — просто на всякий случай.

Из пикапа она выбиралась осторожно, с опаской опустила ноги на скользкую землю, прежде чем перенесла на них вес тела. И не поднимала головы, чем раздосадовала меня. Пожалуй, стоило бы подойти к ней, чтобы поговорить...

Нет, это было бы неправильно.

Вместо того чтобы сразу направиться к школе, она обошла вокруг пикапа, забавно цепляясь за его кузов, будто не доверяла собственным ногам. Я невольно улыбнулся и почувствовал на своем лице пристальный взгляд Элис. Прислушиваться к ее мыслям я не стал, слишком уж увлекся, наблюдая, как эта девушка проверяет противоледные цепи на колесах своей машины. Она и вправду рисковала упасть, так скользили и разъезжались под ней ноги. Остальные передвигались без проблем, неужели ее угораздило припарковаться на самой скользкой наледи?

Она помедлила, глядя вниз со странным выражением лица. На нем читалась... нежность. Как будто вид шин пробудил в ней... *чувства*?

И опять любопытство вызвало боль, как жажда. Как будто я *должен* был узнать, о чем она думает, — как будто ничто иное не имело значения.

Подойти бы к ней поговорить. Ей, судя по всему, не помешала бы помощь, по крайней мере, чтобы сойти со скользкой проезжей части. Но я, разумеется, никак не мог ее предложить, ведь так? Я медлил, разрываясь надвое. При всей ее неприязни к снегу она вряд ли обрадуется прикосновению моей холодной белой руки. Надо было надеть перчатки...

— НЕТ! — ахнула Элис.

Я мгновенно просмотрел ее мысли, поначалу предположив, что чуть не сделал неверный выбор и она увидела, как я совершил нечто недопустимое. Но оказалось, что я тут ни при чем.

Тайлеру Кроули вздумалось свернуть на парковку на рискованной скорости. В результате этого неудачного выбора его занесло на обледенелом пятачке.

Видение опередило реальность всего на полсекунды. Фургон Тайлера вывернул из-за угла, пока я досматривал событие, вызвавшее у Элис возглас ужаса.

Нет, это видение не имело ко мне никакого отношения и вместе с тем имело, причем *самое* прямое, потому что фургону Тайлера, шины которого коснулись льда под самым неудачным углом из всех возможных, предстояло завертеться, продвигаясь по парковке, и сбить девушку, которая стала непрошеным средоточием моего мира.

Даже без дара предвидения Элис было бы несложно проследить траекторию фургона, управление которым Тайлер безнадежно потерял.

Белла, стоя в самом неподходящем месте за своим пикапом, подняла голову, озадаченная визгом шин. Посмотрела прямо в мои полные ужаса глаза и обернулась к своей надвигающейся смерти.

«*Только не её!*» Эти слова прокричал у меня в голове словно кто-то другой.

Все еще застряв в мыслях Элис, я увидел, как видение вдруг переменилось, но было уже некогда смотреть, каким окажется исход.

Я рванулся через всю стоянку, бросился между вращающимся фургоном и замершей девушкой. Так стремительно, что все вокруг видел как размытые полосы, — кроме единственного объекта, на котором сосредоточил внимание. Она меня не видела — человеческие глаза были не в состоянии проследить за моим рывком, — и по-прежнему не сводила взгляда с надвигающейся громадины, готовой расплющить ее об металлический кузов пикапа.

Я обхватил ее за талию, в спешке обходясь с ней не так бережно, как следовало бы. На протяжении сотой доли секунды между тем, как я выдернул ее тонкую фигурку с пути смерти, и тем, как с ней в объятиях рухнул на землю, я остро ощущал прикосновение к ее хрупкому, слабому телу.

И когда я услышал глухой стук, с которым об лед ударилась ее голова, я сам, казалось, обратился в лед.

Но чтобы выяснить, в каком она состоянии, у меня не было ни единой секунды. Я услышал, как фургон позади нас скрежещет и скрипит, огибая прочный стальной корпус ее пикапа. Он менял курс и по дуге вновь надвигался на нее — будто она, как магнит, притягивала этот фургон к нам.

Слово, которое я никогда прежде не произносил в присутствии дамы, вырвалось у меня сквозь стиснутые зубы.

Я и так слишком много натворил. Буквально рассекая воздух, чтобы оттащить ее в сторону, я прекрасно сознавал, что совершаю ошибку. Это осознание не остановило меня, однако я ни на миг не забывал, чем рискую — и не только я сам, но и вся моя семья.

Разоблачением.

И от *этого* легче не становилось, но я ни в коем случае не собирался допускать, чтобы вторая предпринятая фургоном попытка отнять у нее жизнь увенчалась успехом.

Отпустив девушку, я выбросил руки вперед, успев задержать фургон до того, как он коснулся ее. От удара меня отбросило назад, к машине, припаркованной рядом с ее пикапом, и я почувствовал, как кузов этой машины прогнулся под моими плечами. Фургон содрогнулся, затрясся, натолкнувшись на неподдающееся препятствие моих рук, и покачнулся, неустойчиво балансируя на двух дальних колесах.

Стоило мне убрать руки, и заднее колесо фургона рухнуло бы ей на ноги.

Во имя *всего святого*, придет ли бедам когда-нибудь конец? Пойдет ли еще что-нибудь наперекосяк? Не мог же я просто сидеть здесь, удерживать фургон на весу и ждать, когда подоспеет помощь. Не мог и отбросить фургон в сторону — следовало подумать и о водителе, мысли которого путались в панике.

Внутренне застонав, я толкнул фургон так, что на миг он качнулся в противоположную от нас сторону. А когда снова стал падать на меня, я подхватил его снизу под кузов правой рукой, левой вновь обнял девушку за талию, вытащил из-под нависшего колеса и рывком притянул к своему боку. Ее тело казалось безвольным, когда я развернул ее, чтобы уберечь от удара ноги, — она в сознании? Насколько серьезный вред я причинил ей своей спонтанной попыткой спасения?

Зная, что фургон уже не придавит ее, я бросил его. Он грохнулся на твердое покрытие стоянки, и сразу во всех окнах задрожали стекла.

Я понимал, что нахожусь в отчаянном положении. Что она успела заметить? Были ли другие свидетели, видевшие, как я вдруг возник рядом с ней, а потом удерживал на весу фургон и одновременно оттаскивал ее в сторону? Этими вопросами мне *следовало бы* озаботиться в первую очередь.

Но я был слишком встревожен, чтобы уделить должное внимание угрозе разоблачения. Слишком поддался панике, опасаясь, что причинил ей вред, пока старался спасти ей жизнь. Слишком сильно перепугался, видя ее так близко и зная, какой запах почувствую, если позволю себе сделать вдох. Слишком остро ощущал тепло ее нежного тела, прижатого к моему, — это тепло я чувствовал даже сквозь наши куртки.

Первый приступ страха подействовал сильнее всех. Под визг и вопли очевидцев вокруг нас я наклонился, чтобы осмотреть ее, убедиться, что она в сознании, и при этом всем сердцем горячо надеялся, что у нее нет кровоточащих ран.

Ее глаза были открытыми, взгляд — неподвижным от шока.

— Белла! — настойчиво позвал я. — Ты жива?

— Со мной все хорошо, — машинально и растерянно отозвалась она.

От звуков этого голоса изощренное, почти болезненное облегчение окатило меня. Я втянул воздух сквозь зубы, в кои-то веки не имея ничего против жжения в горле, которым сопровождался вдох. Как ни странно, я почти обрадовался ему.

Она поерзала, пытаясь сесть, но я был еще не готов отпустить ее. Казалось, так будет... безопаснее? Пусть уж лучше остается прижатой к моему боку.

— Осторожно! — предостерег я. — Кажется, ты сильно ударилась головой.

Запаха свежей крови я не чувствовал — неслыханная удача! — но это еще не означало отсутствия внутренних повреждений. Во внезапно вспыхнувшей тревоге мне не терпелось отвезти ее к Карлайлу, в полностью оборудованный рентген-кабинет.

— Ой... — произнесла она, с забавным удивлением обнаружив, что насчет ее головы я был прав.

— Так я и думал. — Вместе с облегчением ко мне явилась смешливость, почти *эйфория*.

— Но как?.. — ее голос оборвался, веки затрепетали. — Как ты очутился здесь так быстро?

Облегчение испарилось, от веселья не осталось и следа. Слишком уж многое она *все-таки* заметила.

Теперь, когда выяснилось, что девушка в порядке, тревога за мою семью обострилась.

— Я же стоял рядом с тобой, Белла. — По опыту я знал: чем увереннее я держусь, когда вру, тем больше сомневается в истине тот, кто задает вопрос.

Она снова попыталась отодвинуться, и на этот раз я отпустил ее. Мне требовалось дышать, чтобы убедительно играть свою роль. Требовалось отстраниться от нее, теплокровной и жаркой, чтобы тепло, смешиваясь с ее запахом, не одержало надо мной верх. Я отодвинулся от нее так далеко, как только мог в тесном пространстве между двумя побитыми машинами.

Она уставилась на меня, я ответил ей пристальным взглядом. Отвести глаза первым — ошибка, которую допускают только неопытные лжецы, а я к их числу не принадлежу. Выражение моего лица было спокойным и доброжелательным. Оно, кажется, смутило ее. Тем лучше.

Вокруг места аварии уже собралась толпа. В основном ученики заглядывали, толкаясь, в просветы между машинами со всех сторон, проверяли, не видно ли в них изувеченных трупов. Слышались мешанина криков и потоки потрясенных мыслей. Я просмотрел мысли, убеждаясь, что подозрений пока еще не возникло ни у кого, потом отключился от них и сосредоточился только на девушке.

Гвалт отвлек ее. Она огляделась по сторонам, еще не успев толком прийти в себя, и попыталась встать.

Я легонько положил ладонь ей на плечо, чтобы удержать.

— Подожди пока.

Хоть с виду и *казалось*, что с ней все в порядке, стоит ли ей двигать шеей? Я вновь пожалел, что рядом нет Карлайла. Мои годы изучения теоретической медицины не шли ни в какое сравнение с его столетиями интенсивной врачебной практики.

— Холодно, — возразила она.

Ее чуть не раздавило насмерть, да еще два раза, а ее беспокоил холод. Смешок вырвался у меня сквозь зубы, прежде чем я вспомнил, что в сложившейся ситуации нет ничего забавного.

Белла заморгала, потом сосредоточила взгляд на моем лице.

— Ты стоял вон там.

Этим она вновь отрезвила меня.

Она кивнула в южном направлении, хотя теперь там был виден только помятый бок фургона.

— Возле своей машины.

— Нет, не там.

— Но я же видела! — настаивала на своем она. Ее упрямый голос звучал совсем по-детски, она выпятила подбородок.

— Белла, я стоял рядом с тобой и оттолкнул тебя в сторону.

И я впился в нее взглядом, мысленно приказывая ей согласиться с моей версией событий — единственной разумной из имеющихся.

Она сжала зубы.

— Нет.

Я пытался сохранять спокойствие, не поддаваться панике. Если бы только удалось убедить ее помолчать несколько минут, у меня появился бы шанс уничтожить улики... и вызвать недоверие к ее словам, сообщив, что она ударилась головой.

Казалось бы, что тут сложного — уговорить помолчать немногословную, скрытную девушку? Если бы она только послушалась меня, всего на несколько минут...

— Прошу тебя, Белла! — воскликнул я со всей настойчивостью, потому что мне вдруг *захотелось*, чтобы она доверилась мне. Захотелось отчаянно, и не только в том, что связано с аварией. Глупое желание. Какой ей смысл доверять *мне*?

— Но почему? — все еще настороженно спросила она.

— Доверься мне, — взмолился я.

— Обещаешь потом все объяснить?

Я разозлился, вынужденный соврать ей снова, как раз когда мне хотелось хоть чем-нибудь заслужить ее доверие. Мой ответ получился резким:

— Ладно.

— Ладно, — повторила она тем же тоном.

Пока предпринимались попытки спасти нас — подоспели взрослые, вызвали начальство, вдалеке слышались сирены, — я старался, не обращая внимания на девушку, правильно расставить свои приоритеты. Просмотрел мысли всех, кто находился на парковке, как очевидцев, так и тех, кто прибыл с опозданием, но не заметил ничего опасного. Многие удивлялись, видя меня рядом с Беллой, но за неимением других возможных объяснений приходили к выводу, что просто не заметили, как я подошел к ней еще до аварии.

Только она одна не удовлетворилась самым простым из объяснений, но вместе с тем входила в число наименее надежных свидетелей. Она испугалась, получила психологическую травму, не говоря уже о том, что ударилась головой. Возможно, была в состоянии шока. Путаница в ее рассказе неудивительна, разве не так? Никому и в голову не придет поверить ей в большей мере, чем остальным, таким многочисленным свидетелям.

Я поморщился, уловив мысли только что прибывших Розали, Джаспера и Эмметта. Сегодня вечером ожидалась нешуточная взбучка.

Мне хотелось выправить вмятины, оставленные моими плечами на бежевой машине, но девушка находилась слишком близко. Требовалось дождаться, когда она отвлечется.

Ожидание раздражало, особенно под множеством пристальных взглядов, тем временем люди бились над фургоном, пытаясь оттащить его от нас. Я мог бы помочь им, хотя бы для того, чтобы ускорить процесс, но и без того здорово влип, а девушка оказалась внимательной. Наконец фургон удалось отодвинуть настолько, чтобы к нам пробрались санитары из «скорой» с носилками.

Надо мной нависло знакомое лицо с седеющей щетиной.

— Эй, Эдвард, — позвал меня медбрат Бретт Уорнер, которого я хорошо знал по больнице. Мне повезло — единственный раз за весь день, — что он первым пробрался к нам. Мысленно он отметил, что я выгляжу спокойным и нахожусь в ясном сознании. — Ты в порядке, сынок?

— В полном, Бретт. Меня даже не задело. А вот у Беллы, наверное, сотрясение. Она здорово ударилась головой, когда я оттащил ее в сторону.

Бретт занялся девушкой, от которой за предательство мне достался обжигающий взгляд. Догадка была верна: она принадлежала к тихим мученикам — предпочитала страдать молча.

Но опровергать мои слова сразу же она не стала, и от этого мне полегчало.

Еще один санитар прицепился ко мне и попытался было настоять на осмотре, но переубедить его я сумел без труда. Я заверил, что меня осмотрит отец, и он отстал. На большинство людей действовала холодная уверенность. На большинство — но не на эту девушку, разумеется. Соответствует ли она норме хоть в чем-то?

Пока на нее надевали фиксирующий воротник — причем она раскраснелась от смущения, — я дождался, когда все отвлеклись, и потихоньку выправил краем стопы вмятину на бежевой машине. Только мои близкие заметили, чем я занят, и я услышал мысленное обещание Эмметта попозже проверить, не пропустил ли я еще какие-нибудь следы.

Благодарный ему за помощь и еще больше за то, что хотя бы Эмметт уже простил мне рискованный выбор, я почти успокоился к тому времени, как сел на переднее сиденье «скорой» рядом с Бреттом.

Шеф полиции прибыл еще до того, как Беллу погрузили в «скорую».

Несмотря на всю бессвязность мыслей отца Беллы, в могучих волнах паники и тревоги, которые исходили от него, потонуло почти все, о чем думали окружающие. Тревога, какую не выразить словами, и чувство вины хлынули от него во все стороны, едва он увидел свою единственную дочь на носилках.

Элис не преувеличивала, предупреждая меня, что убить дочь Чарли Свона значит убить и его самого.

Виновато склонив голову, я прислушался к его перепуганному голосу.

— Белла! — воскликнул он.

— Все хорошо, Чар... папа. — Она вздохнула. — Ничего со мной не случилось.

Ее заверения Чарли не успокоили. Он сразу же потребовал подробного отчета у ближайшего из санитаров.

Лишь когда я услышал, как он изъясняется связными фразами, несмотря на всю свою панику, я понял, что его тревога и озабоченность отнюдь не бессловесны. Просто... в его мыслях слов я не различал.

Хм. Чарли Свон не настолько молчалив, как его дочь, но теперь ясно, откуда она унаследовала эту черту. Любопытно.

Мне ни разу не случалось подолгу находиться рядом с шефом городской полиции. И я привык считать его тугодумом, а теперь понял, что если кто здесь и соображает туговато, так это я. Его мысли скрыты особым образом, а не отсутствуют как таковые. Мне удавалось уловить только общее настроение, их оттенок.

Я прислушался, проверяя, сумею ли найти в этой новой, менее сложной головоломке ключ к тайнам Беллы. Но ее уже погрузили в машину, и «скорая» тронулась с места.

Было непросто отвлечься от возможной разгадки тайны, которая не давала мне покоя. Но мне предстояло о многом подумать, всесторонне рассмотреть все события этого дня. И вдобавок прислушиваться, продолжая убеждаться, что я не подверг нас всех такой серьезной опасности, из-за которой нам придется уехать немедленно. Требовалось сосредоточиться.

В мыслях санитаров я не нашел никаких причин для беспокойства. Насколько они могли судить, девушка почти не пострадала. А сама Белла пока придерживалась версии событий, на которой настоял я.

В больнице первым делом мне надо было разыскать Карлайла. Я бросился чуть ли не бегом в автоматически раздвинувшиеся двери, но прекратить наблюдения за Беллой полностью так и не смог. И если можно так выразиться, приглядывал за ней одним глазом, читая мысли санитаров.

Отыскать знакомые мысли отца было несложно. Я застал его одного в кабинете — вторая удача за этот злополучный день.

— Карлайл.

Он слышал мое приближение и, едва увидев мое лицо, встревожился. Вскочил, подался вперед над письменным столом с идеальным порядком на нем.

«*Эдвард... ты не?..*»

— Нет-нет, дело в другом.

Он испустил глубокий вздох.

«*Ну разумеется, нет. Извини, что мне такое в голову пришло. Конечно, надо было сразу догадаться — по твоим глазам*». Он с облегчением убедился, что глаза у меня все еще золотистые.

— Но она пострадала, Карлайл, может, и не опасно, но...

— Что произошло?

— Нелепая авария. Она оказалась не в том месте и не в то время. Не мог же я просто стоять столбом... и смотреть, как ее раздавят...

«*Давай по порядку, я не понимаю. Как вышло, что ты вмешался?*»

— Какой-то фургон занесло на льду, — шепотом начал я. Объясняясь, я смотрел в стену за его спиной. Вместо дипломов в рамках у него висела простая картина маслом — неизвестный Гассам. — Она стояла у него на пути. Элис видела, что произойдет, но времени осталось лишь на то, чтобы *пронестись* через всю стоянку и оттащить ее в сторону. Никто не заметил... кроме нее. Пришлось еще останавливать фургон, но и этого никто не видел, только она одна. Я... я виноват, Карлайл. Я не хотел подвергать нас опасности.

Он обошел вокруг стола, на краткий миг обнял меня и отступил.

«*Ты все сделал правильно. Тебе наверняка было нелегко. Я горжусь тобой, Эдвард*».

Только тогда я смог взглянуть ему в глаза.

— Она понимает, что со мной... что-то не так.

— Это не имеет значения. Если понадобится уехать, мы уедем. Что она сказала?

С легкой досадой я покачал головой:

— Пока ничего.

«*Пока?*»

— Она согласилась с моей версией событий, но ждет объяснений.

Он нахмурился, обдумывая мои слова.

— Она ударилась головой — в общем-то по моей вине, — поспешно добавил я. — Я с силой толкнул ее на землю. Вроде бы с ней все в порядке, но... Думаю, вызвать недоверие к ее словам будет несложно.

Произнося эти слова, я чувствовал себя негодяем.

Карлайл уловил омерзение в моем голосе.

«*Возможно, этого не понадобится. Посмотрим, что будет дальше, хорошо? А мне, похоже, надо осмотреть пациентку*».

— Будь так добр, — попросил я. — Боюсь, что я ей навредил.

Лицо Карлайла прояснилось. Он пригладил свои светлые волосы, всего несколькими оттенками светлее его золотистых глаз, и рассмеялся.

«*Занятный у тебя выдался день, верно?*» По его мыслям я видел, что он усматривает в случившемся иронию и юмор — по крайней мере, со своей точки зрения. Та еще смена ролей. За краткую бездумную секунду, пока я несся по обледеневшей парковке, я превратился из убийцы в защитника.

СОЛНЦЕ ПОЛУНОЧИ

И я рассмеялся вместе с ним, вспоминая свою недавнюю уверенность в том, что Беллу если и нужно защищать, то прежде всего от меня. Смех прозвучал резковато: что бы там ни случилось с фургоном, насчет необходимости защиты я все еще был совершенно прав.

Я ждал, сидя один в кабинете Карлайла — самый длинный и нудный час за всю мою жизнь — и прислушиваясь к больничному гулу мыслей.

Тайлер Кроули, сидевший за рулем того фургона, пострадал, кажется, сильнее, чем Белла, и пока она ждала рентгена, все внимание медики переключили на него. Карлайл держался в стороне, доверив помощникам провести диагностику и убедиться, что девушка в порядке. Я беспокоился, но понимал, что он действует правильно. Едва взглянув ему в глаза, она неизбежно вспомнила бы обо мне, о том, что с моей семьей что-то не так, в итоге могла разговориться.

Между тем разговорчивый собеседник для нее уже нашелся. В приступе раскаяния за то, что чуть не угробил ее, Тайлер болтал без умолку. Я видел его глазами выражение ее лица и понимал, как ей хочется, чтобы он наконец заткнулся. Как он мог этого не замечать?

Напряженный для меня момент возник, когда Тайлер спросил, как ей удалось увернуться.

Я замер в ожидании, она медлила с ответом.

«Эм-м... — услышал я ее голос. Пауза так затянулась, что Тайлер уж решил, что смутил ее вопросом. Наконец она договорила: — *Меня Эдвард оттащил*».

Я выдохнул. А потом мое дыхание стало учащенным. Я впервые услышал от нее мое имя. И мне понравилось, как оно прозвучало, хоть я и слышал его всего лишь в мыслях Тайлера. Как бы мне хотелось услышать самому...

«*Эдвард Каллен*», — пояснила она, заметив, что Тайлер, кажется, не понял, кого она имеет в виду, и я вдруг обнаружил, что стою на пороге, взявшись за дверную ручку. Желание увидеть ее нарастало. Пришлось напомнить себе о том, как важно соблюдать осторожность.

«*Он стоял рядом со мной*».

«Каллен?» — «Хм. Странно». — «А я его не заметил...» — «Готов поклясться, что...» — «Ого, вот это реакция! Как он, ничего?»

«Кажется, да. Он где-то здесь, но пришел сам, не на носилках».

Я увидел, как ее лицо стало задумчивым, как усилились подозрения в ее глазах, но эти незначительные перемены прошли незамеченными для Тайлера.

«*Симпатичная*, — думал он чуть ли не с удивлением. — *Хоть и растрепанная. Не из тех, какие мне обычно нравятся, но... Надо бы куда-нибудь пригласить ее. Загладить вину за сегодняшнее*».

К тому времени я был уже в коридоре и на полпути к палате экстренной помощи, ни на секунду не задумавшись о том, что делаю. К счастью, медсестра опередила меня — пришла очередь Беллы отправляться на рентген. Я прижался к стене в темной нише за углом и постарался взять себя в руки, пока Беллу увозили в кресле.

Дело было вовсе не в том, что Тайлер счел ее симпатичной. Это замечали все. Не по этой причине меня охватило чувство... но *какое* именно? Раздражение? Или «злость» ближе к истине? Но это же бред.

На своем месте я оставался так долго, как только мог, но нетерпение все же победило, и я двинулся в рентген-кабинет другим путем. Беллу уже увезли обратно в палату, но пока сестра отвлеклась, мне удалось мельком взглянуть на ее снимки.

И я немного успокоился. С головой у нее все было в порядке. Значит, я все-таки не навредил ей.

Там меня и разыскал Карлайл.

«*Выглядишь лучше*», — мысленно отметил он.

Я молча смотрел перед собой. Мы были не одни: в коридорах толпились сотрудники больницы и посетители.

«*А, да.* — Он прикрепил ее снимки к световому щиту, но я и без того уже успел все разглядеть. — *Ясно. С ней все в полном порядке. Молодчина, Эдвард*».

Отцовская похвала вызвала у меня смешанную реакцию. Я был доволен и вместе с тем понимал: он не одобрит то, что я собирался сделать дальше. По крайней мере, не одобрил бы, если бы знал мои истинные мотивы.

— Пожалуй, схожу поговорить с ней — пока она не увиделась с тобой, — еле слышно пробормотал я. — Естественный поступок, будто ничего и не было. Сглажу впечатление. Вполне весомые причины.

Карлайл рассеянно кивнул, продолжая изучать снимки:

— Хорошая мысль. Хм-м...

Я присмотрелся, пытаясь понять, что вызвало его интерес.

«Ты только посмотри на все эти перенесенные сотрясения! Сколько же раз мать роняла ее?» — Карлайл засмеялся собственной шутке.

— Мне уже кажется, что этой девчонке просто не везет по жизни. Вечно она оказывается в неподходящем месте не в то время.

«Форкс — определенно неподходящее место для нее, пока ты здесь».

Я вздрогнул.

«Иди первым. Смягчи впечатление. А я подойду через минуту».

Я быстро и виновато удалился. Наверное, я наловчился слишком умело врать, если сумел провести даже Карлайла.

Когда я вошел в палату, Тайлер все еще что-то мямлил, продолжая извиняться. Белла, чтобы не выслушивать его раскаяния, притворялась спящей. Ее глаза были закрыты, но дыхание не выровнялось и пальцы время от времени нетерпеливо подрагивали.

Долгую минуту я вглядывался в ее лицо. Пока не подумал, что вижу ее в последний раз. При этой мысли грудь пронзила острая боль. Может, потому, что я терпеть не могу головоломки, оставшиеся неразгаданными? Объяснению недоставало убедительности.

Наконец я сделал глубокий вдох и подошел ближе.

Увидев меня, Тайлер что-то попытался сказать, но я приложил палец к губам.

— Она спит? — шепотом спросил я.

Белла вдруг открыла глаза и уставилась мне в лицо. Сначала ее глаза были широко раскрыты, потом она прищурилась — сердито или подозрительно. Я вспомнил, что должен придерживаться своей роли, поэтому улыбнулся, будто этим утром не случилось ничего особенного, разве что она ударилась головой и у нее слегка разыгралось воображение.

— Слушай, Эдвард, — заговорил Тайлер, — ты извини...

Я вскинул руку, прерывая его извинения.

— «Нет крови — нет фола», — иронично произнес я. И, не подумав, слишком широко улыбнулся шутке, весь смысл которой был понятен только мне.

Тайлер передернулся и отвел глаза.

Оказалось на удивление просто не обращать внимания на Тайлера, который лежал на расстоянии пары шагов от меня, и его глубокие раны все еще сочились кровью. Раньше я никак не мог понять, как Карлайлу это удается — не замечать крови пациентов, чтобы лечить их. Не может быть, чтобы этот постоянный соблазн не отвлекал его и не подвергал опасности. Но теперь... мне стало ясно: стоит только сосредоточиться на чем-нибудь *по-настоящему*, соблазн перестает действовать.

Даже свежая кровь Тайлера, оказавшаяся на самом виду, не шла ни в какое сравнение с кровью Беллы.

Сохраняя дистанцию между нею и мной, я присел на кровать в ногах Тайлера.

— Ну, каков вердикт? — спросил я у нее.

Она чуть выпятила нижнюю губу.

— Все хорошо, а они меня не отпускают. А тебя почему не привязали к носилкам?

Ее нетерпеливость вновь вызвала у меня улыбку.

Я слышал, что Карлайл уже в коридоре.

— Меня здесь знают, — беззаботно объяснил я. — Не бойся, я пришел освободить тебя.

Пока мой отец входил в палату, я наблюдал за реакцией Беллы. Ее глаза округлились, рот удивленно приоткрылся. Я внутренне застонал. Да, она несомненно заметила сходство.

— Итак, мисс Свон, как вы себя чувствуете? — спросил Карлайл. Благодаря своему удивительному умению находить подход к пациентам ему моментально удавалось расположить их к себе. Но как оно подействовало на Беллу, я так и не понял.

— Замечательно, — негромко ответила она.

Карлайл прицепил ее снимки к световому щиту у койки.

— Снимки хорошие. Голова не болит? Эдвард сказал, что вы сильно ударились головой.

Она вздохнула и повторила, что «с головой все замечательно», на этот раз в голосе проскользнуло раздражение. В мою сторону она бросила сердитый взгляд.

Карлайл шагнул к ней и осторожно прощупывал череп, пока не обнаружил шишку под волосами.

Эмоции обрушились на меня лавиной и застали меня врасплох.

Я тысячи раз видел, как Карлайл работает с людьми. Много лет назад я даже неофициально ассистировал ему — правда, лишь в тех случаях, когда не приходилось иметь дело с кровью. Поэтому для меня было не в новинку наблюдать, как он общается с пациентами, словно он такой же человек, как и они. Много раз я завидовал его самообладанию, но нынешние эмоции были совсем другими. Я завидовал не только его умению владеть собой. Почти физическую боль вызывала разница между Карлайлом и мной, его способность прикасаться к ней так бережно, без страха, и твердо знать, что он ни в коем случае не причинит ей вред.

Она поморщилась, я вздрогнул. Пришлось сосредоточиться, чтобы вновь принять непринужденную позу.

— Болит? — спросил Карлайл.

Она чуть заметно вскинула голову.

— Почти нет.

Еще одна деталь из головоломки ее характера встала на свое место: она смелая. И не любит показывать слабость.

Пожалуй, более уязвимого существа я не видел за всю свою жизнь, а она не желала казаться слабой. Я невольно усмехнулся.

И удостоился еще одного негодующего взгляда.

— Ну что же, — сказал Карлайл, — можете ехать домой — ваш отец ждет в приемном покое. Но если закружится голова или появятся проблемы со зрением, немедленно приезжайте.

Ее отец здесь? Я бегло просмотрел мысли тех, кто ждал в переполненной приемной, но так и не успел различить среди них его негромкий мысленный голос, прежде чем она заговорила. Ее лицо стало озабоченным.

— А в школу можно?

— Сегодня вам лучше остаться дома, — посоветовал Карлайл.

Она стрельнула глазами в мою сторону.

— А *ему*, значит, можно в школу?

Веди себя нормально, сглаживай впечатление... не подавай виду, каково это — когда она смотрит тебе прямо в глаза...

— Кто-то же должен передать остальным, что мы живы, — подал голос я.

— Между прочим, — сообщил Карлайл, — почти вся школа здесь, в приемном покое.

На этот раз я предвидел, какой будет ее реакция, — вспомнил, как неприятно ей излишнее внимание окружающих. И она меня не разочаровала.

— О нет, — застонала она и закрыла лицо ладонями.

Приятно было наконец-то сделать верную догадку. Наконец-то начать понимать ее.

— Хотите остаться в палате? — спросил Карлайл.

— Нет-нет! — поспешно отозвалась она, сбросила ноги с кровати и соскользнула с нее на пол. И тут же потеряла равновесие, чуть не упав прямо в руки Карлайла. Он поддержал ее и помог выпрямиться.

И меня вновь захлестнула зависть.

— Все замечательно, — заверила она прежде, чем он успел высказаться, и на ее щеках проступил слабый розовый румянец.

Разумеется, Карлайл на него и внимания не обратил. Убедился, что она твердо стоит на ногах, и опустил руки.

— Выпейте тайленол от боли, — порекомендовал он.

— Боли почти нет.

Карлайл улыбнулся, расписываясь в ее карте.

— Похоже, вы на редкость удачливы.

Она слегка повернула голову и впилась в меня взглядом.

— Это Эдвард удачливый.

— А, да, — сразу же согласился Карлайл, различив в ее голосе то же, что и я. Списывать со счетов свои гипотезы как игру воображения она не торопилась. Пока еще нет.

«У меня все, — мысленно обратился ко мне Карлайл. — *Действуй, как сочтешь нужным*».

— Премного благодарен, — быстро и тихо шепнул в ответ я. Никто из людей меня не слышал. От моего саркастического тона губы Карлайла слегка дрогнули, пока он поворачивался к Тайлеру.

— А вам, к сожалению, придется у нас задержаться, — сказал ему Карлайл, приступая к осмотру неглубоких порезов, оставленных разбитым ветровым стеклом.

Что ж, я заварил кашу, значит, по всей справедливости мне ее и расхлебывать.

Белла решительно направилась ко мне и остановилась только когда подошла вплотную и от такой близости ей стало неуютно. Я вспомнил, как раньше, еще до того, как разразился хаос, хотел, чтобы она подошла ко мне. Желание сбылось, но в виде пародии на него.

— Поговорим? — шепотом спросила она.

Ее теплое дыхание овеяло мое лицо, мне пришлось отступить на шаг. Притягательность она не утратила нисколько. Каждый раз, оказываясь рядом, она пробуждала во мне самые худшие и низменные инстинкты. Во рту ощущался прилив яда, тело подбиралось для удара, готовилось сжать ее в объятиях и впиться ей в горло зубами.

Разум был сильнее тела, но ненамного.

— Тебя ждет отец, — напомнил я ей сквозь зубы.

Она оглянулась на Карлайла с Тайлером. Тайлер не вспоминал про нас, а Карлайл прислушивался к каждому моему вздоху.

«Осторожнее, Эдвард».

— Мне бы хотелось поговорить с тобой наедине, если не возражаешь, — понизив голос, настаивала она.

А мне хотелось сказать, что я решительно возражаю, но я понимал, что все равно придется. Лучше уж сразу покончить с этим разговором.

Переполненный противоречивыми чувствами, я вышел из палаты. За моей спиной слышались ее спотыкающиеся шаги, она пыталась не отставать.

Мне предстояло закатить сцену. Я знал, какую роль себе выберу, каким персонажем прикинусь — злодеем. Буду лгать, издеваться, проявлять жестокость.

Это противоречило моим лучшим порывам — тем человеческим порывам, за которые я цеплялся столько лет. Никогда еще мне не хотелось завоевать доверие так, как в этот момент, когда предстояло уничтожить все шансы на него.

Еще хуже было осознавать, что именно таким она меня и запомнит. Эта сцена должна стать прощальной.

Я обернулся к ней.

— Ну, чего тебе? — холодно спросил я.

От моей враждебности она чуть заметно сжалась. Взгляд стал растерянным, на лице возникло то самое выражение, которое неотступно преследовало меня.

— Ты обязан объясниться, — слабым голосом выговорила она. Вся кровь отхлынула от ее бледного лица.

Сохранить резкость тона было непросто.

— Я спас тебе жизнь и больше ничем не обязан.

Она вздрогнула, и смотреть, как ранят ее мои слова, было мучительно.

— Ты же обещал!

— Белла, у тебя ушиб головы. Ты сама не понимаешь, что говоришь.

Она вскинула голову.

— С головой у меня все в порядке.

Теперь она злилась и этим облегчила мне задачу. Я выдержал ее возмущенный взгляд, придав лицу холодное и жесткое выражение.

— Чего ты от меня хочешь, Белла?

— Хочу знать правду. Знать, зачем ты заставил меня врать.

Ее желание было совершенно законным, и необходимость отказывать ей вызывала у меня досаду.

— Ну и что, *по-твоему*, случилось? — чуть не рявкнул я.

Слова полились из нее потоком:

— Я помню только, что рядом со мной тебя не было, и Тайлер тоже тебя не видел, и не надо твердить, что это у меня от ушиба, голова тут ни при чем! Тот фургон должен был раздавить нас обоих, но не раздавил, а на боку у него остались вмятины от твоих ладоней и еще одна вмятина от тебя, на другой машине, а ты цел и невредим! И еще тот фургон должен был наехать мне на ноги, но ты задержал его и поднял... — Она вдруг судорожно стиснула зубы, и ее глаза заблестели от непролитых слез.

Я глядел на нее, всем видом выражая насмешливое пренебрежение, хотя на самом деле был восхищен: от нее ничто не ускользнуло.

— По-твоему, я поднял фургон?! — уточнил я, добавив в голос сарказма.

Она ответила кратким кивком.

Я продолжал еще более издевательским тоном:

— Ты же понимаешь: никто тебе не поверит.

Она попыталась сдержать чувства — кажется, это был гнев. А когда ответила, то намеренно отчеканила каждое слово:

— А я и не собираюсь никому об этом рассказывать.

Она не шутила — я видел это по ее глазам. Даже возмущенная предательством и разъяренная, она будет хранить мою тайну.

Но почему?

Потрясение подпортило тщательно продуманное выражение моего лица на целых полсекунды, но потом я опомнился.

— Тогда не все ли равно? — спросил я, стараясь говорить жестко.

— Мне — нет, — с жаром возразила она. — Не люблю врать, и ты должен привести очень убедительные аргументы для того, чтобы я сделала это.

Она просила меня довериться ей. Точно так же, как я хотел доверия от нее. Но эту черту я никак не мог переступить.

Мой голос звучал все так же непреклонно:

— Неужели нельзя просто сказать мне «спасибо» и покончить с этим?

— Спасибо, — бросила она, продолжая ждать и кипеть от ярости.

— Значит, не успокоишься?

— Нет.

— Ничего не поделаешь... — Я не мог сказать ей правду, даже если бы захотел... а я *не* хотел. Пусть лучше выдумает свою версию, чем узнает, кто я такой, потому что хуже этой правды не могло быть ничего: я — неупокоенный кошмар, прямо со страниц романа ужасов. — Вынужден тебя разочаровать.

Мы нахмурились, уставившись друг на друга.

Она вспыхнула, снова сжала зубы.

— Ну если так, зачем вообще было утруждаться?

Такого вопроса я не ждал и к ответу не подготовился. И выпал из роли, которую играл. Почувствовал, как маска соскальзывает с моего лица, и ответил правду — на этот раз:

— Не знаю.

Я в последний раз запечатлел в памяти ее лицо — оно все еще было гневным, кровь не успела отхлынуть от щек, — потом повернулся и зашагал прочь от нее.

Глава 4
Видения

Я вернулся в школу. Это был правильный поступок, наименее возбуждающий подозрения.

К концу учебного дня почти все вернулись на уроки. Отсутствовали только Тайлер, Белла и еще несколько человек — видимо, воспользовались аварией как предлогом, чтобы прогулять занятия.

Казалось бы, не должно быть ничего сложного в том, чтобы поступить правильно. Но весь день я скрипел зубами, сдерживая порывы, которые звали сорваться с уроков и меня — чтобы отыскать эту девушку.

Будто я сталкер. Одержимый сталкер. Одержимый сталкер-вампир.

В школе сегодня было еще скучнее, чем неделю назад, хотя вроде бы скучнее уже некуда. Прямо коматоз. Будто все краски смыли с кирпичных стен, деревьев, неба, лиц вокруг меня... И я глазел на трещины в стенах.

Было еще кое-что, что мне следовало предпринять... а я не стал. Конечно, это было неправильно. Но это смотря на чей взгляд.

С точки зрения Каллена — не вампира, а просто *Каллена*, принадлежащего к семье, такой редкости в нашем мире, — правильно было бы действовать примерно так:

«Не ожидал увидеть тебя на уроке, Эдвард. Я слышал, ты попал сегодня утром в ту жуткую аварию».

«Да, попал, мистер Баннер, но мне повезло, — приветливая улыбка. — Я ничуть не пострадал. Жаль, что про Тайлера и Беллу этого не скажешь».

«Как там они?»

«Кажется, с Тайлером все в порядке... несколько неглубоких порезов осколками ветрового стекла. А вот насчет Беллы не уверен, — озабоченно нахмуренные брови. — У нее, кажется, сотрясение. Я заметил, какой бессвязной стала ее речь, ей даже что-то мерещилось. И врачи, насколько мне известно, тревожатся...»

Вот что следовало бы сказать. Ради моей семьи.

— Не ожидал увидеть тебя на уроке, Эдвард. Я слышал, ты попал сегодня утром в ту жуткую аварию.

Никаких улыбок.

— Я не пострадал.

Мистер Баннер смущенно переступил с ноги на ногу.

— Ты не знаешь, как там Тайлер Кроули и Белла Свон? Я слышал, у них травмы...

Я пожал плечами:

— Откуда мне знать.

Мистер Баннер прокашлялся.

— Эм-м, ну да... — пробормотал он, и под моим ледяным взглядом его голос прозвучал чуть натянуто.

Он торопливо прошел в переднюю часть класса и начал урок.

Вот этот поступок был неправильным. Если только не смотреть на него с менее очевидной точки зрения.

Просто слишком уж... непорядочно было оговаривать девушку за ее спиной, особенно потому, что она, как оказалось, заслуживала доверия в гораздо большей мере, чем я мог мечтать. Она ничем не выдала меня, несмотря на веские причины сделать это. И я должен ее предать, хотя она ничего не сделала мне — кроме как сохранила мою тайну?

Почти такой же разговор состоялся у меня с миссис Гофф — только не на английском, а на испанском, — и Эммет удостоил меня внимательным взглядом.

«*Надеюсь, тебе есть чем объяснить все, что сегодня было. Роз готова рвать и метать*».

Я закатил глаза и отвернулся.

Вообще-то я уже продумал более чем убедительное объяснение. Предположим, я пальцем не шевельнул, чтобы остановить тот фургон, и он смял девушку в лепешку. При этой мысли я сжался. Но в этом случае, если бы ее изувечило, пролилась бы кровь, красная жидкость растекалась бы по асфальту, пропадая зря, запах свежей крови разносился бы в воздухе...

Меня снова передернуло, но не только от ужаса. Отчасти я содрогался от вожделения. Нет, я просто не смог бы смотреть, как она истекает кровью, и неизбежно выдал бы нас всех — гораздо более чудовищным и шокирующим образом.

Предлог выглядел идеально... но пользоваться им я бы не стал. Было слишком стыдно.

Так или иначе, мне в голову он пришел только спустя долгое время, постфактум.

«*Остерегайся Джаспера*, — продолжал Эмметт, не подозревая о моих раздумьях. — *Он не настолько зол... но настроен куда решительнее*».

Я увидел, что он имеет в виду, и на миг класс поплыл перед моими глазами. Вспышка ярости была настолько всепоглощающей, что мой мысленный взор заслонил красный туман. Я думал, что задохнусь в нем.

«*ЭДВАРД! ОСТЫНЬ!*» — закричал мне Эмметт мысленно. Его ладонь легла мне на плечо, удержав на месте прежде, чем я успел вскочить. Он редко пускал в ход всю свою силу, в этом почти никогда не было необходимости, так как он неизменно оказывался намного сильнее любого вампира, какого мы только встречали, — но теперь все-таки пустил. И стиснул мою руку, а не придавил меня к стулу. Иначе стул развалился бы подо мной.

«*ТИХО!*» — велел он.

Я попытался успокоиться, но это было непросто. Ярость пылала у меня в голове.

«*Джаспер ничего не станет предпринимать, если его не поддержим все мы. Я просто подумал, тебе следует знать, к чему он клонит*».

Я сосредоточился на расслаблении и вскоре почувствовал, как разжимаются пальцы Эмметта.

«*Постарайся больше не привлекать к себе внимания. Тебе и без того хватает проблем*».

Я глубоко вздохнул, Эмметт отпустил меня.

Привычно просмотрев мысли окружающих, я убедился, что наш краткий и безмолвный разговор заметили лишь несколько человек, сидящих позади Эмметта. Никто из них так ничего и не понял, поэтому они вскоре забыли об увиденном. У Калленов свои причуды — об этом все уже знали.

«*Черт возьми, парень, ну и влип же ты*», — сочувственно добавил Эмметт.

— Выкуси, — буркнул я и услышал его приглушенный смешок.

Эмметт злопамятным не был, и мне, вероятно, следовало с благодарностью принимать его покладистый нрав и доброжелательность. Но я видел, что он признает логику в намерениях Джаспера и сам задается вопросом, как было бы лучше их осуществить.

Еле обузданная ярость во мне продолжала бурлить. Да, Эмметт сильнее меня, но в поединке ему еще не удавалось одержать надо мной победу. Он утверждал, что я жульничал, но умение слышать чужие мысли — просто свойство, присущее мне, такое же, как его чудовищная сила. Так что мы с ним были на равных.

Поединок? Вот, значит, к чему идет дело? Мне предстоит драться с кем-то из моей *семьи* из-за человека, который мне едва знаком?

Я задумался об этом на минуту, вспомнил, каким хрупким казалось тело девушки в моих руках — по сравнению с Джаспером, Роз и Эмметтом, сверхъестественно сильными и быстрыми, убийцами по натуре.

Да, я бы сразился за нее. Против моей семьи. Я содрогнулся.

Но ведь это же несправедливо — оставить ее без защиты, если опасность ей грозит из-за меня!

Однако рассчитывать победить в одиночку я не мог, особенно против трех таких противников, и я прикинул, кто выступит на моей стороне.

Карлайл — безусловно. Ни с кем драться он не станет, но решительно выступит против замысла Роз и Джаспера. Именно это мне и требуется.

Эсме — вряд ли. Но не станет выступать и против меня, тем более что она терпеть не может возражать Карлайлу. Вместе с тем она поддержит любой план, который поможет ей сохранить всю семью. В приоритете у нее — не то, что правильно, а я. Если Карлайл — душа нашей семьи, то Эсме — ее сердце. Благодаря ему у нас есть лидер, за которым стоит следовать, благодаря ей это следование за лидером становится проявлением любви. Все мы любим друг друга: несмотря на всю ярость, мои чувства к Джасперу и Роз никуда не исчезли; собираясь вступить с ними в схватку ради спасения этой девушки, я понимал, что люблю их.

Элис... без понятия. Все зависит, наверное, от того, какой исход она увидит. Мне казалось, она встанет на сторону победителя.

Так что придется мне обходиться без помощи. Троим сразу я не соперник, но не допущу, чтобы эта девушка пострадала из-за меня. Значит, придется прибегнуть к маневру уклонения.

Внезапная вспышка черного юмора слегка притупила мою ярость. Я попытался представить, как отреагирует эта девушка, если я попробую похитить ее. Да, прогнозируя ее реакцию, я обычно ошибался, — но как еще она может воспринять происходящее, если не с ужасом?

Впрочем, я понятия не имел, как провернуть это похищение. Рядом с ней я все равно долго не продержусь. Может, стоило бы просто отвезти ее обратно к матери. И даже это решение чревато опасностью. Для нее.

И для меня тоже, вдруг осознал я. Если по неосторожности я убью ее... я не знал точно, сколько боли это мне причинит, но понимал, насколько она будет острой и многогранной.

Я и не заметил, как пролетело время, пока обдумывал предстоящие сложности: спор, ждущий меня дома, конфликт с близкими, насколько далеко мне придется зайти потом.

Ну что ж, по крайней мере, на скуку жизни *за пределами* школы посетовать я не мог. С появлением этой девушки многое изменилось.

После звонка мы с Эмметтом направились к машине молча. Он тревожился и за меня, и за Розали. Понимал, что выбора у него не будет, когда придется решать, на чьей он стороне, и это его беспокоило.

Остальные ждали нас в машине — тоже молча. Со стороны мы казались слишком молчаливой группой. Мысленные вопли слышал я один.

«*Кретин! Псих! Болван! Осел! Эгоист, безответственный дурак!*» — Розали осыпала меня потоком оскорблений во всю мощь внутреннего голоса. Она заглушала голоса остальных, но я старался пропускать ее крики мимо ушей.

Насчет Джаспера Эмметт оказался прав. В правильности своего решения он был уверен.

Элис волновалась, тревожилась за Джаспера, перебирала образы из будущего. С какой бы стороны Джаспер ни пытался подобраться к этой девушке, Элис всякий раз видела, как я преграждаю ему путь. Любопытно... ни Розали, ни Эмметта в этих видениях не было. Значит, Джаспер решил действовать в одиночку. Это уравнивало шансы.

Джаспер был самым лучшим и, безусловно, самым опытным бойцом из нас. Мое единственное преимущество заключалось в умении предвидеть его действия еще до того, как он совершит их.

С братьями я никогда не боролся иначе, чем в шутку, — ради разминки. При мысли о том, чтобы всерьез причинить вред Джасперу, меня замутило.

Нет, не так. Просто надо блокировать его удары. Вот и все.

Я занялся просмотром памяти Элис, запоминая направления, выбранные Джаспером для атаки.

Чем дольше я смотрел, тем чаще менялись видения, уводя все дальше и дальше от дома Свонов. Я перехватывал его еще на подступах.

«*Прекрати сейчас же, Эдвард!* — прикрикнула она. — *Этого не будет. Я не позволю*».

Не отвечая ей, я продолжал просмотр.

Она заглянула еще дальше вперед — в туманные, неопределенные сферы отдаленных возможностей. Здесь все было мутным и расплывчатым.

Напряженное молчание продлилось всю дорогу до дома. Я поставил машину в большой гараж. Рядом с «мерседесом» Карлайла в нем помещался огромный джип Эмметта, «М3» Роз и мой «ванкуиш». Хорошо, что Карлайл уже дома: это молчание грозило завершиться взрывом, и мне хотелось, чтобы Карлайл при этом присутствовал.

Мы направились прямиком в столовую.

Этой комнатой, разумеется, никогда не пользовались в тех целях, для которых она предназначалась. Но в ней стоял стол красного дерева — большой, в виде вытянутого овала, окруженный стульями: мы придирчиво следили за тем, чтобы обстановка выглядела как полагается. Карлайлу нравилось пользоваться столовой как конференц-залом. В группе, состоящей из таких сильных и разных личностей, порой было просто необходимо сесть и обсудить что-нибудь в спокойной обстановке.

Но меня не покидало ощущение, что сегодня пользы от этой обстановки будет немного.

Карлайл занял свое обычное место, у восточной оконечности стола. Эсме рядом с ним, оба сложили руки на столе.

Эсме не сводила с меня глаз, их золотистые глубины были полны тревоги.

«*Останься*». Только об этом она и думала. Она понятия не имела, что вот-вот должно начаться, просто беспокоилась за меня.

Как бы мне ни хотелось улыбнуться женщине, которую я искренне считал матерью, утешить ее пока мне было нечем.

Я сел по другую сторону от Карлайла.

Тот лучше представлял себе, что нас ждет. Его губы были плотно сжаты, лоб прорезали морщины. Выражение казалось слишком старческим для моложавого лица.

Пока все рассаживались, я видел, что границы уже проведены.

Розали села прямо напротив Карлайла, на другом конце длинного стола. И смотрела на меня в упор, не отводя глаз.

Эмметт устроился рядом с ней, с ироничным недовольством на лице и в мыслях.

Джаспер помедлил, затем остался стоять у стены за спиной Розали. Он уже принял решение независимо от того, чем кончится наш разговор. Я сжал зубы.

Элис вошла последней, сосредоточив взгляд на чем-то далеком — на будущем, все еще слишком неопределенном, чтобы она могла им воспользоваться. Не задумываясь, она села рядом с Эсме. Потерла ладонью лоб, будто ее мучила головная боль. Джаспер беспокойно дернулся, подумывая, не сесть ли рядом с ней, но остался на месте.

Я сделал глубокий вдох. С меня все началось — мне и говорить первым.

— Сожалею, — произнес я и посмотрел сначала на Роз, потом на Джаспера и на Эмметта. — Я не хотел подвергать риску никого из вас. Это было неосмотрительно, и я беру на себя всю полноту ответственности за свои опрометчивые действия.

Розали свирепо уставилась на меня.

— «Всю полноту ответственности» — то есть? Ты намерен все исправить?

— Не тем способом, который имеешь в виду ты. — Я старался, чтобы голос звучал ровно и негромко. — Еще до того, как все случилось, я собирался уехать. Вот теперь и уеду... — *«Если буду уверен, что этой девушке ничего не угрожает,* — мысленно поправился я. — *Если буду знать, что никто из вас к ней не притронется».* — Ситуация разрешится сама собой.

— Нет, — пробормотала Эсме. — Нет, Эдвард.

Я похлопал ее по руке.

— Всего-то на несколько лет.

— Кстати, Эсме права, — заговорил Эмметт. — Уезжать тебе нельзя. Пользы это не принесет — совсем *напротив*. Теперь как никогда нам необходимо знать, о чем думают люди.

— Все самое важное заметит Элис, — возразил я.

Карлайл покачал головой:

— По-моему, Эмметт прав, Эдвард. Если ты исчезнешь, девушка с большей вероятностью проболтается. Уезжать надо либо всем нам, либо никому.

— Ничего она не скажет, — быстро заявил я. Роз была готова взорваться, и я хотел опередить ее, выложив свой козырь.

— Ты не знаешь, что у нее на уме, — напомнил мне Карлайл.

— Уж это я точно знаю. Элис, поддержи меня.

Элис устало подняла на меня глаза.

— Я не вижу, что будет, если мы просто сделаем вид, будто ничего не было. — Она переглянулась с Роз и Джаспером.

Да, разглядеть такое будущее она не могла — тем более что Розали и Джаспер уже твердо решили не оставлять случившееся без внимания.

Розали громко хлопнула по столу ладонью.

— Мы не можем допустить, чтобы у человека появился шанс хоть что-нибудь разболтать! Карлайл, ты-то *должен* это понимать. Даже если мы решим исчезнуть все вместе, оставлять за собой след из подобных историй небезопасно. Наша жизнь и так слишком отличается от жизни нам подобных, и вам известно, что они рады любому поводу направить на нас обвиняющий палец. Мы обязаны быть осторожными, как никто другой!

— Нам и раньше случалось оставлять за собой слухи, — напомнил я ей.

— Только слухи и подозрения, Эдвард. А не свидетелей и улики!

— Улики! — фыркнул я.

Но Джаспер согласно кивал, его взгляд стал жестким.

— Роз... — начал Карлайл.

— Дай мне договорить, Карлайл! Особых усилий даже не понадобится. Сегодня девчонка ударилась головой. Значит, травма вполне могла быть более серьезной, чем казалось поначалу. — Розали пожала плечами. — У каждого смертного, который ложится спать, есть шанс больше не проснуться. От нас ждут, что мы постараемся убирать за собой. Строго говоря, это работа Эдварда, но он с ней явно не справится. Вы же знаете, я умею владеть собой. И не оставляю улик.

— Да, Розали, все мы знаем, какой ты умелый убийца, — огрызнулся я.

Она зашипела на меня, на миг растеряв слова. Жаль, что ненадолго.

— Эдвард, прошу тебя, — вмешался Карлайл и повернулся к Розали. — Розали, в Рочестере я не стал вмешиваться, потому что понимал: тебе необходимо свершить правосудие. Те люди, которых ты убила, обошлись с тобой чудовищно. Но на этот раз дело обстоит иначе. Эта девочка Свон ни в чем не виновата.

— Ничего личного, Карлайл, — процедила сквозь зубы Розали. — Только чтобы защитить всех нас.

Ненадолго воцарилось молчание, Карлайл обдумывал ответ. А когда кивнул, у Розали загорелись глаза. Ей следовало быть умнее. Даже не имея возможности читать мысли Карлайла, я предвидел, какими будут его следующие слова. Карлайл никогда не поступался принципами.

— Я понимаю, что ты хочешь как лучше, Розали, но... Мне бы очень хотелось, чтобы наша семья была *достойна* защиты. Отдельные... инциденты или временная утрата контроля — прискорбное свойство нашей сущности. — Как ему было свойственно, он говорил обо всех, включая и себя, хотя сам никогда не терял самообладания даже на время. — Но хладнокровное убийство безвинного ребенка — совсем другое дело. Я считаю, что риск, который она для нас представляет — не важно, заговорит о своих подозрениях или нет, — не идет ни в какое сравнение с другим, гораздо более серьезным риском. Делая исключения ради самозащиты, мы рискуем кое-чем намного более важным. Рискуем потерять саму суть того, кто мы такие.

Я бдительно следил за выражением собственного лица. Усмешки сейчас были бы неуместны. И аплодисменты, как бы мне их ни хотелось.

Розали помрачнела.

— Это всего лишь ответственность.

— Это черствость, — мягко поправил Карлайл. — Каждая жизнь драгоценна.

Розали тяжело вздохнула и выпятила нижнюю губу. Эммет потрепал ее по плечу.

— Все обойдется, Роз, — обнадежил он негромко.

— Вопрос в следующем, — продолжал Карлайл, — стоит ли нам переезжать.

— Не-ет, — застонала Розали. — Мы же только-только освоились! Не хочу снова начинать учебу со второго года в старших классах!

— Ты, конечно, могла бы остаться в нынешнем возрасте, — сказал Карлайл.

— А это обязательно — снова переезжать так сразу? — возразила она.

Карлайл пожал плечами.

— Мне здесь *нравится*! Солнца так мало, что мы почти как *нормальные*.

— Что ж, нам незачем принимать решение прямо сейчас. Можно подождать и посмотреть, появится необходимость в переезде или нет. По-видимому, Эдвард уверен, что эта девочка Свон будет молчать.

Розали фыркнула.

Но Роз меня больше не тревожила. Я видел, что она смирится с решением Карлайла, как бы ни злилась на меня. Разговор между ними перешел на несущественные подробности.

А вот Джаспер остался непреклонным.

И я понимал почему. До встречи с Элис он жил в зоне боевых действий, в условиях непрекращающейся войны. И знал, чем чревато нарушение правил — видел страшные последствия собственными глазами.

То, что он не пытался успокоить Розали, ссылаясь на свои возможности, и теперь даже не пробовал завести ее, о многом говорило. Он держался в стороне от обсуждения — был выше его.

— Джаспер, — произнес я.

Он встретился со мной взглядом, его лицо не выражало ничего.

— Она не поплатится за мою ошибку. Я этого не допущу.

— Значит, от этой ошибки она выиграет? Ей было суждено погибнуть сегодня, Эдвард. Я просто все исправлю.

Я повторил, отчеканивая каждое слово:

— *Я этого не допущу*.

Он вскинул брови. Такого он не ожидал, ему в голову не приходило, что я решу остановить его.

Он покачал головой:

— А я не допущу, чтобы Элис жила в постоянной опасности, какой бы незначительной она ни была. Ты ни к кому не относишься так, как я отношусь к ней, Эдвард, тебе не случалось пройти то, через что прошел я, и не важно, видел ты мои воспоминания или нет. Ты просто не понимаешь.

— Речь сейчас не об этом, Джаспер. Просто вот что я тебе скажу: я не позволю тебе причинить вред Изабелле Свон.

И мы воззрились друг на друга — не злясь, а оценивая меру сопротивления. Я чувствовал, как он проверяет мое настроение, мою решимость.

— Джазз, — прервала нас Элис.

Он не сводил с меня глаз еще некоторое время, потом повернулся к ней:

— Не трудись уверять меня, что сама сможешь за себя постоять, Элис. Это я уже знаю. И это ничего не меняет...

— Я не то хотела сказать, — перебила Элис. — Я собиралась попросить тебя об одолжении.

Я увидел, что у нее в мыслях, и разинул рот, громко ахнув. И потрясенно вытаращился на нее, лишь смутно осознавая, что остальные, кроме Элис и Джаспера, устремили на меня настороженные взгляды.

— Я знаю, что ты любишь меня. Спасибо. Но я была бы очень признательна, если бы ты не пытался убить Беллу. Во-первых, Эдвард настроен серьезно, а я не хочу, чтобы вы двое подрались. Во-вторых, она мой друг. По крайней мере, *будет* им.

Картинка у нее в голове виделась отчетливо, как сквозь стекло: улыбающаяся Элис ледяной белой рукой обнимала Беллу за теплые хрупкие плечи. И Белла тоже улыбалась, обняв Элис за талию.

Видение было прочным и устойчивым, вот только его время оставалось неопределенным.

— Но... Элис... — выговорил Джаспер. Я был не в силах повернуть голову, чтобы увидеть выражение на его лице. Не мог оторваться от образа в видениях Элис, чтобы услышать, о чем он думает.

— Когда-нибудь я буду любить ее, Джазз. И очень рассержусь на тебя, если ты не дашь этому случиться.

Я все еще был прикован к мыслям Элис. Смотрел, как дрожит и мерцает будущее по мере того, как слабеет решимость Джаспера от такой неожиданной просьбы.

— А-ах! — Она вздохнула: его нерешительность создала новое будущее. — Видишь? Белла и не собиралась ничего никому рассказывать. Беспокоиться незачем.

Имя этой девушки она произнесла так... будто отношения между ними уже были близкими и доверительными.

— Элис... — выдохнул я. — Что... все это?..

— Я же говорила тебе, что грядут перемены. Не знаю, Эдвард. — Она сжала зубы, и я понял, что она недоговаривает. Старается не думать о чем-то еще. Вдруг она старательно сосредоточилась на Джаспере, хотя тот был еще слишком растерян, чтобы принять окончательное решение.

К такому способу она прибегала, когда пыталась что-нибудь утаить от меня.

— Что там, Элис? Что ты скрываешь?

Я услышал, как заворчал Эмметт. Он всегда раздражался, когда мы с Элис заводили разговоры такого рода.

Она потрясла головой, стараясь не впускать меня.

— Это насчет нее? — допытывался я. — Насчет Беллы?

В предельной сосредоточенности она скрипела зубами, но когда я произнес имя Беллы, отвлеклась. Правда, всего на крошечную долю секунды, но и этого хватило.

— НЕТ! — выкрикнул я, услышал, как опрокинулся на пол мой стул, и только тогда понял, что вскочил.

— Эдвард! — Карлайл тоже был на ногах и сжимал мое плечо. Я не сразу заметил это.

— Оно закрепляется, — прошептала Элис. — С каждой минутой твоя решимость растет. Для нее осталось всего два пути. Тот или другой, Эдвард.

Я видел все то же, что и она... но не мог с этим смириться.

— Нет, — повторил я, но на этот раз в моем отрицании не было силы. Ноги подкосились, пришлось схватиться за край стола. Рука Карлайла повисла.

— *Так* бесит, — пожаловался Эмметт.

— Я должен уехать, — прошептал я Элис, не слушая его.

— Эдвард, мы ведь об этом уже говорили, — отозвался Эмметт. — Это верный способ побудить девчонку разговориться. И потом, если ты уедешь, мы не будем знать наверняка, проболталась она или нет. Тебе придется остаться и уладить дело.

— Я не вижу, чтобы ты куда-нибудь уехал, Эдвард, — сказала мне Элис. — И не знаю, *способен* ли ты еще.

«Думай об этом, — мысленно добавила она. — *Думай об отъезде*».

Я понял, что она имеет в виду. Да, мысль о том, чтобы расстаться с этой девушкой навсегда, оказалась... мучительной.

Я уже ощущал эту боль — в больничном коридоре, где так грубо попрощался с ней. Но теперь отъезд был необходим как никогда. Я не мог примириться с будущим, на которое, по-видимому, обрек ее.

«Я не совсем уверена насчет Джаспера, Эдвард, — мысленно добавила Элис. — *Если ты уедешь, а он решит, что она опасна для нас...*»

— Этого я не слышу, — возразил я, лишь смутно осознавая присутствие остальных. Джаспер все еще колебался. Но он не решился бы на то, что причинит боль Элис.

«*Не прямо сейчас. Ты готов рискнуть ее жизнью, оставив ее беззащитной?*»

— Зачем ты так со мной? — Я застонал, уронив голову на руки.

Я Белле не защитник. Я просто не могу быть им. Неужели мало такого доказательства, как два варианта будущего, которые увидела Элис?

«*Я тоже ее люблю. Или полюблю. Это не одно и то же, но из-за этого мне хочется, чтобы она была рядом*».

— Любишь ее? *Тоже?* — прошептал я, не веря своим ушам. Она вздохнула.

«*Какой же ты слепой, Эдвард. Неужели не видишь, куда идешь? Не видишь, к чему уже пришел? Это же неизбежность — такая же, как восход солнца завтра утром. Посмотри, что вижу я...*»

Ужаснувшись, я потряс головой:

— Нет, — и попытался отогнать видения, которыми она делилась со мной. — Мне незачем идти этим путем. Я уеду. Я *все же* изменю будущее.

— Попробуй, — скептически откликнулась она.

— Ой, *да хватит уже!* — взвыл Эмметт.

— Не отвлекай, — зашипела на него Роз. — Элис видит, как он влюбляется в *человека*! Эдвард в своем репертуаре! — И она изобразила приступ рвоты.

Но я почти не слушал ее.

— Что? — вскинулся Эмметт. И его рокочущий хохот разнесло по комнате эхо. — Так, значит, вот что происходит? — Он снова засмеялся. — Вот так облом, Эдвард.

Я почувствовал, как он взял меня за руку, но машинально оттолкнул ее, не в силах отвлекаться на него.

— В человека? — ошеломленно повторила Эсме. — В ту девушку, которую он спас сегодня? *Влюбляется* в нее?

— Что ты видишь, Элис? Конкретно? — спросил Джаспер.

Она повернулась к нему. Я продолжал оцепенело глазеть на ее профиль.

— Все зависит от того, окажется ли он достаточно сильным. Или он убьет ее сам... — она повернулась и встретилась со мной негодующим взглядом, — и этим *страшно* разозлишь меня, Эдвард, не говоря уже о том, каково будет *тебе*... — и она продолжала, обращаясь к Джасперу: — Или когда-нибудь она станет одной из нас.

Кто-то ахнул. Я не обернулся, чтобы посмотреть кто.

— Этого не будет! — Я опять сорвался на крик. — Ни того ни другого!

Элис словно не слышала меня.

— Все зависит от того, — повторила она, — окажется ли он настолько сильным, чтобы не убить ее — может, *и так*, но удержится чудом. Понадобится поразительная выдержка, — задумчиво продолжала она, — даже лучше, чем у Карлайла. Если же он недостаточно силен, ему останется только держаться подальше от нее. А это гиблое дело.

У меня пропал дар речи. И остальные, видимо, тоже не знали, что сказать. В столовой стало тихо.

Я не сводил глаз с Элис, а вся семья — с меня. И я видел ужас на своем лице с пяти разных точек.

После долгого молчания Карлайл вздохнул:

— Ну что ж, это... осложняет положение.

— Да уж, — согласился Эммет. Судя по голосу, его все еще тянуло расхохотаться. Только Эммет умел усмотреть повод для смеха в крушении моей жизни.

— Впрочем, планы, полагаю, остаются прежними, — задумчиво продолжал Карлайл. — Подождем и посмотрим. Безусловно, никто не станет... причинять девушке вред.

Я окаменел.

— Да, — негромко подтвердил Джаспер. — С этим я могу согласиться. Если Элис видит всего два пути...

— Нет! — Я издал не вопль, не рык и не стон отчаяния, а нечто среднее между ними. — Нет!

Мне требовалось уйти, отдалиться от шума их мыслей — праведного негодования Розали, веселья Эмметта, неиссякающего терпения Карлайла...

И от кое-чего похуже: уверенности Элис. И веры Джаспера в ее уверенность.

И от самого худшего: *радости* Эсме.

Я двинулся прочь из комнаты, Эсме потянулась к моей руке, когда я проходил мимо, но я сделал вид, что не заметил.

На бег я перешел еще раньше, чем покинул дом. Одним прыжком перелетел через газон вместе с рекой и устремился в лес. Снова начался дождь, и такой сильный, что я промок за считаные секунды. Мне нравилась плотная водяная завеса, стеной отгораживающая меня от остального мира. Она смыкалась вокруг меня, давала побыть одному.

Я бежал на восток, через горы и дальше, никуда не сворачивая, и так продолжалось, пока впереди, по другую сторону залива, не показались призрачные огни Сиэтла. Я остановился, не приближаясь к границам цивилизованного человеческого мира.

Окутанный дождем, совершенно один, я наконец заставил себя взглянуть на то, что натворил, — на то, как изувечил будущее.

Прежде всего — на видение Элис и этой девушки, которые гуляли в обнимку по лесу у школы: этот образ прямо-таки излучал доверие и дружбу. Взгляд огромных шоколадных глаз Беллы в этом видении был хоть и не смущенным, но все еще полным тайн, и в этот момент ее тайны казались радостными. От прикосновения холодной руки Элис она не вздрагивала. Что это означает? Что ей известно? В этой застывшей картинке из будущего что она думает обо *мне?*

Затем появился другой образ, удивительно похожий, но на этот раз окрашенный ужасом. Элис и Белла на передней веранде нашего дома, по-прежнему обнявшиеся жестом доверия и дружбы. Но теперь их руки были одинаковыми — белыми, гладкими, как мрамор, твердыми, как сталь. А глаза Беллы уже не имели оттенка шоколада. Радужки ошеломляли насыщенным багрянцем. Тайны в этих глазах казались непостижимыми — приятие или опустошенность? Невозможно определить. Ее лицо было холодным и бессмертным.

Я содрогнулся. И не смог удержаться от вопросов — схожих, но других: что это значит, когда это произойдет? И что она думает обо мне теперь?

На последний вопрос я мог ответить. Если это я втянул ее в такое пустое полусуществование, втянул своей слабостью и эгоизмом, она наверняка ненавидит меня.

Но было и другое видение, еще ужаснее предыдущего, хуже, чем все, что мне доводилось держать в памяти.

Мои глаза, густо-багровые от человеческой крови, глаза чудовища. Обмякшее тело Беллы в моих руках — пепельно-белое, обескровленное, безжизненное. Такой отчетливый, такой ясный образ.

Видеть его было невыносимо. Я не мог на него смотреть. Пытался изгнать его из памяти, увидеть хоть что-нибудь другое. Силился снова разглядеть выражение на ее живом лице, заслонившем картину последней главы моего существования. Все напрасно.

Мрачное и тоскливое видение Элис вставало передо мной, и я внутренне корчился от вызванной им агонии. А тем временем чудовище во мне переполнялось злорадством, ликовало при виде вероятности своего успеха. Внушало мне отвращение.

Этого никак нельзя допустить. Должен быть способ избежать такого будущего. Я не дам видениям Элис направлять меня. Я могу выбрать другой путь. Выбор есть всегда.

Его не может не быть.

Глава 5
Приглашения

Школа. Уже не чистилище, а самое пекло. Адские муки и пламя... да, мне досталось и то и другое.

Теперь я все делал как полагается. Расставлял все точки над «i», выписывал каждую букву. Никто не смог бы посетовать, что я уклоняюсь от своих обязанностей.

Для того чтобы порадовать Эсме и защитить остальных, я остался в Форксе. Вернулся к прежнему распорядку. Охотился не больше остальных. Каждый день ездил в школу и изображал человека. Каждый день внимательно прислушивался, не говорят ли чего-нибудь нового о Калленах, — и ничего нового не замечал. Эта девушка ни словом не обмолвилась о своих подозрениях. Только повторяла одно и то же — я стоял рядом с ней и успел ее оттащить, — пока даже самым любопытным слушателям это не наскучило и они не перестали выспрашивать подробности. Опасность отсутствовала. Мои необдуманные поступки никому не причинили вреда.

Никому, кроме меня самого.

Я был полон решимости изменить будущее. Не самая легкая задача, какую можно поставить перед собой, но другого выхода, с которым я мог бы примириться, у меня не было.

Элис говорила, что мне может не хватить силы, чтобы держаться в стороне от этой девушки. Я решил доказать, что она ошиблась.

Я думал, труднее всего будет в первый день. К его завершению я в этом уже не сомневался. И все-таки ошибся.

Мучительно было осознавать, что придется ранить ее чувства. В утешение я твердил себе, что эта боль — не что иное, как булавочный укол, легкий укус уязвленного самолюбия по сравнению с моей. Белла — человек, ей известно, что я — нечто иное, нечто неправильное, нечто пугающее. Вероятнее всего, она не обидится, а вздохнет с облегчением, увидев, что я отвернулся с таким видом, будто ее вообще не существует.

— Привет, Эдвард, — поздоровалась она со мной в первый день после возвращения в школу, на биологии. Ее голос звучал приветливо и вежливо — поворот на все сто восемьдесят по сравнению с нашим предыдущим разговором.

Но почему? Что означали эти перемены? Неужели она забыла? Решила, что ей привиделось? И смогла простить меня, хоть я и не сдержал обещания?

Вопросы кололи и корежили меня, мучили, как жажда, нападающая с каждым вздохом.

Всего один раз взглянуть ей в глаза. Просто выяснить, смогу ли я прочесть в них ответы...

Нет. Даже этого мне нельзя себе позволить. Нельзя, если я намерен изменить будущее.

Я коротко кивнул, лишь слегка повернув подбородок в ее сторону и продолжая смотреть прямо перед собой. И сразу же отвернулся.

Больше она со мной не заговаривала.

Тем днем, как только уроки закончились и моя роль была сыграна, я пробежал полпути до Сиэтла, как днем раньше. Казалось, с болью справиться чуть легче, когда летишь над землей, так что все вокруг сливается в зеленоватую дымку.

Эти ежедневные пробежки вошли у меня в привычку.

Любил ли я ее? В этом я сомневался. Еще нет. Но проблески будущего, увиденного Элис, были еще свежи в моей памяти, и я понимал, насколько легко было бы влюбиться в Беллу. Это чувство напоминало бы падение — свершилось бы без всяких усилий. А не давать себе влюбиться в нее было все равно что удерживаться от падения, карабкаться по отвесной скале, переставлять одну руку за другой, — напряженная задача, как если бы я обладал лишь силой смертных.

Прошло больше месяца, и с каждым днем становилось труднее. Я ничего не понимал и все ждал, когда наконец свыкнусь, когда борьба будет даваться легче или хотя бы так же, как прежде. Должно быть, именно это подразумевала Элис, предсказывая, что я не смогу держаться в стороне от этой девушки. Она видела нарастание боли.

Но с болью я справлялся.

Я не разрушу будущее Беллы. Если мне суждено любить ее, значит, избегать ее — самое меньшее, что я могу сделать, разве не так?

Однако выяснилось, что избегать ее — значит почти достигать предела моих возможностей. Я мог делать вид, будто игнорирую ее, и не смотреть в ее сторону. Мог притворяться, что она меня не интересует. Но все-таки ловил каждый ее вздох, каждое сказанное ею слово.

Я не мог смотреть на нее собственными глазами, поэтому смотрел глазами всех, кто находился вокруг. Подавляющее большинство моих мыслей вращалось вокруг нее, будто она служила им центром притяжения.

Пока продолжался этот ад, я разделил свои муки на четыре вида.

Первые два были наиболее знакомыми. Ее запах и ее молчание. Или, скорее — чтобы взять всю ответственность на себя, как и подобало, — моя жажда и мое любопытство.

Жажда была самой примитивной из моих мук. В привычку у меня вошло просто не дышать весь урок биологии. Разумеется, всегда находились исключения — когда мне надо было ответить на вопрос учителя. Каждый раз воздух вокруг этой девушки оказывался точно таким же, как в первый день: огонь, потребность и грубая сила отчаянно рвались на волю. В такие моменты было трудно сдерживаться или хотя бы цепляться за здравый рассудок. И как в первый день, чудовище во мне ревело, едва не вырываясь на поверхность.

Любопытство было самой постоянной из мук. Меня почти неотступно преследовал вопрос: *о чем она думает сейчас?* Когда я слышал ее тихий вздох. Когда она в рассеянности наматывала на палец прядь своих волос. Когда швыряла книги резче обычного. Когда опаздывала на урок. Когда нетерпеливо постукивала ступней по полу. Каждое ее движение, которое я улавливал периферическим зрением, превращалось в сводящую с ума загадку. Когда она говорила с другими учениками, с людьми, я подвергал анализу каждое ее слово, каждую интонацию. Говорит ли она то, что думает, или то, что должна? Мне часто казалось, что она пытается говорить то, чего ждут от нее слушатели, и это напоминало мне мою семью и иллюзию нашей повседневной жизни — она удавалась нам лучше, чем ей. Но ей-то зачем играть роль? Ведь она одна из них, человеческий подросток.

Вот только... порой она вела себя не так, как они. К примеру, когда мистер Баннер задал нам групповой проект по биологии. Обычно он разрешал ученикам самим выбирать себе напарников. Как всегда при раздаче групповых проектов самые смелые из учеников с амбициями, Бет Доуз и Николас Лагари, сразу позвали меня в свою группу. Я только пожал плечами, принимая приглашение. Они знали, что я безукоризненно выполню свою часть работы, а если они не справятся, то и не только свою.

Неудивительно было и то, что Майк объединился с Беллой. Но Белла неожиданно настояла, чтобы третьей в их группу вошла Тара Галвас.

Обычно мистеру Баннеру приходилось самому решать, к какой группе отнести Тару. Потому она скорее удивилась, чем обрадовалась, когда Белла похлопала ее по плечу и смущенно спросила, не хочет ли она поработать с ней и Майком.

— Без разницы, — отозвалась Тара.

Когда Белла вернулась на свое место, Майк зашептал ей:

— Да она вообще никакая. Не будет она ничего делать. По-моему, вообще завалит биологию.

Белла покачала головой и шепотом отозвалась:

— Об этом не беспокойся. Если она не будет успевать, подключусь я.

Майка это не успокоило.

— Зачем ты это сделала?

Я умирал от желания задать ей тот же вопрос, хоть и другим тоном.

Тара и вправду рисковала завалить биологию. Как раз об этом сейчас думал мистер Баннер, удивленный и тронутый выбором Беллы.

«*Этой ученице никто ни разу не дал ни единого шанса. Молодец, Белла — она добрее большинства здешних каннибалов*».

Неужели Белла заметила, что в классе Тара вечно оказывается изгоем? Я представить себе не мог другой причины, кроме душевной доброты, которая побудила Беллу к такому поступку, тем более при ее застенчивости. Интересно, насколько неловко ей было: видимо, в отличие от нее любой другой из присутствующих подошел бы к незнакомому человеку не задумываясь.

Зная, как Белла разбирается в биологии, я предположил, что оценка за этот проект спасет Тару от полного завала — по крайней мере, в этом учебном году. Так и получилось.

А тот случай в обеденный перерыв, когда Джессика и Лорен разговорились о самой заветной мечте из своего списка путешествий, которые надо успеть совершить за всю жизнь. Джессика выбрала Ямайку и сразу поняла, что проиграла, когда Лорен назвала в ответ Французскую Ривьеру. Тайлер влез с Амстердамом, имея в виду знаменитый район красных фонарей, и тут остальные начали высказываться наперебой. Я с нетерпением ждал, когда ответ даст Белла, но прежде чем Майк (который мечтал о Рио) задал ей вопрос, Эрик восторженно назвал «Комик-кон», и все вокруг взорвались хохотом.

— Вот придурок, — прошипела Лорен.

Джессика заржала.

— Тот еще, да?

Тайлер закатил глаза.

— Девушки тебе не видать как своих ушей, — сказал Майк Эрику.

Сквозь шум вдруг послышался голос Беллы — не робкий, как обычно, а громкий.

— Нет, это круто, — заявила Белла. — Вот и я туда хочу.

Майк сразу дал задний ход.

— В смысле, бывают, конечно, крутые костюмы. Вроде рабыни Леи.

«*Вот кто меня за язык тянул?*»

Джессика и Лорен переглянулись и нахмурились.

«*Фу, нет уж*», — подумала Лорен.

— Обязательно надо будет съездить, — воодушевился Эрик, обращаясь к Белле. — Ну, то есть когда подкопим, чтоб хватило.

«На «Комик-кон» с Беллой! Еще лучше, чем на «Комик-кон» одному...»

Белла на секунду смутилась, но, заметив выражение на лице Лорен, подхватила:

— Ага, было бы неплохо. Но дорога, наверное, обойдется недешево, да?

Эрик пустился в перечисление цен на билеты и отели и объяснения, насколько выгоднее спать в машине. Джессика и Лорен вернулись к прерванному разговору, а Майку осталось только недовольно слушать Эрика и Беллу.

— Как думаешь, на машине туда добираться дня два или три? — спросил Эрик.

— Не представляю, — ответила Белла.

— Ну а сколько езды отсюда до Финикса?

— Можно и за пару дней добраться, — со знанием дела объяснила она. — Если готов проводить за рулем по пятнадцать часов в сутки.

— А до Сан-Диего вроде бы ближе, так?

Похоже, один я заметил, как над головой Беллы вспыхнула воображаемая лампочка.

— О да, Сан-Диего определенно ближе. Но все равно два дня точно уйдет.

Было ясно, что она даже не знала, где проводится «Комик-кон». И вмешалась только для того, чтобы избавить Эрика от насмешек. Приоткрыла еще одну сторону своего характера — я не переставал пополнять свой список, — но теперь я никогда не узнаю путешествие ее мечты. Майк был почти так же разочарован, но об истинных мотивах Беллы даже не догадывался.

Такое часто случалось с ней: из своей тихой зоны комфорта она выходила лишь в тех случаях, когда замечала, что кому-то нужна помощь; переводила разговор, когда люди в кругу ее друзей проявляли жестокость друг к другу; благодарила учителя за урок, если он выглядел грустно и устало; меняла свой шкафчик на менее удобный, лишь бы две лучшие подруги разместились по соседству; особую улыбку приберегала не для своих самодовольных знакомых, а для тех, кого обижали. Мелочи, которые никогда не замечали ее воздыхатели и те, с кем она обычно общалась.

Благодаря всем этим мелочам я смог внести в свой список самое важное качество, самое значимое из всех, столь же простое, как и редкое. Белла была *хорошей*. Все остальное дополняло образ: и доброта, и скромность, и бескорыстие, и смелость, — но хорошей она была целиком и полностью. И никто, видимо, не подозревал об этом, кроме меня. Хотя Майк наблюдал за ней почти так же часто.

И вот еще одна самая неожиданная моя мука: Майк Ньютон. Кто бы мог подумать, что этот заурядный, скучный смертный способен привести в бешенство? Справедливости ради, мне следовало быть благодарным ему: он чаще других занимал Беллу разговорами. Слушая их, я многое узнал о ней, и тем не менее помощь Майка в этом проекте постоянно раздражала меня. Мне не хотелось, чтобы именно он выведывал ее секреты.

Хорошо еще, он никогда не замечал ее маленькие откровения, небольшие промахи. Он ничего не знал о ней. И создал у себя в воображении Беллу, которой не существовало в природе: девушку такую же заурядную, как он сам. Он не замечал бескорыстия и смелости, отличавших ее от других людей, не слышал удивительной зрелости ее высказанных мыслей. Не понимал, что о своей матери она говорит так, как родитель о ребенке, а не наоборот: с любовью, снисходительностью, легкой усмешкой и яростным стремлением оберегать. И не различал терпения в ее голосе, когда она изображала интерес к его бессвязным историям, и даже не догадывался, что за этим терпением скрывается сострадание.

Однако все эти полезные открытия так и не помогли мне проникнуться к этому малому симпатией. Он смотрел на Беллу таким взглядом собственника — как на приобретение, которое предстоит сделать, — что бесил меня им так же, как пошлыми фантазиями о ней. Со временем он чувствовал себя в ее присутствии все более уверенно, потому что она, казалось, предпочитала его тем, в ком он видел соперников, — Тайлеру Кроули, Эрику Йорки и даже временами моей персоне. Он повадился садиться на наш стол с ее стороны перед уроком биологии и болтал с ней, поощряемый ее улыбками. Она улыбается ему только из вежливости, уверял я себя. И все равно нередко развлекался, представляя, как ударом наотмашь отбрасываю его через весь класс к дальней стене. Пожалуй, травм, несовместимых с жизнью, такой удар ему все равно не нанесет...

Майк редко воспринимал меня как соперника. После той аварии он опасался, что мы с Беллой будем связаны узами пережитого, но вскоре понял, что общий опыт скорее рассорил нас. В то время его еще беспокоило, что именно Беллу из всех сверстниц я удостоил вниманием. Но теперь я игнорировал ее так же всецело, как и остальных, и Майк успокоился.

О чем она думает сейчас? Радуется его вниманию?

И наконец, последняя из моих мук ощущалась особенно болезненно: равнодушие Беллы. Как я игнорировал ее, так и она меня. И больше ни разу не попыталась заговорить со мной. Насколько мне было известно, она вообще обо мне не вспоминала.

Это свело бы меня с ума — или хуже того, сломило мою решимость, — если бы время от времени она не вглядывалась в меня так, как раньше. Сам я этого не видел, так как не позволял себе смотреть на нее, но Элис всегда предупреждала нас; остальных все еще тревожила осведомленность этой девушки.

Боль немного приглушали ее периодические взгляды издалека. Разумеется, скорее всего она гадала, что я вообще за диво.

— Белла через минуту посмотрит на Эдварда. Постарайтесь выглядеть обычно, — предупредила Элис однажды в марте, во вторник, и остальные старательно принялись ерзать на своих местах.

Я обратил внимание на то, как часто Белла поглядывает в мою сторону. Ее взглядам я радовался, хотя и не следовало бы, и их частота со временем не снижалась. Я не знал, что это значит, но почему-то мне становилось легче, когда я об этом думал.

Элис вздохнула. «*Если бы...*»

— Лучше не начинай, Элис, — еле слышно шепнул я. — Этого не будет.

Она надулась. Элис не терпелось завязать с Беллой дружбу, которая представилась ей в видении. Как ни странно, она скучала по девушке, с которой даже не была знакома.

«Признаться, держишься ты лучше, чем я думала. Ты добился, чтобы будущее снова стало туманным и бессмысленным. Надеюсь, ты доволен».

— Для меня оно исполнено смысла.

Она тихонько фыркнула.

Я попытался заставить ее умолкнуть, на болтовню мне не хватало терпения. Вдобавок я был не в настроении, чересчур взвинченным, хоть и не подавал виду. Только Джаспер заметил, как я напряжен, чувствовал исходящий от меня стресс благодаря своей уникальной способности улавливать душевное состояние окружающих и влиять на него. Но причин моего состояния он не понимал, и поскольку в те дни я постоянно пребывал в дурном расположении, он редко обращал на это внимание.

Сегодня предстоял трудный день. Как повелось, труднее предыдущего.

Майк Ньютон собирался пригласить Беллу на свидание.

Не за горами был весенний бал, на который девушки обычно приглашали парней, и Майк всерьез рассчитывал, что Белла позовет его. Но так и не дождался, и это подорвало его уверенность в себе. Теперь же он очутился в щекотливом положении — его дискомфорту я радовался больше, чем следовало бы, — потому что Джессика Стэнли недавно пригласила его. Он не хотел соглашаться, все еще надеясь, что Белла выберет его (и тем самым подтвердит, что он победил прочих претендентов на ее внимание), но не хотел и отказывать, чтобы в конечном итоге не остаться совсем без приглашения. Уязвленная его замешательством, Джессика, догадавшись, в чем дело, мысленно метала молнии в Беллу. И опять-таки у меня возникло невольное желание оградить ее от гневных мыслей Джессики. Теперь-то я понимал, чем оно вызвано, но лишь сильнее досадовал, потому что не мог поступить, как подсказывал мне внутренний голос.

Подумать только, до чего я докатился! Зациклился на мелких школьных драмах, к которым раньше относился с полным презрением.

Майк собрался с духом, пока направлялся вместе с Беллой на биологию. В ожидании, когда они придут в класс, я следил за его беспомощными попытками. Каким же он оказался слабаком! Он давно ждал этот бал, но боялся, как бы она не узнала о его чувствах, пока не выкажет явное предпочтение ему. И вместе с тем чувствовал себя настолько уязвимым и не готовым к отказу, что право сделать первый шаг предоставлял ей.

Трус.

Он опять уселся на наш стол, успев за долгое время освоиться, а я вообразил, с каким звуком его тело шмякнется о противоположную стену так, что переломанным окажется большинство костей.

— Знаешь, — начал он, глядя в пол, — Джессика пригласила меня на весенний бал.

— Здорово, — сразу же с воодушевлением откликнулась Белла. Трудно было сдержать улыбку, пока Майк обдумывал ее тон. Он-то рассчитывал, что она расстроится. — С Джессикой тебе будет весело.

Скрипя мозгами, он подыскивал верный ответ.

— М-да... — Он замялся и уже готов был сбежать. Потом нашелся: — Я сказал ей, что подумаю.

— О чем же здесь думать? — откликнулась она. Тон был укоризненным, но с еле уловимым намеком на облегчение.

И что *это* значит? От неожиданно вспыхнувшей ярости мои пальцы сами собой сжались в кулаки.

Майк облегчения не уловил. Он густо покраснел — в приступе злости я воспринял эту вспышку как открытое приглашение, — снова уставился в пол и промямлил:

— Я просто подумал... а вдруг меня пригласишь ты.

Белла замялась.

В этот момент я увидел будущее отчетливее, чем когда-либо видела Элис.

Не важно, что сейчас ответит Белла на невысказанный вопрос Майка: рано или поздно она все равно скажет кому-нибудь «да». Она интересная, милая, и самцы человеческого рода это замечают. Удовлетворится она кем-нибудь из этой унылой толпы или дождется, когда покинет Форкс, — все равно настанет день, когда она *скажет* «да».

Я видел ее жизнь, как когда-то раньше, — колледж, работа... любовь, замужество. Видел ее под руку с отцом, в тонком белом платье, с разрумянившимся от радости лицом, идущую под звуки вагнеровского «Свадебного хора».

Боль, которую я ощущал, представляя себе это будущее, напомнила мне агонию трансформации. Она поглотила меня.

И не только боль, но и неприкрытая *ярость*.

Это бешенство жаждало выплеснуться хоть как-нибудь. Несмотря на то что этот ничтожный, не заслуживающий внимания малый никак не мог быть тем, кому Белла скажет «да», меня так и подмывало размозжить ему череп кулаком, сорваться на нем вместо того, другого, кем бы он ни был.

Этот взрыв эмоций я не понимал — так в нем смешались боль и бешенство, желание и отчаяние. Ничего подобного я еще никогда не чувствовал и даже не мог подобрать ему названия.

— Майк, ты должен принять приглашение Джессики, — мягко произнесла Белла.

Все надежды Майка улетучились. В других обстоятельствах я бы возликовал, но теперь мне не дали потрясение и угрызения совести за то, что сделали со мной боль и ярость.

Элис оказалась права. Я на самом деле *недостаточно* силен.

В эту минуту она наверняка следила, как раскручиваются и свиваются линии будущего, вновь становясь запутанными. Теперь она довольна?

— Ты уже пригласила кого-то? — надувшись, спросил Майк. И метнул взгляд в меня, заподозрив впервые за много недель. Только тогда я заметил, что невольно выдал свой интерес, склонив голову в сторону Беллы.

Неистовая зависть в его мыслях — зависть к тому, кого эта девушка предпочла ему, — внезапно дала название моим чувствам.

Я был одержим ревностью.

— Нет, — ответила Белла с чуть заметной усмешкой в голосе, — на бал я вообще не пойду.

Сквозь все мои терзания проступило облегчение от этих ее слов. Было неправильно и даже опасно считать соперниками, интересующимися Беллой, Майка и других смертных, но мне пришлось признать, что именно соперниками они для меня и стали.

— Почему? — резко спросил Майк. Его тон, обращенный к ней, показался мне оскорбительным. Я чуть не зарычал.

— В ту субботу я еду в Сиэтл, — ответила она.

Любопытство теперь уже не казалось мне настолько порочным, как прежде, — теперь, когда я твердо решил разобраться во всем. Скоро я узнаю причины нового откровения.

Голос Майка стал неприятно вкрадчивым:

— А в другие выходные съездить нельзя?

— К сожалению, нет, — теперь Белла говорила отрывисто. — Так что не заставляй Джесс ждать, это невежливо.

Ее забота о чувствах Джессики раздула во мне пламя ревности. Эта поездка в Сиэтл явно была предлогом для отказа — неужели только из преданности подруге? Она и без того более чем альтруистична. Неужели на самом деле ей хотелось согласиться? Или оба предположения ошибочны? И она заинтересована в ком-то другом?

— Ага, верно, — промямлил Майк, настолько приунывший, что я почти пожалел его. Почти.

Он отвел взгляд от Беллы, чем помешал мне смотреть на нее сквозь его мысли.

Мириться с этим я не собирался.

И повернулся, чтобы посмотреть на нее сам — в первый раз за месяц с лишним. Позволив себе это, я испытал острое облегчение. И представил себе, что то же чувство вызвал бы лед, прижатый к горящему ожогу. Внезапное прекращение боли.

Ее глаза были закрыты, ладони прижаты к щекам. Она сутулилась, будто старалась защититься. И еле заметно покачивала головой, будто пыталась вытеснить из нее какие-то мысли.

Раздражала. Завораживала.

Голос мистера Баннера вывел ее из задумчивости, глаза медленно открылись. И она сразу уставилась на меня, наверное, почувствовав мой взгляд. Вгляделась мне в глаза с тем же растерянным выражением, которое так долго не давало мне покоя.

В ту секунду я не чувствовал ни раскаяния, ни вины, ни ярости. Я знал, что они еще вернутся, притом скоро, но в тот момент переживал странный, беспокойный душевный подъем. Будто одержал победу вместо того, чтобы проиграть.

Она не отводила взгляда, хотя я глазел на нее с неуместной пристальностью, тщетно пытаясь прочесть отголоски ее мыслей в этих прозрачных карих глазах. Но их переполняли не ответы, а вопросы.

Я видел отражение своих глаз, черных от жажды. В прошлый раз я выходил на охоту почти две недели назад: не самый подходящий день, чтобы позволить силе воли подвести меня. Но чернота, похоже, не отпугнула ее. Она все еще не отворачивалась, и на ее коже начал проступать нежный, катастрофически притягательный румянец.

«*О чем ты думаешь сейчас?*»

Я чуть не задал этот вопрос вслух, но в этот момент мистер Баннер назвал меня по фамилии. Я выудил верный ответ из его головы, коротко взглянув в его сторону и успев сделать быстрый вдох.

— Цикл Кребса.

Жажда опалила мне горло, напрягла мускулы, наполнила рот ядом, и я закрыл глаза, пытаясь сосредоточиться, несмотря на вожделение к ее крови, бушующее во мне.

Чудовище окрепло, набралось сил и ликовало. Приветствовало двойное будущее, в котором ему представлялись шансы пятьдесят на пятьдесят — на то, к чему влекла его яростная алчность. Третье, неопределенное будущее, которое я пытался построить с помощью одной только силы воли, рухнуло — было погублено не чем-нибудь, а заурядной ревностью, — и теперь чудовище подступило еще ближе к своей цели.

Теперь меня сжигала не только жажда, но и вина с раскаянием, и если бы я мог вырабатывать слезы, сейчас мои глаза были бы полны ими.

Что же я натворил?

Зная, что битва уже проиграна, я не видел причин отказываться от желаемого. И я повернулся, чтобы снова посмотреть на эту девушку.

Она спряталась за завесой волос, но я разглядел, что ее щека ярко пылает.

Чудовищу это понравилось.

Она не ответила мне взглядом, но нервно затеребила пальцами прядь своих темных волос. Тонкие пальцы, узкое запястье — такие ломкие, непрочные, кажется, способные сломаться от одного моего дыхания.

Нет, нет, нет. Я так не могу. Она слишком хрупкая, слишком хорошая, слишком драгоценная, она этого не заслуживает. Я не допущу, чтобы моя жизнь пересеклась с ее жизнью и разрушила ее.

Но и держаться от нее в стороне я тоже не мог. В этом Элис была права.

Чудовище во мне шипело от досады, а я продолжал борьбу.

Мой краткий час рядом с ней прошел слишком быстро, пока я терзался между двух огней. Прозвучал звонок, она принялась собирать книги, не глядя на меня. Я был разочарован, но едва ли мог рассчитывать на что-то другое. За то, как я обращался с ней после аварии, я не заслуживал прощения.

— Белла! — не сумев сдержаться, позвал я. От моей силы воли остались жалкие осколки.

Она помедлила, прежде чем взглянуть на меня. А когда повернулась, ее лицо было подозрительным и настороженным.

Пришлось напомнить себе, что у нее есть все причины не доверять мне. Так мне и надо.

Она ждала продолжения, а я только смотрел на нее, вчитываясь в ее лицо. И время от времени понемногу втягивал воздух ртом, борясь с жаждой.

— Ну что? — наконец спросила она резковатым тоном. — Мы снова разговариваем?

Я не знал, как ей ответить. И вправду, разговаривал ли я с ней снова в том смысле, который имела в виду она?

Нет, если у меня получится. И я постараюсь сделать так, чтобы получилось.

— Вообще-то нет, — сказал я.

Она прикрыла глаза, и от этого стало труднее. Я лишился лучшего из возможных доступа к ее чувствам. Она медленно и протяжно вздохнула, не открывая глаз, и спросила:

— Тогда что тебе нужно, Эдвард?

Нет, нормальным человеческим разговором это не назовешь. Почему она так себя ведет?

И как ей ответить?

Сказать правду, решил я. Отныне я буду с ней настолько откровенным, насколько смогу. Не хочу вызвать у нее недоверие, даже если заслужить ее доверие невозможно.

— Извини, — произнес я. Она вряд ли могла понять, каким виноватым я в самом деле чувствовал себя. Увы, извиняться за что-нибудь еще, кроме мелочей, было небезопасно. — Понимаю, я веду себя грубо. Но так будет лучше.

Она открыла глаза, они все еще смотрели настороженно.

— Не понимаю, о чем ты.

Я попытался предостеречь ее так убедительно, как только мог:

— Нам лучше держаться друг от друга подальше. — Наверняка она уже поняла это сама. Ведь она неглупа. — Просто поверь мне.

Она зажмурилась, и я вспомнил, что уже говорил ей нечто подобное — прямо перед тем, как нарушил обещание. И поморщился, услышав, как звучно щелкнули, сжимаясь, ее зубы: она тоже вспомнила.

— Какая жалость, что ты додумался до этого так поздно, — сердито откликнулась она. — А то не пришлось бы сожалеть.

Я потрясенно смотрел на нее. Откуда она знает о моих сожалениях?

— Сожалеть? Сожалеть о чем? — потребовал ответа я.

— Что не дал этому дурацкому фургону размазать меня по стоянке! — выпалила она.

Я замер в изумлении.

Как она могла подумать *такое*? Спасение ее жизни было единственным приемлемым поступком, какой я совершил с тех пор, как встретил ее. Единственным, чего я не стыдился, — наоборот, радовался тому, что вообще существую. Я боролся за ее жизнь с того самого момента, как впервые уловил ее запах. Как же она могла сомневаться в единственном добром деянии, которое я совершил во всей этой сумятице?

— Думаешь, я сожалею о том, что спас тебе жизнь?

— Я не думаю, я *знаю*, — возразила она.

Меня возмутила ее оценка моих намерений.

— Ничего ты не знаешь.

Насколько непостижима и запутанна работа ее разума! Наверняка она мыслит совсем не так, как другие люди. Должно быть, этим и объясняется тишина в ее мыслях. Она совершенно иная.

Она резко отвернулась, снова скрипнула зубами. Ее щеки раскраснелись — на этот раз от гнева. Стукнув книгами по столу, чтобы подровнять стопку, она схватила их в охапку и широкими шагами направилась к двери, больше не взглянув на меня.

Несмотря на все мое раздражение, чем-то ее гневная вспышка смягчила меня. Я так и не понял, чем именно, но в ее возмущении было что-то... милое.

Она шагала сковано, не глядя под ноги, и зацепилась за выступ порога. Все, что она держала в руках, разлетелось по полу. Но вместо того чтобы наклониться и подобрать свои книги, она застыла, даже не смотрела на них, словно сомневалась, стоит ли их собирать.

Рядом не было никого, кто бы мог наблюдать за мной. Подскочив к ней, я сложил ее книги в стопку еще до того, как она успела понять, что произошло.

Она наклонилась, увидела меня и застыла. Я вручил ей книги, стараясь, чтобы моя ледяная кожа не коснулась ее.

— Спасибо, — резко и холодно произнесла она.

— Пожалуйста, — мой голос все еще звучал раздраженно после недавнего разговора, но прокашляться и повторить попытку я не успел: она рывком выпрямилась и широкими шагами направилась на следующий урок.

Я смотрел ей вслед, пока фигурка, всем видом выражающая возмущение, не скрылась из вида.

Испанский прошел как в тумане. Миссис Гофф никогда не обращала внимания на то, что я отвлекаюсь, — она знала, что мой испанский значительно лучше ее, поэтому предоставляла мне свободу действий, не мешая размышлять.

Итак, игнорировать эту девушку я не в состоянии. Это очевидно. Но значит ли это, что у меня нет другого выхода, кроме как уничтожить ее? Это будущее никак не могло быть единственно возможным. Должен быть какой-то другой выход, некое труднодостижимое равновесие. Вот я и пытался понять какое.

На Эмметта я почти не обращал внимания, пока час не истек. Ему стало любопытно: Эмметт не слишком тонко разбирается в оттенках чужих настроений, но явную перемену во мне не заметить не мог. И он гадал, что могло случиться, если с моего лица исчезла прежняя неотступная мрачность. В мучительных попытках определить суть перемены он наконец решил, что вид у меня *обнадеженный*.

Обнадеженный? Значит, так я выгляжу со стороны?

Эту мысль я обдумывал, пока мы возвращались к «вольво». На что же именно я надеюсь?

Но мои размышления были недолгими. Как всегда, чутко настроенный на мысли об одной-единственной девушке, я насторожился, услышав имя Беллы, произнесенное мысленными голосами тех людей, которых мне вообще-то не следовало считать соперниками. Эрик и Тайлер, узнав с нескрываемым злорадством о провале Майка, готовились сами сделать решительный шаг.

Эрик был уже на месте — стоял, прислонившись к ее пикапу, где избежать разговора с ним она бы не смогла. Тайлер задержался на уроке, получая задание, и теперь отчаянно спешил догнать Беллу, пока она не уехала.

А я был вынужден все это наблюдать.

— Подождем остальных здесь, ладно? — пробормотал я, обращаясь к Эммету.

Он окинул меня подозрительным взглядом, пожал плечами и кивнул.

«*У парня совсем поехала его чертова крыша*», — внутренне усмехаясь, подумал он.

Белла выходила из спортивного зала, и я остановился там, где она не увидела бы меня. Пока она приближалась к месту засады, устроенной Эриком, я тоже двинулся вперед, соразмеряя шаг, чтобы появиться в нужный момент.

Я заметил, как она напряглась, заметив ждущего ее парня. На миг замерла, потом перевела дыхание и двинулась вперед.

— Привет, Эрик, — услышал я ее приветливый голос.

Меня вдруг охватила тревога, которую ничто не предвещало. А если этот нескладный и прыщавый дылда чем-то пришелся ей по душе? Вдруг ее доброта, проявленная по отношению к нему недавно, вовсе не была бескорыстной?

Эрик громко сглотнул, на шее дрогнул кадык.

— Привет, Белла.

Она словно не замечала, как он нервничает.

— Что-нибудь не так? — спросила она, отпирая свою машину и стараясь не смотреть в его перепуганное лицо.

— Я тут подумал... может, пойдем на весенний бал вместе? — У него сорвался голос.

Она наконец подняла голову. Растеряна или довольна? Эрик старался не встречаться с ней взглядом, поэтому я не мог увидеть ее лицо у него в мыслях.

— А мне казалось, на него девушки приглашают, — ее голос звучал смущенно.

— Ну... да, — вяло согласился он.

Этот жалкий пацан раздражал меня не так сильно, как Майк Ньютон, но я так и не смог найти в себе сочувствие к нему, пока Белла не ответила мягким тоном:

— Спасибо за приглашение, но в тот день я уезжаю в Сиэтл.

Об этом он уже слышал, но все-таки был разочарован.

— А-а, — протянул он, еле осмелившись поднять взгляд вровень с ее носом. — Может, в другой раз.

— Конечно, — согласилась она и сразу прикусила губу, словно раскаиваясь, что оставила ему лазейку. Это меня порадовало.

Эрик, сутулясь, потащился прочь, но не к своей машине, а в другую сторону, по единственному пути к бегству, какой смог найти.

Проходя мимо Беллы в тот момент, я услышал, как она вздыхает с облегчением. И рассмеялся, не удержавшись.

Она вскинула голову на этот звук, но я смотрел прямо перед собой, стараясь, чтобы губы не вздрагивали в попытках сдержать усмешку.

Тайлер следовал за мной по пятам, почти бежал, чтобы догнать ее, пока она не укатила. В отличие от других двоих он был посмелее и держался увереннее. И так долго выжидал возможность подойти к Белле только потому, что уважал право первенства Майка.

Мне хотелось, чтобы он успел догнать ее, по двум причинам. Если все это внимание, как я уже начинал подозревать, докучает Белле, я был бы не прочь насладиться ее реакцией.

Но если нет, если она ждет приглашения именно от Тайлера, тогда мне хотелось бы знать об этом.

Я оценил Тайлера Кроули как соперника, хоть и понимал, что это недостойно. Мне он казался до отвращения серым и ничем не примечательным, но что я знаю о предпочтениях Беллы? Может, ее тянет как раз к посредственностям.

При этой мысли я поморщился. Обычным мне никогда не стать. Как глупо было строить из себя претендента на ее внимание. Разве могла она заинтересоваться тем, кто по умолчанию является злодеем?

Для злодея она слишком хороша.

Мне следовало дать ей сбежать, но непростительное любопытство помешало мне поступить правильно. Уже в который раз. Что, если Тайлер упустит свой шанс сейчас и обратится к ней позднее, а я не узнаю, чем кончился их разговор? И я вывел «вольво» в узкий проход между рядами, загородив ей выезд.

Эмметт и остальные уже приближались, но он, видимо, сообщил им о том, как странно я себя веду, и они шагали медленно, пристально глядя на меня и стараясь сообразить, чем я занят.

Я взглянул на девушку в зеркало заднего вида. Она смотрела на мою машину, стараясь не встречаться со мной взглядом, и, судя по виду, жалела, что сидит за рулем ржавого «шеви», а не в танке.

Тайлер добежал до своей машины и встал в очередь на выезд за Беллой, благодарный мне за необъяснимый поступок. Он помахал девушке, пытаясь привлечь ее внимание, но она не ответила. Выждав минуту, он выбрался из машины, перешел на рысцу, подскочил к ее пикапу с пассажирской стороны и постучал в окно.

Она вздрогнула, растерянно повернулась к нему. Потом вручную опустила окно, которое поддалось с трудом.

— Извини, Тайлер, — раздраженно произнесла она, — Каллен меня запер.

Мою фамилию она произнесла отчетливо и твердо.

— Да вижу я, — ответил Тайлер, не обескураженный ее настроением, — просто хотел спросить кое-что, пока мы тут застряли.

Он нахально ухмыльнулся.

Я был вознагражден выражением ужаса, мелькнувшего на ее лице, как только его намерения стали очевидными.

— Пригласишь меня на весенний бал? — спросил он, не допуская даже мысли, что ему откажут.

— Меня не будет в городе, Тайлер, — сообщила она, не скрывая досады.

— Ага, Майк говорил мне.

— Ну и зачем тогда?.. — начала она.

Он пожал плечами.

— Я подумал, ты просто не хотела его обидеть.

Ее глаза вспыхнули и погасли.

— Извини, Тайлер, — судя по голосу, она не чувствовала за собой никакой вины, — но я на самом деле уезжаю.

Помня о том, как часто она ставит чужие потребности выше собственных, я слегка удивился этой непреклонной решимости, когда речь зашла о танцах. Откуда она взялась?

Тайлер принял ее объяснение, его самолюбие осталось незадетым.

— Ничего. Еще выпускной впереди.

И он отвалил к своей машине.

Правильно я сделал, дождавшись этого разговора.

Ужасу на ее лице не было цены. Он поведал мне то, что не следовало выяснять так настойчиво: она не питает никаких чувств к этим человеческим самцам, которым вздумалось приударить за ней.

И вместе с тем ее выражение было, пожалуй, самым забавным зрелищем из всех, какие мне довелось повидать.

Подоспели мои близкие и растерялись, увидев, как я вместо того, чтобы со зловещим видом озираться по сторонам, покатываюсь со смеху.

«*Чему радуемся?*» — пожелал узнать Эмметт.

Я только покачал головой, а в это время Белла сердито завела взревевшую двигателем колымагу. Похоже, она опять жалела, что сидит не в танке.

— Да поезжай уже! — нетерпеливо прошипела Розали. — Кончай вести себя по-идиотски. Если *можешь*, конечно.

Ее слова не задели меня — слишком уж я развеселился. Но ее просьбу выполнил.

По пути домой со мной никто не разговаривал. Время от времени я усмехался, вспоминая лицо Беллы.

Когда я свернул на дорожку к дому — и прибавил скорость, ведь вокруг никого не было, — Элис испортила мне настроение.

— Так теперь я поговорю с Беллой? — внезапно спросила она.

— Нет, — отрезал я.

— Нечестно! Чего я вообще жду?

— Я еще не решил, Элис.

— Да без разницы, Эдвард.

В голове у нее две судьбы Беллы снова просматривались со всей отчетливостью.

— Ну и какой смысл знакомиться с ней? — пробурчал я, вдруг помрачнев. — Если я все равно убью ее?

Элис помедлила.

— Ты прав, — признала она.

Последний крутой поворот я прошел на скорости за девяносто и с визгом тормозов остановился на расстоянии дюйма от задних ворот гаража.

— Приятной пробежки, — надменно напутствовала меня Розали, пока я выскакивал из машины.

Но сегодня устраивать пробежку я не стал. Вместо этого я отправился на охоту.

Остальные запланировали охоту на завтра, а я сейчас не мог позволить себе мучиться от жажды. И перестарался, выпил больше, чем следовало, прямо-таки упился свежей кровью небольшого стада оленей-вапити и одного черного медведя. Мне повезло натолкнуться на всю эту добычу в такое раннее время года. Я переполнился до состояния дискомфорта. Почему этого недостаточно? С какой стати ее запах действует на меня намного сильнее, чем любой другой?

И дело было не только в запахе, но и в некой печати бедствий, которой она отмечена. В Форксе она пробыла считаные недели, но уже дважды успела очутиться на волосок от насильственной смерти. Мало ли, вдруг в эту самую минуту ее опять занесло на путь, ведущий к очередному смертному приговору. Но какому на этот раз? Может, метеорит пробьет крышу ее дома и прикончит ее прямо в постели?

Охотиться дальше я был не в силах, а до восхода солнца оставались еще долгие часы. После того как мне в голову пришла мысль о метеорите и обо всем, что с ним могло быть связано, отмахнуться от нее не удалось. Я пытался рассуждать разумно, прикинуть вероятность всех стихийных бедствий, какие только мог себе вообразить, но и это не помогло. В конце концов, какова была вероятность для этой девушки поселиться в городе, среди постоянных жителей которого насчитывается изрядный процент вампиров? И какова вероятность, что она покажется настолько притягательной одному из них?

А если что-нибудь случится с ней прямо сейчас, среди ночи? И я приду завтра в школу, всеми помыслами и чувствами устремившись к тому месту, где полагается сидеть ей, а оно окажется пустым?

Внезапно оказалось, что примириться с таким риском невозможно.

А *уверенным* в ее безопасности я мог быть лишь в одном случае: если кто-нибудь окажется рядом, чтобы перехватить метеорит прежде, чем он заденет ее. Нервное возбуждение охватило меня, едва я осознал, что намерен идти искать ее.

Полночь уже миновала, дом Беллы стоял темный и тихий. У тротуара был припаркован ее пикап, а полицейская машина ее отца — на подъездной дорожке. Нигде по соседству я не заметил ни единой осознанной мысли. Я смотрел на дом из черноты леса, который подступал к нему с востока.

Ни малейших признаков какой-либо опасности... кроме как от меня.

Прислушавшись, я уловил звук дыхания двух человек, находящихся в доме, два ровных сердцебиения. Значит, все в порядке. Прислонившись к стволу молодой тсуги, я настроился на ожидание шальных метеоритов.

Сложнее всего в этом карауле оказалось выбросить из головы всевозможные догадки. Само собой, «метеориты» были всего лишь метафорой всех маловероятных, но плачевных событий. Но далеко не всякая опасность является с неба, прочертив его сверкающей огненной полосой. Я мог перечислить множество других угроз — тех, что возникают без предупреждения, прокрадываются в темный дом бесшумно, и они, возможно, уже там, внутри.

Эти тревоги выглядели нелепо. К домам на этой улице не был подведен газ, так что утечку следовало исключить. В том, что они часто топят печь углем, я сомневался. На полуострове Олимпик почти нет диких животных, представляющих опасность. Любого крупного зверя я услышал бы издалека. Здесь не водятся ни ядовитые змеи, ни скорпионы, ни сколопендры — только несколько видов пауков, но ни один из них не смертелен для здорового взрослого человека, и в любом случае вряд ли попадется в помещении. Абсурд. И я это *понимал*. *Сознавал*, что рассуждаю нелогично.

Но все равно нервничал и тревожился. И не мог отогнать мрачные видения. Вот если бы мне только *увидеть* ее...

Посмотрю вблизи.

Всего за полсекунды я пересек двор и взобрался по стене дома. Это окно на верхнем этаже — наверняка в спальне, самой большой в доме. Надо бы для начала осмотреть заднюю сторону дома. Меньше шансов, что меня заметят. Зацепившись одной рукой за карниз над окном и повиснув на нем, я заглянул в окно, и у меня перехватило дыхание.

Это была ее комната. Я видел ее на узкой кровати, одеяло с которой свалилось на пол, а простыни сбились к ногам. Разумеется, с ней все было в полном порядке, о чем и так знала моя рациональная сторона. Она была в безопасности... но не в состоянии покоя. У меня на виду она беспокойно заворочалась и закинула руку за голову. Ее сон был неглубоким, по крайней мере, этой ночью. Неужели она почувствовала приближение опасности?

С отвращением к самому себе я увидел, как она снова перекатилась по постели. Чем я лучше какого-нибудь чокнутого вуайериста? *Ничем.* Я гораздо хуже.

Я расслабил пальцы, чтобы разжать их и упасть с карниза. Но сначала позволил себе еще один долгий взгляд на ее лицо.

Неподвижное, но не спокойное. Между бровями залегла складочка, уголки губ были опущены. Губы задрожали, потом приоткрылись.

— Ладно, мама, — пролепетала она.

Белла разговаривала во сне.

Вспыхнувшее любопытство пересилило отвращение к себе. Как же долго я пытался услышать ее и всякий раз терпел неудачу. Соблазн этих ничем не защищенных, неосознанно высказанных мыслей был почти непреодолим.

В конце концов, что мне эти человеческие правила? Сколько из них я нарушаю ежедневно?

Мне вспомнилось множество поддельных документов, необходимых моей семье, чтобы жить так, как нам нравилось. Фальшивые фамилии и биографии, водительские удостоверения, благодаря которым мы записывались в школы, медицинские дипломы, позволяющие Карлайлу работать врачом. Бумаги, на основании которых наше странное сборище взрослых почти одного возраста воспринимали как семью. Ничего перечисленного не понадобилось бы, если бы мы не старались на краткое время сохранять постоянство, если бы не предпочитали иметь *дом*.

И конечно, у нас были свои способы зарабатывать себе на жизнь. Ясновидение не подпадало под законы об инсайдерской торговле, но явно было уловкой, чем мы и пользовались. И переводы наследства с одного вымышленного имени на другое не могли считаться полностью законными.

И вдобавок все эти *убийства*.

Легко мы к ним не относились, но никому из нас за наши преступления никогда не назначал наказания человеческий суд. Мы покрывали виновных — и тем самым опять-таки совершали преступление.

Так зачем мне корить себя за единственную незначительную провинность? Человеческие законы ко мне неприменимы. Вдобавок этот взлом и проникновение будет для меня далеко не первым.

Я знал, что могу действовать без опасений. Чудовище вело себя беспокойно, но было надежно стреножено.

Я буду держаться на благоразумном расстоянии. Не причиню ей ни малейшего вреда. Она даже не узнает, что я побывал здесь. Я просто хочу убедиться, что с ней все хорошо.

Все эти рассуждения и доводы подкидывал мне дьявол с левого плеча. Это я понимал, но ангела на моем правом плече не было. Я намеревался поступить как существо из ночных кошмаров, которым и был на самом деле.

Я попробовал открыть окно и обнаружил, что оно не заперто, но поддается с трудом — так долго его не открывали. Сделал глубокий вдох — последний на все то время, которое я проведу рядом с ней, — и медленно сдвинул в сторону застекленную створку, сжимаясь от каждого скрипа металлической рамы. Наконец щель получилась достаточно широкой, чтобы я мог проскользнуть внутрь.

— Мам, подожди... — бормотала она. — По Скоттсдейл-роуд будет быстрее...

Комната оказалась тесной — загроможденной вещами, беспорядочной, но не грязной. На полу возле кровати — сложенные стопкой книги, повернутые корешками от меня, возле недорогого плеера разбросаны диски с верхним из них в прозрачном футляре, без обложки. Кипы бумаг окружали компьютер, которому самое место в музее устаревшей техники. Там и сям на дощатом полу валялась обувь.

Мне нестерпимо хотелось просмотреть названия ее книг и дисков, но я решил лишний раз не рисковать. И вместо этого присел в старое кресло-качалку в дальнем углу комнаты. Тревога покинула меня, темные мысли отступили, в голове прояснилось.

Неужели ее внешность и впрямь когда-то казалась мне ничем не примечательной? Мне вспомнился тот первый день и собственная неприязнь к человеческим самцам, заинтересовавшимся ею. Но когда я вспоминал, каким увидел ее лицо у них в мыслях, я никак не мог понять, почему сразу же не признал ее красивой. Ведь это же очевидно.

В эту минуту — с разметавшимися вокруг бледного лица темными волосами, в заношенной дырявой футболке и растянутых спортивных штанах, с расслабленными в забытьи чертами и слегка приоткрытыми пухлыми губами — она выглядела так, что у меня захватывало дух. Вернее, захватило бы, с усмешкой поправил я, если бы я дышал.

Она умолкла. Должно быть, сон кончился.

Вглядываясь в ее лицо, я пытался придумать какой-нибудь способ сделать будущее сносным.

Мысль о том, чтобы причинить ей боль, была невыносима. Значит ли это, что единственный выход — снова попытаться уехать?

На этот раз семья не станет спорить. Мое отсутствие никого не подвергнет опасности. Ни у кого не возникнет подозрений, никто не свяжет мой отъезд с аварией.

Я медлил в нерешительности, как сегодня днем, и все, что приходило в голову, казалось невозможным.

Бурый паучок выполз из-за дверцы стенного шкафа. Должно быть, потревоженный моим появлением. *Eratigena agrestis* — паук-бродяга, судя по размеру — молодой самец. Когда-то считался опасным, недавние исследования подтвердили, что ущерб от его яда для человека незначителен. Но укус все равно болезненный... Я протянул руку и раздавил паука пальцем.

Пожалуй, мне стоило отпустить это существо живым, но невыносимо было думать о том, что даже оно способно причинить ей боль.

И вдруг все мои мысли приняли невыносимый оборот.

Потому что я мог перебить всех до единого пауков в ее доме, обломать шипы с каждой розы, которой она может коснуться когда-нибудь, преградить путь каждой машине, набирающей скорость на расстоянии мили от нее, но никакими силами *мне* самому не перестать быть тем, кто я есть. Полный отчаяния, я уставился на свою белую, похожую на камень руку, — такой карикатурно нечеловеческой она была.

Я не мог рассчитывать на соперничество с человеческими парнями независимо от того, нравились они ей или нет. Я же злодей, я кошмар. Разве может она разглядеть во мне что-то иное? Если она узнает правду обо мне, эта правда напугает и оттолкнет ее. Как предполагаемая жертва в фильме ужасов, она с криком бросится наутек.

Я вспомнил ее первый день на биологии... и понял, что именно такой была ее первая реакция.

Глупо было воображать, что если бы на дурацкий бал ее позвал я, она охотно отменила бы все прежние планы и приняла мое приглашение.

Я не тот, кому ей суждено сказать «да». Это будет кто-то другой, кто-то теплый и человечный. А я не смогу даже позволить себе — когда-нибудь, когда это злополучное «да» будет сказано, — выследить его и убить, потому что она заслуживает его, кем бы он ни был. Заслуживает счастья и любви с тем, кого выберет.

Ради нее я просто обязан поступить правильно. Хватит делать вид, что мне всего лишь *грозит опасность* влюбиться в эту девушку.

В конце концов, не имеет значения, в сущности, уеду я или нет, потому что Белла никогда не посмотрит на меня так, как бы мне хотелось. Никогда не увидит во мне того, кто достоин любви.

Может ли разбиться мертвое, заледеневшее сердце? Видимо, мое — да.

— Эдвард... — произнесла Белла.

Я оцепенел, глядя на ее закрытые глаза.

Проснулась и застала меня здесь? Но она *выглядела* спящей, а голос звучал отчетливо.

Она тихонько вздохнула, снова беспокойно заворочалась и перекатилась на бок, продолжая спать и видеть сны.

— Эдвард, — еле слышно пролепетала она.

Ей снился я.

Может ли мертвое, заледеневшее сердце забиться вновь? Видимо, мое — да.

— Останься, — вздохнула она. — Не уходи. Пожалуйста... не уходи.

Она видела меня во сне, и этот сон был совсем не страшным. Ей хотелось, чтобы там, во сне, я остался с ней.

Я силился подобрать слова, чтобы описать чувства, нахлынувшие на меня, но никаким словам не хватило бы силы, чтобы передать их. Долгую минуту я тонул в этой волне.

А когда выплыл, был уже не таким, как раньше.

Моя жизнь тянулась нескончаемой, неизменной полночью. И должна была неизбежно остаться для меня полночью навсегда. Так как же могло случиться, что теперь в ней всходило солнце, в самый разгар полуночи?

Когда я стал вампиром, в адской муке преображения променяв душу и смерть на бессмертие, меня на самом деле сковало льдом. Тело превратилось в нечто подобное скорее камню, нежели плоти, стало долговечным и неизменным. И мое «я» замерзло таким, каким оно было раньше: моя личность, мои симпатии и антипатии, настроения и желания — все застыло на месте.

То же самое произошло и с остальными. Все мы замерзли. Стали живым камнем.

И когда с кем-то из нас происходили перемены, то редко и навсегда. Я видел, как это случилось с Карлайлом, а затем, десятилетие спустя, — с Розали. Любовь преобразила их навсегда, навечно. Больше восьмидесяти лет прошло с тех пор, как Карлайл нашел Эсме, а он все так же смотрел на нее взглядом первой любви, не веря своим глазам. И так будет для них всегда.

И для меня тоже. Я всегда буду любить эту хрупкую человеческую девушку, весь остаток моего бесконечного существования.

Я вглядывался в ее сонное лицо и чувствовал, что любовь к ней проникает в каждую частицу моего каменного тела и осваивается там.

Теперь она спала спокойнее, с легкой улыбкой на губах.

Я принялся рассуждать.

Из любви к ней я пытался стать настолько сильным, чтобы оставить ее. И понял, что пока еще недостаточно силен. Но я старался. А вдруг мне хватит сил, чтобы избежать предначертанного будущего другим способом?

Элис видела для Беллы два возможных будущих, и теперь я понимал их оба.

Любовь к ней не помешает мне убить ее, если я позволю себе оплошать.

Но сейчас я не ощущал чудовища внутри, искал его в себе и нигде не находил. Может, любовь заставила его умолкнуть навсегда. И если бы я убил Беллу сейчас, то не преднамеренно, а лишь по ужасной случайности.

Мне следует быть предельно осторожным. Никогда, ни при каких условиях не терять бдительности. Следить за каждым своим вдохом. Всегда держаться на безопасном расстоянии.

Ошибок я не допущу.

Наконец-то я понял это второе будущее. Это видение раньше озадачивало меня — как могло случиться, что Белла стала узницей нашей бессмертной полужизни? Но теперь, измученный влечением к ней, я понимал, как мог бы в непростительном приступе эгоизма попросить отца о таком одолжении. Попросить отнять у нее жизнь и душу, чтобы она осталась со мной навечно.

Она заслуживает лучшей участи.

Но я видел еще одно будущее, тонкую проволоку, по которой смог бы пройти, если бы сохранил равновесие.

Способен ли я на такое? Быть с ней так, чтобы она осталась человеком?

Я намеренно заключил тело в тиски полной неподвижности, застыл на месте, потом сделал глубокий вдох. И еще один, и еще, позволил ее аромату распространяться у меня внутри подобно лесному пожару, уничтожающему все на своем пути. Вся спальня благоухала ею, ее аромат хранила каждая поверхность. Голова кружилась от боли, но я старался побороть эти ощущения. Мне придется свыкнуться с ними, если я намерен постоянно находиться с ней рядом. Еще один глубокий, обжигающий вдох.

До тех самых пор, как солнце поднялось над облаками на востоке, я смотрел, как она спит, размышлял и дышал.

Домой я вернулся вскоре после того, как остальные уехали в школу. Быстро переоделся, избегая вопросительных взглядов Эсме. Она заметила отсвет волнения на моем лице и откликнулась на него тревогой и облегчением. Моя затяжная меланхолия причиняла ей глубокую боль, и она радовалась, что этому унынию, кажется, пришел конец.

До школы я добрался бегом, отстав от своих близких всего на несколько секунд. Они даже не оглянулись, но по крайней мере Элис наверняка заметила, что я стою за деревом в густом лесу возле школы. Я дождался, когда все занялись своими делами, и с небрежным видом вышел на парковку, заставленную машинами.

Из-за поворота послышался рев пикапа Беллы, я остановился за «сабербаном», откуда мог наблюдать за ней, оставаясь незамеченным.

Она въехала на парковку, долго смотрела на мой «вольво», а потом, нахмурившись, выбрала для своей машины одно из самых дальних мест.

Странно было вспоминать, что она, должно быть, все еще сердится на меня, и не без причины.

Мне хотелось посмеяться над собой — или отвесить себе пинка. Все мои размышления и планы совершенно бесполезны, если я ей безразличен — ведь так? А присниться ей могло что угодно. Надо же быть таким самонадеянным кретином.

Что ж, если я ей безразличен, тем лучше для нее. Это не удержит меня от попытки сблизиться с ней. Но от нее я услышу «нет». Я в долгу перед ней. Был и останусь в долгу. Я задолжал ей правду, которую не рискнул открыть. Так что открою столько правды, сколько смогу. Попытаюсь предостеречь ее. А когда она подтвердит, что мне никогда не стать тем, кому она скажет «да», я уйду.

Я бесшумно направился вперед, размышляя, как бы лучше приблизиться к ней.

Она облегчила мне задачу. Ключи от пикапа выскользнули у нее из пальцев, пока она выбиралась из машины, и плюхнулись в глубокую лужу.

Она наклонилась за ними, но я опередил ее и поднял ключи, чтобы ей не пришлось лезть пальцами в холодную воду.

Она вздрогнула, выпрямилась, а я тем временем прислонился к ее пикапу.

— Как тебе это удается? — требовательно спросила она.

Да, она по-прежнему злилась.

Я протянул ей ключи.

— Удается что?

Она подставила ладонь, я уронил ключи на нее. И сделал глубокий вдох, втягивая ее запах.

— Возникать из ниоткуда, — пояснила она.

— Белла, я не виноват, что ты такая невнимательная, — эти слова прозвучали легко, почти шутливо. Заметила ли она хоть что-нибудь?

Уловила ли, какой лаской окружил ее имя мой голос?

Но она смотрела недовольно, не оценив шутки. Ее сердце забилось чаще — от гнева? От страха? Спустя мгновение она отвела взгляд.

— Зачем ты вчера вечером устроил пробку? — спросила она, не глядя мне в глаза. — Мне казалось, ты решил не замечать меня, чтобы ненароком не замучить раздражением насмерть.

Она все еще страшно злилась. Придется постараться, чтобы между нами снова все наладилось. Я вспомнил о своей решимости быть откровенным.

— Так я же не для себя, а для Тайлера. Надо было дать ему шанс, — и я рассмеялся. Просто не удержался, вспомнив, каким вчера было выражение ее лица. Сосредоточившись на заботе о ее безопасности и на собственных физических реакциях на ее близость, я почти лишился возможности управлять своими эмоциями.

— Ах ты ж... — Она задохнулась от возмущения. Вот оно, то самое выражение. Я подавил смешок. Не стоило лишний раз злить ее.

— И кстати, у меня и в мыслях не было не замечать тебя, — добавил я. Мне казалось, небрежный, чуть шутливый тон будет уместным. Не хотелось пугать ее. Приходилось скрывать глубину моих чувств, создавать атмосферу легкости.

— Значит, решил извести меня? Раз уж фургон Тайлера меня не прикончил?

Меня пронзила стремительная вспышка гнева. Как у нее язык повернулся!

Я был не вправе оскорбляться — она понятия не имела, каких усилий стоило мне сохранить ей жизнь, не знала, как ради нее я ссорился с близкими, не подозревала о преображении, случившемся со мной ночью, — но я все равно вспылил. На взвешенные эмоции меня уже не хватало.

— Белла, ты бредишь, — выпалил я.

Ее лицо вспыхнуло, она отвернулась. И зашагала прочь.

Раскаяние. Напрасно я разозлился на нее.

— Подожди! — взмолился я.

Она не остановилась, и я двинулся за ней.

— Извини, я был груб. По форме я был не прав, — нелепо даже *предполагать*, что я способен желать ей зла, — но в целом остаюсь при своем мнении.

— Может, просто оставишь меня в покое?

Это и есть мое «нет»? То, чего она хочет? И мое имя, которое она повторяла во сне, ничего не значит?

Мне в мельчайших подробностях вспомнился ее голос и выражение лица, с которым она просила меня остаться.

СОЛНЦЕ ПОЛУНОЧИ

Но если теперь она говорит «нет»... что ж, так тому и быть. Я же знал, что мне предстоит.

«Полегче», — напоминал я себе. Может, я вообще вижу ее в последний раз. Если так, пусть у нее останутся светлые воспоминания. Я решил сыграть роль нормального человеческого парня. И что еще важнее, предоставить ей выбор, а потом принять ее ответ, каким бы он ни был.

— Я хотел задать тебе вопрос, а ты сбила меня с мысли. — У меня вдруг сложился план, и я рассмеялся.

— У тебя что, раздвоение личности? — спросила она.

Должно быть, так все и выглядело со стороны. Мое настроение менялось непредсказуемо — такое множество непривычных эмоций пронзало меня.

— Опять ты за свое, — упрекнул я.

Она вздохнула.

— Ну ладно. Какой вопрос ты хотел задать?

— Слушай, я тут подумал: через неделю в субботу... — Я увидел, как на ее лице отразился шок, и с трудом удержался от смеха. — Ну, знаешь, весенний бал...

Она перебила, наконец-то глядя мне прямо в глаза:

— По-твоему, это *смешно*?

— Можно мне закончить?

Она умолкла, прикусив мягкую нижнюю губу.

Это зрелище на секунду отвлекло меня. Странный, непривычный отклик пробудился глубоко в моей забытой человеческой натуре. Пришлось отмахнуться от него, чтобы доиграть роль.

— Я слышал, как ты говорила, что в тот день собираешься в Сиэтл, вот и подумал: может, тебя подвезти? — предложил я. Чем просто услышать о ее планах, лучше сделать их *общими*. Если она согласится.

Она оторопело уставилась на меня:

— Что?..

— Хочешь поехать в Сиэтл вместе?

Вдвоем с ней в машине — эта мысль обожгла мне горло. Я сделал глубокий вдох. *Привыкай*.

— С кем? — растерялась она.

— Со мной, разумеется, — с расстановкой выговорил я.

— Но почему?

Неужели мое желание составить ей компанию и вправду настолько удивляет? Наверняка она приписала моим былым поступкам худшее объяснение из возможных.

— Ну, — начал я как можно более небрежным тоном, — я как раз в ближайшие недели собирался в Сиэтл и, честно говоря, не уверен, что твой пикап годится для такой поездки, — поддразнивать ее было безопаснее, чем незаметно для себя скатиться в неуместную серьезность.

— Мой пикап в полном порядке, спасибо за заботу, — тем же удивленным тоном отозвалась она. И зашагала дальше. Я не отставал.

Не однозначный отказ, но близко к нему. Проявляет вежливость?

— Тебе же не хватит бака на всю поездку.

— А тебе что до этого? — парировала она.

Ее сердце опять забилось быстрее, дыхание участилось. Я-то думал, что шутливым тоном помогу ей освоиться в разговоре, а она, наверное, снова испугалась.

— Меня волнует бесполезное расходование невозобновляемых ресурсов, — мне самому этот ответ казался совершенно нормальным и непринужденным, но как восприняла его она, я не знал. Тишина ее мыслей вечно вынуждала меня теряться в догадках.

— Знаешь что, Эдвард? Тебя не поймешь. Ты же говорил, что нам лучше держаться друг от друга подальше.

Она назвала меня по имени, и я затрепетал, мысленно вернулся в ее спальню, услышал, как она зовет меня, просит остаться. Мне бы хотелось жить в этом мгновении вечно.

Но сейчас меня могла спасти лишь честность.

— Я говорил, что так было бы лучше, но я не говорил, что хочу этого.

— Ну спасибо! Наконец-то *все* прояснилось, — съязвила она.

Остановившись под крышей на крыльце кафетерия, она умолкла и снова посмотрела мне в глаза. Ее сердечный ритм стал сбивчивым. От страха или негодования?

Я тщательно подбирал слова. Она должна *понять*. Сообразить, что в ее интересах велеть мне уйти.

— Гораздо... *благоразумнее* с твоей стороны было бы не водить дружбу со мной. — Под взглядом ее глубоких глаз оттенка растаявшего шоколада я махнул рукой на собственные призывы действовать «полегче». — Но я устал сторониться тебя, Белла, — эти слова будто прожгли себе путь наружу.

Она затаила дыхание и пока не сделала новый вдох, я успел запаниковать. Неужели я все-таки перепугал ее?

Тем лучше. Приму свое «нет» и попытаюсь примириться с ним.

— Ты поедешь со мной в Сиэтл? — напрямик спросил я.

Она кивнула, ее сердце гулко забилось.

«Да». Она сказала «да» мне.

И тут о себе напомнила совесть. Во что обойдется Белле это согласие?

— Но ты должна держаться от меня подальше, — предупредил я. Услышит ли она? Избежит ли будущего, которым я ей грозил? Неужели я ничего не могу поделать, чтобы спасти ее от *меня самого*?

«*Полегче!*» — прикрикнул я на себя.

— Увидимся на уроке.

И я тут же вспомнил, что на уроке ее не увижу. В ее присутствии я никак не мог собраться с мыслями.

Пришлось взять себя в руки, чтобы удалиться шагом, а не бегом.

Глава 6

Группа крови

Весь день я следил за ней чужими глазами, едва замечая, что творится вокруг.

Но не глазами Майка Ньютона, потому что больше не мог выносить его оскорбительные фантазии, и не глазами Джессики Стэнли, потому что меня раздражала ее неприязнь к Белле. Анджела Вебер подходила, когда оказывалась рядом. Она была доброй, среди ее мыслей я чувствовал себя легко. А иногда удобнее всего было наблюдать за Беллой глазами учителей.

Меня удивило, сколько раз за день спотыкается Белла — об трещины на дорожках, подвернувшиеся книги, но чаще всего о собственные ноги, и люди, мысли которых я подслушивал, часто называли ее «*неуклюжей*».

Я задумался. Да, удерживаться в вертикальном положении ей зачастую удавалось с трудом. Мне вспомнилось, как она споткнулась, задев ножку стола в первый день, как скользила на льду перед аварией, как запнулась, задев порог вчера. Как ни странно, окружающие правы. Она *в самом деле* неуклюжая.

Не знаю, почему это показалось мне таким забавным, но я расхохотался, пока шел с истории Америки на английский, и несколько человек бросили на меня настороженные взгляды, а потом быстро отвели глаза от моих оскаленных зубов.

Как же я раньше не замечал? Наверное, потому, что удивительная грация чувствовалась в ее неподвижности, в посадке головы, изгибе шеи...

Но ничего грациозного не было в том, как на виду у мистера Варнера она запнулась мыском о ковролин и буквально рухнула на свое место.

Я снова рассмеялся.

Время тянулось невыносимо медленно, пока я ждал шанса увидеть ее собственными глазами. Наконец раздался звонок. Я сразу же поспешил в кафетерий, чтобы занять место, и явился туда одним из первых. Столик, который я выбрал, обычно пустовал и будет пустовать впредь: теперь, когда его вздумалось занять мне, на него вряд ли кто-нибудь отважится посягать.

Войдя и увидев меня на новом месте, мои близкие ничем не выразили удивления. Видимо, Элис предупредила их.

Розали прошла мимо, даже не взглянув на меня.

«*Кретин*».

Мои отношения с Розали всегда складывались непросто — я обидел ее в первый же раз, как только заговорил в ее присутствии, и с тех пор все пошло наперекосяк, — но в последние дни она казалась раздражительнее обычного. Я вздохнул. Весь мир Розали вращался вокруг нее.

Джаспер слегка улыбнулся мне, проходя мимо.

«*Удачи*», — с сомнением пожелал он мысленно.

Эмметт закатил глаза и покачал головой.

«*Совсем свихнулся, бедняга*».

Элис сияла, ее зубы блестели слишком ярко.

«*Теперь мне можно поговорить с Беллой?*»

— Не вмешивайся, — еле слышно отрезал я.

Она приуныла и тут же снова оживилась.

«*Ладно. Не сдавайся. Это всего лишь вопрос времени*».

Я опять вздохнул.

«*И не забудь про сегодняшнюю лабу по биологии*», — напомнила Элис.

Я кивнул. Вмешательство мистера Баннера с его планами бесило меня. Я потратил зря столько уроков биологии, сидя рядом с ней и старательно притворяясь, будто игнорирую ее; мучительная ирония виделась в том, что сегодня мне будет недоставать часа, проведенного рядом с ней.

Поджидая Беллу, я следил за ней глазами какого-то первогодка, который шел в кафетерий следом за ней и Джессикой. Джессика разболталась о предстоящем бале, Белла слушала молча. Впрочем, у нее все равно не было шанса вставить хотя бы слово.

Едва войдя в дверь, Белла бросила взгляд на тот стол, где обычно сидели мы всей семьей. Присмотрелась, нахмурилась и отвела глаза. Меня она не заметила.

Выглядела она такой... *опечаленной*. Меня охватило нестерпимое желание вскочить, броситься к ней, как-нибудь утешить ее, вот только я не знал, в каких утешениях она нуждается. Джессика щебетала без умолку. Неужели Белла расстроилась из-за того, что пропустит бал? Да нет, маловероятно.

Но если это все же правда... Как жаль, что в этом случае мне нечем ее утешить. Немыслимо. Физическая близость в танце была бы слишком опасна.

Вместо обеда она взяла себе попить — и больше ничего. Разве этого достаточно? Неужели она не нуждается в источниках энергии? Раньше я никогда не уделял особого внимания тому, как питаются люди.

Человеческая уязвимость возмутительна! Сколько же у них самых разных поводов для беспокойства.

— Опять Эдвард Каллен на тебя уставился, — услышал я Джессику. — Интересно, почему он сегодня сел отдельно?

Я был благодарен Джессике — хоть она сегодня и злилась сильнее обычного, — потому что Белла сразу обернулась и блуждала взглядом по залу, пока не высмотрела меня.

Теперь на ее лице не было и следа печали. Я разрешил себе допустить, что она расстроилась, потому что я рано ушел с уроков, и от этого предположения заулыбался.

Я поманил ее пальцем к себе. От этого жеста она так растерялась, что мне снова захотелось поддразнить ее. И я подмигнул, а у нее приоткрылся рот.

— Это он *тебе*? — оскорбительным тоном спросила Джессика.

— Наверное, хочет, чтобы я помогла ему с домашней по биологии, — отозвалась она негромко и неуверенно. — Пойду узнаю, что ему надо.

Еще одно «почти да».

По пути к моему столу она споткнулась дважды, хотя под ее ногами расстилался совершенно ровный линолеум. Нет, ну как я мог этого не заметить? Наверное, потому, что силился прочесть ее мысли, предположил я. Чего еще я не разглядел?

Она почти приблизилась к моему новому столу. Я пытался подготовиться к встрече. «Полегче, и помни о честности», — мысленно твердил я.

Она нерешительно помялась за спинкой стула напротив меня. Я сделал глубокий вдох — на этот раз носом, а не ртом.

«*Ну, держись! Ощути жжение*», — сухо велел себе я.

— Не хочешь сесть со мной сегодня?

Она отодвинула стул и села, не сводя с меня глаз. И кажется, нервничала. Я ждал, когда она заговорит.

После минутного промедления она наконец решилась:

— Совсем другое дело.

— Что ж... — Я помолчал. — Я так решил: попал в ад — терпи муки.

С чего вдруг я ляпнул такое? По крайней мере, это было честно. А может, ей удастся уловить неявное предостережение в моих словах. И она поймет, что должна встать и уйти как можно быстрее.

Она не встала. Посмотрела на меня, будто ожидая продолжения.

— Ты же видишь: я понятия не имею, о чем ты, — не дождавшись, сказала она.

Вот и хорошо. Я улыбнулся.

— Вижу.

Трудно было пропускать мимо ушей чужие возмущенные мысли из-за ее спины, и мне в любом случае хотелось сменить тему.

— По-моему, твои друзья сердятся, что я похитил тебя.

Похоже, ее это не заботило.

— Ничего, переживут.

— А я вот возьму и не отдам им тебя. — Даже я не знал, что происходит: то ли я снова дразню ее, то ли просто пытаюсь быть откровенным. Рядом с ней у меня путались мысли.

Белла громко сглотнула.

Я засмеялся, заметив, какое у нее стало выражение лица.

— Ага, испугалась.

На самом деле *нечему* тут смеяться. Ей следовало встревожиться.

— Нет. — Но я понял, что это неправда: ее голос дрогнул, выдав обман. — Скорее, удивилась... Что это значит?

— Я же объяснил, — напомнил я, — я устал избегать тебя. Поэтому сдаюсь. — С некоторым трудом, но я удержал на лице улыбку. Оказалось, одновременно быть честным и вести себя непринужденно не выходит.

— Сдаешься? — озадаченно повторила она.

— Да, больше не стану держаться в рамках, — и, пожалуй, плюну на непринужденность. — Отныне я делаю то, что хочу, а там будь что будет, — вот так, честно и откровенно. Пусть увидит, какой я эгоист. Будет ей предостережение.

— Опять ты меня запутал.

Моего эгоизма хватило, чтобы только порадоваться этому.

— С тобой я всегда ухитряюсь наговорить лишнего, в этом-то и беда.

Проблема, по сути дела, несущественная — по сравнению с остальными.

— Не волнуйся, — успокоила она. — Я все равно ничего не понимаю.

Отлично. Значит, она останется.

— На то и расчет.

— Но в переводе на нормальный язык — теперь мы друзья?

На секунду я задумался.

— Друзья... — повторил я. Мне не понравилось, как это звучит. Этого было... недостаточно.

— А может, и нет, — пробормотала она в смущении.

Неужели решила, что не настолько нравится мне?

Я улыбнулся.

— Ну что ж, пожалуй, можно попробовать. Но имей в виду: для тебя я не лучшая компания.

Ее ответа я ждал, буквально раздираемый надвое: желанием, чтобы она наконец-то услышала меня и поняла, и боязнью умереть, если она все-таки поймет. Прямо мелодрама.

Ее сердце забилось быстрее.

— Ты столько об этом говоришь.

— Все потому, что ты меня не *слушаешь*, — ответил я — опять слишком многозначительно. — А я до сих пор жду, когда ты мне поверишь. Будь ты посообразительнее, сама начала бы избегать меня.

Я мог лишь догадываться о том, как мне будет больно, когда она поймет достаточно, чтобы сделать верный выбор.

Она прищурилась.

— Ты уже не в первый раз отмечаешь мой интеллект.

Я не знал наверняка, что она хотела этим сказать, но улыбнулся в качестве извинения, предположив, что чем-то невзначай обидел ее.

— Ну что ж, — медленно продолжала она, — поскольку я не блистаю умом, давай попробуем стать друзьями?

— Давай попробуем.

Ненадолго она перевела взгляд на бутылку лимонада у себя в руках.

Давнее любопытство опять принялось изводить меня.

— О чем задумалась? — спросил я. Невероятным облегчением было наконец произнести эти слова вслух. Я уже не помнил, как легкие ощущали потребность в кислороде, и задумался, не сродни ли это облегчение тому, какое испытывает человек при вдохе.

Она встретила мой взгляд, ее дыхание участилось, щеки слегка порозовели. Я сделал вдох, ощутил воздух с ее запахом.

— Пытаюсь тебя раскусить.

Я задержал на лице улыбку, превратившую его в неподвижную маску, а тем временем внутренности мне скрутила паника.

Конечно, она терялась в догадках. Она ведь неглупа. Не стоило рассчитывать, что она не увидит того, что настолько очевидно.

— И как, получается? — осведомился я так беспечно, как только мог.

— Не очень, — призналась она.

Я хмыкнул с внезапным облегчением.

— Какие версии?

До чего бы она ни додумалась, вряд ли они хуже правды.

Она густо покраснела, но промолчала. Даже на расстоянии я ощущал тепло ее румянца.

Испробую свой убедительный тон. На обычных людей он действует.

Я ободряюще улыбнулся:
— Может, поделишься?
Она покачала головой:
— Нет, не решусь.
У-у. Нет ничего хуже, чем не знать. Почему она стесняется своих предположений?
— А вот это уже *и в самом деле* обидно.
Мой упрек чем-то задел ее. Глаза вспыхнули, слова полились свободнее, чем обычно.
— Неужели? Разве *это* обидно — когда человек отказывается тебе что-то рассказать? А некоторые еще делают при этом загадочные намеки, так что потом не спишь по ночам, пытаясь разобраться, что имелось в виду.
Я нахмурился, с огорчением понимая, что она права. Нечестно с моей стороны. Она понятия не имела, какие обязательства и ограничения связывали мне язык, но это ничего не меняло — она остро чувствовала несправедливость.
А она продолжала:
— Или еще, например: допустим, некий человек спасает тебе жизнь, а на следующий день будто и знать тебя не желает. И все это без объяснений. Так что *какие же* могут быть обиды?
Такой длинной речи от нее я еще ни разу не слышал, и мой список пополнился новым свойством.
— Быстро же ты заводишься.
— Просто не люблю двойные стандарты.
И конечно, у нее есть полное право возмущаться.
Я смотрел на Беллу, гадая, способен ли хоть что-нибудь сделать как полагается, когда речь идет о ней, как вдруг безмолвный мысленный вопль Майка Ньютона отвлек меня. Он так бесился, так по-детски негодовал, что я снова усмехнулся.
— Ты что? — спросила она.
— Твой приятель, похоже, решил, что я тебя обижаю, и раздумывает, пора нас уже разнимать или нет.
Я был бы не прочь посмотреть на его попытку. У меня опять вырвался смешок.
— Не знаю, о ком ты говоришь, — ледяным тоном отозвалась она. — Но в любом случае ты ошибаешься, можешь мне поверить.

Меня страшно обрадовало, как одной равнодушной фразой она отреклась от него.

— Я прав. Я же тебе говорил: большинство людей читаются на раз.

— А я — нет.

— А ты — нет.

Из скольких еще правил она — исключение?

— И мне хотелось бы знать почему.

Я всмотрелся в ее глаза, предпринимая еще попытку.

Она отвернулась, открыла свой лимонад и быстро отпила глоток, продолжая смотреть в стол.

— Не хочешь есть? — спросил я.

— Не хочу. — Теперь она смотрела на пустое место на столе между нами. — А ты?

— Я не голоден, — сказал я. Определенно нет.

Ее взгляд по-прежнему был потуплен, губы поджаты. Я ждал.

— У меня есть просьба. — Она вдруг посмотрела мне в глаза.

Чего она захочет от меня? Попросит сказать правду, которую мне никак нельзя ей сообщать, вдобавок я сам хочу, чтобы она не узнала эту правду никогда?

— Какая?

— Ничего сложного, — пообещала она.

Я ждал, и, как обычно, любопытство разгоралось и мучительно жгло.

— Я вот подумала... — медленно начала она, устремив взгляд на бутылку лимонада и обводя горлышко мизинцем, — в следующий раз, когда ты снова решишь не замечать меня ради моего же блага, не мог бы ты предупредить об этом заранее? Просто чтобы я успела подготовиться.

Она хотела предупреждений? Значит, игнор с моей стороны не был для нее благом. Я улыбнулся.

— Звучит логично, — признал я.

— Спасибо. — Она подняла глаза. На лице ее отразилось такое облегчение, что и мне стало настолько легко, что захотелось рассмеяться.

— Тогда можно взамен одну просьбу? — с надеждой сказал я.

— Одну, — разрешила она.
— Поделись гипотезой. Хотя бы *одной*.
Она вспыхнула.
— Только не это.
— Ты не ставила условий, просто согласилась выполнить просьбу, — напомнил я.
— Как будто ты никогда не нарушал обещаний! — возразила она.
На этом она меня поймала.
— Всего одну гипотезу. Я не буду смеяться.
— Еще как будешь. — Казалось, она в этом уверена, хотя я не представлял себе, что тут может быть смешного.
Я решил еще раз испытать дар убеждения. Всмотрелся в самую глубину ее глаз — с такими глубокими глазами это было нетрудно — и прошептал:
— Ну пожалуйста!
Она заморгала, лицо стало непроницаемым.
М-да, на такую реакцию я не рассчитывал.
— Эм-м... что? — секунду спустя спохватилась она. Вид у нее был растерянный. С ней что-то не так?
Еще одна попытка.
— Пожалуйста, скажи мне свою гипотезу, — взмолился я ласковым, совсем не страшным голосом, не отводя взгляда.
К моему удивлению и удовольствию, на этот раз все получилось.
— Эм-м... тебя укусил радиоактивный паук?
Из комиксов? Неудивительно, что она опасалась моих насмешек.
— С фантазией у тебя не ахти, — упрекнул я, тщательно пряча новый прилив облегчения.
— Ну уж извини, больше ничего не придумала, — обиделась она.
От этого мне снова полегчало. Я все еще умудрялся дразнить ее.
— Ничего похожего и в помине нет.
— Не было пауков?
— Ни единого.
— И радиоактивности тоже?
— Вообще.

— Не повезло, — вздохнула она.

— И криптонит на меня не действует, — поспешил добавить я, пока она не спросила про укусы, а потом хмыкнул: она принимала меня за супергероя.

— А говорил, что не будешь смеяться. Уже забыл?

Я крепко сжал губы.

— Рано или поздно я все равно узнаю, — пообещала она.

И тогда она сбежит.

— Даже не пытайся, — на этот раз я не шутил.

— Это еще почему?

Я должен был ответить честно. Но все равно я попытался скрасить свои слова улыбкой, смягчить затаенную в них угрозу.

— А вдруг я не супергерой? Вдруг я злодей?

Ее глаза и рот открылись чуть шире.

— А-а, — отозвалась она, помолчала немного и добавила: — Поняла.

Наконец-то она меня услышала.

— Правда? — спросил я, стараясь не выдать свои мучения.

— Тебя надо бояться? — догадалась она. Ее дыхание участилось, сердце припустило галопом.

Я не мог ответить. Неужели эта минута с ней рядом станет последней? И сейчас она убежит? Можно ли мне перед расставанием сказать, что я люблю ее? Или от этого она напугается еще больше?

— Но ты не злодей, — прошептала она, качая головой, и ни тени страха не отразилось в ее ясных глазах. — Нет, я не верю, что ты настолько плох.

— Напрасно, — выдохнул я.

Конечно, я злодей. Ведь я же обрадовался, узнав, что она обо мне лучшего мнения, чем я заслуживаю. Будь я хорошим, давно уже держался бы от нее подальше.

Я протянул руку через стол, к крышке от ее бутылки лимонада, чтобы чем-нибудь отвлечься. От этого движения она не вздрогнула. Значит, и правда не боялась меня. Пока еще нет.

Я раскрутил крышку, как волчок, лишь бы не смотреть на нее. У меня путались мысли.

«Беги, Белла, беги». Но заставить себя произнести это вслух я не мог.

Она вскочила. И не успел я встревожиться, что она как-то услышала мое мысленное предостережение, она пояснила:

— Опоздаем!

— Сегодня я не пойду на урок.

— Почему?

«*Потому что не хочу тебя убить*».

— Изредка прогуливать уроки полезно для здоровья.

Точнее, для здоровья людей полезно, если вампиры прогуливают уроки в те дни, когда проливается человеческая кровь. Сегодня мистер Баннер наметил в качестве темы определение группы крови. Элис свой утренний урок уже прогуляла.

— А я пойду, — сказала она. Это меня не удивило. Она ответственный человек и всегда поступает правильно.

Прямая противоположность мне.

— Ладно, до встречи, — я снова сменил тон на небрежный, глядя на вращающуюся крышку. «*Прошу, спасайся. Прошу, не оставляй меня*».

Она помедлила, и на миг во мне вспыхнула надежда, что она все-таки останется со мной. Но грянул звонок, и она поспешила в класс.

Я дождался, когда она скроется из вида, затем сунул в карман крышку от бутылки — напоминание о самом важном из разговоров — и зашагал под дождем к своей машине.

Среди дисков я выбрал самый любимый, успокаивающий — тот, который слушал в первый день, — но вслушивался в мелодии Дебюсси недолго. Другие ноты теснились у меня в голове — этот обрывок мелодии интриговал и радовал меня. Я выключил стерео и вместо этого прислушался к музыке, которая звучала у меня внутри, воспроизводил один и тот же фрагмент, пока не добился гармоничного звучания. Мои пальцы машинально бегали в воздухе по воображаемым клавишам.

Новая пьеса уже почти сложилась, когда мое внимание привлекла волна чужих душевных мук.

«*А вдруг она умирает? Что же мне делать?*» — паниковал Майк.

В сотне ярдов от меня Майк Ньютон укладывал обмякшее тело Беллы на дорожку. Ни на что не реагируя, она съежилась на мокром бетоне, глаза были закрыты, кожа стала мертвенно-бледной.

Я чуть не вышиб дверцу машины.

— Белла! — крикнул я.

Позвав ее по имени, я не заметил на ее безжизненном лице никакой перемены.

Мое тело стало холоднее, чем лед. Казалось, сбылись все самые бредовые опасения, какие только меня посещали. Едва я выпустил ее из поля зрения...

Яростно роясь в мыслях Майка, я заметил, как он изумлен моим неожиданным появлением. Но он лишь злился на меня, поэтому я так и не понял, что случилось с Беллой. Если он что-то сделал с ней, я его уничтожу. Так, что от его трупа не останется и следа.

— В чем дело? Ей плохо? — спросил я, пытаясь придать его мыслям сосредоточенность. Необходимость передвигаться с нормальной человеческой скоростью сводила меня с ума. Но нельзя было привлекать к себе внимание.

И тут я услышал стук ее сердца и даже ее дыхание. У меня на глазах она крепко зажмурилась. Паника отчасти рассеялась.

В мыслях Майка я увидел обрывок воспоминаний, россыпь образов с урока биологии. Голова Беллы на столе, зеленоватый оттенок ее светлой кожи. Красные капли на белых карточках.

Определение группы крови.

И я застыл как вкопанный, затаив дыхание. Ее запах — это одно дело, а кровотечение — совсем другое.

— По-моему, она в обмороке, — заговорил Майк, встревоженный и в то же время недовольный. — Не знаю почему. Она даже палец себе не колола.

Облегчение окатило меня, я снова задышал, пробуя воздух на вкус. И сразу уловил запах из крошечного прокола на пальце Майка Ньютона. Когда-то, возможно, он мог привлечь мое внимание.

Я встал на колени рядом с Беллой, Майк переминался рядом, разъяренный моим вмешательством.

— Белла! Ты меня слышишь?

— Нет, — простонала она. — Уходи.

Облегчение потрясло меня так, что я засмеялся. Она вне опасности.

— Я вел ее к медсестре, — сообщил Майк. — А она не пошла дальше.

— Я сам отведу ее. А ты иди в класс, — небрежно отмахнулся от него я.

Майк стиснул зубы.

— Не пойду. Мне учитель велел.

Тратить время на споры с этим болваном я не собирался.

С ужасом и восторгом, отчасти благодарный и отчасти удрученный ситуацией, создавшей необходимость прикоснуться к Белле, я мягко поднял ее с дорожки и взял в объятия, касаясь только ее куртки и джинсов и стараясь держать ее на расстоянии от своего тела. И сразу же понес ее, торопясь доставить в безопасное место — иными словами, подальше от меня.

Она изумленно распахнула глаза.

— Положи на место! — слабым голосом приказала она — опять смутившись, как я догадался по выражению ее лица. Ей не нравилось показывать слабость. Но ее тело было настолько вялым, что вряд ли она сумела бы даже устоять на ногах, не то что переставлять их.

Протестующие крики Майка за спиной я пропускал мимо ушей.

— Выглядишь жутко, — сказал я Белле, продолжая невольно усмехаться, потому что с ней было все в порядке — если не считать головокружения и пустого желудка.

— Отпусти меня, — велела она. Ее губы были белыми.

— Значит, тебе стало дурно при виде крови?

Вот так выверт иронии.

Она закрыла глаза и сжала губы.

— Даже не твоей, а чужой, — добавил я, усмехаясь шире.

Мы подошли к административному корпусу. Дверь была приоткрыта, я пнул ее.

Мисс Коуп вздрогнула от неожиданности.

— Боже мой! — ахнула она при виде пепельно-бледной девушки у меня в руках.

— Ей стало плохо на биологии, — объяснил я, пока у нее не разыгралось воображение.

Мисс Коуп бросилась к двери в медпункт. Белла снова открыла глаза и уставилась ей вслед. Я услышал, как мысленно изумилась пожилая медсестра, пока я укладывал свою ношу на потертую кушетку. И сразу же, едва положив Беллу, я отступил в противоположный угол комнаты. Мое тело было слишком взбудоражено, слишком напряжено, мышцы сжались, в рот хлынул яд. В моих объятиях она казалась такой теплой и благоуханной.

— У нее просто закружилась голова, — успокоил я миссис Хэммонд. — Они определяли группу крови на биологии.

Теперь она все поняла и закивала.

— Такое вечно с кем-нибудь случается.

Я подавил смешок. Можно было даже не сомневаться, что это случится и с Беллой.

— Просто полежи минутку, милочка, — посоветовала миссис Хэммонд, — и все пройдет.

— Наверное, — отозвалась Белла.

— Часто с тобой такое? — спросила медсестра.

— Иногда случается, — призналась Белла.

Я попытался замаскировать смешок под кашель.

И тем самым привлек к себе внимание медсестры.

— А ты можешь возвращаться на урок, — сказала она мне.

Глядя ей прямо в глаза, я с непоколебимой уверенностью соврал:

— Мне велели побыть с ней.

«*Хм-м. Ну, не знаю... ладно уж*». Миссис Хэммонд кивнула.

На медсестру дар убеждения действовал прекрасно. Почему же Белла с таким трудом поддается ему?

— Сейчас принесу пузырь со льдом, положить тебе на голову, милочка, — сказала медсестра, чувствуя себя немного неловко под моим взглядом — как и *полагалось* человеку, — и вышла из кабинета.

— Ты был прав, — простонала Белла, закрывая глаза.

О чем это она? Я поспешил прийти к худшему из выводов: она приняла мои предостережения всерьез.

— Как обычно, — отозвался я, добавив в голос насмешки, но прозвучала она на этот раз фальшиво. — И в чем же на этот раз?

— Прогуливать и вправду полезно для здоровья. — Она вздохнула.

Опять это облегчение.

И она умолкла. Только дышала медленно и размеренно. Губы понемногу начинали розоветь. Они были слегка несоразмерными: верхняя чуточку полнее нижней. Разглядывая ее губы, я поймал себя на странном ощущении. Мне хотелось подойти к ней поближе, а это было небезопасно.

— Поначалу ты меня так напугала, — попытался возобновить разговор я. Молчание имело странное и мучительное свойство: я оставался в одиночестве, без ее голоса. — Я уж думал, Майк Ньютон тащит твой хладный труп в лес, чтобы зарыть там!

— Обхохочешься, — отозвалась она.

— Без шуток, я видел покойников, у которых цвет лица был получше, — на этот раз я сказал чистую правду. — И перепугался, что теперь придется мстить твоему убийце.

И я бы отомстил.

— Бедняга Майк. Наверняка взбесился.

Меня пронзила ярость, но я сразу обуздал ее. Ясно же, что о Майке она заговорила просто из жалости. Она добрая, вот и все.

— Он меня на дух не переносит. — Эта мысль подняла мне настроение.

— Тебе-то откуда знать?

— Это видно по его лицу.

Пожалуй, для таких выводов информации, считанной с лица Майка, мне бы хватило. Практикуясь с Беллой, я отточил навыки.

— Но откуда ты вообще взялся? Ты же вроде прогуливал. — Теперь ее лицо смотрелось гораздо лучше: просвечивающая кожа утратила зеленоватый оттенок.

— Сидел в машине, слушал музыку.

Ее губы дрогнули, словно мой самый обыденный ответ чем-то удивил ее.

Она снова открыла глаза, когда вернулась миссис Хэммонд с пакетом льда.

— Вот так, милочка, — приговаривала медсестра, кладя пакет на лоб Белле. — Выглядишь гораздо лучше.

— Наверное, все уже прошло, — ответила Белла и села, отложив лед. Ну разумеется. Ей же не нравится, когда ее опекают.

Миссис Хэммонд замахала морщинистыми руками, призывая ее снова лечь, но тут в кабинет заглянула мисс Коуп. Вместе с ней влетел запах свежей крови — легчайшее дуновение.

СОЛНЦЕ ПОЛУНОЧИ 157

Майк Ньютон в приемной за ее спиной все еще негодовал, жалея, что упитанный парень, которого он притащил на этот раз, не девушка, принесенная сюда мной.

— К вам еще пациент, — сообщила мисс Коуп.

Белла сразу вскочила с кушетки, радуясь, что она уже не центр всеобщего внимания.

— Возьмите, — сказала она, возвращая пакет со льдом миссис Хэммонд. — Мне он уже не нужен.

Кряхтя, Майк втащил в медпункт Ли Стивенса. Кровь все еще капала с руки, которую Ли прижимал к лицу, стекала струйкой по запястью.

— О нет... — Для меня это зрелище стало сигналом уходить, и для Беллы, видимо, тоже. — Выйди в приемную, Белла.

Она удивленно обернулась ко мне.

— Поверь, так будет лучше, выйди.

Круто повернувшись, она успела проскользнуть в закрывающуюся дверь приемной. Я последовал за ней так поспешно, что ее разметавшиеся волосы задели мне руку.

Она обернулась ко мне, ее взгляд все еще был неуверенным.

— Наконец-то ты меня послушалась.

В первый раз.

Она сморщила нос.

— Кровью пахло.

Я удивленно и растерянно уставился на нее:

— Люди не чувствуют запаха крови.

— А я чувствую, и меня от него тошнит. Кровь пахнет ржавчиной... и солью.

Не сводя с нее глаз, я почувствовал, как каменеет мое лицо.

Неужели она в самом деле человек? Она *выглядела* как человек. На ощупь была мягкой, как человек. От нее пахло человеком — вообще-то даже лучше. И вела себя по-человечески... вроде бы. Но думала она не так, как люди, и ее реакции были другими.

Но кем еще она могла быть?

— Ну что? — спросила она.

— Ничего.

Нас прервал Майк Ньютон со своими ожесточенными и злобными мыслями.

— Выглядишь лучше, — наглым тоном заявил он ей.

У меня дрогнула рука, так и подмывало поучить его хорошим манерам. Придется следить за собой, чтобы не прикончить несносного мальчишку.

— Только палец из кармана не вынимай, — попросила она, и на секунду я уж подумал, что она обращается ко мне.

— Крови больше нет, — хмуро ответил он. — Вернешься на урок?

— Шутишь? Придется опять вести меня в медпункт.

Вот и хорошо. Я уж думал, что проведу без нее целый час, а мне выпал шанс повидаться с ней. Явно незаслуженный дар.

— Это уж точно, — пробубнил Майк. — Так ты едешь в выходные? На побережье?

А это еще что такое? У них свои планы? Негодование приморозило меня к месту. Но оказалось, что это групповая поездка. Майк мысленно перебирал имена других приглашенных и считал места в машинах. Значит, они едут не только вдвоем. Но это меня не успокоило. Я прислонился к стойке, старательно сдерживая себя.

— Конечно, я же сказала, — заверила она.

Стало быть, и ему она сказала «да». Ревность обжигала больнее жажды.

— Тогда встречаемся у отцовского магазина в десять.

«А Каллена НЕ пригласили».

— Буду вовремя, — пообещала она.

— На физкультуре увидимся.

— Увидимся, — повторила она.

Майк поплелся в класс, внутренне кипя от раздражения. *«Что она нашла в этом чокнутом? Ну да, он богатенький. Девчонки считают его крутым, но я бы не сказал. Слишком уж... идеальный. Могу поспорить, их папаша экспериментирует с пластической хирургией на своей семье. Потому-то все они такие белые и смазливые. Это же неестественно. И вообще с виду он какой-то... жуткий. Как уставится, так могу поклясться, что думает, как бы меня прикончить. Псих».*

Оказалось, кое-что Майк все же замечает.

— Физкультура, — повторила Белла и застонала.

Взглянув на нее, я заметил, что она опять чем-то расстроена. Неизвестно почему, но было ясно, что на следующий урок с Майком ей не хочется, и я был только за.

Я подошел к ней, склонился, на расстоянии ощущая губами тепло ее кожи. Дышать я не осмеливался.

— Сейчас что-нибудь придумаем, — шепнул я. — Сядь и притворись, что тебе плохо.

Она так и сделала — села на один из складных стульев, откинула голову, прижалась затылком к стене, и как раз в этот момент мисс Коуп вышла из медпункта и направилась к своему столу. С закрытыми глазами Белла снова казалась теряющей сознание. Привычный цвет лица к ней еще не вернулся.

Я повернулся к мисс Коуп, сардонически думая, что, если повезет, Белла обратит внимание на то, что будет дальше. Именно так полагается реагировать людям.

— Мисс Коуп! — позвал я снова своим самым убедительным тоном.

Ее ресницы затрепетали, сердце учащенно забилось. «Держи себя в руках!»

— Да?

Любопытно. Пульс у Шелли Коуп участился потому, что она считала меня физически привлекательным, а не потому, что испугалась. К таким явлениям я привык, находясь среди человеческих самок, некоторые из них со временем осваивались в присутствии меня и мне подобных... но я считал, что сердце Беллы начинает биться быстрее по другим причинам.

Впрочем, мне это нравилось, пожалуй, даже слишком. Я улыбнулся осторожной, призванной успокаивать людей улыбкой, и дыхание мисс Коуп стало чуть более шумным, чем прежде.

— Следующим уроком у Беллы физкультура, а ей, кажется, все еще плохо. Наверное, будет лучше, если я прямо сейчас отвезу ее домой. Вы не могли бы дать ей освобождение от урока? — Я заглянул в ее глаза, лишенные глубины, и с удовольствием отметил, какое воздействие оказал этим на ее мыслительные процессы. Неужели и Белла?..

Мисс Коуп пришлось сглотнуть, чтобы ответить.

— Наверное, и ей освобождение, и тебе тоже — да, Эдвард?

— Нет, у меня урок у мисс Гофф, она меня отпустит.

Больше я не обращал на нее внимания, задумавшись о новых возможностях.

Хм-м. Хотелось бы верить, что Белла находит меня привлекательным, как и другие люди, но когда реакции Беллы совпадали с обычными людскими? Не стоит тешить себя надеждами.

— Вот и хорошо. Поправляйся, Белла.

Белла слабо кивнула, слегка переигрывая.

— Сама дойдешь? Или тебя донести? — спросил я, забавляясь ее наивной игрой на публику. Я знал, что она пожелает идти сама — лишь бы не показаться слабой.

— Дойду, — ответила она.

Опять угадал.

Она поднялась, помедлив немного и словно проверяя, удержится ли на ногах. Я придержал для нее дверь, мы вышли под дождь.

Я увидел, как она подставила дождю лицо, закрыла глаза, слегка улыбнулась. О чем она думала? Ее поза выглядела как-то странно, и я быстро понял, почему она непривычна мне. Обычные человеческие девушки не подставляют лицо дождю: как правило, они накрашены, даже в этих сырых краях.

Белла никогда не красилась и не нуждалась в макияже. Косметическая индустрии зарабатывала миллиарды долларов в год благодаря женщинам, которые стремились, чтобы их кожа выглядела как у нее.

— Спасибо, — сказала она и улыбнулась мне. — Ради того, чтобы отделаться от физкультуры, можно и в обморок упасть!

Я засмотрелся вдаль на территорию школы, гадая, сколько еще времени отпущено нам с Беллой.

— Не за что, — сказал я.

— Так ты поедешь? В субботу? — в голосе послышалась надежда.

И эта надежда приглушила уколы моей ревности. Она хотела, чтобы рядом с ней был я, а не Майк Ньютон. А я хотел дать утвердительный ответ. Но слишком многое требовалось учесть. И прежде всего — то, что суббота ожидалась солнечная.

— А куда вы едете? — Я старался не выдать заинтересованности, словно ответ мало что менял. Впрочем, Майк упомянул *побережье*. Там на спасение от солнца рассчитывать не стоит. И Эмметт заведется, если я отменю наши планы, но меня это не остановило бы — если бы нашелся способ провести время с Беллой.

— В Ла-Пуш, на Ферст-Бич.

Значит, ничего не выйдет.

Я справился с разочарованием, иронически улыбнулся и перевел взгляд на нее.

— Меня, кажется, не приглашали.

Она вздохнула, заранее смирившись с отказом.

— Я приглашаю.

— На этой неделе мы с тобой больше не будем доводить беднягу Майка. А то еще сорвется. — Я подумывал лично стать виновником срыва *бедняги Майка* и с наслаждением представлял это событие во всех подробностях.

— Майк-шмайк, — пренебрежительно отозвалась она.

Я улыбнулся.

И она зашагала прочь от меня.

Не задумываясь, я машинально протянул руку и схватил ее сзади за куртку. Она дернулась и остановилась.

— Куда это ты собралась? — Я расстроился, почти разозлился, увидев, что она уходит. Проведенного с ней времени мне не хватило.

— Домой, а что? — Она явно озадачилась, не понимая, чем расстроила меня.

— Ты не слышала, что я обещал благополучно доставить тебя до дома? Думаешь, я разрешу тебе сесть за руль в таком состоянии? — Я понимал: ей не понравится, что я сослался на ее слабость. Но мне требовалось попрактиковаться перед поездкой в Сиэтл, чтобы выяснить, способен ли я выдержать ее близкое присутствие в замкнутом пространстве. До ее дома гораздо ближе, чем до Сиэтла.

— При чем тут состояние? — возразила она. — А как же мой пикап?

— Попрошу Элис пригнать его после уроков. — И я осторожно потянул ее к своей машине. По-видимому, даже идти *вперед* ей было затруднительно.

— Пусти! — Она повернулась боком и чуть не споткнулась. Я протянул руку, чтобы подхватить ее, но она восстановила равновесие сама еще до того, как ей понадобилась моя поддержка. Не следовало мне искать предлоги, чтобы прикоснуться к ней. Мне вновь вспомнилась реакция на меня мисс Коуп, но я решил обмозговать ее потом. А пока мне и без того было о чем подумать.

Едва я отпустил ее, как она и просила, как об этом пожалел: она немедленно запнулась и повалилась на дверцу моей машины с пассажирской стороны. Придется впредь быть еще осторожнее и помнить, как плохо она сохраняет равновесие.

— Какая *наглость*!

Она была права. Я вел себя странно, и это еще самое мягкое из возможных определений. Неужели теперь она мне откажет?

— Открыто.

Я обошел машину, сел за руль и повернул ключ. Она упрямо стояла снаружи, хотя дождь усиливался, а я знал, что холод и сырость ей неприятны. От воды, пропитавшей ее густые волосы, они казались почти черными.

— Я вполне способна сама доехать до дома!

Безусловно способна. Но быть рядом с ней мне хотелось так остро, как никогда и ничего прежде. Это желание не было насущным и требовательным, как жажда, — оно было другим, потребностью иного рода и другим видом боли.

Она поежилась.

Я опустил стекло с пассажирской стороны и наклонился к ней.

— Садись в машину, Белла.

Она сощурилась, и я догадался, что она решает, стоит ли попробовать сделать ноги.

— Обратно приволоку, — шутливо пригрозил я, еще не зная, верна ли моя догадка. Испуг на ее лице подсказал мне, что верна.

Держа голову высоко поднятой, она открыла дверцу и села в машину. С волос капало на кожаную обивку, ботинки со скрипом терлись один о другой.

— В этом нет никакой необходимости, — заявила она.

Я отметил, что теперь она выглядит скорее сконфуженной, чем рассерженной. Неужели мне не стоило так себя вести? Мне *казалось*, я поддразниваю ее, как самый обычный влюбленный подросток, — а вдруг я все испортил? И теперь она считает, что я к чему-то принудил ее? У нее, кстати, есть на то все основания.

Я понятия не имел, как надо действовать. Как ухаживать за ней подобно нормальному современному человеку в две тысячи пятом году. Пока я сам был человеком, я знал лишь обычаи моего времени. Благодаря своему странному дару я неплохо ориентировался в мышлении нынешних людей — знал, чем они заняты, какие поступки совершают, — но мои попытки изобразить естественное и современное поведение заканчивались провалом. Видимо, потому, что я не обычный, не современный и не человек. И даже от близких ничему полезному научиться я не мог. Никому из них не доводилось самому участвовать в обычном процессе ухаживания, не говоря уже о двух других определениях.

История Розали и Эмметта была шаблонной, классической любовью с первого взгляда. Им и в голову не приходило сомневаться в том, кто они друг для друга. В первую же секунду, как Розали увидела Эмметта, ее потянуло на невинность и целомудрие, которых она была лишена при жизни. И она захотела его. В первую же секунду, как Эмметт увидел Розали, он узрел богиню, которой с тех пор не уставал поклоняться. Между ними не случилось ни неловкого первого разговора, полного сомнений, ни напряженного, беспокойного ожидания решающего «да» или «нет».

Союз Элис и Джаспера походил на обычный еще меньше. Ибо еще за двадцать восемь лет до их первой встречи Элис знала, что полюбит Джаспера. Она видела годы, десятилетия, века их будущей совместной жизни. А Джаспер, уловивший все ее эмоции в тот долгожданный момент, а также чистоту, определенность и глубину ее любви, не мог не поразиться. Должно быть, ему показалось, что он попал в цунами.

Пожалуй, история Карлайла и Эсме была чуть ближе к типичной, чем остальные. К изумлению Карлайла, Эсме с самого начала любила его, но ни мистика, ни магия были здесь ни при чем. Она познакомилась с ним, когда была еще ребенком, и его доброта, острый ум и неземная красота положили начало привязанности, которую она пронесла через всю оставшуюся человеческую жизнь. И поскольку жизнь не баловала Эсме, неудивительно, что драгоценные воспоминания о встрече с хорошим человеком не вытеснило из ее сердца ничто. После жгучей пытки преображения, когда она очнулась лицом к лицу с давней заветной мечтой, вся полнота ее чувств была всецело отдана Карлайлу.

Я был готов предупредить Карлайла о ее непредвиденной реакции. Он ожидал, что она будет потрясена преображением, травмирована болью, ужаснется тому, кем стала, так же, как в свое время было со мной. И полагал, что придется объясняться и извиняться, успокаивать и заглаживать вину. Он понимал, что, вполне вероятно, она предпочла бы смерть и теперь презирает его за выбор, сделанный без ее ведома и согласия. Так что к ее незамедлительному согласию вступить в такую жизнь, причем совместно с ним, он оказался не готов.

До тех пор он никогда не считал себя достойным романтической любви. Слишком уж это противоречило тому, кем он являлся, — вампиром, чудовищем. То, что я сообщил, помогло ему по-другому взглянуть не только на Эсме, но и на самого себя.

Мало того, *решение* спасти кого-либо — яркое, мощное событие. Такие решения никому в здравом уме не даются легко. Когда Карлайл выбрал меня, к тому времени, как я очнулся и понял, что произошло, его уже связывали со мной десятки прочных эмоциональных уз. Ответственность, тревога, нежность, жалость, надежда, сострадание... этому действию было присуще естественное чувство вовлеченности, которое сам я никогда не испытывал, только слышал о нем в мыслях Карлайла и Розали. Как отца я воспринимал его еще до того, как узнал его имя. С ролью сына я сжился инстинктивно, без малейшего труда. Любовь явилась легко, хотя я всегда приписывал это обстоятельство скорее его личным качествам, нежели тому, что он инициировал мое преображение.

Так что свою роль сыграли либо все перечисленные причины, либо судьба, уготованная Карлайлу и Эсме, — что именно, я так и не узнал, несмотря на мой дар, способность слышать все по мере того, как оно происходило. Она любила его, и он быстро обнаружил, что способен отвечать на ее любовь. Прошло совсем немного времени, прежде чем его удивление сменилось радостным изумлением, открытием и романтическими чувствами. И безмерным счастьем.

Редкие моменты легко преодолеваемой неловкости были сглажены с помощью чтения мыслей. Но не такой неловкости, как эта. Никто из моих близких не оказывался в таком же тупике, не барахтался так же беспомощно, как я.

Даже целой секунды не понадобилось, чтобы в голове у меня пронеслись мысли о том, как легко образовались эти пары; Белла как раз закрывала дверцу со своей стороны. Я поспешил включить отопление, чтобы ей стало уютнее, и приглушил музыку до фоновой громкости. И повернул к выезду с парковки, поглядывая на Беллу краем глаза. Ее нижняя губа все еще была упрямо выпячена.

Вдруг она с интересом взглянула на магнитолу и перестала дуться.

— «Лунный свет»? — спросила она.

Поклонница классики?

— Ты знаешь Дебюсси?

— Немного, — сказала она. — Мама часто включает дома классическую музыку, а я знаю только то, что мне нравится.

— Это одна из моих любимых пьес. — Я задумался, глядя на дождь. У нас с этой девушкой и вправду нашлось кое-что общее. А я уж было думал, что мы полные противоположности друг другу во всем.

Она, кажется, немного расслабилась, смотрела на дождь, как я, но невидящими глазами. Пользуясь тем, что она отвлеклась, я решил поэкспериментировать с дыханием.

Осторожно сделал вдох носом.

Мощно.

Я крепко вцепился в руль. От дождя ее запах усилился, стал еще приятнее. Ни за что бы не подумал, что такое возможно. Мой язык подрагивал в предвкушении.

А чудовище-то не сдохло, с омерзением понял я. Просто затаилось, выжидая время.

Я попытался глотать, чтобы приглушить жжение в горле. Это не помогло. Только разозлило меня. Я и без того слишком редко вижусь с этой девушкой. Подумать только, на какие ухищрения мне приходится пускаться ради лишних пятнадцати минут. Я сделал еще вдох и постарался сдержать свою реакцию. Мне *надо* быть сильнее ее.

«*Как бы я поступил, не будь я злодеем в этой истории?*» — спросил я себя. Как бы воспользовался этим бесценным временем?

Постарался бы побольше узнать о ней.

— Расскажи о своей матери, — попросил я.

Белла улыбнулась.

— Внешне мы похожи, только она красивее.

Я окинул ее скептическим взглядом.

— Во мне слишком много от Чарли, — продолжала она. — Мама смелая, общительная, не то что я.

Общительная — верю. Более смелая? Вряд ли.

— Легкомысленная, немного эксцентричная, любит кулинарные эксперименты, правда, предугадать исход этих экспериментов практически невозможно. Мы с ней лучшие подруги, — голос стал грустным, на лбу обозначились морщинки.

Как я уже замечал прежде, о матери она говорила скорее как родитель о ребенке.

Я остановился перед ее домом, с запозданием сообразив, что вроде бы не должен знать, где она живет. Но нет, в небольшом городке это не должно вызывать подозрений, ведь ее отец видная фигура.

— Сколько тебе лет, Белла?

Должно быть, она постарше одноклассников. Может, поздно пошла в школу или отстала. Но нет, не может быть, — при ее уме.

— Семнадцать, — ответила она.

— На семнадцать ты не выглядишь.

Она засмеялась.

— Ты что?

— Мама вечно твердит, что я родилась тридцатипятилетней и с каждым годом становлюсь все больше похожей на женщину средних лет. — Она снова засмеялась. Потом вздохнула. — Что ж, должен же кто-то в семье быть взрослым.

Это кое-что прояснило для меня. Не составляло труда понять, как легкомыслие матери приводит к зрелости дочери. Ей пришлось рано повзрослеть и взять мать под свою опеку. Потому-то ей и не нравится, когда опекают ее саму — ей кажется, что это ее работа.

— Ты тоже не очень-то похож на старшеклассника, — вывела она меня из раздумий.

Я нахмурился. Стоило мне что-то узнать о ней, как она слишком многое замечала в ответ. Я сменил тему:

СОЛНЦЕ ПОЛУНОЧИ

— Так почему же твоя мать вышла за Фила?

Она помедлила, прежде чем ответить.

— Моя мама... для своих лет она очень молода. А с Филом, по-моему, чувствует себя еще моложе. Во всяком случае, она в него влюблена. — Она снисходительно покачала головой.

— И ты не против ее брака? — удивился я.

— А не все ли равно? — спросила она. — Я хочу, чтобы мама была счастлива... а она хочет быть вместе с этим человеком.

Это альтруистичное замечание потрясло бы меня, если бы не вписывалось в общую картину, не дополняло то, что я уже узнал про ее характер.

— Такое великодушие... интересно.

— Что именно?

— Готова ли она отплатить тебе той же монетой, как ты думаешь? Кем бы ни оказался твой избранник?

Вопрос был дурацкий, и сохранить беспечный тон мне не удалось. Как глупо даже предполагать, что кто-то способен одобрить *меня* в качестве избранника для своей дочери. Как глупо даже надеяться, что Белла выберет меня.

— Д-думаю, да, — под моим взглядом она запнулась. От страха? Мне опять вспомнилась мисс Коуп. О чем говорят другие признаки? Широко раскрытые глаза могут означать обе эмоции. Но трепет ресниц вроде бы свидетельствует против страха. У Беллы приоткрыты губы...

Она спохватилась:

— Но она же мать. Это другое дело.

Я иронически улыбнулся.

— В таком случае не выбирай слишком страшных.

— Слишком страшных — это каких? Сплошь в пирсинге и татуировках? — Она усмехнулась мне.

— Можно сказать и так. — На мой взгляд, это определение не содержало никакой угрозы.

— А как сказал бы ты?

Вечно она задавала не те вопросы. Или, пожалуй, вопросы в самую точку. Во всяком случае, такие, на которые мне не хотелось отвечать.

— Как думаешь, я могу быть страшным? — спросил я, пытаясь слегка улыбнуться.

Она задумалась, потом ответила серьезно:

— Хм... пожалуй, *можешь*, если захочешь.

Я тоже посерьезнел.

— А сейчас ты меня боишься?

На этот вопрос она ответила сразу:

— Нет.

Улыбаться стало легче. Вряд ли я услышал от нее чистую правду, но ведь она и не солгала. По крайней мере, ей было не настолько страшно, чтобы захотелось сбежать. Я задался вопросом, какие чувства вызвало бы у нее мое сообщение, что этот разговор она ведет с вампиром, и внутренне сжался, представив себе ее реакцию.

— Может быть, теперь ты расскажешь мне о своей семье? Наверняка твоя история гораздо интереснее моей.

И уж точно страшнее.

— Что ты хочешь узнать? — осторожно уточнил я.

— Каллены усыновили тебя?

— Да.

Она замялась, потом робко спросила:

— Что случилось с твоими родителями?

Ответить было нетрудно. Даже лгать ей не пришлось.

— Они умерли много лет назад.

— Сочувствую, — пробормотала она, явно встревоженная тем, что расстроила меня.

Она тревожилась обо *мне*. Какое странное чувство — видеть ее заботу, пусть даже такую, которую принято проявлять из вежливости.

— На самом деле я их почти не помню, — заверил я. — Карлайл и Эсме давным-давно уже стали мне настоящими родителями.

— И ты их любишь, — заключила она.

Я улыбнулся.

— Да. Они лучше всех.

— Тебе повезло.

— Сам знаю.

В этом отношении мне и вправду не на что жаловаться.

— А твои брат с сестрой?

Если я дам ей шанс выспрашивать подробности, мне придется врать. Я взглянул на часы — с досадой, что мое время с ней истекло, и вместе с тем с облегчением. Боль была мучительной, и боялся, как бы жжение в горле не усилилось вдруг настолько, что я уже не смогу сдерживать его.

— Мои брат с сестрой, а если уж на то пошло, и Джаспер с Розали не обрадуются, если им придется мокнуть под дождем, дожидаясь меня.

— Ой, извини, тебе же надо уезжать!

Но она не сдвинулась с места. Ей тоже не хотелось, чтобы наше время истекло.

На самом деле боль терпима, размышлял я. Но нельзя забывать об ответственности.

— А тебе надо, чтобы пикап пригнали раньше, чем шеф полиции Свон вернется домой. Тогда тебе не придется рассказывать о том, что стряслось с тобой на биологии.

— Да он наверняка уже в курсе. В Форксе невозможно что-то утаить, — название города она выговорила с явной неприязнью.

Я засмеялся ее словам. И вправду, здесь ничего не скроешь.

— Удачной вам поездки на побережье. — Я взглянул на проливной дождь, зная, что он не затянется, и на этот раз сильнее, чем обычно, желая, чтобы затянулся. — Погода в самый раз, чтобы позагорать.

Ну или как раз такая установится к субботе. Она обрадуется. А ее радость стала для меня важнее всего. Важнее моей собственной радости.

— А разве завтра мы не увидимся?

Беспокойство в ее голосе польстило мне и в то же время вызвало желание не разочаровывать ее.

— Нет. У нас с Эмметтом выходные начнутся досрочно. — Я уже злился на себя за эти планы. Мог бы и отказаться... но теперь охота как нельзя кстати, и мои близкие и без того тревожатся за меня, незачем давать им понять, как велика моя одержимость. Я до сих пор не знал толком, что за безумие овладело мной прошлой ночью. В самом деле пора найти способ обуздывать свои порывы. Пожалуй, немного отдалиться на некоторое время не помешает.

— Чем займетесь? — спросила она — судя по голосу, не слишком обрадованная моим известием.

Больше удовольствия, больше боли.

— Идем в поход в заповедник Гэут-Рокс, к югу от Рейнира.

Эмметту не терпелось открыть сезон охоты на медведей.

— Ну ладно, удачного вам похода, — без особого воодушевления пожелала она, чему я вновь порадовался.

Глядя на нее, я уже заранее начал мучиться, представляя, как придется попрощаться с ней, пусть даже на время. Она такая нежная и уязвимая. Это же просто безрассудство — оставлять ее без присмотра там, где с ней может случиться что угодно. Однако к худшему, что могло с ней случиться, приведут скорее встречи со мной.

— Можешь выполнить одну мою просьбу? — серьезно спросил я.

Она кивнула, явно заинтригованная моим тоном.

«*Полегче*».

— Не обижайся, но ты, похоже, из тех, кто прямо-таки притягивает к себе неприятности! Так что... постарайся не свалиться в воду и не попасть под машину, ладно?

Я невесело улыбнулся, надеясь, что она не различит неподдельную тоску в моих глазах. Как я сожалел о том, что ей будет гораздо лучше вдали от меня, что бы с ней при этом ни случилось!

Беги, Белла, беги. Я люблю тебя слишком сильно — во вред тебе и себе.

Она обиделась — должно быть, в чем-то я снова просчитался. И обдала меня яростным взглядом.

— Сделаю, что смогу, — отрезала она, выскочила под дождь и постаралась посильнее хлопнуть дверцей.

Я сжал в кулаке ключ, который только что тайком выудил у нее из кармана, и, отъезжая, глубоко вдохнул ее запах.

Глава 7
Мелодия

После возвращения в школу снова пришлось ждать. Последний урок еще не закончился. Тем лучше, потому что мне требовалось о многом подумать и побыть одному.

В машине витал ее запах. Я нарочно не открывал окна, позволяя ему действовать на меня, пытаясь привыкнуть к ощущению жжения в горле, на которое обрек себя сам.

Влечение.

Серьезная проблема для размышлений. Столько сторон, столько разных оттенков и уровней смысла. Не любовь, но нечто неразрывно связанное с ней.

Я понятия не имел, влечет ли Беллу ко мне. И не станет ли тишина в ее мыслях раздражать меня все сильнее, пока я не взбешусь? Или существует предел, которого я в конце концов достигну?

Попытки сравнить ее физические реакции с реакциями других, например женщины из школьной канцелярии и Джессики Стэнли, мало что дали. Одни и те же признаки — изменения пульса и дыхания — могли с одинаковой вероятностью означать и страх, и шок, и тревогу, и интерес. Реакцией на мое лицо других женщин, да и мужчин тоже, была инстинктивная опасливость. Она преобладала над всеми прочими эмоциями. Казалось маловероятным, чтобы Беллу посещали мысли того же рода, что и Джессику Стэнли. Белла же прекрасно понимала, что со мной что-то не так, хоть и не знала точно, что именно. Коснувшись моей ледяной кожи, она сразу отдернула руку и поежилась.

И все же... я вспоминал те самые фантазии, которые раньше вызывали у меня отвращение, но представлял в них не Джессику, а Беллу.

Я задышал чаще, огонь распространялся вверх и вниз по горлу, драл его, как когтями.

А если бы не кто-нибудь, а *Белла* представляла, как я обнимаю обеими руками ее тонкое тело? Чувствовала, как я крепко прижимаю ее к своей груди и беру ладонью за подбородок? Как отвожу тяжелую завесу волос от ее пылающего лица? Провожу кончиками пальцев по контуру ее полных губ? Приближаю лицо к ее лицу, чтобы чувствовать на губах жар ее дыхания? Придвигаюсь еще ближе...

Но я вырвался из плена этих грез наяву, понимая так же отчетливо, как когда видел их в воображении Джессики, что будет, если я окажусь так близко к ней.

Влечение представляло собой неразрешимую дилемму, потому что меня влекло к Белле в наихудшем смысле из возможных.

Хочу ли я, чтобы Беллу влекло ко мне как к мужчине?

Вопрос поставлен неверно. Правильно было бы спросить, *надо* ли мне это — хотеть, чтобы Беллу так влекло ко мне, и ответить «нет». Потому что я не человек, не человеческий мужчина, и это было бы нечестно по отношению к ней.

Всем своим существом я жаждал быть обычным мужчиной, чтобы держать ее в объятиях, не подвергая риску ее жизнь. Так, чтобы без опасений развивать свои фантазии и знать, что они не завершатся ее кровью на моих руках и отсветом ее крови в моих глазах.

Мое увлечение ею ничем не оправдано. Какие отношения я могу предложить ей, если не рискую к ней прикоснуться?

Я уронил голову на ладони.

Замешательство усиливало то, что еще никогда за всю свою жизнь я не чувствовал себя настолько человеком — даже когда *был* им, насколько помнится. В те времена мои помыслы целиком занимала воинская доблесть. Почти все мои подростковые годы пришлись на Первую мировую войну, а когда до восемнадцатилетия мне оставалось всего девять месяцев, началась эпидемия испанки. От этого человеческого периода у меня сохранились туманные впечатления, смутные воспоминания теряли реальность с каждым проходящим десятилетием. Отчетливее всего я помнил свою мать, и когда мысленно видел ее лицо, ощущал застарелую боль. Мне слабо помнилось, как ненавистно ей было будущее, приближение которого я так усердно торопил, и как каждый вечер в молитве перед ужином она просила, чтобы поскорее закончилась эта «гадкая война». Воспоминаний о желаниях иного рода у меня не осталось. Никакая любовь не удерживала меня в той жизни, кроме материнской.

Теперешние чувства были мне в новинку. Не с чем было проводить параллели, не с чем сравнивать.

Моя любовь к Белле поначалу была чистой, но теперь ее воды замутились. Мне нестерпимо хотелось иметь возможность прикоснуться к ней. Хочет ли она того же?

Это не важно, пытался я убедить себя.

Я уставился на свои белые руки, с ненавистью отмечая их твердость, холодность, нечеловеческую силу...

И вздрогнул, когда дверца с пассажирской стороны вдруг открылась.

«*Ха! Застал тебя врасплох. В первый раз*», — подумал Эммет, усаживаясь рядом.

— Готов поспорить, мисс Гофф считает, что ты что-то употребляешь — в последнее время ты сам не свой. Где был сегодня?

— Я... творил благие дела.

«*О как?*»

Я усмехнулся.

— Опекал недужных, и так далее.

От этого он только еще сильнее запутался, но потом сделал вдох и почуял запах в машине.

— А-а. Опять эта девчонка?

Я нахмурился.

«*Час от часу не легче*».

— И не говори, — буркнул я.

Он снова принюхался.

— Хм-м, а на вкус она ничего, верно?

Я оскалил зубы машинально, еще до того, как успел осознать смысл его слов.

— Полегче, парень, я же просто так сказал.

Явились остальные. Розали сразу заметила запах и сердито глянула на меня, продолжая раздражаться. Я задумался, чем на самом деле вызвано ее недовольство, но в ее мыслях слышал только брань.

Реакция Джаспера мне тоже не понравилась. Как и Эмметт, он отметил притягательность Беллы. На любого из них этот запах не оказывал и тысячной доли того влияния, которому подвергал меня, и все же меня беспокоило то, что ее кровь кажется им сладкой. Джаспер плохо владел собой.

Элис подскочила к окну с моей стороны и протянула руку за ключами от пикапа Беллы.

— Я видела только, что это была я, — по привычке туманно выразилась она. — Так что объяснений жду от тебя.

— Это не значит...

— Знаю, знаю. Подожду. Недолго осталось.

Я вздохнул и отдал ей ключи.

До дома Беллы я следовал за ней. Дождь барабанил миллионами молоточков, так громко, что человеческий слух Беллы не мог различить в этом шуме даже громовой рев двигателя пикапа. Я посмотрел на ее окно, но она не выглянула. Может, ее вообще не было у себя. Чужих мыслей в доме я не уловил.

И расстроился, что не слышу ее мысли, даже когда надо проверить, убедиться, что у нее все хорошо или она хотя бы в безопасности.

Элис пересела к нам в машину, и мы помчались домой. Дороги были свободны, так что поездка заняла всего несколько минут. Дома мы занялись каждый своим делом.

Эмметт и Джаспер продолжили запутанную партию в шахматы на восьми досках, расставленных вдоль застекленной задней стены дома; для таких игр у них имелся сложный набор правил. Меня не принимали, со мной соглашалась играть только Элис.

Элис уселась за свой компьютер в нише неподалеку от них, и я услышал, как запели оживающие мониторы. Она разрабатывала модели для гардероба Розали, но сама Розали сегодня не присоединилась к ней, чтобы, как обычно, висеть над душой и диктовать особенности покроя и цвета, пока Элис водит по сенсорному дисплею. Вместо этого Розали с мрачным видом развалилась на диване и принялась гулять по каналам на плоском экране, безостановочно переключая их со скоростью не меньше двадцати в секунду. Я слышал, как она размышляет, не сходить ли в гараж и не повозиться ли с ее «БМВ».

Эсме наверху мурлыкала над какими-то чертежами. Она всегда работала над чем-нибудь новым. Наверное, дом по этому проекту она построит для нас следующим или через один.

Высунувшись из-за выступа стены, Элис принялась одними губами беззвучно перечислять следующие ходы Эмметта, сидящего на полу спиной к ней, — подсказывала Джасперу, который с невозмутимым видом отрезал путь любимому коню Эмметта.

А я впервые за такое долгое время, что мне стало совестно, направился к изумительному роялю, стоящему у лестницы.

Я мягко пробежался по клавишам, проверяя настройку. Она была все еще идеальна.

Наверху карандаш замер в пальцах Эсме, она склонила голову набок.

Я заиграл первую фразу мелодии, которая сама явилась мне сегодня в машине, и с удовольствием убедился, что она звучит даже лучше, чем в моем воображении.

«*Эдвард опять играет*», — радостно думала Эсме, ее лицо осветилось улыбкой. Встав из-за чертежного стола, она на цыпочках прокралась на верхнюю площадку лестницы.

Я добавил к первой фразе вторую, гармонично сочетающуюся с ней, вплел в нее мелодию.

Эсме удовлетворенно вздохнула, присела на верхнюю ступеньку и прислонилась головой к балясине. «*Новая песня. Сколько же времени прошло. Какая чудесная мелодия*».

Я не мешал мелодии развиваться в новом направлении, сопровождая ее аккомпанементом.

«*Эдвард опять сочиняет?*» — подумала Розали и в приливе острого раздражения сжала зубы.

В этот момент она отвлеклась, и я увидел все, что скрывалось под верхним слоем ее негодования. Понял, почему я вечно вывожу ее из терпения. Почему она думает об убийстве Изабеллы Свон, не испытывая ни малейших угрызений совести.

У Розали все было замешано на тщеславии.

Музыка вдруг оборвалась, я невольно рассмеялся и оборвал эту внезапную вспышку веселья, зажав ладонью рот.

Розали метнула в меня злобный взгляд, ее глаза блеснули оскорбленно и яростно.

Эмметт и Джаспер тоже обернулись, я услышал замешательство Эсме. Она мгновенно спустилась и замерла, переведя взгляд с меня на Розали.

— Играй дальше, Эдвард, — после напряженного молчания подбодрила меня Эсме.

Я заиграл снова, отвернувшись от Розали и изо всех сил стараясь сдержать ухмылку, которая сама собой расплывалась у меня на лице. Розали вскочила и бросилась из комнаты, и злости в ее порыве было больше, чем смущения. Но и смущение чувствовалось отчетливо.

«Скажешь кому-нибудь хоть слово — убью как собаку».

Я снова подавил смешок.

— Что такое, Роз? — окликнул ее Эмметт. Розали не обернулась. С прямой, как палка, спиной она направилась прямиком в гараж и заползла под свою машину так, словно рассчитывала там и похоронить себя.

— В чем дело? — спросил меня Эмметт.

— Без малейшего понятия, — соврал я.

Эмметт отозвался недовольным бурчанием.

— Играй, играй, — настаивала Эсме — мои пальцы снова остановились.

Я исполнил ее просьбу, она подошла и встала у меня за спиной, положив руки мне на плечи.

Песня звучала приятно, но казалась незаконченной. Я пробовал добавлять проигрыши, но все было не то.

— Очаровательно. У нее есть название? — спросила Эсме.

— Пока нет.

— А сюжет? — в ее голосе сквозила улыбка. Музыкой она наслаждалась, и мне стало совестно за то, что я так долго не подходил к роялю. Вел себя как эгоист.

— Это... пожалуй, колыбельная. — Тут мне удалась одна из музыкальных связок. Из нее легко вытекала следующая фраза, обретая собственную жизнь.

— Колыбельная, — повторила Эсме самой себе.

А сюжет у этой мелодии и вправду был, и как только я понял это, она сложилась сама собой. В ней девушка спала в узкой постели, и темные волосы, густые и непослушные, разметались как водоросли по ее подушке...

Элис дала Джасперу возможность сражаться своими силами, подошла ко мне и села рядом на банкетку. Звенящим, как музыка ветра, переливчатым голосом она спела на пробу вокализ двумя октавами выше мелодии.

— Мне нравится, — негромко оценил я. — А если вот так?

Я добавил к мелодии ее тему, мои руки запорхали по клавишам, собирая воедино детали, слегка изменяя их и придавая пьесе новое развитие.

Она уловила настроение, подстроилась к нему и запела.

— Да. Идеально, — кивнул я.

Эсме пожала мое плечо.

Но я увидел и финал — теперь, когда голос Элис взмывал над мелодией и уводил ее в другом направлении. Я понимал, как должна закончиться эта песня, потому что спящая девушка — уже совершенство, и любое внесенное в нее изменение было бы неправильным, прискорбным. Песня вела к этому осознанию, снижались темп и тон. Голос Элис тоже зазвучал ниже, приобрел торжественность, достойную эха под высокими сводами собора в отблеске свечей.

Я сыграл последнюю ноту и уронил голову на клавиатуру.

Эсме погладила меня по голове. *«Все будет хорошо, Эдвард. Все сложится как нельзя лучше. Ты заслуживаешь счастья, сынок. Судьба перед тобой в долгу».*

— Спасибо, — шепнул я, жалея, что не верю в это. Как и в то, что мое счастье имеет значение.

«Любовь не всегда приходит в удобной упаковке».

Я невесело засмеялся.

«Из всех живущих на этой планете ты, возможно, наиболее приспособлен к решению таких сложностей. Ты лучше и умнее всех нас».

Я вздохнул. Каждая мать того же мнения о своем сыне.

Эсме все еще переполняла радость оттого, что в моем сердце наконец-то пробудились чувства, как бы велика ни была вероятность трагедии. Она уж думала, что я останусь одиноким навсегда.

«Она непременно полюбит тебя в ответ, — вдруг подумала она, застав меня врасплох неожиданным поворотом мыслей. — *Если она умница.* — Она улыбнулась. — *Но ума не приложу, как остальные могли быть такими тугодумами, чтобы не догадаться, насколько завидная ты добыча».*

— Перестань, мам, ты вгоняешь меня в краску, — шутливо отмахнулся я. Невероятно, но ее слова подняли мне настроение.

Элис засмеялась и заиграла одной рукой «Сердце и душу». Усмехнувшись, я дополнил простенькую мелодию аккомпанементом. А потом побаловал ее исполнением «Палочек для еды».

Она рассмеялась, потом вздохнула.

— Как бы мне хотелось узнать, почему ты смеялся над Роз, — призналась Элис. — Но я же вижу: ты не скажешь.

— Не скажу.

Она щелкнула пальцем мне по уху.

— Не балуйся, Элис, — упрекнула Эсме. — Эдвард ведет себя как джентльмен.

— Но я хочу *знать*.

Я засмеялся — так жалобно она это произнесла.

— Послушай, Эсме. — Я заиграл ее любимую песню, безымянное посвящение любви между ней и Карлайлом, свидетелем которой я был столько долгих лет.

— Спасибо, дорогой. — Она снова пожала мне плечо.

Для исполнения хорошо знакомой пьесы сосредоточенность мне не требовалась. И я задумался о Розали, которая до сих пор буквально корчилась от унижения в гараже, и незаметно усмехнулся.

Недавно открыв для себя могущество ревности, я отчасти жалел Роз. Гнусное чувство, что и говорить. Безусловно, ее ревность была намного мельче моей. Прямо из поговорки «собака на сене».

Интересно, как сложились бы жизнь и характер Розали, не будь она всегда самой красивой в своем окружении. Стала бы она счастливее — и не настолько самовлюбленной? Более отзывчивой — если бы красота не всегда была ее главным достоинством? Гадать без толку, заключил я, потому что с прошлым покончено, а самой красивой Роз была *всегда*. Даже будучи человеком, она постоянно купалась в лучах собственного совершенства и восхищения всех вокруг. Не то чтобы она возражала. Напротив, восхищение она ценила превыше всего. И в этом отношении ничуть не изменилась, когда стала бессмертной.

Если принять во внимание эту ее потребность, неудивительно, что ее уязвляло мое нежелание поклоняться ее красоте, чего она ждала от всех мужчин вокруг. Это не значит, что в том или ином смысле она хотела *меня* — совсем напротив. Но тем не менее ее бесило то, что я не хочу ее.

Джаспер и Карлайл — другое дело: они уже были влюблены. А я, будучи совершенно свободным, упорно хранил равнодушие.

Я уж думал, что былые обиды остались в прошлом, что она давно пережила их. Так и было... пока однажды я наконец не нашел ту, чья красота тронула меня так, как не трогала красота Роз. Ну разумеется. Надо было сразу догадаться, как это заденет ее. И я бы догадался, если бы не был так поглощен своими заботами.

Похоже, Розали всерьез считала, что если уж даже *ее* красоту я не считаю достойной поклонения, тогда меня наверняка оставит равнодушным любая красота, какая только есть на земле. В бешенстве она пребывала с того самого момента, как я спас Белле жизнь: благодаря обостренному чутью соперницы она угадала то, о чем в то время даже не подозревал я сам.

Розали смертельно оскорбилась, увидев, что я счел более притягательной, чем она, какую-то ничтожную человеческую самку.

Я снова сдержал смешок.

Однако меня беспокоило то, как она воспринимала Беллу. Розали искренне считала ее *дурнушкой*. Как она могла? Непостижимо. Наверное, виновата ревность.

— О! — вдруг встрепенулась Элис. — Джаспер, знаешь, что?

Я увидел то же самое, что только что видела она, и мои пальцы замерли на клавишах.

— Что, Элис? — отозвался Джаспер.

— На следующей неделе в гости приедут Питер и Шарлотта! Они будут тут неподалеку. Здорово, правда?

— Что-то не так, Эдвард? — спросила Эсме, заметив, как напряглись мои плечи.

— Питер и Шарлотта едут в *Форкс*? — зашипел я на Элис.

Она в ответ закатила глаза.

— Успокойся, Эдвард. Не в первый раз они приезжают.

Я стиснул зубы. С тех пор как здесь появилась Белла — в первый, а ее сладкая кровь манит не только меня.

Элис нахмурилась, глядя на меня.

— Они никогда не охотятся здесь. Ты же знаешь.

Но названый брат Джаспера и его возлюбленная, миниатюрная вампирша, не такие, как мы; они охотятся обычным способом. Когда рядом Белла, им нельзя доверять.

— Когда? — резко спросил я.

Она недовольно поджала губы, но дала ответ, которого я потребовал. *«В понедельник утром. Беллу никто не тронет».*

— Да, — согласился я и отвернулся от нее. — Ты готов, Эммет?

— А я думал, мы уезжаем утром.

— Мы возвращаемся к полуночи в воскресенье. А когда уедем, решать только нам.

— Ладно, годится. Дай мне сперва попрощаться с Роз.

— Конечно. — Судя по настроению Розали, прощание будет коротким.

«Ты правда рехнулся, Эдвард», — мысленно заявил он, направляясь к задней двери.

— Похоже на то.

— Сыграй мне еще раз ту новую песню, — попросила Эсме.

— Если хочешь, — согласился я, хотя и не горел желанием следовать мелодии вплоть до неизбежного финала, причиняющего мне непривычную боль. Подумав немного, я вытащил из кармана крышку от бутылки лимонада и положил ее на пустующий пюпитр. Оно немного помогло — мое маленькое напоминание о том, как она сказала «да».

Я кивнул самому себе и начал играть.

Эсме и Элис переглянулись, но ни о чем не спросили.

— Неужели тебе никогда не объясняли, что с едой не играют? — окликнул я Эммета.

— А, Эдвард! — закричал он в ответ, ухмыляясь и помахав мне рукой. Пользуясь тем, что он отвлекся, медведь хватил его тяжелой лапой по груди. Острые когти располосовали рубашку и взвизгнули, как ножи по стали, раздирая кожу.

Медведь тонко взвыл.

«*Ах, черт, рубашку мне Роз подарила!*»

Эмметт ответил разъяренному зверю грозным рыком.

Я вздохнул, усаживаясь на подходящий валун. Развлечение могло затянуться.

Но Эмметт уже почти закончил. Он позволил медведю попытаться снести ему голову еще одним взмахом лапы, засмеялся, легко отбивая удар так, что зверь пошатнулся и попятился. Медведь взревел, и Эмметт тоже взревел сквозь смех. Потом кинулся на зверя, который на задних лапах возвышался над ним на целую голову, и они, сплетясь в клубок, покатились по земле, попутно сбив солидную ель. Рычание медведя оборвалось, сменившись клокотанием.

Через несколько минут Эмметт рысцой подбежал к тому месту, где ждал его я. Его рубашка была непоправимо испорчена — разодранная и окровавленная, липкая от древесной смолы и сока, облепленная шерстью. Кудрявая шевелюра Эмметта выглядела не лучше. На лице расплылась широченная ухмылка.

— Вот этот был мощный. Я почти почувствовал, как он меня когтит.

— Ты прямо как ребенок, Эмметт.

Он окинул взглядом мою выглаженную и чистую белую рубашку на пуговицах.

— Ты что, так и не выследил ту пуму?

— Выследил, само собой. Просто я не питаюсь по-дикарски.

Эмметт разразился гулким хохотом.

— Вот были бы они посильнее! А то не так весело.

— Никто и не обещал тебе драк с едой.

— Ага, но с кем еще мне драться? Вы с Элис жульничаете, Роз запрещает портить ей прическу, а Эсме сердится, стоит нам с Джаспером сцепиться *всерьез*.

— Жизнь — боль, как ни крути, да?

Эмметт ухмыльнулся и перенес вес тела на другую ногу так, что внезапно принял стойку для атаки.

— Ну же, Эдвард! Просто выключись на минутку и дерись честно.

— Это не выключается, — напомнил я.

— Знать бы, как эта человеческая девчонка отгораживается от тебя, — задумался Эмметт. — Может, она и мне что-нибудь подскажет.

Мое благодушие как ветром сдуло.

— Держись от нее подальше, — зарычал я сквозь зубы.

— Ути-пути!

Я вздохнул. Эмметт сел рядом со мной на камень.

— Извини. Понимаю, тебе сейчас трудно. И я правда стараюсь быть не *таким* толстокожим дебилом, как обычно, но поскольку это вроде как мое естественное состояние...

Он умолк, ожидая, что я засмеюсь над его шуткой, потом скорчил гримасу.

«*Вечно такой серьезный. Что тебя гложет на этот раз?*»

— Думаю о ней. Вообще-то сильно переживаю.

— Было бы о чем тревожиться! *Ты же здесь*. — Он расхохотался.

Я сделал вид, будто не слышал и эту шутку, но ответил на его вопрос:

— Ты когда-нибудь задумывался о том, насколько они уязвимы? Сколько плохого может случиться со смертным?

— Да нет. Но я, кажется, понимаю, о чем ты. В первый раз я тоже был не соперник медведю, ведь так?

— Медведи, — пробормотал я, добавляя новый пункт в и без того огромный список. — Такое возможно только с ее везением. Медведь забрел в город. И конечно, прямиком к Белле.

Эмметт хмыкнул.

— Послушать тебя, так ты свихнулся. Сам хоть понимаешь?

— А ты представь на минутку, Эмметт, что Розали — человек. И что она может столкнуться с медведем... или попасть под машину... или под удар молнии... или свалиться с лестницы... или заболеть — *тяжело заболеть!* — Слова рвались из меня бурным потоком. Выплескивать их было облегчением — после того, как они все выходные точили меня изнутри. — Да еще пожары, землетрясения и смерчи! Бр-р! Когда ты в последний раз смотрел новости? Ты хоть *видел*, сколько всего может случиться с ними? А ограбления и убийства?.. — Я стиснул зубы, и вдруг меня привела в такую ярость сама мысль о том, что ей может навредить другой *человек*, что перехватило дыхание.

СОЛНЦЕ ПОЛУНОЧИ

— Эй, эй, притормози-ка, парень. Она живет в Форксе — или забыл? Значит, и под дождь попадет. — Он пожал плечами.

— По-моему, ей крупно не везет по жизни, Эммет, точно тебе говорю. Доказательства налицо. Из всех городов мира, где она могла поселиться, она попала в тот, где существенный процент населения составляют *вампиры*.

— Да, но мы вегетарианцы. Какое же это невезение — наоборот, удача!

— При ее-то запахе? Явное невезение. И то, как действует ее запах на *меня*, — тоже. — Я с негодованием уставился на свои руки, вновь возненавидев их.

— Вот только собой ты владеешь лучше, чем кто-либо, если не считать Карлайла. Опять повезло.

— А фургон?

— Просто несчастный случай.

— Видел бы ты, как он надвигался на нее, Эм, — едет и едет. Готов поклясться, она притягивала его, будто магнит.

— Но ты же был там. Значит, и это удача.

— Думаешь? А если в человека *влюбился вампир* — разве это не худшее из всех возможных невезений?

Эммет умолк и на время задумался. Он представил себе Беллу, и этот образ оставил его равнодушным. «*Вот честно, ничего привлекательного не вижу*».

— Ну а я не вижу ничего соблазнительного в Розали, — огрызнулся я. — *Вот честно*, мороки с ней больше, чем стоит смазливая мордашка.

Эммет хмыкнул.

— Вряд ли ты мне расскажешь...

— Я не знаю, что с ней стряслось, Эммет, — соврал я с внезапной широкой ухмылкой.

Его намерение я увидел как раз вовремя, чтобы мобилизоваться. Он попытался спихнуть меня с камня, и в камне между нами с грохотом образовалась трещина.

— Жулик, — буркнул он.

Я ждал, когда он повторит попытку, но его мысли приняли другое направление. Он снова представил себе лицо Беллы, только белее обычного, с ярко-красными глазами.

— Нет, — сдавленно выговорил я.

— Зато избавишься от всех тревог насчет смертности — так? И убивать ее тебе не захочется. Лучше не придумаешь.

— Для меня? Или для нее?

— Для тебя, — легко ответил он тоном, подразумевающим «конечно же».

Я невесело рассмеялся.

— Ответ неверный.

— Я особо не возражал, — напомнил он мне.

— Розали возражала.

Он вздохнул. Мы оба знали, что Розали на все пойдет и все отдаст, лишь бы снова стать человеком. Все, что угодно. Даже Эмметта.

— Да, возражала, — тихо согласился он.

— Я не могу... не должен... и не собираюсь губить жизнь Беллы. Неужели ты считал бы иначе, если бы речь шла о Розали?

Эмметт задумался. *«Ты правда... любишь ее?»*

— Я даже описать свои чувства не могу, Эм. Вдруг эта девушка стала для меня целым миром. И больше я уже не вижу *смысла* в остальном мире без нее.

«Но при этом не хочешь обратить ее? Эдвард, вечно она жить не будет».

— Да знаю, — простонал я.

«И она, как ты сам говоришь, вроде как хрупкая».

— Поверь, это я тоже знаю.

Эмметту недоставало тактичности, в деликатных разговорах он был не силен. И теперь терзался, всеми силами стараясь избежать оскорблений.

«Ты хотя бы дотронуться до нее можешь? В смысле, если ты любишь ее... тебе ведь хочется к ней, ну, прикасаться?»

Эмметта и Розали объединяла страстная плотская любовь. Ему было трудно понять, как можно *любить* без физической близости.

Я вздохнул.

— Об этом я даже подумать не могу, Эмметт.

«Ого. И что же тогда тебе остается?»

— Не знаю, — шепнул я. — Я пытаюсь придумать способ... расстаться с ней. И представить себе не могу, как заставить себя держаться от нее подальше.

Внезапно я, донельзя обрадованный, понял, что остаться с ней будет *правильно* — по крайней мере, теперь, когда Питер и Шарлотта уже в пути. На некоторое время находиться здесь со мной ей будет безопаснее, чем если я уеду. Я мог стать ее неожиданным временным защитником.

От этой мысли мне стало тревожно. Захотелось поскорее вернуться, чтобы играть роль защитника как можно дольше.

Эмметт заметил, как я переменился в лице. «*О чем думаешь?*»

— Прямо сейчас, — чуть смущенно признался я, — мне нестерпимо хочется броситься в Форкс и проверить, как там она. Не знаю, продержусь ли я до воскресной ночи.

— Не-а! Раньше, чем планировалось, ты домой *не* вернешься. Пусть Розали хоть немного остынет. Ну пожалуйста! Ради меня.

— Постараюсь, — с сомнением ответил я.

Эмметт похлопал по моему карману с телефоном.

— Элис позвонила бы, если бы для твоей паники появились хоть какие-то основания. Она прямо помешалась на этой девчонке, совсем как ты.

На это мне было нечего возразить.

— Ладно. Но только до воскресенья.

— Нет смысла спешить назад — все равно будет солнечно. Элис говорила, мы освобождены от уроков до среды.

Я твердо покачал головой.

— Питер и Шарлотта умеют вести себя прилично.

— Да мне все равно, Эмметт. Со своим везением Белла забредет в лес в самый неподходящий момент, и... — Я вздрогнул. — Я возвращаюсь в воскресенье.

Эмметт вздохнул. «*Ну точно спятил*».

Рано утром в понедельник, когда я влез в окно спальни Беллы, она мирно спала. Я прихватил с собой масло, чтобы смазать защелку — безоговорочно капитулировав перед этим адским изобретением, — и теперь оконная рама отъезжала с моего пути бесшумно.

По тому, как ровно лежали волосы на подушке Беллы, я определил, что эта ночь выдалась не такой беспокойной, как когда я побывал здесь в прошлый раз. Она подсунула сложенные ладони под щеку, как ребенок, ее губы слегка приоткрылись. Я слышал, как воздух медленно входит и выходит между ними.

Поразительным облегчением было находиться здесь и снова видеть ее. Я понял, что ничто другое не успокоило бы меня. Вдали от нее все не так.

Но далеко не все выглядело правильным, когда я был с ней рядом. Я сделал вдох и выдох, позволил пламени жажды прокатиться вниз по горлу. Слишком долго я пробыл в отъезде. Проведенное без боли и соблазна время придало нынешним ощущениям особую остроту. Скверно стало настолько, что я побоялся опуститься на колени возле ее постели, чтобы просмотреть названия книг. Мне хотелось знать, какие сюжеты вертятся у нее в голове, но больше, чем собственной жажды, я опасался приблизиться к ее кровати и обнаружить, что такой близости мне мало.

Ее губы казались нежными и теплыми на вид. Мне представилось, как я дотрагиваюсь до них кончиком пальца. Совсем легонько...

Именно такой ошибки я и боялся.

Я вглядывался в ее лицо, искал признаки изменений. Смертные меняются постоянно — я встревожился, подумав, что мог что-нибудь упустить.

Мне показалось, что вид у нее... усталый. Как будто за выходные она не успела отоспаться. Ездила куда-нибудь?

Я иронически и беззвучно рассмеялся, заметив, как разволновался от такого предположения. Даже если ездила — ну и что? Я ей не хозяин. Она не моя.

Да, не моя — и мне снова стало грустно.

— Мам... — тихо пробормотала она. — Нет... дай лучше я сама... Пожалуйста...

Складочка между ее бровями, крошечная галочка, прорезалась отчетливее. Чем бы ни была занята во сне ее мать, Белла явно беспокоилась за нее. Она вдруг перекатилась на другой бок, но ее веки даже не дрогнули.

— Да-да... — невнятно сказала она, потом вздохнула. — Фу. Слишком зеленое.

Ее рука подергивалась, и я заметил с краю на ладони неглубокие, только начинающие заживать царапины. Поранилась? Хоть ранки и не выглядели опасными, они расстроили меня. Судя по расположению царапин, она, должно быть, споткнулась. При всем, что мне было известно, объяснение казалось правдоподобным.

Она еще несколько раз о чем-то просила свою мать, лепетала что-то про солнце, потом притихла, погрузилась в более глубокий сон и больше не ворочалась.

Я утешался мыслями о том, что вечно разгадывать эти маленькие тайны мне не понадобится. Мы же теперь *друзья* — или хотя бы пытаемся подружиться. Можно просто спросить ее про выходные — про поездку на побережье и другие поздние вылазки, из-за которых она не отдохнула толком. Можно спросить, что у нее с руками. И посмеяться, когда мое предположение на их счет подтвердится.

С мягкой улыбкой я размышлял, неужели она и впрямь свалилась в воду. И приятной ли выдалась поездка. Задавался вопросом, вспоминала ли она меня. Скучала ли по мне хотя бы толику времени, которое я скучал по ней.

Я пытался представить ее себе на берегу, под солнцем. В картинке чего-то не хватало, ведь я сам не бывал на Ферст-Бич. И как он выглядит, знал только по фотографиям.

Смутные предчувствия подкрались, когда я задумался о причинах, по которым ни разу не бывал на живописном побережье, добежать до него от нашего дома было совсем недолго. Белла провела день в Ла-Пуше, где мне запрещено появляться согласно договору. В том месте, где несколько стариков еще помнят о Калленах, помнят и верят этим историям. В том месте, где нашу тайну знают.

Я встряхнул головой. На этот счет мне незачем беспокоиться. Квилеты тоже связаны договором. И даже если Белла встретится с кем-то из стареющих вождей, они ничего не скажут. Зачем им вообще поднимать эту тему? Нет, квилеты — пожалуй, *единственное*, о чем мне волноваться не стоит.

Когда начало всходить солнце, я рассердился на него. Оно напомнило мне, что еще несколько дней я не смогу удовлетворить свое любопытство. Зачем ему вздумалось выглянуть именно сейчас?

Вздохнув, я ускользнул через окно еще до того, как рассвело настолько, чтобы кто-нибудь мог заметить меня у дома. Я думал задержаться в густом лесу и дождаться, когда она уедет в школу, но среди деревьев вдруг с удивлением обнаружил след ее запаха, повисший над узкой тропой.

По следу я двинулся быстро, с любопытством, беспокоясь тем сильнее, чем глубже он уводил в лесной мрак. Что Белле понадобилось *здесь?*

След оборвался внезапно, он так никуда и не привел. Белла сделала несколько шагов в сторону от тропы, в папоротники, где коснулась упавшего дерева. Возможно, села на него.

Я сел на то же место и огляделся. Все, что она видела отсюда — папоротники и лес. Скорее всего шел дождь: запах был размытым, на дереве он так и не закрепился.

Зачем Белла сидела здесь в одиночестве — а она была здесь одна, в этом я нисколько не сомневался, — среди сырого и сумрачного леса?

Выглядело это бессмысленно, и в отличие от остальных моментов, возбуждавших мое любопытство, спросить о том, что она делала в лесу, в непринужденном разговоре я не мог.

«*Да, кстати, Белла, я тут разнюхал след твоего запаха в лесу после того, как ушел из твоей комнаты — всего лишь мелкое проникновение со взломом, нет причин беспокоиться... я там у тебя... пауков истреблял...*» Как раз то, что надо для завязки разговора.

Понимая, что я так и не выясню, о чем она думала и чем занималась здесь, я раздраженно скрипнул зубами. Мало того, ситуация слишком уж напоминала одно из моих предположений в разговоре с Эмметтом: Белла забрела одна в лес, а там ее запах учуял тот, кто в состоянии найти ее по следу.

Я застонал. Ей не просто не везло: она сама *напрашивалась.*

Что ж, значит, ей нужен защитник. Я был готов присматривать за ней, оберегая от вреда, до тех пор, пока мне будет чем оправдываться.

Вдруг я поймал себя на мысли: хорошо бы Питер и Шарлотта задержались в наших краях подольше.

Глава 8
Призрак

За два солнечных дня, которые провели в Форксе гости Джаспера, я с ними почти не виделся. И дома бывал ровно столько, чтобы лишний раз не волновать Эсме. А в остальном вел существование скорее призрака, чем вампира. Невидимый в тени, я таился там, где мог наблюдать за предметом моей любви и одержимости, — видеть и слышать ее благодаря мыслям тех счастливцев-людей, которые могли без опасений разгуливать вместе с ней под солнцем, иногда случайно задевая рукой ее руку. На такие прикосновения она вообще не реагировала; руки у них были теплыми, как и у нее.

Вынужденное отсутствие в школе никогда прежде не казалось мне тяжким испытанием. Но солнце, по-видимому, радовало Беллу, поэтому я старался поменьше возмущаться.

Утром в понедельник я подслушал разговор, потенциально способный подорвать мою уверенность в себе и превратить в пытку время, проведенное в разлуке с ней. Но его окончание меня порадовало.

Майка Ньютона я слегка зауважал. Оказалось, он смелее, чем я думал. Он не просто сдался и отполз в кусты, зализывать и растравлять душевные раны, — он решил повторить попытку.

Белла приехала в школу пораньше и, видимо, решив не упускать солнце, пока оно есть, в ожидании первого звонка устроилась возле корпуса, на скамейке для пикника, которой пользовались редко. На ее волосах солнце играло совсем не так, как я ожидал, — придавало им рыжеватый отблеск.

Там ее, опять рисующую каракули, и застал Майк, и воодушевился от такой удачи.

Мучением было лишь бессильно наблюдать за ними и прятаться в лесной тени от яркого солнца.

Она поздоровалась с ним настолько радостно, что он возликовал, а я, напротив, расстроился.

«Значит, я ей нравлюсь. Если бы не нравился, она бы так не улыбалась. Готов поспорить, что на бал она хотела пойти со мной. Интересно, что у нее такого важного в Сиэтле...»

Он обратил внимание на то, как изменились ее волосы.

— Никогда не замечал у тебя рыжину в волосах.

Я нечаянно выдернул с корнем молодую ель, на которую опирался, увидев, как он взял прядь ее волос.

— Ее видно только на солнце, — ответила она. И к моему нескрываемому удовольствию, слегка отпрянула, когда он заложил волосы ей за ухо.

Майку понадобилось потратить минуту на пустую болтовню, чтобы снова набраться смелости.

Она напомнила ему о сочинении, которое все мы должны были сдать в среду. Судя по чуть горделивому выражению на ее лице, свое она уже написала. А Майк забыл напрочь, так что теперь свободного времени у него серьезно поубавилось.

Наконец он перешел к делу, — причем я сжал зубы так, что мог бы искрошить ими гранит, — но и тогда не смог заставить себя задать вопрос напрямую.

— А я хотел предложить куда-нибудь сходить вместе.

— Да?.. — отозвалась она.

Последовала краткая пауза.

«"Да"?.. И что это значит? "Да" — в смысле, она согласна? Стоп, я же еще ничего не предлагал».

Он судорожно сглотнул.

— Ну, можно поужинать где-нибудь... а сочинением займусь попозже.

«Вот болван, и сейчас не спросил».

— Майк...

Муки и ярость моей ревности с последней недели ничуть не ослабели. Нестерпимо хотелось пронестись через всю территорию школы так быстро, чтобы никто из людей не заметил, схватить ее и утащить от этого типа, которого в тот момент я ненавидел так, что мог бы прикончить просто ради удовольствия.

А вдруг она скажет ему «да»?

— По-моему, затея с ужином неудачная.

Я снова смог дышать. Окаменевшее было тело расслабилось.

«*Значит, Сиэтл был все-таки отговоркой. Не надо было спрашивать. О чем я только думал? Спорим, все из-за этого чокнутого, Каллена*».

— Почему? — угрюмо спросил он.

— Знаешь... — она колебалась, — если ты кому-нибудь передашь то, что я тебе сейчас скажу, я из тебя дух вышибу...

Я взорвался хохотом, услышав из ее уст угрозу. Испуганная сойка вскрикнула и поспешила упорхнуть.

— Но Джессика будет оскорблена в своих лучших чувствах.

— Джессика?

«*Что? Но... а-а. Ясно. Кажется... хех*».

Его мысли утратили связность.

— Майк, ты что, *слепой*?

Вот и я о том же. Ей не стоило рассчитывать, что все вокруг так же наблюдательны, как она, но случай-то был более чем очевидный. Если Майк с таким трудом решился пригласить Беллу, неужели нельзя было догадаться, что те же трудности возникли у Джессики? Видимо, слепоту к чувствам окружающих у него вызвал эгоизм. А Белле такой эгоизм настолько чужд, что она замечала все.

«*Джессика. Хех. Ого! Хех*».

— А-а, — только и выдавил он.

Белла решила воспользоваться его замешательством.

— Пора на урок, не хватало мне еще снова опоздать.

С этого момента Майк стал ненадежным источником для наблюдений. Он так и сяк вертел в голове известие о Джессике, и мысль о том, что она считает его привлекательным, ему уже нравилась. Но лишь за неимением лучшего, а не так, как если бы на месте Джессики очутилась Белла.

«*А она, пожалуй, симпатичная. Фигурка ничего, сиськи уж всяко больше, чем у Беллы. Синица в руках...*»

И он увлекся новыми фантазиями, такими же пошлыми, как те, которым он предавался о Белле, но теперь они лишь раздражали меня вместо того, чтобы приводить в бешенство. Ни той ни другой он не заслуживал, а сам оценивал обеих почти одинаково. После этого я перестал прислушиваться к его мыслям.

Белла скрылась из вида, а я притаился у прохладного ствола огромного земляничного дерева и принялся перескакивать из одних мыслей в другие, продолжая присматривать за Беллой на расстоянии и всякий раз радуясь возможности увидеть ее глазами Анджелы Вебер. Мне хотелось найти какой-нибудь способ поблагодарить эту девушку — просто за то, что она хороший человек. Становилось легче при мысли, что в окружении Беллы есть тот, кто достоин называться другом.

Глядя на лицо Беллы в том ракурсе, в каком представлялась возможность, я замечал, что она чем-то расстроена. И удивлялся: мне казалось, выглянувшего солнца должно хватить, чтобы она то и дело улыбалась. За обедом я увидел, как она посматривает на пустующий стол Калленов, и возликовал. Наверное, и она скучает по мне.

После школы она собиралась куда-то с другими девчонками, и я уже машинально планировал продолжить наблюдение, но все пришлось отменить, когда Майк пригласил Джессику на свидание, которое он поначалу задумал для Беллы.

И я сразу направился к ее дому, заодно быстро прошел круг по лесу, убеждаясь, что поблизости нет никого опасного. Зная, что Джаспер предупредил своего названого брата, чтобы тот не появлялся в городе — и при этом сослался на мою невменяемость как объяснение и вероятную опасность, — рисковать я все же не желал. В намерения Питера и Шарлотты не входило вызывать к себе враждебность моей семьи, но намерения — штука переменчивая.

Да, я преувеличивал. И сам это понимал.

Будто зная, что я наблюдаю за ней, и сжалившись над мучениями, которые я испытывал, не видя ее, по прошествии томительного часа Белла вышла на задний двор. В руке она несла книгу, под мышкой — одеяло.

Я бесшумно забрался повыше на ближайшее к двору дерево.

Она расстелила одеяло на влажной траве, легла на живот и принялась листать потрепанную, явно зачитанную книгу, отыскивая место, где остановилась. Я заглянул в книгу поверх ее плеча.

А, опять классика. «Чувство и чувствительность». Стало быть, она поклонница Остин.

Я смаковал ее запах, который слегка изменился под солнцем и на открытом воздухе. От тепла он, кажется, стал слаще. В горле вспыхнул пожар желания, боль вновь ощущалась свежо и яростно, потому что я так долго пробыл вдали от Беллы. Некоторое время я потратил, чтобы обуздать боль, заставляя себя дышать только носом.

Она читала быстро, изредка скрещивая поднятые щиколотки. Книга была мне знакома, поэтому я не читал вместе с ней, а смотрел, как солнце и ветер играют с ее волосами, но вдруг она оцепенела, рука замерла на странице. Она дочитала вторую главу. Следующая страница начиналась с середины предложения: «...возможно, обе дамы не выдержали бы такого длительного испытания, несмотря на требования приличий и материнские чувства...»[1]

Захватив толстую пачку страниц, она резким движением перевернула ее, будто прочитанное ее рассердило. Но чем? Сюжет только начинал развиваться, появились первые намеки на конфликт свекрови и невестки. Состоялось знакомство с главным героем, Эдвардом Феррарсом, превозносились достоинства Элинор Дэшвуд. Я перебрал в памяти всю предыдущую главу, пытаясь отыскать что-нибудь потенциально оскорбительное в донельзя благовоспитанной прозе Остин. Что могло растревожить Беллу?

Она остановилась на заглавной странице «Мэнсфилд-парка». И начала читать новый роман — том у нее в руках был сборником.

Но дочитала лишь до седьмой страницы — на этот раз я следил за текстом вместе с ней. Не успела миссис Норрис

---

[1] Перевод И. Гуровой. — *Примеч. пер.*

подробно разъяснить, как опасно было бы Тому и Эдмунду Бертрамам не встречаться с их кузиной Фанни Прайс, пока все они не повзрослеют, как вдруг Белла скрипнула зубами и захлопнула книгу.

Глубоко вздохнув, чтобы успокоиться, она отложила книгу в сторону и перекатилась на спину. И закатала рукава, открывая солнцу руки выше локтей.

Почему не что иное, как семейная история, вызвало у нее такую реакцию? Еще одна загадка. Я вздохнул.

Она лежала совершенно неподвижно, только один раз отвела волосы от лица. Они раскинулись веером вокруг ее головы — река каштанового оттенка. Одно движение руки, и она опять замерла.

При свете солнца она выглядела воплощением безмятежности. Что бы ни потревожило ее душевный покой, теперь оно улетучилось. Дыхание замедлилось. Прошло несколько длинных минут, и ее губы задрожали. Она что-то бормотала во сне.

Меня охватили неловкость и раскаянье. Потому что мой нынешний поступок, строго говоря, не относился к *хорошим*, хоть и не был настолько плох, как мои еженощные визиты. В сущности, сейчас я не вторгался на чужую территорию — дерево росло на соседнем участке — и не совершал более тяжких преступлений. Но я же знал: с наступлением ночи я опять сделаю то, что заслуживает осуждения.

Даже сейчас меня *тянуло* нарушить границы. Спрыгнуть на землю, бесшумно приземлиться на цыпочки, подкрасться к ее уголку, освещенному солнцем. Просто чтобы быть к ней ближе. Расслышать ее слова, будто она шепчет их для меня.

Меня удерживали от этого поступка отнюдь не мои ненадежные нравственные принципы, а мысль о том, что сам я окажусь на солнце. Даже в тени моя кожа казалась неестественной, похожей на камень, и мне не хотелось видеть Беллу и себя бок о бок под ярким светом. Различия между нами уже были непреодолимы и достаточно мучительны даже без этой картины, возникшей у меня в воображении. Можно ли выглядеть карикатурнее, чем я в этом случае? Мне отчетливо представилось, в какой ужас она придет, открыв глаза и увидев меня рядом.

— М-м-м... — застонала она.

Я вжался спиной в ствол дерева, прячась в густой тени.

Она вздохнула.

— М-м.

Я не опасался, что она проснется. Ее сонный лепет был приглушенным и грустным.

— Эдмунд... а-ах.

Эдмунд? Мне снова вспомнилось то место в книге, на котором она бросила читать. Как раз когда в ней первый раз был упомянут Эдмунд Бертрам.

А, так она видит во сне вовсе не меня, осознал я, падая духом. Ненависть к себе вспыхнула с новой силой. Ей снятся вымышленные персонажи. Может, не только сейчас, но и всегда она спит и видит одного лишь Хью Гранта в шейном платке. Плакало мое самомнение.

Ничего разборчивого она больше не сказала. День продолжался, а я, снова чувствуя себя беспомощным, смотрел, как солнце медленно спускается по небу и тени подползают к ней по лужайке. Хотелось отогнать их, но наступление темноты, само собой, было неизбежным; вскоре тени завладели ею. Когда свет угас, ее кожа стала такой бледной — призрачной. Волосы снова потемнели, по сравнению с белым лицом казались почти черными.

Наблюдать эти перемены было жутковато — казалось, сбываются видения Элис. Успокаивало лишь ровное сердцебиение Беллы, без этих звуков происходящее выглядело бы страшным сном.

Когда домой вернулся ее отец, я вздохнул с облегчением.

Я почти не слышал его, пока он вел машину по улице к дому. Легкое недовольство... в прошлом, осталось от рабочего дня. Ожидание вперемешку с голодом — видимо, с нетерпением ждет ужина. Но его мысли были настолько тихими и сдержанными, что я не знал точно, прав ли я. Уловить удавалось только самую их суть.

Интересно, как звучат мысли ее матери, благодаря какому сочетанию генов она получилась настолько уникальной.

Белла сразу проснулась и рывком села, едва шины отцовской машины зашуршали по мощенной кирпичом подъездной дорожке. Огляделась, явно озадачилась, обнаружив, что уже стемнело. На краткий миг ее взгляд был направлен в сторону тени, где прятался я, потом она быстро отвела глаза.

— Чарли? — негромко позвала она, все еще вглядываясь в деревья, окружающие маленький двор.

Хлопнула дверца машины, Белла вскинула голову. Потом порывисто вскочила, подхватила одеяло и книгу и бросила еще один взгляд в сторону деревьев.

Я перебрался на дерево поближе к заднему окну тесной кухни и стал слушать, как проходит их вечер. Интересно было сравнивать слова Чарли с его приглушенными мыслями. Его любовь к единственной дочери и беспокойство за нее ошеломляли, но общался он с Беллой буднично и немногословно. Большую часть времени они сидели в дружеском молчании.

Слушая, как Белла рассказывает о том, что собирается съездить завтра вечером в Порт-Анджелес вместе с Джессикой и Анджелой, пройтись по магазинам, я корректировал собственные планы. Держаться подальше от Порт-Анджелеса Джаспер своих гостей, Питера и Шарлотту, не просил. И хотя я знал, что недавно они насытились и не собирались охотиться нигде вблизи нашего дома, решил приглядеть за Беллой на всякий случай. Ведь где-нибудь поблизости всегда есть нам подобные. Не говоря уже обо всех грозящих людям опасностях, о которых прежде я не задумывался.

Я услышал, как она беспокоится, что отцу придется самому готовить ужин, и улыбнулся: мое предположение подтвердилось, опекун в этой семье она.

А потом я ушел, зная, что вернусь, когда она будет спать, и пренебрегу всеми этическими и нравственными доводами против этого поступка.

Но в личное пространство Беллы я вторгаюсь не для того, чтобы подглядывать за ней. Я здесь, чтобы охранять, а не плотоядно пялиться на нее, как наверняка поступил бы Майк Ньютон, будь он достаточно ловким, чтобы лазать по деревьям. Я не повел бы себя по отношению к ней так возмутительно и пошло.

Я вернулся к себе, не застал дома никого и ничуть не огорчился. Сейчас мне не хотелось выслушивать растерянные или пренебрежительные мысли, в том числе сомнения в здравости моего рассудка. На столбе, поддерживающем лестничную площадку, Эмметт оставил мне записку.

«*Футбол на поле у Рейнира — а? Давай?*»

Я нашел ручку и написал под его словами «извини». В любом случае даже без меня команды были равноценны.

В кратчайшей охотничьей экспедиции я довольствовался мелкой и довольно мирной живностью, по вкусу уступающей хищникам, потом переоделся и бегом вернулся в Форкс.

Этой ночью Белла спала беспокойно. Металась под одеялом, выражение ее лица становилось то тревожным, то сиротливым. Я задумался о том, какие кошмары ее преследуют... и вдруг понял, что мне, пожалуй, лучше о них не знать.

В ее бормотании я различал лишь пренебрежительные отзывы о Форксе, произнесенные мрачным тоном. Только однажды, когда она выдохнула «вернись», ее ладонь дрогнула и открылась жестом бессловесной мольбы, у меня появился шанс предположить, что она, возможно, видит во сне меня.

Следующий учебный день, *последний*, который я по милости солнца провел в заточении, в целом прошел так же, как предыдущий. Похоже, Белла приуныла еще сильнее, чем вчера, и я задумался, не откажется ли она от своих планов — она была явно не в настроении. Но она же Белла, так что наверняка поставит удовольствие друзей выше собственного.

Сегодня она надела темно-синюю блузку, и этот цвет идеально оттенил ее кожу, придал ей оттенок свежих сливок.

Уроки кончились, Джессика согласилась заехать за спутницами.

Я поспешил домой за машиной, узнал, что Питер и Шарлотта уже прибыли, и подумал, что вполне могу позволить себе дать девчонкам час-другой форы. Слишком муторно было бы следовать за ними, придерживаясь ограничений скорости — отвратная мысль.

Все собрались в ярко освещенной гостиной. Питер и Шарлотта заметили мою рассеянность, пока я запоздало приветствовал их, не слишком искренне извинялся за свое отсутствие, целовал ее в щеку и жал ему руку. Сосредоточиться мне так и не удалось, поддерживать общий разговор я не стал. Как только представилась возможность вежливо удалиться, я отошел к роялю и принялся тихонько наигрывать.

«*Какое странное создание,* — думала Шарлотта, блондинка с очень светлыми, почти белыми волосами и ростом с Элис. — *А при прошлой нашей встрече был таким нормальным и любезным*».

Мысли Питера приняли тот же оборот, как обычно бывало у этих двоих.

«*Наверняка это из-за животных. Нехватка человеческой крови рано или поздно сведет их с ума*», — заключил Питер. Волосы у него были почти такими же светлыми, как у Шарлотты, и практически такими же длинными. Они напоминали друг друга во всем, кроме роста, так как Питер был почти таким же рослым, как Эмметт. Гармоничная пара, всегда казалось мне.

«*Удосужился прийти домой? Ну и зачем?*» — съязвила Розали.

«*Ах, Эдвард. Больно видеть, как он страдает*». Радость Эсме была омрачена ее волнениями. А причины волноваться у нее *имелись*. История любви, которую она нафантазировала для меня, стремительно скатывалась в трагедию, и с каждой минутой это ощущалось все острее.

«*Удачного вечера в Порт-Анджелесе,* — жизнерадостно пожелала мне Элис. — *Дай знать, когда мне можно поговорить с Беллой*».

«*Ну ты и позорище. Поверить не могу, что вчера ночью ты упустил добычу только ради того, чтобы поглазеть, как кто-то спит*», — ворчал Эмметт.

Все, кроме Эсме, вскоре перестали думать обо мне, а я продолжал играть приглушенно, чтобы не привлекать внимания. Довольно долго я не прислушивался к ним, просто играл и ждал, когда музыка отвлечет меня от тревоги. Всякий раз, когда Белла оказывалась вне поля зрения, не тревожиться было невозможно. За разговором я снова стал следить только с началом прощаний.

— Когда снова увидите Марию, — чуть настороженно попросил Джаспер, — передайте ей мои наилучшие пожелания.

Вампирша Мария создала и Джаспера, и Питера: Джаспера — во второй половине девятнадцатого века, Питера — не так давно, в сороковых годах двадцатого. Однажды Мария разыскала Джаспера, когда мы жили в Калгари. Этот визит был богат событиями настолько, что нам пришлось сразу же переехать. Джаспер вежливо попросил ее в будущем держаться от нас подальше.

— Вряд ли наши пути в ближайшее время пересекутся, — со смехом отозвался Питер: Мария была бесспорно опасна, и они с Питером не испытывали друг к другу особой приязни. Ведь Питер, как-никак, способствовал дезертирству Джаспера. Любимцем Марии всегда был Джаспер, и она считала несущественной мелочью то, что когда-то намеревалась убить его. — Но если это произойдет — непременно передам.

Они обменялись рукопожатиями, гости собрались уходить. Я оборвал на середине фразы песню, которую играл, и поспешно поднялся.

— Шарлотта, Питер, — кивнул я им.

— Было приятно вновь повидаться с тобой, Эдвард, — с сомнением произнесла Шарлотта. Питер только кивнул в ответ.

«*Сумасшедший*», — бросил мне вслед Эммет.

«*Кретин*», — одновременно высказалась Розали.

«*Бедный мальчик*», — это Эсме.

А Элис укоризненно сообщила: «*Они едут отсюда прямиком на восток, к Сиэтлу. И к Порт-Анджелесу даже не приблизятся*». В доказательство она продемонстрировала мне свои видения.

Я сделал вид, будто ничего не слышу. Мои доводы и без того выглядели неубедительно.

Только в машине я немного расслабился. Солидное урчание двигателя, который по моей просьбе форсировала Розали — в прошлом году, пока еще не злилась, — успокаивало меня. Каким же облегчением было находиться в движении и знать, что с каждой милей, вылетающей из-под моих колес, я становлюсь все ближе к Белле.

Глава 9
Порт-Анджелес

До Порт-Анджелеса я домчался, когда было еще слишком светло, чтобы спокойно рулить по городу. Солнце стояло высоко, и хотя тонированные стекла в окнах обеспечивали некоторую защиту, рисковать не имело смысла. Точнее, рисковать *лишний раз*.

Как снисходительно я когда-то судил Эмметта за безрассудство и Джаспера — за расхлябанность, а теперь сознательно попирал правила, так бездумно и без разбору, что провинности моих братьев не шли ни в какое сравнение с моими! А раньше я считался ответственным и надежным.

Я вздохнул.

В том, что я сумею уловить мысли Джессики издалека, я не сомневался — они звучали громче, чем у Анджелы, — и как только я найду первую из них, сразу же замечу рядом и вторую. Едва тени удлинились, я подобрался поближе. На самой окраине города я свернул с улицы на заросшую подъездную дорожку — судя по виду, ею пользовались редко.

Общее направление поисков было известно, магазинов одежды в Порт-Анджелесе насчитывалось немного. Вскоре я уже нашел Джессику, которая вертелась перед трельяжем, и на периферии ее зрения заметил Беллу, которая оценивающе разглядывала длинное черное платье на ее спутнице.

«Похоже, Белла все еще на взводе. Ха-ха. Анджела была права — Тайлер наболтал невесть что. Но странно, что ее это так взвинтило. По крайней мере, теперь знает, что на выпускной у нее есть запасной вариант. А если Майку не понравится на балу и больше он никуда меня не позовет? Или пригласит на выпускной Беллу? Он что, считает ее симпатичнее меня? И она в самом деле думает, что симпатичнее, чем я?»

«Пожалуй, голубое мне нравится больше. Красиво оттеняет цвет твоих глаз».

Джессика ответила притворно дружеской улыбкой, но глаза смотрели подозрительно.

«Она правда так считает? Или хочет, чтобы в субботу я выглядела как корова?»

Слушать Джессику мне уже надоело. Я поискал Анджелу, но она была всецело поглощена примеркой, и я поскорее покинул ее мысли, чтобы лишний раз не вторгаться в ее частную жизнь.

Ну что ж, в магазине одежды Белле мало что могло грозить. Я оставил их предаваться шопингу, решив снова разыскать позднее, когда они уйдут из торгового центра. Скоро должно было стемнеть, с запада надвигались облака, заволакивая небо. Сквозь деревья они едва просматривались, но я видел, что они ускорят приближение заката. И с радостью ждал их, жаждал вновь очутиться в тени, как никогда прежде. Завтра я снова смогу сесть рядом с Беллой в школе и единолично завладеть ее вниманием за обедом. Тогда-то я и задам ей все накопившиеся у меня вопросы.

Стало быть, нахальство Тайлера ее разозлило. В его мыслях я прочел, что он не шутил, говоря о выпускном, и теперь считал, что заявил права на Беллу. Вспомнив, каким было выражение ее лица в тот день — изумленным и негодующим, — я рассмеялся. Интересно, что она скажет Тайлеру. Или будет делать вид, будто ничего не было, блефовать и надеяться таким образом отпугнуть его? Любопытно было бы посмотреть.

Время тянулось медленно, я ждал, когда тени удлинятся. И периодически наведывался в голову к Джессике, мысленный голос которой найти было проще всего, но старался не задерживаться. Я увидел заведение, где они планировали перекусить. К ужину точно стемнеет... пожалуй, мне стоит заглянуть в тот же ресторан и сослаться на случайное совпадение. Я нащупал в кармане телефон, размышляя, не пригласить ли Элис составить мне компанию. Она согласится с удовольствием, но сразу же захочет поговорить с Беллой. А я не знал, готов ли уже вовлечь Беллу *дальше* в мой мир. Пожалуй, хватит с нее и одного вампира.

Я в очередной раз прислушался к Джессике. Она размышляла о каком-то украшении и спрашивала мнения Анджелы.

«*Может, стоило бы вернуть ожерелье? Дома у меня есть подходящее, а я и так потратила больше, чем собиралась. Мать точно взбесится. О чем я только думала?*»

«*Можем вернуться в магазин, я не против. Как думаешь, хватится нас Белла или нет?*»

В смысле? Беллы нет с ними? Я осмотрелся сначала глазами Джессики, потом Анджелы. Они стояли на тротуаре перед магазинами и собирались повернуть обратно. Нигде поблизости Беллы не было.

«*Ой, да кого волнует эта Белла?*» — раздраженно подумала Джесс, прежде чем ответила на вопрос Анджелы. «*Ничего ей не сделается. Даже если мы сходим в магазин еще раз, нам хватит времени дойти до ресторана. И вообще, она, по-моему, хотела побыть одна*». Я мельком увидел книжный магазин, куда, как думала Джессика, направилась Белла.

«*Тогда давай быстрее*», — поторопила ее Анджела. «*Только бы Белла не подумала, что мы ее бросили. В машине по пути сюда она была такой внимательной ко мне. Но сама, кажется, весь день грустит. Неужели из-за Эдварда Каллена? Готова поспорить, что потому она и расспрашивала про его семью*».

Надо было мне слушать внимательнее. Что я пропустил? Белла ушла бродить одна и расспрашивала обо мне? Анджела тем временем переключила внимание на Джессику, которая без умолку болтала об этом дебиле Майке, и больше я от Анджелы ничего не узнал.

Я оценил взглядом тени: вскоре солнце совсем скроется за облаками. Если держаться с западной стороны дороги, на которую в свете уходящего дня отбрасывают тени здания...

Тревожась все сильнее, я вел машину по центру города, где почти не было транспорта. Такой поворот — Белла отправилась гулять одна — я не предусмотрел и теперь понятия не имел, как искать ее. Хотя *должен* был подумать заранее.

Я хорошо ориентировался в Порт-Анджелесе. И сразу направил машину к книжному магазину, который увидел в мыслях Джессики, надеясь, что поиски не затянутся, но сомневаясь, что они окажутся легкими. Когда это с Беллой хоть что-нибудь удавалось легко?

И действительно, тесный магазин был пуст, если не считать старомодно одетой женщины за прилавком. Судя по виду, магазин с его атмосферой «нью-эйдж» был не из тех, что могли заинтересовать такого практичного человека, как Белла. Я сомневался, что она вообще удосужилась зайти внутрь.

Поблизости нашлась тень, в которой я мог припарковаться и пройти по ней, как по темной дорожке, до самого навеса над дверью магазина. Но делать этого не следовало. Разгуливать при свете солнца небезопасно. А если свет отразится в мою сторону от проезжающей машины в самый неподходящий момент?

Но я понятия не имел, как еще искать Беллу!

Я припарковал машину и вышел, стараясь выбирать тень погуще. Быстро направившись к магазину, я уловил слабый след запаха Беллы. Она была рядом, на тротуаре, но в магазине ее запах не ощущался.

— Добро пожаловать! Чем могу?.. — начала женщина за прилавком, но я уже вышел.

По следу запаха Беллы я шел до тех пор, пока мог держаться в тени, и остановился там, где начинался яркий свет.

Каким беспомощным я почувствовал себя, скованный линией между светом и тенью, протянувшейся через тротуар передо мной!

Я мог лишь догадываться, что Белла продолжала идти по улице в южном направлении. Смотреть там было нечего. Она сбилась с пути? Да, я бы не сказал, что такое ей несвойственно.

Вернувшись в машину, я медленно повел ее по улицам, высматривая Беллу. Несколько раз я выходил, очутившись в тени, но лишь один раз уловил запах, причем он уводил в направлении, озадачившем меня. Куда она шла?

Несколько раз я проделал путь от книжного магазина до ресторана и обратно, надеясь где-нибудь заметить ее. Джессика и Анджела уже прибыли в ресторан и теперь решали, как быть — сделать заказ или дождаться Беллу. Джессика решительно высказывалась в пользу первого.

Я принялся заглядывать в мысли то одного прохожего, то другого, смотрел вокруг их глазами. Наверняка кто-нибудь да видел ее.

Чем дольше она где-то пропадала, тем сильнее тревожился я. Раньше я и не подозревал, как трудно искать ее, если она, как сейчас, покинула поле моего зрения и отклонилась от своих привычных путей.

На горизонте сгущались тучи, я видел, что уже через несколько минут смогу приступить к поискам не на машине, а пешком. Тогда я справлюсь быстро. А пока чувствую себя беспомощным только из-за солнца. Еще несколько минут, и преимущество вновь окажется на моей стороне, а беспомощным станет мир людей.

Мысли еще одного человека, и еще. Столько пустячных мыслей.

«... *кажется, у малыша снова воспалилось ухо...*»

«*Так шестьсот сорок или шестьсот четыре?*»

«*Опять опоздал. Пора объяснить ему...*»

«*А, вот и она!*»

И вдруг я увидел ее лицо. Наконец-то ее кто-то заметил!

Облегчение длилось лишь долю секунды — пока я не прочел другие мысли человека, который злорадствовал, глядя на ее скрытое в тени лицо.

Его мысли были для меня чужими, но я бы не сказал, что совершенно незнакомыми. Когда-то я охотился на тех, кто мыслил именно так.

— НЕТ! — взревел я, испуская гортанный рык. Ступня машинально вдавила в пол педаль газа, но куда мне было ехать?

Я знал лишь общее направление, откуда исходили мысли, а этому указанию недоставало конкретности. Что-нибудь, должно же быть хоть что-нибудь — табличка с названием улицы, витрина, некая деталь в поле его зрения, которая его выдаст. Но Белла находилась в густой тени, и его глаза были устремлены только на ее испуганное лицо, наслаждались застывшим на нем страхом.

Ее лицо в мыслях неизвестного было размытым, стертым памятью о других подобных лицах. Белла — далеко не первая его жертва.

От моего рыка содрогался кузов машины, но это меня не отвлекало.

В стене за спиной Беллы я не заметил окон. Какое-то промышленное строение, вдали от более населенного торгового района. Моя машина свернула за угол, взвизгнув тормозами, вильнула, разминувшись с другой машиной, понеслась вперед — я надеялся, что с направлением не ошибся. К тому времени, как другой водитель возмущенно засигналил, я был уже далеко.

«*Ты глянь, как трясется!*» — неизвестный в предвкушении хмыкнул. Страх неудержимо притягивал его, он им упивался.

«*Не подходи!*» — ее голос звучал негромко и твердо, не срываясь на крик.

«*Не упрямься, крошка*».

Он увидел, как она вздрогнула от буйного гогота с другой стороны. Шум вызвал у него раздражение — «*Да заткнись ты, Джефф!*» — подумал он, но был доволен тем, как она отпрянула. Это его возбуждало. Ему представились ее жалобные уговоры, как она будет умолять...

Только услышав громкий хохот, я понял, что он не один. Я огляделся его глазами, в отчаянии пытаясь отыскать хоть какой-нибудь полезный ориентир. Между тем он сделал первый шаг в ее сторону, разминая руки.

Мысли его дружков не были выгребной ямой в отличие от его. В легком подпитии никто из них не предполагал, как далеко намерен зайти этот тип, которого они называли Лэнни. За ним просто шли вслепую. Он обещал им потеху...

Один из них бросил нервный взгляд в сторону перекрестка — не хотел, чтобы их застукали за приставаниями, — и я увидел то, что мне требовалось. Узнал поперечную улицу, куда он смотрел.

Я пролетел на красный свет, ввинтившись между двумя машинами в потоке транспорта, где мне едва хватило места. Позади взвыли клаксоны.

В кармане вибрировал телефон. Я не отвечал.

Лэнни медленно подступал к девушке, нагнетая напряжение — моменты чужого ужаса возбуждали его. Он ждал, что она завизжит, и уже готовился смаковать эти звуки.

Но Белла стиснула зубы и подобралась. Он удивился — ожидал, что она попытается сбежать. Удивился и был слегка разочарован. Ему нравилось догонять добычу, ощущать прилив адреналина во время охоты.

«*А эта смелая. Может, даже к лучшему — дольше будет отбиваться*».

Мне оставалось промчаться всего один квартал. Мерзавец уже слышал рев двигателя, но не придавал значения, слишком нацеленный на жертву.

Посмотрим, понравится ли ему охота, когда добычей станет *он*. Посмотрим, как он отнесется к *моим* охотничьим повадкам.

Отдельно у себя в голове я уже начал перебирать все ужасы, которых насмотрелся во времена моего мщения, выискивая самые мучительные из них. Свою добычу я никогда не подвергал пыткам, как бы она этого ни заслуживала, но этот человек — другое дело. Он поплатится. Будет корчиться в агонии. Остальные просто заплатят жизнью за свое участие в его охоте, а гнусное существо по имени Лэнни будет умолять о смерти задолго до того, как я удостою его этого дара.

Он шагнул на проезжую часть, приближаясь к ней.

Я резко вывернул из-за угла, мои фары осветили уличную сцену, заставили остальных замереть. Я мог бы сбить их главаря, который отскочил в сторону, но эта смерть стала бы для него слишком легкой.

Я затормозил с заносом, разворачивая машину в ту сторону, откуда приехал, и останавливая пассажирской дверцей к Белле. И когда распахнул дверцу, Белла уже бежала ко мне.

— В машину! — рявкнул я.

«*Какого дьявола?*»

«*Так и знал, что это плохо кончится! Она не одна*».

«*Свалить?*»

«*Сейчас блевану...*»

Белла без колебаний прыгнула в машину и захлопнула дверцу.

А потом повернулась ко мне с самым доверчивым выражением, какое я когда-либо видел на человеческом лице, и все мои планы свирепой мести рухнули.

Понадобилось намного меньше секунды, чтобы понять: я просто не смогу оставить ее в машине, пока буду разбираться с той четверкой на улице. Ну и что я ей скажу — «не смотри»? Ха! Когда это она меня слушалась?

Утащить их подальше от ее глаз и оставить ее здесь одну? С одной стороны, маловероятно, чтобы на улицах Порт-Анджелеса этим вечером нашелся еще один психопат, с другой стороны, маловероятным было и столкновение с первым! Вот неопровержимое доказательство тому, что я в своем уме: она действительно притягивает к себе опасности, как магнит. И если меня в качестве одного из источников опасности не будет рядом, мое место займет другое зло.

Движением, которое ей наверняка показалось молниеносным, я сорвал машину с места, поскорее увозя Беллу от преследователей, и тем осталось только глазеть нам вслед с разинутыми ртами и недоуменными выражениями. Моего временного замешательства Белла не заметила.

Я даже переехать мерзавца не мог. Не хотел пугать ее.

Но его смерти я жаждал так дико, что от этой потребности у меня звенело в ушах, перед глазами плыл туман, на языке ощущалась горечь, пересиливающая жжение в горле. Мышцы сжимались от этой настоятельной, страстной жажды. Я *должен был* убить его. Я разорву его медленно, по частям, сдеру кожу, потом мышцы с костей...

Вот только эта девушка — единственная в мире — цеплялась за свое сиденье обеими руками и смотрела на меня удивительно спокойным, не задающим никаких вопросов взглядом. С мщением придется подождать.

— Пристегнись, — велел я. Мой голос был хриплым от ненависти и жажды крови. Не обычной жажды. Я давно принял решение воздерживаться от человеческой крови и не собирался нарушать обещание из-за того мерзавца. Его ждало только возмездие.

Она пристегнулась, слегка вздрогнув от щелчка. Этот негромкий звук заставил ее подпрыгнуть, однако она и бровью не вела, глядя, как я лавирую по городу, пренебрегая всеми правилами дорожного движения. Я чувствовал, что ее взгляд устремлен на меня. Как ни странно, она, казалось, расслабилась. Но это же было невероятно — после всего, что с ней сейчас случилось.

— Все хорошо? — спросила она сиплым от стресса и страха голосом.

Она хотела узнать, все ли хорошо *со мной*?

Со мной?

— Нет, — вдруг понял я, и в голосе проскользнула ярость, которая бурлила во мне.

Я привез Беллу на ту же заброшенную подъездную дорожку, где потратил день на самое неэффективное наблюдение, какое когда-либо устанавливали за людьми. Теперь под деревьями было уже темно.

От бешенства я оцепенел, застыв в полной неподвижности. Скованные льдом руки ныли от желания разорвать гада, стереть его в порошок, изувечить так, чтобы его вовек не опознали.

Но для этого пришлось бы оставить ее здесь одну, темной ночью и без защиты.

В голове вертелись образы времен моей охоты, те самые, которые я предпочел бы забыть. Особенно сейчас, когда жажда убивать заметно превосходила по силе любой охотничий импульс, какой я когда-либо ощущал.

Этот человек, эта ходячая мерзость, был еще не самым плохим в своем роде, хотя расставить зло по порядку в зависимости от его силы — непростая задача. И все же наихудшее из зол я до сих пор помнил. Никаких сомнений не возникало в том, что он заслужил этот титул.

Большинство людей, на которых я охотился в те времена, когда считал себя судьей, присяжным и палачом в одном лице, чувствовали хотя бы подобие раскаяния или страх, что их поймают. Многие пристрастились к спиртному или наркотикам, чтобы заглушить голос совести или тревоги. Другие абстрагировались, отделили часть своей личности и жили как два человека в одном — светлая и темная сторона.

Но самого худшего и гнусного из уродов, какого я когда-либо встречал, совесть не мучила никогда.

Больше мне ни разу не доводилось видеть, чтобы кто-нибудь настолько же безоговорочно принял свою темную сторону — и *упивался ею*. Ему доставлял невыразимое наслаждение мир, который он создал, — мир беспомощных жертв с их воплями мучительной боли. Боль и была целью всех его стремлений, и он научился мастерски вызывать или длить ее.

Я твердо придерживался своих принципов, строго следил, чтобы оправданной была вся кровь, на которую я претендовал. Но не в том случае. Если бы я позволил ему умереть быстро, это означало бы, что он легко отделался.

В тот раз я подступил к черте ближе, чем когда-либо. И все же я убил его быстро и умело, как убивал других.

Но все сложилось бы иначе, если бы две из его жертв не обнаружились в его подвале ужасов, когда я нашел его. Две молодые женщины, уже получившие серьезные повреждения. Хотя я доставил обеих в больницу так быстро, как только мог, выжила лишь одна.

Мне было некогда пить у него кровь. Но это не имело значения. Слишком много других заслуживало смерти.

Таких, как этот Лэнни. Да, он тоже дикарь, но уж точно не хуже того, который мне отчетливо помнился. Почему же тогда мне настоятельно необходимо сделать так, чтобы он мучился как можно дольше?

Но сначала...

— Белла! — сквозь зубы выговорил я.

— Да? — все еще сипло ответила она. И прокашлялась.

— С *тобой* все хорошо? — Сейчас это самое важное, первое, что есть в списке приоритетов. Возмездие подождет. Умом я это понимал, но ярость так переполняла тело, что путались мысли.

— Да, — голос по-прежнему звучал сдавленно — наверняка от испуга.

Значит, оставлять ее нельзя.

Даже если бы ей постоянно не грозил риск по какой-нибудь сводящей меня с ума причине — из-за шутки, которую сыграла со мной вселенная, — даже если бы я был уверен, что за время моего отсутствия она будет в полной безопасности, даже тогда я не смог бы оставить ее одну в темноте.

Она наверняка перепугана.

А я не в состоянии утешить ее, даже если бы знал, как это делается, о чем я понятия не имею. Наверняка она улавливает исходящую от меня звериную жестокость, наверняка мои чувства очевидны. Я только напугаю ее еще сильнее, если не успокою жажду бойни и крови, бурлящую во мне.

Мне требовалось подумать о чем-нибудь другом.

— Пожалуйста, помоги мне отвлечься, — взмолился я.

— Извини, что?

Я едва сумел собраться с силами, чтобы объяснить, что мне требуется.

— Просто... — Я никак не мог выразить словами то, что хочу, и выпалил первое, что пришло в голову: — Поболтай о каких-нибудь пустяках, пока я не успокоюсь, — слова подобрались неудачно, я понял это, едва они сорвались с языка, но мне было не до того. В машине меня удерживала только мысль, что я нужен Белле. Я слышал, о чем думает тот подонок, слышал его разочарование и бешенство. Знал, где его найти. И закрыл глаза, думая, что лучше бы я ничего не видел.

— Эм-м... — Она помедлила — пыталась понять смысл моей просьбы, видимо, или просто обиделась? — потом продолжала: — Как думаешь, завтра перед уроками переехать пикапом Тайлера Кроули или лучше не надо?

Тон был несомненно вопросительный.

Да, это мне и нужно. Разумеется, Белла не могла не выпалить что-нибудь неожиданное. Как уже случалось, угроза из ее уст слегка коробила и выглядела комично. Если бы не обжигающая жажда убивать, я бы расхохотался.

— С какой стати? — буркнул я, чтобы побудить ее продолжать.

— Да он болтает, что ведет меня на выпускной, — объяснила она полным возмущения голосом. — Или спятил, или все еще пытается загладить вину за то, что чуть не прикончил меня... ну, ты помнишь, — сухо вставила она. — Как будто *выпускной* хоть что-то изменит. Так что если я теперь наеду на него, мы будем квиты, и он наконец отстанет. Враги мне не нужны, и если он оставит меня в покое, может, остынет и Лорен. Можно, конечно, раздолбать его «сентру», — продолжала она уже задумчиво, — без тачки он никого никуда не пригласит...

То, что она все истолковала неверно, обнадеживало. Упорство Тайлера не имело никакого отношения к аварии. Видимо, она не сознавала свою притягательность для одноклассников. Неужели ей не понятно и то, насколько она притягательна для меня?

СОЛНЦЕ ПОЛУНОЧИ 211

А подействовало. Непостижимость ее мышления увлекала, как всегда. Мало-помалу я овладевал собой, начинал думать хоть о чем-нибудь кроме мщения и бойни.

— Я в курсе, — сказал я ей. Она замолчала, а мне требовалось, чтобы продолжала говорить.

— Правда? — недоверчиво переспросила она и добавила, вдруг разозлившись: — С другой стороны, если его разобьет паралич, ему будет не до выпускного.

Жаль, что мне никак не удавалось уговорить ее продолжать сыпать угрозами смерти и физического ущерба — так, чтобы при этом самому не выглядеть спятившим. Даже намеренно она не смогла бы выбрать лучшего способа успокоить меня. А ее слова — в ее случае всего лишь сарказм, преувеличение, — служили напоминанием, в котором я остро нуждался в тот момент.

Вздохнув, я открыл глаза.

— Полегчало? — робко спросила она.

— Не совсем.

Нет, я успокоился, конечно, но легче от этого не стало. Потому что я только что понял, что не могу убить мерзавца по имени Лэнни. Единственным, чего мне в этот момент хотелось больше, чем совершить целиком и полностью оправданное убийство, была эта девушка. И хотя заполучить ее я не мог, самой мечты о ней хватало, чтобы сделать немыслимой сегодняшнюю расправу.

Белла заслуживала лучшего, нежели убийца.

Более семидесяти лет я провел, стараясь стать кем-нибудь другим. Но эти годы усилий так и не сделали меня достойным девушки, сидящей рядом. Тем не менее я понимал: если я вернусь к такой жизни хотя бы на одну ночь, то упущу Беллу навсегда. Даже если пить кровь я не стану, даже если не оставлю такой улики, как мои горящие багровым огнем глаза, неужели она не почувствует разницы?

Я старался быть достаточно хорошим для нее. Цель была недосягаемой. А мысль о том, чтобы сдаться раз и навсегда, — невыносимой.

— Что-то не так? — шепотом спросила она.

Ноздри наполнил ее запах, мне напомнили, почему я не заслуживаю ее. По прошествии такого времени, при всей моей любви к ней... она до сих пор возбуждала во мне жажду.

Я буду настолько честен с ней, насколько смогу. Это мой долг перед ней.

— Иногда мне трудно сдержать себя, Белла. — Я смотрел в ночную тьму, желая, чтобы Белла уловила заключенный в моих словах ужас, и вместе с тем — чтобы не заметила его. Главным образом, чтобы не заметила. *Беги, Белла, беги. Останься, Белла, останься.* — Но я *не могу* сейчас вернуться и открыть охоту на этих... — От одной мысли о них я чуть не выскочил из машины. И глубоко вздохнул, чтобы ее запах обжег мне горло. — По крайней мере, я стараюсь убедить себя в этом.

— Да уж...

Больше она ничего не добавила. Что именно она поняла? Я украдкой бросил на нее взгляд, но ее лицо было непроницаемым. Может, застыло от потрясения. Что ж, она хотя бы не завизжала от ужаса. Пока еще нет.

— Джессика и Анджела будут волноваться, — тихо произнесла она. Ее голос звучал совершенно спокойно, а я терялся в догадках, как такое возможно. *Неужели* она в шоке? Может, еще не осознала весь смысл недавних событий?

— Я должна была встретиться с ними.

Ей хотелось поскорее расстаться со мной? Или она просто беспокоилась за подруг?

Не отвечая, я завел машину и повез ее обратно. Чем дальше я углублялся в город, тем труднее мне было придерживаться своих намерений. Я же находился совсем *рядом* с ним...

Если мне все равно никогда не быть вместе с этой девушкой, если ничем не заслужить ее, если это невозможно, какой тогда смысл оставлять подонка безнаказанным? Уж это-то я мог бы себе позволить.

Нет. Я не сдамся. Еще нет. Я слишком хочу ее, чтобы капитулировать.

Лишь у ресторана, где она должна была встретиться с подругами, у меня в голове немного прояснилось. Джессика и Анджела заканчивали ужинать, обе уже не на шутку тревожились за Беллу. И собирались искать ее на темных улицах города.

Для таких блужданий вечер выдался неподходящим.

— Откуда ты знаешь, где?.. — Мои мысли перебил незаконченный вопрос Беллы, и только тогда я обнаружил, что вновь

СОЛНЦЕ ПОЛУНОЧИ

допустил промах. Я слишком отвлекся, потому и забыл спросить у нее, где именно она договорилась встретиться с подругами.

Но вместо того чтобы продолжить расспросы, Белла только покачала головой и слегка улыбнулась.

Ну и *что* это означало?

Впрочем, мне было некогда ломать голову над тем, как странно она восприняла мою странную осведомленность. Я открыл дверцу со своей стороны.

— Ты что? — удивленно спросила она.

«Не спускаю с тебя глаз. Не дам самому себе остаться в одиночестве сегодня вечером. Вот в таком порядке».

— Веду тебя ужинать.

Да, это было бы любопытно. Не верилось, что еще совсем недавно я раздумывал, не вызвать ли Элис и не сделать ли вид, будто мы по чистой случайности забрели в тот же ресторан, что и Белла с подругами. И вот я здесь, практически на свидании с этой девушкой. Только это не в счет, ведь я не дал ей шанса ответить «нет».

Она успела приоткрыть свою дверцу к тому моменту, как я обошел вокруг машины — обычно необходимость двигаться со скоростью, не возбуждающей подозрений, не так раздражала меня, — вместо того чтобы дождаться, когда я сам распахну дверцу перед ней.

Я ждал, когда она выберется и подойдет ко мне, и нервничал все сильнее, наблюдая, как ее подруги приближаются к темному переулку.

— Останови Джессику и Анджелу, пока мне не пришлось самому разыскивать еще и этих двоих, — быстро распорядился я. — Боюсь не сдержаться, если вдруг снова наткнусь на твоих давних знакомых.

Да, на такую сдержанность мне просто не хватит сил.

Ее передернуло, но она сразу опомнилась, сделала шаг в сторону девчонок и громко позвала: «Джесс! Анджела!» Они обернулись, она замахала высоко поднятой рукой, привлекая их внимание.

«Белла! Она в порядке!» — с облегчением подумала Анджела.

«Опаздываем?» — проворчала Джессика про себя, но и она была рада, что Белла не заблудилась и не пострадала. Во мне убавилось неприязни к ней.

Обе поспешно повернули обратно и вдруг потрясенно остановились, заметив рядом с Беллой меня.

«*О как!* — мелькнуло в голове ошеломленной Джессики. — *Ни хрена себе!*»

«*Эдвард Каллен? Она ушла бродить одна, чтобы встретиться с ним? Но зачем тогда по пути сюда она расспрашивала о них, если знала, что он здесь?..*» Я мельком увидел сконфуженное лицо Беллы в тот момент, когда она расспрашивала Анджелу, часто ли наша семья пропускает уроки. «*Нет, она никак не могла знать*», — заключила Анджела.

Удивление Джессики сменилось подозрением: «*Белла скрывала такое от меня!*»

— Где же ты пропадала? — напустилась она на Беллу, уставившись на нее, но продолжая краем глаза следить за мной.

— Заблудилась. А потом столкнулась с Эдвардом, — Белла махнула рукой в мою сторону. Ее голос звучал на удивление обычно. Как будто и впрямь больше ничего не случилось.

Должно быть, от шока. Ничем другим ее спокойствие объясняться не может.

— Можно мне присоединиться к вам? — спросил я — из вежливости, зная, что они уже поужинали.

«*Офигеть, какой он классный!*» — у Джессики вдруг начали путаться мысли.

Анджела владела собой не лучше подруги. «*Какая жалость, что мы уже поужинали. Вау! Просто вау*».

Так почему бы не предположить, что и Белла реагирует на меня так же?

— Э-э... да, конечно, — согласилась Джессика.

Анджела нахмурилась.

— Но знаешь, Белла, мы вообще-то поужинали, пока ждали тебя, — призналась она. — Извини.

«*Да заткнись ты!*» — мысленно заскулила Джессика.

Белла беспечно пожала плечами. С такой легкостью. Определенно она в шоке.

— Ничего, мне есть не хочется.

— А по-моему, тебе необходимо перекусить, — возразил я. Ей требовалось повысить уровень сахара в крови — хоть она и так слишком сладко пахнет, с сухой иронией подумал я. Осознание ужаса обрушится на нее мгновенно, и натощак это осознание будет очень некстати. Я по опыту знал, как легко она падает в обморок.

А девчонкам ничто не угрожает, если они отправятся прямиком домой. Не за *ними* по пятам будет красться опасность.

И вообще, я предпочел бы побыть с Беллой наедине — если она согласна побыть со мной.

— Не возражаешь, если сегодня домой Беллу отвезу я? — обратился я к Джессике, прежде чем Белла успела ответить. — Тогда вам не придется ждать, пока она поужинает.

— Ага... без проблем... — Джессика уставилась на Беллу во все глаза, высматривая какой-нибудь сигнал, чтобы понять, чего хочет она сама.

«*Наверняка не хочет его ни с кем делить. А кто бы согласился?*» — думала Джесс. И тут увидела, как Белла подмигнула.

Белла *подмигнула*?!

— Хорошо, — вмешалась Анджела, спеша убраться поскорее, если так хотелось Белле. А ей, видимо, хотелось. — До завтра, Белла... и Эдвард, — ей едва удалось выговорить мое имя небрежным тоном. Схватив Джессику за руку, Анджела потащила ее за собой.

Надо будет найти способ поблагодарить за это Анджелу.

Машина Джессики стояла неподалеку, в ярком пятне света от уличного фонаря. С озабоченной складочкой между бровями Белла внимательно наблюдала за подругами, пока они благополучно не сели в машину. Уезжая, Джессика помахала ей, и Белла помахала в ответ. И только когда машина скрылась из вида, она перевела дыхание и повернулась ко мне.

— Мне есть не хочется, честно, — сказала она.

Зачем она ждала, когда они уедут, и только потом заговорила? Неужели и правда хотела остаться со мной наедине — даже теперь, после того, как стала свидетельницей моей в буквальном смысле убийственной ярости?

Так или иначе, а съесть что-нибудь ей было необходимо.

— Ради меня, — попросил я.

И распахнул перед ней дверь ресторана, застыв в ожидании.

Она вздохнула и вошла.

Вместе с ней я прошел к возвышению, на котором ждала администратор ресторана. Белла, казалось, полностью владела собой. Мне хотелось коснуться ее руки, ее лба, проверить температуру. Но я знал, что моя ледяная рука вызовет у нее отвращение, как уже случалось раньше.

«О-о... — в мои мысли вторгся довольно громкий мысленный голос администратора. — *Божечки мои...*»

Похоже, сегодня я не оставляю равнодушным никого. Или я стал замечать это лишь по одной причине — желая, чтобы такими же глазами на меня смотрела Белла? Мы всегда кажемся притягательными нашей добыче, но раньше я об этом как-то не задумывался. Как правило — за исключением таких случаев, как с Шелли Коуп и Джессикой Стэнли, когда от постоянных встреч боязнь притупляется, — сразу же за первой вспышкой влечения является ужас.

— Столик на двоих? — не дождавшись вопроса от администратора, подсказал я.

«*М-м-м, какой голос!*»

— А?.. Э-э... да. Добро пожаловать в «Ла Белла Италия». Прошу вас, следуйте за мной. — Ее мысли были всецело поглощены расчетами.

«*А может, она ему родственница. Сестра — вряд ли, внешне никакого сходства. Но определенно родня. Встречаться с такой он бы не стал*».

Человеческие глаза затуманены, ничего не способны разглядеть толком. Как эту недалекую женщину угораздило клюнуть на мою обольстительную внешность, приманку для добычи, и не разглядеть неброское совершенство девушки рядом со мной?

«*Ну, обхаживать ее незачем — так, на всякий случай, —* думала администратор, провожая нас к столу размером на целую семью в самой людной части зала. *— Может, дать ему незаметно мой номер, пока она отошла?*»

Я вытащил из заднего кармана купюру. При виде денег люди всегда становятся сговорчивее.

Белла уже садилась на место, указанное администратором, и не думая возражать. Но я остановил ее, она смутилась, с любопытством склонив голову набок. Да, сегодня удерживаться от вопросов она не станет. А толпа вокруг — не самое идеальное соседство для такого разговора.

— А нет ли более уединенного места? — спросил я администратора и сунул ей деньги. Она удивленно вскинула глаза, сжала в кулаке чаевые.

— Конечно.

И пока вела нас за перегородку, украдкой взглянула на купюру.

«*Пятьдесят долларов за столик получше? Еще и богач. А что, похоже: спорим, его куртка стоит больше, чем я получила за прошлый месяц. Черт! Ну вот зачем ему с ней уединяться?*»

Она предложила нам кабинет в тихом уголке ресторана, где никто не увидел бы нас — как и реакцию Беллы на мои слова. Я понятия не имел, что она захочет узнать от меня сегодня. Или что я ей скажу.

Насколько верны ее догадки? Какое объяснение сегодняшним событиям она придумала, чтобы придать им хоть какой-то смысл?

— Подойдет? — спросила администратор.

— Идеально, — отозвался я и, слегка раздраженный ее завистью к Белле, широко улыбнулся, обнажив зубы. Пусть рассмотрит меня хорошенько.

«*Вау!*»

— М-м... официант сейчас подойдет к вам. — «*Он никак не может быть настоящим. Вот бы она исчезла... может, написать ему свой номер на тарелке с маринарой...*»

Пока она отходила, ее слегка занесло вбок.

Странно. Несмотря ни на что, она не испугалась. Мне вдруг вспомнилось, как много недель назад Эммет поддразнивал меня в школьном кафетерии: «*Спорим, я напугаю ее куда сильнее*».

Неужели я потерял хватку?

— Нельзя так поступать с людьми, — прервала Белла мои мысли укоризненным тоном. — Это некрасиво.

Я уставился в ее лицо, выражение которого стало осуждающим. Что она имеет в виду? Ведь я же не напугал администратора, хоть и собирался.

— Поступать? Ты о чем?

— Ослеплять их, как это делаешь ты. Бедняга сейчас на кухне наверняка отдышаться не может.

Хм. Белла оказалась совершенно права. В этот момент администратор бессвязно и взахлеб описывала свои ошибочные впечатления обо мне своей подруге-официантке.

— Да ладно тебе, — упрекнула Белла, не дождавшись ответа. — Как будто ты *не знаешь*, какое впечатление производишь на людей!

— Значит, я их ослепляю? — Любопытная формулировка. И на сегодняшний вечер довольно точная. Интересно, что изменилось...

— А ты разве не замечал? — все так же осуждающе спросила она. — Думаешь, каждому так легко добиться своего?

— *Тебя* я тоже ослепляю? — Я выказал любопытство, поддавшись порыву, а когда слова вылетели, было уже поздно брать их обратно.

Но не успел я проникнуться сожалениями о сказанном, как она ответила:

— Постоянно. — И ее щеки слабо зарумянились.

Я ослеплял ее.

Мое безмолвное сердце больше, чем когда-либо на моей памяти, наполнилось надеждой.

— Привет, — послышался голос официантки, она назвала свое имя. Ее мысли звучали громче, понять их было проще, чем мысли администратора, но я отключился. И вместо этого смотрел, как румянец распространяется по скулам Беллы, но отмечал при этом не жар у себя в горле, а то, как оживилось ее светлое лицо, как розовый цвет оттенил сливочную белизну ее кожи.

Официантка ждала от меня чего-то. А, спрашивала, что мы будем пить. Я продолжал смотреть на Беллу, и официантка нехотя повернулась к ней.

— Можно мне колу? — Белла словно ожидала одобрения.

— Две колы, — поправил я. Жажда — нормальная, человеческая жажда — признак шока. Я решил позаботиться о том, чтобы сахара из колы к ней в организм попало побольше.

Но вид у Беллы был вполне здоровый. И не просто здоровый — цветущий.

— Ты что? — спросила она, видимо, удивленная моим пристальным взглядом. Я почти не обратил внимания, что официантка отошла.

— Как ты себя чувствуешь? — спросил я.

Она заморгала, озадаченная вопросом.

— Нормально.

— Не знобит, не тошнит, голова не кружится?

Теперь она окончательно растерялась.

— А должна?

— Вообще-то я все жду, когда у тебя начнется истерика. — Я слегка улыбнулся, ожидая от нее возражений. Она вряд ли захочет, чтобы за нее беспокоились.

Ей понадобилось время, чтобы найтись с ответом. Взгляд слегка расфокусировался. Так она выглядела иногда, когда я улыбался ей. Неужели я и ее... ослеплял?

Я был бы счастлив поверить в это.

— Ну и зря. Я умею вытеснять неприятные впечатления, — ответила она, и ее дыхание чуть заметно участилось.

Значит, у нее большой опыт неприятных впечатлений? И ее жизнь всегда настолько рискованна?

— И все-таки, — сказал я, — мне будет спокойнее, когда внутри у тебя прибавится еды и сахара.

Вернулась официантка с колой и хлебной корзинкой, поставила их передо мной и пока спрашивала, готов ли я сделать заказ, все норовила заглянуть мне в глаза. Я дал понять, что она должна обслужить Беллу, и снова отключился. Ее мысли были непристойны.

— Эм-м... — Белла быстро просмотрела меню. — Мне равиоли с грибами.

Официантка живо повернулась ко мне:

— А вам?

— Мне ничего.

Белла состроила гримаску. Хм. Наверняка заметила, что я никогда не ем. Она все замечает. А я вечно забываю, что с ней надо быть осторожным.

Я дождался, когда мы снова остались вдвоем.

— Пей, — велел я.

И был удивлен, когда она послушалась немедленно и без возражений. Она пила, пока ее стакан не опустел, и я придвинул к ней второй, чуть нахмурившись. Жажда или все-таки шок?

Она отпила еще немного и передернулась.

— Тебя знобит?

— Это от колы, — объяснила она, но опять поежилась, ее губы задрожали, будто она вот-вот застучит зубами.

Ее симпатичная блузка выглядела слишком тонкой, чтобы согревать, облегала ее как вторая кожа и казалась почти такой же непрочной, как и первая.

— А куртку ты не взяла?

— Взяла. — Она слегка озадаченно огляделась. — Ой, я же оставила ее в машине у Джессики.

Я снял куртку с себя, жалея, что этот жест неизбежно будет испорчен температурой моего тела. Как хорошо было бы предложить ей нагретую куртку. Она уставилась на меня, ее щеки снова раскраснелись. О чем она сейчас думала?

Протянутую через стол куртку она сразу же надела и снова поежилась.

Да уж, хорошо быть теплым.

— Спасибо, — сказала она, глубоко вздохнула и подтянула повыше слишком длинные рукава. Потом сделала еще один глубокий вдох.

Стало быть, вечер наконец начинает налаживаться? Цвет ее лица по-прежнему не внушал опасений. Рядом с глубокой синевой рубашки он напоминал сливки и розы.

— Этот синий цвет хорошо гармонирует с твоей кожей, — сделал я комплимент. Просто сказал, что есть.

Выглядела она хорошо, но рисковать все-таки не стоило. Я придвинул к ней хлебную корзинку.

— Никакого шока у меня нет, и истерики не предвидится, — возразила она, догадавшись, чем вызван мой жест.

— На твоем месте любой *нормальный* человек был бы в шоке. Но ты даже испуганной не выглядишь. — Я неодобрительно уставился на нее, гадая, почему бы ей не быть нормальной, а потом задавшись вопросом, действительно ли я этого от нее хочу.

— С тобой мне очень спокойно, — объяснила она со взглядом, полным доверия. Доверия, которого я не заслуживал.

Все ее инстинкты были ошибочными, искаженными. Видимо, в этом и заключалась проблема. Она не распознавала опасность так, как следовало бы человеческому существу, и реагировала прямо противоположным образом. Вместо того чтобы убегать, медлила и тянулась к тому, что должно было ее отпугивать.

Как же я могу защитить ее от самого себя, если этого не хочет *ни один* из нас?

— Все намного сложнее, чем я предполагал, — пробормотал я.

Я видел, как она обдумывает мои слова, и попытался понять, как она их восприняла. Вытащив из корзинки хлебную палочку, она принялась грызть ее, кажется, не замечая, что делает. Некоторое время она жевала, потом задумчиво склонила голову набок.

— Такие светлые глаза у тебя бывают, когда ты в хорошем настроении, — небрежным тоном заметила она.

Ее наблюдение, высказанное так буднично, поразило меня.

— Что?

— А когда у тебя черные глаза, ты злишься и психуешь, и я уже знаю, чего от тебя ждать. У меня на этот счет есть гипотеза, — беспечно продолжала она.

Значит, она все же придумала объяснение сама. А как же иначе. С затаенным ужасом я задумался, насколько близко она подошла к истине.

— Опять?

— Угу. — С совершенно невозмутимым видом она прожевала еще один кусок. Как будто и не обсуждала свойства демона с самим демоном.

— Надеюсь, на этот раз фантазия тебя не подвела, — не дождавшись продолжения, соврал я. На что я в самом деле надеялся, так на то, что она *ошиблась* — попала пальцем в небо. — Или ты по-прежнему заимствуешь идеи из комиксов?

— Ну нет, комиксы тут ни при чем, — немного смутилась она, — но и моя фантазия тоже.

— Ну и?.. — сквозь зубы подсказал я.

Не может быть, чтобы она рассуждала так спокойно, если бы собиралась завизжать.

И пока она медлила, прикусив губу, явилась официантка с ее заказом. Я почти не обращал на официантку внимания, пока она ставила тарелку перед Беллой и спрашивала, не надумал ли я что-нибудь заказать.

От еды я отказался, только попросил еще колы. О пустых стаканах ей пришлось напоминать.

— Так что ты говорила? — нетерпеливо спросил я, когда мы с Беллой снова остались вдвоем.

— Расскажу в машине, — понизила голос она. О, плохо дело. Она отказывалась говорить здесь, пока мы окружены людьми. — Но только если... — вдруг добавила она.

— Условия ставишь? — почти зарычал я, не справившись с напряжением.

— А как же. Надо же кое-что прояснить.

— А как же, — резким тоном согласился я.

Вероятно, ее вопросов мне хватит, чтобы понять, в каком направлении ведут ее мысли. Но как на них ответить? Правдоподобно соврать? Или отпугнуть ее чистой правдой? Или ничего не говорить, если я так и не приму решение?

Мы сидели молча, пока официантка не принесла нам еще газировки.

— Валяй, — сказал я, как только официантка отошла, и сжал зубы.

— Почему ты здесь, в Порт-Анджелесе?

Слишком легкий вопрос — для нее. Она не выдавала себя ничем, в то время как мой ответ, если он честный, выдал бы сразу чересчур многое. Пусть сначала скажет что-нибудь сама.

— Дальше, — ушел от ответа я.

— Но этот же самый легкий!

— Дальше, — повторил я.

Мой отказ отвечать раздосадовал ее. Она перевела взгляд с меня на свою еду. Медленно, глубоко задумавшись, откусила и принялась тщательно пережевывать.

Пока она ела, мне в голову пришло странное сравнение. Всего на миг я увидел Персефону с гранатом в руке. Обрекающую себя на возвращение в царство Аида.

Значит, вот кто я такой? Сам Аид, который позарился на весну, похитил ее, приговорил к существованию в вечной ночи. Я попытался отогнать видение, но безуспешно.

Она запила равиоли колой и только потом снова взглянула на меня. И прищурилась с подозрением.

— Ладно, — заговорила она. — Предположим — чисто гипотетически, конечно, — что некто знает, о чем думают другие люди, ну, знаешь, умеет читать чужие мысли... за редким исключением.

Могло быть и хуже.

Вот почему она слегка улыбнулась тогда, в машине. Догадливая же она — кроме нее, никто об этом ни разу не догадался. Кроме Карлайла, но поначалу это было очевидно — я отвечал на его мысли прежде, чем он успевал высказать их. Что происходит, он понял раньше, чем я.

Этот вопрос был не так плох, как первый. Несмотря на то что она явно понимала — со мной что-то не так, объяснение могло оказаться безобидным. В конце концов, канонические вампиры телепатией не владеют. Я согласился с ее гипотезой.

— За *единственным* исключением, — поправил я. — Гипотетически.

Она с трудом подавила улыбку: моя неопределенная честность пришлась ей по душе.

— Хорошо, пусть будет единственным. И как же это происходит? Есть ли какие-то ограничения? Каким образом этот... некто находит другого человека точно вовремя? Как он узнает, что она в беде?

— Гипотетически?

— Само собой. — Ее губы подрагивали, прозрачные карие глаза живо вспыхнули.

— Ну, если... — я медлил, — этот некто...

— Пусть будет Джо, — предложила она.

Ее воодушевление вызвало у меня улыбку. Неужели она и вправду считает, что истина окажется благом? Будь мои секреты хорошими, зачем бы мне понадобилось таить их от нее?

— Стало быть, Джо, — согласился я. — Этому Джо достаточно не отвлекаться, и точное время знать уже не обязательно. — Я покачал головой и сдержал дрожь при мысли, что сегодня чуть было не опоздал. — Только тебе под силу умудриться вляпаться в неприятности в таком маленьком городишке. Знаешь, ты ведь могла на целое десятилетие испортить в нем статистику уровня преступности.

Она выпятила губы, уголки которых опустились.

— Мы рассуждаем чисто гипотетически.

Ее досада меня рассмешила.

Ее губы, ее кожа... на вид такие нежные. Мне хотелось знать, в самом ли деле они такие бархатистые, как кажется.

Немыслимо. Единственного прикосновения хватит, чтобы вызвать у нее отвращение.

— Точно, — согласился я, возвращаясь к разговору, чтобы не пасть духом окончательно. — Будем называть тебя «Джейн»?

Она подалась вперед, с ее лица исчезли все следы насмешки и раздражения.

— Как ты узнал? — приглушенно спросила она.

Сказать ей правду? И если да, какую долю правды?

Мне хотелось рассказать ей. Хотелось заслужить доверие, которое я все еще читал на ее лице.

Словно услышав мои мысли, она зашептала:

— Послушай, ты можешь мне довериться, — и протянула руку, словно собираясь коснуться моих ладоней, сложенных на пустом столе.

Я отстранился — боясь даже подумать, как она воспримет каменную твердость моей ледяной кожи, — и она убрала руку.

Я знал, что мог бы доверить ей свои секреты. Она честна и благородна, порядочна до мозга костей. Но я не был уверен, что эти секреты ее не ужаснут. Она непременно ужаснется. Истина *и впрямь* ужасна.

— Даже не знаю, есть ли у меня еще выбор, — пробормотал я. Мне вспомнилось, как я когда-то поддразнивал ее, упрекая за удивительную *невнимательность*. И этим ее обидел, если правильно расценил выражение ее лица. Что ж, по крайней мере, теперь я мог исправить свою ошибку. — Я ошибся, ты гораздо наблюдательнее, чем я полагал. — И хотя она этого еще не знала, я уже ставил ей в заслугу очень многое.

— А я думала, ты всегда прав, — с улыбкой подтрунивая надо мной, отозвалась она.

— Раньше был всегда. — Раньше я знал, что делаю. Раньше я всегда был уверен в себе. А теперь все сменилось хаосом и смятением. Но я бы ни на что не променял их. Если этот хаос означал, что я рядом с Беллой. — Насчет тебя я ошибся еще в одном, — продолжал я, стремясь сразу расставить все по местам. — Ты притягиваешь к себе не просто неприятности. Ты, как магнит, тянешь к себе настоящие *беды*. Если в радиусе десяти миль есть хоть какая-нибудь опасность, она обязательно найдет тебя.

Почему ее? Что она натворила, чтобы заслужить такое?

Лицо Беллы снова стало серьезным.

— Ты и себя относишь к этой категории?

В этом вопросе честность была важнее, чем в каком-либо другом.

— Однозначно.

Ее глаза чуть сузились — но уже не с подозрением, а со странной озабоченностью. Губы изогнулись в особенной улыбке, которую я видел на ее лице, только когда она сталкивалась с чужой болью. Медленно и намеренно она вновь протянула руку через стол. Я отодвинул ладони на дюйм, но она словно не заметила, твердо решив прикоснуться ко мне. Я затаил дыхание — но не от ее запаха, а от внезапного, ошеломляющего напряжения. Страха. Моя кожа вызовет у нее отвращение. Она сбежит.

Она легко скользнула кончиками пальцев по тыльной стороне моей ладони. Ощущений, подобных теплу ее ласкового, намеренного прикосновения, я не испытывал никогда. Это было наслаждение в чистом виде — почти, если бы не мой страх. Я не сводил глаз с ее лица, когда она почувствовала ледяную твердость моей кожи, и по-прежнему боялся дышать.

Ее улыбка, выражающая заботу и беспокойство, стала шире, заметно потеплела.

— Спасибо, — произнесла она, ответив на мой взгляд своим, искренним и пристальным. — Ты спас меня уже во второй раз.

Ее нежные пальцы задержались на моей коже, словно касаться ее им было приятно.

Я ответил так беспечно, как только мог:

— Пусть третьего не будет, ладно?

На это она слегка нахмурилась, но кивнула.

Я высвободил ладони из-под ее рук. Какими бы изумительными ни были ее прикосновения, я не собирался ждать, когда волшебство ее терпимости иссякнет и сменится отвращением. И потому спрятал руки под стол.

В ее мыслях по-прежнему царила тишина, но я читал по ее глазам, видел в них доверие и радостное изумление. И в тот момент понимал, что *хочу* ответить на ее вопросы. Не потому, что должен. И не потому, что хочу от нее доверия.

Мне хочется, чтобы она *узнала* меня.

— Я последовал за тобой в Порт-Анджелес, — заговорил я, и слова полились из меня сплошным потоком, так что некогда было их обдумывать. Я сознавал опасность истины и риск, на который иду. В любой момент ее неестественное спокойствие могло дать трещину и вылиться в истерику. Но это, напротив, побудило меня говорить еще быстрее. — Никогда прежде я даже не пытался спасать кому-то жизнь, и оказалось, что это гораздо сложнее, чем я думал. Но, вероятно, все дело в тебе. В жизни обычных людей, как правило, намного меньше катастроф.

И я замер в ожидании, наблюдая за ней.

Она опять улыбнулась шире. Ее ясные темные глаза приобрели особую глубину.

Я только что признался, что следил за ней, а она улыбалась.

— А тебе никогда не приходило в голову, что, может, это пришел мой черед — в первый раз, когда меня чуть не переехал фургон, а ты помешал судьбе? — спросила она.

— Тот раз был не первый. — Я уставился на темно-бордовую скатерть, и мои плечи стыдливо поникли. Но барьеры были сломлены, истина продолжала выплескиваться беспрепятственно и безоглядно. — Впервые твой черед пришел, когда мы встретились.

Это была правда, и она злила меня. Самому себе я казался занесенным над ее жизнью ножом гильотины, словно это, как она и сказала, было предопределено судьбой. Как будто жестокая, несправедливая судьба нанесла на нее метку смерти, и поскольку я оказался упрямым орудием, продолжала попытки казнить ее. Эта судьба представилась мне в образе жуткой, завистливой карги, мстительной гарпии.

Мне требовалось возложить вину на кого-то или на что-то, чтобы у меня появился конкретный противник. То, что можно уничтожить, чтобы Белла была спасена.

Белла сидела притихшая. Только учащенно дышала.

Я смотрел на нее, понимая, что наконец увижу страх, которого ждал. Разве я не признался только что, как близок был к тому, чтобы убить ее? Ближе того фургона, которому не хватило считаных дюймов, чтобы вышибить жизнь из ее тела. А ее лицо по-прежнему было спокойным, и взгляд если и стал напряженным, то от заинтересованности.

— Помнишь?

— Да, — ровным и серьезным голосом ответила она. В глубоких глазах отражалось осознание.

Она поняла. Поняла, что я хотел убить ее. И где же вопли ужаса?

— И все-таки сейчас ты сидишь здесь, — указал я на противоречивость ситуации.

— Да, сижу... благодаря тебе. — Выражение ее лица изменилось, стало любопытным, и она, недолго думая, перевела разговор: — Но как ты узнал, где искать меня сегодня?

Не надеясь на удачу, я все же попробовал еще раз пробиться через барьер, ограждающий ее мысли, предпринял отчаянную попытку понять ее. Ее логика оставалась для меня непостижимой. Как может ее интересовать хоть что-нибудь, когда прямо перед ней — вопиющая истина?

Она ждала, выказывая одно только любопытство. Бледность ее кожи была для нее естественной, но все-таки беспокоила меня. Ужин на тарелке перед ней остался почти нетронутым. Если так пойдет и дальше, если я наговорю лишнего, ей понадобятся силы, чтобы пережить шок, когда он наконец обрушится на нее.

Я выдвинул условие:

— Ешь, тогда объясню.

Подумав с полсекунды, она забросила в рот вилку равиоли с быстротой, которая не вязалась с ее спокойствием. Моего ответа она ждала нетерпеливее, чем можно было предположить по ее виду.

— Не думал, что это настолько хлопотно — держать тебя под наблюдением, — объяснил я. — Обычно я без труда нахожу человека, стоит мне лишь один раз услышать его мысли.

При этом я не сводил глаз с ее лица. Угадать — одно дело, получить подтверждение догадки — совсем другое.

Она сидела неподвижно, с непроницаемыми глазами. Невольно стиснув зубы, я ждал, когда она запаникует.

Но она только моргнула разок, громко сглотнула и быстро забросила в рот еще вилку равиоли. С нетерпением ожидая новых откровений.

— Я продолжал наблюдать за Джессикой, — снова заговорил я, глядя, как до нее доходит смысл каждого слова. — Но не особенно пристально, потому что найти на свою голову приключения в таком городе, как Порт-Анджелес, способна только ты, — от этого упрека я не удержался. Известно ли ей, что жизнь других людей не так изобилует околосмертным опытом, или же она считает происходящее с ней нормальным явлением? — Поначалу я и не заметил, что ты ушла гулять одна. А когда сообразил, что рядом с Джессикой тебя уже нет, отправился искать тебя в книжный, о котором она думала. Сразу стало ясно, что туда ты не заходила и направилась на юг... и я понял, что вскоре ты повернешь обратно, поэтому просто ждал, заглядывая в мысли то одного, то другого прохожего, чтобы проверить, не видел ли тебя кто-нибудь из них, и понять, где ты находишься. Для беспокойства не было причин... но меня не покидала странная тревога. — Я задышал чаще, вспоминая собственное чувство паники. Ее запах обжег мне горло, чему я был только рад: эта боль означала, что она жива.

Пока меня обжигает пламя, она в безопасности.

— Тогда я начал ездить кругами и... прислушиваться. — Я надеялся, что это выражение она поймет. Оно могло ввести в заблуждение. — Солнце садилось, я уже собирался бросить машину и пойти по твоему следу пешком. А потом...

Едва воспоминания захватили меня — совершенно отчетливые, яркие, будто я перенесся в прошлое, — все та же убийственная ярость нахлынула, сковывая тело льдом.

Я желал ему смерти. Он *должен* умереть. Крепко стиснув зубы, я сосредоточился, чтобы остаться здесь, за столом. Я все еще нужен Белле. Вот что важно.

— Что же потом? — прошептала она. Ее темные глаза стали огромными.

— Я услышал, о чем они думают, — сквозь зубы выговорил я и не сдержал невольного рычания. — Я увидел твое лицо у него в мыслях.

Я все еще точно знал, где его найти. Его черные мысли уносились в ночное небо, тянули меня к себе.

Понимая, что сейчас на моем лице застыло выражение охотника, я прикрыл его ладонью. Сосредоточился на ее мысленном образе, чтобы взять себя в руки. Изящные очертания ее костей, тонкий слой бледной кожи — как шелк, натянутый

СОЛНЦЕ ПОЛУНОЧИ

поверх стекла, удивительно нежный и непрочный. Для этого мира она слишком уязвима. Ей *необходим* защитник. И благодаря причудливой оплошности судьбы я гожусь на эту роль больше, чем кто-либо другой.

Я попытался объяснить свою бурную реакцию, чтобы она поняла ее.

— Было очень... тяжело, ты даже не представляешь, как трудно мне было просто увезти тебя и оставить их... в живых, — прошептал я. — Я мог бы отпустить тебя с Джессикой и Анджелой, но боялся, что, едва оставшись один, брошусь на поиски.

Уже во второй раз за этот вечер я признался, что замышлял убийство. В этом случае у меня было хоть какое-то оправдание.

Пока я силился взять себя в руки, она сидела тихо. Я прислушивался к звуку ее сердца. Ритм был сбивчивый, но постепенно замедлялся, пока снова не стал ровным. Дыхание тоже успокоилось.

Я подступил к черте слишком близко. Надо отвезти ее домой, пока не...

Значит, я его убью? Снова стану убийцей — теперь, когда она мне доверилась? Есть ли какой-нибудь способ остановить самого себя?

Она пообещала посвятить меня в подробности своей очередной гипотезы, когда мы останемся вдвоем. Хочу ли я выслушать ее? Я ждал этого момента с нетерпением, но не окажется ли удовлетворенное любопытство хуже неведения?

В любом случае на сегодняшний вечер истины ей уже более чем достаточно.

Когда я снова взглянул на нее, она была бледнее, чем прежде, но держалась.

— Готова ехать домой? — спросил я.

— Готова уехать, — ответила она, выбирая слова так тщательно, будто простое «да» не могло выразить весь смысл, который она вкладывала в свои слова.

Досадно.

Вернулась официантка. Из-за перегородки она услышала последнюю фразу Беллы и решила предложить мне еще что-нибудь. Мысленно она была согласна сделать мне такие предложения, что так и подмывало закатить глаза.

— Ну, как у вас дела? — поинтересовалась она у меня.

— Счет, пожалуйста. Благодарю, — бросил я ей, не сводя глаз с Беллы.

Официантка задышала чаще, на миг — пользуясь выражением Беллы — ослепленная моим голосом.

В момент внезапного обострения проницательности, услышав, как мой голос звучит в мыслях этого незначительного человеческого существа, я вдруг понял, почему сегодня вызываю такое восхищение, вдобавок незапятнанное обычной долей страха.

Все из-за Беллы. Изо всех сил пытаясь быть безопасным для нее, менее пугающим и более *человечным*, я перестарался. И теперь другие люди видели только мою красоту, поскольку способность внушать ужас я тщательно сдерживал.

Я взглянул на официантку, ожидая, когда она опомнится. Теперь, когда я понял, в чем дело, происходящее выглядело забавно.

— Да-да. Вот, пожалуйста. — Она вручила мне папку со счетом, думая о визитке, которую подсунула под него. Визитке с ее именем и телефоном.

Да, и правда смешно.

Деньги были у меня наготове. Я сразу же отдал папку, чтобы она не тратила время на пустое ожидание звонка, которого не будет.

— Сдачи не надо, — сказал я официантке, надеясь подсластить ее разочарование щедрыми чаевыми.

Я встал, и Белла быстро последовала моему примеру. Хотел было предложить ей руку, но решил, что и без того слишком часто искушал судьбу сегодня вечером. Я поблагодарил официантку, не сводя глаз с лица Беллы. Кажется, она тоже уловила юмор ситуации.

К выходу я шел так близко к Белле, как только осмелился. Настолько близко, что исходящее от нее тепло казалось прикосновением к левой стороне моего тела. Пока я придерживал для нее дверь, она тихонько вздохнула, и я задумался о том, что ее гложет. Заглянул ей в глаза, был уже готов спросить, но вдруг она потупилась и, кажется, смутилась. Это лишь распалило во мне любопытство, хоть и вызвало нежелание допытываться. Молчание между нами длилось до тех пор, пока я не открыл перед ней дверцу машины и не сел рядом.

Я включил обогреватель — теплой погоде резко пришел конец, в выстуженной машине Белле было бы неуютно. Она поежилась в моей куртке, на ее губах играла легкая улыбка.

С разговором я не спешил, пока огни набережной не остались позади. Теперь наше уединение ощущалось особенно остро.

Правильно ли я поступил? Машина вдруг стала казаться слишком тесной. В потоки воздуха от обогревателя вплетался запах Беллы, накапливаясь и усиливаясь. Он разросся до состояния отдельной силы, подобной третьему существу в машине. С присутствием которого следовало считаться.

И он добился своего: я ощутил жжение. Но оно было терпимым. Как ни странно, казалось мне уместным. Сегодня я выдал столько тайн — больше, чем ожидал. А она по-прежнему охотно находилась рядом. За это я должен был что-то сделать для нее. Принести жертву. Предать огню.

Вот если бы можно было этим и ограничиться — только жжением, и больше ничем. Но мой рот наполнялся ядом, мышцы сжимались в предвкушении, будто я вышел на охоту.

Пришлось отгонять от себя эти мысли. И я знал, что меня отвлечет.

— Итак, — произнес я, опасаясь, что ее ответ приглушит жжение, — теперь твоя очередь.

Глава 10
Гипотеза

— Можно еще один вопрос? — вместо того чтобы ответить мне, осторожно попросила она.

Я был на грани и опасался худшего. Но продлить этот момент было бы заманчиво. Видеть, как она находится рядом по своей воле, пусть даже всего на несколько секунд. Вздохнув, я обдумал дилемму и ответил:

— Один.

— Слушай... — Она на миг замялась, словно решая, какой из вопросов задать. — А как ты понял, что я не заходила в книжный, а сразу направилась на юг? Я просто никак не могу понять, как ты об этом узнал.

Я не сводил глаз с ветрового стекла. Вот он, еще один вопрос, в котором она ничем себя не выдает, а мой ответ откроет слишком многое.

— Мне казалось, мы теперь откровенны друг с другом, — осуждающе и разочарованно заметила она.

Забавно. Она вела себя неизменно уклончиво, причем даже не прилагая стараний.

Что ж, она хочет от меня откровенности. А этот разговор все равно ничем хорошим не кончится.

— Ну хорошо, — ответил я. — Я следовал за тобой по запаху.

Мне хотелось взглянуть ей в лицо, но я боялся того, что на нем увижу. И вместо этого я стал прислушиваться к ее дыханию: сначала оно ускорилось, потом снова выровнялось. Спустя минуту она снова заговорила, и ее голос звучал спокойнее, чем я ожидал.

— Ты так и не ответил на один из моих первых вопросов...

Я бросил на нее взгляд и нахмурился. Она тоже тянула время.

— Какой?

— Как ты читаешь мысли? — спросила она, повторяя тот же вопрос, который задала в ресторане. — Ты можешь прочитать мысли любого человека, где бы он ни был? Как ты это делаешь? А остальные в твоей семье?.. — Она осеклась и снова вспыхнула.

— Это уже не один вопрос, — указал я.

Она только смотрела на меня, ожидая ответов.

А почему бы не сказать ей? Ведь она уже почти обо всем догадалась, а чтение мыслей — тема гораздо проще той, что нам только предстоит.

— Нет, так умею только я. Но не всегда и не везде. Я должен достаточно хорошо знать человека, которого читаю. Чем лучше знаком мне чей-то... «голос», тем больше расстояние, с которого я могу расслышать его. Но все равно это расстояние не превышает нескольких миль. — Я пытался придумать понятное ей объяснение. Сравнение, доступное ее пониманию. — Это все равно что находиться в огромном зале, полном людей, которые говорят все разом. Голоса на заднем плане сливаются в гул. Иногда мне удается сосредоточиться на одном из них, но лишь в том случае, если этот человек мыслит ясно. Так что я обычно отключаюсь от этого гула — порой он здорово отвлекает. И потом, так проще казаться *нормальным*, — я нахмурился, — мне постоянно приходится следить за тем, чтобы отвечать не на мысли, а на слова, которые произносит мой собеседник.

— Как думаешь, почему ты не слышишь мои мысли? — спросила она.

Я снова ответил ей правдой и еще одним сравнением.

— Не знаю, — признался я. — Могу лишь предположить, что твой разум работает не так, как у всех. Как будто ты мыслишь на длинных волнах, а я способен принимать только ультракороткие.

Едва прозвучали эти слова, я понял, что сравнение ей не понравилось. Предчувствуя ее реакцию, я невольно улыбнулся. И она меня не разочаровала.

— Мои мозги работают неправильно? — она повысила голос. — Значит, я урод?

Еще одна забавная ситуация.

— Голоса в голове слышу я, а ты беспокоишься, что *ты* урод. — Я рассмеялся. В мелочах она разбиралась легко, а сталкиваясь с вопросами посерьезнее, тормозила. Все те же вывернутые наизнанку инстинкты.

Белла прикусила губу, складка у нее между бровями стала глубже.

— Не волнуйся, — успокоил я. — Это же просто гипотеза...

А обсудить предстояло еще одну, более важную. Мне не терпелось перейти к ней. С каждой проходящей секундой все острее ощущалось, что мы оттягиваем неизбежное.

— И мы снова вернулись к разговору о тебе.

Она вздохнула, все еще кусая губу — я встревожился, что она ее прокусит. Потом уставилась мне в глаза, ее лицо стало тревожным.

— А мне казалось, теперь мы откровенны друг с другом, — тихо заметил я.

Она отвела глаза, мысленно решая некую дилемму. И вдруг замерла, глаза широко раскрылись. Впервые за все время по ее лицу метнулся страх.

— Господи! — ахнула она.

Я запаниковал. Что она увидела? Чем я напугал ее?

И тут она потребовала:

— Сбавь скорость!

— В чем дело? — Я так и не понял, чем вызван ее ужас.

— Ты гонишь под сотню миль в час! — закричала она на меня, бросила взгляд в окно и отпрянула при виде проносящихся мимо темных деревьев.

Из-за этого пустяка, небольшого превышения скорости, она в страхе подняла крик?

Я закатил глаза.

— Успокойся, Белла.

— Хочешь, чтобы мы разбились? — завопила она.

— Мы не разобьемся, — заверил я.

Она со свистом втянула воздух, потом заговорила чуть спокойнее:

— Куда ты так спешишь?

— Я всегда так езжу.

И я встретился с ней взглядом, забавляясь потрясенным выражением ее лица.

— На дорогу смотри! — возмутилась она.

— Белла, я ни разу не попадал в аварию. Меня никогда даже не штрафовали. — Я усмехнулся ей и указал на свой лоб. Ситуация принимала все более комичный оборот — из-за такого абсурда, как возможность пошутить в ее присутствии о тайном и странном явлении. — У меня здесь антирадар.

— Очень смешно, — саркастически высказалась она, все еще больше испуганная, чем злая. — Ты забыл, что Чарли полицейский? Меня приучили соблюдать правила дорожного движения. И потом, если твой «вольво» обмотается кренделем вокруг дерева, — тебе-то что, отряхнулся и пошел дальше!

— Мне-то что, — повторил я и невесело рассмеялся. Да, авария для нас кончится по-разному. У нее есть полное право опасаться, несмотря на мои водительские способности. — А тебе — нет.

И я со вздохом пустил машину черепашьей скоростью.

— Довольна?

Она вгляделась в спидометр.

— Почти.

Неужели и это слишком быстро для нее?

— Не выношу медленной езды, — пробормотал я, но заставил стрелку откатиться назад еще на деление.

— По-твоему, это медленно?

— Довольно разговоров о том, как я вожу машину. — Я потерял терпение. Сколько раз еще она намерена уклоняться от моего вопроса? Три? Четыре? Неужели ее догадки настолько ужасны? Я должен узнать о них, и немедленно. — Я все еще жду рассказа о твоей новой гипотезе.

Она опять прикусила губу, ее лицо стало встревоженным, почти страдальческим.

Я обуздал свое раздражение и постарался смягчить голос. Расстраивать ее мне не хотелось.

— Я не буду смеяться, — пообещал я, надеясь, что нежелание делиться со мной вызвано только ее смущением.

— Я больше опасаюсь, что ты рассердишься, — прошептала она.

Я заставил себя спросить ровным голосом:

— Все так плохо?

— В общем, да.

Она отвернулась, не желая встречаться со мной взглядом. Убегали секунды.

— Начинай, — подбодрил я.

Ее голос стал робким.

— Я не знаю, с чего начать.

— С начала. — Я вспомнил, что услышал от нее перед ужином. — Ты говорила, что твоя фантазия тут ни при чем.

— Верно, — согласилась она и снова умолкла.

Мысленно я перебирал возможные источники ее вдохновения.

— Что навело тебя на эту мысль — книга? Фильм?

Надо было все же пересмотреть ее книги, пока ее не было дома. Я понятия не имел, есть ли в стопке томиков в потрепанных бумажных обложках Брэм Стокер или Энн Райс.

— Нет, — повторила она, — то, что случилось в субботу на побережье.

Этого я не ожидал. Местные сплетни о нас не отличались ни оригинальностью, ни точностью. Неужели я пропустил какой-то новый слух? Белла подняла взгляд от своих рук и заметила на моем лице удивление.

— Там я встретилась с давним знакомым — Джейкобом Блэком, — продолжала она. — Чарли дружил с его отцом, когда я была еще маленькой.

Джейкоб Блэк. Не то чтобы знакомое имя, но оно что-то напомнило мне... нечто из давних времен... Я засмотрелся вперед, сквозь ветровое стекло, перебирая воспоминания, чтобы установить связь.

— Отец Джейкоба — один из старейшин племени квилетов, — пояснила она.

Джейкоб Блэк. *Эфраим Блэк.* Наверняка потомок.

Хуже просто некуда.

Ей известна правда.

В голове у меня вертелись возможные последствия, пока машина пролетала темные повороты дороги. От тоски мое тело стало жестким и неподвижным, если не считать мелких машинальных действий, которые требовались, чтобы рулить.

Ей известна правда.

Но... если она услышала правду еще в субботу, значит, весь этот вечер она ее знала, и все же...

— Мы пошли прогуляться, — объясняла она, — и он рассказывал мне старые легенды, хотел напугать, наверное. Одна из них была про...

Она умолкла, но теперь ее сомнения были излишними. Я уже знал, что она скажет. Оставалась лишь одна загадка: почему она все еще со мной.

— Продолжай, — попросил я.

— Про вампиров, — выдохнула она, выговорила тише, чем шепотом.

Почему-то услышать это слово из ее уст было еще тяжелее, чем знать, что ей все известно. Я вздрогнул, пришлось снова брать себя в руки.

— И ты сразу вспомнила про меня? — спросил я.

— Нет. Он... упомянул твою семью.

Ирония заключалась в том, что потомок Эфраима нарушил договор, который его предок поклялся соблюдать. Внук или даже правнук. Сколько же лет прошло? Семьдесят?

Надо было сообразить, что опасность исходит не от стариков, которые *верят* в легенды. А от подрастающего поколения, разумеется, — от тех, кто слышал предостережения, но лишь посмеялся над древними суевериями: вот кто грозил разоблачением.

По моим представлениям, это означало, что теперь я вправе истребить немногочисленное и беззащитное береговое племя, если пожелаю. Эфраим и горстка его сторонников давно мертвы.

— Сам он считает это глупыми суевериями, — вдруг сообщила Белла, в голосе которой снова слышалась тревога, словно она прочитала мои мысли. — Он и не рассчитывал, что я в них поверю.

Краем глаза я видел, как беспокойно она сжимает пальцы и вертит ими.

— Это я виновата, — после паузы добавила она и пристыженно опустила голову. — Я вынудила его рассказать мне эту легенду.

— Почему? — Теперь говорить ровным голосом мне было нетрудно. Худшее уже свершилось. И пока мы обсуждаем детали откровения, нам некогда переходить к последствиям.

— Лорен удивлялась, почему ты не поехал с нами, — хотела мне досадить, — вспомнив об этом, она скорчила гримаску. Я слегка отвлекся, гадая, каким образом кому-то удалось вызвать Беллу на разговор обо мне. — А парень постарше, тоже индеец, сказал, что в резервации ваша семья не появляется, но таким тоном, словно вкладывал в эти слова какой-то другой смысл. Вот я и предложила Джейкобу пройтись, чтобы выяснить у него, в чем дело.

С этим признанием ее голова клонилась все ниже, лицо становилось... виноватым.

Отведя взгляд, я расхохотался. Смех прозвучал резко. *Она виновата?* Да что она могла сделать, чтобы заслужить такой упрек?

— И как же ты это выяснила? — поинтересовался я.

— Попробовала пофлиртовать с ним — сама не ожидала, что получится, — объяснила она — судя по голосу, даже теперь не веря в свой успех.

Мне оставалось лишь представлять — вспоминая, какой привлекательной она казалась всем парням, хотя сама этого не сознавала, — какое впечатление она способна произвести, прилагая *старания* для этой цели. Я вдруг проникся сочувствием к ничего не подозревающему малому, против которого в ход были пущены такие мощные силы.

— Хотел бы я на это посмотреть, — признался я и снова зловеще рассмеялся. Я был бы не прочь увидеть реакцию парня, лично стать свидетелем его крушения. — А еще меня обвиняла, будто я ослепляю людей! Бедный Джейкоб Блэк.

На виновника моего разоблачения я злился далеко не так, как следовало бы. Соображать он был не в состоянии. Разве можно рассчитывать, что хоть кто-нибудь откажет этой девушке, о чем бы она ни попросила? Нет, я мог лишь посочувствовать бедняге, душевному покою которого Белла нанесла такой урон.

Я почувствовал, как она краснеет, — по тому, как потеплел воздух между нами. Бросил на нее взгляд и обнаружил, что она засмотрелась в окно. И молчала.

— И что же было потом? — напомнил о себе я. Пора было вернуться к страшной истории.

— Я полезла искать информацию в Интернете.

Практична, как всегда.

— И он подтвердил твои догадки?

— Нет, — ответила она. — Ничего не совпало. Почти все, что нашлось, выглядело глупо. И...

Она опять осеклась, я услышал, как стукнули, сжимаясь, ее зубы.

— Что? — поторопил я. Что еще она нашла? Что помогло ей разобраться в этом кошмаре?

Помолчав еще немного, она прошептала:

— Я решила, что все это не имеет значения.

На полсекунды мои мысли остановились от шока, а затем все сложилось. Почему сегодня она отослала подруг вместо того, чтобы сбежать с ними. Почему вновь села ко мне в машину вместо того, чтобы броситься бежать, зовя на помощь полицию.

Как всегда, ее реакция была ошибочной, совершенно ошибочной. Она притягивала к себе опасность. Приманивала ее.

— Не имеет *значения*? — выговорил я сквозь зубы, наполняясь гневом. Ну и как прикажете защищать того, кто... так решительно настроен остаться без защиты?

— Да, — подтвердила она негромким и неизвестно почему нежным голосом. — Для меня не имеет значения, кто ты такой.

Она невозможна.

— Тебе безразлично, что я чудовище? Не *человек*?

— Да.

Я невольно задумался, в своем ли она уме.

Пожалуй, я мог бы устроить ей лучшее лечение из возможных... У Карлайла есть связи, он найдет самых квалифицированных врачей, самых одаренных психотерапевтов. Возможно, удастся как-нибудь исправить то, что у нее не в порядке, — что побуждает ее преспокойно, с ровно бьющимся сердцем сидеть рядом с вампиром. Естественно, я буду охранять эту клинику и навещать ее так часто, как она только разрешит...

— Сердишься. — Она вздохнула. — Лучше бы я ничего тебе не рассказывала.

Можно подумать, утаивание этих тревожных склонностей помогло бы кому-нибудь из нас.

— Нет. Я предпочитаю знать, о чем ты думаешь, даже если тебе самой твои мысли кажутся бредом.

— Значит, я снова ошиблась? — чуть воинственно спросила она.

— Речь не об этом! — У меня опять судорожно сжались зубы. — «Не имеет значения!» — уничижительно передразнил я.

Она ахнула.

— Так я права?

— А не все ли *равно*? — возразил я.

Она глубоко вздохнула. Я сердито ждал ответа.

— Вообще-то нет. — Ее голос снова звучал сдержанно. — Но *мне* хотелось бы знать правду.

Вообще-то нет. На самом деле это не важно. Ей все равно. Она знает, что я не человек, а ужас, и это не имеет значения для нее.

Отмахнувшись от тревог за ее рассудок, я ощутил прилив надежды. И попытался сдержать его.

— Что тебе хотелось бы знать? — спросил я. Секретов уже не осталось, только мелкие подробности.

— Сколько тебе лет?

Мой ответ был машинальным и глубоко укоренившимся в сознании:

— Семнадцать.

— И давно тебе семнадцать?

Я постарался не улыбаться ее покровительственному тону.

— Довольно давно, — признался я.

— Ясно. — Она вдруг воодушевилась, улыбнулась мне. И пока я глазел на нее, снова тревожась за ее рассудок, ее улыбка стала шире. Я нахмурился. — Только не смейся, — предупредила она. — Разве тебе можно выходить днем?

СОЛНЦЕ ПОЛУНОЧИ

Несмотря на ее просьбу, я расхохотался. По-видимому, ее поиски в Сети дали вполне обычные результаты.

— Выдумки, — заявил я.
— И солнце не сожжет?
— Выдумки.
— И в гробу не надо спать?
— Выдумки.

Сна в моей жизни не было так долго — до последних нескольких ночей, когда я смотрел, как спит Белла.

— Я не сплю, — пробормотал я, чуть подробнее отвечая на ее вопрос.

Она помолчала.

— Вообще не спишь? — уточнила она.
— Никогда, — выдохнул я.

Встретив ее внимательный взгляд, в котором читались удивление и сочувствие, я вдруг затосковал по сну. Не по забвению, как прежде, не по спасению от скуки, а просто потому, что захотел *увидеть сон*. Может, если я забудусь и увижу сон, я смогу несколько часов провести в мире, где мы с ней будем вместе. Ей снился я. И я хотел видеть ее во сне.

Она воззрилась на меня с выражением, полным радостного изумления. Пришлось отвести глаза.

Я не мог увидеть ее во сне. И ей не следовало видеть меня.

— О самом главном ты до сих пор не спросила, — сказал я. Каменное сердце в моей безмолвной груди, казалось, стало тверже и холоднее, чем прежде. Ей придется понять. Рано или поздно надо убедить ее, что это все же имеет значение — в большей степени, чем что-либо другое. Например, что я люблю ее.

— О чем это? — недоумевая, удивилась она.

Это лишь прибавило резкости моему голосу.

— А разве тебе не интересно, чем я питаюсь?
— А-а, это... — Ее тон я не смог истолковать.
— Вот именно. Неужели не хочешь спросить, пью ли я кровь?

От этого вопроса она вздрогнула и отпрянула. Наконец-то.

— Ну, об этом я знаю от Джейкоба, — заявила она.
— И что же он тебе наговорил?

— Что вы... не охотитесь на людей. Сказал, что твоя семья считается неопасной, потому что вы охотитесь только на животных.

— Он правда сказал, что мы неопасные? — циничным тоном переспросил я.

— Нет, не так. — И она пояснила: — Он сказал, что вы *якобы* не опасны. Но квилеты из осторожности не хотят, чтобы вы появлялись на их земле.

Я смотрел на дорогу, мои мысли безнадежно запутались, горло обжигало знакомое пламя.

— Значит, он прав? — спросила она так невозмутимо, будто просила подтвердить прогноз погоды. — Насчет охоты на людей?

— Квилеты памятливы.

Она кивнула самой себе и задумалась.

— Но не стоит терять бдительность, — поспешил добавить я. — Квилеты правильно делают, что сторонятся нас. Мы опасны, несмотря ни на что.

— Ничего не понимаю.

Да, она не понимала. Как ее вразумить?

— Мы... *стараемся* держаться, — объяснил я. — Обычно это нам удается. Но порой и мы совершаем ошибки. Как я, например, когда остался с тобой наедине.

Ее запах все еще был силен. Я постепенно привык к нему и мог почти не обращать внимания, но нелепо было бы отрицать, что мое тело стремится к ней по худшим причинам из возможных. Мой рот буквально переполнился ядом. Я сглотнул.

— По-твоему, это ошибка? — спросила она, и в ее голосе проскользнуло горькое разочарование, обезоружив меня. Она хотела быть со мной — несмотря ни на что, она хотела быть со мной.

Надежда встрепенулась вновь, я подавил ее.

— И очень опасная, — сказал я чистую правду, желая, чтобы она каким-то чудом перестала иметь значение.

Некоторое время Белла молчала. Я слышал, как изменился ритм ее дыхания — стал странно-сбивчивым, но испуганным не казался.

— Рассказывай, — вдруг попросила она голосом, который исказило страдание.

Я вгляделся в нее.

Казалось, что-то причиняет ей боль. Как я допустил *такое*?

— Что еще ты хочешь узнать? — спросил я, пытаясь придумать способ избавить ее от мучений. Она не должна страдать. Я просто не могу позволить, чтобы она страдала.

— Почему вы охотитесь на животных, а не на людей? — все еще мучаясь, уточнила она.

А разве это не очевидно? Или, может быть, и это не имеет для нее значения?

— Не *хочу* быть чудовищем, — пробормотал я.

— Одних животных ведь недостаточно?

Я поискал еще одно сравнение, чтобы она поняла.

— Не знаю точно, прав ли я, но, по-моему, так жить — все равно что питаться только тофу и соевым молоком. Мы называем себя вегетарианцами, это шутка, понятная только в нашем кругу. Такая пища не до конца утоляет голод — точнее, жажду. Однако она придает нам сил и помогает сдерживаться. Почти всегда. — Я понизил голос. Мне было стыдно за опасность, которой она подверглась по моей вине. За опасность, которую я продолжал представлять. — Порой бывает особенно трудно.

— Сейчас тебе трудно?

Я вздохнул. Конечно же, она не могла не задать тот самый вопрос, на который я не желал отвечать.

— Да, — признался я.

На этот раз я не ошибся, предугадывая ее физическую реакцию: дыхание осталось ровным, сердце билось размеренно. Этого я и ждал, но ничего не понимал. Почему она не боится?

— Но сейчас ты не голодный, — заявила она с полной уверенностью.

— С чего ты взяла?

— Определила по твоим глазам, — не раздумывая, ответила она. — Я же сказала, что у меня появилась еще одна гипотеза. Я заметила, что люди, а мужчины в особенности, чаще дуются, когда их мучает голод.

Я усмехнулся, услышав от нее «дуются». Это еще слабо сказано. Но как обычно, она была абсолютно права.

— А ты наблюдательная. — Я снова засмеялся.

Она слегка улыбнулась, складочка снова появилась между бровями, словно она сосредоточилась на чем-то.

— На выходных ты охотился вместе с Эмметтом? — спросила она, когда я перестал смеяться. Ее непринужденная манера завораживала не меньше, чем раздражала. Неужели она уже так много воспринимает спокойно? Мне казалось, к состоянию шока я сейчас ближе, чем она.

— Да, — подтвердил я, а потом, когда уже собирался на этом и остановиться, мной вдруг овладел тот же порыв, что и в ресторане: захотелось, чтобы она больше узнала обо мне. — Уезжать мне не хотелось, — медленно продолжал я, — но пришлось. Мне легче рядом с тобой, когда я не чувствую жажды.

— Почему тебе не хотелось уезжать?

— Вдали от тебя мне... тревожно. — Я решил ограничиться этим определением, хоть ему и недоставало силы. — Когда в прошлый четверг я просил тебя не свалиться в воду и не попасть под машину, я не шутил. Все выходные я беспокоился о тебе и больше ни о чем не мог думать. После того, что случилось сегодня, мне с трудом верится, что ты благополучно провела выходные и осталась целой и невредимой. — И тут я вспомнил про ссадины у нее на ладонях. — Вернее, почти невредимой, — поправился я.

— Что?

— Ладони, — напомнил я.

Она вздохнула, уголки губ опустились.

— Упала.

— Так я и думал. — Я не сумел сдержать улыбку. — Поскольку речь о тебе, могло быть гораздо хуже, и эта вероятность не давала мне покоя все время, пока я был в отъезде. Эти три дня выдались очень долгими. Я успел изрядно потрепать нервы Эмметту и остальной семье тоже. Кроме Элис.

— Три дня? — Ее голос вдруг стал резче. — А разве вы не сегодня вернулись?

Я не понял, в чем дело.

— Нет, еще в воскресенье.

— Тогда почему же никто из ваших не появлялся в школе? — потребовала ответа она. Ее вспышка меня озадачила.

СОЛНЦЕ ПОЛУНОЧИ 🜊 245

Похоже, она не сознавала, что и этот вопрос имеет отношение к мифологии.

— Ну, ты же сама спрашивала, не жжет ли меня солнце, — нет, не жжет, — сказал я. — Но в солнечную погоду мне лучше не выходить — по крайней мере, там, где меня может кто-нибудь увидеть.

Этим я отвлек ее от загадочного недовольства.

— Почему? — спросила она, склонив голову набок.

Объяснить это с помощью подходящего сравнения я не рассчитывал, поэтому просто пообещал:

— Покажу когда-нибудь.

И сразу же задумался, не придется ли мне нарушить это обещание — слова вырвались сами собой, но я даже представить себе не мог их последствия.

Но беспокоиться об этом было слишком рано. Я вообще не знал, позволено ли мне будет увидеться с ней снова после всего, что случилось сегодня. Хватит ли моей любви к ней, чтобы выдержать расставание?

— Но позвонить-то ты мне мог, — сказала она.

Неожиданный вывод.

— Но я же знал, что с тобой все в порядке.

— Зато *я* не знала, где *ты*. И мне... — Она вдруг умолкла и перевела взгляд на свои руки.

— Тебе — что?

— Мне это не понравилось, — робко призналась она, кожа на ее скулах порозовела. — Не видеть тебя. Я тоже беспокоилась.

«Ну, *теперь* ты доволен?» — спросил я себя. Вот она, моя награда за все надежды.

Осознание, что самые смелые из моих фантазий не столь уж далеки от истины, ошеломляло, приводило в восторг, ужасало — главным образом ужасало. Так вот почему для нее не имеет значения, что я чудовище. По той же причине правила утратили для меня всякую силу. По ней же все прежние разрешения и запреты не имели надо мной власти. И по той же причине мои приоритеты сместились на одну ступеньку вниз, чтобы освободить для этой девушки место на самом верху.

Белла тоже беспокоилась за меня.

Я понимал: это ничто по сравнению с моей любовью — ведь она смертная, изменчивая. Ее не заперли без всякой надежды на освобождение. И тем не менее она беспокоилась настолько, что рисковала жизнью, сидя здесь со мной. И делала это с радостью.

Этого достаточно, чтобы я причинил ей боль, если поступлю правильно и расстанусь с ней.

Способен ли я сделать что-нибудь так, чтобы *не* ранить ее? Хоть что-нибудь?

Все произнесенное нами, каждое наше слово становилось еще одним зернышком граната. Неожиданное видение, посетившее меня в ресторане, оказалось уместнее, чем я думал.

Надо было мне держаться на расстоянии. И ни в коем случае не возвращаться в Форкс. Я только причиню ей боль.

Что остановит меня теперь? Помешает все окончательно испортить?

Мои чувства в этот момент, ощущение ее тепла на моей коже...

Нет. Меня не остановит ничто.

— Нет... — застонал я еле слышно. — Так нельзя.

— Что такого я сказала? — спросила она, поспешив взять вину на себя.

— А разве ты не видишь, Белла? Одно дело — мучиться самому, и совсем другое — когда страдаешь ты. Не хочу слышать, что тебе пришлось так тяжело, — в этих словах были и правда, и ложь. Эгоист во мне воспарил от сознания, что она хочет меня так же, как я хочу ее. — Так нельзя. Это небезопасно. Я опасен, Белла. Пожалуйста, постарайся это понять.

— Нет. — Она упрямо надула губы.

— Я не шучу. — Я вел настолько отчаянную борьбу с самим собой — отчасти добивался, чтобы она вняла моим предостережениям, отчасти силился сдержать эти предостережения в себе, — что слова с рычанием рвались сквозь зубы.

— Я тоже, — не отступала она. — Я же сказала: не имеет значения, кто ты. Уже слишком поздно.

Слишком поздно? Мир на бесконечную секунду стал унылым, черно-белым, пока я видел в своих воспоминаниях, как тени ползут через солнечную лужайку к спящей Белле. Неизбежные, неудержимые. Они лишили ее кожу оттенка, ввергли ее в темноту, в царство Аида.

Слишком поздно? В голове завертелись видения Элис, налитые кровью глаза Беллы смотрели на меня равнодушно, бесстрастно. Но она никак не могла *не* возненавидеть меня за такое будущее. За то, что я отнял у нее все.

Нет, быть слишком поздно еще не могло.

— Не смей так говорить, — прошипел я.

Она уставилась в боковое окно, снова прихватив зубами губу. Ее пальцы сжались в кулаки на коленях. Дыхание стало сбивчивым.

— О чем задумалась? — Мне надо было знать.

Она покачала головой, не глядя на меня. Я заметил, как что-то блеснуло на ее щеке, словно кристалл.

Агония.

— Ты плачешь?

Я заставил ее *плакать*. Я причинил ей столько боли.

Она смахнула слезу тыльной стороной ладони.

— Нет, — солгала она, и ее голос дрогнул.

Некий давно погребенный в глубине инстинкт побудил меня протянуть к ней руку, и на эту единственную секунду я вдруг почувствовал себя человеком, более человечным, чем когда-либо. А потом вспомнил, что... это уже не про меня. И опустил голову.

— Прости, — с трудом выговорил я. Как объяснить ей, что меня переполняют сожаления? Сожаления обо всех дурацких ошибках, которые я совершил. Сожаления о моем нескончаемом эгоизме. Сожаления о том, что ей не повезло воспламенить во мне эту первую и последнюю трагическую любовь. Сожаления о том, над чем я не властен, — о том, что судьба избрала меня палачом, которому суждено положить конец ее жизни.

Я сделал глубокий вдох, не обращая внимания на свою проклятую реакцию на ее запах, которым полнилась машина, и попытался собраться с силами.

Мне хотелось перевести разговор, подумать о другом. На мою удачу, любопытство, которое возбуждала во мне эта девушка, оказалось неиссякающим.

— Объясни мне одну вещь, — попросил я.

— Какую? — ее отклик прозвучал сипло, в голосе все еще слышались слезы.

— О чем ты думала сегодня прямо перед тем, как я выехал из-за угла? Выражение твоего лица я не понял: ты как будто не испугалась, а на чем-то старательно сосредоточилась. — Я вспомнил ее лицо — силясь не думать о том, чьими глазами смотрел на нее, — и выражение решимости на нем.

— Пыталась вспомнить, как обезвредить нападающего, — чуть более твердым голосом объяснила она. — Ну, знаешь, в целях самообороны. Собиралась вбить ему нос в башку. — На все объяснение самообладания ей не хватило. Тон менялся, пока в нем не возобладала ненависть. Никаких преувеличений, ни оттенка юмора в ее бешенстве. Я видел ее хрупкую фигурку — тонкий шелк поверх стекла, — заслоненную мясистыми чудовищами в человеческом обличье, с тяжелыми кулаками, готовыми причинить ей боль. И мысленно закипел от бешенства.

— Ты готовилась драться с ними? — Я чуть не застонал. Ее инстинкты были смертоносными — для нее самой. — Неужели тебе не пришло в голову убежать?

— На бегу я часто падаю, — смутилась она.

— А позвать на помощь?

— Как раз собиралась.

Я покачал головой, не веря своим ушам.

— Ты была права, — сказал я с оттенком досады в голосе. — Я действительно мешаю судьбе, спасая тебе жизнь.

Она вздохнула и уставилась в окно. Потом повернулась ко мне.

— Завтра увидимся? — неожиданно требовательно спросила она.

— Если уж мы все равно катимся прямиком в ад, почему бы не порадоваться поездке?

— Да, мне ведь тоже сдавать сочинение. — Я улыбнулся ей, и это было приятно. Очевидно, путаница с инстинктами была свойственна не только ей. — Займу тебе место в кафетерии.

Ее сердце затрепетало, мое, хоть и мертвое, потеплело.

Я остановил машину перед домом ее отца. Она не сделала попытки выйти.

— Так ты *обещаешь* завтра быть в школе? — настойчиво уточнила она.

— Обещаю.

Как могла эта ошибка доставлять мне столько радости? Тут точно что-то не так.

Она удовлетворенно кивнула самой себе и принялась стаскивать мою куртку.

— Оставь себе. — Я поспешил остановить ее, желая отдать ей что-то на память обо мне. Вроде той крышки от бутылки лимонада, которая сейчас лежала у меня в кармане. — Ведь тебе завтра не в чем ехать.

Но она отдала куртку и грустно улыбнулась.

— Не хочу объясняться с Чарли.

Да уж, ее можно понять. Я улыбнулся.

— Ах да.

Она уже взялась за дверную ручку, но вдруг замерла. Ей не хотелось уходить — точно так же, как мне не хотелось отпускать ее.

Чтобы защищать, пусть даже еще несколько минут...

Сейчас Питер и Шарлотта были уже далеко, несомненно, оставив Сиэтл позади. Но существовали и другие.

— Белла... — позвал я и поразился, обнаружив, как это приятно — просто произносить ее имя.

— Что?

— Пообещаешь мне кое-что?

— Хорошо, — легко согласилась она и тут же подозрительно прищурилась, будто заранее придумывая причину возразить.

— Не ходи в лес одна, — предостерегающим тоном произнес я, гадая, не вызову ли у нее этой просьбой желание возразить.

Она растерянно заморгала.

— Почему?

Я вгляделся в сомнительную темноту. Отсутствие света не представляло затруднения для *моих* глаз, но и другому охотнику не стало бы препятствием.

— Я — не самое опасное, что есть в здешних местах, — сообщил я. — Давай этим и ограничимся.

Она содрогнулась, но быстро опомнилась и даже улыбнулась, отозвавшись:

— Как скажешь.

Ее дыхание, коснувшееся моего лица, было таким сладким.

Я мог бы провести вот так всю ночь, но ей требовалось выспаться. Два одинаково мощных желания вели во мне непрекращающуюся борьбу: желание быть с ней против желания ей добра.

Неосуществимость обоих сразу вызвала у меня вздох.

— До завтра, — сказал я, зная, что увижу ее гораздо раньше. А вот она увидится со мной лишь утром.

— До завтра, — согласилась она, открывая дверцу.

Опять агония — смотреть, как она уходит.

Я потянулся вслед за ней, стремясь удержать ее.

— Белла!

Она обернулась и застыла: не ожидала, что наши лица окажутся совсем рядом.

Меня самого ошеломила эта близость. Жар исходил от нее волнами, ласкал мое лицо. Я почти чувствовал нежность ее шелковой кожи.

Ее сердце сбилось с ритма, губы приоткрылись.

— Спокойной ночи, — прошептал я и отстранился, пока настоятельные потребности тела — или привычная жажда, или совершенно новый и странный голод, который я вдруг ощутил, — не вынудили меня чем-нибудь причинить ей боль.

Мгновение она сидела неподвижно, широко раскрыв ошеломленные глаза. Ослеплена, догадался я.

Как и я сам.

Она опомнилась, хотя лицо все еще было ошарашенным, и чуть не вывалилась из машины, запнулась и схватилась за дверцу, чтобы не упасть.

Я хмыкнул, надеясь, что она не услышит.

Взглядом я провожал ее, пока она не добрела до лужицы света у входной двери. Пока она в безопасности. А я вскоре вернусь, чтобы убедиться в этом.

Ее взгляд я чувствовал на себе все время, пока удалялся по темной улице. Совсем другие ощущения, не похожие на привычные. Обычно я просто следил за самим собой глазами тех, кто думал обо мне. И теперь обнаружил, как будоражит это странное, неуловимое ощущение остановившегося на мне внимательного взгляда. Я понимал: все дело в том, что это *ее* взгляд.

Миллион мыслей сменяли одна другую у меня в голове, пока я бесцельно мчался в ночи.

Долгое время я колесил по улицам, никуда не направляясь и думая о Белле и о невероятном облегчении открывшейся истины. Незачем больше было бояться, что она узнает, кто я такой. Она уже знает. И это не имеет для нее значения. Несмотря на явную неудачу для нее, я испытывал удивительное чувство свободы.

Но больше, чем о свободе, я думал о Белле и взаимной любви. Она просто не могла любить меня так, как я любил ее, — настолько непреодолимой, всепоглощающей, сокрушительной любви просто не выдержало бы ее хрупкое тело. Но ее чувства были сильны. Настолько, чтобы подавить инстинктивный страх. Достаточно сильны, чтобы вызвать желание быть со мной. А быть с ней — величайшее счастье из всех известных мне.

Некоторое время — пока я был один и не причинял вреда никому другому для разнообразия — я позволил себе проникнуться этим счастьем, отгоняя мысли о трагедии. Просто ликовать, что я небезразличен ей. Праздновать победу — завоевание ее сердца. И представлять, как буду сидеть рядом с ней завтра, слушать ее голос и заслуживать ее улыбки.

Я воспроизвел одну такую улыбку в памяти, увидел, как поднимаются уголки ее пухлых губ, как на узком подбородке появляется намек на ямочку, как теплеют и тают ее глаза. Сегодня ее пальцы так тепло и нежно касались моей руки. Я представлял, каким было бы прикосновение к тонкой коже на ее скулах — шелковистой, теплой... такой непрочной. Шелк поверх стекла... тронуть боязно — разобьешь.

Я не замечал, куда ведут меня мысли, пока не стало слишком поздно. Задумавшись об этой невероятной уязвимости, я вдруг заметил, что в мои фантазии вторгаются другие образы.

Опять ее лицо, но скрытое в тени, бледное от страха, — но решительное, зубы сжаты, глаза полны сосредоточенности, тонкое тело подобралось, чтобы броситься на громоздкие фигуры, обступившие ее, кошмары из мрака.

У меня вырвался стон: жгучая ненависть, о которой я совсем забыл от радости, что она любит меня, взметнулась вновь, превращаясь в адское пламя ярости.

Я был один. Белла у себя дома, в безопасности, — я надеялся на это и в тот момент был вне себя от радости, потому что в отцы ей достался Чарли Свон — глава местной полиции, натренированный и вооруженный. Это что-то да значит, что она живет под одной крышей с ним.

Она в безопасности. Мне не понадобится много времени, чтобы уничтожить смертного, который чуть было не причинил ей вред.

Нет. Она заслуживает лучшей участи. Нельзя допустить, чтобы она питала чувства к убийце.

Но... как же остальные?

Да, Белла в безопасности. И Анджела с Джессикой тоже спокойно спят в своих постелях.

А хищник бродит на свободе, по улицам Порт-Анджелеса. Хищник-человек — значит, пусть люди и разбираются с ним? Мы нечасто вмешиваемся в людские дела, если не считать Карлайла, постоянно занятого исцелением и спасением жизней. А для нас, всех остальных, наша слабость, пристрастие к человеческой крови, — серьезное препятствие для любых хоть сколько-нибудь близких отношений с людьми. И конечно, есть еще наши надзиратели, наблюдающие за нами издалека — по сути дела, вампирская полиция, Вольтури. Мы, Каллены, слишком отличаемся образом жизни от всех нам подобных. Привлекать к себе внимание любым непродуманным поступком в стиле супергероев было бы чрезвычайно опасно для нашей семьи.

Определенно это забота смертных, а не нашего мира. Совершать убийство, которое мне нестерпимо хотелось совершить, — неправильно. Я понимал это. Но и оставлять гада безнаказанным, чтобы он напал вновь, тоже было бы ошибкой.

Светловолосая администратор ресторана. Официантка, на которую я почти не глядел. Обе вызвали у меня привычное раздражение, но это не значило, что они заслуживают такой опасности.

Я повернул на север и прибавил скорость — у меня появилась цель. Всякий раз, когда передо мной вставала дилемма — порой весьма серьезная, вроде нынешней, — я знал, к кому обратиться за помощью.

Элис сидела на веранде, ожидая меня. Вместо того чтобы объехать вокруг дома к гаражу, я затормозил перед крыльцом.

— Карлайл у себя в кабинете, — сообщила она еще до того, как я задал вопрос.

— Спасибо, — и я, проходя мимо, взъерошил ей волосы.

«*Тебе спасибо — что ответил на мой звонок*», — саркастически подумала она.

— М-да? — Я помедлил у двери, достал мобильник и открыл его. — Извини. Я даже не посмотрел, кто звонит... был занят.

— Ага, понимаю. Ты тоже извини. К тому времени, как я разглядела, что случится, ты был уже в пути.

— Едва успел, — пробормотал я.

«*Извини*», — повторила она пристыженно.

Зная, что с Беллой все хорошо, я легко мог позволить себе проявить великодушие.

— Не извиняйся. Я же понимаю, ты не можешь уловить все сразу. Никто и не ждет от тебя всеведения, Элис.

— Спасибо.

— А я сегодня чуть не пригласил тебя на ужин — ты успела заметить, пока я не передумал?

Она усмехнулась:

— Нет, и это я тоже упустила. А жаль, лучше бы узнала. Я бы примчалась.

— На чем это ты так сосредоточилась, если столько всего упустила?

«*Джаспер подумывает о нашей годовщине*, — засмеялась она. — *Пока старается не принимать окончательного решения насчет подарка для меня, но у меня, кажется, есть неплохая идея...*»

— Вот бессовестная.

— А то.

Она поджала губы и с легким намеком на упрек уставилась на меня. «*Впредь буду внимательнее. Так ты скажешь остальным, что она знает?*»

Я вздохнул.

— Да. Попозже.

«*Я ничего не скажу. Только сделай одолжение, скажи Розали, когда меня не будет поблизости, ладно?*»

Я поморщился.

— Конечно.

«*Белла все приняла хорошо*».

— Слишком уж хорошо.

Элис усмехнулась. «*Не стоит недооценивать Беллу*».

Я попытался отгородиться от образа, который не желал видеть: Белла и Элис, лучшие подруги.

Уже начиная раздражаться, я тяжело вздохнул. Мне хотелось поскорее пройти следующий этап вечера, хотелось покончить с ним. И было тревожно, что меня нет в Форксе.

— Элис... — начал я. Она увидела, о чем я собираюсь спросить.

«*Сегодня с ней все будет хорошо. Сейчас сторож из меня выйдет получше. А ей вроде как понадобится круглосуточный надзор, верно?*»

— Как минимум.

— В любом случае скоро ты сам будешь рядом с ней.

Я сделал глубокий вдох. Эти слова показались мне прекрасными.

— Действуй. Развяжись с этим делом, и сможешь отправиться туда, куда тебе хочется, — посоветовала она мне.

Я кивнул и поспешил в кабинет Карлайла.

Он ждал меня, глядя не в толстую книгу на своем столе, а на дверь.

— Я слышал, как Элис сказала тебе, где меня найти, — сообщил он и улыбнулся.

Облегчением было очутиться с ним рядом, видеть сочувствие и глубокий ум в его глазах. Карлайл поймет, как надо поступить.

— Мне нужна помощь.

— Все, что угодно, Эдвард, — заверил он.

— Элис не говорила тебе, что случилось с Беллой сегодня вечером?

«*Едва не случилось*», — мысленно поправил он.

— Да, едва. Я в тупике, Карлайл. Понимаешь, мне... очень хочется прикончить его. — И слова полились быстрым и бурным потоком: — Очень. Но я понимаю, что это было бы неправильно, ведь это месть, а не правосудие. Только гнев, никакой беспристрастности. И все же было бы ошибкой оставлять разгуливать по Порт-Анджелесу серийного насильника и убийцу! Жителей города я не знаю, но не могу допустить, чтобы на месте Беллы оказался кто-то другой и стал его жертвой. Эти женщины... так нельзя...

Его широкая, неожиданная улыбка оборвала поток моих излияний.

«*Она прекрасно влияет на тебя, не правда ли? Столько сострадания, такое умение владеть собой. Я впечатлен*».

— Карлайл, я не напрашивался на комплименты.

— Разумеется. Но что я могу поделать со своими мыслями? — Он снова улыбнулся. «*Я обо всем позабочусь. Можешь не волноваться. Никто другой не окажется на месте Беллы и не пострадает*».

Я увидел, как у него в голове возник план. Не то, чего хотел я — он не утолил бы мою жажду жестокой мести, — но я понимал, что так будет правильно.

— Я покажу тебе, где его найти, — сказал я.

— Едем.

По пути он прихватил свою черную сумку. Я предпочел бы применить более агрессивное средство с седативным эффектом — вроде проломленного черепа, — но предоставил Карлайлу действовать своими методами.

Поездка по темной свободной дороге получилась короткой. Я не включал фары, чтобы не привлекать внимания. И улыбался, представляя, как Белла восприняла бы *такую* скорость, с какой мы передвигались сейчас. Я и так ехал медленнее обычного, чтобы побыть с ней подольше, когда она заметила это и потребовала притормозить.

О Белле думал и Карлайл.

«*Я никак не мог предвидеть, что она так благоприятно повлияет на него. Вот это неожиданность. Наверное, так и должно было случиться. Наверное, так надо для высшей цели. Вот только...*»

Он представил себе Беллу с холодной, как снег, кожей и кроваво-красными глазами и содрогнулся от этого зрелища.

Да. Именно. «*Вот только*». Потому что как может быть благом уничтожение того, что блистает такой чистотой и прелестью?

Я устремил взгляд в ночную темноту, вся радость вечера была испорчена.

«*Эдвард достоин счастья. Он заслужил его,* — свирепая убежденность мыслей Карлайла поразила меня. — *Должен же быть какой-то способ!*»

Хотел бы и я поверить в то, на что он надеялся. Но к тому, что случилось с Беллой, высшая цель не имела никакого отношения. Только злобная мегера, уродливая и горькая судьба, которой было невыносимо видеть, что жизнь Беллы складывается так, как она заслуживает.

В Порт-Анджелесе я медлить не стал. Отвез Карлайла к дешевому кабаку, где отмороженная тварь по имени Лэнни заливала неудачу в компании приятелей, двое из которых уже отрубились. Карлайл видел, как тяжело мне было находиться настолько близко к нему, слышать мысли мерзавца, видеть его воспоминания, в том числе и о Белле — вперемешку с воспоминаниями о девушках, которым повезло гораздо меньше и которых уже никто не спасет.

Я часто задышал. Пальцы сжались на руле.

«*Поезжай, Эдвард,* — мягко велел мне Карлайл. — *Я обезврежу остальных. А ты возвращайся к Белле*».

Он не смог бы выбрать более верные слова. Только ее имя могло отвлечь меня, только оно имело для меня значение.

Оставив Карлайла в машине, я вернулся в Форкс, промчавшись напрямую через спящий лес. Времени эта пробежка заняла меньше, чем путь туда на машине. Уже через несколько минут я взобрался по стене дома Беллы и устранил последнее препятствие, открыв окно.

И бесшумно вздохнул от облегчения. Все выглядело точно так, как и должно было. Белла спокойно видела сны в своей постели, разметав по подушке влажные волосы.

Но в отличие от большинства предыдущих ночей она ежилась и натягивала одеяло по самую шею. Мерзла, наверное. Пока я устраивался на своем обычном месте, она передернулась во сне, у нее задрожали губы.

Подумав секунду, я выскользнул в коридор, впервые очутившись в доме за пределами ее комнаты.

Храп Чарли звучал размеренно и гулко. Я почти уловил обрывок его сновидения. Что-то про быстро бегущую воду и терпеливое ожидание... может, рыбалка?

На верхней площадке лестницы я заметил вроде бы подходящий с виду шкаф, с надеждой открыл его и нашел то, что искал. Выбрав самое толстое из одеял в этом тесном бельевом шкафу, я вернулся вместе с ним в комнату к Белле. Надо будет положить его на прежнее место до того, как она проснется, и тогда никто ничего не узнает.

Затаив дыхание, я осторожно укрыл ее одеялом. Его тяжести она не заметила. Я снова сел в кресло-качалку.

С беспокойством ожидая, когда она согреется, я думал о Карлайле и гадал, где он сейчас. Его план осуществился как по маслу — я знал об этом от Элис.

Мысли об отце вызвали у меня вздох: Карлайл был обо мне слишком высокого мнения. Хотел бы я быть именно тем, кем он меня считал. Тем, кто заслужил не только счастье, но и надежду удостоиться этой спящей девушки. Насколько иначе складывались бы события, будь я тем самым Эдвардом.

И если уж я не в состоянии быть тем, кем следовало бы, должно же быть во вселенной какое-то равновесие, чтобы свести на нет мой мрак. Разве не должно в ней быть равного по силе и противоположного по знаку добра? Мне представилась судьба с лицом старой карги как хоть какое-то объяснение ужасающим, невероятным кошмарам, не оставляющим в покое Беллу, — сначала я, потом фургон, и вот сегодня — та гнусная тварь. Но если эта судьба настолько могущественна, разве не должно быть равной силы, противостоящей ей?

У таких людей, как Белла, должен быть защитник, ангел-хранитель. Она его заслуживает. Но ясно, что ее оставили беззащитной. Хотел бы я верить, что ангел или еще кто-нибудь присматривает за ней, обеспечивает ей некоторую защиту, но когда пытался представить себе этого опекуна, ясно понимал, что это невозможно. Какой ангел-хранитель позволил бы Белле приехать *сюда*? И допустил, чтобы наши с ней пути пересеклись — если она создана такой, что не обратить на нее внимания я никак не мог? Возмутительно сильный запах, притягивающий меня, безмолвие мыслей, распаляющее мое любопытство, неброская красота, приковывающая мой взгляд, самозабвенная душа, внушающая мне благоговейный трепет... Да еще вдобавок полное отсутствие инстинкта самосохранения, чтобы я не вызвал у нее отвращения, и конечно, обширная полоса досадных неудач, из-за которых она вечно оказывалась не в том месте и не в то время.

Ничто другое не доказывало с такой убедительностью, что ангелы-хранители — выдумка. Никто не заслуживал такого защитника и не нуждался в нем больше, чем Белла. Но если ангел допустил, чтобы мы встретились, значит, он настолько безответственный, такой опрометчивый, такой... *безмозглый*, что просто никак не может быть на стороне добра. По мне, уж лучше пусть реальной окажется гадкая мегера, чем это беспомощное небесное существо. По крайней мере, против уродливой судьбы я мог бы побороться.

И я поборюсь и буду продолжать борьбу. Какой бы силе ни вздумалось вредить Белле, этой силе придется иметь дело со мной. Да, ангела-хранителя у нее нет. Но я сделаю все возможное, чтобы восполнить его отсутствие.

Хотя вампир-хранитель — это перебор.

Примерно через полчаса Белла согрелась, расслабилась, перестала ежиться. Ее дыхание стало глубже, она забормотала во сне. Я довольно улыбнулся. Мелочь, конечно, но сегодня ей спится гораздо комфортнее потому, что я здесь.

— Эдвард... — вздохнула она и тоже улыбнулась.

Я постарался на время забыть о трагедии и просто разрешил себе снова быть счастливым.

Глава 11

Расспросы

Си-эн-эн обнародовал новость первым. Хорошо, что в передачи она попала еще до моего отъезда в школу: мне не терпелось узнать, какими словами люди опишут случившееся и какое внимание оно привлечет. На мою удачу, день был богатым на печальные известия: землетрясение в Южной Америке, похищение по политическим мотивам на Ближнем Востоке. В итоге та самая новость удостоилась всего нескольких секунд, пары фраз и одного зернистого изображения.

«Орландо Кальдерас Уоллес, подозреваемый в убийствах и объявленный в розыск в штатах Техас и Оклахома, был задержан минувшей ночью в Портленде, Орегон, благодаря анонимному заявлению. Сегодня рано утром бесчувственного Уоллеса нашли в переулке всего в нескольких шагах от полицейского участка. Власти пока не могут ответить, куда он будет доставлен, чтобы предстать перед судом, — в Хьюстон или Оклахома-Сити».

Снимок был нечетким, сделанным после ареста, в то время он еще носил густую бороду. Даже если Белла увидит его, вряд ли узнает. Я рассчитывал на это, не желая, чтобы она напугалась лишний раз.

— Здесь, в городе, это событие вряд ли будут подробно освещать. Слишком далеко оно произошло, чтобы представлять интерес для местных, — объяснила Элис. — Правильно сделал Карлайл, что увез его за пределы штата.

Я кивнул. Все равно хорошо, что Белла почти не смотрит телевизор, и я не замечал, чтобы ее отец смотрел хоть что-нибудь, кроме спортивных каналов.

Я сделал все, что мог. Охота на эту мразь закончилась, я не стал убийцей. По крайней мере, еще раз. Я поступил правильно, доверившись Карлайлу, как бы ни хотелось мне, чтобы подонок не отделался так легко. Внезапно я поймал себя на мысли: вот бы его выслали в Техас, где узаконена смертная казнь.

Нет. Это не имеет значения. Надо забыть о случившемся и сосредоточить все внимание на самом важном.

Комнату Беллы я покинул меньше часа назад. И уже изнывал от желания вновь увидеть ее.

— Элис, ты не могла бы...

Она прервала меня:

— Розали отвезет. Психанет, но ты же знаешь, как она рада любому поводу покрасоваться в своей тачке. — Элис издала переливчатый смешок.

Я усмехнулся ей.

— В школе увидимся.

Элис вздохнула, моя усмешка сменилась негодующим взглядом.

«*Знаю, знаю,* — мысленно отозвалась она. — *Еще не время. Подожду, когда ты будешь готов познакомить Беллу со мной. Но имей в виду: мой эгоизм здесь ни при чем. Я ей тоже понравлюсь*».

Я не ответил ей, торопясь выйти за дверь. С такой стороны я ситуацию не рассматривал. Захочет ли Белла знакомиться с Элис? А дружить с вампиршей?

Зная Беллу, можно было с уверенностью предположить, что эта мысль ничуть не смутит ее.

Я нахмурился. Чего хочет Белла и что будет лучше для Беллы — совершенно разные вещи.

Пока я парковал машину на дорожке у дома Беллы, мне стало не по себе. Человеческая поговорка гласит, что утром многое выглядит иначе и отношение к проблемам меняется, если отложить его до утра, — как говорится, «утро вечера мудренее». Покажусь ли я Белле другим в слабом свете туманного дня? Более или менее зловещим, чем в ночной темноте? А вдруг она, пока спала, наконец осознала истину? И все-таки перепугалась?

Но прошлой ночью ее сны были мирными. Раз за разом повторяя мое имя, она улыбалась. И несколько раз невнятно просила меня остаться. Неужели сегодня все это уже ничего не значит?

Я нервничал, ждал, прислушивался к звукам, доносящимся из дома, — к быстрым спотыкающимся шагам по лестнице, резкому треску вскрытой упаковки из фольги, к дребезжанию содержимого холодильника после хлопка дверцы. Судя по этим шумам, она спешила. Рвалась в школу? Эта мысль вызвала у меня улыбку и снова обнадежила.

Я взглянул на часы. И предположил — приняв во внимание предельную скорость, на которую способна ее колымага, — что она *и впрямь* слегка опаздывает.

Белла вылетела из дома с сумкой, соскальзывающей с плеча, и волосами, кое-как собранными в пучок, уже съехавший ей на затылок. Тепла толстого зеленого свитера не хватало, чтобы согреть ее в промозглом тумане, она зябко сутулила узкие плечи.

Длинный свитер был ей слишком велик и смотрелся неприглядно. Он скрадывал ее стройную фигуру, делал бесформенными ее изящные изгибы и мягкие очертания. Я прекрасно понимал его назначение и так же сильно жалел, что она не надела что-нибудь вроде мягкой синей блузки, как прошлым вечером. Ткань так соблазнительно облегала ее тело, низкий вырез открывал завораживающие контуры ее ключиц, расходящихся от впадины у основания шеи. Синий цвет напоминал воду, струящуюся по ее тонкому телу.

Но лучше было бы — принципиально важнее — как можно реже думать о ее фигуре, поэтому я поблагодарил судьбу за этот невзрачный свитер. Я не мог позволить себе ошибаться, и было бы вопиющей ошибкой задерживаться мыслями на непривычном чувстве голода, которое всякий раз шевелилось во мне при виде ее губ... ее кожи... ее тела... Голода, который ускользал от меня на протяжении сотни лет. И уж совсем непозволительно было думать о прикосновениях к ней, потому что они немыслимы.

Я бы ее сломал.

Белла повернулась от двери дома так порывисто, что чуть не пробежала мимо моей машины, не заметив ее.

Но вдруг резко затормозила, сведя колени, как испуганный жеребенок. Сумка съехала ниже по руке, глаза широко раскрылись, она уставилась на машину.

Я вышел, не утруждая себя передвижением с человеческой скоростью, и распахнул перед Беллой пассажирскую дверцу. Больше я не стану даже пытаться обманывать ее — я буду самим собой, по крайней мере, пока мы вдвоем.

Она перевела взгляд на меня и снова испуганно вздрогнула: я словно материализовался из тумана. А потом удивление в ее глазах сменилось другим выражением, и я перестал бояться — или надеяться, — что за ночь ее чувства ко мне изменились. Тепло, радостное изумление, восхищение — все было в прозрачных глубинах этих глаз.

— Поедем сегодня вместе? — спросил я. В отличие от вчерашнего ужина я дам ей возможность выбирать. Отныне у нее всегда должен быть выбор.

— Да, спасибо, — отозвалась она, без колебаний садясь ко мне в машину.

Перестану ли я когда-нибудь ликовать при мысли, что это мне, а не кому-нибудь другому, она отвечает «да»?

Я в мгновение ока обежал вокруг машины, спеша сесть рядом с ней. Ее ничуть не шокировало мое внезапное исчезновение и появление.

Счастье, которым я полнился, сидя рядом с ней, было не сравнимо ни с чем. Как бы я ни радовался любви и товариществу в моей семье, я никогда еще не был так счастлив, несмотря на все развлечения моего мира, на его возможности отвлечься. Даже понимая, что это неправильно, что ничем хорошим это не кончится, я не мог прогнать с лица улыбку все время, пока мы были вместе.

Свою куртку я повесил на подголовник ее сиденья. И увидел, как она разглядывает ее.

— Привез тебе куртку, — сказал я. Таков был мой предлог, если бы он понадобился мне, чтобы явиться к ней без приглашения сегодня утром. Было холодно. Она осталась без куртки.

Вполне допустимый рыцарский поступок. — Не хватало тебе еще заболеть.

— Я не такая неженка, — возразила она, глядя мне в грудь, а не в лицо, будто не решаясь встретиться со мной взглядом. Но куртку она надела еще до того, как мне пришлось прибегнуть к уговорам.

— Да ну? — еле слышно откликнулся я.

Я прибавил скорость, направляясь к школе, Белла смотрела на дорогу. Вытерпеть удалось всего несколько секунд молчания: я должен был узнать, какие мысли занимают ее сегодня утром. Слишком многое изменилось между нами с тех пор, как солнце взошло в прошлый раз.

— Сегодня двадцати вопросов подряд не будет? — спросил я, опять настраиваясь действовать мягко.

Она улыбнулась, видимо, обрадованная, что я завел этот разговор.

— Тебе не нравятся мои вопросы?

— Не столько вопросы, сколько твоя реакция, — честно ответил я, улыбаясь.

Уголки ее губ опустились.

— Плохо реагирую?

— Нет, в том-то и дело. Ты все воспринимаешь так спокойно, что это выглядит неестественно. — До сих пор ни единого испуганного визга. Как такое возможно? — Я теряюсь в догадках, не представляя, о чем ты на самом деле думаешь.

И конечно, в догадках я терялся, что бы она ни делала — или не делала.

— Что думаю, то и говорю.

— С поправками.

Она опять прикусила губу. Кажется, сама она этого не замечала — просто бессознательно реагировала на напряжение.

— Незначительными.

Этих слов хватило, чтобы пробудить во мне любопытство. Что она намеренно утаивает от меня?

— Достаточными, чтобы свести меня с ума, — возразил я.

Она помедлила, потом сообщила шепотом:

— Кое-что тебе лучше не знать.

Мне пришлось задуматься, пробежаться по всему нашему вчерашнему разговору, перебрать одно слово за другим, чтобы найти связь. Возможно, сосредоточенность понадобилась, потому что я представить себе не мог, чтобы не пожелал слушать хоть что-нибудь, чем она хотела со мной поделиться. А потом — потому что говорила она тем же тоном, что и вчера вечером, и слышалась та же внезапная боль, — я вспомнил. В какой-то момент я просил ее не говорить о том, что она думает. «*Не смей так говорить*», — почти рявкнул я. Из-за меня она плакала...

Значит, вот что она скрывала? Глубину своих чувств ко мне? Что чудовище во мне не имеет значения для нее и что она считает, что менять мнение ей уже поздно?

Я был не в силах заговорить, потому что радость и боль вспыхнули так остро, что я не смог бы выразить их словами, и противоречие между ними было слишком острым для вразумительного ответа. В машине воцарилась тишина, слышался только ровный ритм сердца и легких Беллы.

— А где твоя семья? — вдруг спросила она.

Я сделал глубокий вдох — в первый раз ощутить запах в машине было нестерпимо больно, но я постепенно привыкал к этим мучениям, удовлетворенно отметил я, — и снова заставил себя заговорить небрежным тоном.

— Поехали на машине Розали. — Я как раз припарковался на свободном месте рядом с автомобилем, о котором шла речь. И подавил улыбку, увидев, как Белла вытаращила глаза. — Шикарный, да?

— Ух ты! Если у нее есть *такая* тачка, зачем же она ездит на твоей?

Розали польстила бы реакция Беллы... если бы она относилась к Белле объективно, а этого ждать не стоило.

— Я же сказал — она слишком шикарна, а мы *стараемся* не выделяться.

Белла, само собой, не усмотрела никаких противоречий между этим принципом и моей машиной. Не случайно мы чаще всего появлялись где-нибудь на «вольво» — автомобиле, известном своей безопасностью. Той самой безопасностью, которая никогда не понадобится вампирам в машине. Лишь немногие узнавали в ней малоизвестную гоночную серию и уж точно не подозревали, что мы сами доработали ее.

— Зря стараетесь, — заявила она и беспечно рассмеялась.

Жизнерадостные, совершенно беззаботные звуки ее смеха согрели мою пустую грудь.

— Если эта машина так привлекает внимание, почему же Розали сегодня приехала на ней? — полюбопытствовала Белла.

— А разве ты не заметила, что сейчас я нарушаю *все* правила?

Мой ответ был рассчитан на то, чтобы слегка напугать, — и разумеется, Белла заулыбалась, услышав его.

Выйдя из машины, я зашагал так близко к ней, как только осмелился, и внимательно высматривал хоть какие-нибудь признаки того, что моя близость тревожит ее. Дважды ее рука почти касалась моей, но она ее отдергивала. *Казалось*, ей хочется прикоснуться ко мне... Мое дыхание участилось.

— Тогда зачем вы вообще покупаете такие машины, как эта? Если вы так оберегаете свою частную жизнь? — спросила она, пока мы шли на урок.

— Из прихоти, — признался я. — Мы любим быструю езду.

— Кто бы сомневался, — недовольно пробормотала она.

Глаз она не поднимала, мою ответную усмешку не заметила.

«Вот это да! Глазам не верю! Как, черт возьми, Белле это удалось?»

В мои мысли вторглось изумление Джессики. Она ждала Беллу, прячась от дождя под навесом у кафетерия, через руку она перебросила зимнюю куртку Беллы. Джессика потрясенно таращила глаза.

Белла тоже увидела ее — мгновением позже. И слегка порозовела, заметив выражение на лице подруги.

— А, Джессика! Спасибо, что не забыла, — заговорила Белла. Джессика молча протянула ей куртку.

С друзьями Беллы я должен был вести себя вежливо — не важно, добрые они друзья или нет.

— Доброе утро, Джессика!

«О-о...»

Глаза Джессики чуть не вывалились из орбит, но она не вздрогнула и не попятилась, как я ожидал. Несмотря на то что она и раньше обращала на меня внимание, она всегда держалась на безопасном расстоянии, как бессознательно делали все наши воздыхатели. Странно и забавно... и, честно говоря, немного неловко было сознавать, насколько я смягчился рядом с Беллой. Меня словно больше никто не боялся. Если Эмметт узнает об этом, будет насмехаться надо мной весь следующий век.

— М-м... привет, — промямлила Джессика, стрельнув в Беллу многозначительным взглядом. — На тригонометрии увидимся.

«*Там-то ты мне все и выложишь. Все подробности. Хочу подробности! Чертов Эдвард Каллен!*»

У Беллы дрогнули губы.

— Ага, увидимся.

Мысли Джессики как с цепи сорвались, и она понеслась на первый урок, то и дело оглядываясь на нас.

«*Всю историю — на меньшее я не согласна. Так они сговорились встретиться вчера вечером? Они встречаются? Давно? Как же ей удалось сохранить это в тайне? И зачем ей это понадобилось? Не может быть, чтобы все это так, от нечего делать, — она наверняка втрескалась в него по уши. Ничего, выясню. Интересно, она уже с ним переспала? Ой, отпад...*» Мысли Джессики вдруг потеряли всякую связность, она дала волю бессловесным фантазиям. Я поморщился, увидев ее догадки, и не только потому, что в своей игре воображения она заменила Беллу собой.

Так просто не могло быть. И все-таки я... хотел...

Я решительно отказывался признаваться в этом даже самому себе. Каким еще желанием я воспылаю к Белле, даже зная, что это неправильно? Что именно в конце концов убьет ее?

Встряхнув головой, я попытался взбодриться.

— И что же ты ей скажешь? — спросил я Беллу.

— Слушай! — свирепо прошипела она. — Я думала, мои мысли ты не читаешь!

— Не читаю. — Я удивленно посмотрел на нее, пытаясь понять смысл этих слов. А-а, мы, должно быть, одновременно подумали об одном и том же. — Зато, — продолжал я, — я прочитал мысли Джессики: она намерена подкараулить тебя в классе и устроить допрос.

Белла застонала и стряхнула с плеч мою куртку. Я не сразу понял, что она собирается отдать ее мне — я бы об этом не стал просить, надеясь, что она оставит ее себе... как память.

Потому и не успел предложить ей помощь. Она вручила мне куртку и надела свою.

— Так что же ты ей скажешь? — допытывался я.

— А подсказку? О чем она хочет спросить?

Я улыбнулся и покачал головой. Мне хотелось услышать ее догадки без подсказок.

— Так нечестно.

Она прищурилась.

— Нет, нечестно — знать и не поделиться.

Все верно, она же не любит двойные стандарты.

— Джессика хочет знать, не встречаемся ли мы с тобой, — медленно произнес я. — И еще — как ты ко мне относишься.

Она вскинула брови — не удивленно, а непосредственно. Изображая наивность.

— Ой! И что мне сказать?

— Хм-м...

Она всегда пыталась вытянуть из меня больше, чем говорила сама. Я задумался над ответом.

Прядь ее волос, чуть влажная от тумана, выбилась из узла, легла на плечо и изогнулась там, где под нелепым свитером пряталась ключица. Она притягивала мой взгляд, направляла его по другим скрытым линиям...

Я осторожно потянулся к этой пряди, не касаясь кожи — утро и без моих прикосновений было зябким, — и заправил ее на место, в растрепанный узел волос, чтобы она больше не отвлекала меня. Потом вспомнил, как трогал ее волосы Майк Ньютон и невольно стиснул зубы. Тогда она отпрянула от него. Теперь отреагировала иначе: кровь прилила к коже, стук сердца внезапно стал сбивчивым.

Пытаясь скрыть улыбку, я ответил ей:

— Пожалуй, на первый вопрос ты могла бы ответить утвердительно... если не возражаешь.

Ей выбирать, только ей.

— Будет проще, чем что-либо объяснять.

— Не возражаю, — шепотом согласилась она. Привычный ритм ее сердца еще не восстановился.

— А насчет второго... — теперь я улыбался, не таясь, — я бы и сам не отказался услышать ответ.

Пусть Белла подумает об этом. Я сдержал смех, заметив, как она переменилась в лице.

Продолжить расспросы она не успела: я повернулся и зашагал прочь. Отказывать ей хоть в чем-то было непросто. А я хотел услышать ее соображения, а не свои.

— Увидимся за обедом, — бросил я через плечо и заодно убедился, что она все еще смотрит мне вслед. Рот у нее был приоткрыт, я не выдержал и рассмеялся.

Уходя от нее, я смутно замечал, как вертятся вокруг меня возгласы изумления и догадки в чужих мыслях, как окружающие переводят глаза с Беллы на мою удаляющуюся фигуру и обратно. Я не стал уделять им внимание, и без того мне не удавалось сосредоточиться. Трудно было даже переставлять ноги с приемлемой скоростью, шагая по мокрой траве к корпусу, где у меня ожидался первый урок. Хотелось припустить бегом — так быстро, чтобы исчезнуть, стремительно, чтобы казалось, будто я лечу. Отчасти я уже летел.

По пути на урок я надел куртку, и запах Беллы окутал меня облаком. Я был готов терпеть жжение — и при этом отчасти терять чувствительность к запаху, чтобы спокойнее переносить его воздействие потом, когда мы встретимся за обедом.

Учителя уже давно не удосуживались вызывать меня, и сегодня это было кстати: вызванный сегодня отвечать, я оказался бы совершенно неподготовленным. Мои мысли витали где угодно, и только тело находилось в классе.

Разумеется, я наблюдал за Беллой. Эти наблюдения стали для меня естественными, непроизвольными, как дыхание, я почти не осознавал, что делаю. Я слышал, как Белла говорила с Майком Ньютоном, который совсем пал духом. Ей удалось быстро перевести разговор на Джессику, и я ухмыльнулся так широко, что Роб Сойер, сидевший справа от меня, заметно вздрогнул и сдвинулся на край своего стула, подальше от меня.

«Бр-р. Жуть какая».

Что ж, значит, хватку я не совсем потерял.

Одновременно я приглядывал за Джессикой, смотрел, как она обдумывает вопросы, чтобы задать их Белле. Четвертого урока я ждал с нетерпением, в десятки раз превосходящим нетерпение и волнение любопытной человеческой девчонки, жаждущей новой пищи для сплетен.

А еще я прислушивался к Анджеле Вебер.

Я не забыл про свое чувство признательности ей — за то, что она с самого начала думала о Белле только хорошее, и за то, что помогла ей вчера вечером. Так что все утро я ждал, когда выяснится, чего она хочет. Я полагал, что исполнить ее желание будет легко и что она, как любое другое человеческое существо, наверняка мечтает о какой-нибудь безделице или побрякушке. Или о нескольких. Отправлю их ей анонимно, и мы квиты.

Но Анджела оказалась почти такой же скрытной, как Белла с ее мыслями. И для девушки-подростка была на удивление довольна своей жизнью. Счастлива. Возможно, этим и объяснялась ее необычная доброта: она принадлежала к числу редких людей, у которых есть то, чего они хотят, и которые хотят то, что имеют. Когда она не слушала учителей и не делала записи, то думала о младших братьях-близнецах, которых в эти выходные обещала свозить на побережье, и предвкушала их восторг с почти материнским удовольствием. Ей часто приходилось присматривать за ними, но она нисколько не тяготилась этим. Так мило.

Но для меня бесполезно.

Должно же быть что-то, чего ей хочется. Надо только продолжать наблюдение. Но попозже. А пока — урок тригонометрии у Беллы и Джессики.

На английский я направился, не глядя куда иду. Джессика уже сидела на своем месте и нетерпеливо перебирала по полу обеими ногами, поджидая Беллу.

Я же, напротив, застыл в неподвижности на своем месте в классе. И был вынужден время от времени напоминать себе, что надо ерзать, вертеться, ломать комедию, притворяясь человеком. Было трудно, я всецело сосредоточился на Джессике. И надеялся, что она вся обратится в слух и попытается, на мою удачу, определить чувства Беллы по ее лицу.

Белла вошла в класс, и Джессика занервничала сильнее прежнего, теряя терпение.

«*Вид у нее... мрачный. Почему? Может, и нет у нее ничего с Эдвардом Калленом. Да уж, досада. Но... это же значит, что* он все еще свободен... И если он вдруг заинтересовался свиданиями, я охотно помогу ему».

Но на лице Беллы отражалась не мрачность, а нежелание. Она тревожилась, понимая, что я слышу весь их разговор.

«Рассказывай все!» — потребовала Джесс, пока Белла снимала куртку и вешала ее на спинку стула. Ее движения были нарочито медленными и неохотными.

«Уф, ну сколько можно возиться? Выкладывай уже пикантные подробности!»

«Что ты хочешь знать?» — Белла тянула время, усаживаясь на место.

«Что было вчера вечером?»

«Эдвард угостил меня ужином, потом отвез домой».

«А потом? Да ладно, не может быть, чтобы этим все и кончилось! Наверняка врет, я точно знаю. Дай-ка я ее подловлю».

«Как это вы доехали до дома так быстро?»

Я увидел, как Белла закатила глаза, повернувшись к полной недоверия Джессике.

«Он гоняет как бешеный! Ужас какой-то».

Она чуть заметно улыбнулась, и я рассмеялся, перебив мистера Мейсона. И сразу же попытался притвориться, что закашлялся, но обмануть никого не сумел. Мистер Мейсон метнул в меня недовольный взгляд, но я даже не удосужился послушать, что он при этом думал. Я следил за Джессикой.

«Хм. Похоже, говорит правду. И вообще, почему приходится вытягивать из нее каждое слово? На ее месте я хвалилась бы во весь голос».

«Так это что было — свидание? Вы договорились встретиться там?»

Джессика впилась взглядом в лицо Беллы, по которому скользнуло замешательство, и с разочарованием убедилась, что оно неподдельное.

«Нет, я страшно удивилась, когда увидела его там», — ответила Белла.

«Что вообще происходит?»

«А сегодня он заехал за тобой перед уроками?»

«Это явно еще не все».

«Да, но ни о чем таком мы не договаривались. Он заметил, что вчера вечером я была без куртки».

«*Ничего интересного*», — думала вновь разочарованная Джессика.

Мне надоели ее расспросы, хотелось услышать что-нибудь, чего бы я еще не знал. Оставалось лишь надеяться, что она не расстроится настолько, что пропустит те самые вопросы, которых я ждал.

«*Собираетесь еще куда-нибудь?*» — напористо спросила Джессика.

«*Он предложил свозить меня в субботу в Сиэтл — по его мнению, такой поездки мой пикап не выдержит. Это считается?*»

«*Хм-м. Прямо из кожи вон лезет, чтобы... ну, вроде как заботится о ней. Между ними точно что-то есть — не с ее стороны, так с его. Но КАК это вышло? Белла же не в своем уме*».

«*Считается*», — ответила Джессика Белле.

«*Ну, значит, да, собираемся*», — заключила Белла.

«*Ну и ну... Эдвард Каллен!*»

«*Нравится он ей или нет, вот что важно*».

«*Верно*». — Белла вздохнула.

Ее тон обнадежил Джессику: «*Ну наконец-то! Похоже, она въезжает!*»

Я задумался, правильно ли Джессика истолковала тон Беллы. Хорошо бы она попросила у Беллы объяснений вместо того, чтобы строить догадки.

«*Погоди!* — Джессика вдруг вспомнила самый важный из своих вопросов. — *Он целовал тебя?*»

«*Пожалуйста, ну скажи «да»! А потом подробно опиши каждую секунду!*»

«*Нет*, — пробормотала Белла, глядя на свои руки и пряча лицо. — *Даже не пытался*».

«*Черт. Как же хочется... ха! Похоже, ей тоже*».

Я нахмурился. Беллу что-то беспокоит, но для разочарований того рода, которые предположила Джессика, у нее нет причин. Она просто не могла этого хотеть. Ведь она все знала. У нее никак не могло возникнуть желание оказаться так близко от моих зубов. Ей же было известно, что у меня клыки.

Я содрогнулся.

«*Как думаешь, в субботу?..*» — предположила Джессика.

Раздражение Беллы усилилось.

«*Маловероятно*».

«*Ага, и ей хочется. Фигово для нее*».

Может, все дело в том, что я наблюдал эту сцену сквозь призму восприятия Джессики? И только потому мне казалось, что она права?

На полсекунды меня отвлекла невозможная мысль — каково было бы попытаться поцеловать Беллу. Мои губы на ее губах: холодный камень к теплому податливому шелку...

И тут она умирает.

Я встряхнул головой, поморщился, восстановил сосредоточенность.

«*О чем вы говорили?*»

«*Ты вообще говорила с ним, или ему пришлось вытягивать из тебя каждое слово, как мне сейчас?*»

Я грустно улыбнулся: Джессика почти попала в точку.

«*Даже не знаю, Джесс, о разном. О сочинении по английскому. Недолго*».

Очень недолго. Моя улыбка стала шире.

«*Ой, да ладно*».

«*Ну пожалуйста, Белла! Хоть какие-нибудь подробности!*»

Белла ненадолго задумалась.

«*Ну ладно... сейчас расскажу. Видела бы ты, как заигрывала с ним официантка в том ресторане! Старалась вовсю. А он на нее — ноль внимания*».

Странная подробность, зачем такой делиться? Меня удивило уже то, что Белла вообще хоть что-то заметила. Официантка казалась мне несущественной мелочью.

«*Интересненько...*»

«*Хороший признак. Она была симпатичная?*»

Хм. Джессика придала услышанному больше значения, чем я.

«*Очень*, — ответила Белла. — *Лет девятнадцати-двадцати*».

Джессика на миг отвлеклась, вспомнив о собственном свидании с Майком в понедельник вечером: Майк держался чересчур дружелюбно с официанткой, которую Джессика сочла нисколько не симпатичной. Отогнав воспоминания и подавив досаду, она вернулась к расспросам.

«*Еще лучше. Наверное, ты ему нравишься*».

«*Может быть,* — с расстановкой отозвалась Белла, и я сполз на самый краешек стула и замер, — *но как знать. Он всегда такой загадочный*».

Должно быть, я все же владел собой и не читался так легко, как открытая книга. Но при ее наблюдательности... как она могла не понять, что я влюблен в нее? Я вновь принялся перебирать слово за словом наш разговор и с изумлением обнаружил, что так и не признался ей в своих чувствах. Как будто знания о них подразумевались каждой нашей встречей.

«*Ого. Каково это вообще — сидеть за столом рядом с фотомоделью мужского пола и вести с ним разговоры?*»

«*Как ты только не боишься оставаться с ним наедине!*» — воскликнула Джессика.

На лице Беллы отразилось потрясение.

«*А что такого?*»

«*Неадекватная реакция. Что, по ее мнению, я имела в виду?*»

«*Он такой... — как бы так выразиться? — потрясный, аж страшно. Я бы не знала, о чем с ним говорить*».

«*Я едва родной язык вспомнила сегодня, а он всего-то поздоровался со мной. Выглядела наверняка идиоткой*».

Белла улыбнулась.

«*Рядом с ним я тоже несу чушь*».

Должно быть, она просто пыталась подбодрить Джессику. Когда мы оставались вдвоем, ее самообладание казалось мне почти неестественным.

«*Ну и ладно!* — Джессика вздохнула. — *Он же обалденно шикарный*».

Выражение лица Беллы вдруг стало чуть холоднее. Глаза вспыхнули, будто ее злила какая-нибудь несправедливость. Джессика не заметила перемену в ней.

«*Вообще-то о нем можно много чего сказать*», — выпалила Белла.

«*О-о-о, вот это уже что-то*».

«*Правда? Например?*»

Белла задумчиво покусала губу.

«*Не знаю, как объяснить,* — наконец сказала она. — *Но помимо лица, в нем еще много невероятного*». Она отвела взгляд от Джессики, он слегка расфокусировался, словно она смотрела куда-то вдаль.

Мне вспомнилось, какие чувства я испытывал, когда Карлайл или Эсме хвалили меня больше, чем я заслуживал. Вот и сейчас те же эмоции, только острее и масштабнее.

«Ищи других дураков — что может быть невероятнее его лица? Разве что тело. Отпад».

«Неужели?» — Джессика хихикнула.

Белла по-прежнему смотрела вдаль, не поворачиваясь к ней.

«Любой нормальный человек прыгал бы до потолка. Может, спрашивать надо как-нибудь попроще. Ха-ха! Будто с дошкольницей разговариваю».

«Значит, он тебе нравится?»

Я снова напрягся.

Белла ответила, не глядя на нее: «Да».

«То есть нравится по-настоящему?»

«Да».

«Вы только гляньте, как покраснела!»

«А сильно он тебе нравится?» — не унималась Джессика.

В эту минуту я не заметил бы даже пожара, вспыхнувшего в классе английского.

Лицо Беллы было уже ярко-красным, я почти чувствовал жар, исходящий от ее мысленного образа.

«Слишком сильно, — шепнула она. — *Гораздо сильнее, чем я ему. Но я ничего не могу с собой поделать».*

«Ах ты ж! Что там спрашивал мистер Варнер?»

«Эм-м... какой номер, мистер Варнер?»

Допрос, который Джессика устроила Белле, прекратился, и это было очень кстати. Мне требовалась передышка.

О чем она только думала? *«Гораздо сильнее, чем я ему»?* Как ей в голову пришло *такое?* *«Но я ничего не могу с собой поделать»?* А это что значит? Разумного объяснения ее словам не находилось. Они выглядели полной бессмыслицей.

Видимо, принимать за чистую монету мне не следовало ничего. Все очевидное, имеющее четкий смысл в ее причудливом мышлении, каким-то образом искажалось и выворачивалось наизнанку.

Я взглянул на часы и скрипнул зубами. Как могут простые минуты казаться бессмертному настолько длинными? Где мое объективное восприятие?

Весь урок тригонометрии у мистера Варнера я просидел, сжав зубы. И слушал не только объяснения в своем классе. Белла и Джессика больше не говорили, но Джессика время от времени поглядывала на Беллу и один раз заметила, как та густо покраснела без какой-либо явной причины.

До обеда все еще было далеко.

Я не знал, добьется ли Джессика ответов, которых ждал и я, когда урок наконец закончится, но Белла ее опередила.

Едва прозвучал звонок, Белла повернулась к подруге.

«*На английском Майк спрашивал, не говорила ли ты что-нибудь про вечер понедельника*», — сообщила Белла, поднимая в улыбке уголки губ. Я понял, что это за маневр: нападение как лучшая защита.

«*Майк спрашивал обо мне?*» — мысли застигнутой врасплох Джессики сразу смягчились, утратили обычный оттенок ехидства. «*Не может быть! А ты что?*»

Стало ясно, что сегодня я от Джессики больше ничего не дождусь. Белла улыбалась, явно думая о том же самом. Как будто победа в раунде осталась за ней.

Ладно, посмотрим, что будет за обедом.

Весь урок физкультуры в одном классе с Элис я изображал вялость, как обычно мы делали, когда дело доходило до физической активности среди людей. Естественно, в пару со мной встала Элис. Никому из людей и в голову не пришло бы выбрать кого-нибудь из нас. Был первый день бадминтона. Со скучающими вздохами я небрежно помахивал ракеткой, отбивая волан. Лорен Мэллори из команды наших противников промахнулась. Элис вертела своей ракеткой, как булавой, глазея в потолок. Потом шагнула ближе к сетке, и Лорен поспешно попятилась.

Все мы терпеть не могли физкультуру, Эмметт в особенности. Игры, рассчитанные на меткость, оскорбляли его личные воззрения. Сегодня на физкультуре было еще нуднее, чем обычно, — меня изводило то же раздражение, что и Эмметта. И как раз когда моя голова уже была готова лопнуть от нетерпения, тренер Клэпп объявил счет и отпустил нас пораньше. Смешно, но я был благодарен ему за то, что он не завтракал — в очередной раз пытался сесть на диету, — в результате голод погнал его прочь из школы на поиски обеда пожирнее. Но он обещал себе завтра начать все заново...

Так что мне хватило времени дойти до корпуса с математическими классами раньше, чем кончился урок у Беллы.

«*Развлекайся*, — мысленно пожелала мне Элис, направляясь к Джасперу. — *Терпеть осталось всего-то несколько дней. Насколько я понимаю, привет от меня Белле ты передавать не станешь, да?*»

Я раздраженно покачал головой. Неужели все ясновидящие такие самодовольные?

«*К твоему сведению, эти выходные будут солнечными по обе стороны залива. На твоем месте я бы пересмотрела планы*».

Я вздохнул, направляясь в противоположную сторону. Польза от нее определенно есть, несмотря на все самодовольство.

В ожидании я прислонился к стене у двери. Стоял так близко, что слышал сквозь кирпичную стену не только мысли Джессики, но и ее голос.

— Значит, сегодня ты не сядешь с нами?

«*Вид у нее прямо... сияющий. Могу поспорить, она кучу всего от меня скрыла*».

— Неизвестно, — ответила Белла с внезапной неуверенностью.

Но я же пообещал, что мы пообедаем вместе! Что это с ней?

Они вышли из класса вместе, и обе вытаращили глаза, увидев меня. Но я слышал только мысли Джессики.

«*Мило. Вот это да! Ну ясно, она рассказывает мне далеко не все*».

— До встречи, Белла.

Белла направилась ко мне и остановилась на полпути по-прежнему неуверенно. Ее скулы порозовели.

Я уже достаточно хорошо знал ее, чтобы твердо понимать: ее замешательство никак не связано со страхом. Видимо, она почему-то вообразила пропасть между ее и моими чувствами. «*Гораздо сильнее, чем я нравлюсь ему*». Абсурд!

— Привет, — мой голос прозвучал слегка холодновато.

Ее розовый румянец стал ярче.

— Привет.

Похоже, ничего добавлять она не собиралась, и я направился в кафетерий, а она молча зашагала рядом.

Куртка сработала, ее запах на этот раз не обрушился на меня как удар. Только усилилась боль, которую я ощущал раньше. Не замечать ее оказалось легче, чем я когда-то считал.

Пока мы ждали в очереди, Белла беспокойно и рассеянно теребила молнию на своей куртке, переступала с ноги на ногу. И часто посматривала на меня, но в смущении отводила глаза, когда встречалась со мной взглядом. Может, потому, что на нас глазело столько народу? Или подслушала громкий шепот? Сегодня повсюду, в том числе и в мыслях, слышались сплетни.

А может, она определила по моему лицу, что я пожелаю услышать объяснения.

Она молчала, пока я не начал собирать ей обед. Не зная, что она любит, я нахватал всего понемногу.

— Ты что? — прошипела она. — Ты, случайно, не для меня это берешь?

Я покачал головой, двигая поднос к кассе.

— Половина для меня, разумеется.

Она скептически подняла бровь, но ничего не говорила, пока я расплачивался и вел ее к столику, где мы сидели на прошлой неделе. Казалось, с тех пор прошло не несколько дней, а гораздо больше. Все теперь было по-другому.

Она опять села напротив меня. Я придвинул к ней поднос.

— Выбирай, что нравится, — предложил я.

Она выбрала яблоко и повертела его в руках, испытующе вглядываясь мне в лицо.

— Интересно...

Какой сюрприз.

— ...как бы ты поступил, если бы кто-нибудь заставлял есть тебя? — продолжала она тихонько, чтобы не услышал никто из людей вокруг. Уши бессмертных — другое дело, особенно если они навострены. Я нахмурился.

— Все тебе интересно, — посетовал я. Ну и ладно. Как будто раньше мне не приходилось есть. Это одно из условий спектакля. Неприятное.

Я взял первое, что подвернулось под руку, и, не сводя глаз с Беллы, откусил, что там мне попалось. На вкус я так и не определил, что это. Скользкое, неоднородное, мерзкое, как любая человеческая еда. Я быстро прожевал и проглотил, стараясь не морщиться. Пережеванный комок медленно и неприятно сполз в горло. Я вздохнул, представляя, как потом придется отхаркивать его. Гадость.

Судя по лицу, Белла была шокирована. Потрясена.

Мне захотелось закатить глаза. Само собой, мы в совершенстве владели искусством такого притворства.

— А если бы тебя кто-нибудь заставлял съесть землю, ты бы смогла, верно?

Она сморщила нос и улыбнулась.

— Я однажды пробовала... на спор. Ничего, терпимо.

Я рассмеялся.

— Так я и думал.

«*Как он мог? Эгоист, кретин! Как он мог так поступить с нами?*» Пронзительный мысленный визг Розали прорвался сквозь мое благодушие.

— Полегче, Роз, — услышал я шепот Эмметта из другого угла кафетерия. Он обнял ее за плечи, крепко прижал к себе — пытался сдержать.

«Извини, Эдвард, — виновато думала Элис. — *По вашему разговору она поняла, что Белла слишком много знает, и было бы еще хуже, если бы я не сказала ей правду сразу же. Можешь мне поверить*».

От мысленного образа, который последовал за ее словами, я поморщился: если бы Розали еще дома узнала, что Белле известно о том, что я вампир, сдерживаться моя сестра не стала бы. Придется спрятать мой «астон-мартин» где-нибудь в другом штате, если к окончанию учебного дня она не успокоится. Видеть мой любимый автомобиль искореженным и пылающим было больно, хоть я и понимал, что заслужил эту кару.

Джаспер был почти так же недоволен.

С остальными я разберусь позднее. Нам с Беллой отпущено совсем немного времени, и я не намерен терять его зря.

«*Эдвард и Белла с виду прямо близкие друзья, да?*» Стоило мне только отключиться от Розали, как в голову вторглись мысли Джессики. На этот раз я ничего не имел против них. «*Невербалика говорит сама за себя. Ну я Белле устрою попозже. Наклоняется он к ней прямо так, как будто ему интерес-*

но. И вид у него заинтересованный. Выглядит он... идеально. — Джессика вздохнула. — *Нямка».*

Я встретился с любопытным взглядом Джессики, и она нервно отвела глаза, съежилась на своем месте. «*Хм-м. Пожалуй, лучше все-таки держаться за Майка. За реальность, а не фантазии...*»

Все это заняло совсем немного времени, но Белла заметила, что я отвлекся.

— Джессика ловит каждое мое движение, — я отговорился менее значимым из двух отвлекающих моментов. — Расскажет тебе потом, что все это значит.

Возмущение Розали не утихало, едкий внутренний монолог остановился всего на пару секунд, пока она выискивала в памяти новые оскорбления, чтобы осыпать ими меня. Я оттеснил ее голос на задний план, решив не отвлекаться от Беллы.

Придвигая к Белле тарелку с едой — оказывается, это была пицца, — я гадал, с чего начать. Ко мне вернулось недавнее раздражение, в голове крутились ее слова: «*Гораздо сильнее, чем я нравлюсь ему. Но я ничего не могу с собой поделать*».

Она откусила от того же ломтя пиццы, что и я, поразив меня своей доверчивостью. Разумеется, она же не знала, что я ядовит — правда, не настолько, чтобы ей было опасно кусать еду после меня. И все же я ожидал от нее другого отношения ко мне. Как к иному существу. Но не дождался.

Я решил начать издалека:

— Значит, официантка была симпатичной?

Она снова подняла бровь:

— А разве ты не заметил?

Можно подумать, кто-нибудь из женщин был способен отвлечь меня от Беллы. Очередной абсурд.

— Нет. Не обратил внимания. У меня и без того хватало забот.

— Бедная официантка, — улыбнулась Белла.

Ей понравилось, что я не проявил к официантке никакого интереса. И я ее понимал. Сколько раз я сам мысленно калечил Майка Ньютона в кабинете биологии!

Но не могла же она всерьез считать, что чувства смертного, порождение семнадцати коротких лет, сильнее подобия чугунного шара для сноса зданий, которое врезалось в меня после вековой пустоты?

— Ты сказала Джессике кое-что... — сохранить небрежный тон мне не удалось. — В общем, это меня тревожит.

Она мгновенно перешла в оборону:

— Нет ничего странного в том, что тебе не все понравилось. Не надо было подслушивать.

Как говорится, любители подслушивать не слышат о себе ничего хорошего — их занятие до добра не доводит.

— Я же предупреждал, что буду слушать, — напомнил я.

— А я предупреждала: тебе лучше не знать все, о чем я думаю.

А, она вспомнила, как расплакалась из-за меня. От раскаяния мой голос осип.

— Было дело. Но ты не совсем права. Я действительно хочу знать, о чем ты думаешь, что бы это ни было. Просто мне бы хотелось... чтобы кое о чем ты не задумывалась.

Опять лишь наполовину правда. Я понимал: *нельзя желать*, чтобы она была ко мне неравнодушна. Но я этого хотел. Конечно же, хотел.

— Да уж, совсем другое дело, — проворчала она и нахмурилась.

— Но сейчас речь не об этом.

— Тогда о чем же?

Она подалась ко мне, легко приложила ладонь к своей шее. И этим притянула мой взгляд, отвлекла меня. Как нежна, должно быть, ее кожа...

«*Сосредоточься!*» — скомандовал я себе.

— Ты на самом деле считаешь, что неравнодушна ко мне больше, чем я к тебе? — спросил я. Этот вопрос казался мне нелепой, беспорядочной мешаниной слов.

Она на миг замерла, даже перестала дышать. Потом отвела глаза и заморгала. И выдохнула, будто приглушенно ахнула.

— Опять начинаешь, — пробормотала она.

— Что начинаю?

— Ослеплять меня, — призналась она, опасливо взглянув мне в глаза.

— Да?.. — Я не знал, как быть. Меня до сих пор приводила в восторг мысль, что я *способен* ослеплять ее. Но разговору это не способствовало.

— Ты не виноват, — вздохнула она. — Ты же не нарочно.

СОЛНЦЕ ПОЛУНОЧИ

— Так ты ответишь на вопрос? — напомнил я.

Она уставилась в стол.

— Да.

И это все?

— «Да, отвечу» или «да, на самом деле так считаю»? — нетерпеливо уточнил я.

— Да, на самом деле так считаю, — не поднимая глаз, повторила она. В голосе проскользнули едва уловимые тоскливые нотки. Она снова покраснела, машинально прихватила зубами губу.

Внезапно я понял, как трудно ей было признаться, ведь она искренне верит в то, что права. И что я ничем не лучше этого труса Майка, если требую у нее заверений в ее чувствах, не заверив ее прежде в своих. Не важно, что сам я считал, будто выражал их предельно ясно. Она не прониклась, значит, мне нет оправданий.

— Ты ошибаешься, — объяснил я. Теперь она должна услышать нежность в моем голосе.

Белла взглянула на меня непроницаемыми глазами, ничем не выдав себя.

— Ничего ты не знаешь, — прошептала она.

— С чего ты взяла? — удивился я. И предположил, что она считает, будто я ошибаюсь в оценке ее чувств — преуменьшаю их, потому что не слышу ее мысли. Но проблема на самом деле заключалась в том, что она сильно преуменьшала *мои* чувства.

Она уставилась на меня, сведя брови и снова покусывая губу. Уже в миллионный раз я пожалел, что не могу запросто-напросто *услышать*, о чем она думает.

И когда я уже был готов взмолиться, она подняла палец, призывая меня пока помолчать.

— Дай мне подумать, — попросила она.

Если ей требовалось просто навести порядок в своих мыслях, я вполне мог потерпеть.

Или хотя бы сделать вид.

Она сложила ладони вместе, переплела и снова распрямила тонкие пальцы. Глядя на свои руки, будто они принадлежали кому-то другому, она заговорила:

— В общем, если не принимать во внимание очевидное, иногда... Нет, я не уверена, я ведь не умею читать мысли, но иногда мне кажется, что ты пытаешься попрощаться со мной, хотя и не говоришь этого прямо. — На меня она так и не взглянула.

Так она это уловила? Поняла, что лишь слабость и эгоизм удерживают меня здесь? И теперь я упал в ее глазах?

— Догадливая, — выдохнул я, с ужасом увидел, как ее лицо исказилось от боли, и поспешил опровергнуть ее догадку. — Вот поэтому ты и не права, — начал я и остановился, вспомнив первые слова ее объяснения. Они беспокоили меня, хотя я их не понимал. — Очевидное? О чем ты?

— А ты посмотри на меня, — отозвалась она.

А я и смотрел. Только и делал, что смотрел на нее.

— Я же самая заурядная, — пояснила она. — Ну, за исключением таких недостатков, как весь мой околосмертный опыт и неуклюжесть, чуть ли не ограниченные возможности. И посмотри на себя, — она махнула ладонью в мою сторону так, словно речь шла о чем-то совершенно очевидном, не заслуживающем разъяснений.

Она считает себя заурядной? Думает, что я почему-то лучше, чем она? С чьей точки зрения — глупых, недалеких, слепых людей вроде Джессики или мисс Коуп? Как же она не понимает, что она самая прекрасная... самая совершенная?.. Даже этими словами не выразить насколько.

А она не догадывается.

— Видишь ли, ты слишком плохо знаешь саму себя, — сказал я. — Да, согласен: насчет недостатков ты попала в точку... — Я невесело засмеялся, не находя ничего смешного в том, как ее преследует злая судьба. Но ее неуклюжесть была, пожалуй, забавной. Милой. Поверит ли она, если я скажу, что она прекрасна внешне и внутренне? Или же подкрепление фактами успешнее убедит ее? — Но ты же не слышала, что думал о тебе каждый парень в этой школе, когда ты появилась здесь в первый день.

Ах, надежды, трепет, пыл этих мыслей! И быстрота, с которой они сменялись невозможными фантазиями. Невозможными потому, что никого из них она не хотела.

Это мне она сказала «да».

Должно быть, моя улыбка сделалась самодовольной.

А ее лицо — удивленным и растерянным.

— Не может быть, — пролепетала она.

— Хотя бы на этот раз поверь мне: ты — полная противоположность заурядности.

Она не привыкла к комплиментам, это же очевидно. Вспыхнув, она сменила тему:

— Но не я же пытаюсь попрощаться.

— Неужели ты не понимаешь? Это лишь доказывает, что я прав. Мое неравнодушие сильнее, я беспокоюсь больше, потому что если я могу... — Сумею ли я когда-нибудь стать самоотверженным настолько, чтобы поступить так, как должен? Я в отчаянии встряхнул головой. Мне надо найти в себе силы. Она достойна жизни. А не того, что Элис предвидела для нее. — Если правильно будет расстаться... — А это наверняка правильно, разве не так? Белла не принадлежит мне. Она ничем не заслужила мое царство Аида. — Тогда я готов действовать во вред себе, чтобы не ранить тебя, ради твоей безопасности.

Я произносил эти слова и желал, чтобы они были правдой.

Она возмущенно уставилась на меня. Что-то в моих словах разозлило ее.

— И тебе в голову не приходило, что я поступила бы так же? — яростно выпалила она.

Такая ярость — и такая нежность и хрупкость. Разве она могла ранить хоть кого-нибудь?

— Тебе никогда не придется делать такой выбор, — заверил я, вновь подавленный видом пропасти между нами.

Она пристально смотрела на меня, беспокойство вытесняло гнев из ее глаз, между бровями появилась складочка. Должно быть, в устройство вселенной вкралась какая-то серьезная ошибка, если такое хорошее и уязвимое существо не удостоилось ангела-хранителя, спасающего от бед.

Что ж, мрачно пошутил я, *зато у нее есть вампир-хранитель.*

Я улыбнулся. Как я был рад предлогу, чтобы остаться.

— Понятное дело, забота о твоей безопасности уже начинает казаться мне занятием на полный рабочий день, требующим моего постоянного присутствия.

Она тоже заулыбалась.

— Сегодня со мной еще никто не пытался разделаться, — беспечно заявила она, потом ее лицо на полсекунды стало задумчивым, а глаза — непроницаемыми.

— Пока еще нет, — сухо уточнил я.

— Пока, — к моему удивлению, согласилась она. Я-то ждал, что она примется уверять, будто не нуждается в защите.

В другом углу кафетерия возмущение Розали не только не утихало, но и наоборот, набирало обороты.

«Извини», — снова услышал я мысли Элис. Должно быть, она заметила, как я морщусь.

Но, услышав ее, я вспомнил об одном деле.

— У меня к тебе еще вопрос, — сказал я.

— Давай. — Белла улыбалась.

— Тебе правда нужно в Сиэтл в эту субботу? Или это просто предлог, чтобы отделаться от поклонников?

Она нахмурилась:

— Между прочим, я еще не простила тебя за Тайлера. Если бы не ты, сейчас он не обольщался бы и не считал, что я пойду с ним на выпускной.

— Ну, он и без меня нашел бы возможность пригласить тебя, а мне просто хотелось увидеть, какое у тебя будет лицо.

Я рассмеялся, вспомнив, какое ошарашенное выражение на нем застыло. Даже своей мрачной историей мне не удалось вызвать в ней такой ужас.

— А если бы тебя пригласил *я*, ты бы тоже отказала?

— Скорее всего нет, — ответила она. — А потом притворилась бы, что заболела или подвернула ногу, и все отменила бы.

Как странно.

— И зачем ты бы так сделала?

Она покачала головой, словно разочарованная моей непонятливостью.

— Ты, конечно, ни разу не видел меня на физкультуре, но мне казалось, что ты и сам все поймешь.

А-а.

— Ты хочешь сказать, что не в состоянии пройти по ровной, устойчивой поверхности, чтобы не споткнуться?

— Естественно.

— Ничего страшного. Все зависит от того, кто и как ведет в танце.

На долю секунды я был ошеломлен, представив себе, как обнимаю ее в танце, — на балу, куда она явится наверняка в чем-нибудь понаряднее этого уродского свитера.

Поразительно отчетливо я вспомнил, как ощущалось подо мной ее тело, когда я оттолкнул ее с пути надвигающегося фургона. Эти прикосновения запечатлелись в моей памяти гораздо прочнее паники или отчаяния. Она была такой теплой и мягкой, так легко угнездилась рядом с моим каменным телом...

Я с трудом вырвался из плена воспоминаний.

— Но ты так и не ответила, — быстро произнес я, чтобы она не заспорила, как собиралась. — Ты точно решила съездить в Сиэтл, или, может быть, мы найдем другое занятие?

Нечестно: предоставить ей право выбора, но не указать в списке вариантов возможность отделаться от меня на день. Едва ли справедливо. Но вчера я дал ей обещание. Слишком беспечно и бездумно, но тем не менее... если я намерен оправдать доверие, которое она оказывала мне, несмотря на всю его незаслуженность. Я собирался исполнять все обещания, какие смогу. Даже те, мысль о которых меня ужасает.

В субботу солнце будет сиять вовсю. Я мог бы показать ей себя настоящего, если бы мне хватило смелости выдержать ее ужас и отвращение. Для такой рискованной затеи я знал как раз подходящее место.

— Рассмотрю любые предложения, — объявила Белла. — Но у меня есть одна просьба...

Определенно, это «да». О чем она меня попросит?

— Какая?

— Можно мне за руль?

Она что, так шутит?

— Почему?

— Ну, в основном потому, что, когда я сообщила Чарли о поездке в Сиэтл, он первым делом спросил, одна ли я поеду, и на тот момент так оно и было. Если он снова спросит о том же, я, наверное, скажу правду, но сам он *вряд ли* спросит еще раз, а если мой пикап останется дома, разговор возникнет сам собой. И потом, ты водишь машину так, что я умираю от страха.

Я закатил глаза.

— После всего, что я рассказал о себе, ты боишься всего лишь того, как я вожу машину.

Ее мозг и вправду все выворачивал наизнанку. Я недовольно покачал головой. Почему она не боится того, чего полагается бояться? Почему я не хочу этого?

Поддерживать нашу беседу все в том же шутливом тоне мне не удалось.

— Не хочешь сказать отцу, что проведешь день со мной? — спросил я, постепенно мрачнея при мысли обо всех возможных и действительно важных причинах и уже догадываясь, каким будет ответ.

— С Чарли чем меньше объясняешь, тем лучше, — с уверенностью заявила Белла. — А куда мы тогда поедем?

— Погода будет ясной, — медленно начал я, борясь с паникой и нерешительностью. Сильно ли я пожалею о сделанном выборе? — Значит, мне придется держаться подальше от людей, а ты будешь со мной, если захочешь.

Белла сразу же поняла, как это важно. Ее глаза живо вспыхнули.

— А ты покажешь, что имел в виду, когда говорил о солнце?

Возможно, как и во многих случаях раньше, ее реакция будет прямо противоположной той, которую я ожидал. Обнадеженный, я улыбнулся и попробовал вернуться к недавнему легкому тону.

— Да, но... — она ведь еще не сказала «да», — если тебе не хочется проводить это время... со мной наедине, я предпочел бы, чтобы ты все-таки не ездила в Сиэтл одна. Я содрогаюсь при мысли о неприятностях, на которые ты способна нарваться в таком большом городе.

Она оскорбленно сжала губы.

— Финикс в три раза больше Сиэтла только по численности населения, не говоря уже о размерах...

— Но как видишь, в Финиксе твои дни не были сочтены, — прервал я ее доводы. — Так что лучше держись рядом со мной.

Даже если бы она осталась со мной навсегда, этого было бы мало.

Мне не следовало так думать. Такого запаса времени у нас нет. Проходящие секунды наполнились новым смыслом, с каждой из них Белла менялась, а я оставался прежним. По крайней мере, физически.

— А я, между прочим, не против остаться с тобой наедине, — заметила она.

Нет! Причина в том, что ее инстинкты действуют наоборот.

— Знаю, — вздохнул я. — Но сказать Чарли тебе все-таки придется.

— С какой стати? — поразилась она.

Я смотрел на нее возмущенным взглядом, хотя возмущение, как обычно, было направлено на меня самого. Как бы мне хотелось дать ей другой ответ!

— Чтобы у меня появилась хоть одна причина привезти тебя обратно, — прошипел я. Она просто обязана сделать это для меня: единственного свидетеля хватит, чтобы принудить меня к осторожности.

Белла громко сглотнула и устремила на меня долгий взгляд. Что она видела?

— Думаю, я все-таки рискну, — решила она.

Вот ведь! Неужели она ловит кайф, рискуя жизнью? И жаждет очередной дозы адреналина?

«*Да заткнетесь вы или нет!*» Мысленный визг Розали усилился, вторгаясь в мою сосредоточенность. Я увидел, какого она мнения о нашем разговоре и о том, как много уже известно Белле. Машинально обернулся, увидел свирепый взгляд Розали, но понял, что мне просто все равно. Пусть портит машину. Это всего лишь игрушка.

— Давай сменим тему, — вдруг предложила Белла.

Я посмотрел на нее, гадая, как можно не замечать то, что в самом деле важно. Почему она не видит во мне чудовище? Вот Розали определенно видит его.

— О чем ты хочешь поговорить?

Ее глаза метнулись из стороны в сторону, она словно убеждалась, что нас никто не подслушивает. Должно быть, вновь собиралась завести разговор на мифические темы. На миг ее взгляд замер, тело напряглось, и наконец она опять посмотрела на меня.

— Зачем вы в прошлые выходные ездили в Гэут-Рокс? На охоту? Чарли говорил, что для походов те места не годятся из-за медведей.

Более чем очевидно. Я воззрился на нее, многозначительно подняв бровь.

— Медведи? — ахнула она.

Я иронически улыбнулся, наблюдая, как до нее доходит смысл. Может, хотя бы это заставит ее отнестись ко мне со всей серьезностью? Заставит ли хоть что-нибудь?

«Давай, выкладывай ей все подряд. У нас же нет никаких правил», — бесновалась Розали. Я старался не слушать ее.

Белла наконец опомнилась.

— Но сезон охоты на медведей еще не открыт, — строго заметила она и прищурилась.

— Перечитай законы: они относятся только к охоте с оружием.

Она опять на миг растерялась, ее лицо вытянулось. Рот приоткрылся.

— Медведи? — Она скорее потрясенно ахнула, чем задала робкий вопрос.

— Эмметт предпочитает гризли.

Я наблюдал, как изумление отразилось в ее глазах и вновь исчезло.

— Хм-м... — Потупившись, она откусила еще пиццы, задумчиво прожевала и запила. — Так... — Она наконец посмотрела на меня. — А кого предпочитаешь ты?

Наверное, я должен был предвидеть что-то в этом роде, но я не предвидел.

— Пум, — коротко отозвался я.

— А-а, — неопределенно протянула она. Ее сердце билось все так же размеренно и ровно, будто мы обсуждали любимые рестораны.

Ладно. Если ей хочется вести себя так, будто в этом нет ничего необычного...

— Само собой, приходится помнить об осторожности, чтобы не вредить окружающей среде бездумной охотой, — объяснил я холодно и отчужденно. — Мы стараемся охотиться главным образом там, где популяция хищников чрезмерно разрослась, и для этой цели уезжаем так далеко, как требуется. В здешних местах полно оленей и лосей, и они тоже годятся, но что за удовольствие от такой охоты?

Она слушала с вежливым интересом, как экскурсовода в музее, рассказывающего о картине. Я невольно улыбнулся.

— И то правда, — пробормотала она спокойно, снова откусывая от пиццы.

— Эмметт любит охотиться на медведей ранней весной, — тем же тоном продолжал я, — когда они только выходят из спячки и потому легко впадают в ярость.

Семьдесят лет прошло, а он до сих пор не может забыть, как проиграл первый из таких поединков.

— Что может быть лучше разъяренного гризли? — согласилась Белла и важно кивнула.

Не сдержавшись, я хмыкнул и покачал головой, дивясь ее необъяснимому спокойствию. Наверняка напускному.

— Пожалуйста, скажи, о чем ты на самом деле думаешь.

— Пытаюсь представить себе эту картину, но не могу. — Между ее бровями опять возникла складочка. — Как вообще можно охотиться на медведя без оружия?

— Оружие-то у нас есть. — И я сверкнул широкой улыбкой. Ждал, что она отпрянет, но она сидела неподвижно, глядя на меня. — Только не то, которое принимают во внимание, когда составляют законы об охоте. Если ты когда-нибудь видела по телевизору нападение медведя, то можешь представить, как охотится Эмметт.

Она бросила короткий взгляд в сторону стола, где сидели остальные, и передернулась.

Наконец-то. И я засмеялся над собой, понимая, как бы мне хотелось, чтобы она оставалась в неведении.

Она не сводила с меня взгляда широко распахнутых и глубоких глаз.

— И ты тоже как медведь? — почти шепотом спросила она.

— Скорее, как пума, — по крайней мере, так мне говорят. — Я старался придерживаться все того же отчужденного тона. — Возможно, сказываются наши предпочтения.

Уголки ее губ чуть-чуть приподнялись.

— Возможно, — повторила она. Потом склонила голову набок, и я без труда прочел в ее глазах любопытство. — А я когда-нибудь увижу это?

На миг мне так отчетливо представилась эта картина — истерзанное обескровленное тело Беллы в моих руках, — будто не Элис делилась со мной видениями, а они возникали у меня самого. Но мне и не требовался дар предвидения, чтобы вообразить этот ужас; вывод был очевиден.

— Ни в коем случае! — отрезал я.

Она отшатнулась, потрясенная и напуганная моей внезапной вспышкой.

Я тоже откинулся на спинку стула, чтобы увеличить пространство между нами. Нет, ничего подобного она не увидит никогда. Ведь она же пальцем не шевельнет, чтобы помочь мне сохранить ей жизнь.

— Думаешь, перепугаюсь? — ровным тоном спросила она. Но ее сердце все еще билось вдвое быстрее обычного.

— Если бы так, я бы взял тебя с собой сегодня же, — сквозь зубы возразил я. — Тебе просто *необходима* здоровая доза страха. Она пришлась бы как нельзя более кстати!

— Тогда в чем причина? — не смутившись, допытывалась она.

Я впился в нее мрачным взглядом и ждал, когда она испугается. *Сам* я уже испугался.

А ее глаза остались любопытными, нетерпеливыми — и только. Она ждала ответа и сдаваться не собиралась.

Но наш час уже истек.

— В другой раз, — бросил я и поднялся. — Мы опаздываем.

Она растерянно огляделась, будто забыла, что мы пришли обедать. Забыла даже, что мы в школе, и теперь удивилась, обнаружив, что мы не одни где-нибудь в укромном уголке. Эти чувства были мне совершенно понятны. Я тоже с трудом вспоминал о существовании остального мира, когда рядом была Белла.

Она поспешно вскочила и закинула сумку на плечо, всего разок промахнувшись.

— Ладно, в другой раз, — сказала она, и я увидел, с какой решимостью она сжала губы. Она не отступится.

Глава 12
Осложнения

На биологию мы с Беллой шли молча. Миновали Анджелу Вебер, которая задержалась на дорожке и обсуждала задание на дом с каким-то малым из своего класса тригонометрии. Бегло и без особой надежды заметить что-нибудь полезное я просмотрел ее мысли и с удивлением обнаружил, что она грустит.

Ага, так у Анджелы *все же* имелось желание. Увы, преподнести ей предмет мечты в подарочной упаковке было непросто.

Тоскливая безнадежность Анджелы, как ни странно, стала для меня утешением. У меня вдруг возникли родственные чувства, на секунду мне показалось, что я заодно с этой доброй человеческой девушкой.

Неожиданно отрадно было понять, что не я один стал героем трагической истории любви. Меня повсюду окружали разбитые сердца.

Но уже в следующую секунду я вдруг страшно разозлился. Потому что истории Анджелы вовсе *незачем* быть трагедией. Она человек, и он тоже, и пропасть между ними, которая казалась ей непреодолимой, на самом деле была смехотворной — по сравнению с моей. Нет у ее сердца *никаких* причин разбиваться. Напрасно она тоскует. Почему бы этой истории не завершиться счастливо?

Я же хотел сделать ей подарок... Ладно, я дам ей то, чего она хочет. Судя по тому, что мне известно о человеческой натуре, это не составит особого труда. Я порылся в сознании паренька рядом с ней, предмета ее чувств, и он, похоже, ничего не имел против нее, но мешали те же трудности, что и Анджеле.

Все, что от меня потребуется, — подкинуть идею.

План придумался легко, сценарий составился сам собой без малейшего усилия с моей стороны. Понадобится еще помощь Эмметта, и единственным трудным пунктом плана было добиться его согласия. Манипулировать натурой человека гораздо проще, чем бессмертного.

Я остался доволен своим решением, своим подарком для Анджелы. Неплохо было на время отвлечься от собственных проблем. Вот если бы и они решались так же легко!

Пока мы с Беллой садились на наши места, у меня слегка поднялось настроение. Может, мне стоило бы держаться позитивнее. Вдруг есть какое-нибудь решение, которое ускользает от меня, — точно так же, как очевидного решения для себя Анджела не замечает. Маловероятно... Но зачем тратить время на отчаяние? Когда речь идет о Белле, времени, чтобы терять его попусту, у меня просто нет. Каждая секунда дорога.

Мистер Баннер привез древний телевизор и видеомагнитофон. Галопом пробегая раздел, не представляющий для него интереса — по наследственным заболеваниям, — он собирался ближайшие три урока отвести под просмотр фильма. «Масло Лоренцо» — не самое жизнеутверждающее зрелище, но это не помешало классу обрадоваться. Еще бы — ни записей, ни материала для теста. Народ ликовал.

А мне было все равно. Я не собирался уделять внимание ничему, кроме Беллы.

Сегодня я не стал отодвигать свой стул от нее, чтобы освободить для себя пространство. Вместо этого я сел рядом с ней, как сделал бы любой нормальный человек. Ближе, чем мы сидели в машине, достаточно близко, чтобы мой левый бок согревало тепло ее кожи.

Странные это были впечатления, и приятные, и выматывающие, но лучше уж сидеть рядом, чем друг напротив друга, через стол. К такому я не привык, и все же быстро понял, что и этого мне мало. Удовлетворения я не чувствовал. Находясь так близко к ней, я лишь хотел очутиться еще ближе.

А я-то еще упрекал ее в том, что она притягивает опасности. В эту минуту мне казалось, что так оно и есть — в буквальном смысле. Я представлял собой опасность, и с каждым дюймом, на который позволял себе приблизиться к ней, сила ее притягательности росла.

А потом мистер Баннер погасил свет.

Удивительно, как много при этом изменилось, тем более что отсутствие света ничего не значило для моих глаз. Я по-прежнему видел так же хорошо, как прежде, — отчетливо, каждую деталь в классе.

Так почему же вдруг воздух теперь словно насыщен электричеством? Неужели потому, что я знал: здесь, в классе, все вижу только я один? И потому что мы с Беллой стали невидимыми для остальных? Как будто остались вдвоем, только мы с ней, спрятались в темной комнате, сидя совсем рядом.

Моя рука сама собой, без разрешения, потянулась к ней. Только чтобы коснуться ее руки, взяться за нее в темноте. Что в этом ужасного? Если прикосновение моей кожи неприятно Белле, ей достаточно просто высвободить руку.

Я отдернул ладонь, крепко скрестил руки на груди и сжал кулаки. Никаких ошибок, поклялся я себе. Стоит мне взять ее за руку, как я захочу большего — новых легких прикосновений, сесть поближе. Я знал об этом заранее. Новые желания нарастали во мне, подтачивали мое самообладание.

Никаких ошибок.

Белла скрестила руки на груди так же решительно и точно так же, как я, сжала кулаки.

«О чем ты думаешь?» — я умирал от желания еле слышно задать ей этот вопрос, но в классе было слишком тихо даже для самого легкого шепота.

Начался фильм, стало немного светлее. Белла бросила на меня взгляд, заметила, в какой напряженной позе я сижу — совсем как она, — и улыбнулась. Ее губы слегка приоткрылись, глаза будто наполнились манящим теплом.

А может, я просто увидел то, что мне хотелось увидеть.

Я улыбнулся в ответ. У нее перехватило дыхание, она быстро отвернулась.

Стало еще хуже. Я не знал, о чем она думает, но вдруг проникся уверенностью, что я прав и что она в самом деле *хочет* моих прикосновений. Опасные желания томили ее так же, как меня.

Между ее телом и моим словно пропустили ток.

Весь час она просидела не шевелясь, в той же сдержанной и напряженной позе, что и я. Изредка она посматривала на меня, и тогда электрический ток, гудящий между нами, пронзал меня внезапным разрядом.

Час проходил медленно, но не слишком. Для меня это было в новинку, я мог бы просидеть вот так рядом с ней несколько суток, чтобы полнее прочувствовать новые впечатления.

Пока тянулись минуты, я успел ввязаться сам с собой в десятки споров, в которых здравый рассудок противостоял желанию.

Наконец мистер Баннер включил свет.

При ярком свете флюоресцентных ламп атмосфера в классе снова стала привычной. Белла вздохнула и потянулась, сгибая и разгибая пальцы вытянутых перед собой рук. Наверное, ей было неудобно так долго сидеть в одной позе. А мне — гораздо легче: неподвижность была для меня естественным состоянием.

Увидев облегчение на ее лице, я хмыкнул.

— М-да, было интересно.

Она невнятно промычала, явно догадавшись, что я имею в виду, но ничего не сказала. Все бы отдал, лишь бы услышать ее мысли *именно сейчас!*

Я вздохнул. Каким бы страстным ни было мое желание, оно не сбудется.

— Идем? — спросил я, поднимаясь.

Она поморщилась и неуверенно поднялась, выставив руки перед собой наготове, словно боялась, что упадет.

Я мог бы предложить ей руку. Или взять ее за локоть — совсем легонько — и поддержать. Ничего предосудительного в этом нет.

Никаких ошибок.

По пути к спортзалу она вела себя очень тихо. Складочка между ее бровями опять стала заметной — верный признак, что она глубоко задумалась. И мне тоже было о чем подумать.

Единственное прикосновение ей ничем не повредит, убеждала эгоистичная сторона моей натуры.

Я бы мог умерить нажим. Ничего сложного в этом нет. Осязание у меня развито лучше, чем у людей. Я способен жонглировать дюжиной хрустальных бокалов, не разбив ни единого, прикоснуться к мыльному пузырю так, чтобы он не лопнул. Но только если я крепко держу себя в руках.

А Белла — совсем как мыльный пузырь: уязвимая, эфемерная. *Бренная*.

Сколько еще я смогу оправдывать свое присутствие в ее жизни? Сколько времени у меня в запасе? Будет ли у меня еще один шанс, как этот, как этот момент, как эта секунда? Ведь не навсегда же она останется рядом, на расстоянии вытянутой руки.

У двери спортзала Белла повернулась ко мне и широко раскрыла глаза при виде выражения на моем лице. Она ничего не сказала. Я увидел свое отражение в ее глазах: в моих собственных разгорался конфликт. Моя лучшая сторона проигрывала в споре, и я постепенно менялся в лице.

Рука поднялась сама собой, без осознанного приказа с моей стороны. Так бережно, словно Беллу создали из тончайшего стекла, как если бы она вправду была мыльным пузырем, который я представлял себе, я провел пальцами по теплой коже ее скулы. От моего прикосновения она стала еще теплее, я почувствовал, как кровь заструилась быстрее под ее просвечивающей кожей.

Довольно, приказал я себе, хотя изнывал от желания приложить ладонь к ее щеке, повторяя ее форму. *Довольно*.

Трудно было отвести руку, не дать себе придвинуться еще ближе к ней. Тысячи разных возможностей вмиг пронеслись у меня в голове, тысячи разных способов дотронуться до нее. Обвести кончиком пальца ее губы. Подхватить ладонью подбородок. Вынуть из волос заколку, дать им расплескаться по моей руке. Обнять ее за талию, прижать к себе всем телом.

Довольно.

Я заставил себя повернуться и сделать шаг прочь от нее. Тело двигалось сковáнно — неохотно.

Быстро уходя от нее, почти убегая от искушения, я продолжал витать мыслями поблизости, присматривая за ней. Уловил мысли Майка Ньютона — они звучали громче остальных, пока он смотрел, как раскрасневшаяся Белла в задумчивости проходит мимо, глядя в никуда. Он сердито смотрел на нее и вдруг мысленно разразился проклятиями в мой адрес. Не удержавшись, я слегка усмехнулся в ответ.

Мои пальцы покалывало. Я выпрямил их, потом сжал в кулак, но безболезненный зуд не утихал.

Нет, я не причинил ей вреда, но все равно дотронуться до нее было ошибкой.

Последствия ощущались как тлеющие угли, словно притупленная разновидность жажды, жжение которой распространялось по всему телу.

Смогу ли я удержаться от новых прикосновений в следующий раз, когда окажусь рядом с ней? И если коснусь ее снова, смогу ли остановиться на этом?

Больше никаких ошибок. На этом все. *Упивайся воспоминаниями, Эдвард*, мрачно велел я себе, *и не распускай руки*. Иначе придется мне заставить себя уехать... как-нибудь. Потому что мне просто нельзя находиться рядом с ней и по-прежнему допускать ошибки.

Я сделал глубокий вдох и попытался привести в порядок мысли.

Эмметт догнал меня у корпуса английского.

— А, Эдвард.

«*Он выглядит лучше. Стремно, но лучше. Довольным*».

— А, Эм.

У меня довольный вид? Видимо, да, потому что именно так я себя и чувствовал, несмотря на путаницу в голове.

«*Лучше бы ты держал рот на замке, парень. Розали готова вырвать тебе язык*».

Я вздохнул.

— Извини, что тебе досталось. Злишься на меня?

— Не-а. А Роз отойдет. Все равно этого было не миновать.

«*Раз уж Элис видит...*»

Думать в эту минуту о видениях Элис мне не хотелось. Я засмотрелся вдаль, сцепив зубы.

Пока я искал, чем бы отвлечься, в класс испанского перед нами вошел Бен Чейни. А вот и он — мой шанс сделать подарок Анджеле Вебер.

Я остановился и придержал Эмметта за руку.

— Погоди секунду.

«*Что такое?*»

— Я этого, конечно, не заслужил, но ты не сделаешь мне одолжение?

— Какое? — с любопытством спросил он.

Еле слышно и с такой скоростью, чтобы человек не разобрал ни слова, я объяснил ему, чего хочу.

Дослушав, он уставился на меня: лицо непроницаемое, в мыслях пустота.

— Ну так что? — поторопил я его. — Ты мне поможешь?

Ему понадобилась минута, чтобы обдумать ответ.

— Но *почему*?

— Да ладно, Эмметт, почему бы и *нет*?

«*Кто ты такой и что сделал с моим братом?*»

— Не ты ли вечно жаловался, что в школе всегда одно и то же? А это хоть что-то новое. Считай, что это эксперимент — над человеческой натурой.

Еще минуту он глазел на меня, потом сдался.

— Ну да, новое, это ты верно сказал. Ладно, хорошо. — Эмметт фыркнул, потом пожал плечами. — Я тебе помогу.

Я ухмыльнулся ему, окрыленный тем, что теперь он со мной заодно. Розали сидела у меня в печенках, но я всегда буду у нее в долгу за то, что она выбрала Эмметта: лучшего брата было невозможно пожелать.

Репетиции Эмметту не требовались. Мне было достаточно вполголоса прошептать ему реплики, пока мы входили в класс.

Бен уже занял место позади моего и собирал задания, чтобы сдать. Мы с Эмметтом уселись и занялись тем же делом. Тишина в классе еще не наступила, приглушенный гул голосов обычно продолжался, пока миссис Гофф не призывала нас к порядку. Но она не спешила, проверяя тесты с предыдущего урока.

— Так что? — чуть громче, чем следовало, спросил Эмметт. — Анджелу Вебер уже пригласил?

Шорох бумаг за моей спиной сразу прекратился, Бен застыл, привлеченный нашим разговором.

«*Анджела? Они говорят про Анджелу?*»

Хорошо. Уже заинтересовался.

— Нет, — отозвался я и медленно покачал головой, изображая сожаление.

— Что так? — Эмметт импровизировал. — Кишка тонка?

Я нахмурился.

— Нет. Я слышал, она интересуется кое-кем другим.

«Эдвард Каллен собирался пригласить Анджелу? Но... нет. Не нравится мне это. Не хочу видеть его рядом с ней. Он... ей не пара. Это... небезопасно».

На рыцарство и стремление оберегать я не рассчитывал. Моей целью было вызвать ревность. Но способ сработал.

— И тебя это остановит? — презрительно осведомился Эмметт, снова импровизируя. — Соперничать не в настроении?

Я возмущенно уставился на него, но воспользовался идеей, которую он мне подал.

— Слушай, по-моему, этот Бен, или как его там, ей в самом деле нравится. И переубеждать ее я не собираюсь. Мало ли других девчонок.

От моих слов сидящий за мной парень дернулся, будто его ударило током.

— Какой Бен? — переспросил Эмметт, на этот раз следуя сценарию.

— Моя соседка на биологии говорила, что вроде бы его фамилия Чейни. Не уверен, что знаю, о ком речь.

Я подавил улыбку. Только высокомерные Каллены могли делать вид, будто знают далеко не всех учеников крошечной школы, и это сходило им с рук.

От потрясения у Бена голова шла кругом. *«Меня? Вместо Эдварда Каллена? Но с чего вдруг ей нравлюсь я?»*

— Эдвард! — приглушенно одернул меня Эмметт и закатил глаза, кивая в сторону Бена. — Он прямо за тобой, — выговорил он одними губами, но так отчетливо, что любой человек мог догадаться.

— М-да? — отозвался я так же тихо.

Обернувшись, я бросил единственный взгляд на сидящего за мной парня. На секунду в черных глазах за стеклами очков отразился испуг, потом Бен напрягся, расправил плечи, оскорбленный моей явно пренебрежительной оценкой. Он выпятил подбородок, и его золотисто-смуглая кожа потемнела от сердитого румянца.

— Ха! — надменно выпалил я и снова повернулся к Эммету.

«*Он считает, что лучше меня. А Анджела другого мнения. Я ему еще докажу...*»

То, что надо.

— Но ты же вроде бы говорил, что она зовет на бал Йорки, — напомнил Эмметт и фыркнул, назвав фамилию мальчишки, которого многие высмеивали за неуклюжесть.

— Это, похоже, за нее решили остальные. — Мне хотелось дать Бену ясно понять это. — Анджела же стесняется. И если Бе... ну, в смысле, тому парню не хватит духу позвать ее, сама она ни за что не отважится.

— Любишь ты застенчивых. — Эмметт увлекся импровизацией. «*И тихонь. Девчонок вроде... хм-м, даже не знаю. Может, вроде Беллы Свон?*»

Я усмехнулся.

— Вот-вот, — и продолжал спектакль: — А может, Анджеле надоест ждать. Может, я позову ее на выпускной.

«*Нет, не позовешь*, — думал Бен, выпрямляясь на своем стуле. — *Да, она выше ростом, чем я, — ну и что? Если ей это не важно, то и мне тоже. А она самая лучшая, умная, симпатичная девушка в школе... и она ждет меня*».

Он мне нравился, этот Бен. Казался смышленым и порядочным. Может, даже достойным такой девушки, как Анджела.

Едва я успел показать Эмметту под столом поднятые большие пальцы, как миссис Гофф встала и громко поздоровалась с классом.

«*Ладно уж, готов признать — было вроде как весело*», — подумал Эмметт.

Я улыбнулся самому себе, довольный тем, что помог еще одной истории любви. В том, как будет действовать Бен, я не сомневался, так что Анджела получит мой анонимный подарок. Мы в расчете.

Как глупы люди, если их счастью способны помешать жалкие шесть дюймов — разница в росте.

Успех привел меня в хорошее настроение. Я снова улыбнулся, устраиваясь на стуле и готовясь развлечься. Ведь как указала Белла за обедом, я никогда еще не видел ее на физкультуре.

Мысли Майка было проще всего разыскать в мешанине голосов, от которых гудел спортивный зал. За последние несколько недель его внутренний голос стал мне хорошо знакомым. Вздохнув, я приготовился подслушивать с его помощью, нисколько не сомневаясь, что он уделит внимание Белле.

Я сосредоточился вовремя: он как раз предложил себя Белле в качестве партнера по бадминтону, и при этом в голове у него пронеслись видения с партнерством совсем другого рода. Улыбка сбежала с моего лица, я стиснул зубы и был вынужден напомнить себе, что убийство Майка Ньютона все еще под запретом.

«*Спасибо, Майк, но знаешь, это совсем не обязательно*».

«*Да не бойся, я буду уворачиваться*».

Она усмехнулась, и перед мысленным взглядом Майка стали вспыхивать многочисленные инциденты — с неизменным участием Беллы.

Поначалу Майк играл один, а Белла мялась на задней половине площадки, держа ракетку так опасливо, словно от неосторожного обращения она могла взорваться. Потом подоспевший тренер Клэпп велел Майку дать поиграть и Белле.

«*Ой-ей*», — мелькнуло в голове у Майка, пока Белла со вздохом вышла вперед и неловко перехватила ракетку.

Дженнифер Форд, мысленно красуясь собой, послала воланчик прямо к Белле. Майк увидел, как Белла бросилась к нему, взмахнула ракеткой в нескольких метрах от цели, и кинулся на помощь, чтобы отразить подачу.

Я с тревогой следил за траекторией ракетки Беллы. Как я и думал, она ударилась о туго натянутую сетку, отскочила, стукнула ее по лбу и звонко шлепнула Майка по руке.

«*Ох. О-ох. Уф. Теперь будет синяк*».

Белла потирала лоб. Трудно было усидеть на месте, зная, что она пострадала. Но чем бы я мог ей помочь, даже если бы оказался рядом? Вдобавок она, кажется, легко отделалась. Я медлил, продолжая наблюдения.

Тренер засмеялся.

«*Сочувствую, Ньютон. Вот неуклюжая девчонка, впервые вижу такую. Нельзя подпускать ее к остальным*».

И он нарочно отвернулся, продолжая смотреть, как играют другие команды, и не мешая Белле вновь довольствоваться ролью зрительницы.

«*Ох*»... — Майк растирал руку. Он повернулся к Белле: «*Ты в порядке?*»

«*Да, а ты?*» — смущенно спросила она.

«*Выживу*». «*Не хватало еще раскиснуть. Но больно же!*» Майк описал круг вытянутой рукой и поморщился.

«*Я побуду здесь, сзади*», — на лице Беллы отразилось скорее смущение, чем боль. Наверное, Майку досталось сильнее, чем ей, — я-то, во всяком случае, *надеялся* на это. Хорошо уже, что больше она не играет. Она заложила за спину руки с ракеткой, всем видом выражая раскаяние... Мне пришлось маскировать смешок кашлем.

«*Чего веселишься?*» — пожелал узнать Эмметт.

— Потом расскажу, — ответил я шепотом.

Больше Белла в игру не вступала. Тренер не обращал на нее внимания, предоставляя Майку играть одному.

В конце урока я легко разделался с тестом, и мисс Гофф отпустила меня пораньше. Шагая по территории школы, я внимательно прислушивался к мыслям Майка. Ему вздумалось вызвать Беллу на разговор обо мне.

«*Джессика клянется, что они встречаются. Почему? Почему он выбрал ее?*»

Он понятия не имел, как обстояло дело: это она выбрала меня.

«*Вот, значит, как...*»

«*То есть?*»

«*Ты, значит, с Калленом?*» «*Ты и этот чокнутый. Ну, если тебе так загорелось подцепить богатенького...*»

От такого унизительного предположения я скрипнул зубами.

«*А тебя, Майк, это не касается*».

«*Огрызается. Значит, это правда. Хреново*». «*Не нравится мне это*».

«*Не нравится — и не надо*», — отрезала она.

«*Она что, не видит, что он как из цирка сбежал? Да все они такие. Как вылупится на нее — мурашки бегут*». «*Он смотрит на тебя как... на еду*».

Я сжался, ожидая ее ответа.

Она густо покраснела, сжала губы, будто затаивая дыхание. И вдруг не выдержала и хихикнула.

«*Ну вот, теперь она потешается надо мной. Супер*».

Погрузившись в мрачные мысли, Майк ушел переодеваться.

Я прислонился к стене спортзала, стараясь успокоиться.

Как она могла просто посмеяться над упреком Майка, который так точно попал в цель, что я уж забеспокоился об излишней *осведомленности* жителей Форкса? Почему развеселилась, услышав предположение, что я способен убить ее, если знала, что это чистая правда?

Что с ней *вообще* такое?

Склонность к черному юмору? В мои представления о ней не вписывается, но откуда мне знать наверняка? Или все мои размышления о глупом ангеле верны лишь в одном смысле: чувство страха ей неведомо. Смелость — лишь одно из возможных названий. Кто-то скажет, что это глупость, но я же знал, насколько она умна. Какими бы ни были причины, неужели именно это странное отсутствие чувства страха постоянно подвергает ее опасности? А вдруг мое присутствие будет необходимо ей всегда?

И я сразу же воспрянул духом.

Если я научусь держать себя в руках, перестану быть опасным, тогда, возможно, правильным будет остаться поближе к ней.

Из спортзала она вышла напряженная, с прикушенной нижней губой — явным признаком беспокойства. Но едва встретившись со мной взглядом, заметно расслабилась, ее лицо осветила широкая улыбка. На нем возникло выражение странной умиротворенности. Без колебаний она направилась прямо ко мне и остановилась так близко, что тепло ее тела нахлынуло на меня, как прибой.

— Привет, — прошептала она.

В эту минуту я был счастлив, как никогда прежде.

— Здравствуй, — ответил я, а потом, в приливе хорошего настроения не удержавшись, чтобы не поддразнить ее, добавил: — Как физкультура?

Ее улыбка слегка угасла.

— Замечательно.

Врать она не умела.

— Правда? — спросил я и уже собирался продолжить расспросы — меня все еще беспокоил полученный ею удар, не

СОЛНЦЕ ПОЛУНОЧИ

больно ли ей? — но тут мысли Майка Ньютона зазвучали так громко, что отвлекли меня.

«Ненавижу его. Чтоб он сдох! Вот бы свалился в своей сияющей тачке прямо в пропасть. Чего он к ней привязался? Пусть бы держался со своими, такими же психами».

— А что? — спросила Белла.

Я сфокусировал взгляд на ее лице. Она перевела взгляд со спины удаляющегося Майка на меня.

— Ньютон меня достал, — признался я.

У нее приоткрылся рот, улыбка исчезла. Видимо, она забыла, что я был в состоянии наблюдать за ней весь злополучный последний урок, или надеялась, что пользоваться своими способностями я не стану.

— Ты что, опять подслушивал?

— Как твоя голова?

— Как ты мог! — процедила она сквозь зубы, отвернулась и яростным шагом направилась к парковке. Ее лицо густо покраснело — она была сконфужена.

Я догнал ее, подстроился к ее шагам, надеясь, что она вскоре успокоится. Обычно она быстро прощала меня.

— Ты же сама сказала, что я никогда не видел тебя на физкультуре, — объяснил я. — Вот мне и стало любопытно.

Она не ответила, только насупила брови.

На парковке она внезапно остановилась, обнаружив, что путь к моей машине преграждает толпа — в основном из парней.

«Интересно, какую скорость она развивает».

«Глянь-ка, переключатель передач лепестковый. Я такие только в журнале видел».

«Крутецкие боковые решетки!»

«Вот завалялось бы у меня тыщ шестьдесят свободных...»

Именно поэтому Розали на такой машине лучше было в городе не появляться.

К своей машине я пробирался сквозь толпу пускающих слюни парней. После секундного замешательства Белла последовала за мной.

— Пафос, — пробурчал я, пока она садилась.

— А что это за машина? — полюбопытствовала она.

— М3.

Она нахмурилась.

— Мне это ни о чем не говорит.

— Это «БМВ». — Я закатил глаза и сосредоточился, выезжая со своего места задним ходом, чтобы никого не зацепить.

Пришлось поиграть в гляделки с теми, кто не желал убираться с моего пути. Нескольких секунд моего пристального взгляда хватило, чтобы убедить их.

— Все еще злишься? — спросил я. Она перестала хмуриться.

— Естественно, — коротко ответила она.

Я вздохнул. Не стоило напоминать. Ладно уж. Попробую исправиться.

— А если я извинюсь, простишь?

Она задумалась ненадолго.

— Пожалуй... если извинишься по-честному, — решила она. — И пообещаешь больше так не делать.

Врать ей я не собирался, поэтому согласиться на *такое* условие никак не мог. Зато мог предложить другое.

— А если я извинюсь по-честному и соглашусь пустить тебя за руль в субботу? — При этой мысли я внутренне передернулся.

Между ее бровями снова появилась складочка, Белла обдумывала новую сделку.

— Идет, — после минутного размышления согласилась она.

Переходим к извинениям... Раньше я никогда не *пытался* ослеплять Беллу намеренно, но сейчас момент был как нельзя более подходящим. Удаляясь от школы, я пристально уставился Белле в глаза, но не знал, получается у меня или нет. И заговорил самым убедительным тоном:

— В таком случае мне очень жаль, что я тебя расстроил.

Ее сердце застучало громче, его ритм вдруг стал отрывистым. Глаза раскрылись, сделались громадными. Она выглядела пораженной.

Ограничившись полуулыбкой, я пришел к выводу, что попытка удалась. Само собой, и мне было нелегко отвести от нее взгляд. Я сам был так же ослеплен. Хорошо, что я знал дорогу как свои пять пальцев.

— В субботу чуть свет буду у тебя на пороге, — добавил я, завершая сделку.

Она заморгала, встряхнула головой, словно чтобы в ней прояснилось.

— А что я скажу Чарли, — отозвалась она, — если возле дома откуда ни возьмись появится чужой «вольво»?

Как же все-таки она мало знала обо мне.

— А я и не собирался приезжать на машине.

— Но как?.. — начала было она.

Я перебил ее. Честный ответ вызвал бы только новую череду вопросов.

— Об этом не думай. Я буду на месте, но без машины.

Она склонила голову набок, некоторое время казалось, что она намерена продолжать расспросы, но потом, кажется, передумала.

— Это уже другой раз? — спросила она, напомнив о сегодняшнем незаконченном разговоре в кафетерии.

Надо было ответить на тот, предыдущий вопрос. Вот он был гораздо неприятнее.

— Видимо, да, — нехотя согласился я.

Я остановил машину перед ее домом, напряженно прикидывая, как объясниться — так, чтобы чудовищная сторона моей натуры не стала слишком очевидной и не напугала ее опять. Или же напрасно я преуменьшаю то зло, которое есть во мне?

Она ждала, сохраняя на лице ту же маску вежливого интереса, что и за обедом. Будь я не так взволнован, меня насмешило бы ее нелепое спокойствие.

— Ты все еще хочешь знать, почему тебе нельзя видеть, как я охочусь? — спросил я.

— Вообще-то больше всего удивила твоя реакция, — ответила она.

— Я тебя напугал?

Я был уверен, что она станет отрицать это.

— Нет.

Явная ложь.

Я пытался не улыбнуться, но не смог.

— Прости, что напугал, — и моя улыбка улетучилась вместе с минутным приступом веселья. — Как подумал, что ты окажешься рядом... пока мы охотимся...

— Это настолько плохо?

Мелькающие в голове образы были почти невыносимы: Белла, такая беспомощная в пустом мраке, я сам, потерявший контроль над собой... Я попытался отогнать видения.

— Очень.

— А почему?

Я сделал глубокий вдох и на миг сосредоточился на жгучей жажде. Ощущал ее, управлял ею, утверждал над ней свою власть. Больше она никогда не одержит надо мной верх — как бы я хотел, чтобы это было правдой. *Я буду безопасен для Беллы.* Засмотревшись на спасительные тучи, но, в сущности, не видя их, я страстно желал поверить, что моя решимость будет означать хоть что-нибудь, если вдруг во время охоты мне доведется учуять ее запах.

— На охоте... мы подчиняемся разуму в гораздо меньшей степени, чем чувствам, — объяснил я, обдумывая и тщательно выбирая каждое слово. — Особенно чувству запаха. Если ты окажешься где-нибудь поблизости в такой момент, когда я не в силах владеть собой...

Я покачал головой, испытывая адские муки при мысли о том, что тогда произойдет — не *может* произойти, а произойдет *наверняка*.

Прислушавшись к учащенному ритму ее сердца, я с беспокойством посмотрел ей в глаза.

Лицо Беллы оставалось спокойным, глаза серьезными. Губы слегка поджались — как мне показалось, с озабоченностью. Но чем? Собственной безопасностью? Неужели наконец-то появилась надежда на то, что мне удалось дать ей четкое представление о реальности? Я не сводил с нее глаз, пытаясь сделать окончательные выводы из неопределенного выражения ее лица.

Она смотрела на меня в ответ. Спустя некоторое время ее глаза округлились, зрачки расширились, хотя освещение осталось прежним.

У меня участилось дыхание, в тишине машины вдруг послышалось гудение, как сегодня днем на биологии, когда погасили свет. Пространство между нами вновь стало наэлектризованным, и на краткое время мое желание прикоснуться к ней стало сильнее потребностей моей жажды.

Из-за пульсации электричества стало казаться, что у меня снова бьется сердце. От этого словно запело все тело. Как будто я человек. Больше всего на свете мне хотелось ощутить губами тепло ее губ. Бесконечную секунду я отчаянно боролся, искал в себе силы, чтобы полностью владеть собой и наконец отважиться приблизить к ней лицо.

Она прерывисто втянула ртом воздух, и только тогда я заметил, что начал дышать быстрее, а она перестала дышать вообще.

Я закрыл глаза, пытаясь разорвать связь между нами.

Больше никаких ошибок.

Существование Беллы связано с тысячами точно сбалансированных химических процессов, любой из которых так легко нарушить, — с ритмичным расширением легких, с поступлением кислорода, означающим для нее жизнь или смерть. С размеренным трепетанием ее непрочного сердца, которое может остановиться от множества дурацких случайностей, болезней или... из-за меня.

Мне не верилось, чтобы кто-нибудь из моей семьи — кроме разве что Эмметта — стал бы долго раздумывать, если бы ему или ей предложили снова променять бессмертие на жизнь смертного человека. И я, и Розали, да и Карлайл шагнули бы ради этого в огонь. И горели бы в нем днями или веками, если понадобится.

Большинство нам подобных ценили бессмертие превыше всего. Находились даже люди, вожделевшие его, — они искали во мраке тех, кто мог преподнести им этот самый черный из даров.

Но только не мы. Не наша семья. Мы отдали бы что угодно, чтобы стать людьми.

И никто из нас, даже Розали, никогда не испытывал такого отчаянного желания стать человеком, как я в эту минуту.

Я открыл глаза и пристально всмотрелся в микроскопические выбоинки и неровности ветрового стекла, будто где-то там, в их несовершенстве, скрывался выход. Воздух в машине по-прежнему был наэлектризован, и мне пришлось сосредоточиться, чтобы не снять руки с руля.

В правой руке вновь ощущалось безболезненное покалывание, как после прикосновений к ней.

— Белла, по-моему, тебе пора домой.

Она сразу послушалась, не сказав ни слова, вышла из машины и захлопнула за собой дверцу. Неужели вероятность катастрофы она ощущала так же отчетливо, как и я?

Больно ли ей было уходить так же, как мне — больно видеть, как она уходит? Одно утешение — скоро я снова увижу ее. Раньше, чем она меня. Я улыбнулся, вспомнив об этом, опустил стекло и придвинулся к ее дверце, чтобы еще раз поговорить с ней. Теперь это было уже не так опасно: жар ее тела распространялся вне машины.

Она с любопытством обернулась, чтобы выяснить, чего я хочу.

Все такая же любопытная, хоть я и отвечал почти на все ее многочисленные вопросы. А мое любопытство осталось неудовлетворенным. Нечестно.

— И кстати, Белла...
— Что?
— Завтра моя очередь.

Она наморщила лоб.

— Какая еще очередь?
— Задавать вопросы.

Завтра, когда мы будем в более безопасном месте, в окружении свидетелей, я все-таки добьюсь ответов. Думая об этом, я усмехнулся, потом отвел глаза, потому что уйти она и не пыталась. Даже когда она стояла у машины, отголоски разрядов потрескивали в воздухе. Захотелось тоже выйти и проводить ее до двери, чтобы подольше побыть рядом.

Больше никаких ошибок. Я ударил по газам и вздохнул, когда она осталась далеко позади. Казалось, я вечно бегу — то к Белле, то от нее, никогда не задерживаясь на месте. Надо найти хоть какой-то способ избегать этого, иначе покоя нам не видать.

Снаружи мой дом казался спокойным и безмолвным, пока я проезжал мимо него к гаражу. Но я слышал бушующую внутри бурю — как слова, так и мысли. Бросив грустный взгляд в сторону своей любимой машины — пока еще в целости и сохранности, — я направился на встречу с прекрасным чудищем из-под моста. Но не успел пройти небольшое расстояние от гаража до дома, как на меня напали.

Розали вылетела из дома, едва услышав мои шаги, встала как вкопанная у крыльца и оскалилась, завернув губу.

Я остановился в двадцати шагах от нее, в моей позе не было агрессии. Я понимал, что сам виноват.

— Мне очень жаль, Роз, — сказал я еще до того, как она приготовилась к атаке. И подумал, что скорее всего ничего не успею добавить.

Она распрямила плечи, вскинула подбородок.

«Как ты мог так сглупить?»

С крыльца неторопливо спустился Эмметт. Я понял: если Розали нападет на меня, он встанет между нами. Не для того, чтобы защитить меня. А чтобы не дать ей спровоцировать меня, вызвать у меня желание дать отпор.

— Сожалею, — произнес я.

Было видно, как ее удивило отсутствие сарказма в моем голосе и быстрая капитуляция. Но она была еще слишком зла, чтобы принимать извинения.

«Ну что, теперь ты счастлив?»

— Нет, — ответил я, и боль в голосе подтвердила это.

«Тогда зачем же ты это сделал? Зачем рассказал ей? Только потому, что она спросила?» Сами слова были не настолько суровы, но тон внутреннего голоса казался болезненно колким. У нее в мыслях возникло лицо Беллы — точнее, карикатура на лицо, которое я люблю. Как бы сильна ни была ненависть Розали ко мне в тот момент, она не шла ни в какое сравнение с ее ненавистью к Белле. И Розали хотелось верить, что эта ненависть оправданна, вызвана исключительно моим проступком, а проблема с Беллой только в том и состоит, что она опасна для нас. Нарушено правило. Белла слишком много знает.

Но я же видел, что суждения Розали затуманены ревностью. Теперь уже было более чем очевидно, что Беллу я счел гораздо притягательнее Розали. Ревность приобрела искаженный оттенок, сместила акценты. У Беллы было все, чего желала Розали. Белла — человек. У нее есть выбор. Роз возмущало то, что Белла поставила все это под удар, заигрывала с тьмой, несмотря на то что имела другие возможности.

Роз была готова даже поменяться лицом с девчонкой, которую искренне считала невзрачной, если бы этот обмен сделал ее человеком.

Хотя Розали старалась не думать об этом, ожидая моего ответа, полностью вытеснить из головы такие мысли она не могла.

— Так почему? — требовательно спросила она, не дождавшись от меня ничего. Ей не хотелось, чтобы я и дальше рылся в ее мыслях. — Почему ты сказал ей?

— Вообще-то не ожидал, что ты сумеешь, — вмешался Эмметт прежде, чем я ответил. — Ты же редко произносишь это слово даже в нашем кругу. Недолюбливаешь его.

Он думал, как мы с Роз в этом похожи — как старательно мы оба избегаем названия ненавистной нам не-жизни. Для Эмметта таких ограничений не существовало.

Каково быть таким, как Эмметт? Настолько практичным, чуждым сожалений? Уметь легко принимать то, что есть, и идти по жизни дальше?

Нам с Роз жилось бы счастливее, сумей мы последовать его примеру.

Увидев сходство между нами так отчетливо, я с легкостью нашел оправдания отравленным иглам, которые Роз продолжала метать в меня мысленно.

— Ты не ошибся, — сказал я Эмметту. — Вряд ли я вообще смог бы произнести это сам.

Эмметт склонил голову набок. Из дома за его спиной исходила волна изумления остальных слушателей. Только Элис не удивилась.

— Тогда *как?!* — прошипела Розали.

— Только не горячись, — предупредил я без особой надежды. Ее брови взлетели вверх. — Умышленного разглашения не было. Просто кое-что мы не предвидели.

— О чем ты говоришь? — спросила она.

— У Беллы в друзьях правнук Эфраима Блэка.

Розали застыла в удивлении. Эмметт тоже ничего подобного не ожидал. К такому повороту они оказались не готовы так же, как и я.

В дверях появился Карлайл. Теперь речь шла уже не о ссоре между Розали и мной.

— Эдвард?.. — вопросительно произнес он.

— Нам следовало знать, Карлайл. Разумеется, вожди предупредили молодежь, когда мы вернулись. И разумеется, молодежь не придала их словам значения. Для них все это выдумки. Парень, который ответил на вопросы Беллы, сам не верил в то, что ей рассказывал.

Реакция Карлайла меня не беспокоила. Я знал, какой она будет. Но за происходящим в комнате Элис я следил не отрываясь, чтобы узнать, что думает Джаспер.

— Ты прав, — сказал Карлайл. — Естественно, ничем другим это кончиться не могло. — Он вздохнул. — Не повезло, слушательница потомку Эфраима попалась понятливая.

Джаспер выслушал ответ Карлайла и встревожился. Но думал он скорее о том, чтобы уехать вместе с Элис, чем о том, как заставить замолчать квилетов. Элис уже всматривалась в его планы на будущее и готовилась отвергнуть их. Никуда уезжать она не собиралась.

— Невезение тут ни при чем, — сквозь зубы возразила Розали. — Это Эдвард виноват, что девчонка узнала.

— Верно, — подхватил я. — Виноват я. И мне *правда* жаль.

«*Я тебя умоляю!* — обратилась Роз ко мне мысленно. — *Хватит уже прогибаться. Прекрати изображать раскаяние*».

— Я не изображаю его, — ответил я. — Я понимаю, что все это моя вина. Меня угораздило наломать дров.

— Элис говорила, что я подумывала сжечь твою машину?

Я нехотя улыбнулся.

— Говорила. Но я это заслужил. Если от этого тебе станет легче — пожалуйста.

Она впилась в меня долгим взглядом, воображая предстоящий акт вандализма. Проверяла, не блефую ли я.

Я пожал плечами.

— Это же просто игрушка, Роз.

— Ты изменился, — опять сквозь зубы выговорила она.

Я кивнул:

— Да уж.

Круто повернувшись, она решительно зашагала к гаражу. Но теперь блефовала она. Не имело смысла стараться, если это не ранит меня. Из всей нашей семьи только она любила автомобили так же страстно, как я. И мой был слишком красив, чтобы громить его без причины.

Эммет смотрел ей вслед.

— Услышать от тебя все подробности я даже не надеюсь.

— Не понимаю, о чем ты, — притворился я. Он закатил глаза и последовал за Розали.

Я повернулся к Карлайлу и одними губами произнес имя Джаспера.

Он кивнул. *«Да, могу себе представить. Я с ним поговорю».*

В дверях возникла Элис.

— Он ждет тебя, — сообщила она Карлайлу. Тот чуть иронично улыбнулся ей. Хотя все мы привыкли к Элис, насколько это возможно, она зачастую изумляла. Проходя мимо, Карлайл потрепал ее по коротким черным волосам.

Я присел на верхнюю ступеньку крыльца, Элис устроилась рядом, мы оба прислушивались к разговору наверху. Элис держалась спокойно — она знала, чем закончится разговор, показала мне, и мое напряжение тоже рассеялось. Конфликт был исчерпан, не успев вспыхнуть. Джаспер восхищался Карлайлом так же, как все мы, и был только рад слушаться его... до тех пор, пока не опасался за Элис. Я вдруг поймал себя на мысли, что теперь мне легче понять Джаспера. Странно, как много я не понимал до встречи с Беллой. С ней я изменился, хоть и считал, что это невозможно, и все-таки остался собой.

Глава 13
Еще осложнения

Пробравшись в комнату Беллы той ночью, я не чувствовал себя виноватым, как раньше, хоть и знал, что следовало бы. Но сейчас собственные действия казались мне правильными, единственно возможными. Я находился здесь, чтобы как можно лучше приучить свое горло к жжению. Натренироваться почти не замечать ее запах. Это возможно. Я не позволю этому препятствию осложнить наши отношения.

Проще сказать, чем сделать. Но я уже знал, что практика помогает. Такая, чтобы уметь принимать боль, чтобы она стала самой острой из реакций. И полностью исключить элемент желания, выбить его из себя.

Сновидения Беллы спокойными не были. И я беспокоился, глядя, как она тревожно вздрагивает и вновь и вновь шепчет мое имя. Физическое влечение, ошеломляющее взаимное притяжение, как в затемненном классе, здесь, в ее ночной спальне, заметно усилилось. Несмотря на то что она не знала о моем присутствии, она как будто чувствовала его.

Несколько раз она просыпалась. В первый раз с закрытыми глазами зарылась с головой под подушку и застонала. Мне повезло, и второго шанса я не заслужил, поскольку не ускользнул, как следовало, пока мог. Вместо этого я сел на пол в самом дальнем и темном углу комнаты, надеясь, что там ее человеческие глаза не заметят меня.

Она и вправду меня не заметила, даже когда проснулась во второй раз, встала и побрела в ванную за стаканом воды. Движения ее были раздраженными — видимо, она злилась, что ей не спится.

Жаль, что я ничем не мог помочь, как в тот раз, с теплым одеялом из шкафа. Мне оставалось лишь беспомощно наблюдать за ней и ощущать жжение. И вздохнуть с облегчением, когда она наконец погрузилась в забытье без сновидений.

К тому времени, как небо из черного стало серым, я уже был среди деревьев. И затаил дыхание — на этот раз чтобы подольше не выветривался ее запах. Нельзя было допустить, чтобы чистый утренний воздух приглушил боль в моем горле.

Я слушал, как Белла завтракает вместе с Чарли, вновь силился различить слова в его мыслях. Поразительно: я догадывался о причинах, по которым он произносил те или иные слова, почти *чувствовал* его намерения, но они никогда не выражались полными предложениями так, как мысли других людей. Неожиданно для себя я пожалел, что его родителей уже нет в живых. Было бы любопытно посмотреть, откуда берет начало это генетическое наследие.

Сочетания его не облеченных в слова мыслей и высказанных слов мне хватило, чтобы в общих чертах понять его настроение сегодня утром. Он тревожился за Беллу физически и эмоционально. Представляя, как Белла будет бродить по Сиэтлу в одиночку, он изводился, как и я, разве что не доходил до грани помешательства. Но ведь он же не знал всего того, что было известно мне, — сколько раз за последнее время она спасалась чудом.

Свои ответы отцу Белла формулировала тщательно и осторожно, но в строгом смысле не обманывала его. И явно не собиралась объяснять, что ее планы изменились. Или сообщать обо мне.

Чарли расстраивало и то, что в субботу она не пойдет на танцы. Она переживает из-за этого? Чувствует себя изгоем? Мальчишки в школе обижают ее? Самому себе он казался беспомощным. Подавленной она *не* выглядела, но Чарли подозревал, что Белла скрывает от него все хоть сколько-нибудь неприятные подробности. Он решил днем позвонить ее матери и попросить совета.

По крайней мере, мне показалось, что он так решил. Если я правильно понял его.

Я отъехал подальше, пока Чарли грузил вещи в свою машину, но едва он свернул за угол, я занял его место на подъездной дорожке и стал ждать. Занавеска на ее окне шевельнулась, послышались неловкие торопливые шаги вниз по лестнице.

На этот раз я остался на месте, а не вышел, чтобы открыть перед ней дверцу, как следовало бы. Но мне казалось, важнее будет понаблюдать. Она постоянно удивляла меня неожиданными поступками, и мне требовалось научиться предвидеть их, изучить ее, выяснить, как она действует, когда предоставлена самой себе, пытаться просчитывать наперед ее мотивы. Помедлив немного у машины, она села и улыбнулась — как мне показалось, чуть смущенно.

Сегодня на ней была водолазка темно-кофейного цвета. Не в обтяжку, но все-таки облегающая фигуру, и я затосковал по мешковатому свитеру. Тот был безопаснее.

Наблюдение предполагалось вести за ее реакциями, а меня вдруг ошеломили мои собственные. Я не понимал, как могу сохранять такое спокойствие, когда столько всего висело буквально над нашими головами, но, видимо, ее присутствие служило противоядием, средством от боли и тревоги.

Я сделал глубокий вдох носом — нет, не от *всякой* боли! — и улыбнулся:

— Доброе утро. Как ты?

Свидетельства беспокойной ночи на ее лице были очевидны. Ее просвечивающая кожа ничего не скрывала. Но я знал, что жаловаться она не станет.

— Хорошо, спасибо, — ответила она и снова улыбнулась.

— Вид у тебя усталый.

Она наклонила голову, привычно встряхнула волосами, пряча за ними лицо. Они свесились, заслоняя часть ее левой щеки.

— Не спалось.

Я усмехнулся:

— Мне тоже.

Она засмеялась, и я впитал звуки ее радости.

— Да уж! — отозвалась она. — И все-таки мне, наверное, удалось поспать чуть подольше, чем тебе.

— Держу пари, что так и было.

Она выглянула из-за волос, ее глаза осветились — я узнал этот блеск. Любопытство.

— Чем же ты занимался ночью?

Я тихо рассмеялся, довольный, что у меня есть причина не врать ей.

— Даже не мечтай! Сегодня вопросы задаю я.

Складочка возникла между ее нахмуренными бровями.

— А-а, ну да. О чем ты хочешь спросить? — Тон был слегка скептическим, будто в мой интерес ей не верилось. Похоже, она понятия не имела, насколько я любопытен.

Я столько всего о ней не знал. И решил начать с легкого.

— Твой любимый цвет?

Она закатила глаза — все еще сомневаясь, что мне и вправду интересно.

— День на день не приходится.

— А сегодня какой?

Она задумалась всего на мгновение.

— Коричневый, наверное.

Подумав, что она смеется надо мной, я переспросил в тон ее сарказму:

— Коричневый?

— Вот именно, — подтвердила она и вдруг начала оправдываться. Пожалуй, этого следовало ожидать. Оценочные суждения она явно не любила. — Коричневый — теплый цвет. Здесь мне его не хватает. Все, что должно быть коричневым — стволы деревьев, камни, земля, — в этих местах сплошь покрыто какой-то склизкой зеленой дрянью.

Ее тон напомнил мне, как жалобно звучал ее сонный голос ночью. «*Слишком зеленое*» — так вот что она имела в виду? Я смотрел на нее и думал, как же она права. Честно говоря, только сейчас, глядя ей в глаза, я понял, что мой любимый цвет — тоже коричневый. Я не мог представить себе цвет прекраснее этого.

— Ты права, — сказал я. — Коричневый — теплый цвет.

Она зарумянилась и бессознательным движением вновь спряталась за волосами. Осторожно, приготовившись к любой неожиданной реакции, я отвел ее волосы назад, за плечо, чтобы видеть ее лицо. Единственным ее откликом стал внезапно участившийся сердечный ритм.

Я свернул к школьной стоянке и поставил машину рядом с привычным местом, которое уже заняла Розали.

— Какая музыка у тебя сейчас в плеере? — спросил я и заглушил двигатель. Я ни разу не решился подобраться к ней вплотную и посмотреть диски, пока она спала, и эта неизвестность меня дразнила.

Она склонила голову набок, как будто пытаясь вспомнить.

— А, да: «Linkin Park», альбом «Hybrid Theory», — наконец ответила она.

Совсем не то, чего я ожидал.

Доставая один диск из тех, которые возил с собой в машине, я пытался представить, что значит этот альбом для нее. Он вроде бы не подходил ни под одно из настроений, в котором я ее видел, но, с другой стороны, я многого не знал.

— Меняемся на Дебюсси? — предложил я.

На обложку диска она смотрела с выражением, которое я так и не разгадал.

— Какая из песен твоя любимая?

— М-м... — Она все еще глядела на обложку. — Пожалуй, «With You».

Я быстро выудил из памяти текст, пробежался по нему.

— А почему именно эта?

Она слегка улыбнулась и пожала плечами:

— Сама не знаю.

М-да, толку маловато.

— Твой любимый фильм?

На этот раз она думала недолго.

— Не уверена, что смогу выбрать только один.

— Тогда любимые фильмы?

Она кивнула, выбираясь из машины.

— Хм-м... определенно «Гордость и предубеждение» — тот шестисерийный, с Колином Фертом. «Головокружение». И... «Монти Пайтон и Священный Грааль». Есть и другие... вылетело из головы...

— Скажешь, когда вспомнишь, — предложил я, пока мы шагали к корпусу, где у нее был урок английского. — А пока вспоминаешь, назови свой любимый запах.

— Лаванда. Или... пожалуй, чистое белье. — Она смотрела прямо перед собой, но вдруг стрельнула в меня быстрым взглядом, и ее щеки слабо порозовели.

— Еще какие-нибудь? — спросил я, гадая, что значит этот взгляд.

— Нет. Только эти.

Я не понимал, зачем ей понадобилось утаивать часть ответа на такой простой вопрос, но по-моему, она все же чего-то недоговаривает.

— Какие конфеты ты любишь больше всех?

На этот вопрос она ответила уверенно:

— Черные лакричные и «Сауэр патч кидс»[1].

Ее воодушевление вызвало у меня улыбку.

Мы уже подошли к классу, но она медлила у двери. И я тоже не спешил расстаться с ней.

— Где бы тебе больше всего хотелось побывать?

Я надеялся, что про «Комик-кон» от нее не услышу.

Она склонила голову набок, задумчиво прищурилась. В классе многозначительно прокашлялся мистер Мейсон, призывая учеников к тишине. Белла уже почти опоздала.

— Подумай и скажи мне за обедом, — предложил я.

Она усмехнулась, взялась за дверную ручку, потом оглянулась на меня. Ее улыбка погасла, между бровями возникла складка, похожая на галочку.

Я мог бы спросить, о чем она думает, но этим только задержал бы ее, и, наверное, у нее были бы неприятности. И вдобавок мне казалось, что я и так знаю ответ. Такое у меня возникло ощущение, пока дверь закрывалась, разделяя нас.

Ободряюще улыбнувшись, я увидел, как она юркнула в класс, где мистер Мейсон уже начинал урок.

Я поспешил на свой урок, уже зная, что весь день проведу, не замечая, что творится вокруг. Но был разочарован: на утренних уроках с ней никто не говорил, так что я не узнал ничего нового. Только мельком видел, как она смотрит в никуда с отсутствующим выражением лица. Время тянулось медленно, я с нетерпением ждал, когда снова увижу ее своими глазами.

---

[1] Мягкие конфеты с кисло-сладким вкусом. — *Примеч. пер.*

Когда она вышла с тригонометрии, я уже ждал ее. Ее одноклассники шушукались и глазели, а Белла с улыбкой заторопилась ко мне.

— «Красавица и чудовище»! — объявила она. — И «Империя наносит ответный удар». Знаю, его все любят, но... — Она пожала плечами.

— И не зря, — подтвердил я.

Мы зашагали в ногу. Мне уже казалось естественным укорачивать шаги и слегка наклоняться в ее сторону.

— Так ты подумала над моим вопросом про путешествия?

— Да... и придумала остров Принца Эдуарда. Ну, знаешь, — «Аня из Зеленых Мезонинов». Но мне бы хотелось еще увидеть Нью-Йорк. Я никогда не бывала в большом городе, чтобы простирался в основном вверх. Только в тех, которые растянуты по горизонтали, вроде Лос-Анджелеса и Финикса. Хотела бы попробовать поймать там такси. — Она засмеялась. — А потом, если бы могла отправиться куда угодно, съездила бы в Англию. Посмотреть все, о чем я читала.

Отсюда следовало очередное направление моих исследований, но мне хотелось прежде разобраться с нынешним, а уж потом двигаться дальше.

— Расскажи про самые любимые из мест, где ты уже побывала.

— М-м... мне понравился пирс Санта-Моники. Мама говорила, что в Монтерее еще лучше, но так далеко по побережью мы не заезжали. Если мы и ездили куда-то, то в пределах Аризоны: времени на поездки у нас было немного, и маме не хотелось тратить его зря, сидя в машине. Ей нравилось бывать там, где якобы водятся привидения — в Джероме, Доуме, да в любом заброшенном городе-призраке. Никаких привидений и призраков мы не видели, но она говорила, что только из-за меня. Я настроена слишком скептически, вот и отпугнула их. — Она снова рассмеялась. — Она обожает ярмарки возрождения, мы каждый год ездим на одну из них в Голд-Каньон... ну, наверное, в этом году я ее пропущу. Однажды мы видели диких лошадей у Солт-Ривер. Вот это было здорово.

— А самое дальнее место от дома, где ты побывала? — Я вдруг слегка забеспокоился.

— Наверное, это здесь, — ответила она. — Во всяком случае, самое дальнее к северу от Финикса. А самое дальнее к востоку — Альбукерке, но тогда я была такая маленькая, что ничего не помню. А к западу — видимо, побережье в Ла-Пуше.

Она вдруг умолкла. Интересно, может, задумалась о последней поездке в Ла-Пуш и о том, что там узнала? В тот момент мы стояли в очереди в кафетерии, она быстро выбрала, что хотела, вместо того чтобы ждать, когда я накуплю всего понемногу. И стремительно расплатилась за себя.

— А за границу ты никогда не выезжала? — продолжал расспросы я, когда мы подошли к нашему пустующему столику. Мимоходом я задался вопросом, неужели он всегда будет под запретом для остальных теперь, после того как я несколько раз сидел за ним.

— Еще нет, — бодро отозвалась она.

Хотя времени для поездок у нее было не так уж много — всего семнадцать лет, я удивился. И мне стало... совестно. Она так мало повидала, испытала ничтожную долю того, что предлагала жизнь. Сейчас она никак не могла знать, чего хочет на самом деле.

— «Гаттака», — вспомнила она, задумчиво прожевывая яблоко. Мою внезапную перемену настроения она не заметила. — Хороший был фильм. Ты смотрел?

— Да. Мне тоже понравился.

— А какой у *тебя* любимый фильм?

Я покачал головой и улыбнулся:

— Твоя очередь еще не пришла.

— Ну правда, я такая скучная. И вопросы у тебя наверняка кончились.

— Сегодня мой день, — напомнил я. — И мне нисколько не скучно.

Она поджала губы, будто собираясь поспорить насчет моей заинтересованности, но вдруг улыбнулась. Видимо, на самом деле она не поверила мне, но решила, что должна сдержать обещание. День вопросов был и вправду *мой*.

— Расскажи про книги.

— Только не вынуждай меня выбирать любимую, — почти рассвирепела она.

— Не буду. Рассказывай про все, какие тебе нравятся.

— С какой бы начать?.. А, «Маленькие женщины». Первая большая книга из всех, какие я прочитала. И до сих пор перечитываю практически каждый год. Вся Остин, вот только «Эмму» я не очень...

Про Остин я уже знал, увидев у нее потрепанный сборник в тот день, когда она читала на лужайке, но заинтересовался исключением.

— Что так?

— Да ну, она такая самодовольная.

Я усмехнулся, а она продолжала по своей инициативе:

— «Джен Эйр». И ее, конечно, я перечитываю довольно часто. Прямо-таки мой идеал героини. Все остальные книги всех сестер Бронте. «Убить пересмешника» — безусловно. «451 градус по Фаренгейту». Все хроники Нарнии, особенно «Покоритель Зари». «Унесенные ветром». Дуглас Адамс, и Дэвид Эддингс, и Орсон Скотт Кард, и Робин Маккинли. А Л. М. Монтгомери я уже называла?

— Насчет нее я понял — по путешествиям твоей мечты.

Она кивнула, но вид у нее стал смущенный.

— Продолжать? Я могу еще долго.

— Давай, — подбодрил я. — Хочу еще.

— Только я буду называть вразнобой, — предупредила она. — У мамы куча книг Зейна Грея в бумажных обложках. Среди них попадались очень даже неплохие. Шекспир — в основном комедии. — Она усмехнулась. — Как видишь, и правда вразнобой. М-м, вся Агата Кристи. Энн Маккефри про драконов... и, кстати, про великих драконов: «Клык и коготь» Джо Уолтон. «Принцесса-невеста» — книга гораздо лучше фильма... — Она задумчиво постучала пальцем по губам. — Есть еще множество других, но у меня опять вылетело из головы...

Она слегка нервничала.

— Пока достаточно.

Вымышленный мир был лучше знаком ей, чем реальный, и я с удивлением отметил в ее списке книгу, которую сам еще не читал. Надо будет раздобыть этот «Клык и коготь».

В характере Беллы просматривались элементы прочитанного — влияние персонажей, сформировавших особенности ее мира. В ней была частица Джен Эйр, толика Глазастика Финч и Джо Марч, немного от Элинор Дэшвуд и Люси Певенси. Я не сомневался, что найду больше сходства с героями книг, когда буду лучше знать ее.

Это было все равно что собирать пазл из сотен тысяч деталей, да еще не зная, как он выглядит в сложенном виде. Трудоемкое занятие, отнимающее массу времени, чреватое ошибками, но в конечном итоге позволяющее увидеть картину в целом.

Она прервала мои размышления:

— «Где-то во времени». Обожаю этот фильм. Ума не приложу, как я сразу его не вспомнила.

Этот фильм в число моих любимых не входил. Меня коробила сама идея, что двое влюбленных смогли быть вместе только на небесах, после смерти. И я перевел разговор:

— Расскажи про музыку, которая тебе нравится.

Она снова судорожно сглотнула. А потом вдруг зарделась.

— Что-то не так? — спросил я.

— Да просто у меня... с музыкой как-то не очень, наверное. А тот диск «Linkin Park» мне подарил Фил. Пытался осовременить мои вкусы.

— А до Фила ты что слушала?

Она вздохнула, беспомощно развела руками:

— Просто то же, что и мама.

— Классику?

— Иногда.

— А в остальном?

— Саймон и Гарфанкел. Нил Даймонд. Джони Митчелл. Джон Денвер. В таком роде. Мама совсем как я — она тоже слушает то же самое, что ее мать. Во время наших поездок ей нравилось подпевать. — Внезапно она широко улыбнулась, показывая единственную ямочку. — Помнишь, мы как-то говорили о том, чего можно испугаться? — Она рассмеялась. — Ты поймешь, что такое настоящий страх, только когда услышишь, как мы с мамой пытаемся попасть в высокие ноты, подпевая «Призраку оперы».

Я подхватил ее смех, жалея, что этого мне никак не увидеть и не услышать. Мне представилось ярко освещенное шоссе, извивающееся по пустыне, машина с открытыми окнами, рыжеватый отблеск солнца на волосах Беллы. Обидно, что я не знаю, как выглядит ее мать или какая у них машина, — если бы знал, представил бы точнее. Мне хотелось быть рядом с ней, слышать, как она поет и фальшивит, смотреть на ее улыбку при свете солнца.

— Любимая телепередача?
— Да я почти не смотрю телевизор.

Неужели она не стала вдаваться в подробности, чтобы не наскучить мне? Может, после нескольких вопросов попроще она почувствует себя свободнее?

— Кола или пепси?
— «Доктор Пеппер».
— Любимое мороженое?
— С песочным печеньем.
— Пицца?
— Сырная. Неоригинально, но надежно.
— Футбольная команда?
— Эм, пропустим?
— Баскетбольная?

Она пожала плечами:
— К спорту я как-то не очень.
— Балет или опера?
— Пожалуй, балет. Никогда не была в опере.

Я отдавал себе отчет, что список, который составляю, годится и для других целей, не только для того, чтобы как можно лучше понять ее. Заодно я узнавал, чем можно ее порадовать. Какие подарки мог бы ей преподнести. Куда мог бы ее свозить. О мелочах и серьезных вещах. Невероятно самонадеянно было полагать, что я мог бы когда-нибудь вписаться в ее жизнь хотя бы так. Но как бы мне хотелось...

— Твой любимый драгоценный камень?
— Топаз, — ответ она дала не раздумывая, но вдруг ее взгляд стал напряженным, на скулах проступил румянец.

Такое уже случалось раньше, когда я спросил про запахи. Тогда я сделал вид, будто не заметил, но на этот раз не стал. Меня и без того измучило неудовлетворенное любопытство.

— Почему это тебя... смутило? — Я сомневался, что правильно понял ее чувства.

Она поспешно покачала головой, глядя на свои руки.

— Да нет, ничего.

— Хотелось бы понять.

Она снова покачала головой, упрямо отказываясь смотреть на меня.

— Ну пожалуйста, Белла.

— Следующий вопрос.

Вот теперь мне отчаянно захотелось выяснить, в чем дело. Терпение лопнуло.

— Выкладывай, — потребовал я почти грубо. И сразу устыдился.

Она не смотрела на меня, продолжая теребить волосы. Но ответ все-таки дала.

— Просто сегодня у тебя глаза цвета топаза, — призналась она. — А если бы ты спросил через две недели, я бы назвала оникс.

Точно так же моим любимым цветом теперь стал насыщенный шоколадный.

Ее плечи поникли, я вдруг узнал эту позу. Вчера она держалась точно так же, стесняясь ответить на мой вопрос, действительно ли считает, что ей я нравлюсь больше, чем она мне. И вот теперь по моей вине она очутилась в том же положении, вынужденная доказывать свои чувства ко мне, не получая заверений во взаимности.

Проклиная свое любопытство, я вернулся к расспросам. Может быть, мой несомненный интерес ко всем особенностям ее личности убедит ее в том, что в своих чувствах к ней я дохожу до одержимости.

— Какие цветы ты предпочитаешь?

— М-м, георгины — за внешний вид, и лаванду с сиренью — за аромат.

— Смотреть спорт ты не любишь, а в команде когда-нибудь играла?

— Только в школе, когда приходилось.

— Мама не записывала тебя в футбольную команду?

Она пожала плечами.

— Маме нравилось, чтобы выходные были свободны — для каких-нибудь приключений. Одно время я состояла в скаутах, а однажды она отдала меня на хореографию и здорово *просчиталась*. — Белла подняла брови, словно ожидая, что я не поверю. — Она думала, это будет удобно, потому что идти недалеко и я могла бы ходить туда сразу после уроков, но оказалось, что никакие удобства не стоят увечий.

— Прямо-таки увечий? — недоверчиво переспросил я.

— Будь у меня телефон мисс Каменев, она подтвердила бы мои слова.

Она вдруг подняла глаза. Вокруг нас все уже расходились. Как это время пролетело так быстро?

Заметив эту суету, она встала, и я тоже поднялся. Пока я сгребал мусор на поднос, она закинула на плечо рюкзак. И протянула руку, чтобы забрать у меня поднос.

— Я сам, — сказал я.

Она тихонько и немного раздраженно фыркнула. Ей по-прежнему не нравилось, когда о ней заботились.

Пока мы шагали на биологию, я так и не смог сосредоточиться на своих вопросах, оставшихся без ответа. Мне вспоминался вчерашний день, я гадал, почувствую ли сегодня те же напряжение, жажду и электрические разряды. И конечно, едва погасили свет, все ошеломляющее влечение нахлынуло с новой силой. Сегодня я на всякий случай отодвинул свой стул подальше от стула Беллы, но это не помогло.

Эгоистичная сторона моей натуры продолжала убеждать: нет ничего плохого в том, чтобы взять ее за руку, наоборот — это отличный способ проверить ее реакцию и подготовиться к встрече наедине. Я старался не прислушиваться к голосу эгоизма и боролся с соблазном, как мог.

Насколько я мог судить, Белла тоже. Она наклонилась вперед, положила подбородок на руки, и я видел, что ее пальцы вцепились в край стола так крепко, что побелели костяшки. Я задался вопросом, с каким именно искушением она борется. Сегодня она не смотрела на меня. Не взглянула ни разу.

Слишком многое о ней я все еще не понимал. О многом не мог расспросить.

Заметив, что слегка подался к ней всем телом, я отстранился.

Когда включили свет, Белла вздохнула, и если я правильно понял выражение ее лица, то его следовало бы назвать «облегчением». Но облегчением от чего?

Провожая ее на следующий урок, я вел ту же битву с самим собой, что и днем ранее.

Она остановилась у дверей класса и устремила на меня взгляд прозрачных глубоких глаз. Что это — ожидание или замешательство? Приглашение или предостережение? Чего же хочется *ей?*

«*Это просто вопрос,* — уверял я себя, пока моя рука сама собой тянулась к ней. — *Еще один из многих*».

Напрягаясь всем телом и не дыша, я просто разрешил себе провести по ее лицу ладонью от виска до узкого подбородка. Как вчера, ее кожа потеплела от моего прикосновения, сердце забилось быстрее. Голова еле заметно качнулась в сторону моей руки, продлевая ласку.

И еще один ответ.

Я опять быстро ушел, зная, что в таких случаях моя способность владеть собой все еще под сомнением, ощущая все ту же безболезненную пульсацию в ладони.

Эмметт уже сидел на месте, когда я прибыл на испанский. И Бен Чейни тоже. Я обратил на себя внимание не только этих двоих. От других исходили волны любопытства и предположений, имя Беллы звучало в мыслях рядом с моим...

Из людей только Бен не думал о Белле. В моем присутствии он слегка насторожился, но без враждебности. Он уже успел поговорить с Анджелой и пригласил ее на свидание в ближайшие выходные. Она с радостью откликнулась на приглашение, он до сих пор ликовал. И хотя к моим намерениям он относился подозрительно, все же понимал, что нынешней радостью обязан мне. Пока я сторонился Анджелы, он ничего не имел против меня. И даже испытывал нечто вроде благодарности, хотя понятия не имел, что именно на такой результат я и рассчитывал. Он производил впечатление умного малого и заметно вырос в моих глазах.

Белла была на физкультуре, но, как и во второй половине вчерашнего урока, в играх не участвовала. Всякий раз, когда Майк Ньютон оборачивался к ней, она смотрела вдаль. И явно где-то витала мыслями. Майк рассудил, что его попытки заговорить с ней будут некстати.

«*Видно, у меня с самого начала не было никаких шансов,* — размышлял он покорно и вместе с тем угрюмо. — *Как это вообще случилось? Да еще будто в один миг. Наверное, когда Каллену хочется чего-нибудь, он получает свое, недолго ду-*

мая». Его представления о том, что именно я получил, были непристойными. Я перестал слушать.

Его мнение мне не понравилось. Как будто у Беллы нет свободы воли. Но ведь на самом деле выбирала она, разве нет? Стоило ей попросить меня оставить ее в покое, я повернулся бы и ушел. Но она и раньше, и теперь хотела, чтобы я остался.

Мысленно проверяя, что творится в классе испанского, я, естественно, настроился на самый знакомый внутренний голос, но при этом, как обычно, не мог не думать о Белле, поэтому не сразу осознал, что слышу.

А когда осознал, щелкнул зубами так, что услышали сидящие рядом люди. Один из парней огляделся в поисках источника странного звука.

«*Опа!*» — подумал Эмметт.

Я сжал кулаки и сосредоточился, чтобы не сорваться с места.

«*Извини, я старался не думать об этом*».

Я взглянул на часы. Еще пятнадцать минут, и я смогу врезать ему по лицу.

«*Ничего плохого я не замышлял. Слушай, я же на твоей стороне. Если честно, Джаспер и Роз просто сваляли дурака, поспорив с Элис. Это же самое легкое пари, в каком мне случалось выигрывать*».

Пари насчет этих выходных. Выживет Белла или умрет.

Четырнадцать с половиной минут.

Эмметт поерзал на своем месте, прекрасно понимая, что означает моя полная неподвижность.

«*Да ладно тебе, Эд. Сам же понимаешь, что это не всерьез. И вообще, дело даже не в этой девчонке. Ты лучше меня знаешь, что творится с Роз. Видно, это что-то такое, строго между вами. Она все еще злится и ни за что на свете не признается, что на самом деле это она переживает за тебя*».

Он всегда верил в нее, и хотя я знал, что сам поступаю ровно наоборот — *никогда* в нее не верю, — это не значило, что на этот раз он прав. Розали будет только рада моей неудаче. И счастлива увидеть, как за неверный выбор Белла получит по заслугам — справедливо, с точки зрения Роз. И не перестанет завидовать, если душа Беллы избежит того, что ее ждало.

«А Джазз... ну, сам понимаешь. Ему надоело быть самым слабым звеном. Ты вроде как слишком уж безупречно владеешь собой, и это раздражает. Карлайл другой. Признайся, ты немного... задаёшься».

Тринадцать минут.

Для Эмметта и Джаспера все это сродни яме с вязким зыбучим песком, которую я сам себе вырыл. Фиаско или успех — с их точки зрения, в конечном итоге это не более чем очередной случай, относящийся ко мне. Белла в это уравнение не входила. Ее жизнь была всего лишь ориентиром в пари, которое они заключили.

«Не принимай на свой счет».

А как еще можно? Двенадцать с половиной минут.

«Хочешь, чтобы я вышел из игры? Я выйду».

Я вздохнул и слегка расслабился, сменив позу.

Какой смысл разжигать в себе гнев? Стоит ли винить их за неспособность понять? Разве им это под силу?

Как же все бессмысленно. Бесит, верно, но... чем бы я отличался от них, если бы моя жизнь не изменилась? Если бы речь не шла о Белле?

Так или иначе, сейчас у меня нет времени на поединки с Эмметтом. Я буду ждать Беллу у зала, когда она выйдет с физкультуры. Мне надо еще собрать так много деталей головоломки.

Едва прозвучал звонок, я метнулся к двери, не взглянув на Эмметта, и услышал, как он вздохнул с облегчением.

Белла вышла из спортзала, увидела меня и просияла. Меня охватило такое же облегчение, как в машине сегодня утром. Словно все сомнения и страдания разом свалились с плеч. Я знал, что никуда они не делись, но когда я видел Беллу, моя ноша заметно легчала.

— Расскажи мне про свой дом, — попросил я, пока мы шли к машине. — О чем ты скучаешь?

— Э-э... мой дом? В Финиксе? Или ты имеешь в виду — здесь?

— Везде.

Она вопросительно взглянула на меня — я шучу?

— Пожалуйста, — добавил я, открывая перед ней дверцу машины.

В машину она села, подняв бровь и все еще сомневаясь.

Но когда я сел рядом и мы вновь остались вдвоем, кажется, смягчилась.

— Ты не бывал в Финиксе?

Я улыбнулся:

— Нет.

— Верно, — сказала она. — Ну конечно. Солнце. — Некоторое время она молча размышляла. — Из-за него у тебя какие-то сложности?..

— Правильно. — Уточнять я не собирался: надо было увидеть это, чтобы понять. И кроме того, Финикс находился слишком близко к территории агрессивных южных кланов, чтобы спокойно чувствовать себя там, но и в эти подробности мне вдаваться не хотелось.

Она ждала, не зная, добавлю я что-нибудь или нет.

— Так расскажи мне об этих местах, которые я сам не видел, — напомнил я.

Она на минуту задумалась.

— Город в основном очень плоский, немногим выше одного-двух этажей. В деловом центре есть несколько мини-небоскребов, но это очень далеко от тех мест, где я жила. Финикс огромный. По пригородам можно кататься целый день. Уйма штукатурки, черепицы и гравия. И никакой мягкой слизи, как здесь, — все твердое, жесткое и почти всюду есть колючки.

— Но тебе это нравится.

Она с усмешкой кивнула:

— Там все такое... открытое. Сплошное небо. И то, что мы называем горами, на самом деле просто холмы — твердые, колючие холмы. Но в основном долина — как большая неглубокая чаша, и кажется, будто она постоянно наполнена солнечным светом. — Она обрисовала форму руками. — Растения там — как современное искусство по сравнению со здешними: одни углы и выступы. Преимущественно колючие. — Еще усмешка. — Но и они все открытые. Если и есть листва, то перистая, редкая. Там ничто не спрячется. И ничто не защитит от солнца.

Я остановил машину перед ее домом. На обычном месте.

— Ну, дожди иногда все же случаются, — поправилась она. — Но не такие, как здесь. Впечатляют сильнее. Громы, молнии, внезапные наводнения, а не просто бесконечный моросящий дождик. И пахнет там лучше. Ларреей, или креозотовым кустом.

Я знал этот вечнозеленый пустынный кустарник. Видел его в окно машины в Южной Калифорнии, но только ночью. Смотреть там было не на что.

— Никогда не принюхивался к ларрее, — признался я.

— Она пахнет только в дождь.

— А как пахнет?

Она ненадолго задумалась.

— Сладко и в то же время горьковато. Немного смолой и немного лекарством. Но это только по описанию неприятно. А на самом деле *свежо*. Как чистая пустыня. — Она усмехнулась. — Так себе описание, да?

— Наоборот. Что еще я упустил, не побывав в Аризоне?

— Кактусы сагуаро, но ты наверняка видел их на снимках.

Я кивнул.

— В действительности они больше, чем можно ожидать. Все, кто видит их впервые, удивляются. А тебе случалось жить там, где есть цикады?

— Да, — рассмеялся я. — Мы на некоторое время задержались в Новом Орлеане.

— Тогда ты и без объяснений знаешь, — сказала она. — Прошлым летом я нашла подработку в теплице. Этот визг — как ногтями по доске в классе. Он меня с ума сводил.

— А еще что?

— Хм. Цветовая гамма другая. Горы — и холмы, и остальные — в основном вулканические. Много пурпурных скальных пород. Довольно темного оттенка, так что они сильно нагреваются на солнце. Как и асфальт. Летом он вообще не остывает, так что тротуар, на котором можно жарить яичницу, — это не городская легенда. Но зелени все равно много — на полях для гольфа. И некоторые заводят возле дома газоны, но, по-моему, это безумие. Во всяком случае, контраст цветов выглядит здорово.

— Где тебе особенно нравится проводить время?

— В библиотеке. — Она усмехнулась. — И если до сих пор я еще не выставила себя ботаном, теперь это очевидно. По-моему, я прочитала всю художественную литературу в ма-

СОЛНЦЕ ПОЛУНОЧИ

ленькой библиотеке по соседству с домом. И как только получила водительские права, первым же делом поехала в центральную библиотеку. Я могла бы прямо там и жить.

— А еще где?

— Летом мы ходили к пруду в Кактус-парке. Мама начала учить меня плавать раньше, чем ходить. В новостях часто рассказывали о том, как утонул еще один малыш, и она ужасно боялась за меня. Зимой мы бывали в Роудраннер-парке. Он небольшой, но там есть озерцо. Когда я была маленькой, мы пускали в нем бумажные кораблики. Но сейчас рассказываю тебе об этом и вижу, что так себе развлечение...

— А по-моему, замечательное. О своем детстве я почти ничего не помню.

Ее насмешливая улыбка погасла, она свела брови.

— Наверное, это тяжело. И странно.

Пришла моя очередь пожать плечами.

— Я знаю только то, что есть сейчас. Беспокоиться уж точно не о чем.

Долгое время она молчала, обдумывая услышанное.

Я терпел ее молчание, пока мог, и наконец спросил:

— О чем ты думаешь?

Ее улыбка стала сдержаннее.

— У меня масса вопросов. Но я же знаю...

Мы закончили одновременно:

— ...сегодня мой день.

— ...сегодня твой день.

И засмеялись тоже синхронно, а я подумал о том, какую странную легкость чувствую, находясь рядом с ней. Просто рядом, достаточно близко. Опасность казалась далекой. Увлекшись, я почти не замечал боли в горле, хотя она так и не притупилась. Думать о ней просто не хотелось теперь, когда со мной была Белла.

— Удалось мне убедить тебя насчет Финикса? — спросила она после еще одной паузы.

— Пожалуй, понадобятся еще уговоры.

Она задумалась.

— Растет там одна разновидность акации — не знаю, как она называется. С виду как все остальные, сухая, колючая. — На ее лице вдруг отразилась острая тоска. — Но весной на ней появляются пушистые желтые цветы, похожие на помпончики. — Она показала, какого размера, раздвинув большой и указательный пальцы. — Пахнут они... изумительно. Ни с чем не сравнить. Еле уловимо, нежно — вдруг тончайший аромат приносит ветром, и через мгновение его уже нет. Надо было добавить этот запах в список моих любимых. Хорошо бы им ароматизировали свечи или еще что-нибудь. А еще закаты — они бесподобны, — продолжала Белла уже о другом. — Честное слово, здесь ты никогда не увидишь таких. — Она ненадолго задумалась. — Но даже в середине дня небо — самое главное. Не голубое, как здесь, когда его вообще видно. А ярче и бледнее. Иногда почти белое. И оно повсюду. — В подтверждение своих слов она обвела дугу вокруг головы. — Там столько неба! А если хоть немного отдалиться от городских огней, видны миллионы звезд. — Она грустно улыбнулась. — Обязательно посмотри на них как-нибудь ночью.

— По-твоему, это прекрасно.

Она кивнула.

— Но не для всех, наверное. — Она задумчиво помедлила, и я понял, что она вспоминает что-то еще, поэтому не стал ей мешать. — Мне нравится... минимализм тех мест, — нашла она определение. — Они откровенны. Ничего не скрывают.

Мне пришло на ум все то скрытое от нее, что есть здесь, и я задумался, означают ли ее слова, что она догадывается об этом, замечает незримо сгущающуюся вокруг нее тьму. Но в ее взгляде, обращенном на меня, не было оценки.

Больше она ничего не добавила, и судя по тому, как слегка опустила голову, ей вновь начало казаться, что она слишком уж разболталась.

— Ты, должно быть, очень скучаешь по тем местам, — предположил я.

Вопреки моим ожиданиям ее лицо не омрачилось.

— Поначалу скучала.

— А теперь?

— Пожалуй, привыкла. — Но улыбнулась она так, будто не просто смирилась с лесом и дождем.

— Расскажи про свой тамошний дом.

Она пожала плечами:

— Ничего особенного. Штукатурка и черепица, как я уже говорила. Один этаж, три спальни, две ванные. Особенно скучаю по моей маленькой ванной. Общая ванная с Чарли — неизбежный стресс. А там возле дома — гравий и кактусы. Внутри все винтажное, из семидесятых: стенные панели из дерева, линолеум, мохнатый ковер, пластиковые кухонные столешницы горчичного оттенка, все дела. Мама не поклонница ремонта и смены обстановки. Говорит, у старых вещей есть характер.

— А что насчет твоей спальни?

На лице у нее появилось такое выражение, что я невольно задумался, не напомнил ли ей ненароком шутку, которой сам не понял.

— Сейчас или когда я жила там?

— Сейчас.

— Кажется, там студия йоги или что-то в этом роде. А мои вещи в гараже.

Я удивленно уставился на нее:

— Что же ты будешь делать, когда вернешься?

Но ее, похоже, это не заботило.

— Как-нибудь затолкаем кровать обратно.

— А третьей спальни в доме нет?

— Там мамина мастерская. Потребовалось бы вмешательство свыше, чтобы освободить в ней место для кровати. — Она беспечно засмеялась. Я думал, она намерена проводить с матерью больше времени, но о жизни в Финиксе она говорила скорее как о прошлом, нежели о будущем. Я поймал себя на чувстве облегчения, но постарался ничем не выдать его.

— А какой твоя комната была, когда ты жила там?

Она слегка покраснела.

— М-м... неопрятной. Мне не хватает организованности.

— Расскажи подробнее.

На это она ответила взглядом «шутишь, да?», но я не отступал, и она выполнила мою просьбу, сопровождая объяснения жестами.

— Комната узкая. У южной стены односпальная кровать из пары, у северной под окном — комод, проход между ними довольно тесный. Там же еще небольшой стенной шкаф, и он был бы очень кстати, если бы я не устраивала внутри свалку, тогда он и правда мог бы считаться шкафом. Здесь у меня комната просторнее и порядка в ней больше, но только потому, что я еще не так долго занимаю ее, чтобы захламить.

Я старательно делал непроницаемое лицо, скрывая, что вид ее здешней комнаты мне прекрасно известен, а также удивление оттого, что ее комната в Финиксе была захламлена *еще* сильнее.

— М-м... — Она подняла взгляд, проверяя, жду ли я продолжения, и я кивнул, подбадривая ее. — Вентилятор на потолке не работал, только лампа включалась, поэтому на комоде у меня стоял здоровенный и шумный настольный вентилятор. Летом гул от него, как в аэродинамической трубе. Но спится под него гораздо лучше, чем под здешний дождь. Шум дождя *недостаточно* ровный.

Вспомнив о дожде, я взглянул на небо и поразился, заметив, что свет уже угасает. Я никак не мог понять, каким образом ход времени меняется, а само время словно сжимается, когда я с ней. Как вышло, что отпущенный нам срок уже истек?

Мой взгляд она истолковала неверно.

— У тебя кончились вопросы? — спросила она с явным облегчением.

— Ничего подобного, — возразил я. — Но скоро вернется твой отец.

— Чарли! — ахнула она, будто и забыла о его существовании. — Насколько уже поздно? — Она взглянула на часы на приборной панели.

Я присмотрелся к тучам: несмотря на их плотность, не составляло труда определить, где за ними прячется солнце.

— Сумерки... — произнес я. Время, когда вампиры выходят развлечься, когда нам незачем опасаться, что облака разойдутся и доставят нам неприятности, когда еще можно радоваться остаткам небесного света и не тревожиться, что они выдадут нас.

Опустив взгляд, я заметил, что она с любопытством изучает меня, уловив в моем тоне нечто большее, чем могли бы сказать слова.

— Для нас это самое безопасное время суток, — объяснил я. — И самое спокойное. Но вместе с тем — в каком-то смысле самое печальное... конец очередного дня, возвращение ночи. — Такое множество лет одной ночи. Я попытался отделаться от этой тоски, проскользнувшей в голосе. — Темнота настолько предсказуема, правда?

— А мне нравится ночь, — как обычно, возразила она. — Если бы не темнота, мы никогда не увидели бы звезды. — С нахмуренными бровями ее лицо выглядело немного иначе. — Впрочем, здесь они все равно видны редко.

Последней фразе я рассмеялся. Значит, она все еще не примирилась с Форксом. Я размышлял о звездах в Финиксе, о которых она рассказывала, и пытался представить, похожи ли они на те, что светят над Аляской — такие яркие, чистые и *близкие*. Хорошо бы взять ее туда сегодня же, чтобы мы вместе могли сравнить. Но у нее есть обычная жизнь, которую надо вести дальше.

— Чарли будет здесь через несколько минут, — предупредил я. До меня уже доносились его далекие мысли — может, с расстояния мили, и он медленно ехал в нашу сторону. Думал он о дочери. — Так что если не хочешь говорить ему, что в субботу едешь со мной...

Я понимал: Белла не хочет, чтобы ее отец знал о нас, по множеству причин. Но как бы мне хотелось... не только потому, что я нуждался в еще одном мотиве позаботиться о ее безопасности, не только для того, чтобы успешнее обуздывать чудовище у меня внутри, помня об угрозе для моих близких. Просто хорошо бы она... *пожелала* познакомить меня со своим отцом. Сделать меня частью нормальной жизни, которую вела.

— Ну уж нет, спасибо, — поспешно отказалась она.

Разумеется, это желание неосуществимо. Как и многие другие.

Она принялась собирать вещи, готовясь уйти.

— Значит, завтра моя очередь? — спросила она. И подняла на меня взгляд блестящих от любопытства глаз.

— Еще чего! Я же сказал, что у меня есть еще вопросы.

Она растерянно нахмурилась:

— Куда уж больше!

Да, больше, и намного.

— Завтра узнаешь.

Чарли подъезжал к дому. Я потянулся через ее колени, чтобы открыть дверцу, и услышал, как неровно и гулко заколотилось ее сердце. Наши взгляды встретились, и эта встреча опять *показалась* мне приглашением. Позволено ли мне коснуться ее лица снова, всего один раз?

И вдруг я застыл, взявшись за ручку дверцы с ее стороны.

К углу улицы приближалась еще одна машина. Не Чарли: он находился еще на расстоянии двух улиц, поэтому я не сразу обратил внимание на незнакомые мысли, считая, что они исходят из других домов той же улицы.

Но теперь одно слово насторожило меня.

«*Вампиры*».

«*Должно быть достаточно безопасно для малого. Не с чего нарываться здесь на вампиров,* — продолжал думать кто-то, — *хоть это и нейтральная территория. Надеюсь, я правильно сделал, что взял его в город*».

Каковы были шансы?

— Плохо дело, — выдохнул я.

— Что такое? — спросила она и встревожилась, разглядев выражение моего лица.

Теперь я уже ничего не мог поделать. Вот незадача.

— Еще одно осложнение, — признался я.

Машина свернула на короткую улицу, направляясь прямиком к дому Чарли. Как только ее фары выхватили из темноты мою машину, я услышал молодой и воодушевленный мысленный голос еще одного пассажира древнего «форда темпо»:

«*Ого. Это что, «S60 R»? Ни разу не видел вживую. Круто. Интересно, кто тут на такой тачке разъезжает? Передний диффузор с послепродажной аэрографией... полуслики... Наверняка по трассе так и летит... Надо бы на выхлоп глянуть...*»

Я не стал слушать мальчишку, хотя в другое время мне был бы приятен интерес знатока. Открыв дверцу, я распахнул ее шире, чем требовалось, и отпрянул, в ожидании засмотрелся на приближающиеся фары.

— Чарли за углом, — предупредил я Беллу.

Она живо выскочила под дождь, но времени ей уже никак не хватило бы, чтобы убежать в дом прежде, чем нас заметят вдвоем. Захлопнув дверцу, девушка помедлила, глядя на подъезжающую машину.

Она встала носом к моей, фары светили прямо мне в лицо.

И вдруг в мыслях старшего из сидящих в «форде» раздался вопль потрясения и ужаса.

«"Холодный"! Вампир! Каллен!»

Я не сводил глаз с ветрового стекла, выдерживая чужой взгляд.

Найти внешнее сходство с его дедом я бы и не смог: в человеческом облике Эфраима я не видел ни разу. Но несомненно, это был Билли Блэк с сыном Джейкобом.

Словно в подтверждение моей догадки парень потянулся вперед и заулыбался.

«А, это Белла!»

Мимоходом я отметил, что она, выведывая чужие тайны в Ла-Пуше, определенно успела наделать бед.

Но все внимание я уделил отцу — тому, который знал.

Он верно говорил ранее — это нейтральная территория. Находиться здесь я имел столько же прав, сколько и он, и он об этом знал. Я видел это по напряжению на его испуганном и злом лице, по стиснутым челюстям.

«Что здесь творится? Как мне быть?»

Мы провели в Форксе два года; никто не пострадал. Но даже если бы мы каждый день выбирали новую жертву, и то он не был бы перепуган сильнее.

Я пристально смотрел на него, чуть приподняв губы и машинально скалясь в ответ на его враждебность.

Но настраивать его против себя было бы бессмысленно. Карлайл будет недоволен, если я чем-нибудь встревожу старшего из этих двоих. Мне оставалось лишь надеяться, что в отличие от Джейкоба его отец хранит верность нашему соглашению.

Я сорвал машину с места — едва не превысив допустимую здесь скорость, — парень оценил визг моих шин по мокрому асфальту. И когда я пронесся мимо, повернулся, чтобы оценить выхлоп.

У следующего поворота я разминулся с Чарли и машинально сбросил скорость, а он отметил ее, деловито нахмурившись. И продолжал путь к дому, а я услышал приглушенное удивление в его мыслях, бессловесное, но отчетливое, когда он заметил ждущую перед домом машину. Про серебристый «вольво», чуть не нарушивший допустимую скорость, Чарли уже забыл.

Я затормозил на расстоянии двух улиц и оставил машину припаркованной в неприметном месте у леса, между двумя далеко отстоящими друг от друга участками. Промокнув за считаные секунды, я спрятался в густых ветвях ели за домом Беллы — на том же дереве, с которого наблюдал за ней в первый солнечный день.

Следить за Чарли было затруднительно. В его неопределенных мыслях я не замечал ничего настораживающего. Только воодушевление — он явно обрадовался гостям. Ничто из сказанного ими не нарушило его покой... пока еще.

Пока Чарли здоровался со старшим гостем и приглашал его в дом, в голове Билли бурлила масса вопросов. Насколько я мог судить, никакого решения Билли еще не принял. Я с радостью расслышал сквозь его беспокойство мысли о договоре, который, если повезет, свяжет ему язык.

Его сын увязался следом за Беллой, ускользнувшей на кухню, — м-да, его влюбленность сквозила в каждой мысли. Но прислушиваться к ним было нетрудно, совсем как к тому, что думали Майк Ньютон и прочие поклонники Беллы. В мыслях Джейкоба Блэка было нечто на редкость... располагающее. Чистое и открытое. Он немного напомнил мне Анджелу, только вел себя посмелее. Мне вдруг стало жаль, что именно этот парень родился моим врагом. Он обладал редким умом, находиться в котором было легко. Почти спокойно.

Чарли в гостиной заметил, что Билли чем-то озабочен, но спрашивать не стал. Между ними сохранялась толика напряжения — следы давних разногласий.

Джейкоб спросил Беллу обо мне. Услышал мое имя и рассмеялся.

— Тогда все ясно, — заключил он. — А я не мог понять, что стряслось с отцом.

— Ну да. — Изображая наивность, Белла перестаралась. — Он же не любит Калленов.

— Нашел чему верить, — пробормотал парень.

Да, нам следовало предвидеть, что так все и будет. Разумеется, молодежь племени сочла рассказы стариков выдумками — уморительными, неловкими, особенно потому, что старейшины относились к этому со всей серьезностью.

Белла с Джейкобом перешли к своим отцам в гостиную. Пока Билли и Чарли смотрели телевизор, Белла поглядывала на старшего гостя. Как будто, подобно мне, ждала, что он проговорится.

Но не дождалась. Билли с сыном в гостях долго не засиделись — ведь завтра учебный день. Я проводил их пешком до границы между нашими территориями — просто чтобы убедиться, что Билли не велит сыну оглянуться. Но мысли Билли по-прежнему путались. В них мелькали незнакомые мне имена — люди, с которыми он собирался потолковать сегодня же. И даже во власти паники он уже знал, что скажут другие старейшины. Встреча лицом к лицу с вампиром встревожила его, но мало что изменила.

Пока они удалялись за пределы слышимости, я почти уверился, что новой опасности ожидать незачем. Билли будет следовать правилам. А что еще ему остается? Если договор нарушим мы, старейшины, в сущности, ничего не смогут поделать. Они бессильны. Если договор нарушат *они*... что ж, теперь мы даже сильнее, чем прежде. Вместо пяти нас семеро. Это наверняка заставит их быть осторожнее.

Вот только Карлайл ни за что не позволит нам добиваться соблюдения договора такими методами. Вместо того чтобы вернуться прямо к дому Беллы, я решил сделать крюк до больницы. Сегодня у моего отца по графику значилось ночное дежурство.

Его мысли слышались из отделения «Скорой помощи». Карлайл осматривал глубокую колотую рану на руке водителя грузовика из службы доставки Олимпии. Я вошел в вестибюль, узнал за стойкой администратора Дженни Остин. Занятая телефонным разговором с дочерью-подростком, она едва заметила, как я помахал ей, проходя мимо.

Отвлекать Карлайла мне не хотелось, поэтому я прошел мимо задернутой занавески, за которой он находился, и проследовал дальше, к нему в кабинет. Он узнает меня по звукам — по походке, отсутствию сердечного ритма — и вдобавок по запаху. И поймет, что мне надо увидеться с ним, но не срочно.

Он вернулся в кабинет спустя несколько минут.

— Эдвард?.. Все в порядке?

— Да. Я просто хотел сразу известить тебя: Билли Блэк видел меня сегодня возле дома Беллы. Чарли он ничего не сказал, но...

— Хм-м... — отозвался Карлайл. «*Мы пробыли здесь так долго, обидно будет, если вновь возникнут трения*».

— Скорее всего ничего не случится. Просто он оказался не готов увидеть «*холодного*» на расстоянии двух шагов. Остальные его утихомирят. В конце концов, что они могут поделать?

Карлайл нахмурился. «*Не стоит так считать*».

— Несмотря на то что они утратили покровителей, с нашей стороны им ничто не угрожает.

— Да. Конечно, не угрожает.

Он медленно покачал головой, старательно размышляя, какой план действий будет наилучшим. И по-видимому, находил лишь один: делать вид, будто злополучной встречи не было. Я уже пришел к тому же выводу.

— Ты... скоро собираешься домой? — вдруг спросил Карлайл.

Не успел он договорить, как мне стало стыдно.

— Эсме очень беспокоится из-за меня?

— *Из-за* тебя — нет... а *за* тебя — да.

«*Она тревожится. И скучает по тебе*».

Я вздохнул и кивнул. В своем доме Белла пробудет в безопасности несколько часов. Наверное.

— Я домой прямо сейчас.

— Спасибо, сынок.

Вечер я провел с мамой, разрешил ей окружить меня заботой. Она заставила меня переодеться в сухое — больше для того, чтобы уберечь полы, полировке которых она отдавала больше времени, чем другим занятиям. Остальные разбрелись кто куда — насколько я видел, по ее просьбе; Карлайл позвонил домой заранее. Тишине и покою я был только рад. Мы вместе сидели у рояля, я играл, пока мы беседовали.

— Как ты, Эдвард? — первым делом спросила она. Но задан этот вопрос был не просто так. Моего ответа Эсме ждала с беспокойством.

— Я... не вполне уверен, — честно ответил я. — Меня мотает вверх-вниз.

Некоторое время она слушала рояль и изредка касалась клавиш, не нарушая стройности мелодии.

«*Она причиняет тебе боль*».

Я покачал головой:

— Я причиняю боль сам себе. Она не виновата.

«*И ты тоже*».

— Я то, что я есть.

«*Ты и в этом не виноват*».

Я невесело улыбнулся.

— Ты винишь Карлайла?

«*Нет. А ты?*»

— Нет.

«*Тогда зачем обвиняешь себя?*»

Готового ответа у меня не было. Да, я не злился на Карлайла за то, что он сделал, и все же... должен же быть виновник, разве нет? И кем еще он мог быть, кроме меня?

«*Не выношу смотреть, как ты страдаешь*».

— Это не одни только страдания.

Пока еще нет.

«*Эта девушка... с ней ты счастлив?*»

Я вздохнул.

— Да... когда не препятствую самому себе. Тогда — да.

— Значит, все хорошо,.— Она, кажется, вздохнула с облегчением.

Я скривил губы.

— Правда?

Она молчала, мысленно оценивая мои ответы, представляя себе лицо Элис, вспоминая ее видения. Ей было известно о пари и о том, что я тоже знал про него. На Джаспера и Роз она обиделась.

«*Если она умрет, что это будет значить для него?*»

Я содрогнулся, рывком убрал пальцы с клавиатуры.

— Извини, — поспешно заговорила она. — Я не хотела...

Я покачал головой, она умолкла. И я уставился на свои руки — холодные и угловатые, нечеловеческие.

— Не знаю, как я... — зашептал я и осекся. — Как я это переживу. Не вижу ничего... ничего после этого.

Она обняла меня за плечи, туго переплела пальцы.

— Этого не случится. Я точно знаю, что нет.

— Мне бы такую уверенность.

Ее руки, на которые я смотрел, были так похожи на мои, но нет — их я не мог ненавидеть так же. Как каменные — да, но... но не руки чудовища. А руки матери, ласковые и нежные.

«*Я уверена, ты не причинишь ей вреда*».

— И ты поставила деньги на тот же исход, что и Элис с Эмметтом. Понятно.

Она расплела пальцы и легонько шлепнула меня по плечу.

— Это не повод для шуток.

— Да уж.

«*Но когда Джаспер и Розали проиграют, я не стану сердиться на Эмметта, если он не упустит случая подразнить их*».

— Вряд ли он тебя разочарует.

«*И ты меня не разочаруешь, Эдвард. Ох, сынок, как же я тебя люблю. Когда трудности останутся позади... знаешь, я буду безумно счастлива. И как мне кажется, полюблю эту девушку*».

Вскинув брови, я смотрел на нее.

«*Ты ведь не настолько жесток, чтобы прятать ее от меня?*»

— Ты прямо как Элис.

— Не понимаю, зачем ты противишься ей во всем. Проще принять неизбежное.

Я нахмурился, но снова заиграл.

— Ты права, — помолчав минуту, сказал я. — Я не причиню ей вреда.

«*Само собой, не причинишь*».

Она все так же обнимала меня, и я, помедлив, склонился головой к ее голове. Вздохнув, она крепче прижала меня к себе. Во мне возникло смутное ощущение чего-то детского. Как я объяснял Белле, воспоминаний о своем детстве у меня не сохранилось, ничего конкретного. Но в объятиях Эсме во мне пробудилось что-то вроде осязательной памяти. Должно быть, первая мать тоже обнимала меня, утешая тем же способом.

Закончив пьесу, я вздохнул и выпрямился.

«*Пойдешь теперь к ней?*»

СОЛНЦЕ ПОЛУНОЧИ

— Да.
Она растерянно нахмурилась.
«Чем же ты там занимаешься целыми ночами?»
Я улыбнулся.
— Думаю... и пылаю. И слушаю.
Она коснулась моей шеи.
— Не нравится мне, что это причиняет тебе боль.
— Это самое простое. В сущности, пустяки.
«А что самое сложное?»
На минуту я задумался. Верных ответов могло быть множество, но *самым* верным казался лишь один.
— Пожалуй, что... я не могу быть с ней человеком. Что наилучший вариант — тот, который невозможен.
Она свела брови.
— Все будет хорошо, Эсме. — Обмануть ее было легко. Я единственный из всех обитателей этого дома умел врать.
«*Да, будет. Она не могла бы попасть в более надежные руки*».
Я рассмеялся, и опять невесело. Постараюсь доказать, что моя мать права.

Глава 14

На грани

Этой ночью атмосфера в комнате Беллы была мирной. Даже переменчивый дождь, обычно создающий помехи, на этот раз не беспокоил ее. Несмотря на боль, я тоже был спокоен — спокойнее, чем у себя дома, в объятиях матери. Как часто случалось, Белла бормотала во сне мое имя и при этом улыбалась.

Утром Чарли за завтраком отметил, что она в хорошем настроении, и тогда пришла моя очередь улыбаться. По крайней мере, благодаря мне она была счастлива.

В машину ко мне она села торопливо, широко и охотно улыбаясь, как будто ей не терпелось оказаться вместе со мной так же, как и мне.

— Как спалось? — спросил я.

— Отлично. А у тебя какая выдалась ночь?

Я улыбнулся.

— Приятная.

Она поджала губы.

— Расскажешь, чем занимался?

Я легко мог представить себе, как обострилось бы мое любопытство, если бы и мне приходилось проводить в бесчувственном состоянии восемь часов подряд, не зная, что с ней происходит. Но ответить на ее вопрос я не мог — пожалуй, не только сейчас, но и когда бы то ни было.

— Нет. Сегодня снова вопросы задаю я.

Она со вздохом закатила глаза.

— По-моему, я рассказала тебе уже все, что только могла.

— Расскажи еще про свою мать.

Эту тему я особенно любил, потому что и у Беллы она была излюбленной.

— Ладно. Так вот, мама — она как бы... дикая, наверное? Но не как тигр, а как воробей, как олень. Просто она... в клетках не приживается, что ли. Моя бабушка — вот она, кстати, самая обычная и понятия не имеет, в кого мама уродилась такая, — раньше называла ее «блуждающим огоньком». У меня такое ощущение, что растить мою маму в ее подростковые годы было не так-то просто. Так или иначе, она изводится, если вынуждена подолгу оставаться на одном месте. И теперь, когда она разъезжает вместе с Филом, понятия не имея, где в конце концов окажется... словом, такой счастливой, как сейчас, я еще никогда ее не видела. Но ради меня она старалась изо всех сил. Перебивалась приключениями в выходные и постоянной сменой работы. А я делала все возможное, чтобы избавить ее от рутины. Насколько мне известно, Фил делает то же самое. И я чувствую себя... вроде как плохой дочерью. Потому что я отделалась, понимаешь? — Ее лицо стало виноватым, она повернула руки ладонями вверх. — Больше ей незачем из-за меня сидеть на одном месте. Гора с плеч свалилась. А теперь еще и Чарли... никогда бы не подумала, что нужна ему, а оказывается, нужна. Этот дом слишком пустой для него.

Я задумчиво кивал, перебирая в памяти этот изобилующий сведениями рассказ. И хотел познакомиться с женщиной, которой Белла была во многом обязана своим характером. Отчасти мне хотелось бы, чтобы Белле досталось более легкое детство в традиционном понимании — чтобы у нее была возможность побыть ребенком. Но тогда она выросла бы уже другой, и, честно говоря, ожесточившейся ни в коей мере не выглядела. Ей нравилось заботиться о ком-то, нравилось быть нужной.

Может, именно поэтому ее тянуло ко мне. Разве кто-то мог нуждаться в ней еще больше?

Я расстался с ней у двери класса, и утро прошло почти так же, как вчера. Мы с Элис всю физкультуру таскали ноги вяло, как сомнамбулы. Я опять наблюдал за Беллой глазами Джессики Стэнли, отмечая, как и она, что мысленно Белла находится где угодно, только не в классе.

«*Хотела бы я знать, почему Белла увиливает от любых разговоров?* — гадала Джессика. — *Наверное, ни с кем не желает делиться им. Или раньше наврала, и ничего на самом деле не было*». В памяти у нее мелькнуло, как Белла отнекивалась в среду утром — «*даже не пытался*», — когда Джессика расспрашивала про поцелуи, и как ей показалось, что вид у Беллы разочарованный.

«*Это же прямо как пытка*, — думала Джессика. — *Видеть, но не прикасаться*».

Это слово поразило меня.

Как *пытка*? Явное преувеличение, но... неужели таким образом в самом деле можно причинить Белле боль — не важно, насколько незначительную? Наверняка нет, ведь мне известно, как она воспринимает происходящее. Я нахмурился, поймав на себе вопросительный взгляд Элис. И покачал головой.

«*Вид у нее вполне довольный*, — продолжала размышлять Джессика, наблюдая, как Белла невидящим взглядом смотрит в окно верхнего света под потолком. — *Наверняка наврала мне. Или у них наметился новый поворот*».

«*О-о!*» — внезапную неподвижность Элис я заметил в тот же момент, как прозвучал ее возглас. В голове у нее возникло видение кафетерия в неопределенном, но ближайшем будущем, и...

«*Да, самое время!*» — подумала она, расплываясь в широченной улыбке.

Видения продолжались: Элис, уже сегодня стоящая за моим плечом в кафетерии, Белла напротив за столиком. Краткое знакомство. Его начало пока не определилось. Оно было зыбким, зависело от какого-то другого фактора. Но должно было состояться если не сегодня, то скоро.

Я вздохнул, рассеянно отбивая воланчик обратно через сетку. Удар вышел лучше, чем если бы я сосредоточился на нем; я выиграл очко как раз в тот момент, когда тренер дал свисток, объявляя, что урок закончен. Элис уже направлялась к двери.

«*Да что ты как младенец! Нет тут ничего такого. И я уже вижу, что ты меня не остановишь*».

СОЛНЦЕ ПОЛУНОЧИ

Я закрыл глаза и покачал головой.

— Нет и *не будет*, — тихо согласился я, шагая рядом с ней.

— Я могу потерпеть. Действовать постепенно.

Я закатил глаза.

Обычно я вздыхал с облегчением, когда видел Беллу сам, так что необходимость следить за ней чужими глазами отпадала, но на этот раз Белла уже вышла из класса, а я все думал о догадках Джессики. Белла приветствовала меня искренней широкой улыбкой, и мне тоже показалось, что она счастлива. А если то, что маловероятно, не беспокоит ее, значит, и мне волноваться не о чем.

Оставалась одна тема, расспрашивать о которой я до сих пор не решался. Но теперь, когда мысли Джессики были еще свежи в моей памяти, любопытство вдруг пересилило мою нерешительность.

Мы сидели за столиком, который уже стали считать нашим, она нехотя жевала то, что выбрал для нее я — сегодня я опередил ее.

— Расскажи про свое первое свидание, — попросил я.

Она вытаращила глаза и покраснела, но не ответила.

— Не скажешь?

— Просто я не уверена... что идет в счет.

— Установи самый низкий проходной балл из возможных, — посоветовал я.

Она возвела глаза к потолку, задумалась, поджав губы.

— Ну, тогда, пожалуй, на него я ходила с Майком — с другим Майком, — поспешила добавить она, заметив, как я изменился в лице. — Меня поставили с ним в пару на кадрили в шестом классе. А он позвал меня к себе на день рождения — в кино. — Она улыбнулась. — На вторых «Могучих утят». Больше никто не пришел, только я. Вот потом и стали говорить, что это было свидание. Не знаю, кто пустил такой слух.

Я видел школьные снимки в доме ее отца, поэтому легко представил себе одиннадцатилетнюю Беллу. С тех пор для нее, похоже, мало что изменилось.

— Пожалуй, ты слишком уж занизила планку.

Она усмехнулась:

— Сам же сказал — самый низкий балл из возможных.

— Тогда продолжай.

Она задумалась, скривив губы.

— Однажды несколько подруг собрались на каток с мальчишками. И для ровного счета им понадобилась я. Ни за что бы не пошла, если бы знала, что попаду в пару с Ридом Мерчантом. — Ее слегка передернуло. — И само собой, я почти сразу сообразила, что катание на коньках — не самая удачная затея. Правда, я легко отделалась, да еще остаток вечера просидела в буфете за чтением — явный плюс. — Она улыбнулась почти... торжествующе.

— Может, сразу перейдем к настоящим свиданиям?

— В смысле, когда кто-то пригласил меня заранее и мы куда-то отправились вдвоем?

— Вполне годное определение.

Она расплылась в той же торжествующей улыбке:

— Тогда извини, не было такого.

Я нахмурился:

— До приезда сюда никто никогда не приглашал тебя на свидания? Правда?

— Я так и не знаю толком, то ли меня звали на свидание, то ли просто потусить с друзьями. — Она пожала плечами. — И это, в сущности, не важно. Мне все равно не хватало времени ни на то ни на другое. Вскоре прошел слух, и больше уже никто не звал.

— А ты действительно была занята? Или отговаривалась, как здесь?

— Действительно занята, — чуть обиженно заверила она. — Хозяйство отнимает много времени, а я еще обычно подрабатывала, не говоря уже об уроках. Если я хочу продолжить учебу, мне понадобится полная стипендия, так что...

— На этом притормози, — перебил я. — Мне бы хотелось сначала закончить с одним вопросом, а уж потом переходить к другому. Если бы ты не была настолько занята, были ли среди приглашений те, которые ты согласилась бы принять?

Она склонила голову набок.

— Вообще-то нет. В смысле, чтобы звали не просто провести вечер. И те мальчишки были так себе, не особо интересные.

— А другие? Те, кто не звал?

Она покачала головой, ее прозрачные глаза, казалось, ничего не скрывали.

— Настолько много внимания я им не уделяла.

Я прищурился:

— Значит, тебе еще никогда не попадался человек, с которым тебе хотелось бы встречаться?

Она снова вздохнула:

— В Финиксе — нет.

Долгую минуту мы смотрели друг другу в глаза, и я старался осмыслить услышанное: точно так же, как она стала моей первой любовью, я — ее первая... как минимум влюбленность. Это соответствие странно польстило мне и вместе с тем встревожило. Безусловно, начало личной жизни для нее получилось каким-то искаженным, нездоровым. Да еще это осознание, что для меня она первая и она же последняя. А сердце человека не такое.

— Я помню, что сегодня не мой день, но...

— Да, не твой.

— Да ладно тебе, — не сдалась она. — Я же только что выдала тебе всю постыдную правду про полное отсутствие свиданий в моей личной жизни.

Я улыбнулся:

— Моя вообще-то почти такая же — если не считать катка и уловок с приглашениями на дни рождения. И я тоже не уделял ей особого внимания.

Судя по виду, она не поверила мне, но я сказал правду. Я тоже получил несколько приглашений, которые отклонил. Но приглашений несколько иного рода, признался я себе, вызвав в памяти надутое лицо Тани.

— Куда бы ты хотела поступить? — спросил я.

— Эм... — Она еле заметно встряхнула головой, будто настраиваясь на новую тему. — Ну, раньше я думала, что практичнее всего был бы Университет штата Аризона, ведь тогда я могла бы жить дома. Но теперь, когда мама постоянно в разъездах, у меня прибавилось вариантов. И даже при условии полной стипендии это должен быть какой-нибудь университет штата с разумными ценами. Когда я только приехала сюда... ну, в общем, я порадовалась, что Чарли живет не настолько близко к Университету штата Вашингтон, чтобы оправданным стал *такой* выбор.

— Тебе что, наши «пумы» не нравятся — университетские спортивные команды?

— Сам универ ни при чем — все дело в погоде.

— А если бы ты могла отправиться куда угодно, если бы не думала о затратах, куда бы ты тогда уехала?

Пока она обдумывала мой вопрос о предполагаемом будущем, я пытался представить себе будущее, которое могло ждать *меня*. Белла в двадцать, двадцать два, двадцать четыре года... сколько времени пройдет, прежде чем она перерастет меня, не меняющегося с годами? Я мог бы смириться с ограничениями по времени, если бы это означало, что она останется человеком, будет здоровой и счастливой. Только бы мне суметь самому стать безопасным для нее, подходящим ей, способным вписываться в эту счастливую картину все отпущенное время до последней секунды, пока она позволяет мне.

Я вновь задумался, как мне этого добиться — быть с ней и при этом не портить ей жизнь. Продлить весну Персефоны, остаться в ней, уберечь ее от моего царства Аида.

Нетрудно понять, что там, где обычно бываю я, счастлива она не будет. Это же очевидно. Но пока она хочет видеть меня, я буду следовать за ней. Значит, придется провести в четырех стенах множество томительных дней, но эта цена настолько пренебрежимо мала, что едва стоит упоминания.

— Мне надо разузнать. Большинство шикарных учебных заведений находятся там, где бывает снег. — Она усмехнулась. — Интересно, какие колледжи есть на Гавайях?

— Наверняка замечательные. А после учебы? Что потом? — Я вдруг понял, как это важно для меня — знать *ее* планы на будущее. Чтобы не сорвать их. Чтобы придать этому маловероятному будущему наиболее подходящий для Беллы вид.

— Займусь чем-нибудь, связанным с книгами. Я всегда думала, что буду преподавать как... ну нет, *не совсем* как моя мама. Если бы удалось... я была бы не прочь преподавать в каком-нибудь колледже — скорее всего в общественном. Факультативный курс английского, чтобы на него записывались только по желанию.

— Значит, вот чего тебе всегда хотелось?

Она пожала плечами:

— В основном. Как-то я задумалась о работе в издательстве — редактором или кем-нибудь вроде. — Она сморщила нос. — Навела справки. Получить работу преподавателя гораздо проще. И это намного практичнее.

У всех ее мечтаний были подрезаны крылья — не то что у других подростков, рвущихся покорять мир. Видимо, сказывалось то, что с реальностью она столкнулась раньше, чем следовало бы.

Она откусила бейгл и принялась задумчиво жевать. Я гадал, о чем она думает — все еще о будущем или о чем-нибудь другом. И видит ли в этом будущем меня хотя бы мельком.

Мысли увели меня к завтрашнему дню. Казалось бы, я должен быть вне себя от восторга — еще бы, целый день вместе с ней. Столько времени. А я думал лишь о том моменте, когда она увидит, что я такое на самом деле. Когда я больше не смогу прятаться под маской человека. Я пытался представить ее реакцию, и хотя часто ошибался в предыдущих попытках предугадать ее чувства, понимал, что на этот раз возможно лишь одно из двух. Если не отвращение, то ужас.

Хотелось бы верить, что есть и третий вариант. Что она простит мне мою суть, как уже делала раньше. И примет меня, несмотря ни на что. Но этой картины я не мог себе вообразить.

Хватит ли мне духу сдержать обещание? Смогу ли я относиться к себе с уважением, если скрою от нее эту правду?

Мне вспомнилось, как я впервые увидел Карлайла при свете солнца. В то время я был очень молод и больше всего одержим кровью, но это зрелище заворожило меня, как мало что другое. Несмотря на то что я всецело доверял Карлайлу, несмотря на то что уже успел полюбить его, мне стало страшно. Слишком уж невозможным, слишком чуждым было увиденное. Сработал инстинкт самозащиты, и прошло несколько длинных минут, прежде чем его спокойные и ободряющие мысли подействовали на меня. В конце концов он уговорил меня самого выйти на солнце, чтобы я убедился, что это совершенно безобидное явление.

Я вспомнил, как увидел себя при ослепительном утреннем свете и осознал — глубже, чем когда-либо до тех пор, — что я уже не имею никакого отношения к себе прежнему. Что я больше не человек.

Но было бы нечестно скрывать самого себя от Беллы. Лгать умолчанием.

Я пытался представить нас с ней на лугу, увидеть, как я выглядел бы, не будь я чудовищем. Такой живописный, мирный уголок. Как бы мне хотелось, чтобы ей понравилось там и чтобы я был рядом.

«*Эдвард!*» — мысленно позвала Элис, и от панических ноток в ее настойчивом голосе я примерз к месту.

Внезапно я очутился в одном из видений Элис, уставился на яркий круг солнечного света. И растерялся, так как только что представлял нас с Беллой там же, на маленьком лугу, где никто не бывал, кроме меня, и поначалу не понял, что смотрю видения Элис, а не игру собственного воображения.

Но эта картина отличалась от той, которую представил себе я, относилась не к прошлому, а к будущему. Белла смотрела на меня не отрываясь, радужный отблеск плясал на ее лице, глаза казались бездонными. Значит, я *все-таки* отважился.

«*То же самое место*», — мысленный голос Элис был полон ужаса, не соответствующего видению. Да, в нем ощущалось напряжение, но ужас?.. «*То же самое место*»? О чем она?

А потом я все увидел.

«*Эдвард!* — протестующе вскрикнула Элис. — *Я же люблю ее, Эдвард!*»

Но она не любила Беллу так, как я. Ее видение было противоестественным. Неверным. Как будто она ослепла и видела невозможное. Лживое.

Все это не заняло и половины секунды. Белла все еще жевала, думая о чем-то загадочном, чего я никогда не узнаю. Она не заметила ужаса, промелькнувшего на моем лице.

Видение было давним. Уже недействительным. С тех пор все изменилось.

«*Эдвард, нам надо поговорить*».

Говорить нам с Элис было не о чем. Я едва заметно качнул головой, всего один раз. Белла не увидела.

Мысли Элис приобрели приказной тон. Она снова подтолкнула ко мне мысленный образ, видеть который было невыносимо.

«*Я люблю ее, Эдвард. И не позволю тебе этим пренебречь. Мы уедем и все тщательно проработаем. Даю тебе время до конца урока. Придумай какой-нибудь предлог, и... ой!*»

Совершенно безобидное видение, посетившее ее сегодня утром на физкультуре, прервало череду распоряжений. Краткое знакомство. Теперь я в точности увидел, как оно произойдет, вплоть до секунды. Значит, другое видение — вопиющее, недействительное, устаревшее — было активатором, упущенным ранее? Я стиснул зубы.

Прекрасно. Мы поговорим. Я пожертвую временем, которое мог бы сегодня днем провести с Беллой, и докажу Элис, как она ошибается. Если уж начистоту, я знал, что не будет мне покоя, пока я не заставлю ее увидеть, не заставлю признать, что на этот раз она просчиталась.

Когда я изменил решение, она увидела в будущем сдвиг. *Спасибо*.

День приобрел неожиданный поворот, передо мной встал вопрос жизни и смерти, тем более странно было думать о том, каким тяжким ударом оказалась для меня потеря времени, на которое я так рассчитывал. Казалось бы, такая мелочь — всего-то несколько минут.

Я попытался стряхнуть с себя навязанный Элис ужас, чтобы не испортить те минуты, которые у меня еще остались.

— Надо было тебе сегодня приехать на своей машине, — сказал я, делая все возможное, лишь бы в голосе не послышалось отчаяние.

Белла сразу вскинула на меня глаза. Сглотнула.

— Почему?

— После обеда я уезжаю вместе с Элис.

— Да?.. — с несчастным видом отозвалась она. — Ну и ладно, тут пешком недалеко.

Я нахмурился:

— Идти пешком я тебя не заставлю. — Неужели она и вправду решила, что я брошу ее в затруднительном положении? — Мы пригоним твой пикап и оставим его на стоянке.

— У меня с собой и ключа нет. — Она вздохнула. Это препятствие казалось ей огромным, непреодолимым. — Ничего, я не откажусь от прогулки.

— Пикап будет ждать тебя здесь, ключ ты найдешь в замке зажигания, — сказал я. — Или ты боишься, что его угонят?

Двигатель пикапа ревел как сигнализация. А то и громче. Представив себе эту картину, я принужденно засмеялся, но получилось фальшиво.

Белла поджала губы, ее глаза затуманились.

— Ну хорошо, — согласилась она. Сомневалась в моих способностях?

Я попытался уверенно улыбнуться — *я и был* уверен, что уж с такой простой задачей справлюсь, — но мышцы были слишком напряжены, гримаса не удалась так, как я хотел. Но она, кажется, не заметила. Видимо, боролась с разочарованием.

— Так куда вы едете? — спросила она.

Элис показала мне ответ на вопрос Беллы.

— Охотиться. — Я услышал в своем голосе внезапный мрачный оттенок. В любом случае на охоту пришлось бы выкроить время. Необходимость этой экспедиции вызывала досаду и стыд. Но я не собирался врать о ней.

— Если завтра мы с тобой останемся наедине, я намерен заранее принять все меры, какие только можно. — Я вгляделся в ее глаза, гадая, видит ли она в моих страх. Видение Элис было сильнее моего самообладания. — Знаешь, ты ведь можешь в любой момент отменить поездку.

«Пожалуйста, уходи. И не оглядывайся».

Она опустила глаза, ее лицо побледнело сильнее обычного. Неужели до нее наконец дошло? Видение Элис потеряет всякую силу, если Белла сейчас просто скажет, чтобы я оставил ее в покое. Я знал, что смогу, если об этом попросит она. Мое сердце было готово разорваться надвое.

— Нет, — шепнула она, и сердце у меня снова защемило, но уже по-другому. От предчувствия еще более страшной развязки. Белла подняла на меня глаза. — Не могу.

— Пожалуй, ты права, — прошептал я. Может, она и впрямь не в состоянии, как и я.

Она подалась ко мне, прищурилась — кажется, с беспокойством.

— В какое время встречаемся завтра?

Я сделал глубокий вдох, пытаясь взять себя в руки, стряхнуть чувство обреченности. И заставил себя сменить тон на легкий и небрежный:

— Там видно будет... суббота же, неужели не хочешь отоспаться?

— Нет, — мгновенно выпалила она.

Мне захотелось улыбнуться.

— Значит, в обычное время. Чарли будет дома?

Она усмехнулась:

— Нет, завтра у него рыбалка. — Довольна она была настолько же, насколько ее отношение рассердило меня. Почему она так твердо вознамерилась целиком и полностью сдаться на мою милость — во власть худшего, что только есть во мне?

— А что он подумает, — сквозь зубы спросил я, — если не застанет тебя дома?

Ее лицо осталось невозмутимым.

— Понятия не имею. Он знает, что я собираюсь заняться стиркой. Может, решит, что я свалилась в стиральную машину.

Я возмущенно уставился на нее — шутка показалась мне нисколько не смешной. Она в ответ тоже нахмурилась, но ее лицо тут же разгладилось.

Она сменила тему:

— На кого сегодня охотитесь?

Так странно. С одной стороны, она, похоже, вообще не придает значения опасности. С другой — преспокойно принимает самые уродливые стороны моей жизни.

— Кто попадется в заповеднике. Далеко мы не поедем.
— А почему ты едешь с Элис?

Элис внимательно слушала.

Я нахмурился:

— Элис — самая... отзывчивая.

Я был бы не прочь сказать и кое-что другое, пусть Элис послушает, но эти слова только смутили бы Беллу.

— А остальные? — почти прошептала она с беспокойством, вытеснившим недавнее любопытство. — Какие они?

Она ужаснулась бы, узнав, с какой легкостью все они способны услышать этот шепот.

И на этот вопрос можно было ответить по-разному. Я выбрал наименее пугающий вариант:

— Чаще всего — недоверчивые.

Это уж точно про них.

Ее взгляд метнулся в дальний угол зала, где сидела моя семья. Элис предупредила остальных, и на нас не смотрели.

— Они недолюбливают меня, — догадалась Белла.
— Нет, не так, — поспешил возразить я.

«*Ха!*» — мысленно отозвалась Розали.

— Они не понимают, почему я не могу оставить тебя в покое, — продолжал я, стараясь не слушать Роз.

«*Что ж, похоже на правду*».

Белла состроила гримаску.

— Я, кстати, тоже, если уж на то пошло.

Я покачал головой, думая о ее недавнем смехотворном предположении, что ей я нравлюсь больше, чем она мне. А я-то считал, что сумел его опровергнуть.

— Я же объяснял: ты совсем не знаешь себя. Ты не такая, как все, с кем я когда-либо был знаком. Ты меня интригуешь.

Она отозвалась недоверчивым взглядом. Наверное, надо было выразиться конкретнее.

Я улыбнулся ей. Что бы ни творилось у меня в мыслях, важно было, чтобы она меня поняла.

— Благодаря своим преимуществам, — я коснулся двумя пальцами собственного лба, — восприятие человеческой натуры у меня в целом лучше среднестатистического. Люди предсказуемы. Но ты... ты никогда не делаешь того, чего я от тебя жду. И неизменно застаешь меня врасплох.

Она отвела взгляд, судя по лицу, неудовлетворенная ответом. Конкретные объяснения ее явно не убедили.

— Эта часть объяснений довольно проста, — продолжал я торопливо, ожидая, когда она снова посмотрит на меня. — Но остальное... — Столько всего остального! — облечь в слова гораздо труднее.

«*Ну что вытаращилась, зануда лупоглазая?*»

Белла побелела. Ее лицо стало застывшим, она словно не могла отвести взгляд от дальнего угла зала.

Быстро оглянувшись, я впился в Розали угрожающим взглядом, обнажив зубы. И негромко зашипел на нее.

Искоса глянув на меня, она отвернулась от нас обоих. Я посмотрел на Беллу как раз в тот момент, когда и она перевела взгляд на меня.

«*Она сама начала*», — угрюмо думала Розали.

Глаза Беллы были огромными.

— Прости ее, — торопливо забормотал я, — она просто беспокоится. — Меня раздражала необходимость оправдывать поведение Розали, но другие объяснения придумывать было некогда. А сама суть враждебности Розали действительно представляла проблему. — Понимаешь... не только мне грозит опасность, если после того, как я открыто провел с тобой столько времени...

Договорить я не смог. Переполняемый ужасом и стыдом, я опустил взгляд на свои руки — руки чудовища.

— Если что? — спросила она.

Разве я мог ей не ответить?

— Если все кончится... скверно.

Я уронил голову на ладони. Не хотел видеть, как в ее глазах постепенно появится понимание, как до нее дойдет смысл моих слов. Потому что до сих пор я всеми силами старался заслужить ее доверие. А теперь был вынужден объяснять, насколько недостоин его.

Но поставить ее в известность было правильно. Сейчас и наступит момент, когда она уйдет. Тем лучше. Мое первое, инстинктивное отрицание причины, по которой запаниковала Элис, постепенно сглаживалось. Положа руку на сердце, я не мог поклясться Белле, что не представляю для нее опасности.

— Тебе уже пора?

Я медленно поднял голову и посмотрел на нее.

Ее лицо было спокойным, разве что намек на грусть чувствовался в складочке между бровями, но страха не было вовсе. Безусловное доверие, какое я видел, когда она прыгнула ко мне в машину в Порт-Анджелесе, опять отчетливо читалось в ее глазах. Хоть я и не заслуживал этого, она по-прежнему доверяла мне.

— Да, — ответил я.

Она нахмурилась. Ей следовало вздохнуть с облегчением, узнав, что я сейчас уеду, а она опечалилась.

Как бы мне хотелось пальцем разгладить крошечную галочку между ее бровями. Хотелось, чтобы она снова улыбнулась.

Я заставил себя усмехнуться, глядя на нее.

— Может, это даже к лучшему. Нам осталось высидеть на биологии еще пятнадцать минут этой паршивой киношки, а я уже сыт ею по горло.

Наверное, правильно я сказал — в самом деле сыт по горло и больше мне не вытерпеть. Иначе новых ошибок не избежать.

Она улыбнулась в ответ, и было ясно, что хотя бы отчасти она поняла, о чем я говорю.

И вдруг она испуганно вздрогнула на своем месте.

Я услышал за спиной шаги Элис. И не удивился: этот момент я уже видел.

— Элис, — подал голос я.

Ее радостная улыбка отразилась в глазах Беллы.

— Эдвард, — отозвалась она в тон мне.

Я строго следовал сценарию.

— Элис — Белла. — Я представил их как можно лаконичнее. При этом не сводил глаз с Беллы и сделал вялый жест одной рукой. — Белла — Элис.

— Привет, Белла. Приятно *наконец-то* познакомиться с тобой.

Акцент на одном из слов был малозаметным, но досадным. Я недовольно глянул на Элис.

— Привет, Элис, — нерешительно отозвалась Белла.

«*Искушать судьбу я не стану*», — пообещала Элис и вслух спросила меня:

— Готов?

Как будто она не знала, что я отвечу.

— Скоро буду. Встретимся у машины.

«*В таком случае не буду тебе мешать. Спасибо*».

Белла смотрела вслед Элис и слегка хмурилась, опустив уголки губ. Когда Элис скрылась за дверью, Белла медленно повернулась ко мне.

— Пожелать вам хорошо повеселиться, или не тот случай? — спросила она.

Я улыбнулся:

— Нет, почему же. Подойдет.

— Тогда желаю вам повеселиться от души. — Голос прозвучал чуточку потерянно.

— Обязательно. — Нет, неправда. Все это время я буду лишь тосковать по ней. — А ты будь осторожна, пожалуйста.

Как бы часто мне ни приходилось прощаться с ней, уже привычная паника возвращалась, стоило мне подумать, что я оставляю ее без защиты.

— Соблюдать осторожность в Форксе, — пробормотала она, — тот еще подвиг.

— Для тебя — *да*, подвиг, — напомнил я. — Обещай мне.

Она вздохнула, но улыбнулась без раздражения.

— Обещаю поберечься, — сказала она. — На сегодня у меня намечена стирка — очень небезопасное занятие.

Меня отнюдь не порадовало напоминание о начале разговора.

— Постарайся выжить.

Она силилась сохранить серьезное выражение лица, но не сумела.

— Сделаю все возможное.

Уходить было трудно. Я заставил себя встать. Она тоже поднялась.

— Значит, до завтра, — вздохнула она.

— По-твоему, ждать слишком долго, да?

Странно, что и мне это время казалось долгим.

Она уныло кивнула.

— Утром буду на месте, — пообещал я.

В этом Элис была права: я продолжал совершать ошибки одну за другой. Не удержавшись, я протянул руку над столом и коснулся пальцами ее скулы. И прежде, чем успел причинить еще вред, повернулся и ушел.

Элис ждала в машине.

— Элис...

«*Давай по порядку. У нас ведь есть одно дело, да?*»

В голове у нее мелькали образы дома Беллы. Пустой ряд крючков специально для ключей на стене в кухне. Я в комнате Беллы, обводящий взглядом верх ее комода и письменный стол. Элис, буквально идущая по следу через гостиную. Снова Элис в маленькой прачечной, довольно усмехающаяся, с ключом в руке.

Я погнал машину к дому Беллы. Найти ключ я мог бы и сам, запах металла оставляет заметный след, особенно если это металл весь в отпечатках пальцев, но Элис своим способом справилась быстрее.

Образы приобретали отчетливость. Я видел, как Элис входит в дом одна, через переднюю дверь. Сначала решает, в каком из десятка тайников спрятан запасной ключ от дома, потом находит его, проверив под верхним карнизом двери.

Когда мы подъехали к дому, Элис понадобились считаные секунды, чтобы пройти по уже проложенному маршруту. Она закрыла входную дверь только на замок в дверной ручке, но оставила засов незапертым, как было, и забралась в пикап Беллы. Двигатель ожил с громовым ревом. Но в доме было некому заметить это.

Обратно до школы пришлось ехать гораздо медленнее, ориентируясь на максимальную скорость, какую только можно было выжать из дряхлого «шеви». Я удивлялся, как Белла терпит его, — с другой стороны, она же предпочитает медленную езду. Элис припарковалась на незанятом месте, где раньше стоял мой «вольво», и заглушила шумный двигатель.

Я смотрел на ржавую колымагу и представлял в ней Беллу. Пикап выдержал столкновение с фургоном Тайлера, на нем не прибавилось ни единой царапины, но судя по всему, ни подушек безопасности, ни зон деформации в нем не имелось. Я невольно нахмурился.

Элис уселась на пассажирское сиденье рядом со мной.

«*Держи*», — мысленно сказала она и протянула бумагу и ручку.

Я забрал их.

— Согласен, польза от тебя есть.

«*Без меня ты бы не выжил*».

Я написал краткую записку и сбегал к пикапу, чтобы оставить ее на водительском сиденье. Да, в этом поступке не было подлинной силы, но я надеялся, что записка напомнит Белле о ее обещании. А меня хотя бы отчасти избавит от тревоги.

Глава 15
Вероятность

— Так, Элис... — начал я, захлопнув дверцу.

Она вздохнула. «*Прости. Жаль, что мне пришлось...*»

— Оно *ненастоящее*, — перебил я, с ускорением удаляясь от парковки. О дороге я не задумывался. Слишком хорошо она была мне известна. — Это просто старое видение. Еще до всего. До того, как я понял, что люблю ее.

В голове у нее возникло вновь худшее из всех видений — мучительная вероятность, которая столько недель терзала меня, будущее, увиденное Элис в тот день, когда я оттащил Беллу с пути надвигающегося фургона.

Тело Беллы в моих руках, изувеченное, белое и безжизненное... рваная, с синеватыми краями рана на ее сломанной шее... ее алая кровь на моих губах, мои глаза, горящие багрянцем.

В ответ на видение, запечатленное в памяти Элис, из моего горла вырвался яростный рык — непроизвольная реакция на боль, пронзившую меня.

Элис замерла, ее глаза стали тревожными.

«*То же самое место*» — это Элис поняла сегодня в кафетерии, и ее мысли окрасил ужас, которого я поначалу не понял.

Дальше этого жуткого образа я никогда не заглядывал — уже он один был невыносим. Но опыт изучения видений у Элис был на десятки лет больше моего. Она знала, как не принимать в расчет чувства, как оставаться беспристрастной и рассматривать картину в целом, не вздрагивая и не отворачиваясь.

Элис умела подмечать детали... такие, как обстановка.

Фоном отвратительному зрелищу служил тот же луг, куда я собирался отвезти Беллу завтра.

— Оно просто *не может* все еще быть действительным. Ты вспомнила его, а не *увидела* вновь.

Элис медленно покачала головой.

«*Это не просто воспоминание, Эдвард. Я вижу его прямо сейчас*».

— Мы поедем куда-нибудь в другое место.

В ее голове фон видения завертелся калейдоскопом, меняясь со светлого на темный и обратно. Передний план остался прежним. Я отшатнулся от этих образов, попытался оттолкнуть их от своего мысленного взора, жалея, что увидел их.

— Я все отменю, — сквозь зубы пообещал я. — Раньше она уже прощала меня, когда я не сдерживал обещания.

Видение задрожало, замерцало, а потом вновь прояснилось, приобрело резкость и четкость очертаний.

«*Ее кровь так мощно действует на тебя, Эдвард. Чем ближе ты оказываешься к ней...*»

— Я снова буду держаться на расстоянии.

— Вряд ли это поможет. Раньше не помогало.

— Я уеду.

Она вздрогнула от муки в моем голосе, и видение у нее в голове снова задрожало. Время года изменилось, действующие лица остались прежними.

— Все на месте, Эдвард.

— Как такое *возможно*? — рявкнул я.

— Если ты уедешь, то вернешься, — неумолимо произнесла она.

— Нет, — возразил я. — Я смогу не возвращаться. Я точно знаю.

— Не сможешь, — спокойно сказала она. — Разве что... если бы дело было только в твоей боли...

Перед ее мысленным взглядом стремительно перелистывались страницы будущего. Лицо Беллы возникло в тысяче разных ракурсов, но его оттенок неизменно оставался сероватым, тусклым. Она похудела, под скулами появились непривычные впадины, под глазами — темные круги, опустошенный взгляд. Ее вид я бы назвал безжизненным, но это была бы лишь метафора. В отличие от других видений.

— В чем дело? Почему она так выглядит?

— Потому что ты уехал. Ей становится... плохо.

Я терпеть не мог, когда в речи Элис проскальзывало это странное время — «будущее в настоящем», отчего казалось, что трагедия происходит прямо сейчас, сию же минуту.

— Лучше уж так, — отозвался я.

— Неужели ты правда думаешь, что смог бы вот так оставить ее? И не вернуться проведать? Думаешь, ты удержишься и ничего не скажешь теперь, когда видел ее такой?

Пока она задавала вопросы, я видел ответы у нее в голове. Я сам в тени, наблюдаю. Прокрадываюсь в комнату Беллы. Вижу, как она мечется в кошмарном бреду, сжимается в комочек, обхватывает грудь руками, задыхаясь даже во сне. Элис тоже сжалась и сочувственным жестом обняла колени.

Разумеется, Элис права. Я уловил отзвуки чувств, которые испытаю в этом варианте будущего, и понял, что вернусь — просто чтобы проверить. А когда увижу все это... разбужу ее. Не смогу смотреть, как она страдает.

Будущее привело все к тому же неизбежному видению, оно просто слегка отдалилось.

— Возвращаться нельзя, — прошептал я.

А если бы я никогда не испытал любви к ней? Если бы так и не узнал, что теряю?

Элис покачала головой.

«Пока тебя не было, я кое-что видела...»

Я ждал, когда она покажет мне, но она старательно сосредоточилась на моем лице. Так, чтобы *ничего* мне не показывать.

— Что именно? Что ты видела?

Ее глаза налились болью. «*Зрелище было не из приятных. В какой-то момент — если бы ты не вернулся так, как случилось, если бы не полюбил ее, — ты все равно вернулся бы к ней. Ради... охоты на нее*».

Видений по-прежнему не было, но я и без них все понял. И отшатнулся от нее, чуть не потеряв управление машиной.

Ударил по тормозам, съезжая с дороги. Шины смяли папоротник, выбрасывая на асфальт клочки мха.

Значит, эта мысль зародилась еще в самом начале, когда чудовище чуть не вырвалось из пут. Так что не было никаких гарантий, что я не последую за ней в конце концов, куда бы она ни отправилась.

— Подскажи мне хоть что-нибудь, что сработает! — выпалил я так громко, что Элис отпрянула. — Покажи мне другой путь! Объясни, как держаться на расстоянии, куда бежать!

Внезапно у нее в мыслях первое видение сменилось новым. Ужас улетучился, с моих губ сорвался вздох облегчения. Однако этот образ был немногим лучше.

Элис и Белла, обнимающие друг друга, обе белые, как мрамор, и твердые, как алмаз.

Всего одно лишнее гранатовое зернышко, и ей будет суждено последовать за мной в царство Аида. И пути назад уже не будет. Весна, солнце, семья, будущее, душа — у нее отнимут все.

«Шестьдесят к сорока... примерно. Может, даже шестьдесят пять к тридцати пяти. Уже немало шансов, что ты ее не убьешь». Ее тон стал ободряющим.

— Так или иначе, она мертва, — прошептал я. — Я остановлю ее сердце.

— Я немного о другом. О чем я говорю, так это о том, что у нее есть будущее после того луга... но сначала она должна пройти луг — метафорический луг, если ты уловил смысл.

Ее мысли... трудно описать, но они как бы *расширились*, словно она думала обо всем сразу, и я увидел путаницу нитей, в которой каждая нить была длинной чередой застывших образов, каждая показывала будущее в виде моментальных снимков, и все нити сбивались в растрепанный узел.

— Не понимаю.

«Все ее пути ведут к одной точке — все ее пути связаны воедино. Не важно, что это за точка — луг или какая-то другая, она привязана к этому моменту принятия решений. Твоих решений, ее решений... Некоторые нити продолжаются и по другую сторону. Некоторые...»

— Обрываются, — голос дрогнул, пробиваясь через сдавленное горло.

«Увернуться ты не сможешь, Эдвард. Тебе придется через это пройти. Знать, что все может с легкостью кончиться и так, и по-другому, и пройти все равно».

— Как мне спасти ее? Говори!

— Я не знаю. Ты должен сам найти ответ — в том самом узле. Не могу разглядеть, какую форму он примет, но мне кажется, будет один момент — что-то вроде проверки, испытания. Это я вижу, но помочь тебе не могу. В тот момент сделать выбор сможете только вы двое.

Я стиснул зубы.

«Ты же знаешь, я люблю тебя, так прислушайся ко мне сейчас. Попытки оттянуть время ничего не изменят. Отвези ее на свой луг, Эдвард, и — ради меня и особенно ради себя — привези обратно».

Я безвольно уронил голову на руки. Меня тошнило — как пострадавшего человека, как жертву болезни.

— Как насчет хороших вестей? — мягко спросила Элис.

Я пронзил ее злым взглядом. Она слегка улыбалась.

«Без шуток».

— Тогда выкладывай.

— Я видела третий вариант, Эдвард, — объявила она. — Если ты сумеешь пройти поворотный пункт, откроется новый путь.

— Новый путь? — непонимающе повторил я.

— Это еще только набросок. Но взгляни.

Еще одна картинка у нее в голове. Не такая отчетливая, как другие. Трое в тесной гостиной, дома у Беллы. Я на старом диване, Белла рядом со мной, я непринужденно обнимаю ее за плечи. Элис сидит на полу рядом с Беллой, запросто прислонившись к ее ноге. Мы с Элис выглядим как всегда, а Беллу я еще ни разу не видел такой, как в этом варианте будущего. Ее кожа по-прежнему мягкая и просвечивающая, на щеках играет здоровый румянец. Глаза кажутся прежними — теплыми, карими, человеческими. Но она изменилась. Обдумав перемены, я понял, что вижу.

Белла была уже не девочкой, а женщиной. Ее ноги удлинились, словно она подросла на дюйм-другой, тело мягко округлилось, тонкая фигурка приобрела новые изгибы. Волосы оттенком напоминали темный соболиный мех, как будто она редко бывала на солнце за прошедшее время. Оно было недолгим — года три-четыре. Но Белла по-прежнему оставалась человеком.

Радость и боль прокатились по мне волнами. Она все еще была человеком, она взрослела. Это безнадежно желанное, маловероятное будущее казалось единственным, с которым я мог бы примириться. Будущим, которое не выманит у нее обманом ни жизнь, ни посмертие. Будущим, которое когда-нибудь отнимет ее у меня так же неизбежно, как день сменяется ночью.

— Вероятность все еще невелика, но мне казалось, ты должен знать, что она есть. Если вы вдвоем переживете кризис, вот что будет дальше.

— Спасибо, Элис, — прошептал я.

Я переключил передачу и снова вывернул на шоссе, подрезав какой-то минивэн, тащившийся со скоростью ниже разрешенной. Скорость я прибавлял машинально, почти не замечая этого.

«*Разумеется, это будущее зависит только от тебя*, — думала Элис. Она все еще представляла себе неожиданную троицу на диване. — *Оно не учитывает ее желания*».

— Ты о чем? Какие желания?

— А тебе никогда не приходило в голову, что Белла, возможно, не желает потерять тебя? Что одной краткой жизни смертного человека ей недостаточно?

— Что за бред. Никто не променяет...

— Сейчас не время спорить об этом. Сначала — переломный момент.

— Спасибо, Элис, — на этот раз мой голос звучал язвительно.

Она издала серебристый смешок. Нервный птичий щебет. Как и я, она была взвинчена, почти так же ужасаясь трагическим вероятностям.

— Я же знаю, ты тоже любишь ее, — пробормотал я.

«*Это не одно и то же*».

— Да, не одно.

Ведь у Элис есть Джаспер. И центр ее вселенной благополучно находится рядом с ней, гораздо более несокрушимый, чем большинство других. И потеря им души не лежит на ее

СОЛНЦЕ ПОЛУНОЧИ 367

совести. Она не принесла Джасперу ничего, кроме счастья и покоя.

«*Я люблю тебя. Ты справишься*».

Мне хотелось верить ей, но я знал, как звучат ее слова, когда опираются на прочный фундамент, в отличие от простой надежды.

В молчании я доехал до границы заповедника и нашел неприметное место, чтобы оставить машину. Элис не шевельнулась, когда мы остановились. Она видела, что мне нужно время.

Я закрыл глаза, постарался не слушать ее и все остальное и полностью сосредоточился мыслями на решении. На твердой решимости. Я с силой прижал пальцы к вискам.

Элис говорила, что мне придется сделать выбор. Мне хотелось закричать во весь голос, что я уже решил, что решать, в сущности, не пришлось, и хотя всем своим существом я стремился только к спасению Беллы, я понимал, что чудовище все еще живо.

Как мне убить его? Заставить умолкнуть навсегда?

О, теперь-то оно сидело затаившись. Пряталось. Приберегало силы для предстоящего боя.

Несколько минут я всерьез обдумывал самоубийство. Другого способа сделать так, чтобы чудовище не выжило, я не знал.

Но как? В начале своей жизни Карлайл испытал большинство мыслимых способов и ни разу не приблизился к финалу своей истории, несмотря на твердую решимость покончить с собой. И мои попытки справиться своими силами будут безуспешными.

Любой в моей семье смог бы помочь мне, но я точно знал, что никто из них не согласится, невзирая на все мои мольбы. Не согласится даже Розали, несмотря на всю злость и угрозы расквитаться со мной при следующей встрече. Потому что при всех ее периодических вспышках ненависти она всегда любила меня. И если бы я поменялся местами с кем-то из близких, я испытывал бы те же чувства и вел бы себя соответственно. Я не смог бы причинить вред никому из моей семьи, как бы они ни мучились, как бы ни хотели смерти.

Есть и другие... но друзья Карлайла не помогут мне. Они ни за что не совершат предательство по отношению к нему.

Я знал одно место, куда мог бы отправиться, чтобы сразу разделаться с чудовищем... но при этом Белла оказалась бы в опасности. Не я рассказал ей правду о себе, однако она знала то, что ей было запрещено знать. Но ничто не привлечет к ней нежелательного внимания, если только я не совершу глупость вроде поездки в Италию.

Так досадно, что в наше время договор с квилетами утратил всякую значимость. Три поколения назад мне достаточно было бы всего лишь явиться в Ла-Пуш. А теперь эта идея бесполезна.

Итак, все эти способы уничтожить чудовище неосуществимы.

Элис, казалось, нисколько не сомневалась, что мне следует идти вперед, открыто встретить будущее. Но разве мог такой поступок считаться правильным, пока существовала вероятность, что я убью Беллу?

Я вздрогнул. Думать об этом было так больно, что я представить себе не мог, как чудовище пробьется сквозь мое отвращение, чтобы одержать надо мной верх. Но оно ничем не выдавало своих намерений, просто молча выжидало.

Я вздохнул. А есть ли у меня выбор, кроме открытого противостояния? Засчитывается ли храбрость, если больше некуда деваться? По-моему, нет.

Все, что было в моих силах, по-видимому, — цепляться за свое решение обеими руками, изо всех сил. Я буду сильнее чудовища во мне. Я не причиню вреда Белле. Я совершу самый правильный из поступков, какие мне еще осталось совершить. Я буду тем, кто нужен ей.

И стоило мне подумать об этом, как вдруг возникло ощущение, что в этом нет ничего невозможного. Конечно, я смогу. Стану таким Эдвардом, какого хочет Белла, какой ей нужен. Крепко ухвачусь за набросок будущего, с которым я могу примириться, и силой воли воплощу его. Ради Беллы. Разумеется, я смогу, ведь это же для нее.

Оно постепенно крепло, это решение. Приобретало четкость. Я открыл глаза и посмотрел на Элис.

— А-а, уже лучше, — кивнула она. Клубок нитей у нее в голове все еще казался мне безнадежно запутанным лабиринтом, но она видела в нем больше, чем я. — Семьдесят к тридцати. О чем бы ты ни думал, продолжай думать в том же духе.

Возможно, весь фокус заключался в том, чтобы принять ближайшее будущее. Встретить его. Но при этом здраво оценивать мою темную сторону. Напрячься в ожидании. Приготовиться.

Простейшей подготовкой я мог заняться прямо сейчас. Для этого мы и приехали сюда.

Элис увидела мои действия еще до того, как я совершил их, открыла свою дверцу и бросилась бежать, прежде чем я вышел из машины. Во мне шевельнулось чувство юмора, я почти улыбнулся. Перегнать меня Элис никогда не удавалось, и она вечно норовила смошенничать.

А потом и я перешел на бег.

«*Сюда*», — подсказала Элис, когда я догонял ее. Мыслями она устремлялась вперед, искала добычу. Я уловил запах нескольких животных, находившихся рядом, но она явно имела в виду кого-то другого. Всем увиденным до сих пор она пренебрегала.

Я не знал, что именно она ищет так старательно, но без колебаний следовал за ней. Она не обратила внимания еще на несколько стад оленей и продолжала уводить меня глубже в лес, отклоняясь к югу. Я видел, как она направляет мысли вперед, как ищет, представляет нас в разных уголках заповедника — все они были нам знакомы. Потом она свернула на восток и начала по дуге движение на север. Что же она ищет?

И вдруг ее мысли сосредоточились на почти незаметном движении в кустах, на проблесках шкуры песчаного оттенка.

— Спасибо, Элис, но...

«*Т-с-с! Я охочусь*».

Я закатил глаза, но продолжал следовать за ней. Она старалась хоть чем-то порадовать меня. И понятия не имела, как мало значат ее старания. В последнее время я питался через силу так часто, что вряд ли заметил бы разницу между пумой и кроликом.

Теперь, когда она сосредоточилась на своем видении, найти его предмет не составило труда. Едва движения зверя стали слышны, Элис замедлила скорость, пропуская меня вперед.

— Не стоило бы, популяция пум в заповеднике...

Мысленный голос Элис стал раздраженным: «*Отведи душу*».

Спорить с Элис всегда было бессмысленно. Пожав плечами, я вышел вперед. Теперь и я чуял запах. Было легко переключиться в другой режим — просто не мешать голосу крови вести меня вперед, по следу добычи.

Приятной оказалась и возможность на несколько минут отключиться от мыслей. Просто побыть еще одним хищником — хищником высшего порядка. Я слышал, как Элис направилась на восток, на поиски еды для себя.

Пума еще не заметила меня. Она тоже двигалась на восток, продолжая поиски какой-нибудь добычи. Значит, благодаря мне сегодня выживет кто-нибудь из других животных.

На пуму я накинулся через секунду. В отличие от Эмметта я не видел смысла в том, чтобы дать зверю шанс отразить удар. Это все равно мало что меняло, и разве не гуманнее покончить с делом поскорее? Я свернул пуме шею и быстро обескровил теплое тело. Жажда меня сегодня не мучила, так что я, насыщаясь, не испытывал подлинного облегчения. Скорее, пил через силу.

Закончив, я двинулся по следу Элис на север. Она отыскала в колючих зарослях спящую лань. На охоте Элис придерживалась тех же принципов, что и я, а не Эмметт. Похоже, животное даже не проснулось.

— Спасибо, — из вежливости сказал я ей.

«*Не за что. К западу отсюда есть стадо побольше*».

Она вскочила и снова повела меня по следу. Я подавил вздох.

Мы оба еще раз утолили жажду. Я вновь переполнился, стал неприятно жидким внутри. Но с удивлением обнаружил, что и она готова закончить охоту.

— Я не против продолжить, — заверил я, гадая, неужели она увидела, что я бы лучше пропустил следующий раунд и согласился лишь из вежливости.

— Завтра у меня свидание с Джаспером, — сообщила она.

— Разве он только что не...

— Недавно я решила, что необходима более тщательная подготовка, — с улыбкой перебила она. «*Новая возможность*».

В ее мыслях я увидел наш дом. Карлайл и Эсме, ждущих в гостиной. Открывшуюся дверь, самого себя, входящего в дом, и рядом со мной, с рукой в моей руке...

Элис рассмеялась, и я постарался снова сделать невозмутимое лицо.

— Как?.. — еле выговорил я. «*Когда?*»

— Скоро.

«*Возможно, в воскресенье*».

«*В это воскресенье?*»

«*Да, которое послезавтра*».

В этом видении Белла была совершенством: здоровым человеком, улыбающимся моим родителям. В синей блузке ее кожа словно светилась.

«*А вот как это будет, я еще не совсем уверена. Пока это еще только отдаленная возможность, но я хочу подготовить Джаспера*».

В видении Джаспер стоял у подножия лестницы, вежливо кивал Белле, и его глаза золотисто мерцали.

— Это... уже после узла?

«*Одна из нитей*».

У нее в голове опять начала раскручиваться длинная вереница возможностей. Так много их сходилось в одной точке завтра... и слишком мало выходило по другую сторону.

— Какие у меня успехи?

Она поджала губы. «*Семьдесят пять к двадцати пяти?*» Это был вопрос, и я понял, что она проявила щедрость в оценке.

«*Да ладно тебе*, — мысленно продолжала она, увидев, как я сник. — *Ты бы принял это пари. Как я*».

Я невольно оскалил зубы.

— Я тебя умоляю! — продолжала она. — Не могла же я упустить такую возможность. Речь не просто о Белле. Насчет того, что с ней все будет в порядке, я вполне уверена. Вся суть в том, чтобы преподать урок Розали и Джасперу.

— Ты не всеведуща.

— Но достаточно близка к этому.

Ее шутливое настроение мне не передалось.

— Если бы ты знала все, смогла бы объяснить мне, что делать.

«*Ты сам разберешься, Эдвард. Я точно знаю*».

Еще бы знать и мне.

* * *

Когда мы вернулись, дома были только мать и отец. Видимо, Эмметт предупредил остальных, чтобы слиняли и затаились на время. Но мне было все равно, даже если бы они остались. На их дурацкие игры мне не хватало сил. Элис тоже убежала искать Джаспера. И я только порадовался, что не придется вести лишние мысленные диалоги. Они мало чем помогали, когда я пытался сосредоточиться.

Карлайл ждал у подножия лестницы, отгородиться от его мыслей было нелегко: в них теснились те же вопросы, об ответах на которые я недавно умолял Элис. Мне не хотелось признаваться ему во всех слабостях, которые не давали мне сбежать прежде, чем будет нанесено еще больше ущерба. Не хотелось, чтобы Карлайл знал, какой ужас случился бы, если бы в тот раз я не вернулся в Форкс, как низко способно пасть мое чудовище.

Проходя мимо, я лишь коротко кивнул. Он понял, что это значит, — что я вижу его опасения, но ответить мне нечего. Вздохнув, он кивнул в ответ. Потом медленно поднялся по лестнице, и я услышал, как он вошел в кабинет к Эсме. Они молчали. Я старался не слушать, с какими мыслями она вглядывалась в лицо Карлайла, — ее тревогу, ее боль.

Карлайл лучше остальных, в том числе и Элис, понимал, каково мне приходится, что значит терпеть нескончаемую болтовню, бубнеж, суматоху в голове: он жил бок о бок со мной дольше всех. Поэтому, не говоря ни слова, он подвел Эсме к большому окну, которым мы часто пользовались как выходом. Не прошло и нескольких секунд, как они удалились настолько, чтобы я уже ничего не слышал. Наконец-то тишина. Теперь сумятицу у меня в голове производили лишь мои собственные мысли.

Поначалу я двигался медленно, почти с человеческой скоростью, — принимал душ, смывал с кожи и волос следы леса. Как и раньше, в машине, я чувствовал себя разбитым, сломленным, будто из меня выкачали силу. Разумеется, лишь в моем воображении. Если бы каким-то чудом мне удалось и впрямь лишиться своей силы, это было бы не что иное, как чудо и дар. И я бы стал слабым, безобидным, не представляющим опасности ни для кого.

Я почти забыл о том, как еще недавно боялся — боялся так самонадеянно и заносчиво, — что Белла испытает отвращение, увидев истинного меня при солнечном свете. Самому себе я внушал отвращение тем, что потратил время на это эгоистичное беспокойство. Но пока я искал свежую одежду, пришлось вернуться к тем же мыслям. Не потому, что важно было, вызову я у нее гадливость или нет, а потому, что я должен был исполнить обещание.

Я редко задерживался мыслями на своей одежде даже в те моменты, пока надевал ее, не то что обдумывал ее заранее или по прошествии времени. Элис набивала мой стенной шкаф всевозможными вещами, и все они как будто бы неплохо сочетались друг с другом. Весь смысл одежды заключался в том, чтобы помогать нам не выделяться — следовать моде текущего периода, маскировать нашу бледность, как можно лучше скрывать кожу, но так, чтобы никого не шокировать тем, что мы одеты не по сезону. Элис умудрялась развернуться даже в этих рамках, сама идея неприметного внешнего вида оскорбляла ее. Выбор одежды для себя и для нас, всех остальных, был для нее формой творческого самовыражения. Наша кожа была прикрыта, ее мертвенно-бледный оттенок ни в коем случае не подчеркивался насыщенными тонами, мы выглядели в полном соответствии с современной модой и стилем. Но при этом *выделялись*. Эта поблажка казалась безобидной, вроде наших автомобилей.

Если не принимать во внимание прогрессивные вкусы Элис, вся моя одежда предназначалась для того, чтобы скрывать тело по максимуму. И если я намерен в точности исполнить свое обещание Белле, мне понадобится оставить на виду не только руки. Чем меньше я ей покажу, тем проще ей будет абстрагироваться от моего недуга. А она *должна* увидеть меня таким, какой я есть.

В тот момент я вдруг вспомнил о рубашке, которую еще ни разу не надевал, запрятанную в самой глубине шкафа.

Эта рубашка представляла собой аномалию. Обычно Элис не покупала нам одежду, *не увидев* нас в ней заранее. И как правило, строго следовала своим принципам. Мне вспомнился день двухлетней давности, когда я впервые увидел эту рубашку на вешалке рядом с другими новыми приобретениями

Элис, но в самом дальнем углу, будто она понимала, что выбрала ее зря.

— А это для чего? — спросил я.

Она пожала плечами. «*Не знаю. На модели она смотрелась неплохо*».

Ничего скрытого в ее мыслях я не заметил. Казалось, импульсивная покупка озадачила ее так же, как и меня. И все же она не дала мне выбросить эту рубашку.

«*Мало ли,* — настойчиво твердила она. — *Может, когда-нибудь тебе захочется надеть ее*».

И сейчас, надевая ту самую рубашку, я ощутил волну странного трепета. Почти озноб, как будто я был способен его почувствовать. Поразительный дар предвидения Элис простирался настолько далеко, запускал щупальца так глубоко в будущее, что она даже не всегда понимала смысл своих поступков. Каким-то образом она за несколько лет до приезда Беллы в Форкс уловила, какое невероятное испытание мне предстоит.

Возможно, *на самом деле* она всеведуща.

Я набросил белую хлопковую рубашку и занервничал при виде собственных голых рук в зеркале у двери. Застегнул пуговицы, вздохнул, снова расстегнул. Вся суть в том и заключалась, чтобы обнажить кожу. Но не следовало выставлять ее напоказ так явно с самого начала. И я натянул поверх рубашки светло-бежевый свитер. Стало гораздо уютнее, только воротник белой рубашки виднелся над круглым вырезом свитера, прикрывающего шею, как я привык. Пожалуй, в свитере и поеду. Сразу открыться полностью было бы ошибкой.

Теперь я двигался быстрее. Почти смешно было думать, что, несмотря на все гнетущие опасения и решимость, более привычный страх, с недавних пор диктовавший чуть ли не каждый мой жест, по-прежнему легко подчинял меня себе.

Беллу я не видел уже несколько часов. В безопасности ли она сейчас?

Странно, что мне вообще пришло в голову тревожиться о миллионах опасностей, к которым не относился *я сам*. Ни одна из них даже сравниться со мной не могла. Но все же, все же, все же... а вдруг?

Эту ночь я и собирался провести, вдыхая запах Беллы, но теперь, пока спешил к ней, этот визит казался мне гораздо более важным, чем предыдущей ночью.

Я пришел довольно рано, и конечно, все было в порядке. Белла все еще возилась со стиркой — я слышал глухой шум и плеск шаткой стиральной машины и различал запах кондиционера для белья в горячем воздухе из сушилки. Я вспомнил, как она шутила про стирку за обедом, и хотел было улыбнуться, но поверхностному юмору не хватило сил, чтобы пробиться сквозь мою непрекращающуюся панику. Я слышал, как Чарли смотрел повтор каких-то соревнований в гостиной. Его негромкие мысли казались умиротворенными, сонными. Я точно знал, что Белла не передумала и посвятила его в свои планы на завтра, как и собиралась.

Несмотря на все волнения, простое и легкое течение небогатого событиями вечера в доме Свонов успокаивало. Поудобнее устроившись на том же дереве, где обычно, я отдался убаюкивающему ритму.

И поймал себя на зависти к отцу Беллы. Как просто ему жилось. На его совести не лежало тяжких грузов. Завтра ожидался просто обычный день, с привычным и приятным хобби, которое можно предвкушать.

А следующий день...

Каким будет этот день, от него не зависело. Значит, от меня?

Услышав гудение фена из общей ванной, я удивился: обычно до пользования им у Беллы не доходили руки. Насколько я успел заметить за несколько ночей охранных — хоть и непростительных — наблюдений, она ложилась спать с мокрыми волосами, и за ночь они успевали высохнуть. Интересно, почему на этот раз решила высушить их? Единственное объяснение, какое мне удалось придумать, — ей хотелось, чтобы волосы хорошо смотрелись. И поскольку тем, с кем она собиралась увидеться завтра, был я, это означало, что она хочет выглядеть привлекательной для меня.

Я вполне мог ошибаться. Но если я прав... как досадно! И как умилительно! Ее жизни еще никогда не грозила более страшная опасность, а она по-прежнему беспокоилась о том, понравится ли мне, источнику смертельной угрозы ее жизни.

Даже с учетом времени, потраченного на фен, свет она погасила позже обычного, а перед тем из ее комнаты доносились негромкие звуки какой-то суеты. Как всегда, меня охватило любопытство, но прошло, как мне казалось, несколько часов, прежде чем я решил, что ждал достаточно и она уже спит.

Очутившись в комнате, я сразу заметил, что ждать так долго не стоило. В эту ночь она спала крепче обычного, волосы разметались по подушке, руки были вытянуты по бокам. Она уснула так крепко, что не издавала ни звука.

В комнате сразу обнаружилась причина суеты, которую я слышал издалека. Одежда валялась повсюду, даже на постель, под босые ноги Беллы, попало несколько вещей. С радостью и мукой я снова понял, что она хотела нарядиться для меня.

Эти чувства, боль и ликование, я сравнил с моей жизнью до Беллы. Каким я был уставшим, каким пресыщенным, словно испытал все эмоции, какие только существовали в мире. Вот глупец. Да я едва успел пригубить чашу жизни, которую этот мир предлагал. Только теперь я понял, чего мне недоставало и как много еще мне предстояло узнать. Сколько страданий ждало впереди — уж точно больше, чем радости. Но эта радость настолько сладка и сильна, что я никогда не простил бы себе, если бы лишился хотя бы одной ее секунды.

Думая о пустоте жизни без Беллы, я вспомнил ночь, к которой не возвращался мыслями уже очень давно.

Был декабрь 1919 года. Прошло больше года с тех пор, как Карлайл обратил меня. Мои глаза остыли, из ослепительно-алых стали приятно-янтарными, хотя следить, чтобы такими они и оставались, приходилось в постоянном напряжении.

Пока я преодолевал первые буйные месяцы, Карлайл всеми силами старался никого ко мне не подпускать. Прошел год, я твердо уверился, что безумие миновало, и Карлайл поверил моей оценке, не задавая вопросов, и стал готовиться к тому, чтобы ввести меня в общество людей.

Поначалу это был просто вечер, проведенный где-нибудь: насытившись, насколько возможно, мы прогуливались по главной улице городка после того, как солнце благополучно скрывалось за горизонтом. Уже тогда меня поражала легкость, с которой нам удавалось затеряться в толпе. Человеческие лица разительно отличались от наших — с тусклой, пористой кожей, скверно вылепленными чертами, такими округлыми и бугристыми, с неровным цветом их несовершенной плоти. Мне казалось, их мутные, слезящиеся глаза почти слепы, если они считают, что и мы принадлежим к их миру. Понадобилось несколько лет, чтобы я привык к человеческим лицам.

Во время этих вылазок я так сосредотачивался на обуздании присущего мне инстинктивного стремления убивать, что едва замечал как речь какофонию мыслей, накатывающих на меня; они оставались просто шумовым фоном. По мере того, как крепла моя способность не поддаваться жажде, чужие мысли слышались все отчетливее, отмахиваться от них становилось все труднее, опасность первого испытания была вытеснена раздражением второго.

Эти первые проверки я выдержал если не с легкостью, то как минимум на отлично. И в качестве следующего испытания должен был прожить среди людей неделю. Карлайл выбрал оживленный портовый город Сент-Джон в Нью-Брансуике и снял для нас комнаты на маленьком, обшитом досками постоялом дворе неподалеку от доков Вестсайда. Если не считать дряхлого хозяина постоялого двора, все, с кем мы встречались там, были матросами и портовыми рабочими.

Испытание было изнурительным. Я постоянно находился в окружении, человеческой кровью разило со всех сторон. Я чувствовал прикосновение человеческих рук к тканям в нашей комнате, улавливал запах человеческого пота, залетающий в окна. Он примешивался к каждому вдоху, который я делал.

Но, несмотря на юный возраст, я был упрям и одержим стремлением добиться успеха. Я знал, что Карлайл чрезвычайно высокого мнения о моем стремительном прогрессе, и мной двигало в первую очередь желание порадовать его. Даже во время моего пребывания в сравнительно карантинных условиях я наслушался достаточно человеческих мыслей, чтобы понять: в этом мире мой наставник уникален. Он был достоин моего преклонения.

Я знал его план бегства на случай, если испытание окажется непосильным для меня, хоть он и намеревался скрывать этот план от меня. Сохранить тайну было почти невозможно.

Казалось, что мы окружены человеческой кровью со всех сторон, но существовал короткий путь к отступлению — через стылые воды гавани. Всего несколько улиц отделяли нас от серых мутных глубин. Если бы соблазн был готов восторжествовать, Карлайл побудил бы меня к бегству.

Однако Карлайл считал меня способным — слишком одаренным, слишком сильным, наделенным слишком развитым интеллектом, чтобы пасть жертвой низменных желаний. Должно быть, он видел, как я отзываюсь на его мысленные похвалы. По-моему, от них я зазнался и вместе с тем стал принимать облик, увиденный в его голове, — так решительно я стремился заслужить одобрение, которого он меня уже удостоил.

Настолько Карлайл был проницательным.

И вместе с тем очень добрым.

Наступали вторые в моей бессмертной жизни рождественские праздники и первые с тех пор, как я начал следить за сменой времен года: в прошлом году исступление, свойственное новорожденным вампирам, терзало меня так, что я не замечал ничего вокруг. Я знал, что втайне Карлайл тревожится, думая о том, чего мне недостает: всех родных и друзей, которых я знал в человеческой жизни, всех традиций, скрашивающих унылые зимы. Тревожился он напрасно. Венки и свечи, музыка и застолья — все это казалось не имеющим ко мне никакого отношения. Я взирал на все это будто с огромного расстояния.

Примерно в середине нашей недели однажды вечером Карлайл отправил меня впервые за все время пройтись в одиночестве. К своему заданию я отнесся со всей серьезностью и постарался придать себе как можно более человеческий вид — закутался в толстую многослойную одежду, притворяясь, будто чувствую холод. Едва очутившись на улице, я начал следить, чтобы мое тело оставалось жестким, неприступным для любых искушений, а движения — медленными и осознанными. Я разминулся с мужчинами, которые возвращались домой с обледеневшей верфи. Никто меня не окликнул, но я и не лез вон из кожи, чтобы ни с кем не встречаться. Я думал о будущей жизни, когда стану таким же спокойным, умело владеющим собой, как Карлайл, и представлял себе миллион таких прогулок, как нынешняя. Ради забот обо мне Карлайлу пришлось отложить все свои дела, и я твердо решил, что вместо обузы вскоре стану для него ценной находкой.

Гордясь собой, я вернулся на наш постоялый двор и стряхнул снег с шерстяной шапки. Карлайл наверняка с волнением ждал моего рассказа, и мне не терпелось отчитаться. В конечном итоге было совсем не трудно находиться среди людей, полагаясь на одну только силу воли в качестве защиты. В комнату я вошел, притворяясь невозмутимым, и не сразу заметил резкий запах смолы.

Я готовился поразить Карлайла успехом, достигнутым с такой легкостью, а он приготовил сюрприз для меня.

Койки были аккуратно составлены в углу, шаткий стол задвинут за дверь, чтобы освободить место для елки — такой высокой, что верхними ветвями она задевала потолок. Хвоя была влажной, кое-где на ней еще виднелся снег — так быстро Карлайл прилепил воском свечные огарки к концам веток. Все свечи горели, теплый желтый отблеск падал на гладкую щеку Карлайла. Он широко улыбался.

«*С Рождеством, Эдвард*».

С толикой смущения я осознал, что мое великое достижение, моя одиночная экспедиция была просто-напросто уловкой. А потом обрадовался, понимая, что Карлайл настолько доверяет моему умению владеть собой, что был готов отослать меня из комнаты, устроить мнимое испытание ради того, чтобы подготовить мне сюрприз.

— Спасибо, Карлайл, — поспешил откликнуться я. — И тебя с Рождеством.

Честно говоря, я не знал толком, как мне относиться к этому жесту. В нем было что-то... инфантильное, как если бы моя человеческая жизнь представляла собой не что иное, как личиночную стадию, которую я оставил далеко позади вместе со всеми ее прелестями, и вот теперь мне предлагали вновь передвигаться ползком в иле, несмотря на то что у меня уже имелись крылья. Я казался самому себе чересчур старым для атрибутов праздника и в то же время был растроган попыткой Карлайла создать его для меня, помочь ненадолго вернуться к прежним радостям.

— У меня есть попкорн, — сообщил он. — Я подумал, может, тебе захочется украшать елку вместе.

По его мыслям я видел, что это значит для него. Уже не в первый раз я замечал, как его мучает глубокое чувство вины за то, что он втянул меня в эту жизнь. Он был готов обеспечить мне все мелочи, доставляющие людям удовольствие, какие только мог. А я был не настолько избалован, чтобы отказывать ему в этом удовольствии.

— Конечно, — согласился я. — Думаю, в этом году мы справимся в два счета.

Засмеявшись, он принялся раздувать угли в камине.

Было совсем нетрудно вписаться в предложенный им вариант семейного праздника, пусть даже для очень маленькой и странной семьи. Но, несмотря на то что я легко справлялся со своей ролью, меня не покидало чувство непринадлежности к миру, в котором я ее играл. И я терялся в догадках, привыкну ли когда-нибудь к жизни, построенной Карлайлом, или всегда буду казаться самому себе чужаком. Неужели во мне больше от настоящего вампира, чем в нем? Слишком много от существа, вся жизнь которого — кровь, чтобы принять более человеческую ментальность Карлайла?

Со временем на мои вопросы нашлись ответы. В тот период я был еще новорожденным в большей мере, чем сознавал, и по мере того, как взрослел, мне становилось легче. Ощущение отчужденности сгладилось, я обнаружил, что принадлежу к миру Карлайла.

Но в те праздники личные переживания сделали меня уязвимым для чужих мыслей в большей мере, чем следовало бы.

На следующий вечер мы встретились с друзьями — состоялся мой самый первый «выход в свет».

Это случилось после полуночи. Мы покинули город и направились по холмам к северу от него, выискивая территорию подальше от людей, пригодную для моей охоты. Я крепко держал себя в узде, то и дело прислушивался к азарту, который рвался на свободу, так и норовил повести меня сквозь ночь на поиски чего-нибудь, что утолит мою жажду. Прежде нам следовало убедиться, что мы удалились от людей на достаточное расстояние. Стоило только дать бушующим во мне силам вырваться, и моей воли уже не хватит, чтобы сдержаться, если я учую запах человеческой крови.

«*Вот так будет безопасно*», — одобрил Карлайл и сбавил скорость, предоставляя мне возможность возглавить охоту. Мы надеялись выследить стаю волков, тоже вышедших на охоту по глубокому снегу. Но в такую погоду более вероятной была необходимость вытаскивать зверей из логовищ.

Я дал волю своим чувствам — испытав при этом явное облегчение, как если бы размял давно сведенную мышцу. Поначалу я улавливал лишь запах чистого снега и голых ветвей лиственных деревьев. И с новым приливом облегчения отметил, что поблизости не пахнет людьми, их желаниями и болью. Мы бесшумно бежали через густой лес.

Вдруг я уловил новый запах — и знакомый, и в то же время чужой. Он был сладким, прозрачным, чище свежевыпавшего снега. Присущая ему яркость до этого ассоциировалась у меня лишь с двумя запахами — Карлайла и моим. Но в остальном этот новый запах был незнаком мне.

Я резко остановился. Карлайл, почуяв запах, застыл рядом со мной. Кратчайшую долю секунды я слышал исходящую от него тревогу. А потом она сменилась узнаванием.

«*А-а, Шивон*, — подумал он, сразу же успокаиваясь. — *Не знал, что она в здешних краях*».

Я вопросительно взглянул на него, не зная, можно ли сейчас говорить. Держался я настороженно, хоть он и был спокоен. Все непривычное нервировало меня.

«*Старые друзья*, — заверил он. — *Пожалуй, тебе пора познакомиться с нам подобными. Давай-ка найдем их*».

Несмотря на его внешнюю невозмутимость, я различил под ней сдержанную озабоченность, которую скрывали предназначенные для меня слова. И впервые задумался, почему он до сих пор не общался при мне с другими вампирами. Из уроков Карлайла я знал, что подобные нам — не такая уж редкость. Должно быть, он намеренно оберегал меня от остальных. Но почему? Физической опасности он сейчас не ощущал. Чем еще могло быть продиктовано его поведение?

Запах был довольно свежим. Я отчетливо различал два разных следа. И снова вопросительно посмотрел на Карлайла.

«*Шивон и Мэгги. А где Лиам, интересно? Вот такой у них клан, их трое. Обычно они всегда путешествуют вместе*».

Клан. Я слышал о кланах, но всегда считал, что это слово относится к крупным военизированным группам — на уроках истории Карлайл говорил в основном о таких. Он рассказывал про клан Вольтури, а до него — о румынах и египтянах. Но если клан Шивон состоит всего из троих, применимо ли к нему это название? А у нас с Карлайлом тоже клан? Это слово нам не подходило. Звучало слишком... холодно. Возможно, я еще недостаточно хорошо понимал его.

Понадобилось несколько часов, прежде чем мы настигли тех, за кем гнались, так как они тоже передвигались бегом. След уводил нас все дальше и дальше в заснеженные безлюдные земли, что было кстати. Если бы мы приблизились к человеческому жилью, Карлайл попросил бы меня остаться на месте и подождать. Двигаясь по следу, я пользовался своим обонянием почти так же, как на охоте, и понимал, что могу не справиться с собой, если почую человека.

Когда мы приблизились к нашей цели настолько, что я уже мог различить топот бегущих ног — эти двое даже не пытались двигаться бесшумно и явно не опасались погони, — Карлайл громко позвал:

— Шивон!

Топот на мгновение прекратился, а потом стал быстро приближаться к нам, и напористость этого звука насторожила меня, несмотря на спокойствие Карлайла. Он остановился, и я рядом с ним. Я знал, что он не ошибается, но вдруг заметил, что машинально припал к земле, готовясь к атаке.

«*Успокойся, Эдвард. В первый раз это трудно — встретить хищника, равного тебе. Но сейчас беспокоиться не о чем. Я ей доверяю*».

— Да, конечно, — шепотом ответил я и выпрямился рядом с ним, но так и не смог избавиться от жесткой напряженности позы.

Наверное, поэтому он до сих пор ни с кем не знакомил меня. Может, странный инстинкт самозащиты особенно обострялся у тех, кто и без того был одержим страстью новорожденного. Я постарался надежно взять под контроль свои сжавшиеся мускулы. Ожидания Карлайла я не обману.

— Это ты, Карлайл? — прозвучал чистый и звучный голос, напоминавший звон церковного колокола.

Сначала только одна вампирша появилась среди заметенных снегом деревьев. Такой крупной женщины я еще никогда не видел: ростом выше и меня, и Карлайла, с широкими плечами и крепкими конечностями. Но при этом на мужчину она ничуть не походила. Фигура у нее была сугубо женская — агрессивно и демонстративно женская. В ее намерения явно не входило выдавать себя сегодня за человека: одета она была в простую льняную рубашку без рукавов, с искусно сплетенной серебряной цепочкой в качестве пояса.

В последний раз я обращал *такое* внимание на женщину в прошлой жизни, поэтому обнаружил, что никак не могу решить, куда именно направить взгляд. Я сосредоточил его на лице Шивон — подобно телу, совершенно женственном. Ее губы были полными, с изящно изогнутыми контурами, темно-багровые глаза — огромными, опушенными ресницами, которые толщиной превосходили иголки на сосновых лапах. Блестящие черные волосы были собраны в пышный пучок на макушке и заколоты небрежно воткнутыми в него двумя тонкими деревянными шпильками.

Я испытал неожиданное облегчение при виде еще одного лица, настолько похожего на лицо Карлайла, — идеального, гладкого, лишенного бугристой одутловатости человеческих лиц. Эти черты ласкали взгляд.

Спустя полсекунды появилась вторая вампирша и выглянула из-за спины первой. Эта была не настолько примечательна внешне — просто невысокая девушка, почти ребенок. Если рослая женщина поражала избытком буквально всего, что у нее имелось, то девушка казалась воплощением *нехватки*. Ее тело под простеньким темным платьем было худым, кожа да кости, недоверчивые глаза выглядели слишком большими для ее лица — правда, оно, как и у ее спутницы, радовало безупречностью. Только волосами девушка была наделена в изобилии, и эта буйная копна ярко-рыжих кудрей казалась безнадежно спутанной.

Крупная женщина кинулась к Карлайлу, и мне понадобилось все умение владеть собой, чтобы не прыгнуть ей навстречу в попытке остановить. Заметив мускулатуру ее внушительных конечностей, я тут же сообразил, что и впрямь смог бы предпринять только *попытку*. Унизительная мысль. Возможно, Карлайл, ограждая меня от всех, заботился и о моем самолюбии.

Шивон заключила его в объятия, обхватив мощными голыми руками. Ярко заблестели ее зубы, но они были обнажены в дружеской улыбке. Карлайл крепко обнял ее за талию и рассмеялся.

— Привет, Шивон! Сколько лет, сколько зим.

Она разжала объятия, но задержала ладони на его плечах.

— Где же ты прятался, Карлайл? Я уж начинала беспокоиться, что с тобой что-то стряслось. — Ее голос был почти таким же низким, как у Карлайла, выразительным альтом; выговор, как у ирландских докеров, придавал ему оттенок волшебства.

Мысли Карлайла обратились ко мне, в них вспыхнули сотни моментальных воспоминаний о том, как мы провели вместе прошлый год. В то же время Шивон быстро взглянула на меня и отвела глаза.

— Дел было много, — объяснил Карлайл, а я прислушался к мыслям Шивон.

«Почти новорожденный... но эти глаза! Странные, хоть и не настолько, как у Карлайла. Скорее янтарные, чем золотые. Довольно хорошенький. Интересно, где Карлайл его нашел».

Шивон отступила на шаг.

— Как невежливо с моей стороны! С твоим спутником я еще не знакома.

— Позвольте вас познакомить. Шивон, это Эдвард, мой сын. Эдвард, это, как ты наверняка уже понял, моя давняя подруга Шивон. А это ее Мэгги.

Девушка склонила голову набок, но не в знаке приветствия. Ее тонкие брови сошлись вместе, будто она ломала голову над загадкой.

«Сын? — От этого слова Шивон поначалу растерялась. — А-а, так он все же решил создать себе спутника — долго же он собирался! Любопытно. Знать бы, почему именно сейчас? Должно быть, в этом пареньке есть что-то особенное».

«Он говорит правду, — в то же время размышляла Мэгги. — Но чего-то не хватает. Карлайл недоговаривает». Она кивнула разок, будто самой себе, потом посмотрела на Шивон, которая всё еще разглядывала меня.

СОЛНЦЕ ПОЛУНОЧИ 385

— Эдвард, как я рада познакомиться с тобой! — воскликнула Шивон. Она подала мне руку, задержалась взглядом на моих радужках, словно пытаясь точно определить их оттенок.

Я знал только, как полагается отвечать на такое приветствие у людей. Взяв ее руку, я наклонился над ней и слегка коснулся губами, отметив стеклянную гладкость ее кожи на фоне моей.

— Очень приятно, — произнес я.

«*Очаровательно.* — Она опустила руку, широко улыбаясь мне. — *Так мило. Интересно, какой у него дар и чем он привлек Карлайла?*»

Меня удивили ее мысли — только когда в них прозвучало слово «дар», я понял, что она имела в виду раньше, предполагая, что во мне есть нечто особенное, — но я уже натренировался, поэтому легко скрыл свою реакцию от ее любопытных глаз.

Безусловно, она права. У меня в самом деле есть дар. Но... Карлайл искренне удивился, когда понял, на что я способен. Благодаря своему дару я знал, что он не притворяется. В его мыслях не было ни лжи, ни уклончивости, когда он отвечал на мои бесчисленные «*почему*». Ему жилось очень одиноко. Моя мать молила спасти мне жизнь. На моем лице читалось безотчетное обещание неких достоинств, в обладании которыми я не был уверен.

Я все еще размышлял о правильности и ошибочности предположений Шивон, когда она повернулась к Карлайлу. Но перед этим уделила мне еще одну мысль.

«*Бедный парень. Наверняка Карлайл навязал ему свои диковинные привычки. Вот почему у него такие странные глаза. Как трагично — быть лишенным величайшей радости в этой жизни*».

В то время этот вывод встревожил меня не так, как ее прочие догадки. Позднее — а их разговор с Карлайлом затянулся на всю ночь и не дал нам вернуться в снятые комнаты, пока не зашло солнце, — когда мы снова остались вдвоем, я завел расспросы. Карлайл рассказал мне об истории Шивон, ее увлеченности Вольтури, живом интересе к миру мистических вампирских талантов и, наконец, о том, как она отыскала странного ребенка, которому как будто было известно больше, чем может знать человек. Шивон обратила Мэгги не потому, что нуждалась в компаньонке, и не из сострадания к девочке, которая при других обстоятельствах могла бы стать чьим-то ужином, а потому, что решила, что ее клану не помешает такой талант. Это было совсем другое мировоззрение, гораздо менее гуманное, чем то, которого удавалось придерживаться Карлайлу. Мой дар от Шивон он скрыл (этим объяснялась странная реакция Мэгги на знакомство со мной; благодаря своему дару она поняла, что Карлайл о чем-то умолчал), не зная точно, как она воспримет то, что он получил доступ к такому редкому и мощному дару, даже не пытаясь искать его. Дело в том, что моя одаренность оказалась не более чем странным совпадением. Мое умение читать чужие мысли было неотъемлемой частью моего существа, и Карлайл не желал, чтобы я лишился его, — точно так же, как не хотел бы, чтобы изменился цвет моих волос или тембр моего голоса. Однако он никогда не воспринимал этот дар как ценность, предназначенную для его использования или преимущества.

Поначалу я часто задумывался об этих откровениях, но со временем стал вспоминать о них все реже и реже. Постепенно я освоился в мире людей, Карлайл вернулся к прежней врачебной работе. Пока он отсутствовал, я учился, изучал в том числе и медицину, но всегда по книгам, а в больницах — никогда. Лишь несколько лет спустя Карлайл нашел Эсме, и на весь период, пока она осваивалась, мы вернулись к затворнической жизни. Это было беспокойное время, полное новых знаний и друзей, поэтому прошло еще несколько лет, прежде чем жалостливые слова Шивон начали снова тревожить меня.

«*Бедный парень... Как трагично — быть лишенным величайшей радости в этой жизни*».

В отличие от ее второго предположения — опровергнуть которое было слишком легко, ведь я знал честность и прозрачность мыслей Карлайла, — эти ее слова постепенно стали отравлять мое существование. Именно фраза про «величайшую радость в этой жизни» побудила меня в конце концов отдалиться от Карлайла и Эсме. В погоне за обещанной радостью я вновь и вновь отнимал жизнь у людей, самонадеянно применяя свой *дар* и считая, что пользы приношу больше, чем причиняю вреда.

Когда я впервые вкусил человеческой крови, для моего тела она стала потрясением. Оно насытилось полностью, ему было как никогда *хорошо*. Прежде оно не чувствовало себя настолько живым. Хоть качество этой крови оставляло желать много лучшего — организм моей первой жертвы был до отказа напичкан едкими наркотиками, — обычная пища показалась по сравнению с этой кровью водой из сточной канавы. И все же... мыслями я оставался чуть в стороне от удовлетворения желаний тела. Потому не мог не замечать всю мерзость происходящего. И постоянно помнил о том, как воспримет мой выбор Карлайл.

Мне казалось, эти сомнения рассеются. Я выискивал худших среди злодеев, тех, которые заботились о чистоте своего тела, если не рук, и упивался более качественной кровью. Мысленно я вел подсчеты жизней, которые спас, действуя как судья, присяжные и палач в одном лице. И даже когда наградой за убийство мне было спасение всего одного человека, следующей жертвы в списке, разве это не лучше, чем если бы я позволил хищнику в человеческом обличье продолжать разбойничать?

Прошли годы, прежде чем я сдался. Я так и не понял толком, почему кровь не стала для меня увенчанием жизни, кульминацией экстаза, в чем была убеждена Шивон, почему я продолжал скучать по Карлайлу и Эсме сильнее, чем радовался свободе, почему с каждым новым убийством на меня словно падал груз, и так до тех пор, пока скопившаяся тяжесть чуть не искалечила меня. За годы, прошедшие после возвращения к Карлайлу и Эсме и долгой борьбы за восстановление утраченного умения владеть собой, я пришел к выводу: если Шивон и впрямь не знала ничего выше зова крови, то я был рожден для лучшей участи.

И теперь слова, которые когда-то не давали мне покоя, вели и направляли, с удивительной силой вернулись ко мне.

«Величайшая радость в этой жизни».

Сомнений не осталось. Теперь я знал, что означают эти слова. Величайшая радость *моей* жизни — это хрупкая, отважная, добрая, проницательная девушка, так мирно спящая рядом. Белла. Самая большая из радостей, какие только может предложить мне эта жизнь, и самая страшная боль — когда эта радость будет утрачена.

В кармане рубашки беззвучно завибрировал мобильник. Я достал его, взглянул на номер и приложил к уху.

— Я вижу, что ты сейчас не можешь говорить, — тихо произнесла Элис, — но мне казалось, ты должен знать: теперь уже восемьдесят к двадцати. Не знаю, что ты там делаешь, но продолжай в том же духе. — И она отключилась.

Разумеется, я просто не мог поверить ей на слово, не читая ее мысли, и она об этом знала. Она вполне могла соврать мне по телефону. Но я все равно воодушевился.

А делал я вот что: купался в моей любви к Белле, захлебывался, упивался ею. И не думал, что продолжать в том же духе будет трудно.

Глава 16

Узел

Всю ночь Белла спала так крепко, что это даже пугало. В течение времени, которое теперь казалось мне очень долгим, с первого же момента, как я уловил ее запах, мне не хватало сил удерживаться в одном и том же душевном состоянии, не позволять ему поминутно метаться из одной крайности в другую. Сегодня меня бросало резче обычного: бремя неминуемо предстоящей угрозы довело меня до пика эмоционального стресса, подобного которому я не испытывал последнюю сотню лет.

А Белла продолжала спать: расслабленные руки и ноги, гладкий лоб, загнутые кверху уголки губ, вдохи и выдохи тихие и размеренные, как по метроному. За все ночи, которые я провел у нее, я ни разу не видел, чтобы она спала так мирно. Что бы это значило?

Я мог предположить только одно: это значило, что она так ничего и не поняла. Несмотря на все мои предостережения, она по-прежнему не верила в истину. И слишком доверяла мне. В этом она жестоко ошибалась.

Она не пошевелилась, даже когда в комнату заглянул ее отец. Было рано, солнце еще не встало. Я оставался на месте, уверенный, что незаметен в темном углу. Туманные мысли ее отца имели оттенок сожаления и вины. Ничего серьезного, как мне показалось, — просто осознание, что он опять оставляет ее одну. На миг он заколебался, но чувство долга — планы, товарищи, обещания подвезти — увело его прочь. Других предположений у меня не нашлось.

Чарли поднял громкий шум, вытаскивая рыбацкие снасти из встроенного шкафа под лестницей, но Беллу не разбудил. Даже ее веки ни разу не затрепетали.

После отъезда Чарли пришла моя очередь уходить, хотя мне и не хотелось покидать безмятежный покой ее спальни. Как бы там ни было, мирный сон Беллы успокоил меня. Я еще раз набрал полные легкие обжигающего запаха и задержал его в груди, оберегая боль в себе до тех пор, пока не сумею пополнить ее запасы.

Суета возобновилась сразу же после пробуждения Беллы: весь покой, который принесли ей сновидения, словно улетучился при свете дня. Шум ее движений был торопливым, несколько раз она выглядывала из-за штор, — видимо, ждала меня. От этого мое нетерпение усилилось, но мы же назначили время, я не хотел являться раньше и мешать ей собираться. Мои сборы были закончены, но в них чего-то недоставало. Да и мог ли я как следует подготовиться к такому дню, как этот?

Я был бы не прочь порадоваться — целому дню, проведенному рядом с ней, возможности получить ответы на все вопросы, которые задам, ее теплу, окутывающему меня. И в то же время мне бы хотелось прямо сейчас повернуться и броситься бежать прочь от ее дома, и чтобы сил хватило добежать до другого конца света, остаться там и впредь не подвергать ее опасности. Но я вспомнил подавленное, серое лицо Беллы в видениях Элис и понял, что на такое бегство мне никогда не хватит сил.

Я успел привести себя в весьма мрачное настроение к тому времени, как спрыгнул с тенистых веток и прошел по лужайке к дому. Стереть с лица признаки моего душевного состояния я пытался, но будто разучился управлять мимикой.

Я тихо постучал в дверь, зная, что она прислушивается, и сразу же услышал ее спотыкающиеся шаги на последних ступеньках лестницы в коридоре. Она кинулась к двери почти бегом, долгое мгновение возилась с засовом и наконец распахнула дверь так резко, что та с грохотом ударилась о стену.

Заглянув мне в глаза, она вдруг застыла, умиротворение минувшей ночи проскользнуло в ее улыбке.

У меня тоже слегка поднялось настроение. Я сделал глубокий вдох, заменяя застоялое жжение свежей болью, но она была гораздо слабее радости видеть ее.

В приливе любопытства я окинул взглядом ее одежду: на чем она все же остановила выбор? Это сочетание я вспомнил сразу же — свитер я приметил разложенным на самом видном месте, поверх ее древнего компьютера, рядом с белой рубашкой на пуговицах и джинсами. Светлый беж, белый воротник, светло-синий деним... Мне было незачем смотреть на самого себя, чтобы понять, что по цвету и стилю мы оделись почти одинаково.

Я усмехнулся. Опять нечто общее.

— Доброе утро.

— Что-то не так? — отозвалась она.

На этот вопрос можно было дать тысячу ответов, и я на миг растерялся, но увидел, как она оглядела себя, и понял, что она пытается понять, чем вызван мой смех.

— Мы гармонируем, — объяснил я.

И снова засмеялся, когда она выслушала меня, осмотрела мою одежду, потом свою, и на ее лице отразилось удивление. Внезапно она нахмурилась. Почему? Я понятия не имел, как такое совпадение может показаться каким-либо еще, кроме как в той или иной степени забавным. Может, она выбрала эту одежду по какой-то более важной причине и эта причина рассердила ее, когда я засмеялся? Но как можно заводить такие расспросы, не рискуя показаться странным? Я был уверен лишь в одном: по какой бы причине она ни сделала такой выбор, она отличается от моей.

При мысли о том, с какой целью выбрана моя одежда и что она предвещает, я внутренне содрогнулся. Но уклоняться от предстоящего не следовало. Нельзя прятаться от нее. Она заслужила право знать все.

Пока она шагала вместе со мной к своему пикапу, улыбка вернулась на ее лицо и вдруг стала чуточку самодовольной. Я не собирался отказываться от обещания, которое дал, хоть и был от него не в восторге. Но понимал, что это неразумно. Она сама каждый день садится за руль этого антикварного монстра, и с ней ничего плохого не случается. Безусловно, плохое вполне могло дождаться, когда я окажусь рядом в качестве охваченного ужасом свидетеля. Видимо, выражение моего лица побудило ее предположить, что я недоволен.

— Мы же договорились, — торжествующе напомнила она и потянулась через пассажирское сиденье, чтобы отпереть дверцу с той стороны.

Мне оставалось лишь мысленно пожалеть, что остальные причины моего беспокойства не настолько незначительны.

Изношенный двигатель закашлялся, пробуждаясь к жизни. Металлическая рама затряслась так отчаянно, что я испугался, как бы она не развалилась.

— Куда нам? — спросила она, перекрикивая весь этот рев и грохот. С усилием переведя рычаг на заднюю передачу, она оглянулась.

— Сначала пристегнись, — потребовал я. — Я уже нервничаю.

Она метнула в меня негодующий взгляд, но со щелчком пристегнулась и вздохнула.

— Так куда? — снова спросила она.

— На север, по Сто первому шоссе.

Медленно проезжая через город, она не сводила глаз с дороги. Я размышлял, разгонится ли она, когда мы выедем на главную улицу, но она продолжала держать скорость на три мили в час меньше разрешенной. Солнце все еще висело низко над горизонтом на востоке, окутанное тонкими слоистыми облаками. Но если верить Элис, полдень будет солнечным. Интересно, доберемся ли мы такими темпами до леса вовремя, пока солнечные лучи не коснулись меня?

— Как думаешь — к вечеру мы наконец выберемся из Форкса? — спросил я, зная, что никакой критики в адрес своего пикапа она не потерпит. Она отреагировала именно так, как я и предвидел.

— Имей совесть! Этот пикап годится твоей машине в дедушки, — возмутилась она, но все же заставила двигатель работать чуть быстрее. Превысила ограничение скорости на две мили в час.

Когда мы наконец оставили позади центр Форкса, мне полегчало. Вскоре за окном лес стал попадаться чаще, чем признаки цивилизации. Двигатель пикапа грохотал, как отбойный молоток, вгрызающийся в гранит. Белла не сводила глаз с дороги ни на секунду. Мне хотелось поговорить, спросить ее, о чем она думает, но отвлекать ее не стоило. В этой сосредоточенности чувствовались почти свирепые нотки.

— Поверни направо, на Сто десятое шоссе, — велел я.

Она кивнула, не глядя на меня, и перешла на черепашью скорость, одолевая поворот.

— А теперь вперед, пока не кончится асфальт.

— А что там? — спросила она. — Где кончается асфальт? Безлюдный лес. Ни одного свидетеля. Чудовище.

— Тропа.

Ее голос зазвучал выше и напряженнее, но смотрела она по-прежнему только на дорогу.

— Мы пойдем пешком?

Озабоченность в ее голосе встревожила меня. Я не подумал. Расстояние невелико, идти нетрудно, почти так же, как по тропе за ее домом.

— А что? Проблемы?

Куда бы еще ее отвезти? Запасного плана я не подготовил.

— Нет, — быстро отозвалась она, хотя голос звучал по-прежнему натянуто.

— Не волнуйся, — постарался успокоить я. — Идти всего миль пять, а спешить нам некуда.

Мало того — волна паники вдруг окатила меня, едва я осознал, как невелико расстояние на самом деле, — я был бы только рад оттянуть время.

Она опять нахмурилась. А после нескольких секунд молчания принялась покусывать нижнюю губу.

— О чем задумалась?

Захотела повернуть обратно? Вообще передумала? Жалеет, что открыла дверь сегодня утром?

— О том, куда мы едем, — наконец ответила она. Ее целью был явно небрежный тон, но она промахнулась.

— Туда, где я люблю бывать в хорошую погоду. — Я взглянул в окно, и она тоже. От слоя облаков осталась тонкая завеса. Скоро совсем разойдутся.

Что она подумает, увидев, как солнце касается моей кожи? Какие мысленные образы она призывала на помощь, чтобы оправдать в своих глазах сегодняшнюю поездку?

— Чарли сказал, что сегодня будет тепло.

Я подумал про ее отца и представил, как он радуется ясному дню, сидя у реки. Он даже не догадывался, что очутился на перепутье, где его подстерегает вероятный кошмар, грозя уничтожить всю жизнь, охватить его мир целиком.

— А ты сказала Чарли, куда едешь? — без особой надежды спросил я.

Она улыбнулась, все так же глядя вперед.

— Нет.

Напрасно она радовалась. Хорошо еще, я знал, что есть один свидетель, который спохватится и подаст голос, если Белла не вернется домой.

— Но ведь Джессика считает, что мы с тобой поехали в Сиэтл.

— Нет, — с довольным видом объявила она. — Я сообщила ей, что ты отказал мне — ведь это правда?

Что?.. Этого я не слышал. Наверное, пропустил, пока охотился с Элис. Белла заметала следы, как будто *хотела*, чтобы ее убийство сошло мне с рук.

— Значит, никто не знает, что ты со мной?

От моего тона она слегка поморщилась, потом вскинула голову и принужденно улыбнулась:

— Это как посмотреть. Ты ведь, наверное, рассказал Элис?

Мне пришлось сделать глубокий вдох, чтобы голос звучал ровно.

— Спасибо за подсказку, Белла.

Ее улыбка погасла, но ничем другим она не дала понять, что слышала меня.

— Неужели Форкс нагнал на тебя такую тоску, что ты задумала самоубийство?

— Ты же говорил, что у тебя будут неприятности... — тихо и совершенно серьезно напомнила она, — если нас будут слишком часто видеть вместе.

Я прекрасно помнил этот разговор и диву давался, как она могла понять его настолько превратно. Пытаться стать еще *более* уязвимой для меня я ей не советовал. Я говорил, что ей следовало бы бежать от меня подальше.

— И ты забеспокоилась о том, что если *ты* не вернешься *домой*, это станет неприятностью для *меня*? — сквозь зубы спросил я, стараясь даже порядком слов выразить все ту же мысль, чтобы она наверняка уловила всю нелепость своего положения.

Глядя на дорогу, она коротко кивнула.

— Как же ты не понимаешь, насколько я *не то*? — прошипел я, слишком разозлившись, чтобы изъясняться со скоростью, доступной ее пониманию. Никакие словесные объяснения на нее не действовали. Оставалось только показать ей.

Она, кажется, нервничала, но уже по-новому, и *почти* скосила глаза на меня, но так и не отвлеклась от дороги ни на миг. Моя вспышка испугала ее, но не так, как должна была. Просто теперь она расстраивалась, что по ее вине я недоволен. Мне было незачем читать ее мысли, чтобы распознать то, что я уже не раз видел.

Как обычно, я злился в действительности не на нее — только на себя. Да, в ее реакциях на меня вечно все было навыворот. Но только потому, что в другом отношении они оказывались верными. Она неизменно была слишком добра. Верила в меня, хотя я этого не заслуживал, беспокоилась о моих чувствах, будто они имели значение. Тем, что она хорошая, — вот чем она подвергала себя опасности. Ее добродетель и мой порок — нас свели вместе две противоположности.

Мы доехали до конца асфальтированной дороги. Белла свернула на глинистую обочину и заглушила двигатель. После продолжительной шумовой атаки внезапная тишина стала почти потрясением. Белла отстегнула ремень и выскользнула из пикапа, не взглянув на меня. Стоя ко мне спиной, она принялась стаскивать свитер через голову, не сразу, но справилась с этой задачей, и завязала рукава свитера на талии. Я с удивлением увидел, что ее рубашка похожа на мою не только цветом: она тоже оставляла открытыми руки до плеча. Видеть ее такой я не привык, но, несмотря на мгновенно вспыхнувшую искру интереса, ощущал в основном беспокойство. Все, что нарушало мою сосредоточенность, представляло опасность.

Я вздохнул. Проходить все предстоящее не хотелось. По слишком многим причинам, вопросам жизни и смерти, но в этот момент я больше всего боялся выражения ее лица, отвращения в ее глазах, когда она наконец *увидит* меня.

Я не отступлю. Изображу смелость, сделаю вид, будто легко подавил в себе эгоистичный страх, даже если это не более чем притворство.

Сняв свитер, я почувствовал себя вопиюще заметным. Так много тела я еще никогда не выставлял напоказ, разве что в кругу семьи.

Я стиснул зубы, выбрался из пикапа — оставив свитер в нем, чтобы не поддаться искушению, — и захлопнул дверцу. Вгляделся в сторону леса. Может, если сойти с дороги и углубиться в гущу деревьев, я перестану так остро ощущать, что я на виду.

Я чувствовал на себе ее взгляд, но струсил оборачиваться и вместо этого бросил через плечо:

— Сюда.

Это слово вылетело слишком быстро и отрывисто. Определенно пора брать себя в руки, чтобы справиться с волнением. Я медленно зашагал вперед.

— А как же тропа?

Ее голос взвился на целую октаву. Я снова оглянулся: она явно нервничала, обходя пикап спереди, чтобы догнать меня. Возможных причин для испуга было так много, что я не знал, в чем дело.

Я попытался заговорить обычным тоном — легким, шутливым. Может, так удастся рассеять хотя бы ее опасения, если не собственные.

— Я сказал, что в конце дороги будет тропа, но не говорил, что мы пойдем по ней.

— Как же без тропы?

Про эту «тропу» она спросила таким тоном, точно речь шла о последнем спасательном жилете на тонущем корабле.

Я распрямил плечи, растянул губы в фальшивой улыбке и обернулся к ней.

— Я не дам тебе заблудиться, — пообещал я.

К такому я оказался не готов. У нее прямо-таки отвисла челюсть, как у какой-нибудь героини дешевого сериала с закадровым смехом. Она окинула меня быстрым взглядом, потом еще одним, пробегая вверх и вниз по моим голым рукам.

А в них не было ничего примечательного. Просто бледная кожа. Вернее, на редкость бледная, вдобавок она не совсем по-человечески облегала мою выраженную нечеловеческую мускулатуру. Если даже в тени моя кожа вызывает у нее такую реакцию...

У нее вытянулось лицо. Как будто мой прежний упадок духа передался ей, обрушился на нее тяжестью всей моей сотни лет. Может, больше ничего и не понадобится. Может, она уже увидела достаточно.

— Хочешь домой?

Если ей хочется расстаться со мной, если она готова уйти прямо сейчас, я ее отпущу. Буду смотреть ей вслед, мучиться и терпеть. Пока не знаю как, но найду способ.

По какой-то невообразимой причине ее глаза вспыхнули, и она выпалила «нет!» так быстро, что оно прозвучало почти как резкость. Она поспешила догнать меня и подошла так близко, что мне достаточно было наклониться на пару дюймов, чтобы задеть рукой ее руку.

Что все это значило?

— Так в чем же дело? — спросил я. В ее глазах все еще виднелась боль, не имевшая смысла в сочетании с ее поступками. Так хочет она расстаться со мной или нет?

Ответила она приглушенно, почти полностью лишенным выразительности тоном:

— Пеший турист из меня никудышный. Так что наберись терпения.

Я не совсем поверил ей, но понял, что это ложь из благородства. Да, скорее всего ее беспокоило и отсутствие тропы, удобной для ходьбы, но оно вряд ли объясняло горестное выражение лица. Я подался к ней, улыбнулся как можно мягче, пытаясь вызвать ответную улыбку. Больно было видеть тень страданий вокруг ее губ и глаз.

— Я умею быть терпеливым, — заверил я так легко, как смог, — когда стараюсь.

Она почти улыбнулась моим словам, но только одной стороной рта.

— Я доставлю тебя домой, — пообещал я. Возможно, она считала, что ей не остается ничего другого, кроме как пройти это испытание огнем; считала, что почему-то у меня в долгу. Но она ничего не должна мне. Она могла преспокойно уйти, как только пожелает.

Ее ответ застал меня врасплох: вместо того чтобы с облегчением уцепиться за возможность, которую я предложил, она явно рассердилась на меня. И когда заговорила, ее голос был язвительным:

— Если хочешь, чтобы к вечеру я одолела пять миль, прорубаясь сквозь эти джунгли, начинай показывать дорогу прямо сейчас.

Я остолбенело вытаращился на нее, ожидая продолжения — какого-нибудь признака, что она поняла суть того, что я предложил, — но она лишь вскинула голову и вызывающе прищурилась.

Не зная, что еще делать, я подтолкнул ее вперед одной рукой, другой одновременно отводя с дороги нависшую ветку. Она поднырнула под ветку, потом сама отвела вторую, поменьше.

В лесу и впрямь стало легче. А может, мне просто требовалось время, чтобы осмыслить ее первую реакцию. Я прокладывал путь, отводил ветки, придерживал их. Она почти не поднимала глаз, но не избегала встречаться со мной взглядом — видимо, просто не доверяла земле под ногами. Я увидел, как она испепелила глазами несколько корней, опасливо переступая через них, и тут сообразил, в чем дело: конечно же, нет ничего странного в том, что неловкий человек нервничает, шагая по неровной тропе. Но моя догадка все-таки не объясняла ее недавнего уныния и последующей вспышки гнева.

В лесу многое оказалось проще, чем я ожидал. Здесь мы остались совершенно одни, без свидетелей, и все же я не чувствовал опасности. Даже когда мы несколько раз сталкивались с препятствиями — поваленным деревом поперек пути, слишком высоким камнем, чтобы запросто взобраться на него, — и я машинально протягивал руку, чтобы помочь ей, эти прикосновения давались мне немногим труднее, чем в школе. Эпитет «трудный» к ним вообще не относился: они приятно волновали, как и прежде. Осторожно помогая ей подняться, я слышал, как ее сердце начинает колотиться с удвоенной скоростью. И представлял, что мое сердце билось бы точно так же, будь оно способно на это.

Наверное, я не чувствовал или почти не чувствовал опасности потому, что знал: это не то место. Элис ни разу не видела, как я убиваю Беллу в густом лесу. Если бы еще видения Элис не врезались в мою память... Само собой, незнание вероятного будущего и неготовность к нему могли стать той самой ошибкой, которая повлечет за собой гибель Беллы. Слишком уж все выглядело неопределенным и немыслимым.

Уже не в первый раз в жизни я пожалел, что не могу затормозить работу собственного мозга. Заставить его действовать с человеческой скоростью, пусть хотя бы на день, на час, чтобы не хватало времени вновь и вновь зацикливаться на одних и тех же неразрешимых вопросах.

— Как ты предпочитаешь проводить дни рождения? — спросил я. Мне настоятельно требовалось хоть чем-нибудь отвлечься.

Ее губы скривились, изобразив нечто среднее между иронической улыбкой и хмурой гримасой.

— А что такого? — продолжал я. — Не моя очередь задавать вопросы?

Она рассмеялась, взмахнула рукой, словно отметая это предположение.

— Да нет, ничего. Просто я не знаю, что ответить. Я не особо люблю дни рождения.

— Вот это... неожиданно. — Я не смог припомнить, чтобы когда-нибудь слышал такое от подростка.

— Слишком напрягает, — пожала она плечами. — Подарки и все такое. А вдруг они тебе не понравятся? Придется сразу же надевать маску, чтобы никого не обидеть. Да еще все на тебя *глазеют*.

— Твоя мать редко угадывает с подарками? — предположил я.

Ее ответная улыбка ничего не выдала. Я понял, что она не скажет о матери худого слова, несмотря на явные душевные раны.

Почти полмили мы шли молча. Я надеялся, что она сама добавит что-нибудь или задаст вопрос, по которому станет ясно, о чем она задумалась, но она упорно и сосредоточенно смотрела в землю. Я предпринял еще попытку:

— Кто был твоим любимым учителем в начальных классах?

— Миссис Хепманик, — над ответом она не раздумывала. — Во втором классе. Она разрешала мне читать на уроках — почти всегда, когда мне хотелось.

Я усмехнулся:

— Сокровище.

— А у тебя кто был любимым учителем в началке?

— Я не помню.

Она нахмурилась:

— Точно. Прости, я не подумала...

— Незачем извиняться.

Только через четверть мили я наконец придумал вопрос, который она не сумела бы с такой же легкостью задать мне.

— Собаки или кошки?

Она склонила голову набок:

— Даже не знаю... может, все-таки кошки? Уютные, но независимые, верно?

— Неужели у тебя никогда не было собаки?

— У меня никого не было — ни тех ни других. Мама говорит, у нее аллергия.

Ее объяснение имело, как ни странно, скептический оттенок.

— Ты ей не веришь?

Она помолчала, не желая выглядеть предательницей.

— Ну, просто... — с расстановкой начала она, — я часто видела, как она гладит чужих собак.

— Интересно, почему? — задумчиво спросил я.

Белла рассмеялась. Смех был беспечный, без малейшего оттенка горечи.

— Мне понадобилась целая вечность, чтобы уговорить ее согласиться на рыбку. Наконец я догадалась, в чем дело: она боялась, как бы из-за питомцев мы не оказались привязанными к дому. Я же рассказывала тебе, как ей нравилось уезжать куда-нибудь каждые свободные выходные — осматривать какие-нибудь города или исторические памятники, которых она раньше не видела. Тогда я показала ей автоматические кормушки с таймером, с которыми можно оставить рыбку больше чем на неделю, и она сдалась. Просто Рене терпеть не может любые якоря. В смысле, у нее ведь уже есть я, правильно? Одного гигантского, меняющего всю жизнь якоря более чем достаточно. И вешать на себя новые она не намерена.

Я старательно делал невозмутимое лицо. Эта проницательность Беллы — в ней я не сомневался, она всегда видела меня насквозь — придала более мрачный оттенок тому, как я истолковал ее прошлое. А если потребность Беллы кого-нибудь опекать вызвана не беспомощностью ее матери, а ощущением, что свое место в мире надо заслужить? Я разозлился, представив себе, как Белла, возможно, чувствовала себя лишней или считала необходимым доказывать, что она чего-то стоит. Мной овладело удивительное желание каким-нибудь приемлемым способом потакать всем прихотям Беллы, чтобы дать ей понять: самого факта ее существования более чем достаточно.

Она не заметила, как я изо всех сил старался сдержаться. Снова засмеявшись, она продолжала:

— Пожалуй, это даже к лучшему — что мы ни разу не попытались завести кого-нибудь крупнее золотой рыбки. Хозяйка из меня никакая. Я думала, что первую рыбку перекармливала, поэтому второй урезала порции и опять ошиблась. А третья... — она смущенно взглянула на меня, — честное слово, понятия не имею, что с ней было не так. Но она все время норовила выпрыгнуть из аквариума. И однажды я нашла ее, когда было уже слишком поздно. — Она нахмурилась. — Три подряд — я прямо серийный убийца.

Не засмеяться было невозможно, но она, кажется, не обиделась. И засмеялась вместе со мной.

Пока утихало наше веселье, освещение в лесу изменилось. Элис обещала, что солнечный свет будет проникать даже сквозь самую густую листву, и я, вспомнив об этом, опять занервничал.

Я понимал, что эти чувства — из всех определений, какие мне вспомнились, самым близким был «страх сцены» — поистине абсурдны. Ну и что, если Белла сочтет мой вид отталкивающим? И с отвращением отвергнет меня? Это же замечательно, даже лучше, чем замечательно. В сущности, это самая ничтожная, пустяковая из бед, которые могут постичь меня уже сегодня. Неужели тщеславие и уязвленное самолюбие — настолько могущественная сила? Я никогда не верил в их власть надо мной и не собирался верить сейчас. Сосредоточившись на своих чувствах, я не давал себе задуматься о другом. Например, о том, как после приступа отвращения меня отвергнут. Белла уйдет от меня, и я, зная об этом заранее, буду вынужден отпустить ее. Испугается ли она меня настолько, что даже не позволит проводить ее обратно до пикапа? Но мне, само собой, придется убедиться, что она благополучно добралась до шоссе. А потом пусть уезжает одна.

Представив себе это, я скорчился бы от боли, если бы не знал образа гораздо страшнее — неминуемого испытания, которое видела Элис. Провал этого испытания... был невообразим. Как я переживу такое? Как найду способ *прекратить* эту жизнь?

Мы были уже почти на месте.

Когда мы проходили участок с редким лесом, Белла заметила, что освещение изменилось. И притворно нахмурилась:

— Уже пришли?

Я притворился, будто сам не прочь пошутить:

— Почти. Видишь свет впереди?

Она прищурилась, вглядываясь в глубину леса перед нами, сосредоточенная складочка образовалась между бровями.

— А он есть?

— Да, для твоих глаз, пожалуй, далековато, — признал я.

Она пожала плечами:

— Пора купить очки.

Мы шли дальше, тишина становилась тягостной. Я понял, когда Белла заметила яркий свет на лугу: она улыбнулась почти безотчетно и прибавила шаг. И уже смотрела не в землю, а на солнце в просветах среди деревьев. Ее оживление только усилило мое нежелание идти дальше. Еще немного времени. Часок-другой... Может, остановиться прямо здесь? Простит ли она меня, если я пойду на попятную?

Но я понимал, что оттягивать неизбежное бессмысленно. Элис видела: рано или поздно события придут к одной точке. И если избегать ее, станет только хуже.

Теперь Белла вела меня за собой, без колебаний пробираясь сквозь заросли папоротника к лугу.

Как бы я хотел видеть ее лицо. Я без труда мог представить, как чудесно на лугу в такой день. На припеке сладко пахло цветами, слышалось приглушенное журчание ручья у дальнего края луга. Гудели насекомые, чуть подальше щебетали и ворковали птицы. Но сейчас птиц поблизости не было:

мое появление распугало здесь всю более-менее крупную живность.

Почти благоговейно Белла вышла на солнечный свет. Он позолотил ее волосы, придал сияние светлой коже. Она провела пальцами по высоким цветам и опять напомнила мне Персефону. Олицетворение весны.

Я мог бы смотреть на нее долго-долго, может быть, вечно, но не стоило надеяться, что красота этого уголка заставит ее напрочь забыть о чудовище, притаившемся в тени. Она обернулась с огромными от радостного изумления глазами и блуждающей на губах улыбкой и посмотрела на меня. Выжидательно. Я не шевелился, и она медленно зашагала в мою сторону. И ободряюще протянула мне руку.

Желание быть человеком в этот момент усилилось настолько, что чуть не сломило меня.

Но я не человек, и сейчас пришло время продемонстрировать безупречное умение владеть собой. Я вскинул руку предупреждающим жестом, останавливая ее. Она поняла, но не испугалась. Только опустила руку и осталась на месте. Ждала. Любопытствовала.

Я глубоко вдохнул лесной воздух, впервые за несколько часов ощутив обжигающий запах Беллы.

Несмотря на всю мою веру в дар Элис, я понятия не имел, как эта история может иметь продолжение. Скорее всего она кончится прямо сейчас. Белла увидит меня и воспримет увиденное так, как следовало с самого начала: перепугается, испытает ужас, отвращение, омерзение... и бросит меня.

Хотя мне и казалось, что ничего более трудного я не делал никогда в жизни, я заставил себя сделать шаг и перенести тяжесть тела на другую ногу.

Я не отступлю перед этим испытанием.

Но... первой реакции, отразившейся на ее лице, я не выдержу. Несмотря на всю свою доброту, Белла просто не сможет скрыть мгновенную вспышку потрясения и отвращения. Поэтому я дам ей время, чтобы взять себя в руки.

Я закрыл глаза и вышел на солнце.

Глава 17
Признания

Я ощутил теплое прикосновение солнечных лучей к коже и порадовался, что сам этого не вижу. Сейчас мне не хотелось смотреть на себя. В течение самой длинной половины секунды, какую мне доводилось прожить, вокруг было тихо. А потом Белла закричала:

— *Эдвард!*

Я резко открыл глаза, уверенный, что увижу, как она убегает от меня, едва увидев, кто я на самом деле.

Но она мчалась прямо ко мне, рискуя сбить меня с ног и в ужасе открыв рот. Тянула ко мне руки, оступалась и спотыкалась в высокой траве. И выражение ее лица было не испуганным, а отчаянным. Я никак не мог понять, что с ней.

Какими бы ни были ее намерения, я не мог допустить, чтобы она врезалась в меня. Ей следовало держаться на расстоянии. Я выставил перед собой ладонь, предостерегая ее.

Она застыла, переступила на месте, всем видом выражая тревогу.

Вглядевшись в ее глаза и увидев в них свое отражение, я, кажется, догадался, в чем дело. Отражаясь в ее глазах, я больше всего напоминал человека, охваченного огнем. Несмотря на все мои попытки развеять мифы, она, видимо, продолжала подсознательно верить в них.

Потому что беспокоилась. Боялась, но не чудовища, а *за* него.

Она сделала еще шаг в мою сторону, потом помедлила, увидев, как я отступил на полшага назад.

— Тебе от этого больно? — шепотом спросила она.

Да, я был прав. Даже сейчас она не боялась за себя.

— Нет, — тоже шепотом отозвался я.

Она подступила на шаг, теперь уже осторожнее. Я уронил руку.

Ей все еще хотелось приблизиться ко мне.

Она подходила ближе, и выражение ее лица менялось. Голова склонилась набок, глаза прищурились, потом стали огромными. Несмотря на разделяющее нас расстояние, я видел на ее лице радужный отблеск — отражение света от моей кожи. Она сделала еще шаг, потом еще и принялась обходить меня по кругу, держась на некотором расстоянии. Я стоял совершенно неподвижно, чувствуя кожей ее взгляд, когда она покинула мое поле зрения. Дышала она чаще обычного, сердце билось быстрее.

Она вновь появилась справа от меня, с легкой улыбкой, приподнимающей уголки губ, завершила обход и остановилась лицом к лицу со мной.

Как она может улыбаться?

Она подступила ближе и теперь стояла меньше чем в одном шаге от меня. Подняла руку, крепко прижимая локоть к телу, будто хотела потянуться и дотронуться до меня, но опасалась. Солнечный свет отразился от моей руки, заплясал на ее лице.

— Эдвард... — выдохнула она. Теперь в ее голосе звучало восхищенное изумление.

— Теперь тебе страшно? — тихо спросил я.

Казалось, подобного вопроса она никак не ожидала и была поражена им.

— *Нет*.

Я вглядывался в ее глаза и не мог удержаться от бесплодных попыток — уже в который раз! — услышать ее мысли.

Она протянула ко мне руку — очень медленно, не сводя глаз с моего лица. Наверное, ждала, что я ее остановлю. Я не стал. Она скользнула теплыми пальцами по моему запястью. Засмотрелась на отблески, перескакивающие с моего тела на ее.

— О чем задумалась? — прошептал я. В этот момент постоянные загадки вновь стали казаться мучительными.

Белла легко встряхнула головой, словно затрудняясь с выбором слов.

— Я... — Она посмотрела на меня в упор. — Я не знала... — Она сделала глубокий вдох. — В жизни не видела ничего прекраснее и даже представить себе не могла, что существует такая красота.

Я потрясенно уставился на нее.

Моя кожа пылала, этот симптом моего недуга был самым очевидным. На солнце я становился человеком в меньшей степени, чем когда бы то ни было. А она сочла меня... прекрасным.

Я машинально поднял руку, чтобы коснуться ее руки, но заставил себя снова опустить, так и не дотронувшись.

— Но ведь это же выглядит очень странно, — указал я. Наверняка она поймет, что в этом и заключается ужас.

— Изумительно, — поправила она.

— И у тебя не вызывает отвращения вопиющее отсутствие у меня человеческих свойств?

Хотя я почти не сомневался, какой ответ услышу от нее, он меня поразил.

Она слегка улыбнулась.

— Не вызывает.

— А надо бы.

Ее улыбка стала шире.

— По-моему, значимость человеческих свойств сильно преувеличена.

Осторожно вытянув руку из-под ее теплых пальцев, я спрятал ее за спину. Как легко она оценила человечность. Даже не представляя себе, какие бездны отчаяния означает ее потеря.

Белла сделала еще шажок ко мне и теперь стояла так близко, что тепло ее тела ощущалось острее, чем солнечное. Она подняла ко мне лицо, лучи позолотили ее шею, игра света и тени подчеркнула движение крови по артерии у самого выступа челюсти.

Мой организм отреагировал инстинктивно: во рту прибавилось яда, мышцы напряглись, мысли спутались.

Как быстро все это всплыло! От будущего, показанного в видениях, нас отделяли считаные секунды.

Я затаил дыхание и сделал длинный шаг от нее, предостерегающе вскинув ладонь.

Она и не пыталась последовать за мной.

— Я... извини, — шепнула она, повысив голос на втором слове и превратив утверждение в вопрос. Она не знала, за что извиняется.

Я осторожно расслабил легкие, сосредоточился и сделал вдох. Ее запах причинил мне не больше боли, чем обычно, — не стал вдруг ошеломляющим, чего я почти боялся.

— Мне нужно время, — объяснил я.

— Ладно. — Она говорила по-прежнему шепотом.

Нарочито медленно я обошел ее и направился к середине луга. Там я сел в невысокую траву, напряг мышцы, усилием воли сковал их, как делал раньше. И принялся старательно дышать, прислушиваясь к ее нерешительным шагам: пройдя тем же путем, что и я, она села рядом, и я вдохнул ее аромат.

— Так ничего? — неуверенно спросила она.

Я кивнул.

— Просто... дай мне сосредоточиться.

Ее глаза стали огромными от растерянности и тревоги. Мне ничего не хотелось объяснять. Я закрыл глаза.

Это не трусость, твердил я себе. Или *не только* трусость. Мне правда надо сосредоточиться.

Я направил все внимание на ее запах, на шум крови в камерах ее сердца. При этом позволил двигаться только легким. Все прочее, что меня составляло, я заключил в оковы полной неподвижности.

Сердце *Беллы*, напоминал я себе, пока непроизвольно работающие системы организма реагировали на раздражители. Жизнь Беллы.

Я всегда старался ни в коем случае не думать о ее крови — от запаха мне было не сбежать, но движение этой крови, пульсация, тепло, жидкая вязкость — задерживаться мыслями на всем этом я себе не позволял. А теперь дал этим мыслям заполнить свой разум, вторгнуться в меня, подвергнуть атаке мое самообладание. Шум и пульсация крови, журчание и плеск. Бурные потоки в крупных артериях, неровные струйки в самых тонких из вен. Жар этой крови, жар, накатывающий волнами на мою обнаженную кожу, несмотря на разделяющее нас расстояние. Вкус жжения на моем языке и боль в горле.

Я удерживал себя в плену и наблюдал. Частица моего мозга смогла абстрагироваться, мыслить здраво, несмотря на стресс. С помощью этой уцелевшей толики трезвого рассудка я скрупулезно исследовал все детали всех до единой собственных реакций. Высчитывал, сколько силы понадобится, чтобы пресечь каждую из них, и сравнивал полученный результат с имеющимися у меня резервами. Расчеты были приблизительными, но я твердо верил, что моя воля сильнее моей звериной природы. Пусть и ненамного.

Это и есть узел, предсказанный Элис? Ему недостает... завершенности.

Все это время Белла сидела почти так же неподвижно, как я, и думала о чем-то своем. Способна ли она вообразить хотя бы отчасти, что за буря творится у меня внутри? Чем она объясняет эту странную безмолвную неподвижность? О чем бы она ни думала, ее тело выражало покой.

Казалось, время замедляется вместе с ее пульсом. Щебет птиц на деревьях вдали стал сонным, журчание ручейка — тягучим и приглушенным. Я расслабился, и даже рот перестал наполняться слюной.

Спустя две тысячи триста шестьдесят четыре удара ее пульса я владел собой лучше, чем когда-либо в последнее время. Открытая встреча с испытанием — и правда выход, как и предсказывала Элис. Готов ли я? Как можно быть в этом уверенным? Как я вообще могу быть уверенным хоть в чем-нибудь?

И как теперь нарушить тишину, затянувшуюся по моей воле? От нее мне уже становилось не по себе, а у Беллы то же чувство должно было возникнуть еще раньше.

Я сменил позу, упал навзничь в траву, небрежно заложив руку за голову. Умение изображать физические признаки эмоций давно вошло у меня в привычку. Возможно, если я убедительно сыграю расслабленность, Белла мне поверит.

Она лишь тихонько вздохнула.

Я ждал, когда она заговорит, но она все так же молчала, думая о чем-то, оставшись в этом уединенном уголке одна с чудовищем, которое отражало солнце, словно миллионы призм. Я ощущал ее взгляд кожей, но больше не представлял, как отвратителен ей. Воображаемый вес ее взгляда — теперь я уже знал, что восхищенного, что она сочла меня прекрасным, несмотря ни на что, — пробудил к жизни те самые электрические разряды, которые я чувствовал рядом с ней в темноте, и по моим жилам заструилось подобие жизненной силы.

Я позволил себе увлечься ритмами ее тела, позволил звуку, теплу и аромату смешаться и убедился, что, несмотря на призрачный поток у меня под кожей, я все еще способен управлять своими нечеловеческими желаниями.

Но эта задача поглощала все мое внимание. А период тихого ожидания неизбежно должен был завершиться. У нее накопилось столько вопросов — видимо, теперь поставленных гораздо острее. Я просто обязан дать ей тысячу объяснений. Справлюсь ли я со всем сразу?

Я решил попробовать совместить еще несколько задач и в то же время прислушиваться к приливам и отливам потока ее крови. Посмотрим, не буду ли я при этом отвлекаться слишком сильно.

Прежде всего я занялся сбором информации. Вычислил точное местонахождение птиц, каких только слышал, и по их голосам определил род и вид. Проанализировал периодические всплески, указывающие, что ручей обитаем, по звуку подсчитал объем вытесненной воды и на основании полученных результатов вывел размер рыбы и наиболее вероятный вид. Классифицировал обнаруженных поблизости насекомых — в отличие от более развитых существ насекомые воспринимали мне подобных как камни — по скорости движения крыльев и высоте полета или же по еле слышному шороху лапок по почве.

Продолжая заниматься наблюдениями и систематизировать их, я включил в список своих задач вычисления. Если в окрестностях луга площадью примерно одиннадцать тысяч тридцать пять квадратных футов в настоящий момент насчитывается четыре тысячи девятьсот тринадцать насекомых, сколько насекомых в среднем обитает на тысяче четырехсот квадратных миль территории Национального парка Олимпик? А если численность популяции насекомых снижается на один процент на каждые десять футов повышения местности над уровнем моря? Я вызвал в памяти топографическую карту парка и углубился в расчеты.

Одновременно я перебирал в памяти песни, которые за столетие своей жизни слышал реже всех — не чаще одного раза. Мелодии, вырвавшиеся в приоткрытые двери баров, мимо которых я проходил, излюбленные семейные колыбельные, шепеляво повторяемые детьми в кроватках, пока я пробегал мимо в ночи, неудачные попытки студентов-музыкантов записать музыкальное сопровождение для постановок в корпусах неподалеку от моих классов в колледже. Я быстро проговаривал слова этих песен и попутно отмечал причины, по которым каждая из них была обречена на провал.

Кровь Беллы по-прежнему пульсировала, ее тепло согревало, а я продолжал пылать. Но сдерживал себя. Моя хватка не ослабевала. Я владел собой. Как раз достаточно.

— Ты что-то сказал? — шепнула она.

— Просто... пел себе под нос, — признался я. Я не знал, как точнее объяснить, чем именно занят, и она не стала допытываться.

Молчание подходило к концу, это чувствовалось, но не пугало меня. Я почти освоился с ситуацией, ощущал свою силу и умение держать себя в руках. Возможно, я все-таки преодолел тот самый узел. И мы благополучно очутились по другую сторону от него, и теперь все обнадеживающие видения Элис близки к тому, чтобы стать реальностью.

Когда изменившийся ритм дыхания Беллы возвестил о том, что ее мысли приняли новое направление, я скорее заинтересовался, нежели встревожился. И стал ждать вопроса, но услышал шуршание травы вокруг нее: она придвинулась ко мне, и удары пульса в ее руке стали раздаваться ближе и отчетливее.

Нежный и теплый кончик пальца медленно заскользил по тыльной стороне моей ладони. Прикосновение было очень легким, а реакция моей кожи — бурной: жжением совсем иного рода, не таким, как в горле, но отвлекающим еще сильнее. Мои подсчеты и воспроизведения мелодий стали сбивчивыми, замедлились, и Белле, сердце которой влажно билось на расстоянии единственного фута от моего уха, досталась вся полнота моего внимания.

Я открыл глаза, стремясь по выражению лица угадать, о чем она думает. И не разочаровался. В ее глазах вновь светилось восхищенное удивление, уголки губ поднимались в улыбке. Встретившись со мной взглядом, она улыбнулась шире. Я ответил тем же.

— Не боишься меня?

Я не спугнул ее. Она пожелала остаться здесь, со мной. Шутливым тоном она ответила:

— Не больше обычного.

Придвинувшись ближе, она положила ладонь на мое предплечье и медленно провела вниз, к запястью. По сравнению с моей ее кожа казалась лихорадочно-горячей, и хотя ее пальцы вздрагивали, в прикосновениях не было страха. Я прикрыл глаза, пытаясь обуздать свою реакцию. Этот электрический ток ощущался у меня глубоко внутри подобным землетрясению.

— Не возражаешь? — спросила она, и ее рука остановилась.

— Нет, — поспешил заверить я, а потом, желая поделиться с ней хотя бы частицей своего опыта, добавил: — Ты себе представить не можешь, что это за ощущения.

И я сам не мог — вплоть до этого момента. Такое удовольствие мне было не с чем сравнить.

Ее пальцы прошлись вверх по внутренней поверхности руки, очертили рисунок вен. Она сменила позу и протянула к моей руке другую руку. По легкому подергиванию я догадался, что она хочет, чтобы я перевернул кисть. Так я и сделал, и она невольно ахнула, ее руки замерли.

Я взглянул на нее и сразу понял свою ошибку: мое стремительное движение было вампирским, а не человеческим.

— Извини, — пробормотал я. Но когда наши взгляды встретились, сразу понял, что ничего не испортил. Она оправилась от неожиданности быстро, даже не перестав улыбаться. — С тобой слишком легко быть самим собой, — пояснил я и снова прикрыл глаза, чтобы полностью сосредоточиться на прикосновениях ее кожи к моей.

Я почувствовал, как она попыталась поднять кисть моей руки, и поднял ее сам, зная, что ей понадобится немало усилий, чтобы удерживать мою руку на весу без моей помощи. Выглядел я не таким тяжелым, каким был на самом деле.

Она поднесла мою руку ближе к лицу, теплое дыхание пронеслось над моей ладонью. Я помогал ей, поворачивал руку так и этак, ориентируясь по нажиму ее пальцев. Потом открыл глаза и наткнулся на ее пристальный взгляд, радужные отблески танцевали по ее лицу в такт скольжению света по моей коже. Между ее бровями опять виднелась складочка. Что тревожит ее на этот раз?

— Расскажи, о чем ты думаешь, — мягко попросил я. Поймет ли она, о чем я умоляю на самом деле? — До сих пор не могу привыкнуть, что я этого не знаю.

Она самую чуточку поджала губы и подняла левую бровь.

— Между прочим, остальные все время живут с тем же ощущением.

Остальные. Обширный человеческий род, к которому я не отношусь. Ее род, ее люди.

— Тяжело так жить, — шутливый тон не удался. — Но ты так и не ответила.

Она медленно произнесла:

— *Хотела* бы я знать, о чем думаешь ты, и...

Она явно не договорила.

— И?

Человеку пришлось бы прислушиваться изо всех сил, чтобы услышать ее — так она понизила голос.

— Хотела бы поверить, что ты не сон. И больше не бояться.

Боль вспыхнула, вонзаясь в меня. Я ошибся. Все-таки я напугал ее. Ну конечно, напугал.

— Не хочу, чтобы ты боялась.

Это было извинение и вместе с тем жалоба.

К моему удивлению, она лукаво усмехнулась.

— Ну, вообще-то я имела в виду не совсем страх, но то, о чем стоит задуматься.

Она еще и шутит? Что она имеет в виду? Я поднялся, опираясь на руку, в своем стремлении услышать ответы перестав изображать безразличие.

— Тогда чего же ты боишься?

Я вдруг обратил внимание, как близко оказались наши лица. Ее губы — ближе к моим, чем когда-либо прежде. Уже не улыбающиеся, приоткрытые. Она сделала вдох носом, прикрыла глаза. Всем телом потянулась вперед, будто желая уловить мой запах, чуть вздернула подбородок, выгнула шею, открыла взгляду яремную вену.

И я отреагировал.

Яд хлынул мне в рот, свободная рука сама собой метнулась, чтобы схватить ее, челюсти разжались, пока она придвигалась ко мне.

Я отшатнулся от нее. Безумие не затронуло ноги, и они вмиг унесли меня на дальний край луга. Я сорвался с места так быстро, что не успел даже осторожно высвободить руку из пальцев Беллы и выдернул ее рывком. Первым, о чем я подумал, присев в тени деревьев, стали ее руки, и облегчение окатило меня, как только я убедился, что они все еще на прежнем месте.

Облегчение сменилось раздражением. Ненавистью. Омерзением. Всеми чувствами, которые я боялся увидеть сегодня в ее глазах, помноженными на столетний опыт и твердую уверенность, что я заслужил их все и еще многие другие. Чудовище, кошмар, душегуб, разрушитель мечтаний — как ее, так и моих.

Будь я лучше, будь я хоть немного сильнее, нас не протащило бы так грубо на волосок от смерти — вместо этого момент мог бы запомниться нам первым поцелуем.

Неужели я все-таки только что провалил испытание? И надежды больше нет?

Ее глаза казались стеклянными и были распахнуты так широко, что со всех сторон вокруг темной радужки виднелись белки. Я увидел, как она заморгала, сфокусировала зрение и заметила, где я теперь нахожусь. Долгую минуту мы смотрели друг на друга.

Ее нижняя губа вздрогнула, она открыла рот. Напрягаясь, я ждал упреков и обвинений. Ждал, когда она закричит на меня, потребует, чтобы больше я к ней никогда не приближался.

— Я... прошу прощения, Эдвард, — прошептала она еле слышно.

Ну конечно.

Мне пришлось сделать глубокий вдох, прежде чем я смог ответить.

Говорил я достаточно громко, чтобы она услышала, но старался смягчить голос, как мог.

— Дай мне время.

Она села, отступив от меня еще немного. Ее глаза по-прежнему были широко раскрыты.

Я сделал еще вдох. Даже отсюда я ощущал ее вкус. Он усиливал постоянное жжение, но и только. Я чувствовал себя... так, как обычно в ее присутствии. В моем разуме или теле не осталось ни намека на то, что чудовище рыщет где-то рядом. Что я могу сорваться так легко. Хотелось визжать и вырывать деревья с корнем. Если я не чувствую границ, не вижу сигналов, как же я могу защитить ее от самого себя?

Нетрудно было представить себе похвалы Элис. Я *все-таки* уберег Беллу. Ничего *так и не* случилось. Но, несмотря на то что Элис видела эти события, наблюдала их в тот момент, когда мой срыв еще был в будущем, а не в прошлом, она понятия не имела, каково это — пережить его. Утратить власть над собой, стать слабее худшего из своих порывов. Не суметь остановиться.

«*Но ты же остановился*». Так она и скажет. И не поймет, насколько этого было *недостаточно*.

Белла не сводила с меня глаз. Ее сердце билось вдвое быстрее, чем обычно. Чересчур быстро. Такое сердцебиение не могло быть нормальным. Мне хотелось взять ее за руку и объяснить, что все хорошо, с ней все в порядке, она в безопасности, беспокоиться не о чем, но это была бы явная ложь.

Я все еще чувствовал себя... обычно — как минимум обычно для последних месяцев. Под контролем. Точно так же, как прежде чем своей уверенностью чуть не погубил ее.

Медленно шагая обратно, я гадал, не лучше ли мне держаться на расстоянии. Но мне казалось, что кричать через весь луг, извиняясь перед ней, будет неправильно. Вместе с тем я не настолько доверял себе, чтобы подойти к ней так же близко, как раньше. И остановился в нескольких шагах, на удобном для разговора расстоянии, и сел на траву.

Все свои чувства я попытался выразить несколькими словами:

— *Это я прошу прощения*.

Белла заморгала, ее глаза снова раскрылись, сердце заколотилось слишком быстро. Выражение лица осталось прежним. Видимо, мои слова ничего не значили для нее, их смысл не доходил.

Я призвал на помощь свой обычный легкий тон и сразу же понял, что мысль неудачная. Но мне отчаянно хотелось хоть как-нибудь стереть с ее лица застывший на нем шок.

— Ты поняла бы, что я имею в виду, если бы сказал, что ничто человеческое мне не чуждо?

Промедлив лишнюю секунду, она кивнула — всего один раз. Попыталась улыбнуться моей беспомощной попытке разрядить обстановку, но эти усилия все только испортили: на ее лице проступила сначала боль, а потом наконец страх.

Мне и раньше случалось видеть на нем страх, но меня спешили уверить, что я ошибся. Каждый раз, когда я уже почти надеялся, что она наконец-то осознала — я не стою колоссального риска, она опровергала мои предположения. Страх в ее глазах ни разу не был страхом передо *мной*.

До сих пор.

Воздух пропитался запахом ее страха, пряным, с металлическим привкусом.

Именно этого я и ждал. Постоянно внушал себе, что этого и хочу — чтобы она отвернулась. Чтобы бросилась спасаться и оставила меня сгорать в одиночестве.

Ее сердце судорожно колотилось, а мне хотелось смеяться и плакать. Я добился, чего хотел.

И все только потому, что она придвинулась слишком близко, всего на один дюйм. Настолько, чтобы уловить мой запах, и сочла его приятным, точно так же, как считала привлекательным мое лицо и поддавалась другим моим уловкам. Все во мне возбуждало в ней желание очутиться ближе, в точности как и было задумано.

— Я же самый совершенный хищник на земле, так? — Сейчас я даже не пытался скрыть горечь в своем голосе. — Мой голос, мое лицо, даже мой *запах* — все во мне притягивает тебя. На самом деле явный *перебор*. Какой в нем смысл, в моем обаянии и прочих приманках? Я не венерина мухоловка, растущая на одном месте, мне незачем сидеть и ждать, когда мне в пасть залетит добыча. Почему бы мне не быть таким же отталкивающим снаружи, как внутри? — Как будто я без этого не обойдусь!

Вот теперь мне казалось, что я теряю контроль над собой, но не так, как раньше. Вся моя любовь, все стремления и надежды рассыпались в прах, передо мной протянулась тысяча веков горя, и *я больше не желал притворяться*. Если мне не суждено быть счастливым потому, что я чудовище, значит, дайте мне быть этим чудовищем.

Я вскочил, сорвался с места стремительно, как билось ее сердце, дважды обежал луг и все это время гадал, в состоянии ли она хотя бы увидеть, что я демонстрирую ей.

Остановился я точно на том же месте, где стоял раньше. Вот почему мне не нужен был обольстительный голос.

— Как будто ты могла бы убежать от меня. — И я рассмеялся при этой мысли, представив себе уморительную карикатуру. Мой смех отразился громким эхом от ближайших деревьев.

После такой погони поимка была неминуема.

До нижних веток древней ели рядом со мной было легко дотянуться. Я безо всякого труда отломил ветку от ствола. Дерево протестующе затрещало, во все стороны полетели ошметки коры и щепки. Я взвесил ветку на ладони. Примерно восемьсот шестьдесят три фунта. Маловато, чтобы выиграть схватку с тсугой у противоположного края луга, но хватит, чтобы нанести противнику урон.

Я запустил веткой в тсугу, целясь в сучок футах в тридцати над землей. Мой метательный снаряд попал точно в цель, толстый конец ветки разбился с оглушительным треском, осыпал дождем острых шуршащих щепок папоротники под деревом. Через центр сучка на несколько футов в обе стороны расползлась извилистая трещина. Тсуга содрогнулась, удар прошел по ней до корней и достиг земли. Неужели я ее убил? Подожду несколько месяцев — и узнаю. Если повезет, она оклемается; незачем портить совершенство этого луга.

И все это почти без усилий с моей стороны. Мне хватило крохотной частицы силы, имеющейся в моем распоряжении. Зато столько насилия. Столько ущерба.

В два прыжка я вернулся к Белле и остановился над ней на расстоянии вытянутой руки.

— Как будто ты стала бы отбиваться.

Горечь улетучилась из голоса. Моя дикая вспышка не стоила мне никаких затрат энергии, но будто выкачала из меня часть ярости.

Все это время Белла не шевелилась. И теперь осталась неподвижной, словно парализованной, глядя на меня застывшими глазами. Мы смотрели друг на друга в упор — как мне показалось, очень долго. Я все еще злился на себя, но этой злости уже недоставало огня. Она казалась совершенно бессмысленной. Я такой, какой я есть.

Она пошевелилась первой. Еле заметно. Ее руки безвольно лежали на коленях с тех пор, как я вырвался из ее пальцев, но теперь одна из них дрогнула, пальцы разжались. И слегка потянулись в мою сторону. Вероятно, движение было безотчетным, но я увидел в нем пугающее сходство с тем, как она умоляла во сне «вернись» и тянулась к *чему-то*. В то время мне хотелось, чтобы она видела во сне меня.

И это случилось ночью накануне Порт-Анджелеса, еще до того, как я узнал, что ей уже известно, кто я такой. Если бы я знал, о чем рассказал ей Джейкоб Блэк, я ни за что бы не поверил, что могу привидеться ей во сне — разве что в страшном. Но все это не имело для нее значения.

В ее глазах по-прежнему застыл ужас. Ничего удивительного. Но в них была и мольба. Неужели есть хоть какая-то вероятность, что она ждет, когда я вернусь к ней? И если ждет, должен ли я вернуться?

Ее боль, моя величайшая слабость — все точно так, как и показала мне Элис. Я не мог видеть ее перепуганной. Только теперь до меня дошло, насколько я заслужил этот страх, но вдобавок к этому тяжкому осознанию было невыносимо видеть ее горе. Оно лишило меня способности принять хоть сколько-нибудь взвешенное решение.

— Не бойся, — взмолился я шепотом. — Я обещаю... — нет, слишком будничное слово. — Я *клянусь*, что не причиню тебе вреда. Не бойся.

Я подходил к ней осторожно, не делая ни единого движения, которое она не успела бы заметить. Я садился постепенно, нарочито медленно, чтобы вернуться к тому, с чего мы начали. Нагнул голову, чтобы наши лица оказались на одном уровне.

Ее сердце постепенно успокаивалось. Веки привычно прикрыли глаза. Как будто моя близость успокоила ее.

— Пожалуйста, прости меня, — умолял я. — Я в состоянии владеть собой. Просто ты застала меня врасплох. Но я уже исправился.

Какое жалкое извинение. И все же оно вызвало у нее намек на улыбку. А я, как идиот, вернулся к своим детским попыткам рассмешить ее:

— Честное слово, сегодня жажда меня совсем не мучает.

Да еще и подмигнул ей. Как будто мне тринадцать, а не сто четыре.

Но она рассмеялась. Слегка задыхаясь, неуверенно, но все-таки засмеялась по-настоящему, с неподдельным весельем и облегчением. Ее глаза потеплели, плечи расслабились, пальцы разжались.

Казалось, это совершенно *правильный* поступок — мягко вложить в ее пальцы руку. Не следовало бы, но я так и сделал.

— Все хорошо?

Она посмотрела на наши соединенные руки, потом на миг встретилась со мной взглядом и наконец потупилась. И принялась обводить линии на моей ладони кончиком пальца, как делала, пока я не обезумел. Она снова взглянула мне в глаза, и улыбка медленно расцвела на ее лице до тех пор, пока на подбородке не появилась ямочка. В этой улыбке не было осуждения и сожалений.

Я улыбнулся в ответ, чувствуя себя так, словно только теперь оценил красоту этого места. Солнце, и цветы, и будто позолоченный воздух — они вдруг появились здесь для меня, жизнерадостные и милостивые. Я познал дар *ее* милосердия, и мое каменное сердце переполнила признательность.

Это облегчение и сочетание радости и вины вдруг напомнили мне день, когда я прибыл домой так много десятилетий назад.

В то время я тоже не был готов. И собирался ждать. Мне хотелось, чтобы мои глаза снова стали золотистыми, прежде чем Карлайл увидит меня. Но они сохраняли странный оранжевый оттенок — янтарный, тяготеющий скорее к алому. Я с трудом приспосабливался к прежнему рациону. Раньше было легче. Я боялся, что без помощи Карлайла не справлюсь. И вернусь к давним привычкам.

Это беспокоило меня, тем более что свидетельство тому отчетливо виднелось у меня в глазах. Хотел бы я знать, какой будет наихудшая встреча из возможных. Чего мне ожидать — что он просто прогонит меня? И ему будет трудно смотреть на меня и сознавать, как я его разочаровал? Потребует ли он раскаяния и наказания? Я был готов сделать все, что он велит. Растрогают ли его мои старания стать лучше, или он увидит в них только мою неудачу?

Найти их было несложно: они не уезжали далеко от тех мест, где я их оставил. Может, чтобы мне было легче вернуться?

Их дом был единственным в этих диких горах. Зимнее солнце бликовало на оконных стеклах, пока я приближался к дому снизу, поднимаясь в гору, так что я не мог сказать, есть внутри кто-нибудь или нет. Вместо того чтобы выбрать короткий путь через лес, я брел по открытому полю, укрытому снегом, где, даже глядя против слепящего солнца, меня было легко высмотреть. Я шел медленно. Бежать не хотел, чтобы не встревожить их.

Первой меня заметила Эсме.

— Эдвард! — услышал я ее крик, хотя находился еще за милю от дома.

Меньше чем через секунду я увидел, как она выбежала из дома через боковую дверь и пронеслась между нагромождениями камней вдоль скального карниза, поднимая за собой густое облако снежных кристаллов.

«*Эдвард! Он вернулся!*»

Не такой встречи я ожидал. Но ведь она же не успела толком разглядеть мои глаза.

«*Эдвард? Не может быть!*»

Мой отец следовал за Эсме по пятам, широкими шагами быстро догнав ее.

В его мыслях не было ничего, кроме отчаянной надежды. Никакого осуждения. Пока еще нет.

— Эдвард! — Радость в голосе Эсме было невозможно спутать ни с чем.

А потом она добежала до меня, крепко обхватила обеими руками за шею и осыпала бесчисленными поцелуями щеки. «*Пожалуйста, только больше не уходи!*»

Не прошло и секунды, как Карлайл обнял нас обоих.

«*Спасибо,* — думал он, всеми мыслями излучая искренность. — *Спасибо за то, что вернулся к нам*».

— Карлайл... Эсме... мне так жаль. Мне так...

— Тсс, ну-ну, — зашептала Эсме, уткнувшись лицом в мою шею и вдыхая мой запах. «*Мальчик мой*».

Я посмотрел в лицо Карлайлу широко открытыми глазами. Ничего не скрывая.

«*Ты здесь*. — Карлайл смотрел на меня, и в его мыслях не было ничего, кроме счастья. Хоть он и не мог не знать, что означает цвет моих глаз, ничто не омрачило его радость. — *Не за что извиняться*».

Медленно, не в силах поверить, что все может быть настолько просто, я вскинул руки и ответил на объятия родных.

Вот и сейчас я ощущал тот же незаслуженный сердечный прием и едва мог поверить, что вдруг позади осталось все — мои скверные поступки, вольные и невольные. Прощение Беллы словно смыло весь мрак.

— Итак, на чем мы остановились до того, как я оплошал?

Я вдруг вспомнил, на чем остановился я. В нескольких дюймах от ее приоткрытых губ. Зачарованный непостижимостью ее ума.

Она дважды моргнула.

— Честное слово, не помню.

И неудивительно. Я вдохнул огонь и выдохнул его, жалея, что он не причиняет мне серьезного вреда.

— Кажется, мы говорили о причинах твоей боязни, кроме очевидных.

Очевидная боязнь, вероятно, вытеснила из ее головы все остальное.

Но она улыбнулась и снова засмотрелась на мою руку.

— А-а, да.

И все.

— Ну так как же? — поторопил я.

Вместо того чтобы вновь взглянуть на меня, она начала рисовать что-то на моей ладони. Я присматривался, надеясь, что это какие-то рисунки или даже буквы — «Э-Д-В-А-Р-Д-П-Р-О-Ш-У-У-Х-О-Д-И», — но так и не уловил в них никакого смысла. Опять тайны. Еще один вопрос, на который она никогда не ответит. Ответов я не заслужил.

Я вздохнул.

— Как же я легко раздражаюсь.

Тогда она и подняла глаза, испытующе вглядываясь в мои. Несколько секунд мы смотрели друг на друга, я изумлялся пристальности ее взгляда. Казалось, она читает мои мысли успешнее, чем я когда-либо смогу читать ее.

— Мне страшно, — начала она, и я с благодарностью понял, что она все-таки отвечает на мой вопрос, — потому, что... по вполне понятным причинам я не могу остаться с тобой. — На слове «остаться» она опять потупилась. На этот раз я прекрасно ее понял. Говоря «остаться», она имела в виду не этот момент под ярким солнцем, этот день или эту неделю. То же самое мне хотелось сказать ей. *Останься навсегда. Останься навечно.* — А еще потому, что остаться с тобой мне хочется, и гораздо больше, чем следовало бы.

Я задумался о том, что это будет значить — если я все-таки заставлю ее поступить именно так, как она сказала. Если из-за меня она останется навсегда. Обо всех жертвах, которые ей придется принести, обо всех потерях, о которых она станет скорбеть, о каждом жгучем сожалении, каждом мучительном взгляде выплаканных глаз.

— Да, — трудно было согласиться с ней, несмотря на всю боль, еще свежую в моем воображении. Слишком уж мне этого хотелось, — желания быть со мной и вправду стоит бояться. — Со мной, эгоистом. — Оно определенно тебе не на пользу.

Она нахмурилась, не сводя глаз с моей руки, будто мое подтверждение нравилось ей не больше, чем мне.

На этот опасный путь не стоило даже намекать. На Аида с его гранатом. Сколько отравленных зерен я уже заронил в нее? Достаточно, если Элис увидела ее бледной и измученной без меня. Но и я, похоже, пострадал. Подсел. Безнадежно пристрастился. Я даже представить себе не мог, как это — *оставить ее.* Разве я это переживу? Элис показала мне душевную боль Беллы в мое отсутствие, но каким она увидела бы в этой версии будущего меня, если бы заглянула в нее? Я не мог быть в ней ничем, кроме как сломленной тенью — никчемной, искореженной, опустошенной.

Я высказал свои мысли, обращаясь в основном к себе:

— Мне давным-давно следовало уйти. Или сделать это прямо сейчас. Но не знаю, *смогу ли.*

Она все еще смотрела на наши руки, но ее щеки порозовели.

— Не хочу, чтобы ты уходил, — пробормотала она.

Она *хотела*, чтобы я остался с ней. Я пытался бороться со счастьем, с капитуляцией, к которой оно меня увлекало. Есть ли у меня еще возможность выбирать, или теперь решение только за ней? И я останусь, пока она не велит мне уйти? Ее слова словно разносил легкий ветерок. «*Не хочу, чтобы ты уходил*».

— Именно поэтому я обязан. — Ясно же: чем больше времени мы проведем вместе, тем труднее будет привыкать к разлуке. — Но не беспокойся: я закоренелый эгоист. Я слишком жажду твоего общества, чтобы поступить как подобает.

— Я рада, — просто отозвалась она, будто это было очевидно. Словно каждая девчонка была бы рада, если бы ее любимое чудовище оказалось слишком эгоистичным, чтобы ставить ее желания превыше собственных.

Я вскипел, гнев был направлен лишь на меня одного. Жестко контролируя каждое движение, я высвободил руку из ее пальцев.

— А зря! И я жажду не только твоего общества! Об *этом* не забывай никогда. И не забывай, что для тебя я опаснее, чем для кого бы то ни было.

Она озадаченно уставилась на меня. Страха в ее глазах не было и в помине. Голову она склонила влево.

— Кажется, я не совсем поняла, о чем ты... по крайней мере, твои последние слова, — вдумчивым тоном произнесла она. Мне вспомнился наш разговор в кафетерии, когда она расспрашивала про охоту. Казалось, она собирает материал для доклада, успех которого важен, но сама тема представляет для нее чисто научный интерес.

При виде выражения на ее лице я невольно улыбнулся. Мой гнев угас так же быстро, как вспыхнул. Зачем тратить время на раздражение, когда есть так много гораздо более приятных эмоций?

— Как бы это объяснить? — — пробормотал я. Естественно, она понятия не имела, о чем речь. Я всегда старался выражаться общими фразами, когда дело доходило до моей реакции на ее запах. И неудивительно, ведь это мерзость, то, чего я глубоко стыжусь. Не говоря уже об ужасах самого предмета разговора. И вправду, как бы это объяснить? — И при этом не напугать тебя снова? Хм-м...

СОЛНЦЕ ПОЛУНОЧИ

Она разжала пальцы, снова потянулась к моим. И я не смог устоять. Я опять мягко вложил руку в ее ладони. Ее готовность к прикосновениям, пылкость, с которой она крепко обхватила своими пальцами мои, помогли мне успокоиться. Мне было ясно, что я расскажу ей все, я чувствовал, как бурлит во мне правда, готовая вырваться наружу. Но я не представлял, как она осмыслит ее, несмотря на все великодушие, которое она неизменно проявляла ко мне. Я наслаждался моментом ее приятия и благожелательности, зная, что он вскоре оборвется.

Я вздохнул.

— Удивительно приятное оно, это тепло.

Она улыбнулась и засмотрелась на наши руки как завороженная.

Ничего не поделаешь. Придется изъясняться до неприличия конкретно. Хождение вокруг да около только запутает ее, а ей следует знать правду. Я глубоко вздохнул.

— Ты ведь знаешь, что вкусы бывают разными? Что одни любят шоколадное мороженое, а другие — клубничное?

Тьфу. Так себе начало, хотя когда я произносил его мысленно, оно не казалось настолько дурацким. Белла согласно кивнула — как мне показалось, из вежливости, но ее лицо осталось непроницаемым. Вероятно, понадобится время, чтобы дошел смысл.

— Извини за аналогию с едой, — добавил я. — Другого способа объяснить я не придумал.

Она улыбнулась, расцвела улыбкой неподдельного веселья и симпатии, опять показывая ямочку. От этой улыбки у меня возникло ощущение, будто в этой бредовой ситуации мы заодно, не как противники, а как партнеры, работающие бок о бок в поисках решения. О большем я не мог и мечтать — разумеется, кроме немыслимого. Чтобы я тоже стал человеком. Я ответил ей, понимая, что моей улыбке недостает искренности и безгрешности.

Она пожала мою руку, побуждая меня продолжать.

Я подбирал слова медленно, стараясь приводить как можно более удачные сравнения, но сразу понимая, что не справлюсь с этой задачей.

— Понимаешь, все люди пахнут по-разному, у каждого свой аромат. Если запереть алкоголика в комнате, где полным-полно выдохшегося пива, он охотно выпьет его. Однако при желании он легко воздержался бы, если бы уже исцелился от алкоголизма. А теперь представь, что в ту же комнату поставили стакан бренди столетней выдержки, лучшего, редчайшего коньяка, и он наполнил комнату своим теплым ароматом. Как, по-твоему, тогда поступит тот же алкоголик?

Не перестарался ли я, пока рисовал самого себя в расчете на сочувствие? Описывая скорее жертву трагедии, чем настоящего злодея?

Она уставилась мне в глаза, и пока я машинально пытался уловить ее внутреннюю реакцию, у меня возникло ощущение, что она пытается поймать мою.

Тем временем я обдумывал то, что сейчас сказал, и гадал, достаточно ли *ярким* получилось сравнение.

— Возможно, сравнение неудачное, — принялся рассуждать я. — Возможно, перед бренди слишком легко устоять. И мне, наверное, следовало бы сделать нашего алкоголика героиновым наркоманом.

Она улыбнулась не так широко, как прежде, но лукаво поднимая уголки слегка поджатых губ.

— Хочешь сказать, что я для тебя как наркотик?

От неожиданности я чуть не расхохотался. Она взяла на себя мою роль — с шутками, попытками разрядить обстановку, поднять настроение, — только ей она в отличие от меня удалась.

— Да, именно так.

Признание было ужасающим, но мне почему-то стало легче. Все благодаря ее поддержке и пониманию. У меня закружилась голова при мысли, что она сумела каким-то образом простить *все*. Но как?

А она снова перешла в режим исследователя.

— И часто у тебя бывают такие ощущения? — спросила она, с любопытством склонив голову набок.

Даже при моей уникальной способности слышать чужие мысли трудно было подобрать точные сравнения. На самом деле мне не передавались ощущения того, кого я слушал; я знал только его мысли о том, что он чувствует.

Жажду я воспринимал так, как не воспринимал никто даже в нашей семье. Я сравнивал ее с пылающим огнем. Джаспер тоже описывал ее как жжение, но скорее кислоты, нежели пламени, — химическое и пронизывающее. Розали считала ее полной сухостью, вопиющим недостатком, а не внешней силой. Эммет относился к жажде примерно так же, и я считал это явление естественным, ведь Розали стала первой, кто оказал влияние на него во второй жизни, и делала это чаще остальных.

Так что я знал случаи, в которых остальным было трудно удержаться, и случаи, когда удержаться они были не в состоянии, но не представлял в точности, насколько велико их искушение. Однако я мог сделать обоснованное предположение, судить по их обычному уровню владения собой. Метод был далеким от совершенства, но мне казалось, любопытство Беллы он должен удовлетворить.

Ужас продолжался. Я не осмеливался заглянуть ей в глаза, пока отвечал, и поэтому засмотрелся на солнце, которое клонилось все ниже к верхушкам деревьев. Каждая уходящая секунда ранила меня сильнее, чем когда-либо, — как секунда, которую я уже больше никогда не проведу вместе с ней. Как я жалел, что нам приходится тратить эти драгоценные секунды на такие мерзости.

— Я говорил об этом с братьями... Для Джаспера все вы, в сущности, одинаковы. В нашей семье он появился позже всех, воздержание вообще дается ему с трудом. У него пока не развилась чувствительность к разнице запахов и вкусов. — Я поморщился, слишком поздно заметив, куда завела меня болтовня. — Извини, — быстро добавил я.

Она недовольно фыркнула:

— Ничего. Пожалуйста, не бойся оскорбить меня, напугать и так далее. Ты так устроен. Я все понимаю — или, по крайней мере, стараюсь понять. Просто объясни.

Я попытался свыкнуться с новой мыслью. Мне требовалось осознать, что каким-то чудом Белла сумела узнать мои самые мрачные тайны и не ужаснуться. Смогла не возненавидеть меня за них. Если она достаточно сильна, чтобы выслушивать такое, значит, и мне понадобится сила, чтобы говорить. Я снова взглянул на солнце, усматривая в его медленном снижении некий намек на то, что наше время подходит к концу.

— Так что... — снова начал я, — Джаспер не уверен, что вообще когда-нибудь встретит того, кто окажется таким же...

притягательным для него, как ты для меня. Значит, еще не встречал. Эмметт пробыл в завязке, если так можно выразиться, гораздо дольше, и он меня понял. С ним такое случалось дважды, один раз тяга была сильнее, второй — слабее.

Наконец я решился посмотреть ей в глаза. Она слегка прищурилась и глядела на меня не отрываясь.

— А с тобой? — спросила она.

Над ответом думать не понадобилось, дать его было легко:

— Никогда.

Над этим словом она, казалось, размышляла слишком долго. Хотелось бы мне знать, что оно означает для нее. Потом ее лицо стало чуть менее напряженным.

— И что же сделал Эмметт? — спросила она тоном светской беседы.

Как будто я рассказывал ей волшебные сказки из некой книги, как будто добро всегда побеждало, и хотя порой путь становился темным и трудным, никакому истинному злу или неисправимой жестокости просто не позволяли свершиться.

Как же я мог рассказать ей про те две невинные жертвы? Про людей со своими надеждами и опасениями, родными и друзьями, которые их любили, про несовершенных существ, заслуживающих тем не менее шанса стать лучше, хотя бы попытаться. Про мужчину и женщину, имена которых теперь высечены на простых надгробиях никому не известных кладбищ.

Изменилось бы мнение Беллы о нас к лучшему или к худшему, если бы она узнала, что Карлайл требовал нашего присутствия на таких похоронах? Не только этих двоих, но и каждой жертвы наших ошибок и промахов. Оправдывало ли нас хоть немного то, что мы слушали речи тех, кто знал умерших лучше всех и рассказывал об их прерванной жизни? И мы своими глазами видели слезы и боль? Денежная помощь, которую мы оказывали анонимно, чтобы родные погибших избежали лишних физических страданий, теперь, по прошествии времени, казалась вопиющей бестактностью. Безнадежно слабым утешением.

Она перестала ждать ответа.

— Кажется, знаю.

Ее лицо стало скорбным. Неужели она осудила Эмметта после того, как проявила столько милосердия ко мне? Его преступления, хотя их было гораздо больше двух, общим счетом уступали моим. Больно было думать, что теперь она относится к нему хуже, чем прежде. На ее отношение повлияли особенности этих двух жертв?

— Даже самый сильный может сорваться, разве не так? — нерешительно напомнил я.

Можно ли простить такое?

Видимо, нет.

Она поморщилась, слегка отстраняясь от меня. Не более чем на дюйм, но он казался длинным, как ярд. Губы недовольно поджались.

— И чего же ты просишь? Моего разрешения? — резкость в ее голосе звучала сарказмом.

Значит, вот он, ее предел. Я считал ее поразительно доброй и милосердной, в сущности, чересчур снисходительной и всепрощающей. Но на самом деле она просто недооценивала мою порочность. Несмотря на все мои предостережения, она, должно быть, считала, что я сталкивался лишь с соблазном. И всегда делал правильный выбор, как в Порт-Анджелесе, из которого укатил прочь, чтобы не пролилась кровь.

Тем же вечером я сказал ей, что, несмотря на все старания, моя семья совершала ошибки. Неужели она так и не поняла, что это было признание в убийствах? Неудивительно, что она восприняла их так легко; она считала, что я всегда оставался сильным и на моей совести лишь то, что я удерживался чудом. Что ж, в этом нет ее вины. Ведь я ни разу не признался открыто, что кого-то убил. Никогда не называл число жертв.

Пока меня несло по спирали вниз, выражение ее лица немного смягчилось. Я задумался, как бы попрощаться так, чтобы она поняла, как я люблю ее, но не усмотрела в этой любви угрозу.

— Я вот о чем, — вдруг пояснила она уже без всякой резкости в голосе, — значит, лучше даже не надеяться?

За долю секунды я воспроизвел предыдущие реплики нашего диалога и понял, что неверно истолковал ее реакцию. Я просил прощения за былые грехи, а она решила, что я оправдываю будущее, но неминуемое преступление. Что я намекаю на...

— Нет-нет! — Пришлось с усилием замедлять речь до привычной человеку скорости — я слишком спешил объясниться. — Разумеется, надежда есть! То есть я, конечно, не стану...

«Убивать тебя». Я не договорил. Эти слова были для меня пыткой, как и мысленные образы ее гибели. Я впился в нее взглядом, пытаясь передать все, что не мог высказать.

— Но ведь мы — другое дело, — заверил я. — Эмметт... был не знаком с теми, с кем встретился. И потом, это случилось давно, когда он еще не был таким... опытным и осторожным, как сейчас.

Она перебирала и обдумывала мои слова, слышала в них недосказанное.

— Значит, если бы мы встретились... — она сделала паузу, придумывая подходящий сценарий, — ну, не знаю — в темном переулке или еще где-нибудь...

А вот и горькая правда.

— Ты не представляешь, чего мне стоило не вскочить прямо посреди класса, полного народу, и не...

«Убить тебя». Я отвел глаза. Какой позор.

И все же я не мог допустить, чтобы у нее остались на мой счет хоть сколько-нибудь лестные иллюзии.

— Когда ты прошла мимо меня, — признался я, — я чуть было не уничтожил все, что Карлайл создал для нас. Если бы я не сдерживал свою жажду последние... в общем, много лет подряд, я не сумел бы обуздать себя.

Перед моим мысленным взором отчетливо возник класс. Идеальная память — скорее проклятие, чем дар. Зачем мне с такой точностью помнить каждую секунду того давно прошедшего часа? Страх, от которого раскрылись ее глаза, отражение в них моего чудовищного облика? Как ее запах рушил все хорошее, что только было во мне?

Выражение ее лица стало отсутствующим. Может, она тоже предалась воспоминаниям.

— Ты, наверное, решила, что я взбесился.

Она не стала это отрицать.

— Но не могла понять почему, — ломким голосом отозвалась она. — С чего ты вдруг так сразу возненавидел меня?

В тот момент она чутьем угадала правду. Верно поняла, что я *на самом деле* возненавидел ее. Почти так же сильно, как возжелал.

— Ты казалась мне демоном, вызванным из моего персонального ада мне на погибель. — Было больно даже воскрешать эти эмоции в памяти, вспоминать, как я видел в ней *добычу*. — Аромат твоей кожи... Я думал, он в первый же день сведет меня с ума. За один-единственный час я придумал сотни способов выманить тебя из класса и остаться наедине. И отметал их один за другим, думая о своих близких и о том, как это отразится на них. Мне пришлось спасаться бегством, скрываться, чтобы не произнести слова, которые заставили бы тебя пойти за мной... И ты подчинилась бы.

Каково ей знать об этом? Как примирить противоположности — меня, потенциального убийцу, и меня, потенциального возлюбленного? Что она подумает о моей уверенности, убежденности в том, что она непременно пойдет за убийцей?

Ее подбородок немного приподнялся.

— Вне всяких сомнений.

Наши руки все еще были сплетены и неподвижны — только в отличие от моих в ее руках пульсировала кровь. Я задумался, ощущает ли она тот же страх, что и я, — страх, что их придется разомкнуть, и тогда ей не хватит смелости и умения прощать, необходимых, чтобы вновь соединить наши пальцы.

Исповедоваться было чуть легче, если не смотреть ей в глаза.

— А потом, — продолжал я, — когда я попробовал изменить свое расписание уроков в бессмысленной попытке избежать встреч с тобой, ты пришла туда же, и в этой тесной душной комнатке твой запах привел меня в исступление. В тот раз я чуть было не завладел тобой. Из посторонних там находился всего один слабый человек — справиться с ним оказалось бы проще простого.

Я почувствовал, как по ее рукам прошла дрожь. С каждой новой попыткой объясниться я ловил себя на том, что выбираю все более тягостные и пугающие слова. Они были правильными, истинными, эти слова, но вместе с тем отвратительными и страшными.

Но остановить их было уже невозможно, и она сидела молча и почти неподвижно, пока из меня выплескивались признания вперемежку с объяснениями. Я рассказал ей о своей неудавшейся попытке сбежать и о самонадеянности, которая привела меня обратно; о том, как эта самонадеянность обусловила наше общение, как я мучился и досадовал на то, что ее мысли скрыты от меня; как ее запах ни на мгновение не прекращал быть для меня пыткой и соблазном. В рассказ вплетались упоминания о моих близких, и я гадал, поймет ли она, в какой мере они влияли на мои действия на каждом шагу. Я рассказал, как спасение ее от фургона Тайлера побудило меня взглянуть на ситуацию по-новому, вынудило признать, что она, Белла, для меня не просто источник риска и раздражения.

— А в больнице? — напомнила она, когда у меня иссякли слова. Мне в лицо она вглядывалась живо, с сочувствием, безо всякого осуждения и с нетерпеливым желанием услышать продолжение. Ее великодушие больше не вызывало потрясений, но навсегда осталось для меня чудом.

Я рассказал о своих предчувствиях — не из-за того, что спас ее, а потому что выдал себя, следовательно, всю мою семью, так что резкость, с которой я обошелся с ней в тот день в пустом коридоре, стала понятной. Затем речь зашла о том, как по-разному восприняла случившееся моя семья; я задался вопросом, как она отнесется к тому факту, что среди моих близких нашлись те, кто захотел заставить ее замолчать самым что ни на есть надежным образом. На этот раз она не вздрогнула и ничем не выдала страха. Как странно, должно быть, ей было узнавать историю целиком, видеть, как в известные ей светлые нити вплетаются темные.

Я рассказал, как потом пытался изображать полное безразличие, чтобы защитить нас всех, и как моя попытка полностью провалилась.

Втайне я уже не в первый раз терялся в догадках, что было бы со мной сейчас, если бы в тот день на парковке я удержался от инстинктивных действий. Если бы, как я в карикатурной манере объяснил ей, я стоял столбом, глядя, как она погибает в аварии, а потом на глазах у многочисленных свидетелей-людей выдал бы себя самым чудовищным образом из возможных. Моей семье пришлось бы немедленно бежать из Форкса. Мне представилась реакция близких на такой вариант развития событий — в основном прямо противоположная. Розали и Джаспер не стали бы злиться. Пожалуй, слегка позлорадствовали бы, но в целом отнеслись бы с пониманием. Карлайл страшно расстроился бы, но все равно простил меня. Стала бы Элис скорбеть о подруге, с которой так и не успела познакомиться? Только Эсме и Эмметт восприняли бы случившееся точно так же, как в первом случае: Эсме беспокоилась бы за меня, Эмметт пожал бы плечами.

Уже тогда у меня зародились подозрения насчет постигшей меня беды. Даже в то время, после того, как мы перебросились всего парой слов, меня неудержимо влекло к ней. Но мог ли я догадаться о масштабах трагедии заранее? Мне казалось, что нет. Я считал, что наверняка испытал бы боль и продолжал вести свою пустую полужизнь, так и не осознав, как много потерял. Так и не познал бы истинного счастья.

В то время потерять ее было бы легче, я точно знал это. Я никогда не вкусил бы радость, но вместе с тем и не постиг бы всю глубину боли, о существовании которой теперь знал.

Я разглядывал ее доброе, милое лицо, такое дорогое мне сейчас, средоточие моего мира. Единственное, на что я был готов смотреть все отпущенное мне время.

Она ответила мне взглядом, в ее глазах все так же читалось изумление.

— И все-таки, — закончил я свою пространную исповедь, — было бы лучше, если бы я выдал всех нас в первую же минуту, чем если бы теперь, здесь, когда вокруг нет свидетелей и меня ничто не останавливает, причинил тебе вред.

Ее глаза широко раскрылись, но не от страха или от удивления. От увлеченности.

— Почему? — спросила она.

Предстояло объяснение столь же трудное, как любое из предыдущих, с множеством слов, ненавистных мне, но в нем были и слова, которые мне нестерпимо хотелось сказать ей.

— Изабелла... Белла, — просто произносить ее имя доставляло мне наслаждение. Оно звучало как открытое признание: *вот имя, которому я принадлежу.*

Осторожно высвободив одну руку, я провел по ее шелковистым волосам, нагретым солнцем. Радость этих простых прикосновений и понимание, что я вправе дотрагиваться до нее вот так, ошеломляли меня. Я снова взял ее за руки.

— Я перестал бы уважать себя, если бы когда-нибудь навредил тебе. Ты не представляешь, как это мучает меня. — Отворачиваться от сочувствия на ее лице было невыносимо, но еще труднее видеть *другое* ее лицо, из видения Элис, рядом с нынешним, в одном и том же кадре. — Как подумаю, что ты лежишь неподвижная, белая, холодная... и больше я никогда не увижу, как ты заливаешься румянцем, не увижу блеск озарения в твоих глазах, когда ты разгадываешь мои отговорки... это невыносимо. — Это слово даже близко не передавало всю боль, которую доставляли мне такие мысли. Но о худшем я уже сказал и теперь мог перейти к тому, в чем так долго мечтал признаться ей. Я снова заглянул ей в глаза, радуясь этим откровениям. — Теперь у меня нет ничего важнее тебя. Ты — самое важное, что только есть в моей жизни.

Как слова «невыносимо» было недостаточно, так и эти признания выглядели слабым отголоском чувств, которые пытались передать. Я надеялся, что она прочтет по моим глазам, насколько несовершенны мои речи. Она всегда читала мои мысли лучше, чем мне удавалось прочитать ее.

Она не выдержала и минуты моего восторженного взгляда, потом порозовела и стала смотреть на наши соединенные руки. Я затрепетал при виде прекрасного оттенка ее лица, видя только его прелесть и больше ничего.

— Мои чувства ты, конечно, уже знаешь, — наконец еле слышно произнесла она. — Я здесь, что в приблизительном переводе означает, что я лучше умру, чем расстанусь с тобой.

Ни за что бы не подумал, что можно испытывать настолько захватывающую эйфорию одновременно с безмерной тоской. Она жаждет *меня* — блаженство. Ради меня она рисковала собственной жизнью — это недопустимо.

Нахмурившись и не поднимая глаз, она добавила:

— В общем, я полная дура.

Я засмеялся над этим выводом. В каком-то смысле она права. Представитель любого вида, который стремится прямо в лапы самого опасного из хищников, долго не проживет. Хорошо, что она исключение из правил.

— Дурочка, — мягко поддразнил я. Думая, что никогда не перестану благодарить судьбу за это.

Белла взглянула на меня с проказливой усмешкой, и мы оба рассмеялись. После моих жутких откровений смех был таким облегчением, что в моем звучала не шутливость, а чистая, ни с чем не смешанная радость. Я не сомневался, что и Белла испытывает те же чувства. В эту идеальную минуту мы гармонировали полностью.

Невероятно, но мы принадлежали друг другу. В этом видении было неправильно буквально все: убийца и ни в чем не повинная жертва, сидящие рядом в состоянии полной умиротворенности, счастливые присутствием друг друга. Как будто мы чудом перенеслись в иной, лучший мир, где могло существовать даже невозможное.

Я вдруг вспомнил картину, которую видел много лет назад.

Всякий раз, когда мы изучали какую-нибудь местность в поисках городов, где могли бы поселиться, Карлайл часто отклонялся от пути, чтобы заглянуть в очередную старую приходскую церковь. Казалось, он никак не мог удержаться. В этих простых деревянных строениях, обычно темноватых из-за отсутствия настоящих, больших окон, с вытертыми до гладкости половицами и спинками скамей в наслоениях человеческих запахов что-то приводило его в состояние задумчивой умиротворенности. Мысли о его отце и детстве выступали на первый план, а страшный финал этой жизни казался в такие моменты бесконечно далеким. Он вспоминал только хорошее.

Во время одной такой поездки мы нашли в тридцати милях к северу от Филадельфии старый молитвенный дом квакеров. Строение было маленьким, не больше фермерского дома, с каменными стенами и сугубо спартанским внутренним убранством. Полы из сучковатых досок и скамьи с прямыми спинками выглядели так примитивно, что я испытал шок, заметив на дальней стене украшение. Оно вызвало интерес и у Карлайла, и мы оба подошли, чтобы рассмотреть его.

Картина была маленькой, не больше пятнадцати квадратных дюймов. Насколько я понял, ее написали раньше, чем построили каменную церковь, в которой она висела. Художник был явно неопытным, его стиль — любительским. Однако что-то в этой простой картине с неудачной композицией передавало чувства. В изображенных на ней животных была трогательная уязвимость, щемящая нежность. Меня неожиданно умилила эта обильная добротой вселенная, которую представлял себе художник.

«*Лучший мир*», — мысленно сказал Карлайл самому себе.

В том мире момент, который мы переживали сейчас, был бы возможен, думал я и снова чувствовал ту же щемящую нежность.

— Вот и лев влюбился в овечку, — прошептал я.

Ее глаза на секунду распахнулись, потом она вспыхнула и опустила взгляд. Вскоре ее дыхание выровнялось, на лицо вернулась озорная улыбка.

— Глупая овечка, — насмешливо произнесла она, продолжая шутку.

— А лев — больной на голову мазохист, — парировал я.

Но верно ли это, я не знал. С одной стороны — да, я намеренно причинял себе излишнюю боль и радовался ей, вел себя в точности по определению мазохизма из учебника. С другой стороны, эта боль была платой... и награда значительно превосходила ее. В сущности, платой можно было пренебречь. Я согласился бы заплатить в десять раз больше.

— Но почему?.. — Она смутилась.

Я улыбнулся, стремясь узнать, о чем она думает.

— Да?

На ее лбу начал появляться намек на задумчивую складочку.

— Скажи, почему ты убежал от меня, когда мы пришли на поляну?

Ее слова нанесли мне физический удар, засели в глубине живота. Я не мог понять, зачем ей понадобилось заново переживать настолько отталкивающий момент.

— Ты знаешь почему.

Она покачала головой, свела брови:

— Нет, я о другом: что *такого* я сделала? — Ее голос стал серьезным и сосредоточенным. — Понимаешь, теперь мне придется быть начеку, так что лучше сразу узнать, чего делать не следует. Вот это, например, — она медленно провела пальцами по тыльной стороне моей ладони до запястья, оставляя на ней огненную, но безболезненную дорожку, — кажется, можно.

Брать всю ответственность на себя — как это на нее похоже.

— Ничего такого ты не сделала, Белла. Во всем виноват я.

Она вздернула подбородок. Этот жест подразумевал бы упрямство, если бы не мольба в ее глазах.

— Но я хочу помочь, чем могу, чтобы тебе было легче.

Первым моим побуждением было и впредь настаивать, что дело только во мне и ей не о чем беспокоиться. Но я понял: она просто пытается понять меня со всеми диковинными и чудовищными причудами. И будет рада, если я отвечу на ее вопрос как можно более понятно.

Но как объяснить жажду крови? Какой стыд.

— В таком случае... просто ты находилась слишком близко. Большинство людей сторонится нас, они инстинктивно чувствуют, что мы иные, и это отталкивает их... Вот я и не ожидал, что ты настолько приблизишься. А еще — запах твоего горла...

Я осекся, надеясь, что еще не вызвал у нее отвращение.

Она поджала губы, словно сдерживая улыбку.

— Тогда ладно. — Она опустила голову, уткнулась подбородком в правую ключицу. — И все, горла не видно.

Шутка явно предназначалась для того, чтобы развеять мое волнение, и она сработала. Я невольно рассмеялся над выражением ее лица.

— Да нет, — заверил я, — дело скорее в неожиданности, чем еще в чем-то.

Я поднял руку и легко приложил ее к шее Беллы, ощутил невероятную нежность ее кожи, исходящее от нее тепло. Обвел большим пальцем подбородок. Электрическая пульсация, которую могла пробудить лишь она, распространилась по моему телу.

— Видишь? — шепотом спросил я. — Все прекрасно.

Ее сердце забилось быстрее. Я чувствовал его биение ладонью, слышал, как оно ускоряет ритм. Румянец залил ее лицо от подбородка до границы волос.

Звук и вид ее реакции, вместо того чтобы вновь вызвать у меня жажду, только усилили сходство моего собственного отклика с человеческим. Я не мог припомнить, когда чувствовал себя настолько живым, и сомневался, что такое вообще бывало, даже когда я *на самом деле* жил.

— Румянец на твоих щеках — прелесть, — прошептал я.

Высвободив из ее пальцев свою левую руку, я приложил ладонь к щеке, так что ее лицо оказалось между моими ладонями. У нее расширились зрачки, сердце забилось еще быстрее.

В тот момент мне так хотелось поцеловать ее. Ее нежные изогнутые, чуть приоткрытые губы завораживали меня, манили к себе. Но, несмотря на всю силу этих новых для меня человеческих эмоций, полностью доверять себе я не мог. И знал, что мне понадобится еще одно испытание. Узел, который видела Элис, я, кажется, уже прошел, но в происходящем чего-то все равно недоставало. И теперь я понял, что еще должен сделать.

То, чего я всегда избегал даже в мыслях.

— Не шевелись, — предупредил я. Ее дыхание стало сбивчивым.

Медленно придвигаясь ближе, я внимательно наблюдал за ней, искал хотя бы намеки на то, что ей неприятны мои действия. И не заметил ни единого.

Наконец я склонил голову и повернул ее так, чтобы прислониться щекой к основанию ее шеи. Жар ее теплокровной жизни проникал сквозь тонкую кожу и вливался в холодный камень моего тела. Под моей щекой билась жилка. Я дышал ровно, как автомат, делал управляемые вдохи и выдохи. Ждал, прислушиваясь ко всему, что творилось во мне, вплоть до мельчайших подробностей. Возможно, я ждал дольше, чем требовалось, но там, где я ждал, было очень приятно медлить.

Только убедившись, что здесь меня не подстерегает ловушка, я продолжал.

Осторожно, как мог, я сменил позу, двигаясь медленно и спокойно, чтобы не застать врасплох и ничем не напугать ее. Когда мои ладони соскользнули с ее подбородка на плечи, она вздрогнула, и на миг ритм моего дыхания, который я старательно поддерживал, сбился. Я восстановил его, снова овладел собой и наклонил голову так, что мое ухо оказалось прямо над ее сердцем.

Его стук, и раньше громкий, теперь зазвучал как стерео, окружая меня со всех сторон. Вдруг оказалось, что земля подо мной утратила устойчивость и слегка закачалась в ритме ее сердца.

Вздох вырвался вопреки моей воле. *А-ах.*

Как жаль, что нельзя было так и остаться навсегда погруженным в биение ее сердца и согретым теплом ее кожи. Но наступил момент последнего испытания, и я хотел пройти его и оставить позади.

Впервые с тех пор, как вдохнул ее обжигающий запах, я разрешил себе представить, как это было бы. Вместо того чтобы отгораживаться от своих мыслей, пресекать их и загонять в самую глубину, подальше от сознания, я выпустил их на свободу. На этот раз они не желали подчиняться. Но я заставил себя направиться туда, куда до сих пор избегал заглядывать.

Я представил себе, как пробую ее на вкус... опустошаю ее.

Мне хватало опыта, чтобы понять, каким это будет облегчением, если я целиком и полностью удовлетворю самую звериную из своих потребностей. Ее кровь действовала на меня гораздо сильнее, чем кровь любого другого человека, с которым я сталкивался, и мне оставалось лишь предположить, что и облегчение с наслаждением окажутся намного острее.

Ее кровь смягчит мое измученное горло, смоет воспоминания о многих месяцах жжения. Возникнет ощущение, будто я никогда и не сгорал по ней, и не жаждал ее: избавление от боли будет абсолютным.

Вообразить сладость ее крови на языке было труднее. Я знал, что еще никогда не пробовал крови, настолько соответствующей моему вожделению, но был уверен, что она удовлетворит все пристрастия, известные мне.

Впервые за три четверти века — период, в течение которого я обходился без человеческой крови, — я буду совершенно сыт. В теле возникнет ощущение силы и цельности. Пройдет много недель, прежде чем я вновь почувствую жажду.

Я воспроизвел последовательность событий до конца, удивляясь тому, как мало значили для меня эти запретные образы теперь, когда я дал им волю. Даже если не принимать во внимание неизбежные последствия — возобновление жажды, пустоту мира без нее, — я не испытывал никакого желания действовать, следуя этим образам.

В тот же момент я со всей ясностью понял, что отдельного чудовища во мне нет и никогда не было. Стремясь разделить свои желания и разум, я по своей привычке отождествил с чудовищем ненавистную часть самого себя, чтобы отделить ее от тех частей, которые считал *собой*. Так и был создан хищник, и у меня появился противник, чтобы бороться с ним. Этот механизм позволял справиться с проблемой, пусть и не самым эффективным образом. Все лучше, чем считать себя единым, со своими плохими и хорошими сторонами, и иметь дело с этой реальностью.

Мое дыхание по-прежнему оставалось ровным, жжение ее запаха служило желанным противовесом избытку других физических ощущений, которые обрушились на меня, пока я обнимал ее.

Пожалуй, теперь я лучше понимал, что произошло со мной раньше, когда я своей бурной реакцией перепугал нас обоих. Я так убедил себя, что могу не справиться, что моя убежденность чуть не навлекла на меня беду, едва не стала сбывшимся пророчеством. Моя тревога, мучительные видения, на которых я зациклился, вдобавок месяцы сомнений в себе, поколебавшие мою былую уверенность, все вместе ослабили решимость защищать Беллу — что, как я теперь понимал, мне *абсолютно* по силам.

Даже кошмарное видение Элис вдруг утратило четкость, его цвета потускнели. Его сила, потрясающая меня, угасала, потому что, как стало очевидно только что, это *будущее оказалось совершенно невозможным*. Мы с Беллой покинем луг рука об руку, для меня наконец начнется настоящая жизнь.

Мы прошли тот самый узел.

Я точно знал, что и Элис увидела это и возрадовалась.

Несмотря на то что в нынешнем положении мне было на редкость уютно, я с нетерпением ждал продолжения жизни.

Я слегка отстранился от Беллы, провел ладонями по ее рукам, прежде чем уронил руки вдоль тела, переполняемый простым счастьем просто вновь видеть ее лицо.

Она смотрела на меня с любопытством, не подозревая о том, сколько важных событий произошло во мне.

— В следующий раз будет легче, — пообещал я, но едва эти слова вырвались у меня, я понял, как мало смысла заключено в них для нее.

— А сейчас тебе было очень трудно? — с сочувствием в глазах спросила она.

Ее беспокойство согрело меня до самых глубин.

— Не так, как мне представлялось. А тебе?

Она с сомнением взглянула на меня.

— Было ничего... для меня.

Послушать ее, так находиться в объятиях вампира проще простого. Но ей наверняка понадобилось собраться с силами, хоть она и не подавала виду.

— Ты же поняла, о чем я.

Она ответила широкой, искренней, чуточку неровной улыбкой, показав ямочку. Стало ясно: если от нее *и вправду* потребовались усилия, чтобы выдержать мою близость, она в этом ни за что не признается.

Эйфория. Другого слова я не смог подобрать для описания душевного подъема, который сейчас переживал. Применительно к себе я редко пользовался этим словом. А теперь меня так и тянуло выплеснуть все мысли, которые теснились у меня в голове. И хотелось услышать каждую мысль Беллы. Хотя бы в этом не было ничего нового. В отличие от всего остального. Все стало другим.

Я потянулся к ее руке — не вступив сначала в изнурительный спор с самим собой по этому поводу — просто потому, что хотел прикоснуться к ней. Впервые за все время я позволил себе действовать не задумываясь. Эти новые порывы не имели никакого отношения к прежним.

— Вот. — Я приложил ее ладонь к своей щеке. — Чувствуешь тепло?

На мой первый спонтанный жест она откликнулась не так, как я ожидал. Ее пальцы дрогнули на моей скуле, глаза округлились, улыбка сбежала с лица. Сердечный ритм и дыхание ускорились.

Но не успел я пожалеть о том, что натворил, она придвинулась ближе и шепнула:

— Не шевелись.

Дрожь пробежала по мне.

Выполнить ее просьбу было легко. Я застыл в полной неподвижности, повторить которую человек не в состоянии. Не зная, каковы ее намерения — попытка приспособиться к отсутствию у меня системы кровообращения казалась маловероятной, — я горел желанием выяснить их. Я закрыл глаза — то ли для того, чтобы избавить ее от чувства неловкости под моим пристальным взглядом, то ли потому, что сам не желал отвлекаться ни на что в такой момент.

Ее ладонь задвигалась медленно-медленно. Сначала она погладила меня по щеке. Коснулась кончиками пальцев моих опущенных век, описала полукруги под глазами. На месте ее прикосновений кожу покалывало, на ней оставалась теплая дорожка. Она провела по моему носу, а потом с усилившейся дрожью в пальцах очертила контуры моих губ.

С меня сошло оцепенение. Я разрешил губам слегка приоткрыться, чтобы вдохнуть ее близость.

Белла снова провела пальцем по моей нижней губе, и опустила руку. Она отстранилась, между нами повеяло прохладой.

Я открыл глаза и встретился с ней взглядом. Ее лицо пылало, сердце все еще колотилось. Я слышал призрачное эхо этого ритма всем телом, несмотря на отсутствие в нем крови.

Я желал... так много всего. Всего, в чем не ощущал никакой потребности на протяжении всей своей бессмертной жизни до знакомства с ней. Всего, чего точно не хотел до бессмертия. И теперь мне казалось, что кое-что из этого вполне возможно, хотя еще совсем недавно я считал иначе.

Но если сейчас рядом с ней жажда не внушала мне никакого беспокойства, моя сила никуда не делась: я был по-прежнему слишком силен. Гораздо сильнее, чем она, и все части моего тела обладали прочностью стали. Нельзя было ни на мгновение забывать о том, насколько она уязвима. Требовалось время, чтобы научиться двигаться рядом с ней предельно осторожно.

Она смотрела на меня, ждала, гадала, как я отнесся к ее прикосновениям.

— Если бы только... если бы ты почувствовала... как сложно и запутанно то, что... — сбивчиво попытался объяснить я, — чувствую я. Тогда ты поняла бы.

Тонкая прядка ее волос, подхваченная ветром, заплясала на солнце, по ней заметался рыжеватый блик. Я протянул к ней руку, чтобы ощутить пальцами шелковистость этого локона-беглеца. А потом, не сумев удержаться, провел по ее лицу. Ее щека была как бархат, нагретый солнцем.

Она склонила голову в сторону моей ладони, но не отвела взгляд.

— Объясни, — выдохнула она.

Я даже представить себе не мог, с чего начать.

— Вряд ли я смогу. Я же говорил: с одной стороны, голод — или жажда, — я виновато и коротко улыбнулся, — вот то, что я, жалкое создание, чувствую по отношению к тебе. Думаю, отчасти ты меня понимаешь. Хотя, поскольку у тебя нет зависимости ни от каких запрещенных веществ, вряд ли ты можешь полностью проникнуться этими чувствами. Но...

Мои пальцы словно сами собой потянулись к ее губам. Я легонько дотронулся до них. Наконец-то. Они оказались нежнее, чем я думал. Теплее.

— ...существует и голод другого рода, — продолжал я. — Голод, которого я даже не понимаю, совершенно чуждый мне.

Ее ответный взгляд был чуть скептическим.

— Я понимаю *это* лучше, чем ты думаешь.

— А я не привык к настолько человеческим чувствам, — признался я. — Это всегда так бывает?

Неукротимый поток бурлил у меня внутри, магнетическое притяжение влекло меня вперед, казалось, ни один вид близости не сможет удовлетворить мою потребность в ней.

— Со мной? — Она помедлила, задумавшись. — Нет, еще ни разу не было. Никогда прежде.

Я взял ее за руки.

— Не представляю, каково это — быть рядом с тобой, — предупредил я. — Не знаю, получится ли у меня.

Где установить границы, чтобы уберечь ее? Как удержать эгоистичные желания от опрометчивого стремления перейти эти границы?

Она поерзала, придвигаясь ближе. Я сохранял неподвижность и был начеку, пока она прислонялась щекой к моей обнаженной груди. И еще никогда не был благодарен Элис за заботы о моем гардеробе так, как в эту секунду.

Она закрыла веки. Удовлетворенно вздохнула.

— Этого достаточно.

Перед таким приглашением я не смог устоять. Я уже знал, что вполне способен справиться и с таким испытанием. Предельно осторожно я обнял ее, впервые заключил в объятия по-настоящему. И прижался губами к ее макушке, вдыхая ее теплый запах. Первый поцелуй, пусть и украдкой, — и безответный.

Она усмехнулась.

— У тебя получается гораздо лучше, чем ты думаешь.

— Я не лишен человеческих инстинктов, — пробормотал я, касаясь ее волос. — Хотя они и запрятаны глубоко, они во мне все-таки есть.

Ход времени терял всякое значение, пока я обнимал ее, уткнувшись губами в ее волосы. Теперь ее сердце стучало томно, размеренно, дыхание на моей коже было замедленным и ровным. Перемены я заметил, только когда на нас упала тень деревьев. Без сияния, отраженного от моей кожи, на лугу внезапно потемнело, будто шел не день, а вечер.

Белла испустила глубокий вздох. На этот раз уже не удовлетворенный, а полный сожаления.

— Тебе пора, — догадался я.

— Ты говорил, что не читаешь мои мысли.

Я усмехнулся и украдкой запечатлел последний поцелуй на ее макушке.

— Учусь понемногу.

Мы пробыли на лугу довольно долго, хотя казалось, что пролетели жалкие секунды. У Беллы есть человеческие потребности, пренебрегать которыми нельзя. Я вспомнил медленный и долгий путь сюда, к лугу, и меня осенило.

Я отстранился — прерывать наши объятия мне не хотелось, что бы ни случилось дальше, — и легко положил ладони ей на плечи.

— Можно, я покажу тебе кое-что? — спросил я.

— Что покажешь? — с оттенком недоверия спросила она. Только тогда я заметил, что в моем голосе прозвучало не просто воодушевление.

— Как я обычно передвигаюсь по лесу, — пояснил я.

Она с сомнением поджала губы, между бровей появилась складочка — более глубокая, чем раньше, даже в тот момент, когда я чуть не напал на нее. Это меня слегка удивило: обычно она проявляла такое любопытство и бесстрашие.

— Не бойся, — заверил я. — Это совершенно безопасно для тебя, и к пикапу мы вернемся гораздо быстрее.

И я ободряюще усмехнулся.

Она задумалась на минутку, потом шепотом уточнила:

— Ты превратишься в летучую мышь?

Я не удержался от смеха. Не очень-то и хотелось удерживаться. И даже припомнить не мог, когда в последний раз чувствовал себя настолько свободным, самим собой. Нет, не совсем так: в кругу моей семьи я всегда держался свободно и открыто. Но рядом с близкими эта свобода никогда не ощущалась так, как сейчас — как безудержный экстаз, от которого по-новому волнующе оживала каждая клеточка моего тела. Рядом с Беллой все чувства усиливались.

— Вот такого я еще не слышал! — поддразнил я ее, когда отсмеялся.

Она усмехнулась:

— Да быть того не может.

Я вмиг вскочил, протягивая ей руку. Она с сомнением смотрела на нее.

— Ладно, трусиха, полезай ко мне на спину.

Она в замешательстве уставилась на меня. Я не мог определить, то ли моя идея внушает ей настороженность, то ли она не знает, как лучше подойти ко мне. Близость такого рода была еще для нас в новинку, мешала скованность.

Решив, что дело во второй причине, я облегчил Белле задачу. Я подхватил ее с земли и осторожно усадил к себе на спину. Ее пульс участился, дыхание перехватило, но, усевшись, она крепко обхватила меня руками и ногами. Тепло ее тела окутало меня.

— Я потяжелее рюкзака, который ты обычно носишь. — Кажется, она беспокоилась — неужели о том, что я не выдержу ее вес?

— Ха! — фыркнул я.

Меня поразило, как легко это было — не нести ее незначительный вес, а чуть ли не завернуться в нее. Радость оказалась настолько сильнее жажды, что я почти не замечал боли, которую та мне причиняла.

Я взял ее за руку, которой она цеплялась мне за шею, и прижал ладонью к своему носу. Вдохнул так глубоко, как только смог. Да, боль ощущалась. Явная, но терпимая. Что значил этот язычок огня по сравнению с безбрежным сиянием?

— С каждым разом все легче, — выдохнул я.

И помчался легкими скачками, выбирая самый ровный путь к нашей отправной точке. Движение по земле в обход препятствий займет у меня несколько лишних секунд, но мы все равно вернемся к ее пикапу за считаные минуты вместо нескольких часов. И ей будет удобнее, чем трястись по верхам.

Опять новые, радостные впечатления. Бегать я всегда любил — вот уже почти сотню лет бег доставлял мне ничем не запятнанное физическое удовольствие. Но теперь, приобретая эти впечатления вместе с ней, да еще так, что нас ни физически, ни душевно ничто не разделяло, я осознал, сколько наслаждения может быть в простом беге — гораздо больше, чем я мог себе представить. Интересно, приводит ли ее быстрое движение в такой же восторг, как меня.

Лишь одна мысль точила меня. Я спешил доставить Беллу домой так скоро, как она, по-видимому, хотела. Но... разве не должен быть достойным финал этого знаменательного эпизода — не должен скреплять, подобно печати, достигнутое нами взаимопонимание? Быть благословением? Но я слишком поспешил, а когда понял, чего нам недостает, мы уже пришли в движение.

Однако было еще не слишком поздно. Я вновь словно наэлектризовался, думая о том, что упустил — настоящий поцелуй. Когда-то я считал его невозможным. Когда-то скорбел, думая, что эта невозможность ранит не только меня, но и Беллу. А теперь я не сомневался, что он не только возможен, но и совсем близок. Электрический разряд отдался где-то в глубине моего тела, и я удивился, почему люди называют эти безумные ощущения «*бабочками в животе*».

Я сбавил скорость и плавно остановился всего в нескольких шагах от места, где она припарковалась.

— Бодрит, правда? — спросил я, с нетерпением ожидая ее реакции.

СОЛНЦЕ ПОЛУНОЧИ ♈ 445

Она не ответила, по-прежнему мертвой хваткой сжимая мою шею и талию. Прошло несколько секунд молчания, а ответа все не было. Что случилось?

— Белла?

Дыхание вырвалось у нее с шумом, только тут я понял, что до сих пор она не дышала. Как же я не заметил?

— Кажется, мне надо прилечь, — слабо пролепетала она.

— Ой! — Мне остро недоставало практики общения с человеком. Даже в голову не пришло, что ее может укачать. — Извини.

Я ждал, когда она расцепит руки и спрыгнет, но ее мышцы по-прежнему были напряженными.

— Без твоей помощи я не слезу, — прошептала она.

Медленно и осторожно я сначала разогнул ее ноги, потом разжал руки и повернул так, чтобы подхватить на руки и прижать к груди.

Поначалу цвет ее лица встревожил меня, но эту зеленоватую меловую белизну я уже видел. В тот день я тоже нес ее на руках, но теперь казалось, что это было совсем другое дело.

Я опустился на колени и усадил ее на податливый папоротник.

— Как себя чувствуешь?

— Голова кружится.

— Наклони голову между коленями, — посоветовал я.

Она подчинилась машинально, как будто выполняла привычные действия.

Я сел рядом с ней. Вслушивался в ее глубокое размеренное дыхание и понимал, что тревожусь сильнее, чем заслуживало это происшествие. Я же видел, что ничего серьезного не произошло, просто немного затошнило, и все же... ее болезненная бледность вызывала у меня неоправданное беспокойство.

Несколько минут спустя она попыталась поднять голову. Бледность еще сохранялась, но зеленоватый оттенок исчез. На лбу поблескивала испарина.

— Видимо, затея была неудачная, — пробормотал я, чувствуя себя ослом.

Она слабо улыбнулась и соврала:

— Нет, что ты, было очень интересно.

— Ха! — угрюмо фыркнул я. — Да ты белая, как призрак, — нет, ты белая, как я!

Она медленно сделала вдох.

— Наверное, надо было закрыть глаза. — И ее веки сразу опустились.

— Не забудь в следующий раз.

Цвет ее лица менялся к лучшему, и мое напряжение рассеивалось по мере того, как розовели ее щеки.

— В следующий раз? — Она преувеличенно застонала.

Я рассмеялся, увидев, как нарочито она нахмурилась.

— Воображала, — буркнула она и выпятила нижнюю губу, округлую и пухлую. С виду она казалась удивительно нежной. Я представил, как она подается, сводя нас еще ближе.

Я встал на колени лицом к ней — нервничал, беспокоился, изводился от нетерпения и неуверенности. Стремление приблизиться к ней напомнило мне жажду, которая раньше управляла мной. Это стремление тоже было требовательным, не замечать его было невозможно.

Ее горячее дыхание коснулось моего лица. Я наклонился к ней.

— Открой глаза, Белла.

Она медленно подчинилась, взглянула на меня сквозь густые ресницы, потом подняла голову, и наши лица оказались на одном уровне.

— Пока я бежал, я думал... — Я осекся: не самое романтическое начало.

Она прищурилась:

— Надеюсь, о том, как бы не врезаться в дерево.

Я усмехнулся, она попыталась сдержать улыбку.

— Белла, глупышка, бег — моя вторая натура, о таких вещах мне задумываться незачем.

— Воображала, — повторила она на этот раз с большей убежденностью.

Мы отклонились от темы. Удивительно, как такое могло случиться, ведь наши лица были совсем рядом. Я улыбнулся, возвращая разговор в прежнюю колею.

— А думал я о том, что мне хотелось бы попробовать.

Я легко приложил обе ладони к ее щекам, не ограничивая свободу ее движений — так, чтобы она могла отстраниться, если захочет.

У нее перехватило дыхание, она машинально повернула голову, приближая свое лицо к моему.

За крошечную долю секунды я настроил и проверил все системы своего организма, чтобы быть полностью уверенным: ничто не застанет меня врасплох. Свою жажду я надежно держал под контролем, низведя ее до уровня наименее важной из физических потребностей. Я регулировал давление в кистях и руках выше запястья, а также изгиб торса, чтобы прикасаться к ней с легкостью тихого ветерка. Несмотря на то что эту предосторожность я считал излишней, я все же затаил дыхание. В конце концов, осторожность никогда не бывает лишней.

Она прикрыла глаза.

Я сократил и без того небольшое расстояние между нами и осторожно прильнул губами к ее губам.

Мне казалось, что я тщательно подготовился. Но чего я не ожидал, так это мощной вспышки.

Что же это за удивительная магия, если касание губ настолько могущественнее прикосновения пальцев? Не было никакой логики и смысла в том, что простой контакт конкретных участков кожи оказывал совершенно невероятное воздействие, более сильное, чем я ожидал. Казалось, новое солнце вспыхнуло там, где встретились наши губы, и все мое тело чуть не разлетелось в пыль, переполнившись его ослепительным сиянием.

На то, чтобы совладать с силой этого поцелуя, у меня была лишь малая толика секунды, и тут его магия обрушилась на Беллу.

Она ахнула, ее губы открылись под моими, лихорадочное дыхание обожгло меня. Руки обвили мою шею, пальцы запутались в моих волосах. Она притянула меня к себе, сильнее прижалась губами. Ее губы налились теплом, словно в них притекла свежая кровь. Открылись шире — это было приглашение...

Приглашение, которое благоразумнее отклонить.

Бережно, почти не применяя силу, я отстранил ее лицо от моего, удержал его на расстоянии, касаясь кончиками пальцев. Если не считать этого жеста, я сохранял неподвижность и старался если не игнорировать соблазн, то по крайней мере абстрагироваться от него. И отметил досадное возвращение некоторых реакций хищника — избыток яда во рту, внутреннее напряжение, — но все они были поверхностными. Несправедливым было бы утверждать, что полный контроль оставался за рассудком, в то же время это утверждение опровергала отнюдь не страстная тяга к *корму*. Другая, более приятная страсть держала меня в плену. Однако ее сущность не исключала необходимости умерить ее.

Лицо Беллы было и ошеломленным, и виноватым.

— Ох... — выдохнула она.

Я невольно подумал о том, во что вылились бы ее невинные действия всего несколько часов назад.

— Не то слово, — согласился я.

Она не подозревала об успехах, которых я добился сегодня, но всегда вела себя так, будто я полностью владел собой, даже когда это не соответствовало действительности. Наконец-то оправдав хотя бы частично это доверие, я вздохнул с облегчением.

Отстраниться ей не дали мои ладони, по-прежнему приложенные к ее щекам.

— Может, мне?..

— Ничего, — заверил я. — Терпимо. Подожди минутку, пожалуйста.

Я старался проявлять предельную осторожность, чтобы ничто не вырвалось у меня из-под контроля. Мышцы уже расслабились, прилив яда прекратился. Настоятельную потребность обнять ее обеими руками и продлить магию поцелуя отрицать было труднее, но я воспользовался опытом десятилетий, за время которых тренировался владеть собой, и сделал правильный выбор.

— Вот так, — произнес я, когда успокоился полностью.

Она вновь подавила улыбку.

— Терпимо? — спросила она.

Я рассмеялся:

— Я сильнее, чем думал. Приятно это сознавать.

Ни за что бы не поверил, что способен держать себя в руках так надежно, как сейчас. И вправду стремительный прогресс.

— А вот я, увы, нет. Извини.

— Ты же *всего лишь* человек.

В ответ на мою слабую шутку она закатила глаза.

— И на том спасибо.

Свет, заполнивший меня во время нашего поцелуя, не рассеивался. Столько счастья, я даже не знал, сумею ли сдержать его в себе. Ошеломляющая радость и потрясение вдруг отрезвили меня, напомнили об ответственности. Мне надо доставить Беллу домой. Мысли о том, что день мечты закончен, не тяготили меня, ведь мы уезжали вместе.

Я встал и подал ей руку. На этот раз Белла сразу взялась за нее, и я поставил ее на ноги. Она пошатнулась и неуверенно огляделась.

— Голова все еще кружится? — спросил я. — От бега или моего искусного поцелуя?

И я невольно рассмеялся.

Она схватилась свободной рукой за мое запястье, чтобы удержаться на ногах.

— Точно не знаю, я до сих пор не в себе. — И она поддела меня: — Наверное, по обеим причинам.

И она качнулась так, что оказалась ближе ко мне. Похоже, нарочно, а не из-за головокружения.

— Пожалуй, тебе стоит пустить меня за руль.

Вся ее неустойчивость мигом улетучилась. Она распрямила плечи.

— Ты спятил?

Если за руль сядет она, придется следить, чтобы она держалась за него обеими руками, и ничем ее не отвлекать. Если сяду я, останется больше свободы действий.

— Я вожу лучше, чем ты, даже когда с тобой все в порядке. У тебя слишком замедленная реакция. — Я улыбнулся, чтобы дать ей понять, что это шутка. Преимущественно.

Оспаривать факты она не стала.

— Пусть так, но твое вождение не выдержат ни мои нервы, ни мой пикап.

Я попытался пустить в ход то самое «ослепление», за которое она упрекала меня раньше. До сих пор я так и не понял толком, для каких случаев оно годится.

— Пожалуйста, доверяй мне хоть немного, Белла.

Ничего не вышло, потому что как раз в ту минуту она отвела глаза. Похлопала себя по карману джинсов, вытащила ключи и зажала в кулак. А потом подняла взгляд и помотала головой.

— Не-а, — заявила она. — Ни за что.

Она обошла вокруг меня и направилась к шоссе. Вправду ли у нее кружилась голова или она просто двигалась неуклюже, я не знал. Но, не успев пройти и двух шагов, она пошатнулась, и пришлось ловить ее, пока она не упала. Я привлек ее к груди.

— Белла, — выдохнул я. Все насмешки улетучились из ее глаз, она прильнула ко мне, подняв лицо. Мысль поцеловать ее немедленно казалась и замечательной, и ужасной. Я заставил себя перестраховаться. — Я уже потратил немало сил, чтобы ты осталась в живых, — шутливым тоном напомнил я. — И я не дам тебе сесть за руль, потому что ты даже на ногах не стоишь. Кроме того, друг ни за что не позволит другу сесть за руль в нетрезвом состоянии, — заключил я, процитировав лозунг Рекламного совета. Для нее цитата была устаревшей: ей исполнилось всего три года, когда началась эта рекламная кампания.

— В нетрезвом состоянии? — возмутилась она.

Я криво усмехнулся:

— Тебя опьянило само мое присутствие.

Она вздохнула, признавая поражение.

— И ведь не поспоришь. — Она подняла сжатый кулак и уронила ключи мне в ладонь. — Только полегче, — предупредила она. — Моему пикапу давно пора на пенсию.

— Логично.

Она нахмурилась и поджала губы.

— А на тебя, значит, мое присутствие не действует?

Не действует? Да она полностью преобразила все, что есть во мне. Я едва узнавал себя.

Впервые за сотню лет я был *благодарен* за то, что я такой, какой есть. Все, что составляло мою вампирскую сущность — кроме сторон, представляющих опасность для Беллы, — вдруг перестало меня тяготить, потому что именно оно позволило мне дожить до того дня, когда я нашел ее.

Десятилетия, которые я вытерпел, были бы не так тяжелы, если бы я знал, что меня ждет, если бы понимал, что мое существование движется к будущему, лучше которого я и представить не мог. И это были бы не годы убивания времени, как я считал, а годы прогресса. Совершенствования, подготовки, умения владеть собой, чтобы теперь у меня появилось *вот это*.

Я все еще не был всецело уверен в своем новом «я»; неистовый экстаз, наполняющий каждую мою клетку, казался недолговечным. Но возвращаться к себе прежнему я не желал. Того давнего Эдварда теперь я считал неполным, незавершенным. Как будто ему недоставало одной из половин.

Тому Эдварду было бы не под силу сделать то, что сейчас удалось мне: я наклонился и прижался губами к нижнему краю ее лица, чуть выше пульсирующей артерии. Позволил губам мягко скользнуть вдоль нижней челюсти до подбородка, затем проложил поцелуями путь обратно к уху, ощущая бархатистую податливость ее теплой кожи под легким нажимом моих губ. Я не торопясь вернулся к ее подбородку, почти к самым губам. Она затрепетала в моих руках, напомнив о том, что удивительное тепло для меня — это ледяной зимний холод для нее. Я разжал объятия.

— А реакция, — прошептал я ей на ухо, — у меня все равно лучше.

Глава 18
Разум выше материи

Настоять на своем и сесть за руль было на редкость удачной мыслью.

О том, что происходило в машине — сплетении рук, взглядах, сиянии от радости, — разумеется, не могло быть и речи, если бы ей понадобилось сосредоточиться, напрячь все человеческие органы чувств, чтобы следить за дорогой. Мало того, ощущение предельной наполненности чистым светом не исчезало. Я понимал, как случившееся ошеломляет меня, но не был уверен насчет степени его влияния на человеческий организм. Гораздо надежнее было поручить наблюдения за дорогой моему, нечеловеческому.

Облака плыли по небу смещались на нем, пока длился закат. Время от времени тускнеющий красный свет солнца ударял, словно копье, мне в лицо. Я представлял себе, какой ужас ощутил бы еще вчера, выдав себя таким образом. А теперь мне хотелось смеяться. Я полнился смехом, словно свет во мне стремился наружу.

Из любопытства я включил радио в пикапе и с удивлением обнаружил, что оно не настроено — послышались только помехи. Но в таком грохоте двигателя неудивительно, что Белле было не до музыкального сопровождения. Я вертел ручку настройки, пока не нашел станцию, которую кое-как можно было расслышать. Крутили Джонни Эйса, и я улыбнулся. «Pledging My Love»[1]. Очень кстати.

Я начал подпевать — получилось немного пошловато, но я радовался возможности сказать ей эти слова: «*И вечно я буду любить лишь тебя*».

Она не сводила глаз с моего лица, улыбаясь с чувством, в котором я теперь безошибочно угадывал радостное изумление.

— Любишь музыку пятидесятых? — спросила она, когда песня кончилась.

— В пятидесятые годы музыка была неплохой. Гораздо лучше, чем в шестидесятые или семидесятые... бр-р! — Хотя и в те годы встречались явные таланты, но на немногочисленных радиостанциях крутили далеко не ту музыку, которую я особенно любил. Стилем диско я так и не проникся. — Восьмидесятые — еще куда ни шло.

Она ненадолго сжала губы, ее взгляд стал напряженным, будто что-то беспокоило ее. Наконец она тихонько спросила:

— А ты скажешь мне когда-нибудь, сколько тебе лет?

Так, значит, она боялась расстроить меня. Я беспечно улыбнулся:

— А это важно?

Кажется, от моего несерьезного тона она вздохнула с облегчением.

— Нет, просто интересно... Ничто так не мешает спать по ночам, как неразгаданная тайна.

Пришла моя очередь тревожиться.

— Интересно, расстроишься ты или нет.

У нее не вызвала отвращения моя нечеловеческая натура, но количество лет, разделяющих нас, она воспримет иначе? Во многих и совершенно реальных отношениях мне все еще было семнадцать. Поймет ли это она?

Что она уже успела нафантазировать? Тысячелетия у меня за плечами, готические замки и трансильванские наречия? Что ж, во всем перечисленном нет ничего невозможного. У Карлайла имеются такие знакомые.

— А ты проверь, — подзадорила она меня.

---

[1] Клянусь в моей любви.

Я вгляделся в ее глаза, поискал ответы в их глубинах. Вздохнул. После всего, что уже было между нами, неужели я не должен был расхрабриться? И тем не менее я опять боялся напугать ее. Разумеется, на этот раз у меня не было другого пути вперед, кроме абсолютной честности.

— Я родился в Чикаго в тысяча девятьсот первом году, — признался я, глядя на шоссе перед собой, чтобы она не чувствовала себя как под прицелом, мысленно производя вычисления, и все же продолжал искоса посматривать на нее. В ее сдержанности было что-то неестественное, и я понял, что она старательно следит за своей реакцией. Ей не хотелось выглядеть напуганной — не более чем мне хотелось напугать ее. Чем лучше мы узнавали друг друга, тем чаще, казалось, повторяли чувства друг друга, как в зеркале. Гармонировали.

— Карлайл нашел меня в больнице летом тысяча девятьсот восемнадцатого, — продолжал я. — Мне было семнадцать, и я умирал от «испанки» — испанского гриппа.

В этот момент самообладание изменило ей, она потрясенно ахнула, широко раскрыв глаза.

— Я плохо помню, что со мной было, — заверил я. — С тех пор прошло немало времени, а человеческая память ненадежна.

Судя по виду, это ее не успокоило, но она кивнула. Молчала, ожидая продолжения.

Я только что мысленно поклялся был честным, но теперь понял, что даже у честности должны быть пределы. Кое-что ей надо знать обязательно... но посвящать ее в некоторые подробности неразумно. Может, Элис права. Может, если чувства Беллы близки к тем, какие я испытываю сейчас, она сочтет своим долгом продлить их. Чтобы *остаться* со мной, как она говорила на лугу. Я понимал, что мне будет непросто отказать Белле в этой просьбе. И потому старательно выбирал слова.

— Но я помню, каково мне было, когда Карлайл... *спас* меня. Это не пустяк, такое не забывается.

— А твои родители? — робко спросила она, и я перевел дыхание, радуясь, что последние фразы не вызвали у нее вопросов.

— К тому времени они уже умерли от той же болезни. Я остался один, — рассказывать об этом не составляло труда.

Эта часть моей истории казалась скорее вымыслом, чем подлинными воспоминаниями. — Поэтому Карлайл и выбрал меня. В разгар эпидемии никто даже не заметил, что я исчез.

— А как он... спас тебя?

А вот и трудные вопросы. Я задумался о том, что важнее всего скрыть от нее.

Мои слова уводили от сути вопроса, обходили ее.

— Это было трудно. Мало кто из нас наделен выдержкой, без которой этой цели не достичь. Впрочем, Карлайл всегда был самым гуманным, самым участливым из нас... Вряд ли найдется в истории хоть кто-нибудь, кто сравнится с ним. — На минуту я задумался об отце, гадая, отдают ли ему должное мои похвалы. И продолжал излагать те сведения, которые считал не представляющими опасности для нее: — А мне было просто очень и очень больно.

Если другие воспоминания, способные причинить боль — особенно об утрате матери, — были спутанными и потускневшими, то воспоминание об *этой* боли оставалось исключительно отчетливым. Я слегка вздрогнул. Даже если придет время, когда Белла опять выскажет ту же просьбу, уже полностью отдавая себе отчет, что значит остаться со мной, одного этого воспоминания хватит, чтобы отказать ей. Меня отвращала сама мысль о том, что Белле придется столкнуться с такой болью.

Она обдумывала мой ответ, поджав губы и прищурившись. Мне хотелось знать ее мнение, но я понимал: стоит мне спросить, как придется отвечать на новые вопросы, бьющие точно в цель. И я продолжал рассказывать о себе, надеясь отвлечь ее:

— Его побудило одиночество. Вот она, причина, которой обычно объясняется выбор. В семье Карлайла я стал первым, хотя вскоре он нашел и Эсме. Она упала со скалы. Ее отправили прямиком в морг больницы, несмотря на то что ее сердце еще билось.

— Значит, надо быть при смерти, чтобы стать...

Надежно отвлечь ее не удалось. Она все еще пыталась разобраться в процессе. Я поспешил сменить направление:

— Нет, это все Карлайл. Он ни за что не поступил бы так с тем, у кого есть выбор. Правда, он говорит, что обычно бывает легче, когда кровь слабая.

Я перевел взгляд на дорогу. Не надо было ничего добавлять. Я задумался: неужели я постепенно приближался к ответам, которые она стремилась узнать, потому что в глубине души сам хотел, чтобы она выяснила, каков он, способ остаться со мной. Надо бы повнимательнее следить за тем, что я болтаю. Обуздать в себе эгоизм.

— А Эмметт и Розали?

Я улыбнулся. Вероятно, она заметила, что я отвечаю уклончиво, и не стала допытываться, чтобы не напрягать меня.

— Следующей в нашу семью Карлайл привел Розали. В моем присутствии он был осторожен в мыслях, и лишь гораздо позднее я понял: он надеялся, что Розали станет для меня тем же, чем Эсме стала для него самого.

Я вспомнил, какое отвращение испытал, когда он наконец проговорился. С самого начала Розали была отнюдь не желанным прибавлением — по правде говоря, ее появление сильно осложнило жизнь всем нам, — и, узнав, что Карлайл представлял ее состоящей в еще более близких отношениях со мной, я ужаснулся. Делиться масштабами моей антипатии было бы невежливо. Не по-джентльменски.

— Но Розали навсегда осталась для меня просто сестрой. — Пожалуй, это был самый деликатный финал главы из всех возможных. — И всего через два года она нашла Эмметта. Она охотилась — в то время мы находились неподалеку от Аппалачей — и столкнулась с медведем, который чуть было не прикончил его. Она отнесла Эмметта к Карлайлу, более чем за сотню миль, и я только теперь начинаю понимать, с каким трудом ей дался этот путь.

В то время мы жили близ Ноксвилла — место далеко не идеальное для нас с точки зрения погоды. Почти целыми днями мы сидели взаперти. Но надолго эта ситуация все равно не затянулась бы: просто Карлайл проводил патологические исследования в школе медицины при Университете Теннесси. Несколько недель, пару месяцев... словом, ничего сложного. У нас был доступ к нескольким библиотекам, да и Новый Орлеан с его ночной жизнью оказался почти под боком — для таких быстроногих существ, как мы. Однако Розали, уже вышедшая из возраста новорожденной, но еще не успевшая привыкнуть к присутствию людей, не желала сама находить себе занятия и развлекаться. Вместо этого она хандрила, ныла и находила изъяны в каждом предложении повеселиться или научиться чему-нибудь новому. Справедливости ради, вслух она жаловалась не слишком часто. Во всяком случае, Эсме раздражала не так, как меня.

Розали предпочитала охотиться в одиночку, и хотя мне следовало присматривать за ней, к облегчению нас обоих, я не слишком настаивал. Она знала, как действовать осторожно. Все мы тренировались обуздывать себя, пока жили далеко в безлюдной глуши. И, несмотря на то что мне не хотелось приписывать какие-либо достоинства этой незваной гостье, даже я был вынужден признать, что она на редкость хорошо владела собой. В основном благодаря упрямству и, как мне казалось, стремлению перещеголять меня.

Так что когда топот ног Розали, более быстрый и тяжелый, чем обычно, разорвал предрассветную тишину ноксвиллского лета, а ее привычному запаху предшествовала мощная волна запаха человеческой крови и безумных и бессвязных мыслей самой Розали, поначалу я даже не надеялся, что ей удалось *избежать* ошибки.

В первый год своей второй жизни Розали — еще до того, как несколько раз убегала, чтобы совершить отмщение, — мысли выдавали ее с головой. Я знал ее планы и сообщал о них Карлайлу. В первый раз он мягко посоветовал ей просто расстаться с прошлым, убежденный, что когда она забудет о нем, тогда и боль утихнет. Месть не вернет ей то, чего она лишилась. Но когда его наставления наткнулись на ее непримиримую ярость, он подсказал ей, как действовать во время этих вылазок эффективно и незаметно. Никто из нас не стал бы спорить с тем, что она заслуживает отмщения. И мы оба не могли не считать, что мир был бы гораздо лучше без насильников и убийц, отнявших у нее жизнь.

Мне казалось, к тому времени она уже разделалась с ними. Ее мысли давно успокоились, в них больше не чувствовалось одержимости рвать и крушить, корежить и увечить.

Но когда запах крови вторгся в дом, как цунами, я сразу же предположил, что она выследила еще одного пособника своих убийц. В целом я был о ней не самого высокого мнения, но твердо верил, что причинять вред без причины она не способна.

Все мои ожидания рухнули, когда Розали в панике закричала, призывая Карлайла на помощь. А потом сквозь пронзительный вопль ее страдания я различил еле слышное биение сердца.

Я вылетел из своей комнаты и застал ее в гостиной еще до того, как она умолкла. Карлайл уже был рядом. Розали с непривычно встрепанными волосами, в любимом платье, запачканном кровью так, что подол юбки окрасился в густо-бордовый цвет, держала на руках мужчину, удивительно рослого и крепкого для человеческого существа. Он чудом не терял сознания, его глаза блуждали по комнате, двигаясь не в лад, каждый сам по себе. Кожа была равномерно исполосована, в ранах отчетливо виднелись кости.

— Спаси его! — почти визжала Розали Карлайлу. — Умоляю!

«*Умоляю-умоляю-умоляю*», — билось у нее в голове.

Я видел, как дорого ей обошлись эти слова. Сделав вдох, чтобы пополнить запас воздуха, она вздрогнула — так велика была власть свежей крови, да еще настолько близко, у самого рта. Она старалась держать незнакомца на вытянутых руках и отворачивала от него лицо.

Карлайл понял ее страдания. Быстро забрав у нее неизвестного, он бережно уложил его на ковер в гостиной. Раненому не хватило сил даже на стон.

Я смотрел, потрясенный странным зрелищем, и машинально задерживал дыхание. Мне следовало бы уже покинуть дом. Я слышал мысли быстро удаляющейся Эсме. Едва учуяв запах крови, она поняла, что надо бежать, хотя была в таком же замешательстве, как и я.

«*Слишком поздно*, — понял Карлайл, осматривая неизвестного. Ему не хотелось расстраивать Розали; хотя она и была явно несчастна во второй жизни, которую он дал ей, она редко обращалась к нему с просьбами. И никогда не мучилась так, как сейчас. — *Должно быть, кто-то из родных*, — думал он. — *Как я могу вновь причинить ей боль?*»

Рослый незнакомец — вглядевшись в его лицо, я понял, что он немногим старше меня, — прикрыл глаза. Неглубокие вдохи стали затрудненными.

— Чего же ты ждешь? — пронзительно выкрикнула Розали. «*Он умирает! Умирает!*»

— Розали, я... — Карлайл беспомощно развел окровавленными руками.

Внезапно у нее в голове возник образ, и я понял, о чем именно она просит.

— Она не просит тебя исцелить его, — поспешил перевести я. — Она хочет, чтобы ты его *спас*.

Розали метнула в меня взгляд, полный благодарности, преобразивший ее лицо — таким я его еще не видел. На миг я вспомнил, как удивительно она красива.

Нам не пришлось долго ждать, когда Карлайл примет решение.

«*А!*» — мелькнуло в голове у Карлайла, и я увидел, на что он готов ради Розали, насколько в долгу чувствует себя перед ней. Решение было принято почти мгновенно.

Уже опускаясь на колени перед раненым, он замахал руками, прогоняя нас.

— Вам оставаться здесь небезопасно, — сказал он, наклоняясь к горлу незнакомца.

Я схватил Розали за перепачканную кровью руку и потащил к двери. Она не сопротивлялась. Мы вырвались из дома и бежали, не останавливаясь, пока не достигли соседней реки Теннесси и не прыгнули в воду.

Пока мы лежали в прохладном иле у самого берега и Розали ждала, когда течение смоет кровь с ее платья и кожи, мы впервые за все время разговорились.

Правда, словами говорила она мало, больше показывала мне у себя в голове, как нашла совершенно незнакомого умирающего мужчину, и было в его лице что-то такое, отчего она не пожелала смириться с этим будущим. Объяснить почему ей не хватило слов. Не смогла она облечь в слова и то, *как это* сделала — как сумела проделать страшный путь и не добить свою ношу сама. Я видел, как она бежала милю за милей быстрее, чем когда-либо прежде, и все это время изнывала от неутоленной жажды. Пока она воскрешала все это в памяти, ее разум был беззащитен и уязвим. Она тоже пыталась во всем разобраться и терялась в догадках почти так же, как я.

Я не искал очередного пополнения в нашей семье. И никогда особо не задумывался о том, чего хочет или в чем нуждается Розали. Но внезапно, увидев случившееся ее глазами, я пожелал ей счастья. Впервые за все время мы очутились на одной стороне.

Возвращаться домой нам было еще рано, хотя Розали изводилась от беспокойства, не зная, как дела у подопечного Карлайла. Я уверял ее, что Карлайл сам разыскал бы нас, если бы его постигла неудача. Так что теперь нам оставалось только ждать, пока не пройдет опасный период.

За эти часы изменились мы оба. Когда Карлайл наконец пришел звать нас домой, мы вернулись туда братом и сестрой.

Пауза, за время которой я вспоминал, как наконец полюбил свою сестру, получилась недолгой. Белла все еще ждала продолжения. Я вернулся мыслями к тому, на чем остановил рассказ: Розали, с рук которой капает кровь, старательно отворачивается от Эмметта. Ее поза напомнила мне менее давние воспоминания: я несу в кабинет медсестры Беллу, у которой закружилась голова. Любопытная параллель.

— Я только теперь начинаю понимать, с каким трудом ей дался этот путь, — заключил я. Наши пальцы были переплетены и сжаты вместе. Я поднял наши руки и провел своей по ее щеке.

Последняя полоска красного сияния в небе приобрела густо-пурпурный оттенок.

— Но Розали справилась, — помолчав немного, сказала Белла, явно с нетерпением ожидая, когда я продолжу.

— Да. Она увидела в лице Эмметта то, что придало ей силы. — Как ни странно, она оказалась права. Поразительно, какую гармоничную они составили пару, словно две половинки целого. Судьба или везение астрономических масштабов? Я так и не смог определить. — С тех пор они неразлучны. Иногда они живут отдельно от нас, как супружеская пара. — И да, за это я был им особенно благодарен. Я любил Эмметта и Розали по отдельности, но Эмметт и Розали, уединившиеся вдвоем в пределах досягаемости для моего умения читать мысли, — суровое испытание. — Но чем более молодыми мы выглядим в глазах окружающих, тем дольше нам удается обходиться без постоянных переездов. Форкс показался нам идеальным местом, поэтому всех нас записали в школу. — Я рассмеялся. — Думаю, через несколько лет нам *опять* предстоит их свадьба.

Розали обожала выходить замуж. Бессмертие она больше всего любила за возможность праздновать свадьбу снова и снова.

— А Элис и Джаспер? — спросила Белла.

— Элис и Джаспер — редкие существа. У обоих сознательность, как мы это называем, развилась без посторонней помощи. Джаспер принадлежал к... другой семье. — Я выбрал не то слово намеренно и с усилием сдержался, чтобы не передернуться от воспоминаний о том, каким было для него начало. — К *совсем* не такой, как наша. Он впал в депрессию и какое-то время странствовал в одиночку. Его нашла Элис. Как и у меня, у нее есть некоторые способности, выходящие за пределы нормы для нашего вида.

Это удивило Беллу настолько, что с нее слетела маска невозмутимости.

— Правда? Но ты же говорил, что только ты умеешь читать мысли людей.

— Так и есть. А у нее свои умения. Она *видит* — то, что может произойти, то, что грядет. — И то, чего теперь уже не будет никогда. Худшее осталось для меня позади. Впрочем... меня все еще беспокоила нечеткость нового видения, того, с которым я мог примириться. Другое — Элис и Белла, обе белые и холодные, — виделось гораздо отчетливее. Но это не имело значения. Просто не могло иметь. Я переборол одно невозможное будущее и над другим тоже одержу победу. — Но эти видения субъективны, — продолжал я, уловив резкость в собственном голосе. — Будущее не определено раз и навсегда, оно меняется.

Я взглянул на ее лицо, на кожу — нежную, как сливки с абрикосом, убедился, что она выглядит так, как и должна, и отвел глаза, прежде чем она перехватила мой взгляд. Что именно ей удается прочесть в моих глазах, я никогда не знал наверняка.

— И что же видит Элис? — пожелала узнать Белла.

— Она увидела Джаспера и поняла, что он ищет ее, еще до того, как он сам понял это. — Их союз был чудодейственным. Стоило Джасперу задуматься о нем, все в доме расслаблялись в состоянии мечтательной умиротворенности, настолько мощное влияние на окружающих он умел оказывать. — Увидела Карлайла и нашу семью, и они вместе отправились искать нас.

Я пропустил момент знакомства, когда Элис и Джаспер представились настроенному крайне подозрительно Карлайлу, испуганной Эсме и враждебной Розали. Их всех встревожил воинственный вид Джаспера, но Элис точно знала, какие слова рассеют тревогу. Разумеется, она знала, что именно надо сказать. Она просмотрела все возможные варианты этой знаменательной встречи и выбрала из них лучший. Не случайно нас с Эмметтом в это время не было дома. Элис предпочла, чтобы встреча прошла как можно более гладко в отсутствие главных защитников семьи.

С трудом верилось, что так прочно в нашей семье они обосновались всего за несколько дней, до нашего с Эмметтом возвращения. Мы оба были потрясены, Эмметт изготовился к бою в ту же секунду, как только увидел Джаспера. Но Элис кинулась вперед и обняла меня еще до того, как кто-нибудь из нас успел вымолвить хоть слово.

Я не испугался порыва, который можно было расценить как нападение. В мыслях она была настолько уверена во мне, так полна *любви* ко мне, что я уж было решил, что впервые во второй жизни потерял память. Потому что эта миниатюрная бессмертная доскональна знала меня, лучше, чем кто-либо в моей нынешней или прежней семье. Да кто она такая?

«О, Эдвард! Неужели! Брат! Наконец-то мы вместе!»

А потом, продолжая крепко обнимать меня за талию и вынудив меня самого нерешительно положить руки ей на плечи, она стремительно пролистала в мыслях события своей жизни с самого первого до нынешнего момента, а потом дальше в будущее, показывая главное, что случится в первые несколько лет нашей общей жизни. Было так странно в тот же миг осознать, насколько хорошо я знаю ее.

— Эмметт, это Элис, — сказал я брату, все еще обнимая мою новоявленную сестру. Агрессивная поза Эмметта сменилась растерянной. — Она из нашей семьи. А это Джаспер. Ты его полюбишь.

С Элис было связано столько воспоминаний, столько чудес и явлений, парадоксов и загадок, что даже для того, чтобы пересказать Белле ключевые моменты, мне понадобилось бы время до конца недели. Так что я решил ограничиться несколькими подробностями попроще, практического свойства.

— Особенно развито у нее чутье на нелюдей. Так, она всегда предвидит приближение другой стаи нам подобных. И угрозу, которую они могут представлять.

Элис пополнила число защитников семьи.

— А разве... таких, как вы, много? — спросила Белла, похоже, слегка потрясенная этой мыслью.

— Нет, не много, — заверил я. — Но большинству чужд оседлый образ жизни. Только те, кто, как мы, отказались от охоты на человека, — я вскинул бровь и пожал Белле руку, — могут достаточно долго сосуществовать с людьми. Нам удалось найти единственную семью, такую же, как наша. — В одной деревушке на Аляске. Некоторое время мы жили вместе с ними, но нас было так много, что со временем мы стали привлекать внимание. — И вдобавок Таня, матриарх того клана, была настойчива вплоть до домогательства. — Тем из нас, кто живет... иначе, свойственно объединяться.

— А остальные?

Мы подъехали к ее дому — он был пуст, свет в окнах не горел. Я припарковался на обычном месте и заглушил двигатель. Внезапная тишина создала в темноте особенно интимную атмосферу.

— В большинстве своем кочуют с места на место, — ответил я. — Все мы порой ведем такой образ жизни. Как любой другой, он приедается. Но время от времени мы неизбежно сталкиваемся с себе подобными, потому что большинство из нас предпочитает север.

— Почему?

Я усмехнулся и легонько толкнул ее локтем в бок.

— Неужели сегодня ты весь день не открывала глаз? Думаешь, я способен разгуливать по улицам при свете солнца, не создавая аварий? Потому-то мы и выбрали полуостров Олимпик — одно из самых бессолнечных мест на планете. Приятно иметь возможность выходить из дома днем. Ты не представляешь себе, как может надоесть за восемьдесят с лишним лет ночная темнота.

— Значит, вот откуда берутся легенды? — Она кивнула себе.

— Вероятно.

Точный источник легенд мне был известен, но в такие подробности вдаваться не хотелось. Вольтури очень далеко и слишком поглощены своей ролью полиции вампирского мира. На жизнь Беллы они никак не повлияют, если не считать преданий, которые сами распустили, чтобы оберегать частную жизнь бессмертных от нежелательного вторжения.

— А Элис, как и Джаспер, пришла из другой семьи? — спросила Белла.

— Нет, в этом и заключается тайна. Элис вообще не помнит своей человеческой жизни.

Я видел самое первое из ее воспоминаний. Яркое утреннее солнце, легкий туман рассеивается в воздухе. Вокруг спутанная трава, раскидистые дубы затеняют низину, в которой она проснулась. А помимо этого — ничего, ни ощущения своей личности, ни цели. Она смотрела на свою бледную кожу, мерцающую на солнце, и не знала, кто или что она такое. И тут ее посетило первое видение.

Мужское лицо, свирепое, но вместе с тем опустошенное, покрытое шрамами, но прекрасное. Темно-красные глаза и грива золотистых волос. Вместе с этим лицом явилось глубокое чувство принадлежности. А потом она увидела, как незнакомец произносит имя.

Элис.

Ее имя, поняла она.

Видения объяснили ей, кто она, или сформировали ее такой, какой она стала. Другой помощи она не получила.

— И она не знает, кто создал ее, — сказал я Белле. — Когда она пробудилась, рядом никого не было. Тот, кто сотворил ее, ушел, и никто из нас не может понять, почему и как ему это удалось. Если бы не чутье Элис, если бы она не увидела Джаспера и Карлайла и не поняла, что скоро станет одной из нас, она скорее всего одичала бы.

Белла обдумывала мои слова молча. Я не сомневался, что ей будет трудно понять их. Моей семье тоже понадобилось время, чтобы приспособиться. Интересно, каким станет ее следующий вопрос.

И вдруг у нее забурчало в животе, и я сообразил, что за весь день, который мы провели вместе, она ничего не съела.

Эх, надо было напоминать себе о том, что у нее есть человеческие потребности.

— Извини, что из-за меня ты пропустила ужин.

— Ничего страшного, — слишком поспешно откликнулась она.

— Я никогда не проводил много времени с тем, кто ест человеческую пищу, — виновато объяснил я, — потому и забыл.

Жалкое оправдание.

Выражение ее лица, когда она ответила, было совершенно искренним и уязвимым.

— Мне хочется побыть с тобой еще.

Слово «побыть» как будто вдруг стало тяжелее обычного.

— А мне нельзя к тебе? — осторожно спросил я.

Она моргнула раз, другой, явно застигнутая врасплох.

— Ты хочешь?

— Да, если можно.

Интересно, считает ли она, что я должен услышать недвусмысленное приглашение, чтобы войти в дом? При этой мысли я улыбнулся, потом нахмурился в приступе угрызений совести. Обязательно надо выложить ей всю правду. В очередной раз. Но как подступиться к такому постыдному признанию?

Этими мыслями я терзался, пока выходил из машины и распахивал дверцу перед ней.

— Совсем как человек, — прокомментировала она.

— Да, кое-что вспоминается.

Вместе мы прошли с человеческой скоростью через тенистый тихий двор, будто в этом и не было ничего особенного. На ходу Белла поглядывала на меня и едва заметно улыбалась. Когда мы проходили мимо тайника, я поднял руку, достал из него ключ от дома и открыл перед ней дверь. Она смутилась, заглядывая в темную прихожую.

— Дверь была не заперта? — спросила она.

— Нет, я открыл ее ключом из-под карниза.

Пока я клал ключ на прежнее место, она включила лампу на веранде. Потом повернулась ко мне, и при желтом свете на ее лицо легли резкие тени, она приподняла брови, глядя на меня. Я понял, что она пытается выглядеть строго, но уголки ее губ подрагивали — она сдерживала улыбку.

— Мне было любопытно узнать о тебе, — признался я.

— Ты за мной шпионил?

Несмотря на отсутствие повода для шуток, голос ее звучал так, будто она сейчас рассмеется.

Надо было сразу во всем сознаться, но я решил подыграть ей и отозвался в тон:

— А чем еще заняться здесь ночью?

Ошибочный, трусливый выбор. Она услышала только шутку, но не признание. Странно было вновь осознать, что поводов для опасений еще множество, хотя угроза главного из кошмаров уже устранена. Разумеется, это лишь моя вина, мои поступки, которым нет оправданий.

Она слегка покачала головой, потом жестом предложила мне войти. Я прошел мимо нее в коридор, включая по пути свет, чтобы ей не пришлось спотыкаться в потемках. Усевшись к столу в тесной кухне, я огляделся, изучая помещение в тех ракурсах, с которых не мог увидеть его, когда смотрел в окно снаружи. Кухня была опрятной и теплой, веселой от ярко-желтой краски — трогательной, пусть и неудачной попытки изобразить солнечный свет. Все здесь пахло Беллой, и хотя это должно было причинять мне боль, я обнаружил, что запах, как ни странно, доставляет мне удовольствие. Мазохизм, не иначе.

Она смотрела на меня с выражением на лице, которое было непросто разгадать. Толика замешательства в нем сочеталась с частицей удивления. Как будто она все еще сомневалась, что я настоящий. Улыбнувшись, я указал на холодильник. С ответной усмешкой она крутнулась в ту сторону. Хорошо бы у нее нашлась какая-нибудь готовая еда. Может, стоило сводить ее на ужин? Но стать предметом внимания целой толпы незнакомых людей было бы неправильно. Наше вновь обретенное взаимопонимание было еще слишком свежим и необыкновенным. Любое препятствие, вынуждающее к молчанию, оказалось бы непереносимым. Я хотел ее себе целиком.

Ей понадобилась всего минута, чтобы прийти к решению: она отрезала квадратный кусок какой-то запеканки и сунула ее разогреваться в микроволновку. Я учуял запах орегано, лука, чеснока и томатного соуса. Что-то итальянское. Пока тарелка вращалась, она пристально смотрела на нее.

Пожалуй, научусь-ка я готовить. Неспособность оценить вкус так, как это делают люди, определенно станет препятствием, но если не ошибаюсь, в этом процессе есть что-то от математики, и распознавать запахи я наверняка привыкну.

Дело в том, что меня вдруг наполнила уверенность, что это всего лишь первый из вереницы наших тихих домашних вечеров, а не единичное событие. У нас впереди годы такого времяпрепровождения. Она и я вместе, просто радуемся обществу друг друга. Столько часов... свет во мне ширился и рос, и я опять испугался, что разобьюсь вдребезги.

— Ну и как, часто? — спросила Белла, не глядя на меня.

Меня так захватил этот грандиозный образ будущего, что я не сразу понял ее.

— Хм-м?

Она не оборачивалась.

— Часто ты являлся сюда?

А, вот оно что. Пора собираться с духом. Пора проявить честность, какими бы ни были последствия. Но после сегодняшнего дня я почти не сомневался, что в конце концов она меня простит. Буду надеяться.

— Я прихожу почти каждую ночь.

Она круто обернулась, ее взгляд был удивленным:

— Зачем?

Честность.

— Интересно смотреть на тебя, когда ты спишь. Ты говоришь во сне.

— Нет! — ахнула она. Кровь прихлынула к ее щекам и не остановилась на них, а окрасила даже лоб до самых волос. В комнате на бесконечно малую величину прибавилось тепла, ее румянец нагрел воздух вокруг нее. Она прислонилась к кухонному столу за ее спиной, схватилась за него так крепко, что костяшки пальцев побелели. Пока что я видел на ее лице только шок, но не сомневался, что скоро проступят и другие эмоции.

— Очень сердишься?

— Смотря... — выпалила она задыхаясь.

Смотря на что? Что могло бы стать смягчающим обстоятельством для моего преступления? Что сделало бы его более или менее ужасным? Досадно было думать, что она не спешит вынести суждение, не узнав прежде в точности, насколько малопристойными были мои наблюдения. Неужели она решила, что я испорчен, как какой-нибудь похотливый любитель подглядывать? И что я глазел на нее из темноты, надеясь, что она обнажится? Если бы меня могло стошнить, именно это и произошло бы сейчас.

Поверит ли она, если я попытаюсь объяснить, как мучился в разлуке с ней? Смог бы хоть кто-нибудь поверить, какие беды я представлял себе, боясь, что с ней что-нибудь случится? Все эти угрозы выглядели неправдоподобно. И все же если бы сейчас мне пришлось расстаться с ней, меня изводили бы те же мысли о тех же маловероятных опасностях.

Прошло несколько долгих секунд, микроволновка запищала, объявляя, что справилась с работой, но Белла молчала.

— М? — напомнил о себе я.

Белла застонала.

— ...что ты слышал!

Какое же облегчение нахлынуло на меня!

Она не поверила, что я способен на гнусное подглядывание. Ее тревожило и смущало только то, что я мог случайно услышать от нее. Ну, на этот счет было легко ее успокоить. Она не сказала ничего такого, чего стоило бы стыдиться. Вскочив, я бросился к ней, чтобы взять за руки. И сам затрепетал от радости, сумев сделать это так легко.

— Не расстраивайся! — попросил я. Она не поднимала глаз. Я наклонился, чтобы наши лица оказались на одном уровне, и дождался, когда она ответит на мой взгляд.

— Ты скучаешь по маме и волнуешься за нее. А когда идут дожди, — негромко объяснил я, — их шум мешает тебе уснуть. Раньше ты часто говорила о своем прежнем доме, теперь уже реже. Однажды ты пробормотала «слишком уж *зелено*».

Я тихонько засмеялся, пытаясь вызвать у нее улыбку. Наверняка теперь она поймет, что ей вовсе незачем сгорать от стыда.

— А что еще? — спросила она, требовательно подняв бровь. И слегка отвернулась, опустив глаза и снова метнув взгляд в меня, так что я понял, что ее тревожит.

— Ты повторяла мое имя, — признался я.

Она втянула воздух и медленно выпустила его.

— Часто?

— Для тебя «часто» — это сколько?

Она уставилась в пол.

— О нет...

Я осторожно обнял ее обеими руками за плечи. Она приникла к моей груди, все еще пряча лицо.

Неужели она не поняла, что я лишь радовался, слыша из ее уст свое имя? Ведь оно стало одним из моих самых любимых звуков — вместе с шорохом ее дыхания, с биением ее сердца...

Свой ответ я прошептал ей на ухо:

— Тебе незачем смущаться. Если бы я только мог видеть сны, они были бы о тебе. И я бы нисколько не стыдился.

Как мне когда-то хотелось увидеть ее во сне! Как я изнывал от этого желания! А теперь реальность оказалась лучше сновидений. Я бы ни за что не упустил ни единой ее секунды ради пребывания в забытьи любого рода.

Она слегка расслабилась. Вместе со вздохом у нее вырвался радостный, почти мурлыкающий звук.

Возможно ли такое? Меня никак не накажут за все мое возмутительное поведение? Казалось, я получил не просто награду. Я же знал, что на мне лежит тяжкая вина, которую я обязан искупить.

Я не сразу заметил еще один звук помимо стука ее сердца рядом со мной. Машина подъехала к дому, послышались приглушенные мысли водителя. Усталого после долгого дня. Предвкушающего ужин и уют, который предвещали тепло освещенные окна. Но я не мог сказать точно, о чем он думает.

Мне не хотелось уходить. Прижавшись щекой к голове Беллы, я ждал, когда и она услышит отцовскую машину. Она вдруг замерла.

— Ничего, если твой отец застанет меня здесь?

Она помедлила в нерешительности.

— Даже не знаю...

Я быстро коснулся губами ее волос и со вздохом разжал объятия.

— Значит, в другой раз...

Я выскользнул из кухни и взлетел по лестнице в темноту узкого коридора между спальнями, где однажды побывал, когда искал одеяло для Беллы.

— Эдвард! — громким шепотом позвала она из кухни.

Я засмеялся — лишь настолько громко, чтобы дать ей понять, что я рядом.

Ее отец затопал у входной двери, дважды вытер каждую подошву о коврик. Вставил ключ в замок и хмыкнул, когда ручка шевельнулась вместе с поворотом ключа в уже отпертой двери.

— Белла? — позвал он, распахивая дверь. Его мысли обратились к запаху еды из микроволновки, в животе заурчало.

Я вдруг спохватился, что и Белла тоже *так и не* поужинала. Пожалуй, это даже к лучшему, что ее отец прервал нас. Иначе я бы рисковал заморить ее голодом.

Но в глубине души мне было немного... грустно. Спрашивая, хочет ли она, чтобы ее отец узнал, что я здесь, что мы были вместе, я надеялся, что ответ будет другим. Ей, конечно же, надо как следует подумать, прежде чем знакомить меня с ним. А может, она вообще не захочет ставить его в известность о том, что в нее влюблен такой, как я, и это тоже совершенно справедливо. Более чем справедливо.

И вообще, было бы неудобно официально знакомиться с ее отцом в таком виде, одетым так, как я сейчас. Точнее, *неодетым*. Пожалуй, мне следовало бы поблагодарить Беллу за скрытность.

— Я здесь, — ответила Белла отцу. Я услышал, как он негромко буркнул в ответ, давая понять, что услышал, запер дверь, и его ботинки прогрохотали в сторону кухни.

— А можно и мне? — спросил Чарли. — Вымотался.

Было нетрудно разобраться в звуках, которые издавала Белла, двигаясь по кухне, пока Чарли усаживался, хотя наблюдать за ней с помощью его мыслей было бы удобнее. Кто-то жует — Белла наконец-то ужинает. Открывается и закрывается холодильник. Урчит микроволновка. Жидкость — слишком густая для воды, наверное, молоко, — льется в стаканы. Тарелка с негромким стуком ставится на деревянный стол. По полу скребут ножки стула — Белла садится.

— Спасибо, — произнес Чарли, после чего некоторое время они оба жевали молча.

Белла нарушила дружеское молчание:

— Как прошел день? — Судя по беглому вопросу, ее мысли где-то витали. Я улыбнулся.

СОЛНЦЕ ПОЛУНОЧИ

— Хорошо. Клев был... а ты как? Сделала все, что собиралась?

— Вообще-то нет. Слишком хороший день выдался, чтобы торчать в четырех стенах, — в отличие от отцовского ее тон был не настолько непринужденным. Скрывать что-либо от отца она явно не умела.

— Да, славный был денек, — согласился Чарли, похоже, ничего не заподозрив по ее голосу.

Снова сдвинулся стул.

— Спешишь? — спросил Чарли.

Белла громко сглотнула.

— Ага, устала. Хочу лечь пораньше. — Ее шаги удалились в сторону раковины, потекла вода.

— Ты как будто на взводе, — произнес Чарли. Значит, кое-что он все-таки заметил. Если бы его мысли было легче читать, я бы этого не пропустил. Я постарался разобраться в них. Белла бросила короткий взгляд в сторону коридора. Внезапно покраснела. Вот и все, похоже, что он заметил. Потом образы стали спутанными, туманными, разрозненными. Горчично-желтая «импала» семьдесят первого года. Спортзал школы Форкса, украшенный гирляндами из гофрированной бумаги. Качели на веранде, девочка с ярко-зелеными заколками в светлых волосах. Два красных виниловых табурета у блестящей хромированной стойки в дешевой закусочной. Девушка с длинными темными кудрями, идущая по берегу под луной.

— Да? — изображая недоумение, отозвалась Белла. Вода текла в раковину, я слышал шорох щетки по пластику.

Чарли все еще думал про луну.

— Суббота... — невпопад заявил он.

Белла, видимо, не знала, что ответить. И я тоже не мог догадаться, к чему такое вступление.

Наконец Чарли продолжал:

— На сегодня никаких планов?

Кажется, теперь я понял смысл образов у него в голове. Субботние вечера времен его юности? Вполне возможно.

— Нет, папа, просто хочу отоспаться. — Голос ее звучал как угодно, только не устало.

Чарли засопел.

— Здешние парни не в твоем вкусе — так, что ли?

Беспокоится, что ей не хватает нормальных подростковых впечатлений? Что она что-то упускает? На миг я ощутил укол сомнения. А если мне следует беспокоиться о том же самом? Чего она лишается из-за меня?

Но потом уверенность и ощущение *правильности*, как тогда, на лугу, охватили меня. Мы принадлежим друг другу.

— Нет, просто пока никто не приглянулся, — слегка покровительственно объяснила Белла.

— А я думал, Майк Ньютон... ты же вроде говорила, что общаешься с ним.

Вот *такого* я не ожидал. Острый нож гнева провернулся у меня в груди. Нет, не гнева, догадался я. Ревности. Вряд ли я недолюбливал кого-нибудь сильнее, чем этого никчемного и ничтожного мальчишку.

— Как с другом, папа, — и *только*.

Я так и не понял, расстроил Чарли ее ответ или успокоил. Вероятно, вызвал смешанные чувства.

— Знаешь, все равно никто из них тебе не пара, — сказал он. — Вот поступишь в колледж, тогда и выберешь.

— Вот и я так думаю, — сразу же согласилась Белла, свернула за угол коридора и начала подниматься по лестнице. Шаги были медленными — вероятно, в подтверждение слов, что ее клонит в сон, — и мне с избытком хватило времени, чтобы опередить ее на пути в спальню. На всякий случай, если Чарли двинется следом. Вряд ли ей хочется, чтобы он застал здесь меня — полуодетого и подслушивающего.

— Спокойной ночи, милая, — пожелал Чарли ей вслед.

— Увидимся утром, папа, — отозвалась она, попыталась изобразить усталость в голосе, но без малейшего успеха.

Устроиться в кресле-качалке как обычно, оставаясь невидимым в темноте, было бы неправильно. Там я прятался, когда не хотел, чтобы она знала, что я здесь. Когда я обманывал ее.

И я улегся поперек ее кровати, на самом видном месте в комнате, чтобы не вызвать ни малейшего подозрения, что я прячусь.

Так я и знал, что на кровати ее запах окружит меня со всех сторон. Судя по тому, как пахло стиральным порошком, недавно она сменила постельное белье, однако ее запах все равно ощущался острее. Как бы он ни ошеломлял, это явное свидетельство ее существования вместе с тем доставляло почти мучительное удовольствие.

Едва переступив порог своей комнаты, Белла перестала устало шаркать ногами. Она захлопнула дверь за собой и на цыпочках подбежала к окну. Пронеслась мимо меня, даже не взглянув. Рывком открыв окно, она высунулась наружу и вгляделась в темноту.

— Эдвард! — громким шепотом позвала она.

Значит, выбранное мной место все-таки оказалось не самым видным. Я тихо посмеялся над своей провалившейся попыткой действовать в открытую и ответил ей:

— Да?

Она обернулась так порывисто, что чуть не потеряла равновесие. И была вынуждена схватиться одной рукой за оконную раму, чтобы удержаться на ногах, а другую невольно прижала к горлу. Потом сдавленно ахнула и, как в замедленной съемке, съехала спиной по стене на дощатый пол.

У меня вновь возникло ощущение, что я ошибаюсь буквально на каждом шагу. Хорошо еще, что на этот раз итог оказался не пугающим, а смешным.

— Извини.

Она кивнула.

— Подожди, дай сердцу отойти.

Ее сердце и вправду судорожно колотилось от потрясения, которое я у нее вызвал.

Я сел, стараясь не делать резких движений и не спешить. Двигаться как человек. Она следила за мной, не отрываясь, и постепенно уголки ее губ начали приподниматься в улыбке.

Обратив внимание на ее губы, я решил, что она находится непростительно далеко. Наклонившись, я осторожно подхватил ее за руки у самых плеч и усадил рядом, на расстоянии дюйма. Вот так гораздо лучше.

Я накрыл ладонью ее руки, с облегчением вбирая жар ее кожи.

— Посиди здесь, со мной.

Она усмехнулась.

— Как сердце? — спросил я, хотя оно билось так сильно, что я улавливал вибрацию воздуха, волнами расходящуюся вокруг нее.

— Это тебя надо спрашивать, — возразила она. — Ты же наверняка слышишь его лучше, чем я.

В самую точку. Я тихо рассмеялся, ее улыбка стала шире.

Приятная погода еще не кончилась; облака разошлись, серебристый лунный свет коснулся ее кожи, придавая ей поистине неземную красоту. Я задумался, каким она видит меня. Ее глаза были полны радостного изумления — должно быть, как и мои.

Внизу открылась и закрылась входная дверь. Если не считать невнятной вереницы образов в голове у Чарли, других мыслей вблизи дома я не уловил. Куда он ушел? Недалеко... Скрипнул, потом негромко лязгнул металл. В голове у Чарли возникла какая-то схема.

А, ее пикап. Я слегка удивился готовности Чарли пойти на такие крайности, чтобы помешать Белле в том, что она, по его мнению, задумала.

Я уже собирался упомянуть о странном поступке Чарли, как вдруг выражение ее лица изменилось. Взгляд метнулся в сторону двери и обратно ко мне.

— Можно мне еще минутку на человеческие потребности? — спросила она.

— Конечно, — сразу ответил я, развеселившись от такой формулировки.

Резко сведя брови, она нахмурилась.

— Сиди здесь, — строго велела она.

Ничего проще от меня еще никогда не требовали. Я не мог представить себе причину, по которой пожелал бы сейчас покинуть эту комнату.

Отозвавшись в тон Белле «есть, мэм», я выпрямился и нарочито напрягся, застывая на месте. Она довольно улыбнулась.

Потратив минуту, чтобы собрать вещи, она вышла из комнаты. И даже не попыталась прикрыть дверь потихоньку. Второй дверью она хлопнула еще громче. В ванной. Видимо, отчасти чтобы убедить Чарли, что она не замышляет ничего предосудительного. Вряд ли он мог бы догадаться, что она замышляла *на самом деле*. Но ее старания пропали даром: Чарли вернулся в дом лишь спустя минуту. Мне показалось, что он озадачился, услышав шум воды в душе.

В ожидании Беллы я наконец воспользовался случаем, чтобы ознакомиться с ее маленьким собранием книг и дисков возле постели. После моих расспросов сюрпризов в нем нашлось немного. Среди ее книг лишь одна была в твердом переплете — еще слишком новая, чтобы выйти в бумажной обложке. Это был экземпляр «Клыка и когтя», единственной книги из списка ее любимых, которую я не читал. И до сих пор не успел восполнить этот пробел, следуя по пятам за Беллой, словно полоумный телохранитель. Я сразу же открыл роман и принялся читать.

При этом я отмечал, что Белла задержалась дольше обычного. И как всегда, во мне зашевелилось извечное беспокойство о том, что у нее наконец нашлись причины избегать меня. Я постарался не поддаваться. Белла могла замешкаться по любой из миллиона причин. И я сосредоточился на книге. Сразу стало ясно, почему она назвала ее в числе любимых: книга была и странной, и вместе с тем чарующей. Разумеется, сегодня мне попала бы под настроение любая история, в которой торжествует любовь.

Дверь ванной открылась. Я вернул на место книгу — отметив номер страницы, 166, чтобы возобновить чтение позднее, — и принял прежнюю позу статуи. Но к моему разочарованию, вместо того чтобы шмыгнуть обратно в комнату, Белла побрела вниз по лестнице. Ее шаги остановились на нижней ступеньке.

— Спокойной ночи, папа, — громко сказала она.

В мыслях у Чарли царила небольшая путаница, но ничего конкретного в них я не различил.

— Спокойной ночи, Белла, — пробурчал он.

Она взбежала по лестнице, в спешке прыгая через ступеньку. Распахнула дверь, обшарила взглядом темноту еще до того, как вошла, и плотно закрыла дверь за собой. Заметив, что я сижу точно в той же позе, она расплылась в широкой улыбке.

Я нарушил полную неподвижность, чтобы ответить ей тем же.

Поколебавшись секунду и бросив беглый взгляд вниз, на свою поношенную пижаму, она скрестила руки на груди почти виноватым жестом.

Мне показалось, я понял, почему сегодня она задержалась в ванной. Не из боязни чудовищ, а из гораздо более распространенных опасений. От смущения. Нетрудно было вообразить, как неуверенно она чувствует себя здесь, вдали от солнца и магии цветущего луга. И я тоже вступал на неизведанную территорию.

Вспомнив прежние привычки, я попытался поддразнить ее, чтобы разрядить обстановку. Обвел оценивающим взглядом ее одежду и заметил:

— Мило.

Она нахмурилась, но ее плечи слегка расслабились.

— Нет, тебе правда идет, — заверил я.

Пожалуй, слишком будничное выражение. В эту минуту, когда влажные волосы рассыпались по ее плечам, словно водоросли, а лицо сияло в лунном свете, даже старенькая пижама ей не просто шла — она выглядела в ней прекрасно. Английскому языку настоятельно необходимо слово для создания, подобного и богине, и наяде.

— Спасибо, — пробормотала она, подошла и села так же близко ко мне, как раньше. Только на этот раз села по-турецки, и ее колено нагрело пятнышко на моей ноге, которой касалось.

Я указал на дверь, потом на комнату под нами, где все еще в беспорядке ворочались мысли ее отца.

— Зачем все это? — спросил я.

Она чуть самодовольно улыбнулась:

— Чарли думает, что я куда-то собралась тайком на ночь глядя.

— А-а... — Интересно, в какой степени моя оценка вечера, проведенного в обществе ее отца, совпадает с ее оценкой. — Почему?

Она шире распахнула глаза, изображая наивность.

— Наверное, решил, что у меня взволнованный вид.

Подыгрывая ей, я взял ее за подбородок и осторожно поднял ее лицо, поворачивая к лунному свету, чтобы лучше разглядеть. Но от этого прикосновения все шутки улетучились из моей головы.

— На самом деле у тебя очень теплый вид, — прошептал я и, даже не задумавшись о возможных последствиях, наклонился и прижался щекой к ее щеке. Мои глаза закрылись сами собой.

Я вдохнул ее запах. Ее щека рядом с моей восхитительно пылала.

Враз осипшим голосом она выговорила:

— Похоже, теперь... — на миг она осеклась, прокашлялась и продолжала: — тебе уже легче находиться рядом со мной.

— Тебе так кажется?

Это предположение я обдумывал, пока вел носом по ее подбородку. Физическая боль в горле не ослабела ни на йоту, но нисколько не умаляла наслаждение от прикосновений к ней. Отчасти мои мысли заплутали, захваченные чудом этого момента, отчасти продолжали бдительно и точно выверять каждое движение каждой мышцы, отслеживать каждую реакцию тела. Для этого понадобилась изрядная доля моих умственных способностей, но разум бессмертного способен многое вместить. Момент это не испортило.

Я приподнял завесу ее влажных волос и легко прильнул губами к немыслимо нежной коже прямо под ее ухом.

Она прерывисто вздохнула.

— Намного легче.

— Хм-м, — только и сумел промычать я, всецело поглощенный изучением ее озаренного луной горла.

— Вот я и задумалась... — начала она и умолкла, едва я провел пальцами по ее хрупкой ключице. И сделала еще один прерывистый вздох.

— М-да? — подбодрил я, дотрагиваясь кончиками пальцев до впадинки над ключицей.

Ее голос задрожал и взвился:

— Почему это, как думаешь?

Я усмехнулся:

— Разум выше материи.

Она отстранилась от меня, и я замер, сразу насторожившись. Неужели я перешел черту? Повел себя неуместно? Она уставилась на меня, явно удивленная не меньше моего. Я ждал, когда она что-нибудь скажет, но она только не сводила с меня глубоких, как океан, глаз. И все это время ее сердце трепетало так быстро, будто она только что пробежала марафон. Или перепугалась.

— Я сделал что-то не так? — спросил я.

— Нет, наоборот. — Уголки ее губ поднялись в улыбке. — Ты сводишь меня с ума.

Немного ошеломленный, я смог лишь спросить:

— Правда?

Ее сердце все еще колотилось... не от страха — от *желания*. От осознания этого мое тело пронзил электрический импульс.

Пожалуй, моя ответная улыбка получилась слишком широкой.

Она тоже улыбнулась шире под стать мне.

— Ждешь бурных аплодисментов?

Неужели она считала, что я настолько уверен в себе? И не догадывалась, насколько все это не по моей части? Многое мне удавалось отлично, в основном благодаря моим сверхчеловеческим способностям. Я точно знал, в чем могу быть уверенным. Но не в том, что происходило сейчас.

— Просто... приятно удивлен. Последние лет сто... — я сделал паузу и чуть не рассмеялся, заметив, что выражение на ее лице стало слегка самодовольным — ей нравилась моя честность, — а потом продолжал: — мне даже в голову не приходило, что такое бывает, — хотя бы приблизительно. — Я не верил, что когда-нибудь найду того, с кем захочу быть вместе... но не так, как с братьями и сестрами. — Наверное, романтические отношения всегда кажутся немного глуповатыми тем, у кого их никогда не было. — А потом вдруг обнаружил, что, хотя все это для меня в новинку, у меня неплохо получается... быть с тобой...

Редко бывало, чтобы у меня не находилось слов, но подобных чувств я никогда еще не испытывал и не знал им названия.

— У тебя получается все, — возразила она, намекая, что это очевидно и без лишних упоминаний.

Я пожал плечами жестом притворного смирения, потом тихонько рассмеялся вместе с ней, главным образом от радости и удивления.

Ее смех угас, намек на беспокойную складочку появился между бровями.

— Но почему теперь стало настолько легко? Еще сегодня днем...

СОЛНЦЕ ПОЛУНОЧИ

Несмотря на то что мы совпадали в большей мере, чем когда-либо, мне пришлось вспомнить, что ее день на лугу и мой день на лугу — впечатления совершенно разные. Разве могла она понять, перемены какого рода я пережил за те часы, которые мы провели вместе под солнцем? Несмотря на новообретенную близость, я знал, что никогда бы не сумел объяснить, как именно приблизился к нынешнему состоянию. Она никогда не узнает, что я позволил себе представить.

Я вздохнул, тщательно выбирая слова: мне хотелось, чтобы она поняла все, чем я только мог поделиться.

— Нет, это еще не «легко». — И никогда не будет легко. Всегда будет болезненно. Но это не имеет значения. *Возможность* — вот все, о чем я прошу. — Но сегодня днем я не успел... определиться. — Годится ли это слово для описания моей внезапной вспышки насилия? Другого придумать я не смог. — Прости меня, я вел себя непростительно.

Ее улыбка стала добродушной.

— Вовсе нет. Простительно.

— Спасибо, — пробормотал я и вернулся к объяснениям: — Видишь ли... я не был уверен, что мне хватит сил... — Я взял ее за руку и прижал к лицу — тлеющие угли ко льду. Жест был инстинктивный, и я с удивлением обнаружил, что почему-то благодаря ему стало легче говорить. — А пока оставалась вероятность, что я... — я вдохнул аромат самой благоуханной точки на внутренней поверхности ее запястья, наслаждаясь жгучей болью, — потерплю поражение, я... колебался. До тех пор, пока я не решил, что *достаточно* силен, нет никакой вероятности, что я... что я когда-нибудь смогу...

Фраза оборвалась, осталась незаконченной, и я наконец встретился с ней глазами. И взял ее за обе руки.

— Значит, теперь никакой вероятности нет.

Я так и не смог определить, утверждала она или спрашивала. Но если все-таки спрашивала, она, похоже, ничуть не сомневалась в ответе. И мне захотелось петь от радости, что она *права*.

— Разум выше материи, — повторил я.

— Ух ты, как просто. — Она опять засмеялась.

И я засмеялся, без малейших усилий заражаясь ее жизнерадостным настроением.

— Это *для тебя* просто! — поддразнил я, высвободил руку и коснулся ее носа указательным пальцем.

Веселье вдруг как-то резко улетучилось. В голове вихрем закрутились тревоги. С упавшим настроением я вдруг поймал себя на том, что вновь говорю предостерегающим тоном:

— Я стараюсь. Если станет... невмоготу, я практически уверен, что сумею уйти.

В тени, которая прошла по ее лицу, ощущался неожиданный оттенок негодования.

Но я еще не договорил:

— Завтра будет труднее. Весь день я ощущал только твой запах, и моя чувствительность к нему немного притупилась. Если же я какое-то время пробуду вдали от тебя, придется начинать заново. Но по крайней мере, уже не с нуля.

Она прильнула было ко мне, но тут же откачнулась, словно спохватившись. Мне вспомнилось, как сегодня днем она прятала шею. «*И все, горла не видно*».

— Тогда не уходи!

Я сделал вдох, чтобы успокоиться — успокоиться и обжечься, — и запретил себе паниковать. Способна ли она понять, как созвучно приглашение в ее словах величайшему из моих желаний?

Я улыбнулся ей, жалея, что не могу выразить ту же доброту. Ей она давалась так легко.

— Это меня устраивает. Неси кандалы, я твой пленник.

С этими словами я обхватил ее тонкие запястья и рассмеялся от представшего мне видения. Да пусть закуют хоть в железо, сталь или еще более прочный и до сих пор не открытый сплав, — ничто не удержит меня так, как единственный взгляд этой хрупкой человеческой девушки.

— Ты, кажется, настроен... оптимистичнее, чем обычно. Никогда еще не видела тебя таким, — отметила она.

Оптимистичнее... тонко подмечено. Мое прежнее циничное «я» теперь, казалось, принадлежит совершенно другому существу.

Я склонился к ней, все еще не отпуская ее запястья.

— А как же иначе? Блаженство первой любви и все такое. Удивительно, правда? Одно дело — читать о ней и видеть ее в кино, и совсем другое — испытать самому.

Она задумчиво кивнула:

— Да, это разные вещи. На самом деле все гораздо *сильнее и ярче*, чем мне представлялось.

Я впервые задумался о разнице между эмоциями, впечатление от которых получено лично или опосредованно.

— К примеру, такое чувство, как ревность, — заговорил я. — Я сотни тысяч раз читал о ней, видел, как актеры изображают ее в тысячах фильмов и пьес. И считал, что довольно хорошо понимаю это чувство. А оно стало для меня потрясением... Помнишь день, когда Майк пригласил тебя на бал?

— В тот день ты снова начал разговаривать со мной. — Она как будто поправила меня, указала на приоритет, по ошибке отданный не той подробности воспоминаний.

Но меня уже увлекло то, что случилось ранее, я воскресил в себе четкие воспоминания о той первой минуте, когда впервые испытал ни с чем не сравнимую страсть.

— Меня удивила, — задумчиво заговорил я, — собственная вспышка возмущения, почти ярости, я поначалу даже не понял, что она означает. Гораздо сильнее, чем обычно, меня злило, что я не могу узнать, о чем ты думаешь, почему ты его отвергла. Неужели просто из-за подруги? Или у тебя кто-то есть? Я понимал, что в любом случае не имею права знать об этом. И *старался* не знать. — По мере развития истории мое настроение менялось. Я рассмеялся. — Постепенно кое-что начало проясняться.

Как я и ожидал, в ответ она нахмурилась, тем самым вызвав у меня желание рассмеяться вновь.

— С ничем не оправданной тревогой я ждал, когда услышу, что именно ты им скажешь, с каким выражением лица произнесешь эти слова. Не стану отрицать: заметив на твоем лице досаду, я испытал облегчение. Но по-прежнему ни в чем не был уверен... Той ночью я пришел сюда впервые.

На ее щеках начал медленно проступать румянец, но она придвинулась ко мне, скорее увлеченная, чем сконфуженная. Атмосфера вокруг вновь преобразилась, я поймал себя на том, что исповедуюсь уже в сотый раз за сегодняшний день. И зашептал тише:

— Смотрел на тебя спящую и мучился, не зная, как преодолеть пропасть между *правильным*, нравственным и этичным, и тем, чего мне *хотелось* на самом деле. Я понял: если я и дальше буду игнорировать тебя, как следовало поступить, или если исчезну на несколько лет, а ты тем временем уедешь отсюда, то когда-нибудь ты скажешь «да» Майку или кому-нибудь вроде него. Это меня бесило.

И я был зол и несчастен, словно из жизни выкачали весь смысл и краски.

Движением, которое казалось безотчетным, она встряхнула головой, будто отвергая это видение своего будущего.

— А потом ты вдруг произнесла во сне мое имя.

Теперь, по прошествии времени, эти краткие секунды казались мне поворотным пунктом, водоразделом. Хотя за прошедший промежуток времени сомнения в себе одолевали меня миллионы раз, как только я услышал, что она зовет меня, выбора у меня не осталось.

— Так отчетливо, — продолжал я еле слышно, — что сначала я подумал, что ты проснулась. Но ты беспокойно заворочалась, еще раз пробормотала мое имя и вздохнула. Чувство, которое тогда пронзило меня, пугало и ошеломляло. И я понял, что игнорировать тебя больше не могу.

Ее сердце забилось быстрее.

— Но ревность... странная штука. Она гораздо сильнее, чем мне казалось. И она иррациональна! Даже сейчас, когда Чарли спрашивал тебя об этом гнусном Майке Ньютоне...

Я не договорил, сообразив, что, пожалуй, не стоит признаваться, насколько сильна моя неприязнь к этому ничтожеству.

— Так я и знала, что ты подслушивал, — проворчала она.

Не слушать то, что звучит настолько близко, было бы невозможно.

— Само собой.

— Ты правда ревновал из-за *такой* чепухи? — тон сменился с обиженного на недоверчивый.

— Для меня все это в новинку, — напомнил я. — Ты воскрешаешь во мне человека, и все чувства особенно остры потому, что свежи.

Неожиданно на ее губах возникла маленькая самодовольная усмешка.

— Неужели *это* тебя волнует? После того как я услышала, что Розали — сама *Розали*, воплощенная красота! — предназначалась для тебя? Есть у нее Эмметт или нет, не важно: мне ли с ней соперничать?

Эти слова она произнесла так, будто выложила козырную карту. Как будто ревность была рациональна настолько, чтобы трезво оценивать физическую привлекательность третьих сторон, а потом становиться соразмерной ей.

— Никакого соперничества тут нет, — заверил я.

Мягко и неторопливо я притянул ее к себе за запястья, пока ее голова не угнездилась точно под моим подбородком. От ее щеки распространялся жар.

— Знаю, что нет. В том-то и дело, — невнятно пробормотала она.

— *Да*, Розали по-своему красива, — не то чтобы я отрицал изысканность Розали, однако это была неестественная, подчеркнутая красота, порой более тревожная, нежели притягательная, — но даже не будь она мне как сестра и не принадлежи она Эмметту, она никогда не смогла бы вызвать и десятой — нет, сотой доли влечения, которое вызываешь ты. Почти девяносто лет я странствую среди таких, как я и ты... и все это время считал себя цельным и самодостаточным и даже не сознавал, что я что-то ищу. Но я ничего не находил, потому что тебя еще и на свете не было.

Я ощутил кожей ее дыхание, когда она прошептала в ответ:

— Несправедливо. Мне ждать вообще не пришлось. Почему я так легко отделалась?

Никто еще не проявлял такого сочувствия к злодею. Но я все же поразился тому, что она считает свои жертвы легкими.

— Все верно. Обязательно сделаю так, чтобы и ты помучилась. — Я взял оба ее запястья левой рукой, чтобы высвободить правую и провести по всей длине ее волос. В эту минуту они, скользкие и влажные, имели еще больше сходства с водорослями, с которыми я когда-то сравнил их. Пропуская прядь ее волос между пальцами, я перечислял ее лишения: — Тебе придется всего лишь рисковать жизнью каждую секунду, проведенную со мной, но это же пустяки. Тебе придется отказаться от своей природы, от людского рода... но разве это хоть что-нибудь стоит?

— Почти ничего, — выдохнула она, уткнувшись мне в грудь. — Мне совсем не кажется, что я чего-то лишаюсь.

Наверное, неудивительно, что в эту минуту перед моим мысленным взором мелькнуло лицо Розали. За последние семь десятилетий она успела поведать мне о тысяче разных особенностей человека, достойных, чтобы о них скорбеть.

— Да, пока что.

Что-то в моем голосе побудило ее зашевелиться в моих объятиях и отстраниться, словно в попытке заглянуть мне в лицо. Я уже собирался отпустить ее, когда ощутил, как в наш волнующий момент вторглось что-то извне.

Сомнение. Стеснительность. Тревога. Слова слышались так же смутно, как обычно, и времени строить догадки не было.

— Что?.. — начала она, но не успела договорить, как я сорвался с места. Она едва успела удержаться, опершись на матрас, а я метнулся в тот темный угол, где уже привык проводить ночи.

— Ложись! — по моему громкому шепоту она должна была понять, что медлить нельзя. Странно, что она не услышала приближающиеся по лестнице шаги Чарли. Но справедливости ради стоит отметить, он старался идти крадучись.

Она отреагировала немедленно — нырнула под одеяло и свернулась в клубок. В тот же момент Чарли повернул дверную ручку. Пока дверь со скрипом приоткрывалась, Белла сделала глубокий вдох и медленный выдох. И то и другое выглядело слегка нарочито.

«Хм», — в мыслях Чарли я больше ничего не прочел. Пока Белла старательно изображала следующий сонный вдох, Чарли тихонько притворил дверь. Я дождался, когда закроется дверь его спальни и послышится скрип пружин матраса, и только после этого вернулся к Белле.

Она, видимо, из осторожности выжидала время, все еще свернувшись в тугой клубок и продолжая дышать глубоко и размеренно. Если бы Чарли понаблюдал за ней хотя бы несколько секунд, он наверняка понял бы, что она притворяется. Обманывать она не очень-то умела.

Следуя непривычному новому наитию, которое до сих пор меня еще не подводило, я улегся на постель рядом с Беллой, просунул руку под одеяло и обнял ее.

— Актриса из тебя никудышная, — заговорил я как ни в чем не бывало, будто лежать с ней вот так для меня дело привычное. — Я бы даже сказал, что эта карьерная стезя для тебя закрыта.

Ее сердце снова гулко заколотилось, но голос звучал так же небрежно, как мой:

— Ну вот.

Она придвинулась ближе, устроилась поуютнее, затихла и удовлетворенно вздохнула. Неужели так она и уснет, прямо в моих объятиях? Маловероятно — с таким сердечным ритмом, но она молчала.

В памяти сама собой всплыла мелодия, я замурлыкал ее без слов почти машинально. Этой музыке было самое место здесь, в этой комнате, где она и родилась. Белла не сказала ни слова, но лежала затаив дыхание, словно внимательно слушала.

Я сделал паузу, чтобы спросить:

— Спеть тебе, пока будешь засыпать?

И с удивлением услышал ее тихий смешок.

— Ага, как же, можно подумать, я способна заснуть при тебе!

— Всегда спала, и ничего.

Она возразила более резким тоном:

— Потому что не *знала*, что ты здесь.

Я был рад, что ее, похоже, до сих пор беспокоили мои вторжения. Да, я заслуживал наказания, она имела полное право обвинить меня. Но тем не менее она от меня не отодвигалась. И я был готов понести любое, даже самое тяжкое наказание, зная, что оно мне нипочем, если Белла позволит мне держать ее в объятиях.

— Ну, если ты не хочешь спать... — начал я. А вдруг это как с едой? И я эгоистично лишаю ее того, что жизненно важно? Но как я могу уйти, если она хочет, чтобы я остался?

— Если не хочу, то?.. — эхом повторила она.

— Чего же ты тогда хочешь?

Признается ли она, что устала? Или сделает вид, будто с ней все в порядке?

Ответ она обдумывала довольно долго.

— Даже не знаю, — наконец сказала она, и я невольно задумался, какие варианты она рассматривала. В постели я присоединился к ней слишком уж смело, но, как ни странно, этот поступок казался мне естественным. Восприняла ли она его так же, как я? Или сочла дерзостью? Побудил ли он ее, как меня, представлять нечто большее? Может, об этом она и задумалась так надолго?

— Когда будешь знать, скажи мне.

Ничего предлагать я не стану. Предоставлю это право ей.

Проще сказать, чем сделать. Пока она молчала, я вдруг заметил, что приникаю к ней, провожу щекой от ее уха до подбородка, вдыхаю ее запах и тепло. К обжигающему пламени я уже настолько привык, что с легкостью замечал не только его. О запахе Беллы я всегда думал со страхом и вожделением. Но оказалось, что его красота глубока и многослойна, чего прежде я не мог оценить.

— А я думала, у тебя притупилась чувствительность, — пробормотала она.

Для объяснений я прибег к сравнению, которым уже пользовался:

— Если я не пью, это еще не значит, что я не способен оценить букет вина. Ты отчетливо пахнешь цветами, кажется, лавандой... или фрезией. — Я усмехнулся. — Очень аппетитно.

Она громко сглотнула, потом с напускной беспечностью произнесла:

— Ага, и день прожит зря, если никто ни разу не сказал мне, какой у меня съедобный запах.

Я снова усмехнулся, потом вздохнул. Об этих особенностях моей реакции на нее я буду сожалеть всегда, но теперь они не так тяготили меня, как прежде. Подумаешь, единственный шип, такой несущественный по сравнению с прелестью розы.

— Я решила, чего хочу, — объявила она.

Я застыл в напряженном ожидании.

— Хочу узнать о тебе еще что-нибудь.

Ну, не самый интересный для меня вариант, но она получит то, чего желает.

— Спрашивай о чем угодно.

— Зачем ты это делаешь? — выдохнула она тише, чем прежде. — Никак не пойму, как ты можешь всеми силами подавлять... *себя самого*. Только не пойми меня превратно — конечно, я рада этому. Просто ума не приложу, зачем тебе вообще утруждаться.

Как хорошо, что она завела такой разговор. Это важно. В попытке дать наилучшее объяснение из возможных я несколько раз запнулся.

— Вопрос в самую точку, и ты не первая задаешь его. Другие — большинство подобных мне, кого вполне устраивает наш удел, — тоже нередко задумываются о том, зачем мы так живем. Но видишь ли, даже если нам... выпали такие карты, это еще не значит, что нам нельзя быть выше своей участи, выйти за рамки судьбы, о которой никто из нас не просил. Пытаться сохранить то сугубо человеческое, что еще можно.

Все ли ясно? Поняла ли она, что я имел в виду?

Она ничего не сказала и лежала не шевелясь.

— Спишь? — шепнул я еле слышно, чтобы не разбудить ее, если она и впрямь уснула.

— Нет, — сразу же откликнулась она. Но ничего не добавила.

Как же досадно и вместе с тем уморительно было сознавать, что, изменившись чуть ли не до неузнаваемости, все тем не менее осталось по-прежнему. Как всегда, безмолвие ее мыслей сводило меня с ума.

— Это все, что тебя интересует? — уточнил я.

— Вообще-то нет.

Ее лица я не видел, но знал, что она улыбается.

— Что еще ты хочешь узнать?

— Почему ты умеешь читать мысли и почему только ты один? — спросила она. — А Элис — видеть будущее? Почему так происходит?

Жаль, что исчерпывающего ответа у меня не было. Я пожал плечами и признался:

— На самом деле мы не знаем. У Карлайла есть предположение... он считает, что все мы приносим с собой в следующую жизнь самые выраженные качества, которыми мы обладали, будучи людьми, и в итоге они усиливаются — как наш разум и наши чувства. Он полагает, что я и раньше отличался необычной чувствительностью к мыслям окружающих. А Элис пользовалась неким смутным чувством предвидения, где бы она ни жила.

— А что же принес в следующую жизнь сам Карлайл и остальные?

На этот раз ответить было легко — я уже не раз обдумывал тот же вопрос.

— Карлайл — сострадание. Эсме — способность любить пылко и беззаветно. Эмметт — силу, а Розали... — ну, Розали принесла красоту. Но если вспомнить о нашем недавнем разговоре, упоминание о ней выглядело бестактным. Если ревность Беллы хотя бы на толику так же мучительна, как моя, лучше, чтобы у нее не было причин испытывать это чувство, — упорство. Или, пожалуй, ослиное упрямство. — Что, безусловно, тоже чистая правда. Я тихонько засмеялся, представляя, какой человеческой девушкой она была. — С Джаспером дело обстоит особенно интересно. Он и в первой жизни был весьма харизматичной личностью, способной влиять на окружающих так, чтобы добиться своего. А теперь он может манипулировать эмоциями всех, кто находится вокруг, успокоить полный зал рассерженных людей, к примеру, или наоборот, взбудоражить апатичную толпу. Это коварный и редкий дар.

Она снова притихла. И неудивительно: здесь было о чем подумать.

— Так с чего же все началось? — наконец спросила она. — Я вот о чем: Карлайл создал тебя, его самого тоже кто-то создал, и так далее.

И еще один ответ, основанный лишь на предположениях.

— Ну а как появилась ты? В результате эволюции? Сотворения? Почему бы тогда и нам не эволюционировать, как другим видам, хищникам и тем, на кого они охотятся? Или же... — хоть я и не всегда соглашался с непоколебимой верой Карлайла, его ответы были не менее вероятны, чем любые другие. А порой, может быть, из-за его уверенности, казались *самыми* вероятными из возможных, — если тебе не верится, что весь этот мир мог просто взять и возникнуть сам собой — кстати, и мне тоже в это верится с трудом, — неужели не возможно представить, что та же самая сила, которая сотворила нежную скалярию и акулу, белька и косатку, способна сотворить оба наших вида, твой и мой?

— Давай-ка разберемся. — Она пыталась говорить прежним серьезным тоном, но я уже слышал, что она готовится пошутить: — Белёк — это я, да?

— Точно, — согласился я и рассмеялся. Закрыв глаза, я прижался к ее макушке губами.

Она поерзала, иначе распределяя вес тела. Ей неудобно? Я готовился отпустить ее, но она уже успокоилась, притулилась к моей груди. Ее дыхание казалось лишь чуть более глубоким, чем прежде. Сердце билось ровно и спокойно.

— Теперь спать? — спросил я шепотом. — Или у тебя остались еще вопросы?

— Всего миллион-другой.

— У нас будет завтра, и послезавтра, и так далее... — Мысль, пришедшая ко мне еще в кухне — о веренице вечеров в ее обществе, — произвела глубокое впечатление. И казалась особенно значительной теперь, когда мы лежали обнявшись в темноте. Стоило Белле только пожелать, и нам вообще почти не пришлось бы расставаться. Мы могли бы проводить порознь гораздо меньше времени, чем вместе. Неужели ту же ошеломляющую радость чувствует и она?

— А ты уверен, что утром не исчезнешь? Ты же как-никак вымышленное существо, — судя по тону, она не шутила, кажется, волновалась всерьез.

— Я тебя не оставлю, — пообещал я. Мои слова прозвучали как клятва, как завет. Хорошо бы она это поняла.

— Тогда еще один вопрос на сегодня...

Я ждал вопроса, но она молчала. Только ее сердечный ритм снова стал сбивчивым, и это меня заинтриговало. Сам воздух вокруг меня словно нагревался от пульсации ее крови.

— Какой?

— Нет, забудь, — поспешно ответила она. — Я передумала.

— Белла, ты можешь спрашивать меня о чем угодно.

Она молчала. Я представить себе не мог, о чем ей так боязно спросить после всего, что уже было. Ее сердце забилось еще быстрее, и я невольно застонал.

— Я все надеюсь, что со временем перестану раздражаться оттого, что не слышу твои мысли. Но с каждым разом злюсь все *сильнее*.

— А я рада, что ты хотя бы мои мысли не читаешь, — живо откликнулась она. — Хватит и того, что ты подслушиваешь мой сонный бред.

Странно, что этим единственным возражением против моей слежки она и ограничилась, но сейчас думать об этом было недосуг: меня слишком волновал ее незаданный вопрос, тот самый, от которого ускорило бег ее сердце.

— Ну пожалуйста! — взмолился я.

Она помотала головой, так что ее волосы скользнули туда-сюда по моей груди.

— Если не скажешь, мне останется лишь предположить худшее. — Я ждал, но она не купилась на эту уловку. Вообще-то у меня даже предположений не было — ни банальных, ни мрачных. И я попробовал уговорить ее вновь: — Пожалуйста!

— Ну хорошо... — Она колебалась, но по крайней мере больше не молчала. Или нет. Умолкла вновь.

— Итак?.. — поторопил я.

— Ты сказал, что Розали и Эмметт скоро поженятся... — Белла как будто не закончила мысль, и я озадачился, не понимая, к чему она ведет. Хочет получить приглашение? — Этот брак... он такой же, как у людей?

Как бы стремительно ни работал мой мозг, мне понадобилась секунда, чтобы сообразить, о чем речь. Но ведь это же очевидно. Надо накрепко запомнить, что в девяти случаях из десяти — по крайней мере, по моему опыту, — когда ее сердце начинает колотиться, страх тут ни при чем. Как правило, все дело во влечении. И что удивительного в направлении, которое приняли ее мысли, если я только что *влез к ней в постель*?

Я рассмеялся над собственной непонятливостью.

— Так вот к чему ты клонишь!

Слова прозвучали легко, но я невольно отреагировал на тему. По телу заметались электрические разряды, пришлось подавлять в себе желание лечь так, чтобы наши губы встретились. Ответ верным не был. И не мог быть. Потому что из первого вопроса вытекал очевидный второй.

— Да, полагаю, в общих чертах такой же, — ответил я. — Я же объяснил: большинство человеческих страстей сохранились, просто их скрывают более острые потребности.

— А-а.

Она не стала продолжать. Возможно, я ошибся.

— А у твоего любопытства есть причина?

Она вздохнула.

— Ну, просто я задумалась... про нас с тобой... что когда-нибудь...

Нет, не ошибся. Внезапная скорбь тяжело легла на душу. Как бы я хотел иметь возможность дать ей другой ответ!

— Думаю, для нас... *это*... — я избегал слова «секс», потому что его избегала она, — невозможно.

— Потому что тебе будет слишком трудно? — шепотом уточнила она. — Если я окажусь... настолько близко?

— Безусловно, — медленно начал я, — но я сейчас не об этом. Просто ты такая нежная, такая *хрупкая*... Я вынужден соразмерять каждый свой жест, когда мы вместе, чтобы не навредить тебе. Белла, я ведь запросто могу убить тебя по нелепой случайности. — Я осторожно протянул руку и приложил ладонь к ее щеке. — Если я слишком поспешу... если хоть на секунду утрачу бдительность, я протяну руку, чтобы коснуться твоего лица, и нечаянно размозжу тебе череп. Ты даже не представляешь, насколько ты уязвима. Я никогда, ни в коем случае не смогу забыться и дать себе волю, пока я с тобой.

Признаваться в этом препятствии оказалось не так совестно, как в моей жажде. Ведь своей силой я обязан просто тому, кто я есть. Да, и моей жаждой тоже, но вблизи Беллы эта жажда усиливалась неестественным образом, и это обстоятельство я считал постыдным и не заслуживающим оправданий. Даже теперь, когда я полностью владел собой, жажда служила для меня источником унижения.

Мой ответ она обдумывала долго. Возможно, откровенностью я ненароком напугал ее. Но как бы она поняла меня, если бы я постарался завуалировать истину?

— Испугалась? — спросил я.

Снова молчание.

— Нет, — ответила она медленно, — нисколько.

Мы задумчиво молчали. Направление, в котором развивались мои мысли, пока она хранила молчание, восторга у меня не вызывало. Хотя многое в ее рассказах о прошлом никак не вписывалось... хотя она и заговорила об этом так застенчиво... у меня просто не могло не возникнуть вопросов. А к этому времени я уже успел на своем опыте убедиться: если пренебрегать моим докучливым любопытством, оно лишь начнет точить меня изнутри.

Я попытался сделать вид, будто ее ответ меня не особо интересует.

— Вот теперь и мне стало любопытно... А ты когда-нибудь?..

— Конечно, нет! — сразу же выпалила она — не сердито, но будто не веря своим ушам. — Я же сказала, что у меня еще никогда не было ничего подобного.

Неужели она решила, что я пропустил ее слова мимо ушей?

— Помню, — заверил я. — Просто я читал мысли других людей и знаю, что любовь и страсть не всегда идут рука об руку.

— А для меня — обязательно. Во всяком случае, теперь, а раньше их для меня вообще не существовало.

Множественное число из ее уст прозвучало как своего рода признание. О том, что она любит меня, я знал. А наше обоюдное *физическое* влечение определенно усугубляло ситуацию.

Я решил ответить на ее следующий вопрос до того, как она успеет задать его.

— Замечательно. По крайней мере, у нас есть что-то общее.

Она вздохнула, но, кажется, это был довольный вздох.

— А твои человеческие инстинкты... — нерешительно начала она. — Послушай, а я вообще нравлюсь тебе? В *этом* смысле?

На это я расхохотался. Разве я мог не желать ее хоть в каком-то из смыслов? Разумом, душой и телом, причем *телом* не меньше, чем всем прочим. Я пригладил волосы у нее на шее.

— Пусть я и не человек, но я мужчина.

Она зевнула, и я подавил смешок.

— Я ответил на твои вопросы, а теперь пора спать.

— Не знаю, смогу ли я уснуть.

— Мне уйти? — предложил я, хотя мне совсем этого не хотелось.

— Нет! — возмутившись, она ответила гораздо громче, чем мы шептались до тех пор. Ничего страшного, даже храп Чарли не сбился с ритма.

Я снова засмеялся и привлек ее ближе к себе. Касаясь губами ее уха, я опять замурлыкал ее песню — тихо-тихо, чуть громче дыхания.

Когда она переступила границу забытья, я сразу заметил разницу. Напряжение покидало ее мышцы, пока они не расслабились, не наполнились истомой. Дыхание замедлилось, кисти рук сложились у груди, словно в молитве.

У меня не было ни малейшего желания шевелиться. Вообще никогда. Я знал, что рано или поздно она начнет ворочаться, и собирался отодвинуться осторожно, чтобы не разбудить ее, но пока ничего более идеального было невозможно представить. Я до сих пор не привык к такой радости, и мне казалось, что привыкнуть к ней не в силах *никто*. Я буду принимать ее, пока это возможно, и знать: что бы ни случилось в будущем, один такой райский день стоит любых последующих мук.

— Эдвард, — прошептала Белла во сне, — Эдвард... я люблю тебя.

Глава 19

Дом

Знать бы, выпадет ли мне когда-нибудь случай провести ночь счастливее этой. Вряд ли.

Во сне Белла вновь и вновь повторяла, что любит меня. Но даже больше самих слов, больше, чем все, чего я мог пожелать, меня радовало безмерное блаженство в ее голосе. Благодаря мне она стала по-настоящему счастливой. Неужели это не оправдывало все остальное?

Уже перевалило за полночь, когда она наконец погрузилась в глубокий сон. Я знал, что больше ее сонный лепет я не услышу. Дочитав ее книгу — и включив в список своих любимых, — я задумался, в основном о предстоящем дне и о видении Элис, в котором Белла знакомилась с моей семьей. Несмотря на то что я видел все это отчетливо в голове у Элис, мне с трудом верилось, что такое возможно. Захочет ли Белла? А я?

Мне вспомнилась близкая дружба Элис и Беллы, о которой сама Белла даже не подозревала. Теперь, когда я уже был уверен, к какому будущему стремлюсь — и в вероятности этого будущего, — мне казалось, что я проявляю жестокость, не подпуская Элис к Белле. Что подумает Белла об Эмметте? Насчет его поведения я не был уверен на все сто. Он вполне мог из желания пошутить ляпнуть что-нибудь жутковатое или неприятное. Но если пообещать ему заманчивую награду за сдержанность... поединок? Футбольный матч? Должна же быть цена, на которую он согласится. Я уже видел, что Джаспер будет держаться на расстоянии, но по какой причине — потому что так велела Элис или же ее видение соответствовало моим действиям? С Карлайлом Белла, разумеется, уже знакома, но предстоящая встреча — совсем другое дело. Мысль о том, как Белла будет общаться с Карлайлом, была мне по душе. Он же лучше всех нас. Так что все мы можем возвыситься в ее глазах, если она познакомится с ним поближе. А Эсме, безусловно, будет вне себя от радости, что встретилась с Беллой. Представив себе удовольствие Эсме, я чуть было не принял решение.

Если бы не одно препятствие.

Розали.

Я понял: прежде чем хотя бы всерьез задумываться о том, чтобы привести Беллу к нам домой, мне понадобится подготовка. А провести эту подготовку означало оставить Беллу.

Я засмотрелся на нее, погруженную в глубокий сон. Когда она, как обычно, начала ворочаться с боку на бок, я соскользнул на пол у постели, прислонился к краю кровати и уже убирал руку, на которую опирался, когда заметил, что вокруг моего пальца обвилась прядь ее волос. Со вздохом я выпутался. Придется уйти, иначе никак. Она даже не узнает, что я уходил. Но я буду тосковать по ней все время, пока длится эта краткая разлука.

Спеша домой, я надеялся справиться со своей задачей как можно быстрее.

Как обычно, Элис взяла часть работы на себя. Мне предстояло разобраться в основном с деталями. Элис знала, какие из них имеют решающее значение, и я, подбегая к дому, увидел, что Розали, разумеется, уже ждет на передней веранде, сидя на верхней ступеньке крыльца.

Элис рассказала ей немногое. Когда я только увидел лицо Розали, она казалась слегка озадаченной, словно понятия не имела, чего ждет. Но едва заметила меня вдалеке, ее замешательство сменилось хмурой гримасой.

«*Ну что там еще?*»

— Роз, прошу тебя! — издалека крикнул я. — Мы можем поговорить?

«*Надо было сразу догадаться, что Элис просто помогает тебе*».

— И немного самой себе.

Розали встала и отряхнула джинсы.

— Роз, ну пожалуйста!

«*Ладно! Ладно. Говори, что хотел*».

Я приглашающе взмахнул рукой:

— Прогуляемся?

Она поджала губы, но кивнула. Я повел ее в обход дома, к черной как ночь реке. Шагая вдоль берега на север, мы поначалу молчали. Слышалось только журчание воды.

Эту тропу я выбрал с умыслом — надеялся напомнить ей день, о котором недавно вспоминал сам, тот самый, когда она принесла домой Эмметта. Когда мы с ней впервые обнаружили, что у нас есть нечто общее.

— Может, перейдем наконец к делу? — спросила она.

В голосе звучало только раздражение, но я слышал, что творится у нее в голове. Розали нервничала. Все еще опасалась, что я злюсь из-за их пари? И кажется, немного стыдилась.

— Я хочу попросить тебя об одолжении, — заговорил я. — Понимаю, выполнить мою просьбу тебе будет нелегко.

Такого она не ожидала. А моя просьба, высказанная мягким тоном, разозлила ее.

«*Ты хочешь, чтобы я была приветлива с той человеческой девчонкой*», — догадалась она.

— Да. Тебе незачем любить ее, если не хочешь. Но она — неотъемлемая часть моей жизни, а значит, и твоей. Я понимаю, что ты об этом не просила и ничего подобного не желаешь.

«*Да, вот именно*», — подтвердила она.

— Но ты же не просила у меня разрешения, когда принесла домой Эмметта, — напомнил я.

Она пренебрежительно фыркнула. «*Это другое*».

— Но уж точно более постоянное.

Розали остановилась, и я тоже. Она взглянула на меня удивленно и подозрительно.

«*Что ты имеешь в виду? А ты разве не про постоянство говоришь?*»

СОЛНЦЕ ПОЛУНОЧИ 497

Ее мысли были настолько поглощены этими вопросами, что она застигла меня врасплох, заговорив о другом:

— Когда я выбрала Эмметта, я причинила тебе *боль*? Чем-нибудь обидела тебя?

— Нет, конечно. Ты сделала прекрасный выбор.

Она снова фыркнула, не купившись на мою лесть.

— Ты не могла бы дать мне шанс доказать, что и я на это способен?

Розали резко отвернулась и снова зашагала в северном направлении, продираясь сквозь буйные лесные заросли.

«*Видеть ее не могу. А когда смотрю, не вижу в ней личность. Вижу лишь* пустоту».

Вопреки всем своим намерениям я вскипел. Невольно рыкнул, попытался взять себя в руки. Розали оглянулась и увидела перемену в моем лице. Снова остановилась, повернулась ко мне. И заметно смягчилась.

«*Извини. Я не хотела, чтобы это прозвучало так жестоко. Просто я не могу... не могу смотреть на то, что она творит*».

— У нее есть шансы на *все*, Эдвард, — пылким шепотом добавила Розали, напрягшись всем телом. — Целая жизнь со всеми ее возможностями открыта перед ней, а она готова выбросить ее на ветер, упустить *все* разом. Все, чего лишилась я. Видеть это просто *невыносимо*.

Я потрясенно уставился на нее.

Меня раздражала странная ревность Розали, по сути дела, вызванная тем, что я предпочел Беллу. Выглядело это так мелочно. Но оказалось, дело не только в ревности, но и в других, гораздо более глубоких чувствах. Похоже, впервые с тех пор, как я спас Белле жизнь, я понял Розали.

Я осторожно протянул руку, чтобы коснуться ее руки, и ждал, что она оттолкнет меня. Но она стояла неподвижно.

— Этого я не допущу, — пообещал я с пылом под стать ее собственному.

Долгую минуту она вглядывалась в меня. Потом представила себе Беллу. Но не так, как в видениях Элис, а, скорее, в карикатурном виде. Однако было ясно, что она имеет в виду. Кожа Беллы была бледной, глаза — ярко-алыми. Острое отвращение буквально пропитывало этот образ.

«*Разве ты не к этому стремишься?*»

Я покачал головой с таким же отвращением:

— Нет. Нет, я хочу, чтобы у нее было *все*. Я ничего не отниму у нее, Роз. Ты понимаешь? Такой вред я ей не причиню.

На этот раз она была сбита с толку. «*Но... как же ты себе... это представляешь?*»

Я пожал плечами с притворной беспечностью, которой на самом деле не чувствовал.

— Сколько времени пройдет, прежде чем ей наскучит семнадцатилетний парень? Думаешь, я смогу поддерживать у нее интерес к себе, пока ей не исполнится двадцать три? Или, может, двадцать пять? Но рано или поздно... она пойдет своей дорогой. — Я старался следить за выражением своего лица, скрыть, чего стоило мне произнести эти слова, но она все поняла.

«*Опасную игру ты ведешь, Эдвард*».

— Я найду способ выжить. После того как она уйдет... — Я вздрогнул, рука безвольно повисла.

— Я не об этом, — возразила она. «*Слушай, до моих личных мерок ты недотягиваешь, но никому из человеческих мужчин с тобой не сравниться, и ты это знаешь*».

Я покачал головой.

— Когда-нибудь она захочет больше, чем я могу ей дать. — Слишком уж многое я дать ей не мог. — Ведь ты бы захотела, так? Окажись ты на ее месте, а Эмметт на моем?

Розали восприняла мой вопрос серьезно и задумалась. Представила Эмметта, каким видела его сейчас, его открытую улыбку, протянутые к ней руки. Увидела саму себя вновь ставшей человеком, все еще прелестной, но в более привычном понимании, — сначала она тоже тянулась к Эмметту, потом представила, как отворачивается от него. Ни тот ни другой образ ее, похоже, не устраивал.

«*Но я-то знаю, чего я лишилась*, — уже сдержаннее возразила она. — *А она вряд ли это понимает*».

— Я сейчас выскажусь как старушка лет за восемьдесят, — продолжала она с едва уловимым оттенком веселья, вдруг проскользнувшим в голосе, — но... ты же знаешь, какая сейчас молодежь. — Она слабо улыбнулась. — Им лишь бы получить все здесь и сейчас, нет чтобы заглянуть в будущее даже лет на пять, не говоря уже про пятьдесят. Ну и что ты станешь делать, если она попросит тебя обратить ее?

— Объясню, почему это неправильно. Расскажу обо всем, чего она лишится.

«*А когда она будет умолять?*»

Я медлил, вспоминая убитую горем Беллу в видении Элис — впалые щеки, скорчившееся в муках тело. А если причина ее страданий — мое присутствие, а не отсутствие? Я представил ее такой же ожесточившейся, как Розали.

— Откажу.

Роз услышала в моем голосе непреклонность, и я увидел, как она наконец-то прониклась моей решимостью. Она кивнула.

«*И все-таки я считаю, что это слишком опасно. Не уверена, что тебе хватит сил*».

Повернувшись, она медленно направилась обратно к дому. Я догнал ее.

— Твоя жизнь — не то, чего тебе хотелось, — негромко заговорил я. — Но неужели ты не могла бы сказать, что из последних семидесяти у тебя набралось как минимум пять совершенно счастливых лет?

Мгновенные вспышки воспоминаний о лучших моментах ее жизни, всех до единого связанных с Эмметтом, возникли у нее в голове, хотя я и видел, что из чистого упрямства она не желает соглашаться со мной.

Я нехотя улыбнулся:

— Или даже все десять?

Она не ответила.

— Вот и мне дай прожить мои пять счастливых лет, Розали, — прошептал я. — Знаю, это ненадолго. Так дай же мне побыть счастливым, пока счастье возможно. Будь частью этого счастья. Будь мне сестрой, и если не можешь любить мою избранницу так, как я люблю твоего избранника, хотя бы притворись, что терпишь ее!

Мои слова, как бы тихо и просительно они ни прозвучали, поразили ее как громом. С внезапной ожесточенностью она распрямила плечи.

«*Даже не знаю, смогу ли я. Видеть все, чего я хочу... и знать, что оно недосягаемо... Слишком мучительно*».

Я понимал, что это и вправду будет мучительно для нее. Но вместе с тем знал, что ее сожаления и горести не составят и доли тех страданий, которые предстоят мне. Жизнь Розали вернется в привычную колею. Эмметт постоянно будет рядом, чтобы утешать ее. А я... я потеряю все.

— Так ты попробуешь? — спросил я уже другим, строгим тоном.

Она замедлила шаг на несколько секунд, глядя себе под ноги. Наконец ее плечи поникли, она кивнула. «*Попробовать могу*».

— Есть вероятность... Элис видела Беллу у нас дома утром.

Ее глаза вновь сердито вспыхнули. «*Для этого мне нужно больше времени*».

Я примирительно вскинул руки:

— Не торопись.

На меня накатили грусть и усталость при виде подозрительности, вновь возникшей в ее глазах. Возможно, она недостаточно сильна. Кажется, она прочла в моем взгляде осуждение. И отвернулась, а потом вдруг бросилась бежать к дому. Я не стал догонять ее.

Прочие мои дела заняли не так много времени и были не настолько трудными. Джаспер легко согласился выполнить мою просьбу. Эсме сияла от радостного предвкушения. Необходимость обращаться с просьбой к Эмметту отпала: ясно, что он будет с Розали, а она постарается очутиться подальше от дома.

Что ж, уже кое-что. По крайней мере, я добился от Роз обещания попробовать.

Я даже потратил лишнюю минутку, чтобы переодеться в чистое. Хотя рубашка без рукавов, когда-то давно подаренная мне Элис, не навлекла на меня ни одну из бед, которых я опасался — зато принесла радости, которых я не ожидал, — я все равно питал к ней необъяснимую неприязнь. В привычной одежде мне было удобнее.

Покидая дом, я застал Элис прислонившейся к колонне на веранде, у крыльца, — в том же месте, где раньше ждала меня Розали. Элис довольно усмехалась. «*Все выглядит идеально, в самый раз для визита Беллы. Как я и предвидела*».

Мне хотелось возразить, что увиденное ею до сих пор остается лишь видением, способным меняться так же, как первое, но стоило ли утруждаться?

— Ты не принимаешь во внимание желания Беллы, — напомнил я.

Она закатила глаза. «*Белла хоть когда-нибудь отказывала тебе?*»

Любопытный вопрос.

— Элис, я...

Она перебила, уже зная, о чем я спрошу дальше: «*Взгляни сам*».

И она показала мне переплетенные нити будущего Беллы — одни были плотными, другие зыбкими, третьи терялись во мгле. Теперь они выглядели более упорядоченно, не сбивались в неряшливый узел. К счастью, самые ужасные варианты будущего пропали начисто. Но среди наиболее прочных нитей на самом видном месте находилась та, где у Беллы были кроваво-красные глаза и сверкающая, как алмаз, кожа. А видение, которое я искал, относилось к более туманным, периферийным нитям. Белла в двадцать лет, Белла в двадцать пять. Смутные образы, размытые по краям.

Элис крепко обхватила руками свои колени. Ей было незачем читать мысли или будущее, чтобы заметить досаду в моих глазах.

— Этого не будет никогда.

«*Ты хоть когда-нибудь отказывал Белле?*»

Я хмуро взглянул на нее, сходя с крыльца, и продолжил путь бегом.

Уже через несколько минут я был в комнате Беллы. Вытеснил из мыслей Элис и впустил в них дремотный покой. Казалось, за время моего отсутствия Белла ни разу не пошевелилась. Но каким бы кратким ни было это отсутствие, оно многое изменило. Я... вновь утратил уверенность. И вместо того чтобы сесть рядом с кроватью, как раньше, устроился в старом кресле-качалке. Не хотел показаться бесцеремонным.

Чарли встал вскоре после моего возвращения, еще до того, как первые проблески зари осветили небо. По его неявным, но бодрым мыслям я понял, что он снова уезжает рыбачить. И действительно: быстро заглянув к Белле и застав ее спящей убедительнее, чем накануне вечером, он на цыпочках сошел вниз и принялся рыться в своем рыбацком снаряжении в шкафу под лестницей. Дом он покинул сразу же после того, как на облаках в небе появился слабый сероватый отсвет. Я вновь услышал, как заскрипел, открываясь, капот пикапа Беллы, и метнулся к окну посмотреть.

Подперев крышку, Чарли вернул на место провода аккумулятора, которые вчера вечером открутил и оставил болтаться. Устранить эту неисправность было несложно, но он, возможно, рассчитывал, что Белле и в голову не придет браться за ремонт пикапа в темноте. Интересно, куда, по его предположениям, она собиралась?

Чарли быстро погрузил удочки и прочие снасти на заднее сиденье полицейской машины и укатил. Я вернулся на прежнее место и стал ждать, когда проснется Белла.

Чуть больше часа спустя, когда солнце уже совсем выбралось из-под толстого облачного одеяла, Белла наконец пошевелилась. Резко подняла руку к лицу, будто отгораживаясь от света, тихонько застонала, перекатилась на бок и накрыла голову подушкой.

И вдруг громко ахнула, рывком села и покачнулась. Она пыталась сфокусировать зрение и явно высматривала что-то вокруг.

Я еще ни разу не видел ее сразу после пробуждения. Интересно, всегда ли ее волосы выглядят так, как сейчас, или в необычной растрепанности виноват я?

— Волосы у тебя как ворох сена... но мне нравится, — сообщил я ей, и она сразу перевела на меня взгляд. На ее лице отразилось облегчение.

— Эдвард, ты остался! — Неуклюже после долгой неподвижности она вскочила и кинулась мне в объятия через всю комнату. Все недавние опасения насчет бесцеремонности сразу показались мне нелепыми.

Я легко поймал ее и посадил к себе на колени. Кажется, собственная непосредственность шокировала ее, я засмеялся, заметив, каким виноватым стало ее лицо.

— Конечно, — подтвердил я.

Ее сердце колотилось гулко и сбивчиво — еще бы, ведь она почти не дала ему времени подготовиться после сна к внезапному спринтерскому рывку. Я погладил ее по плечам, надеясь успокоить сердце.

Она неловко положила голову мне на плечо.

— А я думала, мне приснилось... — прошептала она.

— У тебя не настолько богатая фантазия, — поддразнил я. Как сам видел сны, я давно забыл, но судя по тому, что я читал в мыслях других людей, их сновидения не отличались связностью или обилием подробностей.

Внезапно Белла выпрямилась. Я убрал руки, она неуклюже вскочила.

— Чарли! — выдохнула она.

— Он уехал час назад — и кстати, предварительно помудрил с подключением аккумулятора в твоем пикапе. Честно говоря, я разочарован. Неужели этого хватило бы, чтобы остановить тебя, если бы ты решила уехать?

Она нерешительно покачнулась с носков на пятки, переводя взгляд с моего лица на дверь и обратно. Прошло несколько секунд, а она, похоже, все никак не могла принять какое-то решение.

— Обычно по утрам ты выглядишь не такой растерянной, — сказал я, хотя на самом деле этого не знал. Как правило, я видел ее уже спустя долгое время после пробуждения. Но я надеялся, что она — как всегда бывало, когда я выдвигал какие-нибудь предположения, — начнет возражать мне и в результате объяснит, какая перед ней стоит дилемма. Я раскрыл объятия, давая понять, что буду рад ей — еще как рад! — если она пожелает вернуться ко мне.

Она качнулась в мою сторону, но спохватилась и нахмурилась.

— Мне нужна еще минутка на человеческие потребности.

А, ну да. Мог бы и сам догадаться.

— Я подожду, — пообещал я. Она просила меня остаться, и пока она не велит мне уйти, я буду ждать ее.

На этот раз ждать пришлось недолго. Я слышал, как Белла с грохотом выдвигает и задвигает ящики и хлопает дверцами. Сегодня она спешила и суетилась. Услышав, как она раздирает щеткой спутанные волосы, я невольно поморщился.

Всего несколько минут — и она вернулась ко мне. На ее скулах горел яркий румянец, глаза взбудораженно блестели.

Но на этот раз она приблизилась ко мне осторожнее и помедлила в нерешительности, когда ее колени оказались на расстоянии дюйма от моих. Кажется, она сама не замечала, как в напряжении выкручивает и сжимает пальцы.

Я мог лишь предполагать, почему она снова оробела, — возможно, ощутила ту же неловкость после расставания, что и я, вернувшись в ее комнату этим утром. И как в моем случае, смущаться ей было совершенно незачем.

Я бережно привлек ее к себе. Она с готовностью свернулась калачиком у меня на груди, закинув ноги на мои колени.

— С возвращением, — прошептал я.

Она удовлетворенно вздохнула. Медленно и испытующе прошлась пальцами вниз по моей правой руке, потом вверх, а я лениво покачивался в кресле, подстраиваясь к ритму ее дыхания.

Ее пальцы поблуждали по моему плечу, помедлили на воротнике. Она отстранилась и с потерянным выражением уставилась на меня:

— Так ты *уходил*?

Я усмехнулся:

— Не мог же я два дня подряд появляться в одной и той же одежде — что подумали бы соседи?

Недовольство Беллы только усилилось. Мне не хотелось объяснять, по каким делам я убегал, поэтому я сказал единственные слова, способные отвлечь ее, — в этом я не сомневался.

— Ты так крепко уснула, что я ничего не пропустил. К тому времени разговоры закончились.

Как я и предвидел, Белла застонала.

— И что ты слышал? — потребовала она ответа.

Удержаться в шутливом настроении не удалось. Казалось, все внутри у меня таяло от текучей радости, пока я отвечал ей чистую правду:

— Ты сказала, что любишь меня.

Она отвела взгляд и спрятала лицо, уткнувшись в мое плечо.

— Это ты и так знал, — шепнула она. Тепло ее дыхания проникало сквозь хлопковую ткань рубашки.

— И все равно услышать это было приятно, — пробормотал я, касаясь губами ее волос.

— Я тебя люблю.

Эти слова не утратили способности приводить меня в восторженный трепет. Наоборот, подействовали сильнее. Очень многое значило для меня то, что она произнесла их сейчас, зная, что я слушаю ее.

Мне хотелось еще более сильных слов, которые в точности описывали бы, чем она стала для меня. Во мне не осталось ничего, не имеющего отношения к ней. Мне вспомнился наш первый разговор и то, как я в то время был убежден, что на самом деле жизни у меня нет. Теперь все обстояло иначе.

— Теперь ты — моя жизнь, — шепнул я.

Небо по-прежнему застилали плотные облака, но солнце прожигало себе путь из глубин за ними, и комната наполнялась золотистым светом. Воздух становился чище и свежее, чем обычно. Мы медленно покачивались, я обнимал Беллу, впитывая ее совершенство.

Как я уже не раз думал за последние сутки, я был бы полностью доволен всем, что только есть во вселенной, если бы мне никогда больше не пришлось двигаться с места. И поскольку Белла словно таяла, приникая ко мне, полагал, что и она считает так же.

Но на мне лежали обязанности. Требовалось усмирить свое буйное ликование и подумать о прозе жизни.

На секунду я прижал Беллу к себе чуть крепче, а потом заставил себя расслабить руки.

— Пора завтракать, — напомнил я.

Белла медлила — видимо, так же, как и я, не желала, чтобы нас разделяло пространство. Потом повернулась, отстранившись так, чтобы очутиться лицом к лицу со мной.

Ее глаза стали круглыми от ужаса. Рот приоткрылся, руки взметнулись, прикрывая горло.

Я так перепугался при виде ее потрясения, что никак не мог понять, в чем дело. С помощью своих чувств, обшаривающих пространство вокруг нас, словно щупальца, я лихорадочно искал возможную опасность.

И вдруг, когда я был уже готов выскочить в окно, на руках унося Беллу в безопасное место, испуг на ее лице сменился лукавой усмешкой. А я наконец проследил связь между своими словами и ее реакцией и понял, что она меня разыграла.

Она хихикнула:

— Шутка! А ты говорил, что актрисы из меня не выйдет!

Мне понадобилось полсекунды, чтобы взять себя в руки. От облегчения накатила слабость, но шок напоминал о себе перевозбуждением.

— Не смешно.

— Нет, смешно, — настаивала она, — ты сам понимаешь.

Не улыбнуться я не смог. Пожалуй, если шутки про вампиров у нас приживутся, я как-нибудь свыкнусь с ними. Ради нее.

— Я перефразирую, ладно? Людям пора завтракать.

Она беспечно улыбнулась:

— Ну хорошо.

Хотя я и был готов в будущем терпеть несмешные шутки, спускать ей с рук уже услышанную не собирался.

Действовал я пусть и осторожно, но быстро. Надеясь, что не шокирую ее так, как она меня — и уж явно не напугаю, — я перекинул ее через плечо и метнулся к двери.

Ее возгласы прерывались от тряски, и я слегка сбавил скорость на лестнице.

— Ух... — выдохнула она, когда я перевернул ее вверх головой и бережно посадил на кухонный стул.

Глядя на меня снизу вверх, она улыбнулась, явно ничуть не шокированная.

— Что на завтрак?

Я нахмурился. Разобраться в проблеме человеческого питания я не успел. Ну что ж, я имею общее представление о том, как должна выглядеть пища, так что, пожалуй, смогу сымпровизировать...

— Э-э... — Я помедлил в замешательстве. — Даже не знаю. А чего бы тебе хотелось?

Белла рассмеялась над моей растерянностью, вскочила, закинула руки за голову и потянулась.

— Ничего, — заверила она, — я вполне способна позаботиться о себе сама. — Она вскинула бровь и с широкой, во весь рот, улыбкой добавила: — Смотри, как я охочусь.

Наблюдать ее в своей стихии было интересно и познавательно. Никогда прежде я не видел, чтобы она держалась так уверенно и свободно. Сразу стало ясно, что все необходимое она способна отыскать даже с завязанными глазами. Сначала она достала миску, потом, потянувшись на цыпочках, — коробку дешевых сухих завтраков с верхней полки. Крутнулась, дернула дверцу холодильника, одновременно выхватила из ящика шкафа ложку и толкнула ящик бедром, чтобы задвинуть его. И уже когда перенесла все собранное на стол, вдруг помедлила в замешательстве.

— Дать тебе... чего-нибудь?

Я закатил глаза.

— Садись и ешь, Белла.

Она сунула в рот ложку несъедобного на вид месива и быстро прожевала, глядя на меня. Проглотила и спросила:

— Какие планы на сегодня?

— Хм... — Над планами я собирался еще поработать, но, ответив, что их нет, я бы солгал ей. — Ты не против познакомиться с моей семьей?

Ее лицо побелело. Что ж, если она откажется — так тому и быть. Неужели Элис ошиблась?

— Что, испугалась? — Мой вопрос прозвучал так, будто я почти надеялся услышать «да». Видимо, подсознательно я все ждал, когда наконец хоть *что-то* окажется перебором.

Ответ отчетливо читался в ее глазах, но я никак не ожидал, что она произнесет «да» тихо и с дрожью. Она же еще ни разу не признавалась, что боится. Или, по крайней мере, не признавалась, что боится *меня*.

— Не бойся, я тебя защищу. — Я улыбнулся, но без особой уверенности. Я и не пытался убедить ее. Сегодня мы вместе могли бы заняться чем угодно, и это не вызвало бы у нее ощущения риска для жизни. Но я хотел, чтобы она поняла: я всегда заслоню ее от любой опасности, будь то метеорит или монстр.

Она покачала головой.

— Я не *их* боюсь. Мне страшно, что я... не понравлюсь им. Они ведь, наверное, удивятся, если ты приедешь домой знакомить с ними... — она нахмурилась, — кого-нибудь вроде *меня*. А они знают, что я про них знаю?

Меня внезапно пронзила вспышка гнева. Может, потому, что Белла права — по крайней мере, насчет Розали. Мне было ненавистно слышать, как Белла говорит о себе, словно это с ней что-то не так, а не наоборот.

— О, они уже все знают. — Гнев отчетливо прозвучал в моем голосе. Я попытался улыбнуться, но сам услышал, что мой тон от этого не смягчился. — Знаешь, вчера они держали пари — о том, привезу ли я тебя обратно, хотя не представляю, как можно делать ставки против Элис. — Я понимал, что настраиваю Беллу против них, но она имела право знать — это было правильно. Я попытался обуздать свое возмущение. — Словом, у нас в семье секретов нет. И быть не может — с моей телепатией и даром предвидения Элис.

Она слабо улыбнулась:

— А благодаря Джасперу, кстати, вы все, выбалтывая свои тайны, чувствуете себя легко и непринужденно.

— Значит, запомнила.

— Да, говорят, мне иногда удаются такие подвиги. — Она нахмурилась, будто собираясь с мыслями, потом кивнула, словно приняла приглашение. — Итак, Элис увидела, что я приеду?

Белла говорила будничным тоном, словно в теме нашей беседы не было ничего из ряда вон выходящего. А вот я удивился, потому что выглядело это так, словно она уже согласилась на приезд и знакомство с моей семьей. Будто видение Элис означало отсутствие выбора.

Она безоговорочно приняла слово Элис как закон и этим ударила меня по самому больному месту. Мне была ненавистна сама возможность того, что даже сейчас я разрушаю жизнь Беллы.

— Вроде того, — нехотя ответил я и сделал вид, будто засмотрелся в окно на двор. Не хотелось, чтобы она видела, как я встревожен. Я чувствовал на себе ее взгляд и сомневался, что мне удалось обмануть ее бдительность.

Заставив себя остаться в прежнем настроении, я повернулся к ней и улыбнулся так естественно, как только мог.

— Вкусно? — спросил я, указывая на ее завтрак. — Честно говоря, выглядит не очень аппетитно.

— Да уж, это тебе не разъяренный гризли... — Она умолкла, заметив мою реакцию, сосредоточилась на своем завтраке и теперь ела гораздо быстрее.

Она явно о чем-то крепко задумалась — жевала, глядя вдаль, но я сомневался, что сейчас мы думаем об одном и том же.

Я опять засмотрелся в окно, чтобы она поела спокойно. Маленький двор за домом напомнил мне солнечный день, когда я наблюдал за ней. О том, как тени облаков наползали на нее. Слишком легко было впасть в отчаяние, усомниться в собственных благих намерениях и усмотреть в них не что иное, как эгоизм.

Забеспокоившись, я обернулся к ней и обнаружил, что она следит за мной бесстрашным взглядом. Как всегда, она доверяла мне. Я сделал глубокий вдох.

Я оправдаю ее доверие. На это я способен. Когда она смотрит на меня вот так, для меня нет ничего невозможного.

А Элис, стало быть, оказалась права в этом простом и незначительном пророчестве. Ничего удивительного. Интересно, в какой мере согласие Беллы вызвано просто желанием порадовать меня? Вероятно, в немалой. Было еще кое-что близкое к нашим планам, но я беспокоился, что Белла опять согласится только ради меня. Впрочем, я мог просто высказать свое мнение и посмотреть, как она его воспримет.

— Думаю, и ты должна познакомить меня со своим отцом, — словно невзначай заметил я.

Она растерялась:

— Он тебя уже знает.

— Но не как твоего парня.

Она прищурилась:

— Зачем?

— А разве это не принято? — Я старался говорить небрежным тоном, но ее сопротивление меня встревожило.

— Не знаю, — призналась она. И гораздо тише и не так уверенно продолжала: — Знаешь, это не обязательно. Я не рассчитываю, что ты... в общем, ради меня тебе незачем притворяться.

Так она считала это знакомство тягостной обязанностью, которую я беру на себя только ради нее?

— А я и не притворяюсь, — заверил я.

Она смотрела на остатки своего завтрака и вяло перемешивала их.

Пожалуй, лучше было бы сразу услышать «нет».

— Так ты скажешь Чарли, что я твой парень, или нет?

Все еще не глядя на меня, она тихо спросила:

— А это так называется?

Не такого отказа я боялся. Очевидно, я что-то не так понял. Она считает, что Чарли не следует знать обо мне, потому что я не человек? Или дело в чем-то другом?

— Пожалуй, слово «парень» можно применять в достаточно широком смысле.

— Вот и мне показалось, что к тебе оно относится лишь отчасти, — прошептала она, все еще опустив глаза, будто беседовала со столом.

Ее слова напомнили мне тот напряженный разговор за обедом в школе, когда она считала, что наши чувства не равны и она нравится мне меньше, чем я ей. Я никак не мог уразуметь, как просьба о знакомстве с ее отцом навела ее на такие мысли. Разве что... дело в идее непостоянства, заложенной в самом слове «парень»? Ведь это же настолько человеческое, *преходящее* понятие. Да, оно действительно не охватывало и малой доли того, чем я хотел быть для нее, но было вполне доступно пониманию Чарли.

— Ну, не знаю, стоит ли посвящать твоего отца во все вопиющие подробности, — мягко и негромко отозвался я, протянул руку и одним пальцем поднял ее подбородок, чтобы заглянуть ей в глаза. — Но надо же как-то объяснить ему, почему я постоянно торчу здесь. Не хотелось бы, чтобы шеф Свон издал официальный приказ, запрещающий мне встречи с тобой.

— А ты будешь? — встревожилась она, пропустив мимо ушей мою безобидную шутку. — Ты правда готов торчать здесь?

— Пока я тебе нужен.

До тех пор, пока она не попросит меня уйти, я принадлежу ей.

Ее взгляд обладал такой выразительностью и силой, что казался почти свирепым.

— Ты нужен мне всегда. Вечно.

Я вновь услышал непоколебимую уверенность Элис: *«Ты хоть когда-нибудь отказывал Белле?»*

И вопросы Розали: *«Что ты станешь делать, если она попросит тебя обратить ее? А когда она будет умолять?»*

Впрочем, в одном Розали была права. Когда Белла произнесла слово «*вечно*», оно означало для нее не то же самое, что для меня. Для нее речь шла просто об очень долгом времени. Это значило, что финал она пока не в состоянии представить. Как может тот, кто прожил всего семнадцать лет, понять, что такое пятьдесят лет, не говоря уже о вечности? Она же человек, а не застывший во времени бессмертный. Всего за несколько лет она изменится бесчисленное множество раз. Чем дальше будут раздвигаться горизонты ее мира, тем заметнее начнут меняться ее приоритеты. Если ей чего-то хочется сейчас, это не значит, что того же самого ей будет хотеться потом.

Я медленно подошел к ней, зная, что мое время на исходе. Провел по ее лицу кончиками пальцев.

Она пристально смотрела на меня, силясь понять.

— Ты расстроился?

Я не знал, как ей ответить. Только смотрел ей в лицо, и мне казалось, что я вижу, как с каждым ударом ее сердца это лицо почти неуловимо меняется.

Она так и не отвела взгляд. Хотел бы я знать, что она разглядела на моем лице. Думала ли она о том, что мое лицо не изменится никогда.

Ощущение песка, неумолимо сыплющегося сквозь горловину песочных часов, лишь усилилось. Я вздохнул. Времени, чтобы терять его, у меня не было.

Я взглянул на ее почти пустую миску:

— Ты позавтракала?

Она поднялась:

— Да.

— Иди одеваться, я подожду здесь.

Она послушалась, не сказав ни слова.

Мне требовалось побыть минутку одному. Я сам не знал, почему меня вдруг одолели мысли, не предвещающие ничего хорошего. Надо было взять себя в руки. Я должен ловить каждую секунду счастья из тех, которые мне отпущены, тем более что все эти секунды сочтены. Никчемными сомнениями и бесконечным пережевыванием одних и тех же мыслей я способен погубить даже лучшие моменты, и мне об этом известно. Жаль, если у меня в запасе есть всего несколько лет, а я потрачу хотя бы часть этого времени в колебаниях.

Сквозь потолок кухни до меня доносился шум: Белла в муках выбирала одежду. Суеты слышалось меньше, чем две ночи назад, когда она готовилась к нашей поездке на луг, но ненамного. Я надеялся, что она не слишком волнуется, думая, в каком виде предстанет перед моей семьей. Элис и Эсме уже прониклись к ней безусловной любовью. А остальные даже не заметят, как она одета, — они увидят только человеческую девушку, настолько смелую, чтобы явиться в дом, полный вампиров. Это произведет впечатление даже на Джаспера.

Я собрался с духом как раз к тому моменту, когда она сбежала вниз по лестнице. Сосредоточился на предстоящем дне, и только на нем. На ближайших двенадцати часах рядом с Беллой. Этого хватило, чтобы улыбаться непрестанно.

— Все! У меня пристойный вид, — объявила она, прыгая через две ступеньки. И столкнулась бы со мной, если бы я не подхватил ее. Она вскинула голову, посмотрела на меня с широкой улыбкой, и все мои томительные сомнения рассыпались.

Как я и предвидел, она надела ту самую синюю блузку, в которой ездила в Порт-Анджелес. Пожалуй, мою любимую. Как же мило она выглядела. Мне понравилось, как она собрала волосы сзади. Теперь она никак не сможет прятаться за ними.

Я порывисто обнял ее и притянул к себе. Вдохнул ее аромат и улыбнулся.

— Опять ошиблась, — принялся дразнить ее я, — Вид у тебя совершенно непристойный. Нельзя выглядеть так соблазнительно, это нечестно.

Белла уперлась ладонями мне в грудь, отстранилась, и я ослабил объятия. Но отстранилась она лишь настолько, чтобы вглядеться мне в лицо.

— Соблазнительно? — настороженно переспросила она. — Могу переодеться...

Прошлой ночью она спрашивала, влечет ли меня к ней как к женщине. И хотя я счел ответ до смешного очевидным, возможно, по какой-то причине понимания ей до сих пор не хватало.

— Какая же ты глупая. — Я рассмеялся, потом поцеловал ее в лоб, и от прикосновения губ к ее коже словно электрический ток пробежал по моему телу. — Объяснить, чем ты меня соблазняешь?

Я медленно провел пальцами по ее спине, ощутил изгиб поясницы, положил руку на ее бедро. Хотя я и собирался всего лишь поддразнить ее, но увлекся сам. Скользнув губами по ее виску, я услышал, как мое дыхание учащается под стать биению ее сердца. Ее пальцы, прижатые к моей груди, задрожали.

Мне понадобилось только наклонить голову, и ее губы, такие нежные и теплые, оказались на волосок от моих. Осторожно, остерегаясь силы влечения, я притронулся к ее губам.

Пока все мое тело вновь переполнялось светом и электричеством, я ждал ее реакции, готовый отстраниться, если ситуация выйдет из-под контроля. На этот раз она вела себя осторожнее, держалась почти неподвижно. Даже ее трепет утих.

Двигаясь со всей осмотрительностью, на какую я только был способен под действием нахлынувших чувств, я крепче прижался губами к ее губам, наслаждаясь их мягкой податливостью. Собой я владел не так уверенно, как следовало бы. И приоткрыл губы, желая ощутить ее дыхание у себя во рту.

В этот же миг ее ноги подкосились, и она обмякла в моих руках, оседая на пол.

Я мгновенно подхватил ее, удерживая вертикально. Левой ладонью я приподнял ее голову, но она безвольно качнулась на шее. Глаза были закрыты, губы побелели.

— Белла! — в панике закричал я.

Она сделала громкий вдох, ее веки затрепетали. Только тогда я вдруг вспомнил, что ее дыхания не слышал некоторое время — дольше, чем обычно.

После еще одного прерывистого вдоха она пошевелила ногами, отыскивая опору.

— Из-за тебя... — она вздохнула, все еще прикрывая глаза, — мне... стало плохо.

Она в самом деле *перестала дышать*, чтобы поцеловать меня. Вероятно, в ошибочной попытке облегчить мне задачу.

— Ну что мне с тобой делать? — чуть не зарычал я. — Когда я поцеловал тебя вчера, ты на меня напала! А сегодня отключилась у меня в объятиях!

Она хихикнула и поперхнулась смехом — ее легкие продолжали втягивать необходимый кислород. Я все еще удерживал ее на весу.

— А ты говоришь, у меня все получается, — пробормотал я.

— То-то и оно. У тебя получается слишком хорошо. — Она глубоко вздохнула. — Даже чересчур.

— Тебя тошнит?

По крайней мере, ее губы больше не были зеленоватыми. У меня на глазах они приобретали нежно-розовый оттенок.

— Нет, — ответила она чуть окрепшим голосом. — Это был обморок совсем другого рода. Не знаю, что именно произошло... Кажется, я забыла, что надо дышать.

Вот и я заметил.

— В таком состоянии я тебя никуда не повезу, — ворчливо заявил я.

Она сделала еще вдох, потом выпрямилась в моих руках. Быстро моргнула раз пять и вскинула подбородок так упрямо, как только могла.

— Со мной все в порядке. — Пришлось признать, что ее голос казался еще крепче. И цвет лица уже восстановился. — Твоя семья все равно примет меня за чокнутую, так какая разница?

Я присмотрелся к ней как следует: дыхание выровнялось, сердечный ритм был сильнее, чем минуту назад. Как мне казалось, она без труда удерживается на ногах. Румянец на ее щеках становился ярче с каждой секундой, оттененный насыщенной синевой блузки.

— Этот цвет сочетается с оттенком твоей кожи, — сказал я. Она вспыхнула, румянец стал еще гуще.

— Послушай, — заговорила она, прерывая мой осмотр, — я изо всех сил стараюсь не думать о том, как мне быть, так что, может, уже поедем?

И голос тоже звучал как обычно.

— Ты волнуешься не потому, что едешь в дом, полный вампиров, а потому, что не сумеешь понравиться этим вампирам, — верно?

Она усмехнулась:

— Верно.

Я покачал головой:

— Ты потрясающая.

Ее улыбка стала шире. Взяв за руку, она потянула меня к двери.

Я решил, что лучше сделать вид, будто мы заранее договорились, кто сядет за руль, вместо того чтобы спрашивать у нее. И я сначала пропустил ее к пикапу, а потом ловко открыл перед ней пассажирскую дверцу. Она не возражала и даже не бросила на меня ни единого недовольного взгляда. Этот знак я счел обнадеживающим.

Я вел машину, она напряженно сидела рядом и смотрела в окно на проносящиеся мимо дома. Видно было, что она нервничает, но вместе с тем ей любопытно. Убедившись, что мы не остановимся возле очередного дома, она теряла к нему всякий интерес и принималась разглядывать следующий. Интересно, каким ей представлялся мой дом?

Когда город остался позади, ее беспокойство, похоже, усилилось. Несколько раз она поглядывала на меня, будто собиралась о чем-то спросить, но встречалась со мной взглядом и сразу же отворачивалась к окну, взмахнув собранными в хвост волосами. Хотя я и не включал радио, она ритмично постукивала по полу пикапа ступнями.

Я свернул на подъездную дорожку к дому, и она села прямее, и ее колено задрожало в такт ступням. Она так крепко прижала пальцы к оконной раме, что их кончики побелели.

Дорожка все змеилась между деревьями, и Белла начала хмуриться. И действительно, на первый взгляд казалось, что мы едем куда-то в отдаленное и безлюдное место вроде того луга. Между бровями Беллы возникла тревожная складочка.

Протянув руку, я коснулся ее плеча, она ответила мне натянутой улыбкой и снова отвернулась к окну.

Наконец дорожка вывела нас из леса на лужайку. Поскольку ее затеняли ветвями вековые кедры, перемена не бросалась в глаза.

Странно было смотреть на знакомый дом и пытаться представить, каким он видится в первый раз. У Эсме превосходный вкус, поэтому я знал, что дом по любым меркам красив. Но увидит ли Белла строение, застрявшее во времени, принадлежащее к другой эпохе, но явно новое и крепкое? Как будто мы отправились за ним в прошлое, а не оно само старело, дожидаясь нас?

— Вот это да... — выдохнула она.

Я заглушил двигатель, и наступившая тишина усилила впечатление совсем другого исторического периода.

— Нравится? — спросил я.

Она взглянула на меня краем глаза и снова засмотрелась на дом.

— В нем есть... свой шарм.

Я рассмеялся, дернул ее за хвост и выскочил из машины. Не прошло и секунды, как я уже открывал дверцу с ее стороны.

— Готова?

— Ни капельки. — Она словно задохнулась от смеха. — Идем.

Она провела ладонью по волосам, проверяя, не растрепались ли они.

— Ты чудесно выглядишь, — заверил я и взял ее за руку.

Ее ладонь была влажной и не такой теплой, как обычно. Я поводил по ней большим пальцем, пытаясь без слов донести мысль, что ей ничто не угрожает и все будет замечательно.

Ближе к веранде она замедлила шаги, ее рука задрожала.

Промедление лишь продлило бы ее беспокойство. Я распахнул дверь, уже зная, что ждет за ней.

Родители стояли именно там, где я видел их мысленным взглядом, а Элис — в видениях: в нескольких шагах от двери, чтобы не давить на Беллу своим присутствием. Эсме нервничала не меньше Беллы, но для первой из них это означало полную неподвижность. Карлайл успокаивающе обнимал ее за талию. Непринужденное общение с людьми было ему привычно, но Эсме заметно робела. Ей редко случалось появляться в мире смертных. Домоседка до мозга костей, она довольствовалась той частицей мира, которую в случае необходимости приносили ей мы, остальные.

Взгляд Беллы блуждал по комнате, отмечая обстановку. Она держалась немного позади меня, будто прикрывалась мной, как щитом. У себя дома я невольно расслабился и видел, что Белла, напротив, напряглась. Я пожал ей руку.

Карлайл тепло улыбнулся Белле, Эсме поспешно последовала его примеру.

— Карлайл, Эсме, это Белла.

Интересно, заметила ли Белла, с какой гордостью я представил ее родителям?

Карлайл нарочито медленно шагнул вперед и нерешительно протянул руку:

— Добро пожаловать, Белла.

Может, потому, что с Карлайлом она уже встречалась, Белла вдруг как будто почувствовала себя свободнее. С уверенным видом она шагнула ему навстречу, не отпуская моей руки, и пожала его протянутую руку, даже не вздрогнув от холода. Ну конечно, она ведь наверняка уже привыкла к нему

— Рада снова видеть вас, доктор Каллен, — искренне отозвалась она.

«*Такая смелая девушка,* — думала Эсме. — *Ах, как она мила!*»

— Пожалуйста, зови меня Карлайлом.

Белла улыбнулась.

— Карлайл, — повторила она.

Эсме шагнула вперед вслед за Карлайлом, двигаясь так же медленно и осторожно. Держась одной рукой за мужа, она протянула другую. Белла без колебаний пожала ее, улыбаясь моей матери.

— *Очень* рада познакомиться с тобой, — излучая радушие, заулыбалась Эсме.

— Спасибо, — ответила Белла. — Я тоже рада познакомиться с вами.

Несмотря на то что слова, которыми они обменялись, были предписаны вежливостью, произносились они так искренне, что этот короткий диалог наполнился глубоким смыслом.

«*Обожаю ее, Эдвард! Как я тебе благодарна за то, что привел ее ко мне!*»

Воодушевлению Эсме я мог лишь улыбнуться.

— А где Элис и Джаспер? — спросил я, но скорее для того, чтобы подать сигнал. Я слышал, что они стоят на верху лестницы в ожидании точно рассчитанного Элис времени для идеального выхода.

Мой вопрос стал тем самым сигналом, которого она ждала.

— А, Эдвард! — воскликнула она, стремительно возникая на лестнице. И пронеслась — именно пронеслась, а не сбежала по ступенькам, как сделал бы человек, и резко остановилась в нескольких дюймах от Беллы. Мы с Карлайлом и Эсме застыли от неожиданности, но Белла не вздрогнула, даже когда Элис порывисто поцеловала ее в щеку.

Я метнул в Элис предостерегающий взгляд, но она не обратила на меня ни малейшего внимания. Она существовала в промежутке между настоящим моментом и тысячей будущих и ликовала, наконец-то положив начало дружбе. Ее чувствам, какими бы нежными они ни были, радоваться я не мог. Более чем в половине ее видений, которым еще только предстояло стать воспоминаниями, Белла была белой, безжизненной, безупречной и невозможно холодной.

Элис не обращала на меня внимания, всецело поглощенная Беллой.

— Ты так хорошо пахнешь! — воскликнула она. — Никогда раньше не замечала.

Белла покраснела, все трое отвели взгляд.

Я пытался придумать способ рассеять неловкость, но она вдруг улетучилась сама собой, как по волшебству. Мне стало совершенно комфортно, я чувствовал, как напряжение покидает Беллу.

Джаспер спустился по лестнице вслед за Элис, но не бегом и не преувеличенно медленно, как Карлайл и Эсме. Ему и незачем было осторожничать. Все его поступки выглядели естественными и правильными.

Честно говоря, он малость перестарался.

В ответ на мой сардонический взгляд он лишь усмехнулся и застыл у колонны, завершающей лестничные перила, оставив между нами и собой расстояние, которое могло бы показаться странным, но тем не менее не казалось, поскольку он этого не хотел.

— Здравствуй, Белла.

— Здравствуй, Джаспер. — Она без стеснения улыбнулась и перевела взгляд на Эсме и Карлайла. — Очень приятно познакомиться с вами, у вас очень красивый дом.

— Спасибо, — отозвалась Эсме. — Мы рады тебе.

«Она совершенство».

Белла снова выжидательно посмотрела в сторону лестницы. Но я знал, что на сегодняшнее утро знакомства завершены.

Эсме тоже поняла взгляд гостьи.

«*Прошу прощения. Она была не готова. Эмметт пытается успокоить ее*».

Стоит ли мне искать оправдания для Розали? Прежде чем я успел решить, что скажу, Карлайл привлек мое внимание:

«*Эдвард*».

Я машинально взглянул на него. Его эмоциональное напряжение резко контрастировало с непринужденной атмосферой, которую создал Джаспер.

«*Элис видела неких гостей. Незнакомых. С той скоростью, с которой они передвигаются, они отыщут нас завтра вечером. Я решил сразу же сообщить тебе*».

Я коротко кивнул, сжав губы в тонкую линию. Как досадно и некстати. С другой стороны, есть и плюс: теперь я свободно могу объяснить Белле, почему похищаю ее. Она поймет. В отличие от Чарли. Придется мне придумать самый безопасный, наименее разрушительный план. Или, скорее, *нам* придется. У нее наверняка найдется на этот счет свое мнение.

Я обернулся к Элис за визуальным пояснением, но она думала о погоде.

— Ты играешь? — спросила Эсме, и я, обернувшись, увидел, что Белла разглядывает мой рояль.

Белла покачала головой:

— Совсем не умею. Но он такой красивый! Вы на нем играете?

Эсме рассмеялась:

— Нет, что ты. Неужели Эдвард не сказал тебе, что он музыкант?

Белла метнула в меня совершенно непонятный взгляд, будто известие вызвало у нее раздражение. Знать бы почему. Неужели она предубеждена против пианистов, а я до сих пор об этом не слышал?

— Нет, — ответила Белла. — Но мне следовало бы догадаться.

«*О чем она говорит, Эдвард?*» — удивилась Эсме, как будто я знал. К счастью, выражение ее лица стало настолько озадаченным, что побудило Беллу объяснить:

— Ведь Эдвард умеет все, правда?

Карлайл сумел подавить усмешку, а Джаспер рассмеялся. Элис следила за разговором с опережением на двадцать секунд, так что для нее это были уже не новости.

Эсме окинула меня своим коронным укоризненно-материнским взглядом.

— Надеюсь, ты не хвалился. Это некрасиво.

— Я чуть-чуть, — тоже со смехом признался я.

«У него такой счастливый вид, — думала Эсме. *Никогда еще не видела его таким. Как хорошо, что он наконец-то нашел ее».*

— Вообще-то он даже слишком скромничает, — не согласилась Белла и вновь коротко взглянула на рояль.

— Так поиграй ей, — подбодрила Эсме.

Я метнул в мать такой взгляд, будто уличал ее в предательстве.

— Ты же только что сказала, что хвалиться некрасиво.

Эсме с трудом сдержала смех.

— Из каждого правила есть исключения.

«Если она еще не совсем потеряла голову, тогда точно будет без ума».

В ответ я сделал непроницаемое лицо.

— А я бы хотела послушать, — сама вызвалась Белла.

— Вот и хорошо. — Эсме взяла меня за плечо и слегка подтолкнула к роялю.

Если им так хочется — ладно. Я потянул за руку Беллу, повел ее за собой. Ведь это же ее затея.

Раньше я никогда не стеснялся своей музыки, меня же никто не слышал, кроме семьи и близких друзей, и если не считать Эсме, мало кто замечал, что я играю. Так что и эти ощущения оказались в новинку. Возможно, если бы Эсме не завела речь о хвастовстве, мне не было бы так неловко.

Я сел на банкетку с краю и потянул за руку Беллу, чтобы посадить рядом. Она с готовностью улыбнулась мне. Я ответил ей пристальным взглядом и нахмурился, надеясь, что она поймет: я согласился только потому, что об этом попросила она.

Мой выбор пал на песню Эсме — радостную, торжествующую, под настроение нынешнего дня.

Начиная играть, краем глаза я следил за реакцией Беллы. Смотреть на клавиши мне было незачем, но я не хотел, чтобы она чувствовала себя под пристальным наблюдением.

Не успели прозвучать первые такты, как у нее невольно приоткрылся рот.

Джаспер снова рассмеялся, на этот раз Элис поддержала его. Белла заметно напряглась, но не оглянулась. Она прищурилась, не сводя глаз с моих пальцев, пристально следила, как они бегают по клавишам.

Я услышал, как Элис ринулась к лестнице, и одновременно Карлайл подумал: «*Да, пожалуй, на первый раз ей достаточно нашего присутствия. Не хватало еще замучить ее*».

Эсме была разочарована, но все же последовала за Элис наверх. Все они намеревались вести себя как ни в чем не бывало, будто сегодня обычный день, а в появлении человека в нашем доме нет ничего из ряда вон выходящего. Один за другим они возвращались к делам, которыми занимались бы, если бы я не привел домой смертную.

Белла все еще следила за каждым движением моих рук, но мне показалось, что... может, не так увлеченно, как раньше? Она нахмурилась, свела брови. Выражения ее лица я не понимал.

В попытке подбодрить ее я повернул голову, поймал ее взгляд и подмигнул. Обычно это вызывало у нее улыбку.

— Нравится? — спросил я.

Она склонила голову набок, и вдруг ее осенило. Глаза снова стали огромными.

— Это *ты* сочинил? — почему-то укоризненным тоном спросила она.

Я кивнул и добавил:

— Любимая вещь Эсме, — будто извинялся, хотя и не вполне понимал, за что пытаюсь оправдаться.

Устремленный на меня взгляд Беллы вдруг стал тоскливым. Она закрыла глаза, медленно покачала головой.

— Что-то не так? — в отчаянии спросил я.

Она открыла глаза и наконец улыбнулась, но совсем не весело.

— Я чувствую себя как полный ноль, — призналась она.

На миг я оторопел. Видимо, суть заключалась в недавнем замечании Эсме насчет моего бахвальства. А в своем предположении, что музыка поможет мне завоевать сердце Беллы, если она все еще колеблется, Эсме явно ошиблась.

Как объяснить, что все мои умения, все то, что далось мне со смехотворной простотой из-за моей сущности, на самом деле совершенно ничего не значат? Они не сделали меня особенным, не обеспечили превосходства. Как показать ей, что никакими стараниями мне не стать достойным ее? Что она — высшая цель, к которой я так долго стремился?

Мне удалось придумать лишь один способ: после простого проигрыша я перешел на новую пьесу. Белла все еще вглядывалась мне в лицо, ожидая ответа. Но я молчал в ожидании основной мелодии, надеясь, что она ее узнает.

— Это ты меня вдохновила, — прошептал я.

Почувствует ли она, что эта музыка выплеснулась из самого средоточия моего существа? И что центр моего существа вместе со всем, что во мне только есть, — это она?

В течение нескольких минут звуки песни восполняли то, что я не сумел бы высказать словами. Мелодия развивалась, отдалялась от минорного начала, вела к более радостному финалу.

Я решил, что пора развеять недавние опасения Беллы.

— Знаешь, ты им понравилась. Особенно Эсме.

Наверное, Белла и сама это заметила.

Она оглянулась:

— Куда они ушли?

— Полагаю, тактично дали нам возможность побыть вдвоем.

— *Им*-то я понравилась, — жалобно произнесла она, — а Розали и Эмметту...

Я нетерпеливо помотал головой:

— О Розали не беспокойся. Она смирится.

Она недоверчиво поджала губы:

— А Эмметт?

— Ну, он, конечно, считает *меня* чокнутым, — я усмехнулся, — но против тебя ничего не имеет. И пытается вразумить Розали.

Уголки ее губ опустились.

— А что ее тревожит?

Я сделал вдох и медленный выдох — тянул время. Готовился сказать лишь самое необходимое, притом так, чтобы встревожить ее как можно меньше.

— Розали отчаяннее всех противится... нашей сущности, — объяснил я. — Ей тяжело сознавать, что кто-то из посторонних знает всю правду. А еще она тебе немного завидует.

— *Розали* завидует *мне*?! — Она как будто не могла решить, шучу я или нет.

Я пожал плечами:

— Ты человек. Вот и ей хочется быть обычной женщиной.

— А-а... — Это откровение на минуту ошеломило ее. И она вновь нахмурилась. — Но ведь даже Джаспер...

Ощущение полной естественности и легкости померкло сразу же, как только Джаспер перестал сосредотачивать на нас внимание. Видимо, вспомнив знакомство с ним уже в отсутствие его влияния, Белла впервые задумалась о том, на каком странном, слишком большом расстоянии от нее он остановился.

— А это уже моя вина. Я же говорил тебе, что Джаспер начал приспосабливаться к нашему образу жизни позже всех нас. И я предупредил его, чтобы он держался от тебя подальше.

Все это я объяснил легким тоном, но Белла задумалась и вздрогнула.

— А Эсме и Карлайл?.. — спросила она живо, будто спеша сменить тему.

— Они счастливы, когда видят, что я счастлив. В сущности, Эсме не возражала бы даже, будь у тебя третий глаз или перепонки между пальцами. До сих пор она постоянно тревожилась за меня, боялась, что мне недостает неких важных свойств личности, ведь я был слишком молод, когда Карлайл создал меня... Так что она в восторге. Прямо-таки захлебывается от радости всякий раз, как я прикасаюсь к тебе.

Она поджала губы:

— И Элис, кажется, очень... рада.

Я пытался сохранить самообладание, но сразу различил в собственном ответе холодок:

— У Элис свой взгляд на вещи.

Почти все время, пока мы говорили, Белла была на взводе, а теперь вдруг усмехнулась:

— Объяснений не будет?

Разумеется, она заметила, как странно я реагирую на любое упоминание об Элис: скрыть свои чувства мне не удалось. Хотя бы теперь Белла улыбалась, довольная тем, что поймала меня. Уверен, она понятия не имела, чем *именно* меня раздражает Элис. Пока Белле было достаточно дать мне понять, что *ей* известно: я что-то скрываю от нее. Я не ответил, но, по-моему, она на это и не рассчитывала.

— А что дал тебе понять Карлайл во время разговора? — спросила она.

Я нахмурился:

— Так ты заметила?

Ну что ж, я знал, что в этом случае объяснения неизбежны.

— Естественно.

Я вспомнил, как она слегка вздрогнула, услышав про Джаспера... опять вызывать у нее беспокойство было мне неприятно, но напугать ее требовалось *обязательно*.

— Он хотел сообщить мне кое-какие новости, — признался я. — И не знал, готов ли я поделиться ими с тобой.

Она настороженно выпрямилась:

— А ты готов?

— Придется, потому что в ближайшие несколько дней или даже недель я намерен... чрезмерно опекать тебя и не хочу, чтобы ты считала меня деспотом.

Мое упрощенное объяснение ее не успокоило.

— Что-то случилось? — встрепенулась она.

— Ничего особенного. Просто Элис видит, что скоро у нас будут гости. Они знают, что мы здесь, и им любопытно.

Она повторила шепотом:

— Гости?

— Да... не такие, как мы, конечно, — я имею в виду, охотятся они иначе. Скорее всего в город они вообще не сунутся, но я, само собой, не спущу с тебя глаз, пока они не уйдут.

Ее передернуло так сильно, что затряслась банкетка под нами.

— Наконец-то правильная реакция! — отозвался я негромко. Мне вспомнились все ужасы, связанные со мной, с которыми она так легко смирилась. Видимо, ее пугали только *другие* вампиры. — А я уж думал, у тебя начисто отсутствует инстинкт самосохранения.

Пропустив мои слова мимо ушей, она снова засмотрелась на мои руки, порхающие по клавишам. Прошло некоторое время, она сделала глубокий вдох и медленный выдох. Неужели она так просто приняла очередной кошмар наяву?

Видимо, да. И теперь принялась разглядывать комнату, медленно поворачивая голову. Я догадался, о чем она думает.

— Совсем не то, чего ты ожидала, да? — предположил я.

Она по-прежнему изучала все, что видела вокруг.

— Да.

Интересно, что особенно удивило ее? Светлые тона, обилие свободного пространства, окно во всю стену? Эсме старалась изо всех сил лишить дом какого бы то ни было *сходства* с крепостью или сумасшедшим домом.

Я мог предположить, каким представлялся бы наш дом обычному человеку.

— Ни гробов, ни черепов, сваленных в кучи по углам. По-моему, даже паутины нет... ты, наверное, страшно разочарована.

На мою шутку она не обратила внимания.

— Так светло... и просторно.

— Это место, где нам незачем прятаться.

Пока я сосредоточился на ней, песня, которую я играл, вернулась к изначальному звучанию. Я опомнился только в середине самого тоскливого фрагмента, где очевидная истина становится неизбежной: Белла уже совершенство. Любое вмешательство моего мира станет трагедией.

Спасать песню было уже слишком поздно. Я дал ей завершиться, как раньше, глубокой скорбью.

Порой так легко верилось, что мы с Беллой созданы друг для друга. В те моменты, когда импульсивность брала верх и все давалось естественно, я... мог в это поверить. Но стоило мне взглянуть на ситуацию с точки зрения логики, не позволяя эмоциям возобладать над рассудком, становилось ясно, что я способен лишь причинить Белле вред.

— Спасибо... — прошептала она.

В глазах у нее стояли слезы. Она быстро смахнула их ладонью.

Уже во второй раз я видел, как Белла плачет. В первый раз я обидел ее. Не нарочно, но все-таки обидел — причинил ей боль, подразумевая, что нам никогда не быть вместе.

Теперь же она плакала потому, что музыка, которую я сочинил, растрогала ее. Слезы были вызваны удовольствием. Я задумался, насколько ей понятен бессловесный язык мелодии.

Одна слезинка все еще блестела в уголке ее левого глаза, переливалась в ярко освещенной комнате. Крохотная, чистая частица Беллы, эфемерный бриллиант. Повинуясь некоему странному инстинкту, я протянул руку и подхватил слезинку на кончик пальца. На моей коже капелька приобрела округлость, засверкала от движения руки. Я быстро поднес палец к языку, пробуя на вкус ее слезу, вбирая в себя эту малую толику Беллы.

Карлайл потратил много лет на попытки понять, как устроено наше бессмертное тело; задача была трудной, руководствоваться приходилось главным образом наблюдениями и предположениями. Среди материала для анатомических исследований трупы вампиров не значились.

Наиболее убедительной из его теорий устройства нашего организма выглядела та, согласно которой он должен был обладать микропористостью. Несмотря на то что мы способны проглотить что угодно, наше тело усваивает только кровь. Эта кровь всасывается в мышцы и служит для них топливом. Когда запасы этого топлива истощаются, наша жажда усиливается, побуждая нас пополнять запасы. И, кроме крови, сквозь нас, по-видимому, ничто не проходит.

Я сглотнул слезу Беллы. Возможно, мое тело она не покинет никогда. Даже после того, как Белла оставит меня, даже по прошествии долгих лет одиночества я, наверное, всегда буду хранить у себя внутри ее частицу.

Она с любопытством смотрела на меня, но я не знал, какое объяснение дать, чтобы оно выглядело здраво. Вместо этого я обратился к любопытству, которое она проявила ранее.

— Хочешь осмотреть весь дом? — предложил я.

— А гробов нет? — на всякий случай подстраховалась она.

Я рассмеялся и встал, подняв ее за руку с банкетки у рояля.

— Гробов нет.

Я повел ее вверх по лестнице на второй этаж: первый она уже видела почти весь, от входной двери он просматривался полностью, если не считать кухни, которой не пользовались, и столовой. Пока мы поднимались, ее интерес нарастал. Она разглядывала все — перила, полы из светлого дерева, панели с багетной отделкой по верху стен коридора. Казалось, она готовится к экзамену. Я называл хозяев каждой комнаты, мимо которой мы проходили, она кивала после каждого имени, будто запоминая экзаменационный материал.

Когда мы уже собирались свернуть за угол и подняться на третий этаж, Белла вдруг остановилась. Я посмотрел в ту же сторону, выясняя, на что она загляделась так озадаченно. А-а.

— Да, можешь смеяться, — сказал я. — Это и *вправду* парадокс.

Она не стала смеяться. Протянула руку, будто желая коснуться большого дубового креста, темного и мрачного на фоне панели из светлого дерева, но так и не дотронулась до него.

— Должно быть, он очень старый, — пробормотала Белла.

Я пожал плечами.

— Приблизительная датировка — тридцатые годы семнадцатого века.

Она уставилась на меня, склонив голову набок.

— Почему вы повесили его здесь?

— Ностальгия. Он принадлежал отцу Карлайла.

— Он собирал антиквариат? — предположила она таким тоном, будто уже знала, что ошиблась.

— Нет, — ответил я. — Он сам вырезал этот крест и повесил его в церкви над кафедрой, за которой читал проповеди.

Белла пристально смотрела на крест. Она стояла перед ним так долго, что я опять встревожился.

— Все хорошо? — негромко спросил я.

— Сколько лет Карлайлу? — выпалила она.

Я вздохнул, усмиряя давнюю панику. Неужели этот ответ станет последней каплей? Приступая к объяснениям, я внимательно следил за каждым еле уловимым движением мышц ее лица.

— Он только что отпраздновал трехсот шестьдесят второй день рождения. — Что более-менее соответствовало его истинному возрасту. День Карлайл выбрал ради Эсме, но в целом о дате мог лишь догадываться. — Карлайл родился в Лондоне, по его подсчетам — в сороковых годах семнадцатого века. В то время не записывали точных дат рождения, по крайней мере, простолюдины, но известно, что он появился на свет до начала правления Кромвеля. Карлайл был единственным сыном пастора англиканской церкви. Его мать умерла в родах, и воспитанием занимался отец — человек крайне нетерпимый. Когда к власти пришли протестанты, он стал ярым гонителем католиков и приверженцев других религий. Кроме того, он твердо верил в реальность сил зла и неустанно расправлялся с ведьмами, волками-оборотнями и... вампирами.

Почти все время, пока я говорил, она слушала спокойно, будто бы не вдумываясь в смысл сказанного. Но когда я произнес слово «вампиры», ее плечи напряглись, она затаила дыхание на лишнюю секунду.

— При его непосредственном участии сожгли множество ни в чем не повинных людей. Разумеется, тех, кто действительно представлял какую-то опасность, было не так-то просто поймать.

Мысли о невиновных, убитых его отцом, до сих пор не давали покоя Карлайлу. И в особенности — мысли о тех убийствах, в которые против своей воли был втянут сам Карлайл. Оставалось лишь радоваться за него по той причине, что воспоминания о прошлом были смутными и мало-помалу забывались.

О человеческой жизни Карлайла я знал так же хорошо, как о своей. Рассказывая о злополучном обнаружении им древнего лондонского клана, я размышлял, выглядит ли мой рассказ хоть сколько-нибудь правдоподобным для Беллы. Эта история не имела к ней никакого отношения, произошла в стране, которую она никогда не видела, и вдобавок за столько лет до ее рождения, что Белле было не к чему привязать ее.

Но она слушала как завороженная, пока я рассказывал о нападении, во время которого погибли сообщники Карлайла и он сам был заражен, при этом я старательно опускал подробности, на которых предпочел бы не заострять внимание Беллы. Когда вампир, движимый жаждой, развернулся и напал на своих преследователей, он лишь дважды полоснул Карлайла зубами в ядовитой слюне: один раз — по протянутой ладони, второй — по бицепсу. Вспыхнула схватка, вампир старался как можно скорее расправиться с четырьмя преследователями, пока к ним на помощь не подоспела вся толпа. Уже после Карлайл предположил, что вампир надеялся досуха выпить их всех, но в конечном итоге предпочел спасение обильной трапезе, схватил тех, кого мог унести, и сбежал. Инстинкт самосохранения спасал его, разумеется, не от толпы: пятьдесят человек с примитивным оружием были для него не опаснее стаи пестрых бабочек. Однако Вольтури находились уже на расстоянии менее тысячи миль. К тому времени установленные ими законы действовали на протяжении тысячи лет, и их требование, чтобы каждый бессмертный действовал в интересах их всех, считалось общепризнанным. От известия о появлении в Лондоне вампира, которое подтвердили бы пятьдесят свидетелей, да еще таких, кто застал его пьющим кровь из трупов, в Вольтерре были бы не в восторге.

С расположением ран Карлайлу не повезло. Рана на ладони находилась далеко от крупных кровеносных сосудов, рана на руке не задела ни плечевую артерию, ни локтевую вену. Это означало гораздо более медленное распространение яда и продолжительный переходный период. Поскольку преображение из смертного в бессмертного было самым мучительным событием в памяти каждого из нас, продление этих мучений было ситуацией, мягко говоря, далекой от идеала.

Я познал боль той же затяжной версии преображения. Карлайл... сомневался в своем решении превратить меня в своего первого товарища. Благодаря продолжительному общению с другими, более опытными вампирами — в том числе с Вольтури, — он знал, что место укуса, выбранное удачнее, способствует более быстрому обращению. Однако других вампиров, *подобных* ему, Карлайл не встречал никогда. Все остальные были одержимы кровью и властью. Никто не питал склонности к тихой, больше напоминающей семейную жизни в отличие от него. И он задавался вопросом, не объясняется ли это отличие его медленным обращением и неудачными местами проникновения инфекции. Поэтому он, создавая своего первого сына, предпочел имитировать собственные раны. Об этом он не переставал сожалеть, тем более что в дальнейшем убедился: способ обращения на самом деле не оказывает влияния на личность и желания нового бессмертного.

Когда он нашел Эсме, времени на эксперименты у него не было: к смерти она подступила гораздо ближе, чем я. Для ее спасения требовалось ввести в ее организм как можно больше яда и как можно ближе к сердцу. Так или иначе, понадобились лихорадочные усилия, не идущие ни в какое сравнение с моим случаем, — и все-таки Эсме получилась самой кроткой из всех нас.

А Карлайл — самым сильным и волевым. И я, продолжая рассказывать Белле то, что мог, о его на редкость дисциплинированном обращении, поймал себя на том, что подправляю эту историю, чего делать, пожалуй, не следовало бы, но мне совсем не хотелось упоминать о невыносимых мучениях Карлайла. А поведать о них, пожалуй, было бы полезно, учитывая явный интерес Беллы к процессу, — чтобы лишить ее желания продолжать расспросы.

— А когда все было кончено, — заключил я, — он понял, кем стал.

Все время, пока я блуждал в собственных мыслях и посвящал Беллу в некоторые подробности хорошо знакомой истории, я следил за ее реакцией. На ее лице сохранялось преимущественно одно и то же выражение, видимо, означающее у нее внимание и интерес, полностью лишенные каких бы то ни было отрицательных эмоций. Но она слишком напряженно держалась, чтобы придать убедительность своей уловке. Ее любопытство было неподдельным, и я хотел узнать, о чем она думает в действительности, а не какие предположения насчет своих мыслей хочет у меня вызвать.

— С тобой все хорошо? — спросил я.

— Я в порядке, — машинально отозвалась она, но при этом маска соскользнула, обнажив истинные эмоции. Все, что я сумел прочесть на нем, — желание узнать больше. Значит, и этого рассказа не хватило, чтобы отпугнуть ее.

— Наверное, у тебя ко мне есть еще вопросы.

Она улыбнулась — совершенно невозмутимая, бесстрашная с виду.

— Немного.

Я улыбнулся в ответ.

— Тогда пойдем. Сейчас увидишь.

Глава 20
Карлайл

По коридору мы подошли к двери кабинета Карлайла. Я остановился, ожидая приглашения.

— Войдите, — сказал из-за двери Карлайл.

Пропустив Беллу вперед, я смотрел, как увлеченно она изучает новую комнату. Здесь было не так светло, как в остальных помещениях дома; красное дерево темных оттенков напоминало Карлайлу первый из домов, где он жил. Взгляд Беллы заскользил по бесконечным рядам книг. Я уже настолько хорошо знал ее, что понимал: такое множество книг, собранных в одной комнате, — для нее что-то вроде исполнения заветной мечты.

Карлайл отметил закладкой место в книге, которую читал, и поднялся, приветствуя нас.

— Чем могу помочь? — спросил он.

Само собой, он слышал до последнего слова наш разговор у рояля и знал, что мы пришли сюда, чтобы продолжить его. Его ничуть не беспокоило, что я рассказал его историю, он не удивлялся моей готовности ответить на все вопросы Беллы.

— Мне хотелось познакомить Беллу с нашей историей. Точнее, с твоей.

— Извините, что помешали вам, — тихонько добавила Белла.

— Нисколько, — заверил ее Карлайл. — С чего вы собирались начать?

— С Ваггонера, — ответил я.

Я взял Беллу за плечо и мягко повернул ее к стене с дверью, через которую мы вошли. И услышал, как в ответ на мое прикосновение ее сердце забилось чаще, а потом и Карлайл безмолвно засмеялся ее реакции.

«Любопытно», — подумал он.

Я увидел, как глаза Беллы широко раскрылись при виде целой галереи на стене кабинета Карлайла. Нетрудно было представить себе, как может растеряться тот, кто видит ее впервые. Семьдесят три полотна всех размеров, техник живописи и материалов теснились на стене, словно гигантский пазл из одних только прямоугольных деталей. У Беллы явно разбежались глаза.

Взяв за руку, я повел ее к началу, Карлайл последовал за нами. Сюжет разворачивался с дальнего левого края, как на книжной странице, — с неприметной монохромной работы, похожей на карту. В сущности, она и *была* частью карты, вручную раскрашенной картографом-любителем, и входила в число немногочисленных оригиналов, переживших века.

Белла задумчиво нахмурилась.

— Лондон середины семнадцатого века, — объяснил я.

— Лондон моей юности, — добавил Карлайл с расстояния нескольких шагов за нашими спинами. Белла вздрогнула, удивившись тому, насколько близко к нам он находится. Конечно, ведь она не слышала, как он подошел. Я пожал ей руку, чтобы успокоить. Для нее этот дом — странное, незнакомое место, но здесь с ней ничего плохого не случится.

— Расскажешь сам? — спросил я отца, и Белла обернулась к нему в ожидании.

«Извини, я бы не прочь».

Он улыбнулся Белле и обратился к ней:

— Я бы не отказался, но я вообще-то уже опаздываю. Сегодня утром звонили с работы — доктор Сноу взял больничный. И потом, — он перевел взгляд на меня, — все эти истории ты знаешь не хуже меня.

Уходя, Карлайл тепло улыбнулся Белле. Как только он скрылся за дверью, она снова повернулась к маленькой картине и вгляделась в нее.

— А что потом? — спросила она, помолчав немного. — Когда Карлайл понял, что с ним случилось?

Я машинально перевел взгляд на картину побольше, в соседнем ряду и ниже первой. Жизнерадостной ее было не назвать: унылый пустынный пейзаж под толстым гнетущим слоем облаков, каждым оттенком намекающий, что солнце скрылось навсегда. Это зрелище открывалось Карлайлу в окно одного малоизвестного замка в Шотландии. Картина так живо напоминала ему собственную жизнь в самые мрачные из ее моментов, что он пожелал сохранить ее, какими бы мучительными ни были давние воспоминания. Для него существование этого безрадостного ландшафта означало, что жил когда-то человек, понимавший его.

— Осознав, кем стал, Карлайл взбунтовался. Несколько раз он пытался покончить с собой. Но каждый раз неудачно.

— Каким способом? — ахнула она.

Не сводя глаз с выразительной пустоты картины, я рассказал о нескольких попытках суицида, предпринятых Карлайлом.

— Он прыгал с большой высоты. Пробовал топиться в океане... но в новую жизнь он пришел слишком молодым и был очень силен. Невероятно, как он, совсем еще новичок, мог подолгу отказываться от... пищи. — Я бросил на нее быстрый взгляд, но она не отрывалась от картины. — Поначалу инстинкты особенно сильны, им невозможно противиться. Но Карлайл был настолько отвратителен самому себе, что ему хватало сил даже на попытки уморить себя голодом.

— А это возможно? — прошептала она.

— Нет. Существует лишь несколько способов убить нас.

Она уже открыла рот, собираясь задать самый очевидный из вопросов, но я быстро продолжал, чтобы отвлечь ее:

— Он страшно оголодал и постепенно терял силы. Все это время он старался держаться подальше от людей, понимая, что его воля тоже слабеет. Много месяцев подряд он блуждал ночами по безлюдным местам, изнемогая от ненависти к самому себе...

Я перешел к рассказу о той ночи, когда Карлайл благодаря крови животных открыл другой, компромиссный образ жизни, и вновь вернулся к состоянию мыслящего существа. А потом перебрался на континент...

— *Вплавь* до Франции? — не веря своим ушам, переспросила Белла.

— Белла, люди и тогда переплывали Ла-Манш, — напомнил я.

— Ты прав, конечно. Просто подробность выглядит забавно. Продолжай.

— Надо сказать, что все мы отлично плаваем...

— И всё-то *вы* делаете на «отлично», — посетовала она.

Я улыбнулся, ожидая, что она добавит что-нибудь еще. Она нахмурилась:

— Больше не буду перебивать. Честное слово.

Моя улыбка стала шире: я уже предвидел, как Белла отреагирует на следующую подробность.

— ...потому что нам, строго говоря, не обязательно дышать.

— Тебе...

Я рассмеялся и приложил палец к ее губам.

— Нет-нет, ты обещала. Так ты хочешь слушать рассказ или нет?

Ее губы под моим пальцем шевельнулись.

— Сначала ошарашил меня, а теперь ждешь, что я буду молчать?

Я опустил руку ниже, приложил к ее шее сбоку.

— Так тебе не надо *дышать*?

Я пожал плечами.

— Да, совсем не обязательно. Это лишь привычка.

— И долго ты можешь обходиться... без *дыхания*?

— Думаю, до бесконечности, но точно не знаю. — Самым долгим периодом без дыхания были для меня несколько дней, проведенные под водой. — Со временем становится немного неуютно, если не чувствуешь запахов.

— Немного неуютно, значит, — повторила она слабым голосом, почти прошептала.

Ее брови сошлись на переносице, глаза прищурились, плечи напряглись. Из разговора, который еще минуту назад так забавлял меня, улетучилось все веселье.

Какие мы все-таки разные. Хотя некогда мы и принадлежали к одному и тому же виду, теперь общими для нас были лишь некоторые несущественные черты. Должно быть, наконец-то Белла ощутила всю тяжесть этих изменений, расстояние, разделяющее нас. Я убрал руку с ее шеи, уронил вдоль тела. От моего чуждого прикосновения пропасть между нами становилась более очевидной.

Я смотрел в ее встревоженное лицо и ждал, что вот-вот увижу на нем подтверждение тому, что очередная истина оказалась перебором. Прошло несколько долгих секунд, напряжение на ее лице постепенно изгладилось. Взгляд сосредоточился на моем лице, в нем возникло беспокойство иного рода.

Без колебаний протянув руку, она приложила пальцы к моей щеке.

— Ну что такое?

Опять она тревожилась за меня. Настолько явно, что я понял: это не тот *перебор*, которого я опасался.

— Я все жду, когда это наконец произойдет.

Она не поняла:

— Что произойдет?

Я глубоко вздохнул:

— Я же знаю: в какой-то момент то, что я рассказываю тебе, или то, что ты видишь, станет для тебя последней каплей. И тогда ты с криком бросишься прочь. — Я попытался улыбнуться, но получилось неважно. — Останавливать тебя я не стану. Я жду этого, потому что хочу, чтобы ты была в безопасности. И вместе с тем я хочу быть с тобой. Примирить эти два желания невозможно...

Она распрямила плечи и выпятила подбородок.

— Никуда я не убегу, — пообещала она.

При виде такой отваги я невольно улыбнулся.

— Поживем — увидим.

— Ну, продолжай, — попросила она, нахмурившись в ответ на мои сомнения. — Карлайл приплыл во Францию...

Еще секунду я оценивал ее настроение, потом повернулся к картинам. На этот раз я указал на самую заметную из всех, самую яркую и броскую. Она должна была изображать страшный суд, но одна половина мечущихся фигур, казалось, участвует в некой оргии, а другая — в яростном и кровопролитном сражении. Только судьи на мраморных балконах, возвышающихся над этим хаосом, оставались невозмутимыми.

Эта картина была получена в подарок. Карлайл ни за что не выбрал бы такую сам. Но когда Вольтури настояли, чтобы он принял ее в память о времени, проведенном вместе, отказаться он не смог.

Он проникся теплыми чувствами к этой аляповатой работе — и к надменным властителям-вампирам, изображенным на ней, — поэтому повесил ее среди других любимых картин. Ведь, несмотря ни на что, они во многих отношениях проявили к нему удивительную доброту. А Эсме нравился маленький портрет Карлайла, затерянный в хаосе лиц на картине.

Пока я рассказывал о первых годах, проведенных Карлайлом в Европе, Белла разглядывала картину, пыталась понять, что означают изображенные на ней фигуры и буйство красок. Я заметил, что мой голос утратил недавнюю легкость. Думать о стремлении Карлайла подчинить себе собственную природу, стать для человечества благодетелем, а не паразитом, было невозможно, не чувствуя трепета и не сознавая, как грандиозен проделанный им путь.

Я всегда завидовал безупречному умению Карлайла владеть собой, но в то же время считал, что сам я на такое не способен. А теперь я осознал, что выбрал легкий путь, путь наименьшего сопротивления, безмерно восхищаясь Карлайлом, но и не думая прилагать старания, чтобы в большей мере *походить* на него. Интенсивный курс самоконтроля, который я проходил благодаря Белле, мог бы стать менее напряженным, если бы предыдущие семь десятилетий я совершенствовался усерднее.

Теперь Белла внимательно смотрела на меня. Я постучал по картине пальцем, чтобы вновь привлечь ее внимание к тому, о чем рассказывал.

— Он учился в Италии, когда узнал, что и там есть подобные ему. Они оказались гораздо более цивилизованными и образованными, чем призраки из лондонской клоаки.

Она присмотрелась к месту на картине, которое я указывал, и вдруг удивленно рассмеялась: она узнала Карлайла, несмотря на непривычные одеяния, в которых он был изображен.

— Для Солимены неиссякающим источником вдохновения служили друзья Карлайла. Он часто писал с них богов. Аро,

Марк, Кай... — я указывал на каждого, называя их имена. — Ночные покровители искусств.

Она приблизила палец к самому холсту.

— Что с ними стало?

— Живут все там же, как жили до этого неизвестно сколько тысячелетий. Карлайл пробыл с ними совсем недолго, несколько десятков лет. Он восхищался их культурой и утонченностью, но они упорствовали в своих попытках исцелить его от отвращения к «естественному источнику пищи», как они это называли. Они пытались переубедить друг друга, но безуспешно, и в конце концов Карлайл решил отделиться и попытать удачи в Новом Свете. Он мечтал найти тех подобных ему, которые разделяли бы его взгляды. Понимаешь, ему было страшно одиноко.

Последующих десятилетий я лишь слегка коснулся, упомянув, что Карлайл тяжело переносил свое одиночество и наконец принялся строить план действий. На этом этапе история приобретала более личный характер и становилась несколько однообразной. Некоторые моменты из нее Белла уже знала: Карлайл нашел меня, когда я был при смерти, и принял решение, которое изменило мою судьбу. И вот теперь это решение повлияло и на судьбу самой Беллы.

— Вот мы и пришли к тому, с чего начали, — заключил я.

— И с тех пор ты всегда жил с Карлайлом? — спросила она.

С безошибочной точностью она нашла среди вопросов именно тот, на который мне меньше всего хотелось отвечать.

— Почти всегда, — ответил я.

Я обнял ее за талию, чтобы вывести из кабинета Карлайла и хоть чем-нибудь отвлечь ее мысли от направления, которое они приняли. Но я понимал, что кратким ответом она не удовлетворится. И оказался прав.

— Почти?

Я вздохнул, не желая отвечать. Но честность возобладала над стыдом.

— Ну, был у меня, — признался я, — приступ подросткового бунтарства, лет через десять после того, как я... родился заново или был сотворен — называй как хочешь. Принципы воздержания, которых придерживался Карлайл, меня не прельщали, я злился в ответ на попытки обуздать мой аппетит. И потому какое-то время жил сам по себе.

— Правда? — Тона, которым был задан этот вопрос, я не ожидал. Вместо того чтобы испытать отвращение, она явно жаждала узнать больше. Совсем иначе она отреагировала на лугу — узнав, что я виновен в убийствах, она так удивилась, словно подобные мысли ей никогда не приходили в голову. Наверное, теперь она с ними уже свыклась.

Мы направились вверх по лестнице. Теперь Белла смотрела только на меня, не замечая ничего вокруг.

— И это не отталкивает тебя? — спросил я.

Она задумалась всего на полсекунды.

— Нет.

Ее ответ меня расстроил.

— Почему? — Я почти потребовал объяснений.

— Видимо... потому, что звучит логично. — К концу фразы она повысила голос, так что получилось подобие вопроса.

«*Логично*». Мой смех прозвучал слишком резко.

Но вместо того чтобы перечислить ей все причины, по которым это не только нелогично, но и непростительно, я вдруг поймал себя на попытке оправдаться.

— С тех пор как я родился заново, я пользовался преимуществом — знал, что думают все вокруг меня, и люди, и не только. Вот почему я бросил вызов Карлайлу лишь через десять лет: я видел, что он действует совершенно искренне, и прекрасно понимал, почему он так живет.

Я вдруг задумался, сбился бы я с пути, если бы не встретил Шивон и подобных ей. Если бы не подозревал, что остальные существа, такие же, как я — мы еще не наткнулись случайно на Таню и ее сестер, — считали образ жизни Карлайла нелепым. Если бы знал только Карлайла и так бы и не открыл для себя другие нормы поведения. Пожалуй, я бы остался с ним. Мне стало стыдно за то, что я позволил себе подпасть под влияние тех, кому никогда не сравниться с Карлайлом. Но я завидовал их свободе. И думал, что смогу жить, возвысившись над нравственной бездной, в которую они пали. Потому что я *особенный*. Я покачал головой, удивляясь своей самонадеянности.

— Всего несколько лет мне понадобилось, чтобы одуматься и вернуться к Карлайлу, и с тех пор я полностью разделяю его взгляды. Я думал, что буду избавлен от уныния, неразрывно связанного с угрызениями совести. Поскольку я знал мысли своей добычи, я мог не трогать ни в чем не повинных людей и охотиться только на злодеев. Если я шел темным переулком по следу убийцы, который крался за юной девушкой, если я спасал эту девушку, значит, я не чудовище.

Таким образом я спас множество людей, но счет все равно казался неравным. Сколько же лиц мелькало в моей памяти — виновных, которых я казнил, и невинных, которых спас!

Одно лицо застряло перед мысленным взором — виновное и в то же время невинное.

Сентябрь 1930 года. Он выдался на редкость тяжелым, этот год. Люди повсюду бились из последних сил, чтобы пережить крах банков, засухи, пыльные бури. Вынужденные переселенцы, фермеры с семьями, наводнили города, где им не было места. В то время я гадал, неужели беспросветное отчаяние и страх в мыслях тех, кто окружал меня, внесли свою лепту в меланхолию, которая начинала донимать меня, но, по-моему, даже тогда я уже знал, что моя подавленность всецело объясняется моим собственным выбором.

Я проходил через Милуоки, как проходил через Чикаго, Филадельфию, Детройт, Колумбус, Индианаполис, Миннеаполис, Монреаль, Торонто — один город за другим, а потом возвращался, и так раз за разом, впервые в своей жизни вел поистине кочевой образ жизни. Дальше на юг я никогда не заходил — мне хватало ума не охотиться вблизи этого рассадника кошмарных войск новорожденных и дальше на восток не продвигался, так как избегал Карлайла, но в этом случае скорее от стыда, чем из чувства самосохранения. Ни в одном месте я не задерживался дольше чем на несколько дней и ни в коем случае не общался с теми людьми, на которых не охотился. За четыре года я с легкостью научился находить те умы, которые искал. Я знал, где с наибольшей вероятностью найду их, знал, когда они обычно действуют. Меня тревожила легкость, с которой удавалось засечь очередную идеальную жертву: слишком уж много их было.

Вероятно, меланхолия объяснялась в том числе и этой причиной.

Из умов, за которыми я охотился, обычно бывала изгнана вся человеческая жалость — вместе с большинством других эмоций, кроме алчности и вожделения. От умов нормальных, менее опасных окружающих эти отличала холодность и целеустремленность. Само собой, большинству требовалось время, чтобы достичь стадии, когда они начинали воспринимать себя в первую очередь как хищников и только потом — как кого-то еще. Так что жертвы всегда выстраивались вереницей. Я не успевал спасать всех. Мне удавалось спасти лишь очередную.

В поисках подобных умов я, как правило, отключался от всего более человеческого. Но тем вечером в Милуоки, пока я бесшумно передвигался в темноте — неспешным шагом, когда вокруг были свидетели, и бегом, когда их не было, — мысли иного рода привлекли мое внимание.

Они исходили от молодого мужчины, бедного, живущего в трущобах на окраине промышленного района. Его нравственные страдания вторглись в мое сознание, хотя в те времена душевные муки не были редкостью. Но в отличие от других людей, которые мучились, боясь голода, выселения, холода, болезней и множества других бед, этот мужчина боялся самого себя.

«*Не могу. Я не могу. Сделать это я не могу. Не могу. Не могу*» — эти слова повторялись у него в голове бесконечно, как мантра. И ни разу не вылились в более сильное чувство, ни разу вместо «не могу» не прозвучало «не стану». Несмотря на все отрицания, он продолжал строить планы.

Этот человек еще ничего не натворил... пока. Он лишь представлял себе то, чего хотел. Только наблюдал за той девчушкой из доходного дома в переулке, но ни разу не заговорил с ней.

Я слегка озадачился. Мне еще ни разу не случалось приговорить к смерти того, чьи руки чисты. Но скорее всего руки этого мужчины недолго остались бы чистыми. А девчушка в его мыслях была совсем ребенком.

Не зная, как быть, я решил ждать. Вдруг он не поддастся искушению.

Но в этом я сомневался. Мои недавние исследования самых основ человеческой натуры почти не оставляли места оптимизму.

В переулке, где он жил, где строения опасно кренились, привалившись одно к другому, был узкий дом с недавно провалившейся крышей. Никто не решался подняться в нем на второй этаж, поэтому там я и спрятался и следующие несколько дней сидел неподвижно и слушал. Изучая умы людей, ютящихся в обветшалых хибарах, вскоре я увидел то же худенькое детское лицо в других, более приличных мыслях. Я отыскал комнату, где эта девочка жила с матерью и двумя старшими братьями, и стал внимательно следить за ней. Это было легко: в свои пять или шесть лет она не уходила далеко от дома. Мать принималась звать ее, стоило девочке скрыться из виду; ее имя было Бетти.

Тот мужчина тоже следил за ней — все время, пока не рыскал по улицам в поисках поденной работы. Однако днем он держался от Бетти на расстоянии. А по ночам подбирался снаружи к ее окну, прятался в тени, пока в комнате горела единственная свеча. Он отметил, в какое время свечу обычно задувают. Выяснил, где спит ребенок — на набитой газетами подушке под открытым окном. Ночами уже холодало, но в перенаселенном доме застаивались неприятные запахи. Поэтому все держали окна распахнутыми.

«*Я не могу это сделать. Не могу. Не могу*». Он повторял свою мантру, а тем временем начал готовиться. Обрывок веревки нашел в сточной канаве. Во время ночных наблюдений стащил с бельевой веревки какие-то тряпки, которые годились для кляпа. По иронии судьбы, все свое снаряжение он хранил в той же развалюхе, где прятался я. Под рухнувшей лестницей образовалось нечто вроде пещеры. Туда он и намеревался унести ребенка.

Я все еще ждал — не желал карать, не убедившись прежде в том, что преступление совершено.

Тяжелее всего ему было сознавать, что потом придется убить ее. Эта необходимость внушала ему отвращение, ему не нравилось думать о том, *как* это будет. Но и эти сомнения он тоже преодолел. На них ушла еще неделя.

К тому времени я уже довольно сильно ощущал жажду, повторение одних и тех же мыслей у него в голове наскучило мне. Но я понимал, что смогу оправдать совершенные мной убийства, только если буду строго следовать установленным мной самим правилам. Наказывать надлежало только виновных, лишь тех, которые, если их пощадить, причинят другим тяжкий вред.

Как ни странно, я был разочарован, когда однажды ночью он явился к тайнику за своими веревками и кляпом. Вопреки всем доводам рассудка я надеялся, что он останется невиновным.

Я последовал за ним к открытому окну, под которым спал ребенок. Он не слышал моих шагов за спиной и не увидел бы меня в тени, если бы обернулся. В голове у него перестали вертеться одни и те же мысли. Он осознал, что *мог*. Мог сделать то, что намеревался.

Я ждал до тех пор, пока он не просунул руку в окно, не пробежался пальцами по руке девочки, чтобы получше ухватиться за нее...

И тогда я вцепился ему в горло и вспрыгнул вместе с ним на крышу тремя этажами выше, где мы приземлились с гулким грохотом.

Конечно же, его перепугали холодные, как лед, пальцы, обхватившие шею, ошеломил внезапный полет по воздуху, он растерялся, не понимая, что происходит. Но когда я развернул его лицом к себе, каким-то образом догадался. Взглянув на меня, он не увидел человека. Увидел только мои пустые черные глаза, мертвенно-бледную кожу, увидел *суд*. В своих догадках насчет меня он даже не приблизился к истине, но безошибочно определил, что происходит.

Он понял, что я спас от него ребенка, и испытал облегчение. Таким ожесточенным, бесстрастным и уверенным в себе, как другие, он не был.

«*Я этого не сделал*», — подумал он, когда я кинулся на него. Он не оправдывался. Просто был рад, что его остановили.

Он стал моей единственной, строго говоря, невинной жертвой, тем, кто не дожил до момента, когда превратился в чудовище. Положить конец его устремлению к злу было правильным, единственно возможным выходом.

Вспоминая их — всех, кого я казнил, — я ничуть не жалел о смерти каждого в отдельности. Без каждого из них мир стал лучше. Но почему-то это все равно не имело значения.

В конечном счете кровь — всего лишь кровь. Она приглушала мою жажду на несколько дней или недель, только и всего. А физическое наслаждение, хоть оно и присутствовало, портили душевные муки. Несмотря на все мое упрямство, приходилось признать истину: без человеческой крови я чувствовал себя счастливее.

Общий счет убийств стал слишком тягостным для меня. Через несколько месяцев после того случая я отказался от своего эгоистичного крестового похода и оставил всякие попытки найти в бойне смысл.

— Но время шло, — продолжил я, гадая, в какой мере интуиция подскажет ей то, чего я недоговорил, — и я сам себе стал казаться монстром. Каким бы оправданным ни казалось мне убийство, за отнятую человеческую жизнь все равно приходилось платить раскаянием. И я вернулся к Карлайлу и Эсме. Они встретили меня с распростертыми объятиями, как блудного сына. Сам-то я думаю, что не заслуживал снисхождения. — Мне вспомнились их объятия, радость в их мыслях, вызванная моим возвращением.

Ее взгляда, обращенного на меня в эту минуту, я тоже не заслуживал. Видимо, мои оправдания все же действовали, какими бы неубедительными ни казались мне самому. Но Белла наверняка уже привыкла оправдывать меня. Я просто представить себе не мог, как иначе она смогла бы терпеть меня рядом.

Мы подошли к последней двери в коридоре.

— Моя комната, — сообщил я, открывая дверь.

И стал ждать ее реакции. Она вновь принялась внимательно оглядываться по сторонам. Оценила вид на реку, множество полок для моей музыки, стереосистему, отсутствие привычной мебели; ее взгляд перескакивал с одной детали на другую. Я задумался, интересно ли ей мое обиталище так же, как мне была интересна ее комната.

Ее взгляд задержался на отделке стен.

— Ради акустики?

Рассмеявшись, я кивнул, потом включил стерео. Несмотря на небольшую громкость, динамики, спрятанные в стенах и потолке, создавали ощущение концертного зала с живыми исполнителями. Она улыбнулась и подошла к ближайшей полке с дисками.

Невероятным казалось видеть ее в комнате, которая почти всегда была приютом уединения. До сих пор мы проводили время вместе в основном в мире людей — в школе, в городе, в доме Беллы, — и я всегда чувствовал себя незваным гостем, тем, кому там не место. Меньше недели назад я ни за что бы не поверил, что она способна чувствовать себя так уютно и непринужденно в самом центре моего мира. И она не была незваной гостьей, здесь ей было самое место. Только сейчас комната обрела завершенный вид.

Вдобавок она очутилась здесь не под каким-нибудь надуманным предлогом. Я не обманывал ее и не заманивал, я признался ей во всех своих грехах. Она знала их все и тем не менее захотела остаться в этой комнате наедине со мной.

— Как ты в них разбираешься? — удивилась она, пытаясь понять, как организована моя коллекция дисков.

Меня так захватило удовольствие видеть ее здесь, что понадобилась секунда, чтобы собраться с мыслями и ответить.

— Эм-м... по году, а потом — по личным предпочтениям в тот период.

Белла поняла по голосу, что я отвлекся. И взглянула на меня, пытаясь понять, почему я так пристально смотрю на нее.

— Что такое? — спросила она, в смущении потянувшись поправить волосы.

— Я думал, что испытаю... облегчение. Когда ты все узнаешь, когда у меня больше не будет секретов от тебя. Но не ожидал, что почувствую что-то еще. Мне *нравится*. Я... рад.

Мы улыбнулись одновременно.

— Вот и хорошо, — отозвалась она.

Было ясно, что она говорит чистую правду. Ни единой тени сомнения не показалось в ее глазах. Пребывание в моем мире доставляло ей столько же удовольствия, как мне — в ее.

На моем лице отразилась промелькнувшая тревога. Впервые за последнее время я вспомнил о зернышках граната. Появление Беллы здесь выглядело совершенно уместным, но вдруг меня ослепляет эгоизм? Ничто не отпугнуло ее, не отвратило от меня, но это еще не значит, что ей *не следовало* пугаться. Она всегда была слишком уж смелой — себе во вред.

Белла смотрела, как я меняюсь в лице.

— До сих пор ждешь, что я завизжу и брошусь прочь?

Почти угадала. Я кивнул.

— Не хочется разрушать твои иллюзии, — бесстрастно продолжала она, — но на самом деле ты вовсе не такой страшный, как тебе кажется. Я тебя вообще не боюсь.

Эта ложь прозвучала убедительно, особенно если учесть, что обычно обман ей не удавался, но я понял: она пошутила, в основном чтобы я не унывал и не тревожился. Хотя я порой и жалел о том, насколько она терпима ко мне, у меня поднялось настроение. Шутка удалась, и я, не удержавшись, подыграл ей.

Слишком явно показывая в улыбке зубы, я заметил:

— *Зря* ты это сказала.

Она же хотела увидеть, как я охочусь.

Я присел, изображая охотничью стойку — только более расслабленный, игривый ее вариант. Еще сильнее оскалив зубы, я тихонько зарычал — получилось почти мурлыканье.

Она попятилась, хоть подлинного страха на ее лице я не заметил. Или, по крайней мере, боязни пострадать физически. Кажется, она немного испугалась оттого, что собственная шутка обернулась против нее.

Она громко сглотнула.

— Не смей!

Я прыгнул.

Она не уловила сам прыжок — я двигался с быстротой бессмертных.

Перелетая через всю комнату, я подхватил Беллу в объятия. И превратился в подобие защитной брони для нее, так что когда мы рухнули на диван, удара она не почувствовала.

Как и было задумано, я упал на спину. При этом я держал Беллу у груди, заключив в объятия. Она, кажется, слегка растерялась, не уверенная, с какой стороны потолок. И попыталась сесть, но я еще не закончил излагать свою точку зрения.

Она пробовала возмущенно уставиться на меня, но ничего не вышло — слишком широко были распахнуты ее глаза.

— Так что ты там говорила? — в шутку зарычал я.

Она попыталась отдышаться.

— Что ты... страшный и ужасный монстр.

Я усмехнулся:

— Уже лучше.
Вверх по лестнице неслись Элис и Джаспер. Я слышал, как Элис не терпится выступить с приглашением. А еще звуки борьбы из моей комнаты вызвали в ней острое любопытство. Она не следила за мной, так что видения показывали ей только то, что они увидят, когда войдут к нам. Но то, как мы оказались в нашей нынешней позе, уже осталось в прошлом.

Белла все еще старалась высвободиться.

— Э-эм... а теперь можно мне встать?

Я рассмеялся, заметив, что она до сих пор не отдышалась. Несмотря на всю ее самоуверенность, мне удалось застигнуть ее врасплох по-настоящему.

— Нам можно войти? — спросила из коридора Элис — вслух, в расчете на Беллу.

Я сел, удержав Беллу у себя на коленях. Здесь было незачем думать о приличиях, но в присутствии Чарли я бы счел необходимым держаться на более почтительном расстоянии.

Элис уже входила в комнату, когда я отозвался:

— Заходите.

Пока Джаспер медлил на пороге, Элис с широкой усмешкой на лице села на ковер посреди комнаты.

— Звуки были такие, будто ты решил съесть Беллу живьем, вот мы и подумали: может, и нам что-нибудь перепадет, — пошутила она.

Белла напряглась, перевела на меня вопросительный взгляд. Я улыбнулся и крепче прижал ее к груди.

— Извини, мне самому мало.

Не удержавшись, Джаспер прошел вслед за Элис в комнату. Эмоции, витающие в ней, сводили его с ума. В тот момент я точно знал, что Белла чувствует то же, что и я, потому что атмосферу блаженства, пьянящую Джаспера, не приглушало ничто.

— Вообще-то, — начал он, меняя тему, и я заметил, как он силится взять себя в руки, умерить свои чувства. Настроение, которое мы создавали, ошеломляло его, — Элис говорит, что вечером будет настоящая гроза, и Эмметт решил поразмяться. Ты в игре?

Я медлил, глядя на Элис.

С молниеносной быстротой она перебирала несколько сотен образов возможного будущего. Розали отсутствовала, но Эмметт пропускать игру не собирался. Иногда выигрывала его команда, иногда моя. И Белла видела это, ее лицо оживилось от невероятного зрелища.

— Конечно, Беллу бери с собой, — посоветовала Элис, слишком хорошо зная меня, чтобы понять мои сомнения.

«О как». Джаспер был застигнут врасплох. И теперь осваивался с новыми представлениями о том, что его ждет. Расслабиться, как он собирался, ему не светило. Но эмоции, которые мы с Беллой вызывали друг у друга... на такой обмен он мог согласиться.

— Ты хочешь? — спросил я Беллу.

— Конечно, — сразу ответила она и после крошечной паузы спросила: — А... мы куда-то поедем?

— Для игры надо сначала дождаться грозы, — объяснил я. — Скоро поймешь почему.

Теперь ее беспокойство стало явным.

— Мне понадобится зонт?

Причина ее тревоги рассмешила меня, как и Элис с Джаспером.

— Понадобится ей или нет? — спросил Джаспер у Элис.

Снова мелькание образов, на этот раз отслеживающих ход грозы.

— Нет. Гроза пройдет над городом, а на вырубке будет сухо.

— Вот и хорошо, — заявил Джаспер. Он обнаружил, что его радует возможность провести больше времени рядом с Беллой и со мной. Это воодушевление исходило от него волнами, воздействующими на всех нас. Выражение лица Беллы сменилось с осторожного на нетерпеливое.

«*Супер*, — думала Элис, радуясь, что ее планы приобретают определенность. Ей тоже хотелось отдохнуть и развлечься в компании Беллы. — *Я ухожу, с остальным разберешься сам*».

— Сейчас выясним, поедет ли Карлайл, — сказала она, вскакивая с ковра.

Джаспер толкнул ее в бок.

— А то ты не знаешь.

СОЛНЦЕ ПОЛУНОЧИ 549

Она вмиг вылетела за дверь. Джаспер последовал за ней неспешно, наслаждаясь каждой секундой, проведенной рядом с нами. Дверь за собой он закрыл лишь потому, что под этим предлогом мог помедлить еще немного.

— Во что будем играть? — спросила Белла, как только дверь закрылась.

— *Ты* будешь смотреть. А мы — играть в бейсбол.

Она скептически воззрилась на меня:

— Вампиры играют в бейсбол?

Я ответил с напускным пафосом:

— Это же любимая американская забава.

Глава 21

Игра

Время так и летело. Скоро Белле понадобится перекусить, а никакой еды в настоящее время у меня дома нет; надо будет исправить это упущение в ближайшем будущем. А пока — вернуться в человеческий мир. До тех пор, пока мы вместе, это не бремя, а радость.

Стало быть, сейчас еда, потом еще немного блаженства рядом с ней, а дальше оставлю ее на некоторое время. Я полагал, что перед тем, как знакомить меня с Чарли, ей понадобится поговорить с ним наедине. Но едва я свернул на ее улицу, стало ясно, что все мои планы на сегодняшний день сорвались.

На том месте, где Чарли обычно оставлял машину, теперь был припаркован «форд-темпо» 1987 года, видавший лучшие времена. Под ненадежной защитой крытой веранды за спиной мужчины в инвалидном кресле стоял парень.

«Белла вернулась домой первой, — думал пожилой мужчина. — *Вот незадача*».

«*О, а вот и Белла!*» — в мыслях парня энтузиазма было гораздо больше.

На мой взгляд, Билли Блэк мог расстроиться из-за того, что Белла вернулась домой раньше ее отца, лишь по одной причине. И эта причина имела отношение к нарушенному соглашению. Вскоре узнаю, прав я или нет; Билли еще не успел заметить меня.

— Он что, забыл, кого на самом деле защищает соглашение? — не удержавшись, прошипел я.

Белла в замешательстве повернулась ко мне, но вряд ли я говорил настолько медленно, что она сумела разобрать хоть слово.

Джейкоб увидел меня за рулем за секунду до того, как это разглядел Билли.

«*Опять он. Так она, наверное, встречается с ним*», — воодушевление Джейкоба угасло.

«*НЕТ!* — Билли сначала издал мысленный вопль, потом стон. — *Нет...*»

Я услышал его неопределенные опасения — велеть ли сыну бежать? Или уже слишком поздно? А потом на него нахлынуло чувство вины.

«*Как он узнал?*»

Стало ясно, что я был прав: это не просто дружеский визит.

Паркуя пикап у бордюра, я сцепился взглядом с испуганным гостем.

— Это уже слишком, — на этот раз внятно выговорил я в расчете, что он прочтет сказанное по моим губам.

Белла мгновенно сообразила, в чем дело.

— Он приехал предупредить Чарли? — судя по голосу, она ужаснулась.

Я кивнул, не отрывая глаз от Билли. Еще секунда — и он опустил голову.

— Разреши, я все улажу, — предложила Белла.

Как бы меня ни подмывало выскочить из пикапа и направиться к ним — угрожающе надвигаясь, внушая страх, подойти настолько близко, чтобы старику стало ясно, что я о них думаю, обнажить зубы, издать рык, в котором нет ничего человеческого, увидеть, как у них волосы встают дыбом, как сердца беспорядочно бьются в панике, — я понимал, что делать этого не стоит. Прежде всего потому, что Карлайл не одобрил бы. А еще — по той причине, что мальчишка хоть и знает легенды, ни за что не поверит в них. Если только я не выставлю напоказ нечеловеческую сторону своей натуры.

— Пожалуй, так будет лучше, — согласился я. — Только осторожнее. Мальчишка ни при чем.

Досада вдруг мелькнула на ее лице. Я не понимал причин, пока она не заговорила:

— Джейкоб ненамного младше меня.

Так ее, значит, обидело слово «мальчишка».

— Знаю, — усмехнулся я.

Белла вздохнула и взялась за дверную ручку. Уходить ей не хотелось так же, как мне — отпускать ее.

— Пригласи их в дом, тогда я смогу уйти. В сумерках вернусь, — пообещал я.

— Если хочешь, поезжай на пикапе.

— Да я быстрее доберусь *пешком*.

На секунду она улыбнулась и тут же приуныла.

— Незачем тебе уходить, — пробормотала она.

— На самом деле причины есть. — Я перевел взгляд на Билли Блэка. К тому времени он снова уставился на меня, но быстро отвернулся, встретившись со мной глазами. — Когда отделаешься от них... — я почувствовал, как на моем лице расплылась улыбка — пожалуй, чересчур широкая, — подготовь Чарли к знакомству с твоим новым парнем.

— Вот спасибо! — застонала она.

Но, несмотря на ее несомненное беспокойство о том, как воспримет известие Чарли, я знал, что она выполнит мою просьбу. Узаконит меня в своем человеческом мире, обеспечит мне метку, указывающую на мою принадлежность к нему.

Моя улыбка смягчилась.

— Скоро вернусь.

Я бросил еще один оценивающий взгляд на гостей, находящихся на веранде. Джейкоб Блэк конфузился и мысленно язвил по адресу своего отца, который притащил его сюда шпионить за Беллой и ее парнем. Билли Блэка все еще переполнял страх, он ожидал, что я с минуты на минуту примусь без разбора убивать всех, кого вижу. Выглядело это оскорбительно.

В таком душевном состоянии я потянулся поцеловать Беллу на прощание. Исключительно чтобы позлить старика, я прижался губами не к ее губам, а к шее.

Неистовый вопль в его мыслях был почти заглушён грохотом сердца Беллы, и я пожалел о присутствии недовольных зрителей.

А Белла уже смотрела на Билли, отмечая его тревогу.

— До *скорого*, — произнесла она тоном приказа, бросила на меня еще один короткий сиротливый взгляд, открыла дверцу и выбралась из пикапа.

Я сидел неподвижно, пока она быстрым шагом перебежала под легким дождем к двери.

— А-а, Билли! Привет, Джейкоб, — с натянутым воодушевлением произнесла она. — А Чарли уехал на весь день. Надеюсь, вы недолго ждали.

— Недолго, — негромко отозвался старший из гостей. Он продолжал поглядывать на меня и быстро отводить глаза. Потом протянул Белле коричневый бумажный пакет. — Я только хотел завезти ему вот это.

— Спасибо. Может, зайдете обсушиться?

Она вела себя так, будто и не замечала его пронзительного взгляда, — отперла дверь, жестом пригласила обоих входить, и все это время сохраняла на лице улыбку. Дождавшись, когда гости войдут в дом, она последовала за ними.

— Сейчас заберу пакет, — сказала она Билли, поворачиваясь, чтобы запереть за собой дверь. На миг она встретилась со мной взглядом, потом дверь закрылась.

Я быстро перебрался из пикапа Беллы на свое привычное дерево — еще до того, как они успели подойти к одному из окон, откуда открывался вид на эту сторону двора. Уходить, пока Блэки в доме, я не собирался. Если в отношениях с племенем вновь наметилась напряженность, мне требовалось точно знать, как далеко готов зайти Билли сегодня.

— Опять рыбачит? На том же месте? Пожалуй, сделаю крюк, заеду к нему повидаться.

«*Теперь медлить нельзя. Я же не представлял, как все обернулось. Бедная Белла, откуда ей знать...*»

— Нет, — решительно возразила Белла в тот же момент, как я щелкнул зубами. — Он собирался куда-то на новое место... понятия не имею куда.

Даже услышанный сквозь стену, ее голос звучал неубедительно. То же самое заметил и Билли.

«*То есть? Она не хочет, чтобы я встретился с Чарли. Но она никак не могла знать, почему я хочу его предупредить*».

Я видел его глазами лицо Беллы, которое он изучал: ее глаза блестели, подбородок был упрямо вскинут. Она напомнила Билли одну из дочерей — ту, которая никогда не навещала его.

«*Надо потолковать с ней с глазу на глаз*».

— Джейк, — неторопливо обратился он к сыну, — не принесешь новую фотографию Ребекки из машины? Оставлю ее Чарли.

— А где она?

В отчетливых, ясных мыслях Джейкоба сейчас царило уныние и воспроизводился поцелуй в пикапе. На него увиденное подействовало не так, как на его отца. Он понимал, что Белла слишком взрослая, чтобы относиться к нему так, как ему хотелось бы, но наглядное свидетельство тому вызвало у него подавленность. Он принюхался разок и рассеянно поморщился.

«*Что-то здесь протухло*», — подумал он, и я задумался, что он имеет в виду. Может быть, то, что привез его отец в бумажном пакете? Сегодня утром я не заметил в доме никаких неприятных запахов.

— Я ее вроде в багажнике видел, — не моргнув глазом, соврал Билли. — Ты там поройся.

Ни Билли, ни Белла не проронили больше ни слова, пока Джейкоб не скрылся за входной дверью, понурив голову и сутулясь. Он добрел до машины, не обращая внимания на дождь, и со вздохом принялся рыться в куче старой одежды и забытого хлама в багажнике. Он все еще воспроизводил в памяти поцелуй и пытался понять, как к нему отнеслась Белла.

Тем временем Билли и Белла остались стоять в коридоре лицом друг к другу.

«*С чего бы начать?..*»

Но прежде чем он успел сказать хоть слово, Белла повернулась и направилась в кухню. Билли некоторое время смотрел ей вслед, затем двинулся за ней.

Скрипнула дверца холодильника, послышался шорох.

Билли смотрел, как она захлопнула холодильник и круто повернулась лицом к нему. И сразу отметил воинственно сжатые губы.

Белла заговорила первой, недружелюбным тоном. Она явно решила, что нет смысла изображать неведение.

— Чарли еще не скоро вернется.

«Должно быть, она скрывает всю эту историю по каким-то своим причинам. Ей тоже надо узнать правду. Может, получится предостеречь ее, намекнуть, но так, чтобы не нарушить соглашение».

— Еще раз спасибо за рыбу. — Белла явно выпроваживала гостя, но, по мнению Билли, не удивилась, заметив, что он не сделал попытки уйти. Только вздохнула и скрестила руки на груди.

— Белла... — начал Билли уже совсем другим, далеко не будничным тоном. Теперь его голос звучал серьезно и тревожно.

Застыв так неподвижно, как только может застыть человек, она ждала продолжения.

— Белла, — повторил он, — Чарли — один из моих лучших друзей.

— Да.

Он продолжал намного медленнее, чем прежде:

— Я заметил, что ты часто видишься с одним из Калленов.

— Да, — снова сказала она, почти не скрывая враждебности. Ее тон он пропустил мимо ушей.

— Может, это и не мое дело, но, по-моему, не стоило бы.

— Вы правы, — парировала она. — Это *не* ваше дело.

«Так разозлилась».

Он вновь заговорил — веско, обдумывая каждое слово:

— Ты, наверное, не знаешь, но о семье Калленов в резервации идет дурная слава.

Весьма осмотрительно. Подступил к самой черте, но так и не перешел ее.

— Это я знаю, — в отличие от его слов ответ Беллы прозвучал пылко и порывисто. — Только вряд ли Каллены заслужили эту славу — ведь на территории резервации они вообще не появляются, верно?

Этим она сумела резко осадить его. *«Она знает! Знает! Но как? Откуда она могла?.. Не может быть. Не знает она всей правды».* Его мысли были так ярко окрашены отвращением, что я невольно скрипнул зубами.

— Это правда, — наконец признал он. — А ты, похоже... немало знаешь о Калленах. Больше, чем я ожидал.

— Может, даже больше, чем знаете вы.

«Что они могли наговорить ей, если она так их защищает? Точно не правду. Какие-нибудь романтичные байки, как пить дать. В любом случае ясно, что никаким моим словам она не поверит».

— Может быть, — с досадой согласился он. — А Чарли все это известно?

Он увидел, как выражение ее лица стало уклончивым.

— Чарли относится к Калленам с большим уважением.

«Чарли, стало быть, ничего не знает».

— Меня-то это не касается, — сказал Билли, — а вот Чарли — очень даже.

Долгую минуту Белла впивалась в него оценивающим взглядом.

«У девчонки вид как у прокурора».

— Это мое дело — решать, касается это Чарли или нет, — отрезала она, даже не пытаясь придать своим словам оттенок вопроса.

Их взгляды вновь скрестились.

Наконец Билли вздохнул.

«Чарли все равно не поверил бы мне. Не могу допустить, чтобы мы снова отдалились. Погляжу, как дальше пойдут дела».

— Да, пожалуй, это решать тебе.

Белла вздохнула, немного расслабившись.

— Спасибо, Билли, — уже мягче произнесла она.

— Но ты все-таки подумай как следует, Белла, — настойчиво посоветовал Билли.

Она отозвалась слишком быстро:

— Ладно.

Еще одна мысль привлекла мое внимание. До сих пор я почти не следил за бесплодными поисками Джейкоба, слишком сосредоточившись на противостоянии Билли и Беллы. Но теперь он вдруг сообразил...

«Вот я болван! Он же отослал меня, чтобы я не мешал».

С ужасом представляя, как отец, должно быть, опозорил его, и с испугом и раскаянием думая, что Белла выдала его, сообщив о нарушении соглашения, Джейкоб захлопнул багажник и метнулся к двери дома.

Билли услышал лязг багажника и понял, что его время истекло. И высказал последнюю просьбу:

— Я имел в виду, больше так не делай.

Белла не ответила, но выражение ее лица немного смягчилось. На миг в душе Билли проснулась слабая надежда, что она прислушается к нему.

Джейкоб с громким стуком распахнул дверь. Билли оглянулся, так что реакцию Беллы я не увидел.

— Фотографии в машине нет, — недовольно заявил Джейкоб.

— Хм-м... наверное, дома забыл, — ответил Билли.

— Супер, — с нескрываемым сарказмом высказался его сын.

— Ну, Белла, передай Чарли... — Билли сделал паузу и продолжил: — что мы заезжали, в общем.

— Передам, — прежним недовольным тоном пообещала Белла.

Джейкоб удивился:

— А мы уже уезжаем?

— Чарли вернется поздно, — объяснил Билли, уже направляясь к двери.

«Ну и какой смысл был тащиться сюда? — мысленно брюзжал Джейкоб. *— Сдает старик, крыша у него едет».*

— А-а. Ладно, еще увидимся, Белла.

— Конечно, — сказала она.

— Береги себя, — предостерегающе добавил Билли.

Белла не ответила.

Джейкоб помог отцу перебраться через порог и спуститься с крыльца. Белла проводила их до двери, бросила взгляд на пустой пикап, махнула рукой Джейкобу и закрыла дверь, пока Джейкоб помогал отцу садиться в машину.

Я был бы не прочь вернуться к Белле и обсудить только что закончившийся разговор, но понимал, что моя работа еще не закончена. Услышав, как Белла поднимается по лестнице, я спрыгнул с дерева и устремился в лес за ее домом.

Днем, да еще и на своих двоих следовать за Блэками было гораздо труднее. Не мог же я плестись за ними по шоссе, вот и лавировал в лесных зарослях и прислушивался к мыслям всех, кто находился настолько близко, что мог заметить меня. Опередив Блэков и приблизившись к повороту на Ла-Пуш первым, я рискнул на полной скорости перебежать через мокрое от дождя шоссе, пока в пределах видимости находилась единственная машина, направлявшаяся в другую сторону. С западной стороны от дороги не было недостатка в укрытиях. Я дождался, когда вдалеке покажется старый «форд», и побежал параллельно ему, держась среди темных деревьев.

Двое сидящих в «форде» молчали. Я задумался, не пропустил ли уже упреки Джейкоба. Мальчишка мысленно воспроизводил сцену поцелуя и мрачно приходил к выводу, что этот поцелуй увлек Беллу *не на шутку*.

Билли захватили воспоминания. Как ни странно, они были для нас общими. Только я видел происходящее с другой стороны.

Это случилось больше двух с половиной лет назад. В то время моя семья нанесла в Денали краткий визит вежливости по пути из одного относительно постоянного дома к следующему. В планах подготовки к переезду в штат Вашингтон значился один необычный пункт. Карлайл уже подыскал себе работу, Эсме за бесценок приобрела не глядя развалюху, нуждающуюся в ремонте. В школу Форкса поступили наши бумаги — мои и моих братьев и сестер. Но последний этап приготовлений был самым важным — и в то же время наименее типичным. Хотя нам и раньше случалось возвращаться на прежние места — по истечении соответствующего времени, — нам никогда еще не приходилось заранее оповещать кого-либо о своем прибытии.

Карлайл начал с поисков в Интернете. Нашел увлеченную любительницу генеалогии по имени Алма Янг, работающую в резервации племени мака. Выдавая себя за поклонника семейной истории, он принялся расспрашивать о потомках Эфраима Блэка, возможно, еще проживающих в тех местах. Миссис Янг с готовностью сообщила Карлайлу радостные вести: внук и правнуки Эфраима жили в Ла-Пуше, южнее по побережью. Разумеется, она согласилась дать Карлайлу их телефон и ничуть не сомневалась, что Билли Блэка приведет в восторг звонок его дальнего родственника.

Я был дома, когда Карлайл набрал номер, так что, естественно, слышал весь его разговор. Теперь Билли вспоминал его со своей стороны.

Был самый обычный день. Близнецы ушли с друзьями, дома остались только Билли и Джейкоб. Билли учил мальчишку вырезать сивуча из земляничного дерева, когда зазвонил телефон. В инвалидном кресле Билли покатил на кухню, оставив сына, который так увлекся работой, что почти не заметил отсутствия отца.

Билли думал, что звонит Гарри или, может, Чарли, и взял трубку с жизнерадостным: «Алло!»

— Алло, это Билли Блэк?

Голос на другом конце провода был незнакомым, но в этом отчетливом и чистом голосе что-то вызвало у Билли раздражение.

— Да, это Билли. Кто говорит?

— Мое имя Карлайл Каллен, — сообщил ему негромкий, но какой-то пронизывающий голос, и Билли вдруг показалось, что под ним проваливается пол. Безумную секунду он уже думал, что видит страшный сон наяву.

Это имя и режущий слух голос явились прямиком из легенды, из истории об ужасах. Хотя Билли и был предупрежден и подготовлен, времени прошло слишком много. Он, в сущности, даже не верил, что когда-нибудь ему придется жить в одном мире с этим кошмаром.

— Говорит ли вам что-нибудь мое имя? — спросил все тот же голос, и Билли отметил, как молодо он звучит. Совсем не так, как следовало бы, если возраст исчисляется столетиями.

Собственный голос подчинился Билли не сразу.

— Да, — наконец сипло отозвался он.

Ему показалось, будто в трубке слабо вздохнули.

— Это хорошо, — произнес монстр. — Так нам будет легче исполнить свой долг.

Разум Билли словно оцепенел, едва до него дошло, что произнес монстр. Долг. Речь шла о соглашении. Билли силился вспомнить тайные условия, которые старательно заучил наизусть. Если монстр сказал, что ему предстоит исполнить долг, это могло означать лишь одно.

Вся кровь отхлынула от лица Билли, стены вокруг него словно накренились, хотя он и знал, что сидит в своем кресле надежно и устойчиво.

— Вы возвращаетесь, — выдохнул он.

— Да, — подтвердил монстр. — Понимаю, вам, должно быть... неприятно слышать это. Но уверяю вас: опасность не грозит ни вашему племени, ни жителям Форкса. Мы не изменили своим обычаям.

Билли не нашел, что сказать. Он был связан соглашением еще до того, как родился. Ему хотелось возразить, пригрозить... но в любом случае он ничего не мог поделать.

— Мы поселимся за окраиной Форкса. — Монстр скороговоркой добавил несколько цифр, и Билли не сразу понял, что это координаты, указывающие долготу и широту. Он судорожно стал искать, на чем бы записать их, нашарил черную ручку, но бумаги под рукой не оказалось.

— Еще раз, — хрипло потребовал он.

На этот раз цифры были произнесены уже медленнее, и Билли нацарапал их на собственной руке.

— Не знаю, насколько хорошо вам известен договор...

— Я знаю его, — перебил Билли. Членам племени запрещалось появляться в радиусе пяти миль от логова кровопийц. По сравнению с землей, принадлежащей племени, их территория была невелика, но в тот момент казалась Билли необъятной.

Как им убедить детей соблюдать это правило? Он задумался о своих своевольных дочерях и безалаберном сыне. Никто из них не верил легендам племени. Но если в своем неведении они совершат ошибку... то станут законной добычей.

— Разумеется, — вежливо подтвердил монстр. — Мы тоже прекрасно знаем условия. Вам не о чем беспокоиться. Сожалею о причиненных вам неудобствах, но наше присутствие никак не отразится на ваших людях.

Билли слушал молча, вновь оцепенев.

— В настоящее время мы намерены прожить в Форксе примерно десять лет.

У Билли замерло сердце. Десять лет.

— Мои дети будут ходить в местную школу. Не знаю, посещают ли эту школу дети вашего племени...

— Нет, — прошептал Билли.

— Ну что ж, если кто-нибудь пожелает учиться в ней, смею вас заверить, что никакой опасности это не представляет.

Перед мысленным взором Билли замелькали лица детей Форкса. Неужели он никак не сможет защитить их?

— Разрешите, я дам вам свой номер. Мы с удовольствием встретились бы в дружеской...

— Нет, — на этот раз решительнее отказался Билли.

— Конечно. Как вам будет удобнее.

И вдруг в мысли вторглась паника. Монстр упомянул о своих детях...

— Сколько? — спросил Билли. Голос прозвучал задушенно.

— Что, простите?

— Сколько вас там?

Впервые за все время разговора уверенный и ровный голос стал нерешительным.

— Много лет назад к нашей семье прибавились еще двое. Теперь нас семеро.

Билли положил трубку очень медленным и вдумчивым движением.

В этот момент мне пришлось остановиться. Линии, обозначенной соглашением, я еще не достиг, но воспоминания Билли помешали мне подойти к ней слишком близко. Я повернул на север и направился к дому.

Итак, ничего особо полезного из мыслей Билли выудить не удалось. Я был практически уверен, что действовать он будет по привычной схеме: вернется туда, где чувствует себя в безопасности, и поговорит с товарищами. Они всесторонне обсудят новые сведения — в любом случае довольно скудные — и придут к тому же выводу: ничего не поделаешь. Соглашение — их единственная защита.

По моему мнению, камнем преткновения станет давняя дружба Билли с Чарли. Билли будет отчаянно отстаивать свое право предостеречь Чарли самым недвусмысленным образом. «Холодный» выбрал его единственную дочь... жертвой, целью, едой; нетрудно было догадаться, как именно Билли назовет наши с Беллой отношения.

И разумеется, остальные, менее пристрастные, чем Билли, будут настаивать на его молчании.

Как бы там ни было, прежняя попытка Билли предостеречь Чарли о том, как опасна работа Карлайла в больнице, не удалась. Изрядная доза фантастических подробностей едва ли поможет. Билли прекрасно сознавал это.

Я приближался к дому. Сейчас я введу Карлайла в курс дела и расскажу о том, как сам оцениваю ситуацию. Этим все и закончится. Я почти не сомневался в том, какой будет его реакция. Как и квилетам, нам не оставалось ничего другого, кроме как строго следовать условиям соглашения.

Дождавшись, когда поблизости не будет машин, я стрелой перебежал через шоссе. Уже на подъездной дорожке я услышал знакомый шум двигателя со стороны гаража, остановился посреди единственной полосы и стал ждать.

Красный «БМВ» Розали вывернул из-за поворота и затормозил с резким визгом.

Я вяло помахал рукой.

«*Знаешь ведь, что я сбила бы тебя, только машину портить не хотелось*».

Я кивнул.

Розали прибавила оборотов, заставив двигатель взреветь, и вздохнула.

— Видимо, про игру ты уже знаешь.

«*Просто отпусти меня, Эдвард*». Мысленно я видел, что никакой конкретной цели у нее нет. Ей просто хочется уехать отсюда хоть куда-нибудь. «*Эмметт же останется. Разве этого мало?*»

— Пожалуйста!

Она закрыла глаза и глубоко вздохнула. «*Не понимаю, почему это так важно для тебя*».

— Для меня важна *ты*, Роз, — просто ответил я.

«*Без меня всем будет только веселее*».

Я пожал плечами. Возможно, она права.

«*Изображать дружелюбие я не стану*».

Я улыбнулся.

— Дружелюбия я и не требую. Просто прошу проявить терпимость.

Она колебалась.

— Будет не так уж плохо, — убеждал я. — Может, вы даже выиграете с разгромным счетом, и тогда в невыгодном свете предстану я.

Угол ее рта дрогнул, она сдерживала улыбку. «*Беру Эмметта и Джаспера*».

Она всегда выбирала явное преимущество в силе.

— Годится.

Она сделала еще один глубокий вдох и сразу же пожалела о нашем соглашении. Попыталась представить себя рядом с Беллой и... не смогла.

— Ничего сегодня не случится, Роз. Она ничего не решает. Просто посмотрит, как мы играем, вот и все. Рассматривай все это как эксперимент.

«*Который может... сорваться?*»

Я ответил ей усталым взглядом. Она закатила глаза.

— Если не сработает, мы соберемся с силами и найдем другое решение.

Других решений у Розали имелось множество, в основном грубых, но она была готова сдаться. Она попытается... но я уже видел, что даже изображать вежливость она не будет. Для начала уже кое-что.

«*Тогда, видимо, надо будет переодеться*». С этими словами она переключила машину на заднюю передачу и понеслась обратно к дому, набрав скорость с нуля до шестидесяти миль еще до того, как скрылась из виду. Я выбрал короткий путь по лесу наперерез.

В доме на большом экране Эмметт смотрел одновременно четыре бейсбольных матча. Но обернулся, услышав, как машина Розали затормозила в гараже.

Я указал на телевизор:

— Что бы ты там ни увидел, выиграть сегодня тебе это не поможет.

«*Ты уговорил Роз сыграть?*»

Я кивнул, и на его лице расплылась широченная ухмылка.

«*Я твой должник*».

Я поджал губы.

— Правда?

Его заинтриговало уже одно то, что мне от него явно что-то понадобилось. «*Само собой. Чего ты хочешь?*»

— А если вести себя наилучшим образом в присутствии Беллы?

Роз ворвалась в дом и взлетела по лестнице, подчеркнуто не заметив нас обоих.

Эмметт обдумал мою просьбу.

«*Что именно это означает?*»

— Не пугать ее нарочно.

Он пожал плечами.

— Выглядит по-честному.

— Превосходно.

«*Хорошо, что ты вернулся*». Последние месяцы выдались для Эмметта непривычными — сначала из-за моего настроения, а потом в мое отсутствие.

Я чуть было не извинился, но вовремя вспомнил, что он на меня уже не обижается. Эмметт жил настоящим.

— А где Элис и Джаспер?

Эмметт вновь уставился на экран. «*Охотятся. Джаспер хочет быть в полной готовности. Забавно, но он, кажется, предвкушает сегодняшний вечер так, как я не ожидал*».

— Забавно, — согласился я, хотя и лучше знал причины.

«*Эдвард, милый, я же слышу — с тебя капает на мои полы. Пожалуйста, переоденься в сухое и вытри лужу*».

— Извини, Эсме!

На этот раз я одевался в расчете на Чарли, достав из шкафа один из самых внушительных плащей, который носил редко. Мне хотелось выглядеть тем, кто относится к погоде со всей серьезностью, не желая продрогнуть и промокнуть. Такие мелочи, какими бы несущественными они ни выглядели, успокаивали людей.

Заветную крышечку от бутылки я машинально сунул в карман новых джинсов.

Протирая пол, я думал о предстоящем сегодня коротком пути до бейсбольной поляны и понимал, что после вчерашнего забега Белле вряд ли захочется отправляться к месту нашего назначения верхом на мне. *Какое-то* расстояние пробежать все равно придется, но я рассудил, что чем короче оно будет, тем лучше.

— Не одолжишь свой джип? — спросил я Эмметта.

«*Ничего плащ.* — Он хмыкнул. — *Уж постарайся как-нибудь остаться в сухости и комфорте*».

Я ждал с преувеличенно терпеливой миной.

— Конечно, — согласился он. — Но теперь ты у меня в долгу.

— Чему я несказанно рад.

Под его смех я взбежал по лестнице.

Разговор с Карлайлом получился коротким: подобно мне, он не видел другого пути, кроме как продолжать жить так же, как до сих пор. А потом я поспешил обратно к Белле.

Джип Эмметта был во многих отношениях самым заметным из наших автомобилей — хотя бы из-за своих размеров. Но в дождь людей на улицах попадалось немного, вдобавок трудно было разглядеть, кто сидит за рулем. Многие предполагали, что на здоровенной тачке приехал кто-то из другого города.

Я не знал точно, сколько времени понадобится Белле, поэтому сначала свернул на другую улицу, на расстоянии квартала от ее дома, решив прежде убедиться, что она готова встретить меня.

Не успев проехать улицу до конца, я заметил волнение в мыслях Чарли. Должно быть, она уже начала разговор. Перед мысленным взглядом Чарли промелькнуло лицо Эмметта. Что это значит?

Остановившись у незастроенного участка между домами, я не стал заглушать двигатель.

Я находился настолько близко, что даже различал их голоса. Обитатели соседних домов тоже не молчали, но мысленные и физические голоса незнакомых людей легко игнорировать. К этому времени я так настроился на голос Беллы, что смог бы различить его даже в гуле полного стадиона.

— Эдвард, папа, — сказала она.

— Так что? — требовательно спросил ее отец. Я пытался понять, что именно они говорят обо мне.

— Кажется, да, — призналa она.

— А вчера ты говорила, что городские мальчишки не в твоем вкусе, — напомнил он.

— Так ведь Эдвард живет за городом, папа... И потом, понимаешь, все только началось. Так что не смущай меня разговорами о парнях, ладно?

Только тогда я уловил нить разговора. И попытался по эмоциям Чарли понять, насколько он встревожен ее откровениями, но сегодня он, похоже, проявлял больше стоицизма, чем обычно.

— Когда он заедет?

— Должен быть здесь через несколько минут. — Кажется, Белла волновалась сильнее, чем ее отец.

— И куда он тебя ведет?

Белла преувеличенно застонала.

— Ты как испанский инквизитор. Мы едем играть в бейсбол с его семьей.

После секундного молчания Чарли расхохотался.

— Играть в бейсбол? *Ты?*

Судя по тону Чарли, было ясно — несмотря на профессию отчима, — что Белла отнюдь не поклонница этого вида спорта.

— Ну, я буду в основном смотреть.

— Здорово, наверное, тебе нравится этот парень, — в голосе Чарли прибавилось подозрительности. Судя по вспышкам воспоминаний у него в голове, он, кажется, пытался предположить, сколько длятся наши отношения. И убеждался, что его подозрения накануне ночью были оправданны.

Взревев двигателем, я сделал стремительный разворот на сто восемьдесят градусов. Белла завершила подготовку, и мне не терпелось вернуться к ней.

Я припарковался за ее пикапом и устремился к двери. Чарли в это время говорил:

— Я же не дите малое.

Позвонив в дверь, я сбросил капюшон. Притворяться человеком я умел, и мне казалось, что сейчас это умение важно как никогда.

Я услышал, как Чарли идет к двери и как за ним по пятам следует Белла. Чарли становилось то тревожно, то весело: кажется, его до сих пор смешила мысль о том, что Белла согласилась поехать на бейсбол. Я почти не сомневался, что правильно понял его.

Чарли открыл дверь, направляя взгляд на уровень моих плеч: он явно ожидал увидеть гостя ниже ростом. Однако он сразу же исправился и отступил на полшага.

В прошлом я довольно часто сталкивался с такой реакцией, поэтому мне не требовалось чтение мыслей, чтобы понять ее. Как и любой нормальный человек, вдруг оказавшийся на расстоянии всего одного шага от вампира, Чарли испытал выброс адреналина. Страх скрутил его нутро всего на долю секунды, затем в действие вступил рассудок. Он и вынудил Чарли не обращать внимания на мелкие несоответствия, обличающие во мне иного. Присмотревшись, он увидел во мне всего лишь мальчишку-подростка.

Я наблюдал, как он пришел к этому выводу — что я просто нормальный парень. И понял, что он удивлен, не понимая, откуда взялась странная реакция организма.

Внезапно у него в мыслях мелькнул Карлайл — кажется, он сравнивал наши лица. Мы и впрямь не слишком похожи внешне, но сходства цвета нашей кожи и волос хватало большинству людей. Возможно, Чарли не входил в их число. Он определенно был чем-то недоволен.

Белла с беспокойством смотрела на меня поверх отцовского плеча.

— Заходи, Эдвард. — Он сделал шаг назад, жестом приглашая меня войти, и Белла поспешно посторонилась.

— Спасибо, шеф Свон.

Он нехотя изобразил что-то вроде улыбки.

— Ладно уж, зови меня Чарли. Давай сюда свою куртку, я повешу.

Я быстро стряхнул плащ с плеч.

— Спасибо, сэр.

Чарли указал на нишу в маленькой гостиной:

— Садись сюда, Эдвард.

Белла состроила гримаску, ей явно не терпелось покинуть дом.

Я выбрал стул: решил, что будет бестактно занять диван, ведь тогда место для Беллы останется только рядом со мной — или для Чарли. Пожалуй, во время первого официального свидания семье лучше держаться вместе.

Мой выбор Белле не понравился. Пока Чарли садился, я подмигнул ей.

— Значит, ты ведешь мою дочь смотреть бейсбол, — заговорил Чарли, на лице которого читалась ирония.

— Да, сэр, так мы договорились.

На это он хмыкнул.

— Ну, раз так, пеняй на себя.

Из вежливости я засмеялся.

Белла вскочила.

— Так, хватит потешаться на мой счет. Пойдем. — Она поспешила в коридор и принялась надевать плащ. Мы с Чарли вышли за ней. На ходу я прихватил свой плащ и набросил его.

— Только не допоздна, Белл, — предупредил Чарли.

— Не беспокойтесь, Чарли, я привезу ее домой пораньше, — сказал я.

Секунду он пристально вглядывался в меня.

— Ты в ответе за мою дочь, ясно?

Белла вновь преувеличенно застонала.

Произносить «со мной она в безопасности, сэр, уверяю вас» оказалось приятнее, чем я думал, вдобавок я не сомневался, что говорю правду.

Белла выскочила за дверь.

Мы с Чарли снова засмеялись, на этот раз мой смех получился более искренним. Улыбнувшись Чарли и помахав на прощание, я вышел вслед за Беллой.

Догонять ее не пришлось: Белла застыла как вкопанная на узком крыльце, уставившись на джип Эмметта. Чарли выглянул из-за моего плеча, выясняя, что помешало решимости Беллы сбежать.

И удивленно присвистнул.

— Пристегнуться не забудьте, — сухо напомнил он.

Услышав отцовский голос, Белла опомнилась и выскочила под проливной дождь. Я двигался с обычной человеческой скоростью, но благодаря более длинным ногам первым достиг дверцы с пассажирской стороны и распахнул ее перед Беллой. Она помедлила немного, посмотрела сначала на сиденье, потом на землю, потом снова на сиденье. Глубоко вздохнула и согнула ноги в коленях, как перед прыжком. Чарли мало что видел через окна джипа, поэтому я просто подсадил ее в машину. От удивления она ахнула.

Я обошел вокруг машины к своей стороне и снова помахал Чарли. Он для порядка ответил на мой жест.

Очутившись в машине, Белла завозилась с ремнем безопасности, взяла по пряжке в каждую руку, вскинула на меня глаза и спросила:

— Что это?

— Ремни безопасности для внедорожника.
Она нахмурилась.
— М-да.
После секунды поисков она наконец нашла язычок, но тот не входил ни в одну из двух пряжек, к которым она примерилась. Усмехнувшись разок при виде ее озадаченного лица, я застегнул на ней крепления. Ее сердце застучало громче, чем дождь по крыше, когда мои руки скользнули по ее шее. Я позволил себе провести пальцами по ее ключицам, лишь потом выпрямился на своем сиденье и завел двигатель.

Пока мы отъезжали от дома, она чуточку встревоженно выговорила:
— Какой у тебя... *здоровенный* джип.
— Это Эмметта. Я подумал, что хотя бы часть пути тебе захочется проехать.
— Где вы держите этого гиганта?
— Перестроили под гараж один из сараев возле дома.
Она окинула взглядом висящие за моей спиной ремни:
— А ты пристегиваться не собираешься?
Я только многозначительно взглянул на нее.
Она нахмурилась, собралась было закатить глаза, но вдруг замерла.
— Проехать *часть* пути? — Ее голос зазвучал выше, чем обычно. — А остальную часть?
— Тебе самой бежать не придется, — напомнил я.
Она застонала.
— Меня затошнит.
— Не открывай глаза, и все будет в порядке.
Она сильнее впилась передними зубами в нижнюю губу.
Мне хотелось заверить ее: со мной ей ничего не угрожает. Я наклонился, чтобы поцеловать ее в макушку. И вздрогнул.
От дождя запах ее волос изменился, чего я никак не ожидал. Он обжег мне горло, состояние которого еще недавно казалось таким стабильным, охватил внезапной вспышкой пламени. У меня невольно вырвался стон.

Я сразу же выпрямился, отстраняясь от нее. Она недоуменно смотрела на меня. Я попытался объяснить:
— В дождь ты пахнешь еще приятнее.
С настороженным выражением лица она уточнила:

— Это хорошо или плохо?

Я вздохнул:

— И то и другое, как всегда.

Дождь молотил в ветровое стекло остро и звучно, как град; капли звучали как нечто твердое, а не жидкое. Я свернул на проселочную дорогу, которая должна была увести нас так глубоко в лес, как только мог проехать джип. После этого проделать бегом пришлось бы всего несколько миль.

Белла смотрела в окно, видимо, задумавшись. Я гадал, не обидел ли ее своим ответом. Но потом заметил, как крепко она держится одной рукой за оконную раму, а другой — за край своего сиденья, и сбавил скорость, чтобы нас поменьше трясло на рытвинах и камнях.

Казалось, ей доставляет неудобство любой способ передвижения, кроме как на ее неповоротливом пикапе-динозавре. Может, эта ухабистая дорога хоть немного примирит ее с самыми удобными путешествиями из всех возможных.

Проселочная дорога кончилась на небольшой поляне, в окружении тесно растущих елей, между которыми едва хватало места развернуть машину, чтобы вернуться вниз по склону горы. Я заглушил двигатель, и вокруг стало тихо. От ливня мы сбежали, здесь дождь только слегка моросил.

— Извини, Белла, — заговорил я, — дальше придется идти пешком.

— Знаешь, что? Я просто подожду здесь.

Она опять говорила так, будто задыхалась. Я попытался понять по ее лицу, насколько серьезно она настроена, но так и не понял, вправду ли ей так страшно или она упрямится.

— Куда подевалась твоя храбрость? — спросил я. — Сегодня утром ты держалась молодцом.

Уголки ее губ приподнялись в еле заметной улыбке.

— Я еще слишком хорошо помню прошлый раз.

Я в мгновение ока обежал вокруг машины, думая о ее улыбке. Неужели она решила подразнить меня?

Я открыл дверцу, но Белла не сдвинулась с места. Видимо, мешали ремни. Я взялся помочь ей высвободиться.

— Я сама, — запротестовала она, хотя ремни были сняты еще до того, как она добавила: — А ты иди пока.

Некоторое время я изучал выражение ее лица. Она выглядела чуть взволнованной, но не напуганной. Мне не хотелось, чтобы она отказывалась от пробежек вместе со мной. Прежде всего потому, что передвигаться таким способом было проще всего. А еще по той причине, что до встречи с Беллой больше всего я любил бегать. И мне хотелось разделить с ней эту радость.

Но прежде требовалось убедить ее попробовать еще раз.

Пожалуй, стоит применить более динамичную разновидность *ослепления*.

Я перебирал в памяти все наши прошлые разговоры. В первые дни я часто ошибался, пытаясь истолковать ее реакцию на меня, но теперь многое видел по-новому. Я уже знал: если пристально смотреть ей в глаза, она нередко сбивается с мысли. А когда я целовал ее, она забывала все на свете — здравый смысл, самосохранение, даже действия, необходимые для жизнедеятельности, такие как дыхание.

— Хм... — Я прикинул, как продолжить. — Похоже, придется влезть в твою память.

Я снял ее с сиденья джипа и бережно поставил на ноги. В ее взгляде смешались тревога и предвкушение.

Она вскинула брови:

— Влезть в мою память?

— Вроде того.

Ранее мне уже случалось оказывать на нее наиболее заметное влияние в те моменты, когда я изо всех сил старался расслышать ее скрытые от меня мысли. Усмехаясь тщетности своих попыток, я предпринял еще одну. Вгляделся в самую глубину ее чистых темных глаз. Я прищурился и свирепо сосредоточился, пытаясь пробиться сквозь тишину. И конечно, ничего не услышал.

Она быстро моргнула раза четыре, нервозность на ее лице сменилась... огорошенностью.

Мне показалось, что я на верном пути.

Придвинувшись ближе, я поставил ладони на жесткий верх джипа, по обе стороны от ее головы. Она сделала полшажка назад, вжимаясь спиной в бок машины. Ей требуется больше пространства? Она подняла голову, наклон ее лица стал идеальным для поцелуя. Значит, насчет пространства я не прав. Я сократил расстояние между нами еще на несколько дюймов. Она опустила веки и приоткрыла губы.

— А теперь скажи, чего именно ты боишься? — шепотом спросил я.

Она снова быстро заморгала, сделала короткий вдох — я до сих пор не знал толком, как позаботиться о том, чтобы ей хватало воздуха. Время от времени напоминать ей, чтобы не забывала дышать?

— Ну, что... — она сглотнула и вновь прерывисто вздохнула, — врежусь в дерево... И умру. И что меня стошнит.

Порядок, в котором она это перечислила, вызвал у меня усмешку, но я тут же вновь придал лицу выражение пристального внимания. Потом медленно наклонился и прижался губами к впадинке между ее ключицами. Она затаила дыхание, ее сердце затрепетало.

Я спросил, касаясь губами ее шеи:

— Все еще боишься?

Ей понадобилось время, чтобы обрести дар речи.

— Да... — неуверенно прошептала она, — боюсь удара о дерево и тошноты...

Я постепенно поднимал голову, ведя по ее шее носом и губами. Следующий вопрос я задал, когда мои губы были под самым краем ее подбородка. Ее глаза закрылись.

— А теперь?

Ее дыхание стало частым и поверхностным.

— Деревья... — выдохнула она, — меня укачает...

Скользнув губами вверх по ее щеке, я нежно поцеловал ее сначала в один закрытый глаз, потом в другой.

— Белла, ты ведь на самом деле не думаешь, что я врежусь в дерево? — В моем голосе звучал легкий упрек. Ведь она же считала, что мне отлично удается любое дело. Так что спрашивал я скорее о ее вере в меня.

— Ты — нет, — пролепетала она, — а я могу.

Нарочито медленно я проложил поцелуями путь по ее щеке и задержался у самого краешка рта.

— Неужели я позволю какому-то дереву причинить тебе вред?

Так легко, как только было возможно, я коснулся верхней губой ее нижней губы.

— Нет, — отозвалась она. Ответ был тихим, как вздох.

Осторожно порхнув губами по ее губам, я продолжал шептать:

— Вот видишь! Бояться нечего, правда?

— Нечего, — согласилась она с прерывистым вздохом.

А потом, несмотря на все мои намерения ослепить *ее*, я обнаружил, что ослеплен сам.

Казалось, мой разум вдруг утратил всякую власть. Мною распоряжалось тело, как на охоте, когда порывы и аппетит пересиливали рассудок. Только теперь мое вожделение было вызвано отнюдь не давними потребностями, с которыми я со временем научился справляться. Эта страсть была новой, и я еще не знал, как управлять ею.

Я слишком грубо смял губами ее губы, обхватив ладонями ее лицо и приблизив к своему. Мне хотелось ощущать прикосновение к ее коже всем телом. Хотелось прижать ее к себе так, чтобы больше уже никогда не разлучаться.

Это новое пламя — пылающее без боли, уничтожившее только мою способность мыслить — разгорелось еще жарче, едва руки Беллы крепко обвили мою шею и она приникла ко мне, выгнувшись всем телом. Ее тепло и пульс вливались в меня от груди до бедер. Я тонул в ощущениях.

Ее губы открылись под моими, вместе с моими, и каждая частица моего существа, казалось, устремилась лишь к тому, чтобы наш поцелуй стал глубже.

Как ни парадоксально, ее спас самый низменный из моих инстинктов.

Ее теплое дыхание влилось мне в рот, и я отреагировал рефлекторно — приливом яда, сокращением мышц. Потрясения хватило, чтобы я опомнился.

Я отшатнулся от нее, ощутил, как соскальзывают с моей шеи и груди ее руки.

Ужас затопил мои мысли.

Насколько близко я сейчас подошел к тому, чтобы причинить ей вред? Чтобы *убить* ее?

Так же отчетливо, как ее растерянное лицо перед собой, я представлял сейчас его — этот мир без нее. О такой участи я думал столько раз, что мне больше было незачем воображать обширность этого пустого мира и его мучительность. Я знал, что не смогу выжить в нем.

Или... в мире, в котором она несчастна. Если она, ни о чем не подозревая, коснулась бы языком бритвенно-острого края какого-нибудь из моих зубов...

— Проклятье, Белла! — выругался я, едва слыша вырвавшиеся у меня слова. — Клянусь, ты сведешь меня в могилу! — Я передернулся от острого отвращения к самому себе.

Убить ее означало бы убить и себя. Ее жизнь — моя единственная жизнь, моя непрочная, бренная жизнь.

Она уперлась ладонями в свои колени, пытаясь перевести дыхание.

— Тебя же ничем не убьешь, — пробормотала она.

Насчет моей физической прочности, так разительно отличающейся от ее, она была почти права, но даже не представляла, насколько тесно мое существование связано с ней. И не знала, как близка она только что была к гибели.

— Вот и я так думал, пока не встретил тебя, — простонал я и сделал глубокий вдох. Пребывание наедине с ней уже не казалось мне безопасным. — А теперь пойдем отсюда, пока я не наделал глупостей.

Я потянулся к ней, и она, кажется, поняла необходимость спешки. И не стала возражать, когда я подсадил ее к себе на спину. Она сразу обхватила меня руками и ногами, и мне пришлось потратить целую секунду на то, чтобы взять тело под контроль разума.

— Не забудь закрыть глаза, — предупредил я.

Она крепко вжалась лицом мне в плечо.

Бег продолжался недолго, но достаточно, чтобы я восстановил власть над собой. По-видимому, когда речь заходила об инстинктах, не следовало доверять ничему; если я полностью был уверен в своем самообладании в одном отношении, это еще не значило, что я вправе принимать способность контролировать себя как должное. Придется сделать шаг назад и установить строгие границы ради ее защиты. Ограничить физические контакты так, чтобы они не влияли на ее способность дышать и мою способность мыслить. Прискорбно было сознавать, что второе соображение следовало считать более важным, чем первое.

За все время пути она ни разу не шелохнулась. Я слышал ее ровное дыхание, ее пульс казался стабильным, хотя и несколько учащенным. Она сохраняла неподвижность, даже когда я остановился.

Протянув руку, я погладил ее по голове.

— Уже все, Белла.

Сначала она расслабила руки, сделала глубокий вдох, потом разжала сведенные ноги. И вдруг тепло ее тела покинуло меня.

— Ох! — воскликнула она.

Круто обернувшись, я увидел, как она неловко плюхнулась на землю — точно брошенная кукла. Потрясение в ее глазах быстро сменилось негодованием, словно она понятия не имела, как очутилась в таком положении, но знала наверняка, что в этом виноват кто-то другой.

Не знаю, что именно меня насмешило. Может, я просто перенервничал. Или же накатило мощное облегчение оттого, что я вновь побывал на волосок от смертельной опасности и она уже осталась позади. Или мне требовалось выплеснуть эмоции.

Какой бы ни была причина, я вдруг расхохотался и никак не мог остановиться.

При виде моей реакции Белла закатила глаза, вздохнула и поднялась. И попыталась отряхнуть от грязи свой плащ, напустив на себя такой страдальческий вид, что вызвала у меня новый взрыв хохота.

Метнув в меня возмущенный взгляд, она решительными шагами направилась вперед.

Подавив в себе вспышку веселья, я ринулся за ней, легким движением поймал за талию и спросил, стараясь, чтобы голос звучал сдержанно:

— Ты куда, Белла?

Она ответила, не глядя на меня:

— Смотреть бейсбол. Ты, похоже, передумал играть, но остальные наверняка и без тебя справятся.

— Не в ту сторону, — известил я.

Она сделала резкий выдох через нос, еще упрямее вскинула голову, развернулась на сто восемьдесят градусов и направилась в противоположную сторону. Я снова перехватил ее. Опять не туда.

— Не злись, — попросил я. — Я просто не удержался. Видела бы ты свое лицо! — У меня вновь вырвался смешок, но следующий я сумел пресечь.

Только тогда она взглянула на меня сердито поблескивающими глазами:

— Значит, только тебе можно злиться?

Мне вспомнилось, как ей ненавистны двойные стандарты.

— Я на тебя не злился, — заверил я.

Источающим ехидство тоном она процитировала мои слова:

— «Белла, ты сведешь меня в могилу».

Мой юмор стал черным, но не исчез. Под действием необузданных эмоций в тот момент я открыл больше правды, чем собирался.

— Это всего лишь констатация факта.

Она попыталась вырваться из моих рук. Я приложил ладонь к ее щеке, чтобы не дать ей отвернуться.

Но не успел я заговорить, как она настойчиво заявила:

— Ты злился!

— Да, — согласился я.

— Но ты же только что сказал...

— ...что злился я не на *тебя*. — Вот это было уже совсем не смешно. Она сочла себя виноватой. — Как ты не видишь, Белла? Неужели не понимаешь?

Она нахмурилась в досаде и замешательстве:

— Что не вижу?

— Я не могу на тебя сердиться, — объяснил я. — Как можно? Ты такая отважная, доверчивая... *пылкая*...

А еще — незлопамятная, добрая, отзывчивая, искренняя, *хорошая*... необходимая, важная, дарующая жизнь... Я мог бы продолжать еще долго, но она перебила, прошептав:

— Так в чем же дело?

Я предположил, что она не договорила что-то вроде «*почему ты так жестоко срываешься на мне?*».

— Я злюсь на себя, — объяснил я. — За то, что я, похоже, не в состоянии не подвергать тебя опасности. Само мое существование означает для тебя риск. Порой... я себя ненавижу. Я должен был проявить силу, должен был суметь...

Она вдруг коснулась пальцами моих губ, удивив меня и не давая договорить то, что я собирался.

— Нет, — пробормотала она.

Замешательство исчезло с ее лица, на нем осталась лишь доброта.

Я отвел ее руку от губ и прижал ладонью к моей щеке.

— Я люблю тебя, — сказал я. — Это не оправдывает мои поступки, но все-таки это правда.

Она смотрела на меня с таким теплом, таким... обожанием. Лишь один ответ был достоин этого взгляда.

Ответу предстояло быть сдержанным. Лишенным недавней импульсивности.

— А теперь, пожалуйста, постарайся хорошо себя вести, — шепотом попросил я, обращаясь скорее к себе, чем к ней.

И мягко прильнул губами к ее губам на краткую секунду. Она сохраняла полную неподвижность, даже затаила дыхание. Я быстро выпрямился, чтобы она вновь задышала.

Она вздохнула.

— Ты помнишь, что обещал шефу Свону привезти меня домой пораньше? Так что лучше пойдем.

Опять она мне помогала. Как бы я хотел, чтобы моя слабость не вынуждала ее быть настолько сильной!

— Да, мэм.

Я разжал объятия, взял ее за руку и повел в верном направлении. Нам оставалось пройти всего десять ярдов, прежде чем мы вышли из леса на открытое огромное поле, которое мы в семье называли просто «вырубкой». Деревья с нее снес ледник еще давным-давно, скальное основание покрывал лишь тонкий слой почвы. Здесь разрастались только дикие травы и папоротники. Получилось удобное место для наших игр.

Карлайл размечал бейсбольную площадку, Элис и Джаспер тренировались в применении каких-то новых приемов, которые она хотела отработать. Если Джаспер заранее решал броситься бежать в определенном направлении, Элис могла увидеть это решение и сделать бросок в сторону его новой позиции еще до того, как он подаст знак. Значительных преимуществ это им не давало, но поскольку наши силы были примерно равны, любая возможность обостряла соперничество.

Эсме ждала нас, Эмметт и Розали устроились рядом с ней. Когда мы с Беллой появились из леса, я увидел, как Розали выдернула свою руку из пальцев Эсме, повернулась к нам спиной и направилась прочь.

Ну что ж, она и не обещала вести себя приветливо. Я понимал: просто находиться здесь — уже значительная уступка с ее стороны.

«*Полная нелепость*». Эсме не соглашалась со мной. Весь день она почти безуспешно пыталась поднять Розали настроение и теперь была недовольна.

«*Вот начнем, и все наладится*», — думал Эмметт. Как и я, он испытывал облегчение уже оттого, что Роз составила нам компанию.

Эсме и Эмметт направились навстречу нам. Я предостерегающе взглянул на Эмметта, он усмехнулся мне. «*Не волнуйся, я же пообещал*».

Беллу он разглядывал с любопытством. Одно дело — находиться рядом с людьми, будучи гостем в их мире, и совсем другое — видеть одного из людей в качестве гостя у нас. Это возбуждало интерес. Вдобавок наша гостья в его представлении уже стала более-менее одной из нас. Опыт прибавления в нашем семействе у него имелся только положительный. И ему не терпелось принять в семью и Беллу.

Я порадовался бы его воодушевлению, если бы под его интересом, вызванным новизной, не скрывалась вера в версию событий, увиденную Элис.

Наберусь терпения. Со временем они все поймут.

— Это тебя мы слышали, Эдвард? — спросила Эсме. Она говорила громче, чем требовалось, — в расчете на Беллу, чтобы ей не пришлось напрягать слух.

— Будто медведь подавился, — добавил Эмметт.

Белла нерешительно улыбнулась:

— Да, это был он.

Эмметт усмехнулся ей, довольный ее готовностью подыграть.

— Белла ненароком рассмешила меня, — объяснил я.

Элис метнулась к нам. Я решил, что незачем беспокоиться, даже если она ведет себя настолько естественным *для нее* образом. Она лучше, чем я, видела, что может напугать Беллу, а что нет.

Она остановилась на расстоянии вытянутой руки.

— Пора! — торжественно объявила она, изображая оракула ради Беллы. Как по сигналу, тишину разорвал гром. Я покачал головой.

— Жуть, да? — обратился Эмметт к Белле и подмигнул, когда на ее лице отразилось удивление оттого, что он заговорил с ней. Ее улыбка, адресованная ему, была лишь чуточку нерешительной.

Он взглянул на меня. «*Она мне нравится*».

— Идем! — поторопила Элис, хватая Эмметта за руку. Она точно знала, как долго мы можем позволить себе играть, не сдерживаясь, и не желала терять время. Эмметт рвался в бой не меньше, чем она. Вместе они понеслись в сторону Карлайла.

«*Можно мне побыть с ней минутку? Я хотела бы, чтобы она чувствовала себя со мной свободно*», — умоляюще подумала Эсме. Я понимал, как много это значит для нее, — чтобы Белла воспринимала ее как личность и друга, а не источник опасности. Я кивнул, потом повернулся к Белле.

— Ну что, поиграем? — Я улыбался, по замечаниям Чарли без труда догадавшись, что такие вечера для нее выдаются нечасто. Будем надеяться, нам удастся ее развлечь.

— Вперед, команда!

Рассмеявшись ее напускному энтузиазму, я уступил Беллу Эсме, а сам погнался за Эмметтом и Элис.

Подбегая к остальным, я слушал, как Эсме беседует с Беллой. Эсме ничего не собиралась выведывать у собеседницы или сообщать ей, просто хотела пообщаться, но я все равно не терял бдительности. И делил свое внимание между этим разговором и тем, что происходило вокруг меня.

— Мы с Эдвардом уже набрали команды, — объявила Розали. — Джаспер и Эмметт со мной.

Элис не удивилась. Эмметту нравилось иметь фору, Джаспер не выразил особой радости — он предпочитал играть в одной команде с Элис, а не против нее. Карлайл же, подобно мне, был доволен уже самим фактом участия Розали в игре.

Тем временем Эсме сетовала на наше неспортивное поведение, явно готовя Беллу к худшему.

Карлайл вытащил четвертак.

— Выбирай, Роз.

— Она и так выбрала команды, — возразил я.

Карлайл посмотрел на меня, а потом, выразительно, — на Элис, которая уже увидела, что монета упадет орлом вверх.

— Роз, — снова позвал он и подбросил четвертак в воздух.

— Орел.

Я вздохнул, она хмыкнула. Карлайл ловко поймал монету и прихлопнул ее на своем запястье.

— Орел, — подтвердил он.

— Мы отбиваем, — объявила Розали.

Карлайл кивнул, и мы с ним и Элис направились на наши позиции.

Эсме рассказывала Белле о своем первом сыне, а я удивлялся доверительности, которую моментально приобрел их разговор. Эта рана была одной из самых мучительных для Эсме, но говорила она мягко и сдержанно. Хотел бы я знать, почему она решила рассказать Белле именно об этом.

А может, Эсме ничего и не решала. Было что-то в том, как Белла слушала... Разве я сам не испытал желания выдать ей все свои самые мрачные тайны? Разве юный Джейкоб Блэк не нарушил древний договор просто для того, чтобы развлечь ее? Должно быть, то же влияние она оказывала на всех.

Я переместился к левому краю поля. И все равно отчетливо слышал голос Беллы.

— Значит, вы не против? Хотя я и... не подхожу ему? — спрашивала Белла.

«*Бедное дитя*, — думала Эсме. — *В каком она, должно быть, смятении*».

— Нет, — ответила она Белле, и я услышал, что это правда. Эсме желала мне только счастья. — Ты — то, чего он хочет. Все как-нибудь уладится.

Но как и Эмметт, она видела лишь один путь к этой цели. Я порадовался, что нахожусь слишком далеко, так что Белла не прочтет по моему лицу, о чем я думаю.

СОЛНЦЕ ПОЛУНОЧИ

Элис ждала, когда Эсме вместе с Беллой займет место арбитра — удобно расположенный холмик.

— Итак, подача, — объявила Эсме.

Элис сделала первый бросок. Эмметт слишком рьяно замахнулся и промазал, но бита пролетела так близко от мяча, что воздушная волна сбила его с прямой траектории. Джаспер перехватил мяч на лету и послал его обратно Элис.

— Это был страйк? — услышал я шепот Беллы, обращенный к Эсме.

— Если не отбили, значит, страйк, — ответила Эсме.

Элис вновь совершила бросок с «пластины». На этот раз Эмметт действовал точнее. Я сорвался с места еще до того, как услышал треск столкнувшихся биты и мяча.

Куда полетит мяч, Элис уже увидела, как и то, что моя скорость окажется достаточной. От этого игра становилась чуть менее интересной — честно говоря, не стоило Роз оставлять нас с Элис в одной команде, — но сегодня я твердо нацелился на выигрыш.

Я примчался обратно с мячом и на краю вырубки услышал, как Эсме вызывает Эмметта.

— Эмметт бьет сильнее всех, зато Эдвард быстрее всех бегает, — объясняла она Белле.

Я усмехнулся, глядя на них и радуясь, что Белла, кажется, увлеклась. Ее глаза были широко раскрыты, на губах играла такая же широкая улыбка.

Эмметт занял место Джаспера за базой, Джаспер взял биту, хотя была очередь Розали отбивать. Это начинало бесить: неужели Розали так трудно постоять на расстоянии десяти шагов от Беллы? Я уже жалел, что уговорил Роз составить нам компанию.

Джаспер не собирался выяснять, насколько быстро я способен передвигаться бегом; он знал, что все равно не отобьет мяч так далеко, как Эмметт. Вместо этого он прервал бросок Элис концом биты и подкинул мяч к Карлайлу так близко, что было ясно: бежать за мячом на этот раз придется именно ему. Карлайл ринулся подхватить мяч, потом погнался за Джаспером к первой базе. И чуть было не догнал, но левая нога Джаспера коснулась базы чуть раньше, чем Карлайл столкнулся с ним.

— Сейф! — объявила Эсме.

Белла вытянулась на цыпочках, зажимая уши ладонями, между ее бровями отчетливо виднелась галочка, но пропала, как только Карлайл и Джаспер поднялись на ноги. Взглянув в мою сторону, Белла снова улыбнулась.

Напряжение стало почти осязаемым, когда пришла очередь Розали взять в руки биту. Несмотря на то что Белла очутилась вне поля ее зрения, Розали, стоя лицом к Элис, сутулилась так, словно хотела очутиться подальше от Беллы. Поза Роз была напряженной, на лице застыла неприязнь.

Я многозначительно посмотрел на нее, она оскалила зубы.

«Ты же сам хотел видеть меня здесь».

Роз отвлеклась настолько, что первый брошенный Элис мяч просвистел мимо нее и угодил прямо в ладонь Эмметта. Насупившись пуще прежнего, Розали попыталась сосредоточиться.

Элис снова метнула в нее мяч, на этот раз Роз задела его и послала за третью базу. Я кинулся за ним, но Элис опередила меня. И вместо того чтобы вывести Роз из игры, что давно пора было сделать, Элис предприняла попытку хоум-рана. Джаспер был уже на полпути между третьей базой и домом. Он выставил плечо, словно собирался выбить Элис с «пластины» так же, как Карлайла, но Элис не стала ждать атаки с его стороны. Исполнив ловкий маневр — полуповорот-полуподкат — она проскользнула мимо и осалила его сзади. Эсме вызвала его, но Розали воспользовалась замешательством, чтобы добежать до второй базы.

Дальнейшие их действия я разгадал еще до того, как Эмметт вновь поменялся местами с Джаспером. Эмметту предстояло сделать длинный удар, принося мяч в жертву, чтобы Розали успела достичь дома. Элис в видении предстало то же самое, и, видимо, попытка наших противников должна была увенчаться успехом. Я отступил к границе леса, но если бы я побежал к тому месту, к которому в видении Элис направится мяч, еще до того, как Эмметт отбил его, Эсме оштрафовала бы нас за жульничество. Я напряг мышцы, готовый потягаться в скорости не с мячом, а с видением Элис.

Эмметт отбил этот бросок скорее высоко, чем далеко, зная, что гравитация медленнее, чем я. Уловка сработала, и я скрежетнул зубами, когда Розали коснулась домашней базы.

А Белла была в восторге. Сияя улыбкой, она захлопала в ладоши, впечатленная игрой. Розали сделала вид, будто и не слышала импульсивные аплодисменты Беллы, даже не взглянула на нее, только закатила глаза, повернувшись ко мне, но я с удивлением заметил, что она еле заметно... смягчилась. Пожалуй, ничего странного в этом не было: я же знал, как Розали жаждет, чтобы ею восхищались все вокруг.

Надо было упомянуть в разговоре с ней, каких комплиментов наговорила Белла ее красоте... но Розали не поверила бы мне. Если бы она взглянула на Беллу в эту минуту, то заметила бы у нее на лице явный восторг. И смягчилась бы еще больше, но Розали на Беллу не глядела.

И все же во мне пробудилась надежда. Немного времени, побольше комплиментов, и мы вместе покорим Роз.

Эмметту тоже льстило радостное изумление Беллы. Она уже нравилась ему больше, чем я ожидал, он обнаружил, что играть в присутствии воодушевленной зрительницы гораздо веселее. А Эмметт ценил веселье так же, как Роз — восхищение.

Мы с Карлайлом и Элис поменялись местами с командой Розали. Белла встретила меня с огромными от восторга глазами и широкой улыбкой.

— Ну, как тебе? — спросил я.

Она рассмеялась:

— Одно я знаю точно: больше я никогда не сумею высидеть до конца нудный матч Главной лиги бейсбола!

— Как будто раньше ты их часто смотрела.

На это она поджала губы.

— Вообще-то я разочарована.

Но разочарованной она не выглядела.

— Почему?

— Ну, было бы приятно узнать, что все остальные на планете хоть в чем-то не уступают вам.

«У-у».

Мысленно застонала не только Розали, но она — громче всех.

«*Долго еще будешь ворковать?* — спросила Розали. — *Гроза длится не вечно*».

— Я пошел, — сказал я Белле, подхватил биту с того места, куда ее бросил Эмметт, и направился к базе.

Карлайл пригнулся за моей спиной. Элис показала мне, куда будет направлен бросок Джаспера.

Я блокировал мяч битой.

— Трус, — проворчал Эмметт, припуская за непредсказуемо мечущимся мячом. Роз поджидала меня на второй базе, но я успел с большим запасом. На ее хмурую гримасу я ответил усмешкой.

Карлайл вышел на позицию и принял стойку. Я услышал, что он собирается сделать, а Элис предсказала, что его действия будут успешными. И я замер, приготовив к рывку все мышцы. Джаспер послал стремительный крученый мяч, и Карлайл сразу же повернул биту под идеальным углом.

Жаль, что я не смог предупредить Беллу, чтобы она снова зажала уши.

Звук, который издала бита в руках Карлайла, вряд ли можно было хоть сколько-нибудь убедительно объяснить громом. На наше счастье, местные не были склонны к подозрительности и не *желали* верить в то, что выглядит неестественно.

Я обегал базы, прислушиваясь к повторенному эхом грохоту шагов Розали в лесу. Если она поспешит... но нет, Элис уже видела, что мяч коснулся земли.

Я достиг домашней базы, когда мяч был еще только на полпути к месту назначения. Карлайл как раз огибал первую. Белла заморгала, когда я вдруг остановился в нескольких шагах от нее: следить за моими перемещениями она не успевала.

— Джаспер! — послышался голос Розали откуда-то из густого леса. Карлайл пронесся через третью базу. В воздухе засвистел мяч, несущийся между деревьями в нашу сторону. Джаспер кинулся к базе, но Карлайл скользнул под ним за мгновение до того, как мяч ударился о ладонь Джаспера.

— Сейф, — объявила Эсме.

— Прекрасно! — Элис поздравила нас и подняла ладонь. Мы оба поочередно хлопнули по ней.

И отчетливо услышали, как скрежещет зубами Розали.

Я подошел к Белле, взял ее за руку, переплел ее пальцы со своими. Она улыбалась мне; ее щеки и нос порозовели от холода, но глаза возбужденно блестели.

Взяв биту, Элис перебирала в уме сотни разных ударов по мячу, но так и не увидела способа обставить Джаспера и Эмметта. Эмметт завис у третьей базы, зная, что Элис не хватит сил выслать Розали далеко за пределы поля.

Джаспер послал мяч стремительным броском и после того, как Элис отбила его к правому краю, обогнал мяч на пути к первой базе, схватил и коснулся базы до того, как до нее добежала Элис.

— Аут!

Я еще раз пожал пальцы Беллы и поспешил на поле — пришла моя очередь.

На этот раз я пытался достичь первой базы раньше Розали, но Джаспер предпочел медленную подачу и тем самым лишил меня необходимого импульса. Я пустил мяч по земле, но сам сумел лишь достичь первой базы, и тут меня оттеснила Розали.

Карлайл отбил мяч прямо в каменистую землю, надеясь, что отскок получится достаточно высоким, чтобы у меня появился шанс обежать базы, но Джаспер подпрыгнул и слишком быстро вернул его в игру. А Эмметт оттер меня от третьей базы.

Выходя отбивать мяч, Элис снова перебирала варианты, но перспективы не радовали. Однако она сделала все, что могла, послав мяч изо всех сил вдоль правой боковой линии. Джаспер не купился на уловку и даже не попытался осалить ее, прежде чем отбил мяч Эмметту, который высился перед домом, как кирпичная стена. Выбор у меня был небогатый. Обойти его было невозможно, но если вся команда застряла на базах, это, согласно нашим семейным правилам, автоматически означало конец иннинга.

Я ринулся на Эмметта, которого мой выбор привел в восторг, но, прежде чем я хотя бы попытался увернуться от него и прорваться к базе, Розали уже пожаловалась:

— Эсме, он напрашивается на аут!

Это тоже противоречило семейным правилам.

Разумеется, Эмметт осалил меня, обставить его было просто нереально.

— Жулик, — прошипела Роз.

Эсме укоризненно взглянула на меня:

— Роз права. Иди на поле.

Пожав плечами, я направился к аутфилду.

На этот раз команда Роз сработала удачнее. И она, и Джаспер обежали базы после одного из мощных ударов Эмметта, хотя я почти не сомневался, что Розали смошенничала. Мяч изменил траекторию прямо в полете, будто его сбило что-то размером поменьше, но в густом лесу я так и не сумел разглядеть, откуда был пущен этот метательный снаряд. По крайней мере, мне хватило времени, чтобы выбить Эмметта. Следующий длинный удар Розали оказался слишком низким, Элис сумела допрыгнуть до мяча. Джаспер снова достиг базы, но низкий бросок Эмметта я остановил еще до границы леса, а потом мы с Карлайлом взяли Джаспера в клещи по пути к третьей базе.

Пока шла игра, я время от времени посматривал на Беллу, искал признаки того, что ей скучно. Но всякий раз казалось, что она всецело увлечена игрой. По крайней мере, это ей в новинку. Я понимал, что на людей, играющих в бейсбол, мы не похожи. И тем пристальнее вглядывался в ее лицо, ожидая, когда пройдет ощущение новизны. Нам оставалось еще несколько часов грозы, Эмметт и Джаспер ни за что не пожелают упустить хотя бы минуту. Но если Белла устала или слишком замерзла, мне было бы чем оправдаться. Я внутренне поморщился, думая о том, как воспримет это Розали. Ладно, переживет.

Счет менялся, страсти разгорались, и я уже гадал, что подумает о нас Белла, несмотря на предостережение Эсме. Но когда Розали обозвала меня «жуликом несчастным» (потому что я точно знал, на какое дерево влезть, чтобы перехватить ее высоко отбитый мяч), а потом — «шелудивой свиньей» (когда я осалил ее у третьей базы), Белла только рассмеялась вместе с Эсме. Розали не единственная сыпала в пылу игры оскорблениями, но на этот раз не только Карлайл воздерживался от них. Я старался вести себя как можно приличнее, хотя и видел, что этим раздражаю Розали сильнее, чем если бы опустился до перебранки с ней.

Словом, сплошная выгода.

Шел одиннадцатый иннинг — наши иннинги никогда не длились больше нескольких минут; мы не придерживались определенного количества, просто завершали игру, когда кончалась гроза, — Карлайл отбивал первую подачу. Элис предвидела очередной мощный бросок, я жалел, что никого из нас нет на базе. Эммет, который как раз подавал, не смог удержаться и метнул быстрый страйк далеко от Карлайла, таким образом дал ему шанс размахнуться и врезать по мячу с такой силой, что он просвистел мимо Розали, не оставляя ей никаких надежд поймать его. Отразившийся от окрестных гор звук напоминал скорее взрыв, чем гром.

И пока угасало эхо, еще один звук привлек мое внимание. Он вырвался у Элис так внезапно, словно ее ударили.

Образы у нее в голове слились в сплошной поток. Новые варианты будущего посыпались лавиной, закрутились неразборчивым водоворотом, казались никак не связанными друг с другом. Одни варианты были ослепительно яркими и светлыми, другие настолько темными, что в этой мрачной темноте терялись подробности. Тысяча разных фонов, в большинстве своем незнакомых.

Ничего не осталось от будущего, в котором еще минуту назад я был совершенно уверен. Произошедшие перемены оказались настолько серьезными, что затронули все до единой составляющие нашей судьбы. Мы с Элис содрогнулись в панике.

Она сосредоточилась. Быстро проследила новые видения в обратном порядке, к их началу. Бурлящий поток образов втянулся, как в воронку, в краткий миг, очень близкий к настоящему, наступающий почти непосредственно за ним.

Три незнакомых лица. Три вампира, которых Элис видела бегущими к нам.

Я бросился к Белле, думая сразу же убежать вместе с ней. Но тогда в ближайшем будущем мы остались бы вдвоем, в меньшинстве...

— Элис? — подала голос Эсме.

Джаспер рванулся к Элис чуть ли не быстрее, чем я — к Белле.

— Я не видела... — шептала Элис, — не знала...

Теперь она сравнивала видения. Более старые, в которых завтра ночью трое незнакомцев должны были приблизиться к дому. К этому будущему я готовился, в этой его версии мы с Беллой находились далеко оттуда.

Что-то заставило чужаков изменить планы. Элис передвинулась вперед, всего на несколько минут по новой шкале времени. Дружеская встреча была вполне возможна: знакомства, просьба. Элис поняла, что произошло. А мое внимание было приковано к Белле: в этом видении она молча стояла за нами.

К этому времени все мы обступили Элис тесным кругом.

Карлайл шагнул ближе, положил ладонь ей на руку.

— Что случилось, Элис?

Она встряхнула головой, будто пытаясь заставить видения у нее в голове выстроиться в осмысленную последовательность.

— Они проделали этот путь гораздо быстрее, чем я думала. Теперь я вижу, что ошиблась в расчетах.

— Что-то изменилось? — Джаспер пробыл с Элис так долго, что лучше всех нас понимал, как действует ее дар.

— Они услышали, как мы играем, — объяснила Элис; то же самое говорили чужаки в дружеской версии событий, — и пошли другой дорогой.

Все уставились на Беллу.

— Долго еще? — спросил Карлайл, повернувшись ко мне.

На таком расстоянии мне было нелегко что-нибудь расслышать. Помогало лишь то, что в разгар грозового вечера в окрестных горах редко попадались люди. И то, что другие вампиры в здешних местах отсутствовали. Мысли вампиров звучали чуть более отчетливо, мне удавалось улавливать их с большего расстояния, легче находить в шуме. Так что я сумел отыскать их с помощью ориентиров из видений Элис, но перехватил лишь самые преобладающие мысли.

— Меньше пяти минут, — ответил я Карлайлу. — Они бегут, хотят сыграть.

Он вновь бросил взгляд на Беллу. *Ты должен увести ее отсюда.*

— Успеешь?

Элис сосредоточилась на одном из возможных для меня вариантов. Я пытался убежать, уносил Беллу на спине.

Если я и стал передвигаться медленнее из-за Беллы, то ненамного — мне мешала не тяжесть, а необходимость бежать осторожно, чтобы ненароком не навредить ей, — но моей быстроты было недостаточно. Эта нить вела к варианту будущего, который я уже видел: мы в окружении и в меньшинстве...

Незваные гости не настолько горели желанием сыграть в бейсбол, чтобы забыть об осторожности. Элис видела, как к вырубке они подошли с трех сторон, некоторое время наблюдали, а затем снова сошлись единым фронтом. Если бы кто-нибудь их них услышал, как я убегаю, за мной погнались бы, чтобы выяснить, в чем дело.

Я покачал головой:

— Нет, если понесу...

Мысли Карлайла тревожно взвихрились.

— И потом, — прошипел я, — меньше всего нам надо, чтобы они учуяли запах и открыли охоту.

— Сколько их? — спросил Эмметт.

— Трое, — буркнула Элис.

Эмметт фыркнул. Этот звук настолько не сочетался с напряженной атмосферой, что я лишь непонимающе уставился на него.

— Трое! — пренебрежительно повторил он. — Пусть приходят.

Карлайл еще обдумывал возможные решения, но я уже видел, что сделать можно, в сущности, только одно. Эмметт прав: нас достаточно, чтобы чужаки сочли попытку завязать драку самоубийством.

— Давайте продолжим игру, — предложил Карлайл, хотя мне даже без чтения мыслей было ясно, что этим решением он недоволен. — Элис сказала, что им просто любопытно.

Элис взялась перебирать все возможные варианты встречи здесь, на вырубке, и теперь, когда одно из решений уже было принято, образы приобрели отчетливость. Почти все они выглядели мирными, хотя встреча начиналась во всех случаях напряженно. В спектре вероятных исходов нашлось несколько таких, где что-то спровоцировало конфликт, но они казались менее четкими. Элис не видела, чем вызван этот конфликт — для этого предстояло еще принять некое решение. Не видела и более-менее оформившейся версии, способной привести к физическому противостоянию прямо здесь, на вырубке.

Но слишком многое она еще не могла истолковать. Я снова видел слепящий солнечный свет, и ни я, ни она не могли понять, *где* она его видит.

Я понимал, что решение Карлайла — единственно возможное из всех, но все равно был сам себе противен. Как я мог допустить такое?

— Эдвард! — шепотом позвала меня Эсме. «*Они голодны? Сейчас охотятся?*»

В их мыслях не было голода, а в видении Элис, которое с каждой секундой становилось все более отчетливым, я разглядел сытый багрянец их глаз.

Я покачал головой, отвечая Эсме.

«*Хотя бы что-то*». Она ужасалась не меньше меня. Ее мысли, подобно моим, вертелись вокруг единственной — Белла в опасности. Несмотря на то что Эсме не была бойцом по натуре, я слышал, в какую ярость она пришла. И была готова защищать Беллу, как родную дочь.

— Побудь кэтчером, Эсме, — попросил я. — Мне уже достаточно.

Эсме быстро заняла мое место, но по-прежнему была сосредоточена мыслями на Белле.

Никто не горел желанием удаляться на другую сторону поля. Все держались рядом и прислушивались к звукам со стороны леса. Элис, как и Эсме, не желала отходить от Беллы. Стремление Элис оберегать не было материнским, как у Эсме, но я видел, что и Элис будет защищать Беллу любой ценой.

Несмотря на дурноту, изводившую меня, я испытал прилив благодарности к ним за такую преданность.

— Распусти волосы, — негромко велел я Белле.

Они мало что скрывали, но, помимо ее запаха и сердцебиения, наиболее явно человека в ней выдавала кожа. И если попробовать максимально прикрыть ее...

Белла сразу же стащила с хвоста резинку и встряхнула волосами так, что они упали вдоль ее щек. Значит, поняла, как важно спрятаться.

— Сейчас придут другие, — подтвердила она мою догадку. Голос звучал негромко и даже спокойно.

— Да, — кивнул я. — Стой смирно, помалкивай, и, пожалуйста, от меня ни на шаг.

Я поправил несколько прядей ее волос, чтобы они лучше прикрывали лицо.

— Не поможет, — пробормотала Элис. — Я почуяла бы ее запах с другого конца поля.

— Знаю, — огрызнулся я.

— Что спросила у тебя Эсме? — шепнула Белла.

Я задумался, не солгать ли ей. Она и без того наверняка испугалась. Но все же сказал правду:

— Голодны ли они.

Ее сердце сбилось с ритма, потом застучало чуть быстрее, чем прежде.

Я смутно сознавал, что остальные делают вид, будто продолжают игру, но не следил за ней, всецело сосредоточившись на том, что нам предстояло.

Элис наблюдала, как обретают определенность ее видения. Я смотрел вместе с ней, как чужаки разойдутся, какими путями двинутся по отдельности, где соберутся вновь, прежде чем предстать перед нами. И с облегчением отмечал, что ни один из них не пересечет тропу, которой вышла на поляну Белла. Возможно, именно поэтому видение дружеской, хотя и осторожной встречи в голове Элис стало отчетливым. Разумеется, сразу же после их появления здесь возникнут сотни возможностей. Я много раз видел, как сам защищаю Беллу, остальные неизменно выступали на моей стороне — впрочем, Розали на стороне Эммета; похоже, она не считала нужным защищать кого бы то ни было, кроме него. Несколько тонких нитей будущего вели к схватке, но все они были неопределенными, как дымок. Разглядеть их исход как следует мне не удавалось.

Я уже слышал мысли приближающихся — еще далекие, но постепенно набирающие громкость. Очевидно, никто из чужаков не питал к нам враждебности, хотя рыжая женщина, которая прокладывала путь в видениях Элис, явно нервничала. И готовилась уносить ноги при первых же намеках на нашу агрессивность. Двое мужчин просто предвкушали возможность немного развлечься. К группе незнакомых вампиров они приближались безо всякого стеснения, и я предположил, что они кочевники, хорошо знакомые с обычаями здесь, на севере.

Они уже разделились в настоящем, выказывая осмотрительность, прежде чем показаться нам.

Если бы Беллы не было здесь с нами, если бы она отказалась целый вечер смотреть, как мы играем... я, вероятно, остался бы с ней. И Карлайл позвонил бы мне с известием, что чужаки явились раньше, чем предполагалось. А я, разумеется, встревожился бы. Но знал бы, что ни в чем не допустил ошибки.

Потому что я обязан был предвидеть такую вероятность. Шум от вампирских игр — весьма специфический звук. Если бы я не пожалел времени, чтобы обдумать все гипотетические обстоятельства, если бы не принял как данность видение Элис, в котором чужаки нагрянули лишь завтра, если бы, если так можно выразиться, не сверялся по нему, если бы проявил больше осмотрительности, нежели энтузиазма...

Я пытался представить себе, как отнесся бы к этой встрече, если бы она состоялась полгода назад, еще до того, как я впервые увидел Беллу. Мне казалось, визит чужаков... оставил бы меня равнодушным. Заглянув в их мысли, я убедился бы, что для беспокойства нет причин. Пожалуй, я бы даже обрадовался новизне и разнообразию, которое вновь прибывшие внесли бы в привычную нам игру.

А теперь мне оставалось только изводиться от ужаса, паники... и чувства вины.

— Прости меня, Белла, — выговорил я так, чтобы слышала лишь она. Чужаки были слишком близко, и я не рискнул говорить громче. — Подвергать тебя опасности вот так было глупо и безответственно. Я так виноват перед тобой.

Она лишь смотрела на меня, белки ее глаз были видны вокруг всей радужки. Я задумался: она молчит из-за моего предостережения или потому, что ей нечего сказать мне?

Чужаки вновь сошлись у юго-западного угла вырубки. Сейчас их перемещения уже были хорошо слышны. Я передвинулся так, чтобы загораживать собой Беллу, и начал тихо постукивать ногой в ритме ее сердца, надеясь, что создам правдоподобный источник звука и смогу маскировать ее сердцебиение.

Карлайл повернулся навстречу шороху приближающихся шагов, остальные последовали его примеру. Мы не собирались выдавать наши преимущества и делали вид, что руководствуемся только обостренной вампирской чувствительностью.

Застывшие, неподвижные, словно высеченные из окружающих нас скал, мы ждали.

Глава 22

Охота

К тому времени, как чужаки вышли из-за деревьев, их лица были уже настолько хорошо знакомы мне, что я, по сути дела, не увидел их впервые, а вспомнил и узнал.

Невысокий, несколько отталкивающей внешности мужчина сунулся было вперед, но тут же быстро и привычно отступил, пропуская своих спутников.

Он внимательно смотрел на нас — считал, сколько нас, оценивал возможную опасность. Предположил, что мы — сразу два, а то и три дружественных клана, договорившихся поиграть вместе. Обратил особое внимание на Эмметта, возвышающегося рядом с Карлайлом. Потом на меня, явно взбудораженного — обычно вампирам не свойственна нервозность. Никто из чужаков не знал, как расценить мое постукивание ногой.

Кратчайшую долю секунды я боролся с ощущением, что в этой маленькой компании чего-то недостает, но необходимость сосредоточиться полностью поглощала меня, некогда было выяснять, откуда взялось странное ощущение.

Мужчина, идущий впереди, был рослым и выглядел привлекательнее не только среднестатистического человека, но и вампира. В его мыслях отчетливо читалась уверенность. Его клан ничего не замышлял, но, естественно, более многочисленное объединение кланов с удивлением восприняло приход незнакомцев, и впереди идущий мужчина считал, что быстро все уладит. Он тоже отреагировал на размеры Эмметта и мое явное напряжение, но тут его отвлекла Розали.

«Интересно, есть ли у нее пара? Хм-м... похоже, их поровну».

Он обвел взглядом нас, всех остальных, и снова остановил его на Роз.

Женщина с огненно-рыжими волосами нервничала сильнее любого из нас, ее тело уже почти вибрировало от тревоги. Она с трудом отвела пристальный взгляд от Эмметта.

«Слишком уж много. Лоран глупец».

Она уже наметила тысячи разных путей для бегства. И теперь считала, что лучший из ее шансов — рвануть на север, к морю Селиш, где мы не выследим ее по запаху. Я удивился, что она не выбрала более близкое тихоокеанское побережье, но поскольку о причинах она не думала, я не мог их знать.

Я невольно понадеялся, что издерганная женщина бросится наутек и остальные последуют за ней, но такого варианта будущего Элис не видела.

Рыжая смотрела на своего несимпатичного спутника, ожидая, когда он двинется вперед. Потом перевела взгляд на Эмметта и нехотя сдвинулась с места, сопровождаемая остальными.

Оба мужчины, похоже, не могли отвести взгляд от Эмметта. Я заметил, что и сам оценивающе разглядываю брата. Сегодня он казался внушительнее, чем обычно, в его напряженной неподвижности было что-то тревожное.

И все же главный из чужаков, Лоран, был уверен, что его план сработает. Если наши кланы сумели поладить друг с другом, значит, мы поладим и с вновь прибывшими. Все немного успокоятся, тогда и начнется игра. И он познакомится поближе с роскошной блондинкой...

Он дружелюбно улыбался, замедляя шаг, потом остановился в нескольких ярдах от Карлайла. Стрельнул взглядом в Розали, в Эмметта, в меня и снова в Карлайла.

— Нам показалось, что мы слышим звуки игры, — заговорил он. У него был слабый французский акцент, но думал он на английском. — Я Лоран, а это Виктория и Джеймс.

С виду у них почти не было общего — у этого цивилизованного путешественника-горожанина из Европы и его двух спутников более дикарской наружности. Женщину раздосадовало то, как ее представили; она с трудом сдерживала настойчивое желание сбежать. Второго мужчину, Джеймса, слегка позабавила уверенность Лорана. Ему нравилась непредсказуемость этой встречи, не терпелось увидеть нашу реакцию.

«*Вик еще не откололась*, — думал он. — *Так что, наверное, все обойдется*».

Карлайл улыбнулся Лорану и дружелюбным, открытым выражением лица на миг обезоружил даже напуганную Викторию. На секунду все новоприбывшие сосредоточили внимание на нем, а не на Эмметте.

— Я Карлайл, — представился мой отец. — Это моя семья: Эмметт и Джаспер, Розали, Эсме и Элис; Эдвард и Белла, — с этими словами он сделал неопределенный жест в нашу сторону, не привлекая внимания ни ко мне, ни к Белле за моей спиной. Лоран и Джеймс мысленно отметили, что мы не разные кланы, а одна семья, но мимо меня это прошло вскользь.

Только когда Карлайл назвал имя Джаспера, я осознал, что именно упустил.

Джаспера с исполосованной шрамами кожей на всех видимых частях тела, рослого, поджарого и свирепого, как лев на охоте, с жестокими, запомнившими множество убитых глазами, им следовало оценить в первую очередь. Даже сейчас его воинственность должна была придавать окраску разговору.

Я взглянул на него краем глаза и обнаружил, что мне... невыносимо скучно. Казалось, в мире нет ничего менее интересного, чем этот невзрачный вампир, смирно стоящий сбоку от остальных.

Невзрачный? Смирный? *Джаспер*?

Джаспер сосредоточился так, что, будь он человеком, с него сейчас ручьем лил бы пот.

Раньше я никогда не видел, чтобы он делал подобное, и даже не догадывался, что такое возможно. Неужели эта способность развилась у него за годы, проведенные на юге? Для камуфляжа?

Сейчас он одновременно снимал напряжение, распространяющееся вокруг чужаков, и вызывал равнодушие у всех, кто смотрел в его сторону. Любому казалось, что нет более нудного занятия, чем разглядывать этого ничем не примечательного вампира на периферии его клана, это ничтожество...

И не только его: той же дымкой заурядности он окутывал Элис, Эсме и Беллу.

Вот почему никто из них до сих пор ничего не заметил. А не потому, что Белла прятала лицо за волосами и я по-дурацки стучал об землю ногой. Они не смогли пробиться сквозь ощущение удручающей обыденности, потому и не присмотрелись к ней. Она казалась просто еще одной подробностью из множества не стоящих внимания.

Джаспер напрягался изо всех сил ради защиты самых уязвимых членов нашей семьи. Я чувствовал, насколько он сосредоточен. Он не продержался бы долго, если бы дело дошло до драки, но сейчас благодаря ему Белла была защищена так хитроумно, как я бы ни за что не додумался.

Меня вновь затопило чувство благодарности.

Заморгав, я переключил внимание на чужаков. На них подействовало обаяние Карлайла, однако они не забыли ни о внушительных размерах Эмметта, ни о моей настороженности.

Я пытался проникнуться умиротворяющим спокойствием, которое излучал Джаспер, но сам не мог ощутить его, хотя и видел, как оно действует на других. Я догадался, что Джаспер намеренно ограничил действие своего дара, и я остался не охваченным как угроза, отвлекающий фактор.

Что ж, я определенно мог сжиться с этой ролью.

— Новых игроков примете? — тем временем спрашивал Лоран дружески, в тон Карлайлу.

— Да мы уже закончили, — отозвался Карлайл, излучая душевность. — Но как-нибудь в другой раз — с удовольствием. Вы надолго в наши края?

— Собственно, мы идем на север, но решили заодно узнать, кто живет по соседству. Давненько мы уже не встречали своих.

— Обычно здесь никого и нет, только мы и изредка гости вроде вас.

Непринужденная приветливость Карлайла вместе с влиянием Джаспера постепенно смягчила чужаков. Даже нервозная рыжая начала успокаиваться. Мысленно она прощупывала это ощущение безопасности, анализировала его незнакомым мне способом. Я задумался, заметила ли она воздействие Джаспера, но она, кажется, ни о чем таком не подозревала. Скорее, критически оценивала собственную интуицию.

Джеймса немного разочаровало то, что игра вряд ли состоится. А еще — что конфликт так и не возник. Ему не хватало предвкушения неизвестности.

Лорана впечатлили сдержанность и уверенность Карлайла. Ему хотелось узнать о нас побольше и выяснить, с помощью какой уловки мы маскируем цвет своих глаз и с какой целью.

— А где вы охотитесь? — спросил Лоран. Обычный вопрос от кочевника, но я боялся, как бы он не встревожил Беллу. Какие бы чувства она ни испытывала, она держалась неподвижно и молча, как только способен человек. Ритм ее сердца — и моего постукивания ступней — не изменился.

— Здесь, на хребте Олимпик, иногда — в Береговых хребтах выше и ниже по побережью, — ответил Карлайл, не обманывая, но и не разуверяя Лорана в его догадках. — У нас постоянное жилье здесь неподалеку. Еще одно постоянное поселение вроде нашего есть возле Денали.

Это удивило всех чужаков. Лоран просто озадачился, а его спутница-паникерша от неожиданности перепугалась, и все влияние Джаспера вмиг перестало действовать на нее. Джеймс же был заинтригован: он столкнулся с чем-то новым и необычным. Мало того что мы жили многочисленным кланом, но и, по всей видимости, даже не кочевали. С его точки зрения, сделанный крюк на пути оказался не напрасным.

— Постоянное?.. — растерянно переспросил Лоран. — Как вам это удалось?

Джеймса обрадовал вопрос Лорана: он мог удовлетворить любопытство, не прилагая никаких усилий. В какой-то мере его нежелание привлекать к себе внимание напомнило мне гораздо более эффективную маскировку Джаспера. Я задумался, зачем Джеймсу понадобилось перестраховываться таким образом, не согласующимся с его желанием развлечься.

Или же ему, как и Джасперу, было что скрывать?

— Может, поедем все вместе к нам домой и поговорим в более удобной обстановке? — предложил Карлайл. — Это долгая история.

Виктория вздрогнула, и я увидел, что она устояла на месте только благодаря усилию воли. Она уже догадалась, каким будет ответ Лорана, и как же ей хотелось сбежать! Джеймс кинул на нее ободряющий взгляд, но это не избавило ее от тревоги. И все же она осталась с мужчинами.

Неужели все уладилось так легко? Если чужаки примут приглашение и Карлайл с Эмметтом благополучно уведут их, отделиться будет проще простого. Благодаря Джасперу они, возможно, так и не узнают, что мы скрывали от них.

Я заглянул в видения будущего в мыслях Элис — сейчас сделать это было труднее, чем обычно, пришлось пробиваться сквозь мощную завесу скуки, созданную Джаспером, который энергично убеждал меня, что наверняка найдется *какое-нибудь занятие поинтереснее*.

Элис сосредоточилась на самом вероятном будущем, и я с удивлением обнаружил, что все его варианты теперь заканчиваются противостоянием. Несколько случаев с возможной схваткой стали просматриваться отчетливее, чем раньше.

Значит, легко все-таки не будет.

В мыслях Лорана я улавливал лишь интерес и готовность дать согласие, Джеймс поддерживал его, а Виктория искала подвох, цепенея от страха.

Никто из них не проявлял ни малейшего намерения нарываться на неприятности или даже хотя бы повнимательнее пересчитать нас. Что же побудит их передумать?

Я выявил лишь один фактор — совершенно определенный, неподверженный влиянию каких-либо решений или прихотей.

Погода.

Я собрался с духом, понимая, что ничего не смогу поделать. Джаспер скосил глаза в мою сторону. Он ощутил мои душевные муки.

— Спасибо за приглашение, звучит интересно, — тем временем говорил Лоран. — Мы на охоте, шли сюда от самого Онтарио, но случая привести себя в порядок ни разу не представилось.

Виктория содрогнулась, попробовала незаметно привлечь внимание Джеймса, но он ее не замечал.

— Не обижайтесь, пожалуйста, но мы были бы благодарны, если бы вы воздержались от охоты в здешних местах, —

попросил Карлайл. — Как вы понимаете, нам ни к чему привлекать к себе внимание.

Голос Карлайла звучал совершенно уверенно. Я позавидовал его оптимизму.

— Ну конечно! — согласился Лоран. — На вашу территорию мы ни в коем случае не претендуем. К тому же мы закусили на окраине Сиэтла.

Лоран рассмеялся, а сердце Беллы сбилось с ритма в первый раз. Движения моей ноги слегка участились, пытаясь заглушить стук сердца. Никто из чужаков, похоже, ничего не заметил.

— Я покажу дорогу, если вы не против пробежаться с нами, — предложил Карлайл, и только мы с Элис поняли, что уже слишком поздно: его планам не суждено сбыться. Ждать оставалось недолго, видения Элис бежали наперегонки с настоящим. — Эмметт и Элис, вы поезжайте вместе с Эдвардом и Беллой на джипе.

Это случилось как раз в тот момент, когда он произнес имя Беллы.

Всего лишь легкий ветерок, слабое дуновение не с той стороны, как раньше, волнение воздуха, вызванное вильнувшей хвостом грозой, отходящей на запад. Еле заметное. И неизбежное.

Прямо в лица чужакам пахнуло свежим и внезапным запахом Беллы.

Он подействовал на всех, но если Лоран и Виктория преимущественно растерялись, не понимая, откуда принесло аппетитный аромат, то Джеймс мгновенно перешел в режим охоты. Маскировки Джаспера было недостаточно, чтобы отвлечь такое сосредоточенное внимание.

Притворяться больше не было смысла. Словно прочитав мои мысли, Джаспер сразу же убрал с нас завесу, оставив скрытыми только самого себя и Элис. Я понимал, что так будет лучше, что он лишь привлек бы внимание кочевников к своему дару, если бы и дальше продолжал прикрывать Беллу. Но все равно ощутил слабый укол предательства.

Однако это была лишь малая толика того, что я сознавал. Почти весь мой разум был охвачен яростью.

Джеймс сделал выпад и присел. Теперь у него в мыслях было пусто — если не считать охоты и потребности в немедленном удовлетворении своих желаний.

Я дал ему другую пищу для размышлений.

Встав в боевую стойку перед Беллой, я приготовился броситься на охотника еще до того, как он приблизится к ней, и всем существом сосредоточился на его мыслях. Вдобавок издал предостерегающий рык, зная, что только чувство самосохранения способно отвлечь его в этот момент.

Моя ярость была настолько велика, что я почти хотел, чтобы он оставил мою угрозу без внимания.

Охват его взгляда, только что сосредоточенного в одной точке, стал шире, вместил не только Беллу, но и меня. Странный проблеск удивления пронзил его разум. Он как будто... *не поверил* своим глазам, увидев, как я преградил ему путь. Я мог лишь догадываться, что он привык действовать, не встречая сопротивления. И теперь медлил, колебался между благоразумием и вожделением. Было бы глупо забыть об остальных, а речь шла не только о схватке между нами двоими. Он едва сумел устоять перед брошенным мной вызовом и не знал наверняка, хочет ли устоять.

— Что такое? — воскликнул Лоран. За его реакцией я не следил.

Уловку в мыслях Джеймса я увидел еще до того, как он шевельнулся. Не успел он завершить движение, как я уже блокировал его с нового направления. Он прищурился, заново оценивая опасность, которую я представлял.

«Быстрее, чем я думал. Слишком быстрый?»

Теперь его переполняли подозрения ко мне. Ко всем нам. Почему он до сих пор не замечал эту девчонку? Ведь она же выделяется среди остальных своей нежной абрикосовой кожей, матовой по сравнению с сиянием наших лиц.

— Она с нами, — услышал я предостережение Карлайла, произнесенное новым, начисто лишенным дружелюбия тоном.

Джеймс бросил на него взгляд и снова обратил внимание на Эмметта, рослого, внушительного и напряженного, стоящего рядом с Карлайлом.

Меня удивило его раздражение. Джеймс не желал быть осмотрительным. Он жаждал схватки. Но все еще сохраняя боевую стойку, он слегка отвлекся, чтобы следить за Викторией, скованной страхом.

Я и сам отвлекся, когда наконец опомнился Лоран.

— Захватили с собой закуску? — недоверчиво уточнил он.

Как и Джеймс, он сделал шаг к Белле, хотя скорее инстинктивно, чем в приступе агрессии.

Но мне это было не важно. Не сводя глаз с главного противника, я слегка сменил позу и яростно зарычал в сторону Лорана, оскалив зубы. В отличие от Джеймса Лоран сразу же отступил.

Джеймс снова сдвинулся в сторону, проверяя, насколько внимательно я слежу за ним. Я ответил на его маневр еще до того, как он завершился. Он поднял губу, обнажая зубы.

— Я сказал, она с нами, — повторил Карлайл. Настолько близкого к рычанию голоса от него я еще никогда не слышал.

— Она же человек! — возразил Лоран. Агрессии в его мыслях все еще не было, он просто озадачился и испугался. И никак не мог разобраться в ситуации, хотя понимал, что опрометчивая атака Джеймса способна погубить их всех. Он взглянул на Викторию, проверяя ее реакцию, как это уже делал Джеймс. Словно она служила обоим чем-то вроде флюгера.

Лорану ответил Эмметт. Не знаю, Джаспер ли вызвал ощущение, что от единственного шага Эмметта к противнику под ним задрожала земля, или же просто Эмметт был самим собой.

— Да, — пророкотал он совершенно монотонно и бесстрастно. Сталь в нем словно рассекла очаг конфликта, казалось, воздух вдруг похолодел.

Я был почти уверен, что это работа Джаспера, но не стал отвлекаться, чтобы проверить догадку.

Метод оказался эффективным. Охотник выпрямился, сменил боевую стойку на более расслабленную.

Я придирчиво изучал его реакции и сохранял позу обороны на случай возможных уловок. Ожидать следовало вспышки гнева и досады. Я уже видел, насколько он самонадеян и какой неожиданностью для него стало препятствие на пути к цели. Необходимость отступить перед силой, превосходящей его собственную, наверняка приведет его в ярость.

Но в мыслях у него вдруг возникло радостное возбуждение. Не сводя глаз с Беллы и меня, периферическим зрением он изучал источники угрозы, однако не со страхом или раздражением, а со странным, неистовым удовольствием. На Джаспера и Элис он смотрел мельком, считая их просто фигурами, обеспечивающими численный перевес. А вид грозной мощи Эмметта вдруг взбодрил его.

— Похоже, нам предстоит многое узнать друг о друге, — примирительно заметил Лоран.

И тут необъяснимое воодушевление Джеймса уступило место планированию. Стратегии. Воспоминаниям о былых победах. С ужасом и паникой я впервые за все время осознал, что он не просто охотник.

— Несомненно, — жестким тоном подтвердил Карлайл.

Мне отчаянно хотелось знать, что видит теперь Элис, но я не мог позволить себе упустить какую-нибудь подробность в мыслях противника.

Я слушал, как он вспоминает охоту на одну цель за другой, как воскрешает в памяти этапы самых изнурительных погонь, как думает о сопротивлении, которое ему пришлось преодолеть, чтобы добраться до своей добычи. Но все прежние испытания не шли ни в какое сравнение с тем, которое предстояло ему сейчас. Восемь — нет, семь, поправился он. Восемь вампиров одного клана, в том числе явно наделенных даром, и одна беспомощная человеческая девушка, которая пахнет вкуснее, чем любой изысканный обед, отведанный им в прошлом веке.

Захватывающе.

Приступить к делу прямо здесь он не мог — слишком многочисленной оказалась охрана жертвы.

«Подождем, когда они разделятся. А пока проведем разведку».

— Но мы не прочь принять ваше приглашение, — сказал Лоран Карлайлу. Джеймс лишь вполуха следил за разговором, поглощенный своими планами.

Но только до тех пор, пока Лоран не добавил:

— И конечно, человека мы не тронем. Как я уже сказал, мы не станем охотиться на вашей территории.

Эти слова Джеймс расслышал, несмотря на воодушевление и бдительную сосредоточенность. И перевел изумленный взгляд с меня на Лорана, но тот смотрел на Карлайла и не видел, как потрясение Джеймса сменилось ненавистью.

«*Ты посмел решать за меня?*»

По его вспышке было ясно, что клану осталось недолго. Я услышал решимость Джеймса использовать Лорана до тех пор, пока он удобен, а потом, когда необходимость в нем отпадет, скорее убить его, чем просто бросить. По-видимому, его желание уничтожить Лорана было вызвано единственным замечанием; других причин для негодования я не нашел. Джеймс вспыльчив и злопамятен, понял я. Пожалуй, это мне пригодится.

Джеймс не задумался о том, что Виктория предпочтет Лорана. И даже если Виктория с Джеймсом были парой, он ничем не выдавал особых чувств к ней. Видимо, просто они пробыли друг с другом дольше, чем вместе с Лораном. И представляли собой изначальный клан, а Лоран присоединился к нему. Тогда становилась понятной легкость, с которой Джеймс решил избавиться от новоприбывшего.

— Мы покажем вам дорогу, — сказал Карлайл тоном скорее приказа, чем предложения. — Джаспер, Розали, Эсме!

Джасперу не хотелось разлучаться с Элис, особенно теперь, когда дело приняло такой тревожный оборот. Но спорить с Карлайлом он не мог. Нам требовалось выступить единым фронтом, он не хотел привлекать к себе внимание. Карлайл понятия не имел о прикрытии, которое создавал Джаспер. Он довольствовался тем, что решил продолжать маскироваться столько, сколько понадобится; в случае схватки ему предстояло совершить внезапное нападение.

Он взглянул на Элис, та кивнула ему. Она была уверена, что ей ничто не угрожает. Он понял это, но все равно был недоволен. Элис придвинулась к Белле.

Не нуждаясь в обсуждениях, Джаспер, Эсме и Роз встали плечом к плечу, заслоняя Беллу от Джеймса и присоединяясь к Карлайлу.

Джеймс и не подумал возмущаться. Его стремление напасть угасло. Теперь он был занят замыслами.

Эммет наконец отступил, не спуская глаз с Джеймса, отошел и встал рядом со мной.

Карлайл жестом предложил Лорану и его клану пройти вперед по вырубке. Лоран сразу подчинился, Виктория направилась следом. Думала она по-прежнему только о путях бегства.

Джеймс помедлил долю секунды, вновь обратив взгляд на нас. Я знал, что Беллу из-за Эмметта он не видит, но на этот раз он на нее и не смотрел. Взглянув мне прямо в глаза, он улыбнулся.

Внезапно его внимание привлекла Элис, оставшаяся без прикрытия теперь, когда Джаспер отошел. С мимолетным удивлением Джеймс впервые заметил ее лицо и, вероятно, не понял, почему не сделал этого раньше, но его удивление так и не успело облечься в слова до того, как он повернулся и поспешил за остальными. Карлайл и Джаспер бежали за чужаками по пятам, Роз и Эсме следовали за ними.

Пришлось сделать усилие, чтобы не перейти на рычание или крик.

— Идем, Белла.

Ее словно парализовало. Широко открытые глаза были настолько непроницаемыми, что я засомневался: поняла ли она меня? Но успокаивать ее или выводить из шока было некогда. Сейчас на первом месте значилось бегство.

Я схватил Беллу за локоть и потащил в направлении, противоположном тому, куда удалились остальные. После первого неверного шага она опомнилась и почти побежала, чтобы успеть за мной. Эмметт и Элис двигались за нами, на всякий случай прикрывая Беллу.

В том, что Джеймс не дойдет до нашего дома вслед за Лораном, я почти не сомневался. Как только представится возможность, Джеймс ускользнет, вернется на вырубку и пойдет по следу Беллы. Я не знал, сколько времени ему понадобится, чтобы изыскать такую возможность, и решил действовать так, будто он уже следит за нами. В этом случае пусть лучше считает, что мы передвигаемся со скоростью Беллы. Вряд ли его остановит надолго след, внезапно рассеявшийся среди деревьев, но если мы сумеем скрыть наш способ передвижения, ему придется сделать паузу и подумать.

Сейчас его мысли находились слишком далеко, чтобы читать их, хотя я примерно представлял, где находится вся группа. Убедиться, что Джеймс по-прежнему с остальными, я не мог. Взбежав по склону одной из ближайших гор, он сможет с удобством следить за нашим перемещением. А меня по-прежнему бесила наша скорость — или ее отсутствие.

Эмметт и Элис никак не отзывались о нашем темпе. Оба прекрасно понимали, что за нами могут следить, хотя Элис не могла отчетливо разглядеть, чем занят Джеймс. Его путь не пересекался с нашим ни здесь, ни в ближайшем будущем. Чужаков на вырубке она увидела только потому, что они решили пообщаться с нами. Обычно посторонних она видела с трудом, кроме случаев, когда рядом с ними находился кто-нибудь из нас. Джеймсу предстояло оставаться практически невидимым, пока он не решит пообщаться с нами.

Казалось, края вырубки мы достигли за несколько часов, но я понимал, что на самом деле прошли считаные минуты. Как только мы скрылись среди деревьев и стали незаметными для любого наблюдателя, я вновь закинул Беллу себе на спину. Она все поняла — значит, шок был не настолько глубок. Крепко обхватив ногами мою талию и сцепив руки на моей шее, она вновь уткнулась лицом мне в лопатку.

Мне казалось, на бегу я почувствую себя лучше и увереннее, в том числе и благодаря осознанию, что с приемлемой быстротой удаляюсь от опасности, но скорость никак не отразилась на твердой глыбе паники, которая словно давила меня к земле. Я понимал, что это иллюзия и что я несусь между деревьями так быстро, как могу, чтобы не навредить Белле, но никак не мог избавиться от ощущения, что почти не продвигаюсь вперед.

Даже когда джип был уже рядом и понадобилось меньше секунды, чтобы усадить Беллу на заднее сиденье, меня не покидало чувство, будто я еле тащусь.

— Пристегни ее, — прошипел я, обращаясь к Эмметту. Он предпочел сесть сзади с Беллой, понимая, что ее придется охранять ему, так как я сяду за руль. И он был не против, даже горел желанием.

В кои-то веки склонность Эмметта к юмору утихла — тем лучше, сейчас я бы ее не вынес. В нем вспыхнул гнев, в мыслях царило насилие.

Элис сидела рядом и без моих просьб перебирала варианты будущего, с которым мы могли столкнуться теперь. Большинство показывало нам темное шоссе, улетающее из-под шин, и отсутствие определенного места назначения. Но в других вариантах будущего мы ехали не в том направлении, обратно в Форкс, и оказывались в доме Беллы и в нашем доме, хотя я понять не мог, что побудило меня повернуть.

Нас трясло и бросало на каменистой дороге, по которой я вел джип так быстро, как только осмеливался, не рискуя перевернуться, но меня не покидало ощущение, что эту гонку я проигрываю.

Пока Элис продолжала поиски в будущем — видения опять показали нам слепящий солнечный свет: с какой стати мы выбрали бы место, где были вынуждены сидеть в четырех стенах? — я сосредоточился на дороге. Наконец мы выехали на шоссе, и я сразу горько пожалел, что мы не на какой-нибудь другой машине, — какой угодно, моей, Роз, Карлайла. Джип не предназначался для гонок. Но делать было нечего.

Я смутно сознавал, что разражаюсь потоками невнятной брани, но собственный голос казался мне далеким и словно не подчиняющимся мне.

Кроме этих звуков, слышался только рев двигателя, шорох шин по мокрому шоссе, неровное дыхание Беллы на заднем сиденье и торопливое биение ее сердца.

Элис видела номер какого-то отеля, который мог находиться где угодно. Шторы в номере были задернуты.

— Куда мы едем?

Вопрос Беллы прозвучал тоже словно издалека. Мои мысли застряли в видениях Элис или застыли от ужаса, поэтому я не мог придумать, что ответить. Как будто вопрос относился не ко мне.

Первый вопрос она задала дрожащим шепотом. Но теперь ее голос окреп.

— Черт побери, Эдвард! Куда ты меня везешь?

Я вырвался из путаницы вариантов будущего в мыслях Элис и вернулся к настоящему. Белла наверняка напугана.

— Тебя надо увезти подальше отсюда, как можно дальше и немедленно, — объяснил я.

Мне казалось, возможность очутиться *как можно дальше* будет воспринята с радостью, но Белла вдруг закричала и задергала ремни, пытаясь высвободиться:

— Поворачивай обратно! Отвези меня домой!

Как объяснить, что дом для нее пока потерян и что гнусный охотник уже отнял у нее сегодня не только дом?

Но прежде всего требовалось позаботиться, чтобы она не выскочила из джипа.

Эммет уже соображал, стоит ли сдерживать ее. Я позвал его по имени, жестким и низким голосом, чтобы он понял, что я этого хочу. Он осторожно поймал ее запястья огромными лапищами и лишил ее возможности двигать руками.

— Нет! Эдвард! Нет, — завопила она мне, — так нельзя!

Я не знал, чего, по ее мнению, я добиваюсь. Но неужели она считала, что у меня есть выбор? Гнев и отчаяние в ее голосе мешали мне сосредоточиться. Казалось, боль ей причиняю я, а не угроза со стороны следопыта.

— Так надо, Белла, — шипел я, — пожалуйста, успокойся.

Мне требовалось увидеть то, что видела Элис.

— Ни за что! — кричала Белла. — Отвези меня обратно — Чарли обратится в ФБР! Всю твою семью арестуют, и Карлайла, и Эсме! Им придется уехать и прятаться всю жизнь!

Так вот, значит, что ее тревожило? Не стоило мне удивляться тому, что она так мучается не по той причине, по которой следовало бы.

— Успокойся, Белла. С нами такое уже случалось.

Что ж, начнем все сначала. Сейчас это не имело значения.

— Но не из-за меня! — выкрикнула она. — Не надо *из-за меня* рушить всю свою жизнь!

Она билась в руках Эммета. Неподвижными оставались только ее скованные кисти. Эммет растерянно смотрел на нее.

«*Ну и что мне делать?*»

Прежде чем я смог объяснить Белле, почему она не права, или сказал Эммету, что он все делает правильно, Элис решила присоединиться ко мне в настоящем.

— Эдвард, останови машину.

Спокойствие в ее голосе вызвало у меня раздражение. Она думала о том, что сказала Белла, хотя ни одно из этих соображений *просто не могло* что-нибудь значить. И Элис должна была понимать это, как никто другой. Белла не уловила сути произошедшего. Да и как она могла ее уловить? Ей же было не на что опираться в своих выводах.

Я машинально прибавил газу, вдруг сообразив, что и Элис недостает сведений. При всем ее всеведении есть вещи, которых она не видит.

— Эдвард, — спокойным и рассудительным тоном продолжала Элис, — давай просто все обсудим.

— Ты ничего не понимаешь! — взорвался я. — Он — следопыт, Элис, неужели ты не поняла? Следопыт!

Эмметт отреагировал на это слово острее, чем Элис. Потому что, разумеется, она увидела это — в тот же момент, как я решил высказаться вслух.

Мы редко сталкивались со следопытами и знали о них в основном понаслышке. Самые искусные из них служили за океаном, в Италии. У Карлайла имелся такой знакомый, но от стремления общаться он был далек как никто другой, поэтому Алистера никто из нас не видел. Эмметт и Элис знали только, что следопыты наделены даром поиска вещей и существ. В более широком смысле это явление они не воспринимали. Джеймс обладал не просто даром находить людей. Следопытство было для него всей жизнью.

— Останови машину, Эдвард, — требовала Элис, будто и не слышала меня.

Я зло взглянул на нее, прибавляя оборотов.

Сегодня все будет не так, — подумала она с непоколебимой уверенностью.

— Стой, Эдвард.

— Послушай меня, Элис, — процедил я сквозь зубы, жалея, что не могу взять и вложить ей в голову то, что мне известно, не посвящая в эти подробности всех вокруг. Она ничего не понимала. — Я видел его мысли. Идти по следу — его страсть, его одержимость, и ему нужна она, Элис, не кто-нибудь, а *она*. Охоту он начнет сегодня же.

Моя вспышка ее не убедила.

— Но он же не знает, где...

Я перебил, раздраженный ее нежеланием *понять*:

— Как думаешь, много ему времени понадобится, чтобы отыскать ее в городе по запаху? План сложился у него еще до того, как Лоран успел открыть рот.

Белла ахнула и снова закричала:

— Чарли! Не оставляйте его здесь! Не бросайте его!

— Она права, — сказала Элис. Все еще слишком спокойно.

Моя нога отпустила педаль газа словно сама по себе. Оставлять Чарли в опасности я определенно не желал. Но как мне оказаться в двух местах одновременно?

— Давай просто постоим минутку и выясним, какой еще у нас есть выход, — убеждала Элис.

Образ, возникший вдруг у нее в голове, потряс меня. Я не видел, как она прослеживает это будущее — иначе прервал бы ее, и довольно резко, — но она как-то успела выстроить всю цепочку. Полностью.

Элис увидела единственный вариант будущего, в котором следопыт терял всякий интерес к погоне и прекращал ее.

«*Без добычи погоня для него бессмысленна*», — объяснила Элис.

Видение было похоже на старое, но я видел, что оно новое. Только что созданное. Белла с ярко-красными, будто горящими огнем глазами, с чертами настолько четкими, словно высеченными из алмаза, с кожей белее льда.

И конечно, в этой версии судьбы следопыта и в помине не было.

А сияющие глаза Беллы смотрели на меня холодно... и укоризненно.

Я рывком съехал на обочину и резко затормозил. Машина дернулась и встала.

— Нет *никакого* выхода, — рявкнул я на Элис.

— Я не брошу Чарли! — закричала на меня Белла.

— Надо отвезти ее обратно, — вмешался Эмметт.

— Нет.

Эмметт встретился со мной взглядом в зеркале заднего вида.

— Он нам не соперник, Эдвард. Он к ней даже не притронется.

— Он будет ждать.

Ожидание ему нравится.

В улыбке Эмметта не было юмора.

— Ждать я тоже умею.

От досады мне хотелось рвать на себе волосы.

— Ты не видел его *мысли*, ты ничего не понимаешь! Если он решил открыть охоту, ничто не заставит его свернуть с пути. Нам придется убить его.

Эмметт взглянул на меня как на тупого.

«*Само собой, нам придется убить его*», — мысленно подтвердил он, но вслух высказался мягче. Он проявлял несвойственную ему деликатность, хорошо помня о присутствии уязвимого человека, которого держал за руки.

— Кстати, это выход.

— Да еще женщина, — напомнил я. — Она с ним. — И поскольку это ничуть не тронуло Эмметта, я добавил: — Если дойдет до драки, то и вожак встанет на их сторону.

Впрочем, в последнем я сомневался.

— В любом случае нас больше.

Он считал вместе с Роз и Эсме? Разумеется, нет. Он думал, что справится сам, в одиночку, как если бы с ним сошлись лицом к лицу в открытом поединке, без уловок.

— Есть и другой выход, — повторила Элис.

«*Все равно придется. Так почему бы не смириться и не обеспечить ее безопасность прямо сейчас?*»

Ярость, охватившая меня, была настолько опасной, что я, пожалуй, мог бы в этот момент причинить вред даже Элис, несмотря на всю мою любовь к ней. Стараясь сдержаться, я выплеснул ее в словах.

— Другого! Выхода! Нет! — взревел я прямо ей в лицо.

Элис не дрогнула.

«*Не глупи. Вариантов будущего слишком много, поворотов и развилок столько, что я не могу в них разобраться. Последствия слишком масштабны и серьезны. Ты прав в том, что он не отступится... Если только не лишится мотивации, причин продолжать*».

В видениях Элис я смотрел, как десятилетиями Джеймс охотится на Беллу, а я пытаюсь спрятать ее. Видел тысячи разных ловушек и хитростей. Убить его было явно труднее, чем полагал Эмметт.

Ну что ж, я без труда смогу сохранять бдительность несколько десятков лет. И не променяю ее жизнь на спокойное будущее.

Тонкий дрожащий голосок прервал нас:

— Кто-нибудь выслушает мой план?

— Нет, — отрезал я, все еще гневно глядя на Элис. Она нахмурилась.

— Послушай! — продолжала Белла. — Ты отвезешь меня обратно и...

— Нет.

— Ты отвезешь меня обратно, — настаивала она, ее голос креп, в нем слышалась злость. — Я скажу отцу, что хочу домой, в Финикс. Соберу вещи. Мы дождемся, когда следопыт разыщет нас, и сбежим. Он бросится за нами и оставит Чарли в покое. Чарли будет незачем сдавать ФБР твою семью. Тогда ты увезешь меня, куда тебе вздумается.

Значит, она сохранила способность рассуждать здраво и вовсе не предлагала себя в жертву в обмен на жизнь Чарли или нашу защиту. У нее имелся план.

— Неплохая мысль, кстати, — задумался Эмметт. Ему не особо верилось в способности следопыта, он предпочел бы оставить отчетливый след — вместо того чтобы гадать, с какой стороны ждать приближение врага. Кроме того, он считал, что так будет быстрее, а терпения у Эмметта было в обрез, что бы он ни говорил.

Элис размышляла, глядя, как будущее меняется под влиянием решимости Беллы. Она видела, что следопыт жаждет как минимум развлечения.

— Возможно, план сработает, — допустила она. Новые видения быстро вытесняли прежние. В них мы разделились и двинулись в трех разных направлениях, оставляя лишь тот след, который хотели оставить. Элис видела Эмметта и Карлайла на охоте в лесу. Иногда с ними оказывалась Розали, иногда охотились только Эмметт и Джаспер, но ни одно из сочетаний не выглядело устойчивым.

— Оставлять ее отца без защиты просто нельзя, и ты это понимаешь, — добавила Элис, все еще наблюдая, как меняются видения. В сказанном она была уверена. Нам надо вернуться и дать следопыту возможность сосредоточить внимание на чем-то помимо Чарли.

Но в этих на редкость отчетливых видениях следопыт слишком приближался к Белле. Это зрелище действовало на мои и без того оголенные нервы.

— Слишком опасно, — пробормотал я. — Я не подпущу его к ней ближе чем на сотню миль.

— Эдвард, ему с нами не справиться. — Эмметта раздражали мои возражения, которые он воспринимал как попытки избежать схватки. Никаких причин для этого он не видел.

Элис занялась непосредственными результатами этого решения — решения, которое сейчас приняла *она*, увидев, как я застрял в состоянии неопределенности. Среди вариантов будущего не нашлось того, который заканчивался схваткой возле дома Чарли. Следопыт должен был просто ждать и наблюдать.

— Как он нападает, я не вижу, — подтвердила она. — Он подождет, когда мы оставим ее одну.

— Ему не понадобится много времени, чтобы понять: этого не будет.

— Я *требую* отвезти меня домой, — отчеканила Белла, стараясь придать своему голосу как можно больше решимости.

Я старался думать, несмотря на туман паники, отчаяния и угрызений совести. Имеет ли смысл самим подготовить ловушку — вместо того чтобы ждать, когда следопыт расставит свою? *Выглядело* это логично, но когда я пытался представить себе, как позволю Белле очутиться рядом с ним, в сущности, сделаю ее наживкой, эта картина просто не укладывалась у меня в голове.

— Пожалуйста, — прошептала она, и я услышал в ее голосе боль.

Я задумался о том, как следопыт застанет Чарли дома одного. Было ясно, что именно *это* в первую очередь представляет себе Белла. Мне оставалось лишь догадываться, какую панику и отчаяние вызывают у нее подобные мысли. Никто в моей семье не был настолько беспомощен. Белла — вот мое единственное уязвимое место.

Нам надо увести следопыта от Чарли. Это очевидно. Вот она, та часть ее плана, которая в самом деле важна. Но если с первого раза ничего не получится, если следопыт не увидит наш спектакль, рассчитанный на него, я бы лучше не испытывал судьбы. Тогда придется искать другое решение. Эмметт будет опекать Чарли сколько понадобится. Я знал, что он охотно встретится со следопытом один на один. И вместе с тем я был уверен, что следопыт, хорошо запомнив ухищрения Джаспера на вырубке, вряд ли по своей воле появится в пределах досягаемости Эмметта.

— Ты уедешь сегодня — не важно, увидит это следопыт или нет, — сказал я Белле, слишком подавленный, чтобы смотреть ей в глаза. — Скажешь Чарли, что не задержишься в Форксе ни на одну лишнюю минуту. Объясняй как хочешь, лишь бы подействовало. Хватай вещи, которые попадутся под руку, и садись в свой пикап. Мне нет дела до того, как будет отговаривать тебя отец, у тебя есть всего пятнадцать минут. — Я встретился с ее взглядом в зеркале. Теперь выражение ее лица было стоическим. — Слышишь? Ровно пятнадцать минут с того момента, как ты перешагнешь порог дома.

Я завел двигатель, заставил его взреветь и выполнил крутой поворот на сто восемьдесят, ощущая иной оттенок спешки. Мне хотелось как можно скорее миновать этап с *наживкой*.

— Эмметт! — позвала она.

В мыслях Эмметта я увидел, что она смотрит на собственные запястья в его ладонях.

— А, извини, — пробормотал Эмметт, отпуская ее.

Он ждал от меня возражений, не дождался и успокоился.

Решение было принято, я снова сосредоточился на видениях Элис. Вариантов было не так уж много — около тридцати более-менее определенных. В большинстве следопыт прибывал к дому Чарли примерно через две минуты после нас и держался на безопасном расстоянии. В нескольких вариантах он являлся к дому уже после того, как мы покинули его. Но даже в этом случае он бросался по нашему следу, не обращая внимания на Чарли.

После этого спектр возможностей снова сужался. Мы направлялись домой. Следопыт держался на еще большем расстоянии, не желая рисковать и ввязываться в конфликт. Рыжая ждала его неподалеку от нашего дома. Моя семья решала разделиться. Ни в одной из версий Лоран не поддерживал Джеймса и Викторию. Поэтому нам требовалось разделиться всего на три группы.

Чего я не понимал, так это почему состав трех наших групп продолжает меняться. Смысл этих изменений ускользал от меня.

Тем не менее следующий этап виделся совершенно отчетливо.

— Вот что будет дальше, — принялся объяснять я Эмметту. — Если мы подъедем к дому и увидим, что следопыта там нет, я провожу Беллу до двери. Потом у нее будет пятнадцать минут. — Я снова посмотрел в глаза Беллы, отражающиеся в зеркале. — Эмметт, ты берешь на себя охрану дома снаружи. Элис, на тебе пикап. Я пробуду в доме, пока Белла не выйдет оттуда. Когда она выйдет, вы сядете в джип и поедете домой к Карлайлу.

— Ни за что, — запротестовал Эмметт. — Я с тобой.

«Ты у меня в долгу, или забыл?»

Его желание не удивило меня. Вероятно, поэтому в будущем состав групп оставался неопределенным.

— Подумай как следует, Эмметт. Я понятия не имею, на какой срок мне придется уехать.

— Пока мы не узнаем, насколько далеко зайдет дело, я тебя не оставлю.

В своем решении он был непоколебим. Может, это даже к лучшему. Я уступил.

В видениях Элис Карлайл и Джаспер сейчас охотились в лесу.

— Если следопыт возле дома, — продолжал я, — мы проедем мимо.

— До дома мы доберемся раньше, чем он, — заверила Элис.

Вероятность этого составляла девяносто девять процентов, но я не желал рисковать, опасаясь какой-нибудь малозаметной версии, не такой отчетливой, как остальные.

— Как поступим с джипом? — спросила Элис.

— Ты отгонишь его домой.

— Не отгоню, — с абсолютной уверенностью заявила она.

Видение, в котором мы разделились, снова стало меняться. Я с рычанием выпалил в ее адрес череду старомодных проклятий.

Белла негромко перебила:

— В мой пикап мы все не поместимся.

Как будто мы и впрямь собирались спасаться бегством на этом древнем тихоходе! Но я промолчал, зная, как болезненно она воспринимает критику своего пикапа. На бессмысленные споры у меня просто не было сил.

Не дождавшись ответа, она добавила шепотом:

— Мне кажется, я должна уехать одна.

Опять я не сразу понял смысл ее слов. А она, само собой, считала, что ее долг — пожертвовать собой, чтобы обеспечить Чарли многочисленную охрану.

— Белла, пожалуйста, хотя бы раз сделай так, как я прошу, — взмолился я, но мольба сквозь стиснутые зубы мне не удалась.

— Слушай, Чарли не дурак. Если завтра выяснится, что тебя нет в городе, у него возникнут подозрения.

Как много я упускал, когда дело касалось поступков Беллы! Так какова была истинная причина ее готовности подвергнуться опасности — обеспечить мне правдоподобное алиби?

— Не имеет значения, — отрезал я тоном, которому постарался придать категоричность. — Мы позаботимся, чтобы ему ничто не угрожало, а все остальное не важно.

— Тогда как же быть со следопытом? — возразила она. — Он видел твою реакцию и понял, что ты не оставишь меня, где бы ты ни находился.

Мы, все трое, замерли, удивленные таким поворотом. Даже Элис. Она следила скорее за будущим, чем за разговором в настоящем.

Эмметт мгновенно уловил логику:

— Эдвард, послушай ее! По-моему, она права.

— Права, — подтвердила Элис.

Она в самом деле видела, что Белла права: к какой бы группе я ни примкнул, следопыт выберет для преследования именно ее. И это сорвет наши планы, сделав атаку невозможной. Хуже всего то, что Белла снова станет наживкой, и в этом случае вариантов будущего окажется слишком много, чтобы поручиться за ее безопасность.

Но что еще мне делать? *Оставить* Беллу?

— Я так не могу.

Белла снова заговорила — так спокойно, словно с ее первым решением уже согласились:

— Эмметт тоже должен остаться. Следопыт явно обратил на него внимание.

— То есть? — отозвался уязвленный Эмметт.

Но Элис уже поняла, против чего он на самом деле возражает.

— Здесь у тебя будет больше шансов остановить его.

Состав групп, который еще недавно менялся так беспорядочно, кажется, стал приобретать определенность. Элис увидела меня вместе с Эмметтом и Карлайлом — сначала бегущими через лес, а затем меняющими курс, чтобы поохотиться.

А где в этом будущем Белла?

Я уставился на Элис:

— По-твоему, я должен отпустить ее одну?

Ответ я получил в ее видениях еще до того, как она успела произнести его вслух. Стандартный номер в убогом отеле, спящая Белла свернулась в тугой клубок, Элис и Джаспер застыли в соседней комнате, как часовые.

— Нет, конечно. Ее увезем мы с Джаспером.

— Я так не могу, — мой голос прозвучал глухо. Другого пути я не видел. Если для следопыта я служу ориентиром, значит, я *обязан* держаться подальше от Беллы. Придется бороться с паникой и душевными муками и вести себя как подобает на охоте. Толику удовольствия при мысли об уничтожении вампира, вызвавшего этот кошмар, я постарался задушить в зародыше. Значение имела только безопасность Беллы.

А Белла продолжала вносить предложения.

— Побудь здесь неделю, — негромко попросила она. Я взглянул на нее в зеркало. В событиях, начало которым было положено сегодня, она мало что понимала. — Несколько дней, — поправилась она, думая, что я возражаю против предложенных сроков. А я мог лишь молиться, чтобы все закончилось за неделю. — Пусть Чарли убедится, что ты меня не похищал, а Джеймс поймет, что ошибся в расчетах. Постарайся понадежнее сбить его с моего следа. А потом приезжай ко мне. Только выбери длинный путь, и тогда Джаспер и Элис смогут вернуться домой.

Я просмотрел видения Элис об этом плане и впервые за всю ночь испытал облегчение, убедившись, что он вполне осуществим. Среди вариантов будущего попадались те, в которых я находил Беллу под защитой Элис и Джаспера. Тот из них, который я проследил отдельно, приводил к необходимости надолго залечь на дно. Следопыт ускользнул от меня. Но в видениях Элис сплеталось и расплеталось еще много других нитей. В некоторых из них я отыскивал Беллу, чтобы отвезти ее домой. И вновь слепящий солнечный свет вторгался в эти картины, сбивая меня с толку. Где мы находимся?

— Куда к тебе приехать? — спросил я. Будущее определяли решения Беллы. Должно быть, она уже знала ответ.

Ее голос прозвучал уверенно:

— В Финикс.

Но я уже увидел в мыслях Элис, что будет дальше. Узнал, чем объяснит Белла свой отъезд Чарли, понял, что услышит следопыт.

— Нет. Он услышит, куда ты едешь, — напомнил я.

— Значит, надо сделать так, чтобы это выглядело *уловкой*, — она с досадой подчеркнула последнее слово. — Он знает, что мы знаем, что он подслушивает. Потому ни за что не поверит, что я на самом деле поеду туда, куда якобы собираюсь.

— Вот хитрюга, — ухмыльнулся Эмметт.

Убедить меня было сложнее.

— А если поверит?

— Население Финикса — несколько миллионов, — все еще раздраженным тоном отозвалась Белла. Может, ее терпение истощил страх? Мое терпение было уже на исходе.

— Раздобыть телефонный справочник проще простого, — буркнул я.

Она закатила глаза:

— А я поеду не к *маме*.

— Да?

— Я уже достаточно взрослая, чтобы пожить одна.

Элис решила прервать нашу бесплодную перепалку:

— Эдвард, с ней же будем мы.

— Ну и что вы собираетесь делать в *Финиксе*?

— Сидеть взаперти.

У Эмметта не было доступа к видениям Элис, но в его голове сложилась картина, близкая к наиболее вероятному будущему, известному мне. Мы с Эмметтом шли по горячему следу, оставленному в лесу следопытом.

— А по-моему, неплохо, — заметил он.

— Эмметт, помолчи.

— Слушай, если мы попробуем разобраться с этим типом, пока она в городе, гораздо больше шансов, что кто-нибудь пострадает — или она, или ты, когда будешь защищать ее. А если мы выследим его потом... — Картина перед его мысленным взором изменилась. Он представил следопыта загнанным в угол, а себя — надвигающимся на него.

Если мы справимся, если сумеем быстро разобраться со следопытом, тогда выбор окажется верным. Но почему путь к нему настолько мучителен?

Мне было бы легче, будь у меня хоть какое-нибудь свидетельство, что Беллу тревожит ее собственная безопасность. Что она понимает, как рискует. Что на карту поставлена не только ее жизнь.

Может, в этом и вся суть. Она никогда не тревожится за себя... всегда только за меня. Если я буду ссылаться на свои страдания вместо ее бед, свойственных смертным, возможно, она станет осторожнее.

Я едва держался. И заговорил еле слышным шепотом, боясь, что иначе закричу в голос:

— Белла...

Она посмотрела на мое отражение в зеркале. Ее глаза были скорее настороженными, чем испуганными.

— Если ты допустишь, чтобы с тобой что-нибудь случилось... хоть что-нибудь... отвечать за это передо мной будешь ты, и только ты, — тихо заключил я. — Понятно?

У нее задрожали губы. Неужели она наконец-то осознала опасность? Громко сглотнув, она невнятно ответила:

— Да.

Почти получилось.

Мысленно Элис находилась в миллионе мест, во многих ее видениях озаренное солнцем шоссе было видно как сквозь тонированное стекло. Белла неизменно сидела сзади, Элис обнимала ее, бесстрастно уставившись прямо перед собой. Джаспер наблюдал за ними, сидя за рулем. Мне представилось, как мой брат будет вынужден провести несколько часов в тесной машине, в облаке запаха Беллы.

— А Джаспер выдержит? — спросил я.

— Пора бы доверять ему хоть немного, Эдвард, — упрекнула Элис. — Он держится молодцом, несмотря ни на что.

Но мысленно она все же перебрала с десяток сцен будущего — на всякий случай. Джаспер не утратил самообладания ни в одной из них.

Я окинул Элис оценивающим взглядом. Миниатюрное сложение придавало ей хрупкий вид, но я знал, что она свирепый противник. Следопыт наверняка недооценивает ее, как сделал бы любой другой на его месте. Это имело значение. И все же мне было тревожно представлять, как ей придется защищать Беллу.

— А *ты* сама? — снова спросил я. — Справишься?

Она прищурилась в негодовании — напускном: этот вопрос она предвидела заранее.

«*Я могла бы и обмануть тебя*».

И она зарычала на меня протяжно и гулко, этот тревожный и яростный вопль эхом отдался от окон джипа и заставил сердце Беллы забиться чаще.

На долю секунды я невольно улыбнулся нелепой выходке Элис, затем все веселье покинуло меня. Как же так получилось? Как я допустил, чтобы меня разлучили с Беллой и она осталась под присмотром двух смертельно опасных стражей?

Еще одна неприятная мысль шевельнулась у меня в голове. Белла и Элис одни, между ними завязываются предсказанные дружеские узы... Объяснит ли Элис Белле, каким видит выход из этого кошмара *она сама*?

Я коротко кивнул, давая ей понять, что принимаю ее в роли защитницы Беллы.

— А свое мнение держи при себе, — предостерег я.

Глава 23

Прощания

Весь остаток пути в Форкс мы проделали молча. Само собой, этот путь теперь, когда я так боялся прибытия, показался мне гораздо короче. Слишком быстро мы подъехали к дому Беллы, где свет горел в каждом окне — как наверху, так и внизу. Из гостиной доносился шум матча баскетбольной команды колледжа. Я прислушался, выясняя, нет ли поблизости кого-нибудь, кроме людей, но следопыт, по-видимому, здесь еще не появлялся. И Элис по-прежнему не видела варианта будущего, в котором эта остановка привела бы к нападению.

Может, нам следовало бы просто оставить все как есть. Позволить Белле вернуться к привычной жизни, а самим неусыпно охранять ее. Я мог бы твердо рассчитывать, что Эммет, Элис, Карлайл, Эсме — и, пожалуй, Джаспер — поддержат меня в этих бдениях. Следопыт поймет, что под наблюдением такого множества глаз и умов ему до Беллы не добраться. Разумнее ли будет объединить силы вместо того, чтобы делиться на три группы?

Но пока я обдумывал этот вопрос, Элис увидела, как следопыт будет ждать и приспосабливаться. Как он, изнемогая от скуки, начнет войну на истощение. Как будут исчезать в ночи друзья Беллы. Любимые учителя. Коллеги Чарли. Просто люди, никак не связанные с ней. Список пропавших будет расти до того момента, как пристальное внимание к этим случаям вынудит нас исчезнуть, несмотря ни на что. Нетрудно было догадаться, как Белла отнесется к тому, что ни в чем не повинные люди поплатились жизнью за ее безопасность.

Так что стоило придерживаться изначального плана.

Трудно было осмыслить странное физическое ощущение, которым сопровождалось это осознание. Я понимал, что на самом деле у меня в груди вовсе не разверзлась зияющая дыра, но это впечатление нервировало своей реалистичностью. Я задумался: неужели это какая-нибудь давно забытая человеческая реакция, с которой в своей бессмертной жизни я не сталкивался только потому, что у меня не было причин впадать в панику вроде нынешней?

Пора было действовать. Хотя я понимал, что главное — дать следопыту след, по которому он смог бы пройти, мне все еще хотелось, чтобы Белла уехала задолго до его прибытия сюда.

— Его здесь нет, — объявил я Эмметту. Элис это уже знала. — Выходим.

Мы с Элис бесшумно выскользнули из джипа, мыслями блуждая в пространстве и времени. Пока мы еще были в машине, Элис увидела появление следопыта. Теперь скрежет собственных зубов казался мне чрезмерно громким.

— Не бойся, Белла, — говорил Эмметт голосом, который показался мне излишне бодрым, и одновременно помогал ей выпутаться из ремней. — Мы здесь в два счета справимся.

— Элис! — прошипел я.

Она метнулась к пикапу, упала на землю и заползла под него. Не прошло и доли секунды, как она подтянулась, зацепившись за машину снизу, и стала совершенно невидимой даже для вампира.

— Эмметт!

Не успел я дать сигнал, как Эмметт сорвался с места и взобрался на дерево во дворе перед домом. Под его тяжестью сосна заметно согнулась, но он быстро перебрался на соседнее дерево. И продолжал менять место таким образом все время, пока мы находились в доме. Заметить его было гораздо легче, чем Элис в ее укрытии, однако и сам Эмметт заметил бы любого, кто приблизится к дому, и служил как минимум надежным средством устрашения.

Белла ждала, когда я открою перед ней дверцу. Она казалась скованной ужасом, и единственным, что находилось в движении, были медленно текущие по ее щекам слезы. Но едва я потянулся к ней, она ожила и позволила мне бережно вынуть ее из машины. Я удивился, обнаружив, как трудно прикасаться к ней теперь, когда я знал, что нам предстоит расстаться. Жар ее кожи обжигал меня с непривычной мучительностью. Превозмогая эту неожиданную боль, я обнял Беллу, прикрыл ее собой и торопливо повел к дому.

— Пятнадцать минут, — напомнил я. Пожалуй, этого времени слишком много. Мне не терпелось убраться от этого дома, превратившегося в мишень.

— Мне хватит, — голос Беллы прозвучал тверже, чем я ожидал. Она стиснула зубы с непреклонной решимостью.

Когда мы дошли до крыльца, она застыла. И я машинально остановился, хотя все мои мускулы отчаянно протестовали против этого промедления.

Она впилась в меня пристальным взглядом темных глаз. Приложила ладони к моим щекам.

— Я люблю тебя, — произнесла она шепотом напряженным, как вопль. — И всегда буду любить, что бы ни случилось.

Зияющая пустота у меня внутри расширилась, угрожая разорвать меня пополам.

— С тобой ничего не случится, Белла, — тихо зарычал я.

— Просто следуй плану, хорошо? — убеждала она. — Убереги Чарли ради меня. После сегодняшнего он будет на меня в обиде, и я хочу, чтобы у меня был шанс извиниться.

Я не понял, что она имеет в виду. В голове от паники царила такая путаница, что прямо сейчас я был не в состоянии расшифровывать ее загадочные мыслительные процессы.

— Иди в дом, Белла, — велел я. — Надо спешить.

— Еще одно — пока мы снова не увидимся, не слушай меня!

Прежде чем я добился хоть какого-то прогресса в понимании этой загадочной просьбы, Белла привстала на цыпочки и вжалась губами в мои губы с усилием, которое наверняка причинило боль ей самой. Сильнее и крепче, чем сам я когда-либо отваживался поцеловать ее.

С румянцем, разливающимся по щекам и лбу, она отпрянула от меня. Слезы, которые замедлились во время нашего краткого и невразумительного разговора, полились свободно. Я никак не мог понять, зачем она поднимает ногу, пока она не пнула входную дверь изо всех сил, распахивая ее настежь.

— *Да пошел ты, Эдвард!* — закричала она во весь голос. И заглушила даже телевизор, так что Чарли услышал все до последнего слова.

Она грохнула дверью, захлопнув ее перед моим носом.

— Белла? — встревоженно позвал Чарли.

— Оставь меня в покое! — выкрикнула она. Я услышал, как она громко затопала, взбегая по лестнице, потом захлопнула еще одну дверь.

Очевидно, ее каменное молчание в джипе было не оцепенением от ужаса, а скорее подготовкой. Она готовила сценарий. А мне, как догадался я, в нем отводилась роль невидимого и безмолвного участника.

Чарли побежал наверх следом за ней, его поступь была неуверенной и сбивчивой. Видимо, он еще не проснулся толком.

Я взобрался по стене дома и стал ждать возле ее окна на случай, если Чарли зайдет к ней в комнату. Поначалу я не увидел в комнате Беллу, и на меня накатил новый приступ паники, но тут она неуклюже поднялась, выволакивая из-под кровати дорожную сумку и какой-то мешочек.

Чарли заколотил кулаком в ее дверь. Потом подергал ручку — защелку на которой она успела повернуть — и снова застучал.

— Белла, что с тобой? Что происходит?

Я отодвинул оконную раму и проскользнул в комнату, пока Белла кричала:

— Я еду домой!

— Он тебя обидел? — потребовал ответа Чарли из-за двери, и я поморщился, бросаясь к комоду, чтобы помочь Белле уложить вещи. Чарли не ошибся.

Но Белла завизжала: «НЕТ!» Она кинулась к комоду и, похоже, ничуть не удивилась, застав там меня. Пока она держала открытой сумку, я совал туда охапки одежды, стараясь брать разную. Если она увезет с собой только футболки, это будет выглядеть слишком подозрительно.

Сверху на комоде валялись ключи от ее пикапа. Я сунул их в карман.

— Он бросил тебя? — чуть мягче спросил Чарли. Его вопрос не должен был ранить.

Но ответ Беллы оказался неожиданным.

— Нет! — снова крикнула она, хотя мне казалось, что на эту причину, разрыв между нами, сослаться было бы проще всего. И я задумался, к чему вел ее сценарий.

Чарли снова застучал в дверь, явно теряя терпение.

— Да что случилось, Белла?

Она тщетно дергала молнию на переполненной сумке.

— Это я его отшила! — рявкнула она.

Я отвел ее пальцы в сторону, застегнул молнию и взвесил сумку на руке. Не слишком ли тяжело для нее? Она нетерпеливо потянулась к сумке, я осторожно повесил ремень ей на плечо.

И на драгоценную секунду прижался лбом к ее лбу.

— Жду в машине, — даже шепот не смог скрыть отчаяния в моем голосе. — Ну, давай.

Я подтолкнул ее к двери и выскользнул в окно, чтобы быть на месте к тому времени, как она выйдет.

Эмметт уже поджидал меня на земле. Он вскинул подбородок, указывая на восток.

Я мысленно потянулся в этом направлении — и действительно, следопыт находился на расстоянии чуть более полумили.

«Здоровяк сегодня стоит на страже. Терпение».

Значит, он видел Эмметта на деревьях, но никого из нас, остальных, сейчас увидеть не мог. Предположил, что я здесь, или остерегался засады? Будь сейчас с нами Джаспер, мы подкрались бы к нему с трех сторон, и...

«Эдвард!» — предостерегающе окликнула меня Элис из своего укрытия. Думала она о возможностях, которые открывались в будущем по ходу моих мыслей. Следопыт увертлив. Мы оставили бы Беллу без охраны.

— В чем дело? Я думал, он тебе нравится, — допытывался Чарли, уже сошедший вниз.

Я принял твердое решение о том, что будет дальше.

«Ясно», — откликнулась Элис. Она выползла из-под пикапа и шмыгнула в джип. Переключившись на нейтралку, она бесшумно вытолкала машину с подъездной дорожки и пока-

тила ее по улице — низко пригнувшись, одной рукой держась за дверцу, другую стараясь не поднимать высоко и управляя рулем всего двумя пальцами. Мне не хотелось, чтобы внезапный рев двигателя отвлек Чарли от объяснений Беллы. Пусть лучше считает, что я давным-давно уехал.

Понаблюдав за Элис с полсекунды, Эмметт обернулся ко мне и вопросительно вскинул брови: «*Помочь ей?*»

Я покачал головой. «*Чарли*, — напомнил я, беззвучно шевеля губами. — *Следуй бегом*».

Он кивнул и снова запрыгнул на дерево, где его наверняка увидит следопыт и не решится приблизиться. Но даже при виде Эмметта Джеймс не отступил; разыгравшаяся сцена заинтересовала его, он был уверен, что уйдет от любой внезапной погони. Меня так и подмывало доказать ему, что он не прав. Но я не мог рисковать, боясь ловушки теперь, когда Белла так близко.

— Да, нравится, — тем временем объясняла Белла глухо и невнятно. Слезы лились у нее ручьем, а ведь я знал, что ее актерского таланта недостаточно, чтобы сыграть плач. Боль в ее голосе была почти осязаемой.

В ответ мои внутренности скрутила судорога. Белла не заслужила такого. Она расплачивалась за мою ошибку. За мое безрассудство.

— В том-то и дело! — рыдала она. — И я так больше *не могу*! Не хватало мне только пустить здесь корни! Я вовсе не желаю застрять в этой *дурацкой* и скучной дыре, как когда-то застряла мама! Не собираюсь повторять ее глупую ошибку. *Я терпеть не могу* этот город и не задержусь здесь ни на минуту!

Мысленная реакция Чарли оказалась более глубокой и острой, чем я мог ожидать.

Тяжелые шаги Беллы прогрохотали в сторону двери. Я бесшумно забрался в кабину ее пикапа, вставил ключ в замок и пригнулся. Эмметт перебрался поближе к двери дома, держась в тени. И все же расстояние от двери до пикапа казалось слишком большим. Я сосредоточился на следопыте. Он не шевелился, внимательно прислушиваясь к драме, разворачивающейся в доме.

Что он слышит? Немногое: Белла удирает, спасается бегством. И в ближайшее время возвращаться не планирует.

Он поймет, что Эмметт видел его, и наверняка предположит, что Белле известно, что он ее слышит. Но предположит ли?

— Беллз, подожди, не уезжай, — тихо и настойчиво попросил Чарли. — Ночь на дворе.

— Если устану, пошлю в пикапе.

Чарли представил свою дочь в сонном забытьи, в темной кабине пикапа, на обочине дороги неизвестно где, и со всех сторон к ней все ближе и ближе подбирались размытые черные тени. Кошмарное видение было бессвязным, но эхом повторяло мою панику, нелогичную и неистовую.

— Подожди хоть неделю, — взмолился он. — К тому времени Рене вернется.

Ритм шагов Беллы сбился, она остановилась. Послышался негромкий скрип ее подошвы — обернулась к отцу?

— Что?..

Я снова выскользнул из пикапа и застыл в нерешительности посреди двора перед домом. Что мне делать, если от его слов она растеряется, забудет о времени? Сознает ли она, что следопыт уже рядом?

— Рене звонила, пока тебя не было, — Чарли запинался, спеша поскорее объясниться. — Во Флориде что-то не заладилось, и если к концу недели с Филом не подпишут контракт, они оба вернутся в Аризону. Помощник тренера «Гремучников» говорил, что у них вроде бы найдется место для еще одного игрока на шорт-стопе...

И мы с Чарли оба затаили дыхание, ожидая ее ответа.

— У меня есть ключ, — пробормотала она и, судя по звуку шагов, снова направилась к двери. Ручка начала поворачиваться. Я метнулся обратно в пикап.

Ее слова выглядели как неубедительная отговорка. Следопыт наверняка предположит, что они рассчитаны на Чарли и полностью противоположны истине.

Дверь не открылась.

— Просто отпусти меня, Чарли, — сказала Белла. Я понял: ей хотелось, чтобы эти слова прозвучали зло, но боль в ее голосе заглушила все остальные чувства.

Дверь наконец начала приоткрываться. Белла вырвалась из дома, Чарли следовал за ней, протягивая руку. Она, видимо, заметила это и отшатнулась.

Я сидел на полу пикапа, пригнувшись так, чтобы меня не увидели. Но не удержался и выглянул в окно. Не оборачиваясь к отцу, Белла процедила:

— Не срослось, ясно тебе? — Она сбежала с крыльца, а Чарли остался стоять, словно прирос к месту. — Ненавижу, ненавижу Форкс!

Эти слова казались такими простыми, но от них нестерпимая душевная боль пронзила Чарли. Его мысли завертелись, почти как при головокружении. В них возникло другое лицо, такое похожее на лицо Беллы и тоже заплаканное. Но глаза у этой женщины были светлые, голубые.

Видимо, Белла все тщательно продумала. Пока Чарли стоял, оцепеневший и разбитый, Белла неуклюже выбежала на лужайку перед домом, еле сохраняя равновесие под тяжестью набитой сумки.

— Завтра позвоню! — крикнула она Чарли, закидывая громоздкую сумку в кузов пикапа.

Чарли еще не настолько оправился, чтобы ответить.

Больше я уже не сомневался в том, что Белла понимает всю серьезность ситуации. Я знал, что она ни за что не причинила бы такую боль никому, тем более родному отцу, если бы был хотя бы какой-то способ этого избежать.

Это из-за меня она очутилась в адском положении.

Белла обежала пикап спереди. Ее быстрые и пугливые взгляды через плечо предназначались вовсе не для Чарли. Рванув дверцу пикапа, она прыгнула на водительское сиденье, потянулась к ключам, будто знала, что найдет их в замке зажигания. Двигатель взревел, разорвав ночную тишину. Следопыту будет легко бежать за машиной, ориентируясь по звуку.

Я потянулся к руке Беллы, желая утешить ее, но понимая, что случившееся ничем не сгладить.

Едва выехав задним ходом с дорожки у дома, Белла убрала правую руку с руля, чтобы я мог взяться за него. Пикап тащился по улице на предельной для него скорости. Чарли все еще стоял у двери, но улица делала поворот, и мы вскоре скрылись из вида. Я сел на пассажирское место.

— Останови машину, — попросил я.

Она то и дело смаргивала слезы, ручьем текущие по ее лицу и падающие на плащ, который по-прежнему был на ней.

Мимо Элис она проехала, похоже, не заметив джип на обочине. Я задумался, видит ли она вообще, куда едет.

Элис, до тех пор толкавшая джип, чтобы шумом двигателя не встревожить Чарли, легко догнала нас.

— Сама поведу, — ответила Белла отказом на мою просьбу, слова прозвучали невнятно и сдавленно. Она казалась измученной.

Но почти не удивилась, когда я бережно усадил ее на колени и сам занял ее место за рулем. Беллу я продолжал прижимать к себе. Она сникла, увяла.

— Ты не знаешь дорогу к дому, — в оправдание сказал я, хотя она вроде бы и не ждала объяснений. Ей было все равно.

Мы уже отъехали от дома довольно далеко (но я все еще слышал оцепенелые мысли Чарли, застывшего в дверях дома), так что Элис села в джип и завела двигатель. Заметив осветившие нас сзади фары, Белла напряглась и обернулась к заднему окну, ее сердце заколотилось.

— Это Элис. — Я взял ее левую руку и сжал в пальцах.

— А следопыт? — прошептала она.

«Сейчас идет за нами. — Элис без труда различала шепот Беллы даже сквозь грохот двигателя. *— Эмметт ждет, пока он не удалится от дома».*

— Он слышал финал твоего представления, — сообщил я Белле.

— Чарли! — ее голос перепуганно взвился.

Элис продолжала держать меня в курсе: *«Следопыт миновал дом. Не вижу, чтобы он вернулся. Эм догоняет».*

— Следопыт двинулся за нами, — сказал я Белле. — Сейчас он у нас на хвосте.

Это ее не утешило. Переведя дыхание, она прошептала:

— А оторваться от него нельзя?

— Нет, — признался я. Только не на этом нелепом пикапе.

Белла повернулась, чтобы выглянуть в окно, хоть я и точно знал, что она ничего не разглядит в слепящем свете фар джипа. Элис тем временем просматривала все варианты будущего, связанные с Чарли, какие только могла. Отслеживать будущее человека, с которым она ни разу не встречалась, было непросто. Но похоже, ни следопыт, ни его настороженная спутница возвращаться к дому Чарли не собирались.

Эмметт, бегущий по дороге, уже догонял нас. Я удивился, не понимая, что он задумал. Мне казалось, ему не терпится кинуться за следопытом и положить этому испытанию быстрый и страшный конец. Однако все его мысли были поглощены Беллой. Очевидно, несколько минут в роли телохранителя глубоко повлияли на него. Ее безопасность стала для него первоочередной задачей.

Белла вызывала стремление оберегать ее у всех, кто ее окружал.

Эмметту казалось, что следопыт близко; только мы с Элис знали, что тот старательно держится на расстоянии, просто ориентируясь по шуму пикапа в темноте. Сегодня подходить ближе он и не собирался. И все же Эмметт был намерен дать следопыту понять, что к Белле придется прорываться через него. На бегу он сделал прыжок, перелетел через джип и попал точно в кузов пикапа. Я с трудом удержал машину, чтобы та не вильнула от удара.

Белла вскрикнула враз осипшим голосом.

Я поспешил зажать ей рот, приглушив крик и одновременно прошептав:

— Это Эмметт!

Она сделала глубокий вдох носом и снова обмякла. Я убрал ладонь, покрепче притянул Беллу к себе. Казалось, все ее мышцы до единой бьет дрожь.

— Все хорошо, Белла. С тобой ничего не случится, — бормотал я. Но она будто не слышала меня. Дрожь не унималась. Дыхание стало неглубоким и частым.

Я попытался отвлечь ее. Обычным тоном, словно и нет никакой опасности или ужаса, я заговорил:

— Не думал, что тебе настолько наскучила жизнь в маленьком городке. Мне казалось, ты вполне освоилась здесь, особенно в последнее время. Может, я просто льстил себе, думая, что со мной твоя жизнь станет интереснее.

Пусть мое замечание и не отличалось деликатностью, особенно если вспомнить, сколько страданий причинило ей бегство, зато отвлекло ее. Она заерзала, усаживаясь прямее.

— Я обидела Чарли, — зашептала она, пропустив мои шутливые намеки и переходя к самому мучительному эпизоду. Она потупилась, словно ей было стыдно смотреть мне в глаза. — То же самое сказала ему моя мама, когда бросила его. Это был удар ниже пояса.

Так я и предполагал, когда увидел образы перед мысленным взглядом Чарли.

— Не волнуйся, он простит тебя, — заверил я.

Она живо взглянула на меня, отчаянно желая поверить в то, что я сказал. Я попытался улыбнуться, но лицо отказалось подчиниться мне.

Я предпринял еще одну попытку:

— Белла, все будет хорошо.

Она вздрогнула.

— Не будет, если я не смогу быть с тобой, — ее слова прозвучали еле слышно, как вздох.

Рука, которой я обнимал ее, судорожно сжалась, зияющая пустота у меня в животе продолжала разрастаться. Потому что Белла права. Все будет плохо, если со мной не будет ее. Я просто не знал, как мне существовать.

Стараясь сделать лицо непроницаемым, а голос непринужденным, я напомнил:

— Через несколько дней мы снова будем вместе, — произнося эти слова, я изо всех сил желал, чтобы они сбылись. И все-таки они казались ложью. Элис видела столько разных вариантов будущего... — Не забывай, — добавил я, — что ты сама так решила.

Она шмыгнула носом.

— Конечно, сама. И правильно сделала.

Я снова попробовал улыбнуться, потом оставил напрасные попытки.

— Почему так получилось? Почему я? — Эти вопросы она задавала таким безжизненным тоном, будто и не ждала на них ответа.

Но я все же резко ответил:

— Это я виноват. Я, как последний дурак, подверг тебя опасности.

Она удивленно посмотрела на меня:

— Я не об этом!

А какой еще могла быть причина? Кто мог быть виноват в случившемся, кроме меня?

— Да, я была с вами, — продолжала она, — ну и что? Виктории и Лорану не было до меня дела. Так почему же Джеймс решил убить *меня*? — Она снова шмыгнула носом. — Почему именно меня, когда вокруг полно людей?

Вопрос был логичный, в самую точку. И ответов на него можно было дать несколько. Белла заслужила подробное объяснение.

— Сегодня я увидел, что творится у него в голове. И понял, что вряд ли мог бы предотвратить то, что случилось, как только он заметил тебя. Так что отчасти это *твоя* вина, — мой тон изменился, я надеялся, что она оценит этот черный юмор, эту иронию. — Если бы от тебя не пахло так немыслимо соблазнительно, ему тоже было бы все равно. Но когда я кинулся защищать тебя... — Мне вспомнилось его недоверие и даже возмущение, что я встал у него на пути. Высокомерие и досада. — Словом, стало только хуже. Он терпеть не может, когда кто-то срывает его планы, какой бы незначительной ни была добыча. Он считает себя охотником, и никем иным. Все его существование — бег по следу, от жизни он желает только испытаний. А мы вдруг бросили ему такой заманчивый вызов: большой клан сильных бойцов, и все разом встали на защиту единственного слабого звена. Ты себе представить не можешь, в каком он сейчас восторге. Это же его любимая игра, а благодаря нам она только что стала намного увлекательнее.

Сколько я ни ломал голову, становилось ясно, что по-другому и быть не могло. Как только я привел Беллу на вырубку, остался только один возможный исход. Если бы я не выступил против Джеймса, возможно, у него не возникло бы желания затеять любимую игру.

— Но если бы я не вмешался, — продолжал я еле слышно, будто разговаривал с собой, — он убил бы тебя на месте.

— А я думала... — зашептала она, — другие чувствуют мой запах не так... — она помедлила, — не так, как ты.

— Да, не так. — Никогда еще в мыслях никого из бессмертных я не улавливал физического влечения той же силы, какое она возбуждала во мне. — Но для каждого из них ты все равно остаешься непреодолимым искушением. А если бы ты привлекала кого-нибудь из этой компании *так*, как привлекаешь меня, схватка разыгралась бы прямо в лесу.

Я почувствовал, как она передернулась всем телом.

Но теперь я вдруг понял: все сложилось бы проще, если бы дело дошло до схватки. Я нисколько не сомневался, что пугливая рыжая женщина сбежала бы, и не думал, что Лоран встал бы на сторону следопыта в заведомо проигрышной ситуации. И даже если бы они объединились, выстоять бы не сумели. Особенно когда Джаспер предпринял бы неожиданную атаку из-за своей дымовой завесы, пока все его противники следили за Эмметтом. Я повидал достаточно воспоминаний Джаспера, чтобы твердо верить, что он в одиночку уложил бы всех троих. Впрочем, Эмметт ему бы не дал.

А если бы мы были обычным кланом (правда, мы все равно не считались бы обычным — при нашей многочисленности), мы наверняка кинулись бы в драку при первом же оскорблении.

Но мы не обычный, а цивилизованный клан. Мы старались жить в соответствии с высоко установленной планкой. Вести более мирную и спокойную жизнь. Из-за нашего отца.

Из-за Карлайла сегодня вечером мы медлили в нерешительности. Мы избрали более гуманный путь, потому что он вошел у нас в привычку, стал нашим образом жизни.

Неужели от этого мы стали... слабее?

При этой мысли я вздрогнул, но сразу же решил, что даже если наш выбор сделал нас слабее, он все равно правильный. Я чувствовал это. Это чувство отдавалось глубоко в моих мыслях, во всем моем существе... или в глубине души, если она существует. Или в том, что приводит в действие это физическое тело.

Но все это сейчас не имело значения. Хоть Элис и давала нам некое ощущение власти над будущим, прошлое было потеряно для нас так же, как для любого человека. Мы не кинулись в драку сразу же, и теперь нас ждала ее более сложная версия. Предстоящей схватки было не избежать.

— Видимо, теперь мне не остается ничего другого, кроме как убить его, — пробормотал я. — Карлайл будет недоволен.

Но он поймет — в этом я не сомневался. Мы дали следопыту возможность уйти. Однако он и не собирался воспользоваться нашим предложением. Так что теперь ему оставалось лишь одно — убить или быть убитым.

— Как можно убить вампира? — шепотом спросила Белла. Я все еще различал в ее голосе сдавленные рыдания.

Мне следовало предвидеть такой вопрос.

Она уставилась на меня со страхом — уже не таким, как раньше, а будто боялась, что это бремя ляжет на ее плечи. Но с Беллой, разумеется, нельзя было знать наверняка.

Я попытался приукрасить реальность:

— Единственный способ — разорвать его на куски, а потом сжечь их.

— А те двое будут драться вместе с ним?

— Женщина будет. Если сумеет обуздать свой ужас.

— Насчет Лорана не уверен. Между ними нет тесной связи, Лоран с ними только ради удобства. Ему было стыдно за Джеймса на поле.

Не говоря уже о том, что Джеймс строил планы убийства Лорана. Пожалуй, мне стоило бы предупредить последнего, в этом случае расстановка сил наверняка изменится.

— А Джеймс и женщина? Они попытаются убить тебя? — шепнула она голосом, искаженным болью.

И тут я наконец понял: ну разумеется, она, как обычно, паниковала совсем не по тому поводу.

— Белла, *не вздумай* тратить время на беспокойство обо мне! — зашипел я. — Думай только о том, как уберечься самой, и умоляю тебя: *постарайся* воздержаться от глупостей.

Эти слова она пропустила мимо ушей.

— Он все еще следует за нами?

— Да. Но на дом не нападет. По крайней мере, сегодня.

И пока мы вместе. Действительно ли следопыт хочет, чтобы мы разделились? Но мне вспомнилось видение Элис — о том, что произойдет, если мы попытаемся охранять Беллу здесь, в городе. Я не питал любви к Майку Ньютону, но ни он, ни кто-либо другой из жителей Форкса не заслуживал участи жертвы.

Я свернул на подъездную дорожку, отрешенно отметив, что близость дома не принесла мне облегчения. Пока жив следопыт, опасность подстерегает повсюду.

Эмметт все еще был в ярости. Хотел бы я сообщить ему, где находится следопыт, чтобы ему было на ком сорваться, но я не решался, боясь, что меня подслушают. Следопыт уже догадался, что у нас есть особые способности, и мы, подсказывая, какие именно, только поможем ему.

Я как раз отметил, что его мысли постепенно затихают, удаляются на предельное для моего слуха расстояние, когда вмешалась Элис.

«Сейчас он встречается с женщиной на другом берегу реки. Они снова разделятся и будут ждать. Она берет на себя горные склоны, он — лес».

От того, что расстояние между нами увеличилось, легче мне не стало.

К этому моменту Эмметт уже полностью вжился в роль усердного телохранителя. Не успели мы подкатить к дому, как он выскочил из кузова пикапа со стороны пассажирской дверцы, рывком распахнул ее и протянул руки к Белле.

— Осторожно, — почти беззвучно напомнил я ему.

«Сам знаю».

Я мог бы остановить его. Без того, что он делал сейчас, можно было обойтись. Но разве хоть какие-нибудь предосторожности могли считаться в этот момент излишними? Будь я осмотрительнее, мы бы так не влипли.

Вид Эмметта, гигантского и несокрушимого, держащего Беллу в своих ручищах, в которых она почти терялась из виду, почему-то успокаивал. Он скрылся за дверью, не прошло и секунды. Мы с Элис тотчас последовали за ним.

Все уже собрались в гостиной, все были на ногах, и среди своих близких я увидел Лорана.

Его мысли были испуганными и виноватыми. Страх только усилился, когда Эмметт бережно поставил Беллу на ноги рядом со мной и сделал шаг в сторону чужака — многозначительно, с зарождающимся в груди рычанием. Лоран поспешно отступил.

Карлайл предостерегающе взглянул на Эмметта, и тот остановился. Эсме находилась рядом с Карлайлом, переводя взгляд с меня на Беллу и обратно. Розали тоже смотрела на Беллу — испепеляла ее взглядом, но я старался не обращать на нее внимание, как мог. У меня имелись дела поважнее.

Я дождался, когда Лоран стрельнет в меня глазами.

— Он идет по нашему следу, — сообщил я ему, провоцируя мысли, которые хотел узнать.

«*Ну конечно, он выслеживает человека. И он ее найдет*».

— Этого я и боялся, — произнес он.

«*Надо убираться отсюда*, — продолжал думать он. — *Не хватало еще, чтобы Джеймс решил, что я против него. Меньше всего мне нужно, чтобы он потом пошел по моему следу.* — Лоран внутренне передернулся. — *Попробую убедить его, что просто собирал сведения. Но какое у него было лицо, когда он отделился от нас в лесу... Лучше исчезнуть, пока он увлечен этой охотой*».

Я невольно скрипнул зубами. Лоран нервозно взглянул на меня.

Он знал Джеймса слишком хорошо, чтобы понять: случившееся на вырубке — это раскол. И хотя у меня не было ни малейшего желания оказывать ему услугу, я понимал, что он будет благодарен за смерть Джеймса.

— Пойдем, любимый, — услышал я шепот Элис на ухо Джасперу. Когда мы вошли, я его не заметил: он по-прежнему маскировался. Джаспер последовал за Элис, не задавая вопросов даже мысленно. Они взбежали по лестнице рука об руку. Лоран не удосужился проводить их взглядом, настолько эффективно действовала маскировка Джаспера. Я увидел, что все объяснения и планы Элис излагает письменно, чтобы Лоран не подслушал. Им не требовалось много времени, чтобы собрать все необходимое.

— Как поступит Джеймс? — спросил Карлайл у Лорана, хотя с таким же успехом мог бы поинтересоваться у меня.

— Сожалею. — Лоран старательно изображал искренность. «*Сожалею, но о том, что вообще встретил этих демонов. Надо было сразу догадаться, что играю с огнем. Но отупел от проклятой скуки*». — Случилось то, чего я опасался. Когда ваш парень бросился защищать ее, это лишь подстегнуло Джеймса. — «*А как же иначе? Из-за него Джеймс теперь не угомонится, пока не прикончит обоих. Эти чужаки будто живут в другом мире. Или им так кажется. Но в их фантазии вот-вот вторгнется реальность*».

— Ты можешь остановить его? — допытывался Карлайл.

«*Ха!*»

— Когда Джеймс идет по следу, его ничто не остановит.

— Мы остановим, — прорычал Эмметт.

Лоран почти с надеждой взглянул на него. «*Если бы это было возможно! Здорово облегчило бы мне жизнь*».

— С ним не совладать, — предупредил Лоран. Он, казалось, был уверен, что оказывает нам большую услугу тем, что делится сведениями. — Он — прирожденный убийца. За триста лет, что я живу на свете, я ни разу не встречал такого, как он. Потому я и присоединился к его клану.

Несколько бессвязных воспоминаний о приключениях вместе с Джеймсом и Викторией промелькнуло у него в голове, хотя Виктория всегда оставалась фигурой на заднем плане, на периферии. Благодаря Джеймсу Лоран не скучал, но в последние несколько лет садистские выходки сородича начали беспокоить его. К тому моменту он уже понял, что расстаться по-дружески не выйдет.

Сейчас он был бы рад сохранять оптимизм, но мешали многочисленные победы Джеймса, свидетелем которых он становился. Лоран посмотрел на Беллу и увидел всего-навсего человеческую девушку, одну из миллиардов, ничем не отличающуюся от любой другой.

И он выпалил, не задумываясь:

— А вы уверены, что оно того стоит?

Рык, вырвавшийся у меня сквозь зубы, прозвучал раскатисто, как взрыв. Лоран сразу же застыл и сжался, Карлайл вскинул руку.

«*Спокойно, Эдвард. Этот нам не враг*».

Я постарался усмирить свое бешенство. Карлайл был прав, но Лоран нам и не друг.

— Боюсь, тебе придется сделать выбор, — сказал Карлайл.

«*Вообще-то выбор у меня небогатый*, — думал Лоран. — *Я могу только незаметно испариться и надеяться, что Джеймс сочтет ниже своего достоинства сводить со мной счеты*. — Мысленно он вернулся к чуть менее напряженному разговору, который состоялся до нашего приезда, и зацепился за информацию, полученную в нем. — *С этой компанией у меня уже ничего не выйдет, и мосты сожжены, но я, возможно, сумею найти других друзей. Одаренных*».

— Интересно было бы посмотреть, как вы тут живете. — Он старался как можно дипломатичнее выбирать слова и смотрел в глаза каждому из нас по очереди. Вот только внутренний монолог подпортил впечатление, которое он пытался произвести. — Но влезать в эту драку я не стану. Я ничего не имею против вас, но и против Джеймса я не пойду. Пожалуй, отправлюсь на север, к тому клану в Денали... — Ему представились пятеро незнакомцев вроде Карлайла, не спешащих нападать, но многочисленных и наделенных особыми способностями. Возможно, это остановит Джеймса.

Из чувства благодарности Лоран снова предостерег Карлайла:

— Не стоит недооценивать Джеймса. У него блестящий ум и непревзойденное чутье. Среди людей он чувствует себя так же свободно, как, видимо, и вы, и вряд ли станет действовать в открытую. — В его памяти мелькнуло несколько изощренных уловок Джеймса. Следопыт был не лишен терпения... и чувства юмора. Черного. — Жаль, что здесь заварилась такая каша, — продолжал Лоран. — Очень жаль.

Он вновь смирно склонил голову, но при этом бросил взгляд на Беллу и отвел глаза, озадаченный тем, что ради нее мы готовы рисковать. «Ничего они не понимают про Джеймса, — решил он. — И не верят мне. Интересно, многих ли из них он оставит в живых».

Лоран счел нас слабыми. Нашу явную склонность к тихой домашней жизни он воспринял как недостаток. Те же опасения мучили меня совсем недавно, но теперь исчезли. У Джеймса я не собирался оставлять впечатление *слабости*. А Лоран пусть верит, что Джеймс победит. Пусть еще сто лет в ужасе прячется от него — меня его неудобства не волнуют.

— Ступай с миром, — объявил Карлайл, и это прозвучало одновременно как предложение и приказ.

Лоран обвел взглядом комнату, оценивая приметы жизни, которой лишился давным-давно. Хотя этот дом и не был дворцом, а ему довелось пожить в нескольких, здесь царила атмосфера постоянной и тихой гавани, какой он не чувствовал уже много веков.

Он коротко кивнул Карлайлу, и на миг я ощутил странную тягу этого темноволосого вампира к моему отцу. Чувство уважения и желание принадлежать. Но он подавил их в себе, не давая пустить корни, а потом вылетел за дверь, решив не сбавлять скорость, пока благополучно не окажется в океане, где его невозможно найти по запаху.

Эсме поспешила в гостиную, опускать стальные ставни, которые закрывали огромные окна, образующие заднюю стену дома.

— Близко? — спросил меня Карлайл.

Лоран почти достиг пределов моей досягаемости и движения не замедлял. Сталкиваться с Джеймсом у него не было ни малейшего желания. О чем мы говорили, он не слушал. Я поискал Джеймса, видения Элис подсказали мне направление. Он тоже находился довольно далеко и вряд ли смог бы подслушать наши планы.

— Примерно в трех милях за рекой. Он сделал крюк, чтобы встретиться с женщиной.

Встречу он назначил на возвышенности, откуда мог увидеть, в каком направлении мы пустимся бежать.

— Каков план? — спросил Карлайл.

Хотя я и знал, что следопыт не слышит нас и вдобавок ставни продолжали скрипеть, я понизил голос:

— Мы отвлекаем его, а потом Джаспер и Элис увозят Беллу на юг.

— А потом?

Я понял, о чем он спрашивает. Глядя ему прямо в глаза, я ответил:

— Как только Белла окажется вне опасности, мы откроем охоту на Джеймса.

Карлайл знал, что к этому идет, но все равно ощутил вспышку боли.

— Полагаю, выбора у нас нет.

На протяжении трех веков Карлайл старательно оберегал жизнь. Ему всегда удавалось договориться с другими вампирами. Порой было нелегко, но трудностей он не боялся.

Надо было спешить, чтобы не дать следопыту лишнего времени, прежде чем у него появится след, по которому он пустится в погоню. Но перед тем, как сбежать, требовалось еще учесть кое-какие прозаические вопросы.

Я поймал взгляд Роз.

— Отведи ее наверх и поменяйся с ней одеждой.

Путаница запахов — первое, самое очевидное решение. Я тоже возьму с собой что-нибудь принадлежащее Белле и оставлю след, который поманит за мной следопыта.

Розали все поняла, но ее глаза вспыхнули ярко и недоверчиво.

«Неужели ты не видишь, во что она нас втянула? Она же все испортила! И ты хочешь, чтобы я ее защищала?»

Остальное она выпалила вслух в явном расчете на Беллу:

— С какой стати? Кто она мне? Если не считать угрозы! Из-за нее ты всех нас подвергаешь опасности!

Белла вздрогнула так, словно Розали ударила ее.

— Роз... — пробормотал Эммет, кладя ладонь на ее плечо. Она стряхнула ее. Эммет искоса взглянул на меня, словно ожидая, что я наброшусь на нее.

Но все это не имело значения. Истерики, которые закатывала Роз, всегда вызывали раздражение, а этот мелочный скандал оказался не ко времени, которого у меня и без того было в обрез.

Если сегодня она решила, что больше не будет моей сестрой, это ее выбор, и я его принял.

— Эсме? — Я заранее знал, каким будет ответ.

— Конечно!

Эсме хорошо понимала, как мы ограничены по времени. Осторожно подхватив Беллу на руки — почти как Эммет недавно, хотя и выглядело это совсем иначе, — она взбежала вместе с ней по лестнице.

— Что теперь? — услышал я вопрос Беллы в кабинете Эсме.

Я предоставил Эсме действовать самостоятельно и занялся своей частью работы. Следопыт и его диковатая спутница отошли так далеко, что их мысли я уже не улавливал. Услышать нас они не могли, но я не сомневался в том, что они нас увидят. Точнее, увидят, как уезжают наши машины. И последуют за нами.

«Что нам понадобится?» — спросил Карлайл.

— Спутниковые телефоны. Спортивная сумка побольше размером. Баки полные?

«Этим я займусь». Эммет рванулся к двери и гаражу. Мы всегда держали там несколько бочек топлива на экстренный случай.

— Джип, «мерседес» и пикап Беллы тоже, — шепнул я вслед ему.

«*Принято*».

«*Мы разделимся на три группы?*» — Карлайл настороженно относился к разделению наших сил.

— Элис видит, что так будет лучше.

Он смирился.

«*Он пострадает. Ведь он же не рассуждает — просто рвется в бой. Это все она виновата!*»

Розали обрушила на меня потоки жалоб и упреков. Я без труда отключился от нее. Даже представил себе, что ее здесь нет.

«*Какая у меня задача?*» — пожелал узнать Карлайл.

Я помедлил.

— Элис видела тебя с Эмметтом и со мной. Но не можем же мы оставить Эсме одну охранять Чарли...

Карлайл со строгим выражением лица повернулся к Роз:

— Розали, ты выполнишь свою задачу ради нашей семьи?

— Ради *Беллы*? — язвительно уточнила она.

— Да, — подтвердил Карлайл. — Ради нашей семьи, как я и сказал.

Розали недовольно взглянула на него, но я услышал, как она обдумывает возможные варианты. Если ее истерика затянется, если она отвернется от всех нас, тогда Карлайл наверняка останется с Эсме — вместо того чтобы отправиться на передовую и удерживать Эмметта от опасных крайностей. Боялась Розали только за Эмметта. Но вместе с тем моя заметная отчужденность все сильнее нервировала ее.

Наконец она высказалась, закатывая глаза:

— Ну конечно, я не оставлю Эсме одну. *Мне-то* не все равно, что будет с этой семьей.

— Спасибо, — отозвался Карлайл — с большей теплотой, чем я удосужился бы проявить, — и вылетел из комнаты.

Эмметт как раз вбежал в дом через переднюю дверь, неся на плече большую сумку, в которой мы держали спортивный инвентарь. В сумку мог бы поместиться миниатюрный человек. Раздувшаяся от содержимого, она выглядела так, будто в ней уже прячется кто-то.

Элис появилась на верхней площадке лестницы как раз вовремя, чтобы встретить Беллу и Эсме, вышедших из кабинета.

Вдвоем Эсме и Элис подхватили Беллу под локти и вместе с ней сбежали по ступенькам. Джаспер последовал за ними. Он был явно на взводе, как туго скрученная пружина, то и дело обращал беспокойный взгляд к окнам на фасаде дома. Я попытался найти утешение в его свирепой внешности. Джаспер опаснее тысяч вампиров, стремившихся уничтожить его. Сегодня он показал новые умения, которых я от него не ожидал, и теперь был уверен, что у него в рукаве найдутся еще козыри. Следопыт понятия не имеет, во что ввязался. Под охраной Джаспера Белла в безопасности, как ни с кем другим. А если рядом будет и Элис, следопыту не застать их врасплох. Я всеми силами старался верить в это.

Карлайл уже вернулся с телефонами, дал один Эсме, потом погладил ее по щеке. Она ответила ему взглядом, полным доверия, убежденная, что мы поступаем правильно, — значит, нас ждет успех. Хотел бы я обладать ее верой.

Эсме протянула мне какой-то комочек ткани. Носки. Со свежим и сильным запахом Беллы. Я запихнул их в карман.

Другой телефон Карлайл отдал Элис.

— Эсме и Розали возьмут твой пикап, Белла, — сказал Карлайл, словно спрашивал разрешения. Он оставался верным себе.

Белла кивнула.

— Элис, Джаспер, вам «мерседес». На юге тонированные стекла не помешают.

Джаспер кивнул. Элис уже знала об этом.

— Мы берем джип. Элис, они клюнут на приманку?

Элис сосредоточилась, сжала кулаки. Это было непросто — следить за теми действиями, которые не имели отношения ни к кому из нас, но она уже настроилась на наших новых врагов. Со временем она чувствовала их все лучше. Если повезет, в будущем это нам не понадобится. Будем надеяться, что завтра же мы положим этому конец.

Я увидел, как следопыт летит сквозь кроны деревьев, не сводя глаз с удаляющегося джипа. Рыжая держалась на расстоянии, следуя за грохотом пикапа Беллы, потащившегося на север через несколько минут после джипа. Возможными вариантами можно было пренебречь.

К тому времени как Элис перестала следить за видениями и расслабилась, мы оба были уверены в том, что произойдет.

— Он последует за тобой, женщина — за пикапом. После этого у нас должен появиться шанс уехать.

Карлайл кивнул:

— Едем.

Мне казалось, что я готов. Убегающие секунды уже колотились у меня в голове барабанной дробью. Но как выяснилось, я ошибся.

Белла рядом с Эсме выглядела настолько потерянной, ее взгляд был таким ошеломленным, как будто она не могла осмыслить все, что стремительно изменилось до неузнаваемости. Всего час назад мы были совершенно счастливы. А теперь на нее охотились и защиту ей обеспечивали малознакомые вампиры. Никогда еще я не видел ее настолько беспомощной, как сейчас, когда она одиноко стояла в комнате чужаков-нелюдей.

Может ли разбиться мертвое сердце?

Я шагнул к ней, крепко обнял и приподнял над полом. Ее тепло затягивало, мне *хотелось* утонуть в нем и не разжимать объятия никогда. Я поцеловал ее всего один раз, опасаясь, что иначе все планы полетят к чертям, так как я не сумею оторваться от нее. Где-то в глубине души я был готов пожертвовать жизнью всего населения Форкса, Ла-Пуша и Сиэтла, лишь бы не расставаться с Беллой.

Я должен быть сильнее. Я прекращу то, что творится сейчас вокруг нас. И она снова будет в безопасности.

Чувствуя себя так, словно все клетки моего тела отмирали одна за другой, я поставил Беллу на ноги. Задержал пальцы на ее щеке, и когда заставил себя убрать руку, ее будто обожгло.

«Надо быть сильнее», — напомнил я себе. Прекратить мучиться, чтобы сделать то, что должен. Уничтожить источник опасности.

Я отвернулся от нее.

А ведь еще недавно я думал, что знаю, каково это — гореть словно в огне.

Карлайл и Эммет зашагали в ногу рядом со мной. Я забрал у Эммета сумку, зная, чего ожидает следопыт, — что я проявлю слабость и не отпущу Беллу от себя. Обняв сумку так, словно в ней находилось нечто бесконечно более ценное, чем футбольные мячи и хоккейные клюшки, я сбежал с крыльца, охраняемый с обеих сторон братом и отцом.

Эмметт сел на заднее сиденье джипа, сумку я поставил вертикально рядом с ним, потом быстро захлопнул дверь, делая вид, что соблюдаю осторожность. В тот же миг я уже сидел за рулем, Карлайл — рядом со мной, и мы мчались по подъездной дорожке прочь от дома со скоростью, которая ужаснула бы Беллу, будь она на самом деле с нами.

Но думать об этом мне было нельзя. Я должен был довериться Элис и Джасперу и мысленно сосредоточиться на своей роли.

Следопыт был все еще слишком далеко, чтобы я мог услышать его мысли. Но я знал, что он наблюдает и следует за нами. Об этом говорили видения Элис.

Выехав на шоссе и повернув на север, я прибавил газу. Джип мчался гораздо быстрее, чем пикап, но все же недостаточно быстро, чтобы оторваться от преследователя даже на максимальной скорости, которую я мог развить без риска для двигателя. Но сейчас я и не стремился обогнать следопыта. Пусть видит, что я гоню джип полным ходом, будто бегство — моя единственная цель. Если повезет, он и не заподозрит, что как раз по этой причине я и выбрал джип. Откуда ему знать, что еще есть у меня в гараже.

Всего на миг он приблизился настолько, что его мысли стали слышны.

«...*на паром? Иначе в объезд слишком долго. Можно было бы наперерез...*»

— Звони, — скомандовал я, еле шевеля губами, хотя и знал, что он слишком далеко и позади нас, чтобы разглядеть мое лицо.

Карлайл не стал подносить телефон к уху: держа его на коленях, подальше от посторонних глаз, он набрал номер одной рукой. Все мы услышали тихий щелчок, когда Эсме ответила на звонок. Она не проронила ни слова.

— Чисто, — шепнул Карлайл и отключился.

И я тоже отключился. У меня не было способа увидеть, что делает Белла в эту минуту. Не было шанса услышать ее голос. Я отмахнулся от отчаяния еще до того, как начал увязать в нем. Меня ждала работа.

Глава 24
Западня

С ледопыт предпочел гнаться за нами, не желая строить догадки насчет нашего маршрута. Время от времени я ловил обрывки его мыслей, но обычно лишь несколько слов или джип перед его глазами. Он бежал по верхам, в горах, и не тревожился, даже когда при этом отдалялся от шоссе на несколько миль. Он все равно не выпускал нас из виду.

Мне не хотелось думать о том, где сейчас Белла, что она делает и говорит. Это слишком отвлекало меня. Однако кое-что еще осталось несделанным.

Я шепотом передал указания Карлайлу, и он набрал сообщения, чтобы отправить их Элис. Возможно, в этих сообщениях не было особой необходимости, но без них я чувствовал бы себя не так спокойно.

«Белле надо есть как минимум три раза в сутки. И поддерживать водный баланс тоже важно. У нее под рукой должна быть вода. В идеале ей требуется восемь часов сна».

Держа телефон все так же низко, Карлайл набирал сообщение, успевая за мной.

— И... — я помедлил, — передай Элис: пусть не рассказывает о том нашем разговоре в джипе. Если Белла начнет расспрашивать, пусть уклоняется от ответов. Напиши ей, что насчет этого я не шучу.

Карлайл с любопытством взглянул на меня, но молча напечатал сообщение.

Мне представилось, как Элис закатывает глаза.

Ее ответ состоял лишь из одной буквы «д» в знак того, что сообщение она получила. Из этого я сделал вывод, что Белла еще не спит и Элис не намерена посвящать ее в подробности моих указаний. Она наверняка видит, что поплатится, если пренебрежет ими.

Эмметт размышлял главным образом о том, что сделает со следопытом, когда он ему попадется. Смотреть эти картины в его воображении было отрадно.

На заправке, куда мы заехали, я воспользовался одной из больших канистр, которые Эмметт загрузил на заднее сиденье. Носки Беллы в моем кармане оставляли в воздухе еле уловимый след запаха. Я передвигался так быстро, что выглядел размытой тенью, создавая впечатление, будто моя единственная цель — снова включиться в гонку, и с удовольствием отметил, что следопыт подступил поближе, чтобы понаблюдать за мной. На некоторое время расстояние до него не превышало мили. Меня так и тянуло воспользоваться случаем, превратить бегство в ловушку, но было еще рано. Мы находились слишком близко к воде.

Я не старался выбирать наименее заметный маршрут и двигался к цели так прямо, как только позволяли извилистые шоссе. И надеялся, что следопыт истолкует это так, как мне и нужно было: как знак, что в голове у меня конкретное место назначения, достаточно надежное и защищенное, где можно чувствовать себя в безопасности. О нас он знал мало, но достаточно, чтобы понимать: в отличие от среднего кочевника мы располагаем солидным имуществом. И кроме того, нас много. Скорее всего ему представлялась внушительная армия наших союзников, ждущая в лесах севера.

Я и вправду подумывал, не сбежать ли к Тане. В том, что ее клан поможет, я не сомневался. Особенно Кейт стала бы превосходным дополнением отряда охотников. Но и они слишком близко к воде. Возможно, следопыт, едва взглянув на этих пятерых, рванет к океану. Для того чтобы исчезнуть, ему достаточно нырнуть. Под водой выследить кого бы то ни было невозможно. И вынырнуть он может где угодно — хоть на расстоянии пяти миль дальше по берегу, хоть в Японии. Так мы за ним не уследим. Придется перестраиваться и начинать все заново.

Я направлялся к природным заповедникам возле Калгари, более чем в шестистах милях от ближайшей открытой воды.

Как только мы обернемся и нападем на следопыта, он поймет, что его провели и Беллы с нами нет. И обратится в бегство, а мы бросимся в погоню. Я не сомневался, что обгоню его, но мне требовалась дистанция достаточной длины. Шести сотен миль должно было хватить с запасом.

Мне хотелось, чтобы все поскорее закончилось.

Мы мчались всю ночь, сбавляя скорость лишь изредка, когда я слышал, что впереди работает радар. Интересно, какие выводы из этого сделал следопыт. О моих особых способностях он уже догадывался. Своими действиями я выдавал больше, чем хотелось бы, но в противном случае пришлось бы ехать слишком медленно. Пусть воспринимает выданные мной сведения о моих преимуществах как еще один признак, что мы спешим куда-то в определенное место. В убежище? Это наверняка вызовет у него любопытство.

Хорошо бы послушать, какие предположения он строит, однако он держался на таком расстоянии, что я видел лишь отдельные проблески его мыслей. Должно быть, у него сложилась теория насчет моих способностей, и в ней он оказался недалек от истины.

Следопыт продолжал неутомимый бег, и насколько я мог судить по крохам его мыслей, был невероятно доволен.

Его удовольствие раздражало меня, но вместе с тем шло на пользу. Пока он наслаждается моментом, мне хватит времени, чтобы достичь выбранного места для западни.

Но время шло, я начинал изводиться. От солнца до горизонта на западе было ближе, чем до горизонта на востоке. Ничего интересного не происходило, разве что мы несколько раз заезжали на заправку и всегда оставляли намек на запах Беллы. Не наскучит ли следопыту длинная пробежка? Готов ли он следовать за нами — вероятно, несколько дней подряд, через северные территории и к Северному полярному кругу, если мы направимся туда? Способен ли он прекратить погоню раньше, чем убедится, что Беллы в джипе нет?

— Спроси у Элис, видит ли она, что охотник выходит из игры раньше, чем мы будем на месте.

Карлайл быстро выполнил просьбу.

Спустя несколько минут пришел ответ — буква «н».

Это меня слегка успокоило.

Солнце медленно клонилось к горам на западе, а мы приближались к моей цели. Мне хотелось подпустить его поближе, чтобы подслушать его мысли. Значит, требовалось чем-нибудь заинтересовать его.

Мы мчались по небольшой автомагистрали, ведущей к Калгари. И могли бы продолжить путь до Эдмонтона и дождаться полной темноты, но мое беспокойство быстро нарастало. Хотелось перестать убегать и открыть наконец охоту.

Я свернул на небольшое боковое шоссе к южной оконечности национального парка Банф. Дорога делала поворот и в конце концов приводила к Калгари, однако не могла считаться кратчайшим путем куда бы то ни было. До сих пор подобных путей мы не выбирали. Это должно было возбудить интерес следопыта.

Карлайл и Эммет поняли, что означают перемены. Оба мгновенно напряглись. Эммет был не просто напряжен — он дрожал от предвкушения, ему не терпелось вступить в схватку.

По этой боковой дороге мы быстро удалились от еще голых ранней весной фермерских полей вдоль шоссе на Калгари. Сразу же начался подъем в гору, вскоре мы вновь были окружены деревьями. Все вокруг выглядело как дома, но здесь лес был суше. Нигде поблизости не слышалось других мыслей. Солнце уже опустилось по другую сторону гор, на которые мы взбирались.

— Эммет, — еле слышно выдохнул я, — я куплю тебе новый джип.

Он хмыкнул. «*Ничего страшного*».

Мы могли бы сделать вид, будто нам вновь надо на заправку, по времени уже было пора, но эта смена темпа только взвинтила бы следопыта. Нам требовалось двигаться быстро.

— По моему сигналу, — предупредил я, ожидая первой пойманной мысли следопыта.

Эммет взялся за ручку дверцы.

Эта дорога была ухабистее предыдущей. Я угодил в выбоину, на которой наш джип резко тряхнуло. Пока я выравнивал машину, вдруг послышался мысленный голос следопыта:

«*...должно быть, где-то близко место...*»

— Давай! — рявкнул я.

Мы, все трое, выскочили из джипа на ходу.

Я мягко приземлился на ноги и рванул в ту сторону, откуда исходили мысли следопыта, еще до того, как два моих спутника успели восстановить равновесие.

«*Ого, все-таки ловушка!*»

Следопыт не выказал ни тревоги, ни испуга, когда мы с ним внезапно поменялись ролями. Он все еще развлекался.

Размытой тенью я мчался среди деревьев, мимо которых мы только что проехали. За мной слышались шаги Карлайла и Эмметта — тот ломился через подлесок, как носорог. Шум его атаки заглушал мои звуки. Возможно, следопыт подумает, что я дальше от него, чем на самом деле.

Огромным облегчением было наконец-то бежать, передвигаться своими силами после долгой езды в джипе. И не следовать по шоссе, а просто выбирать кратчайший путь к цели.

Следопыт тоже умел быстро бегать. Вскоре я уже порадовался, что предусмотрительно отмерил себе шестьсот миль на его поимку.

Он сворачивал на запад, в сторону далекого тихоокеанского побережья, так как мы забрались довольно высоко на восточную оконечность Скалистых гор.

Карлайл и Эмметт отстали. Может, на это и рассчитывал следопыт? Расколоть нас и разделаться с нами по одиночке? Я был настороже, ожидая очередной резкой смены ролей. Идею его нападения я только приветствовал. Меня переполняла ярость, и вместе с тем я просто спешил поскорее покончить с этой погоней.

Его мысли я не слышал, он держался чуть дальше, чем требовалось мне, но я легко следовал за ним по запаху.

Он повернул на север.

Мы продолжали бежать — и он, и я. Прошли минуты, затем часы.

Постепенно мы отклонялись на северо-восток.

Я размышлял, есть ли у него план или он бежит куда глаза глядят, лишь бы оторваться от меня.

Как продирается через лес Эмметт, я теперь едва слышал. Должно быть, они с Карлайлом отстали от меня на несколько миль. Но мне казалось, что я слышу что-то впереди. Следопыт бежал тихо, но не бесшумно. И я настигал его.

А потом шум его бегства полностью смолк.

Неужели остановился? И ждет, чтобы кинуться в атаку?

Я прибавил скорость, чтобы его капкан поскорее сработал.

И вдруг услышал далекий всплеск — как раз в тот момент, когда взбежал на припорошенный снегом гребень над круто обрывающимся склоном.

Далеко внизу блестело глубокое ледниковое озеро, длинное и узкое, почти как река.

Вода. Ну конечно.

Я уже был готов нырнуть вслед за ним, но сообразил, что при этом у него появится преимущество. Берег тянулся на долгие мили, вынырнуть он мог где угодно. Мне придется действовать методично, что потребует времени. Перед ним же таких препятствий не стоит.

Медленный путь предполагал бег вокруг озера и внимательное высматривание следов беглеца. Вдобавок надо было помнить об осторожности, чтобы не пропустить его появление из воды. Вряд ли он просто выйдет на берег и снова припустит бегом. Он постарается сделать прыжок, чтобы его след начинался на некотором расстоянии от воды.

Чуть более быстрый способ заключался в том, чтобы действовать сообща с Эмметтом и Карлайлом: мы могли разделить периметр озера на три части.

Но был и другой, *самый быстрый* путь.

Эмметт и Карлайл приближались. Я бросился навстречу Карлайлу, вытянув руку перед собой. Ему понадобилась всего секунда, чтобы понять, чего от него хотят. И он бросил мне телефон. Я повернулся и побежал в ту же сторону, что и они, на ходу набирая сообщение для Элис.

«*Скажи, кто из нас найдет след*».

Мы взбежали на гребень над вытянутым озером.

— Эмметт, — почти беззвучно велел я, — прими решение направиться отсюда к южному берегу, затем пройти по нему к востоку. Карлайл, а ты определись, что двинешься вдоль этого берега на север. Противоположную сторону возьму на себя я.

Я представил, как это будет, и твердо решил выполнить задуманное — нырнуть в синюю воду, пулей пролететь в ней до другого берега, а затем броситься бежать на север, чтобы встретиться с Карлайлом у дальней оконечности озера.

Телефон беззвучно завибрировал.

«Эм, — написала Элис, — *с южного конца*».

Я показал им сообщение и вернул телефон Карлайлу. Для его защиты у него был припасен водонепроницаемый чехол. Ныряя, я услышал, как Эмметт бросается в воду следом за мной. Я держался прямо, как нож, и старался издавать как можно меньше звуков, рассекая воду.

Вода была чистая, прозрачная и всего на несколько градусов теплее температуры замерзания. Несколько ярдов я проплыл под водой, невидимый в ночи. По движению воды я чувствовал, что Эмметт где-то позади меня, но и он плыл почти беззвучно. Карлайла я вообще не слышал.

Я выскользнул из озера у его южной оконечности. Единственными звуками, которые я слышал за спиной, был стук падавших с Эмметта капель по каменистому берегу.

Я повернул направо, Эмметт налево.

По воде прошла рябь, предвещая появление Карлайла. Я оглянулся. Телефон вновь был у него в руке, он подавал знаки Эмметту. Я решил повернуть направо. И действительно, всего в нескольких ярдах учуял слабый запах следопыта. Запах висел над нами — следопыт заскочил на ветви высокой широкохвойной сосны. Я забрался на нее и нашел след, убегающий в ветви соседних деревьев.

И я снова бросился в погоню.

Я несся сквозь ветви и кипел от ярости. У озера мы потеряли столько времени, что теперь следопыт наверняка опередил нас на несколько миль.

Он поворачивал в ту же сторону, откуда мы приехали. Значит, выбрал юг? Решил вернуться в Форкс и отыскать след Беллы? По прямой это семь часов непрерывного бега. Действительно ли он хочет так долго давать мне шанс догнать его?

Но пока продолжалась эта бесконечная ночь, он успел с десяток раз поменять направление. И бежал преимущественно на запад, — как я считал, постепенно отклоняясь в сторону Тихого океана. Причем постоянно находил способы держаться впереди и тормозить наше продвижение.

Один раз он сделал это с помощью широкого утеса. Мы, все трое, определились с направлением, в котором будем вести поиски у его подножия, но Элис продолжала посылать сообщения «н н н н н». Ее видения следопыта были настолько ограниченными, что она могла только предсказать, как мы отреагируем на его след. У меня ушло слишком много времени, чтобы разглядеть на поверхности утеса, ближе к середине подъема, выбоину, которую он оставил, прервав падение вниз, а затем продолжил карабкаться по камням вбок.

В другой раз он отыскал какую-то реку. И опять нам пришлось тщательно представлять себе направления, в которых мы поведем поиски. Под водой он пробыл очень долго. Мы потеряли почти пятнадцать минут, прежде чем Элис увидела, как Карлайл нашел след в тридцати шести милях к юго-западу оттуда.

Эти задержки доводили до исступления. Мы бежали, плыли, перескакивали с дерева на дерево так быстро, как только могли, а он просто играл с нами, постоянно оставаясь впереди. Он был на редкость опытным и, в чем я уже не сомневался, уверенным в своем успехе. Сейчас он пользовался всей полнотой преимущества. А мы тащились позади, и в конце концов он должен был окончательно оторваться от нас.

Расстояние в тысячи миль между мной и Беллой постоянно тревожило меня. Наш план увести его подальше оказался не более чем незначительной отсрочкой в его стремлении к цели.

Но что еще мы могли поделать? Нам оставалось лишь гнаться за ним и надеяться догнать. Только в этом случае у нас появлялся шанс остановить его, не подвергая опасности Беллу. Но все наши старания выглядели жалко.

Он снова спутал след у еще одного ледникового озера длиной несколько миль. Такие озера здесь попадались десятками, и все были ориентированы с севера на юг по канадским долинам, словно гигантская рука проскребла их пальцами в центре континента. Следопыт постоянно пользовался преимуществами этих озер, и каждый раз нам приходилось представлять себе будущее, принимать решения, а потом ждать, когда Элис пришлет сообщение — «*К*», или «*Эм*», или «*Эд*», или же ответит нам «*д*» или «*н*». С этапом воображения мы стали справляться быстрее, но с каждой такой задержкой следопыт уходил все дальше вперед от нас.

Солнце встало, но облака сегодня были плотными, следопыт не сбавлял скорости. Я задумался, что бы он предпринял, если бы день выдался солнечный. Сейчас мы находились с запада от гор и снова приближались к населенной людьми территории. Вероятно, следопыт мог просто и быстро убирать любых свидетелей в случае необходимости.

Я не сомневался, что он направляется к океану, чтобы исчезнуть бесследно. Сейчас мы были ближе к Ванкуверу, чем к Калгари. Поворачивать на юг, обратно к Форксу, он вроде бы не собирался. И постепенно отклонялся к северу.

Честно говоря, никаких уловок ему больше и не требовалось. Он достаточно опередил нас, чтобы ринуться прямиком к побережью, не оставив нам ни единого шанса догнать его.

И тем не менее след вывел к очередному озеру. Я был на девяносто процентов уверен, что следопыт водит нас за нос просто ради собственного развлечения. Он мог бы удрать, но ему гораздо больше нравилось заставлять нас плясать под его дудку.

Мне осталось рассчитывать лишь на то, что эта самонадеянность приведет его к ошибке и в результате какого-нибудь неудачного выбора он окажется в пределах досягаемости для нас, но я в этом сомневался. Слишком уж ловко он действовал в своей игре.

А мы продолжали гнаться за ним. О том, чтобы сдаться, и речи быть не могло.

В середине утра Эсме прислала сообщение: *«Говорить можете?»*

«Есть ли вероятность, что он услышит меня?» — мысленно спросил Карлайл.

— Если бы!.. — Я вздохнул.

Карлайл позвонил Эсме, они поговорили, пока мы продолжали бежать. Ничего нового она не сообщила и главным образом беспокоилась за нас. Рыжая Виктория все еще находилась в наших краях, но не подходила к Эсме или Розали ближе чем на пять миль. Розали провела разведку и выяснила, что рыжая наведывалась среди ночи не только в нашу школу, но и в большинство административных учреждений города.

К нашему дому с северной стороны от города она больше не приближалась, на юг заходила только до городского аэродрома и, похоже, пряталась где-то с восточной стороны, может, держалась поближе к Сиэтлу и его более обширным охотничьим угодьям. Один раз она попыталась подойти к дому Чарли, но только когда он уехал на работу. Эсме не отходила от Чарли дальше чем на несколько ярдов, и особенно впечатляло то, что о ее присутствии он не подозревал.

Больше не было ничего, никаких зацепок. Эсме с Карлайлом обменялись мучительными «*я тебя люблю*», и мы продолжили отупляющую погоню. Следопыт вновь направлялся на север, слишком довольный и увлеченный игрой, чтобы просто взять и удрать.

К середине дня мы вышли к еще одному озеру в форме полумесяца и не такому большому, как те, где следопыт раньше пытался сбить нас со следа. Не вдаваясь в обсуждения, мы решили вести поиски в привычном для каждого из нас направлении. Элис сразу же прислала сообщение «Эм». Значит, снова предстоял поворот на юг.

Как только мы опять учуяли его запах, он повел нас через городок, приютившийся у горного перевала. Городок был достаточно велик даже для неплотного потока транспорта на узких улочках. Нам пришлось сбавить скорость, чего я терпеть не мог, хотя и знал, что это не важно. Мы слишком отстали, чтобы темп нашего движения что-нибудь менял. Утешало только, что и следопыту, вероятно, пришлось передвигаться с человеческой скоростью. Интересно, зачем он вообще удосужился появиться здесь. Может, проголодался. Наверняка он знал, что у него есть время остановиться и устроить перекус.

Мы метались от здания к зданию, рассчитывая, что благодаря моим способностям вовремя заметим, если за нами кто-нибудь начнет следить. При любой возможности мы переходили с шага на бег. Одеты мы были явно не по местной погоде, и если бы люди присмотрелись к нам, то заметили бы, что мы насквозь промокли, поэтому я старался выбирать для нас как можно менее заметный путь, избегать любого внимания.

Мы добрались до окраины города, так и не обнаружив в нем свежих трупов и придя к выводу, что следопыт, наверное, не пытался утолить голод. Тогда что же он здесь искал?

Теперь на юг.

Мы бежали по его следу к большому округлому строению посреди открытого поля, поросшего колючими кустами ежевики, еще голыми после зимы. Широкие двери строения были распахнуты. Внутри пусто, если не считать нагромождения узлов и деталей каких-то машин и механизмов вдоль стен. След привел в это строение и закрепился на земле, словно следопыт провел здесь некоторое время. Мне пришла в голову лишь одна причина, я поискал запах крови. Его не было. Пахло только выхлопами... бензином...

Меня чуть не затошнило, едва я понял, чего не заметил поначалу. Приглушенно выругавшись, я вылетел из строения и перепрыгнул через высокие кусты ежевики. Эмметт и Карлайл поспешили за мной, вновь в состоянии полной боеготовности после затуманивающих голову многочасовых неудач.

Там, за кустами, я увидел длинный участок утрамбованной земли, выровненной так, как только это было возможно. Этот участок шириной в двести футов тянулся на запад как минимум на милю.

Частная взлетная полоса.

Я снова выругался.

Слишком сосредоточившись на бегстве в воде, я совсем забыл про еще один путь. Бежать можно было и по воздуху.

Самолет наверняка крошечный и медлительный, вряд ли быстрее автомобиля. Развивающий скорость не более ста сорока миль в час, если он в хорошем состоянии. Захламленный ангар наводил на мысль, что состояние самолета оставляет желать лучшего. Следопыту придется часто садиться на заправку, если он намерен далеко улететь.

Однако он мог улететь в любом направлении, и у нас не было способа последовать за ним.

Я переглянулся с Карлайлом: его глаза были такими же разочарованными и безнадежными, как мои.

«Он вернется в Форкс и попытается отыскать ее след?»

Я нахмурился:

— Это было бы логично, но слишком уж очевидно. Не в его духе.

«Куда еще мы можем отправиться?»

Я вздохнул.

«Мне попробовать?»

Я кивнул.

— Звони.

Он нажал кнопку повторного набора. На звонок ответили после первого же гудка.

— Элис?..

— Карлайл. — Я услышал, как она дышит.

С беспокойством я склонился над телефоном, хотя и без того слышал ее.

— Вы в безопасности? — спросил он.

— Да.

— Мы упустили его примерно в ста семидесяти милях к северо-востоку от Ванкувера. Он улетел на маленьком частном самолете. Понятия не имеем куда.

— Я только что видела его, — торопливо отозвалась она, совершенно не удивившись нашей неудаче. — Он направлялся в какую-то комнату, понятия не имею где, но сама комната необычная. Со стенами сплошь в зеркалах, с золотистой полоской вокруг всей комнаты примерно посередине стен — точнее, не полоской, а какой-то рейкой, и эта комната пуста, если не считать старой аудио- и видеосистемы в углу. Есть еще одна комната, темная, и я видела только, что он смотрит видеокассеты. Без понятия, что это значит. Но то, что заставило его сесть в самолет... как раз и привело его в комнаты с зеркалами.

Информации было недостаточно, она ничем не помогла. Следопыт, насколько мы знали, просто мог запланировать отдых на время ожидания. Или хотел заставить нас ждать и изводиться от неизвестности. Для того чтобы наше беспокойство усилилось. Такое решение было бы в его духе. Я представил, как он, сидя в каком-то пустом доме, смотрит на видео старые фильмы, пока мы теряем остатки терпения, ожидая, когда он наконец вернется. Именно этого мы хотели избежать.

Хорошо было уже то, что сейчас Элис видела его отдельно от нас. Я надеялся, что ей удастся успешнее заглядывать в его будущее тем чаще, чем ближе она будет узнавать его, и задумался, имеют ли какое-нибудь значение, связанное с нами, комнаты, которые она описала. Может, они означали, что там мы наконец и выследим его. Если Элис получше разглядит, что находится вокруг, такое вполне возможно. Утешительная мысль.

Я протянул руку за телефоном, Карлайл отдал его мне.

— Можно мне поговорить с Беллой?

— Да. — Она отвернулась от телефона. — Белла!

Я услышал топот ног Беллы, неуклюже спешащей через всю комнату, и если бы не так пал духом, эти звуки вызвали бы у меня улыбку.

— Алло! — задыхаясь, выговорила она.

— Белла, — в моем голосе зазвучало облегчение. Какой бы краткой ни была разлука, она уже сказывалась на мне.

— Эдвард! — Она вздохнула. — Я так беспокоилась!

Ну еще бы.

— Белла, я же просил тебя беспокоиться только о себе.

— Где вы?

— На окраине Ванкувера. Извини, Белла, мы его упустили. — Мне не хотелось объяснять, как следопыт водил нас за нос. Ее встревожила бы легкость, с какой он взял над нами верх. *Меня она уже тревожила.* — Он, кажется, что-то заподозрил и все время старался держаться на расстоянии, чтобы я не смог прочитать его мысли. А теперь он исчез — похоже, улетел на самолете. Мы думаем, для начала он направится в Форкс.

Других предположений у нас все равно не было.

— Да, знаю. Элис видела, что он сбежал, — совершенно спокойно отозвалась она.

— Но тебе незачем волноваться, — заверил я, хотя взволнованной она и не казалась. — Пройти по твоему следу он не сможет. Просто оставайся на месте и жди, пока мы не найдем его снова.

— Со мной все хорошо. Эсме с Чарли?

— Да, и Виктория тоже побывала в городе. Она проникла в дом, но Чарли в то время был на работе. К нему она и близко не подойдет, так что не бойся. Под присмотром Эсме и Розали он в безопасности.

— Чем занята Виктория?

— Видимо, пытается напасть на след. Всю ночь она шныряла по городу. Розали следовала за ней до аэропорта... — Аэропорт находился к югу от города. Может, мы все-таки не ошиблись насчет намерений Джеймса? Я продолжал раньше, чем

Белла успела заметить, что я отвлекся. — По всем дорогам вокруг города, по территории школы... она что-то вынюхивает, Белла, но ничего не найдет.

— А ты *уверен*, что Чарли ничего не угрожает? — спросила она.

— Да, Эсме не спускает с него глаз, а скоро вернемся и мы. Стоит только следопыту приблизиться к Форксу, как он попадется нам.

Я направился на юг. Карлайл и Эммет последовали за мной.

— Я соскучилась, — прошептала она.

— Знаю, Белла. Поверь мне, я знаю. — Мне самому не верилось, насколько подавленным я чувствовал себя в разлуке. — С твоим отъездом у меня будто отняли половину души.

— Так приезжай за ней, — предложила она.

— Скоро, сразу же, как только смогу. Твоя безопасность — прежде *всего*, — твердо объявил я.

— Я люблю тебя, — выдохнула она.

— А ты веришь, что, несмотря на все беды, которые я тебе причинил, я тоже тебя люблю?

— Да. Конечно, верю, — судя по голосу, она улыбалась.

— Я скоро приеду за тобой.

— Жду, — пообещала она.

Было невыносимо больно заканчивать звонок, вновь расставаться с ней. Но я уже спешил. Не глядя, я отдал телефон Карлайлу и прибавил скорость, сорвавшись с места. В зависимости от того, с каким трудом следопыт будет добывать топливо, мы вполне можем появиться в Форксе, опередив его, — конечно, если туда он и направляется.

Карлайл и Эммет старались не отставать.

Мы вернулись в Форкс через три с половиной часа, выбрав самый быстрый путь напрямик через море Селиш. И сразу же направились к дому Чарли, где стояли на страже Эсме и Розали: Эсме — на заднем дворе, а Розали — на дереве перед домом. Эммет бросился к Роз, мы с Карлайлом поспешили к Эсме.

Дождавшись меня, Розали дала волю своим горьким мыслям о том, как эгоистично я подверг опасности жизнь всех своих близких. Но я не стал ее слушать.

СОЛНЦЕ ПОЛУНОЧИ

В доме Беллы стояла зловещая тишина, хотя несколько ламп было включено на нижнем этаже. Я вдруг понял, чего недостает: шума какого-нибудь матча из телевизора в гостиной. Поискав мысли Чарли, я застал его на привычном месте — на диване, лицом к выключенному телевизору. В голове у него было совершенно тихо, словно он оцепенел. Я вздрогнул, радуясь, что Белла не видит его таким.

После всего нескольких секунд обсуждения мы разошлись. Карлайл остался с Эсме, и я вздохнул свободнее, зная, что они вместе. Эмметт и Розали пробежались по центру города, затем обыскали район за аэродромом, рассчитывая найти брошенный самолет.

Я же направился на восток по следу рыжей женщины и был не прочь загнать ее в тупик. Но ее запах привел меня к заливу Пьюджет. Действовала она наверняка.

На обратном пути к дому Чарли я пробежал через знакомый парк Олимпик — просто чтобы убедиться, что рыжая не отклонялась от своего пути, но она, похоже, выбрала кратчайший путь к заливу. Она была не из тех, кто охотно идет на риск.

У дома Беллы я встал на стражу, а тем временем Эсме и Карлайл отправились на разведку в северном направлении — проверить, не вынырнула ли рыжая из воды близ Порт-Анджелеса, чтобы попробовать добраться до Чарли с другой стороны. Сам я в этом сомневался, но других предположений у нас не было. Если следопыт не собирается обратно в Форкс — что в данный момент казалось очевидным — и рыжая спешит на встречу с ним, значит, нам пора собраться всем вместе и разработать новый план. Я надеялся, что кто-нибудь другой подскажет свежую идею, потому что у меня не нашлось ни единой.

Была почти половина третьего ночи, когда мой телефон тихо завибрировал. Я ответил на звонок, не посмотрев на номер: ждал вестей от Карлайла.

Из телефона вырвался голос Элис, пронзительный от скорости.

— Он спешит сюда, спешит в Финикс, если уже не явился. Я снова видела ту вторую комнату, и Белла узнала ее по рисунку, это в доме ее матери, Эдвард, — он придет за Рене. Он не знает, что мы здесь, но мне не нравится, что Белла так близко к нему. Слишком уж он скользкий, я плохо вижу его. Надо увезти ее отсюда, но кто-нибудь должен еще найти Рене — из-за него мы разрываемся, Эдвард!

У меня закружилась голова, я будто терял сознание, хотя и знал, что это иллюзия. С моим разумом и телом все в порядке. Но следопыт опять обошел меня, сделал круг, держась в слепой зоне. По случайному стечению обстоятельств или в соответствии с замыслом, но он находился там же, где и Белла, в то время как я — в полутора тысячах миль от нее.

— Долго он уже там? — прошипел я. — Можешь точнее определиться со временем?

— Не с идеальной точностью, но я знаю, что время уже близко. Не более нескольких часов.

Неужели он улетел туда сразу? А до того нарочно уводил нас подальше от нее?

— Никто из вас не приближался к дому Рене?

— Нет. Мы в отеле безвылазно и к дому не приближались.

Расстояние было настолько велико, что пытаться преодолеть его бегом не имело смысла. Предстояло лететь. И как можно быстрее, большим самолетом.

— Первый рейс в Финикс вылетает из Сиэтла в шесть сорок, — сообщила Элис, опередив меня на шаг. — Вам понадобится закрытая одежда. Здесь невероятно солнечно.

— Мы оставим в городе Эсме и Розали. Рыжая к ним не сунется. Подготовь Беллу. Будем держаться теми же группами, как и раньше. Мы с Эмметтом и Карлайлом увезем ее куда-нибудь подальше, в первое подходящее место, пока не продумаем следующий шаг. А вы найдете ее мать.

— Мы встретим вас, когда вы приземлитесь.

Элис отключилась.

Я бросился в сторону Сиэтла, на бегу набирая номер Карлайла. Им предстояло догнать меня.

Глава 25
Гонка

Нетерпение не покинуло меня, даже когда шасси самолета коснулись посадочной полосы. Пришлось напоминать себе, что теперь до Беллы меньше мили и не пройдет и нескольких минут, прежде чем я вновь увижу ее лицо, но все эти уговоры лишь обостряли желание выбить аварийную дверь и рвануть к зданию аэропорта бегом, чтобы не терпеть мучительно медленное рулению к нему. Карлайл улавливал мое возбуждение в полной неподвижности и слегка толкал меня локтем, подсказывая, что надо вести себя как полагается человеку.

Хотя шторки иллюминаторов в нашем ряду были опущены, в салон самолета все равно проникали прямые солнечные лучи. Я сложил руки так, чтобы спрятать кисти, и прикрыл лицо капюшоном толстовки, купленной в аэропорту перед вылетом. С точки зрения других пассажиров, мы выставляли себя на посмешище — особенно Эммет, на котором чуть не лопалась толстовка слишком маленького для него размера, — или корчили из себя знаменитостей, прикрывающих лица капюшонами и темными очками. Но чаще нас просто считали болванами с севера, понятия не имеющими, как жарко весной на юго-западе страны. Я услышал, как один из пассажиров был готов поручиться, что все мы скинем толстовки еще до того, как спустимся по телетрапу.

В воздухе самолет еле двигался, а руление по посадочной полосе меня просто убивало.

Еще одно небольшое препятствие, убеждал я себя. В конце этого пути меня ждет Белла. Я унесу ее отсюда, мы будем прятаться вместе, пока не придумаем, как быть дальше. Эта мысль успокоила меня — правда, совсем чуть-чуть.

В действительности же самолету понадобилось совсем немного времени, чтобы найти предназначенный для него выход, уже готовый и открытый. И ему не помешал миллион возможных причин. Мне следовало быть благодарным уже за это.

Нам повезло даже очутиться у выхода с северной стороны аэропорта и попасть в утреннюю тень, которую отбрасывал высокий терминал. Даже это должно было облегчить нам задачу.

Карлайл придерживал меня за локоть, пока экипаж без лишней спешки проводил необходимые проверки. Я слышал, как маневрирует телетрап, как он, стукнув по обшивке самолета, встает на место. Экипаж на звук не отреагировал, двое бортпроводников из переднего салона смотрели в список пассажиров.

Карлайл снова толкнул меня локтем в бок, я спохватился и сделал вид, что дышу.

Наконец бортпроводник направился к выходу, чтобы открыть его. Я чуть было не кинулся помогать ему, и только пальцы Карлайла на моей руке не дали мне потерять самообладание.

Выход с шорохом открылся, теплый воздух снаружи смешался с застоявшимся в салоне. По глупости я принюхался, пытаясь уловить запах Беллы, хотя и понимал, что нахожусь еще слишком далеко от нее. Она сейчас где-то в глубине терминала с кондиционерами, за постом безопасности, а туда попала с одной из крытых парковок. Так что — терпение.

С металлическим звоном погас индикатор, требующий пристегнуть ремни, и мы трое сорвались с мест. Обогнав всех, мы оказались у выхода так быстро, что бортпроводник удивленно отступил. Путь наружу был свободен, чем мы и воспользовались.

Карлайл подергал меня сзади за толстовку, я нехотя пропустил его вперед. Если задавать темп будет он, разница составит всего несколько секунд, а он, безусловно, гораздо осмотрительнее меня. Что бы ни предпринимал следопыт, нам следовало придерживаться правил.

План этого терминала я запомнил, изучив брошюру на борту самолета, и теперь увидел, что нас выпустили в коридор, ближайший к выходу. Опять повезло. Разумеется, я не слышал, о чем думает Белла, но должен был уловить мысли Элис и Джаспера. Наверняка они ждут вместе с другими встречающими — впереди и справа.

Я снова мало-помалу обгонял Карлайла, спеша наконец увидеть Беллу.

Мысли Элис и Джаспера обычно выделялись среди человеческих, как прожектора в окружении лагерных костров. Я нашел бы их в любой...

И тут на меня обрушились хаос и боль мыслей Элис — будто в спокойном море вдруг разверзлась воронка водоворота и меня затянуло в него.

Я пошатнулся и застыл на месте. Не слышал, что говорит мне Карлайл, едва чувствовал его попытки потянуть меня за собой. Смутно ощущал, как *он* заметил обращенный на нас подозрительный взгляд сотрудника службы безопасности.

— Да нет же, твой телефон у меня! — слишком громко воскликнул Эммет, давая окружающим понять, что у нас стряслось.

Схватив под локоть, он потащил меня вперед. Я с трудом переставлял ноги, он почти нес меня, так что я не чувствовал пола под собой. Тела вокруг меня казались призрачными. Я видел только воспоминания Элис.

Белла, бледная и отрешенная, нервно вздрагивающая. Белла с отчаянным взглядом, уходящая вместе с Джаспером.

Видение в воспоминаниях: Джаспер в волнении спешит обратно к Элис.

Она не стала ждать его. Сама двинулась на его запах — туда, где он озабоченно хмурился в ожидании возле женского туалета.

Теперь Элис шла на запах Беллы, обнаружила второй выход, перешла на бег, который выглядел подозрительно быстрым. Коридоры, полные людей, битком набитый лифт, раздвигающиеся двери выхода на улицу. Множество такси и автобусов у бордюра.

След оборвался.

Белла исчезла.

Эммет выволок меня в огромное, похожее на атриум пространство, где в тени огромной колонны застыли в напряженном ожидании Элис и Джаспер. Лучи солнца косо падали сквозь стеклянный потолок, Эммет надавил мне на затылок, заставляя наклонить голову, спрятать лицо в тени.

Элис видела Беллу, забегая на несколько секунд в будущее: она сидела в такси, мчащемся по автостраде под слепящим солнцем. Глаза Беллы были закрыты.

И еще на несколько минут вперед — комната с зеркалами, яркие лампы дневного света над головой, длинные сосновые половицы.

Ждущий следопыт.

Потом кровь. Столько крови.

— Почему вы не погнались за ней? — прошипел я.

«*Нас двоих было недостаточно. Она умерла*».

Мне пришлось заставлять себя идти дальше, пересиливая боль, которая так и норовила вновь пригвоздить меня к месту.

— Что случилось, Элис? — услышал я вопрос Карлайла.

Мы впятером уже шагали внушающим робость отрядом к стоянке, где они оставили машину. К счастью, стеклянный потолок сменился архитектурными решениями попроще, и опасность со стороны солнца нам уже не грозила. Двигались мы быстрее всех людей, даже тех, кто пробегал мимо нас, опаздывая на стыковочные рейсы, но даже эта скорость выводила меня из себя. Мы тащились еле-еле. Зачем это притворство теперь? Какое оно имеет значение?

«*Останься с нами, Эдвард*, — предостерегла Элис. — *Мы все тебе понадобимся*».

У нее в видениях — кровь.

Отвечая на вопрос Карлайла, она сунула ему в руку листок бумаги. Свернутый втрое. Карлайл заглянул в него и отпрянул.

Я увидел его глазами, что было на бумаге.

Почерк Беллы. Объяснение. Заложница. Извинение. Мольба.

Карлайл передал записку мне, я скомкал ее в кулаке, сунул в карман.

— Ее мать? — тихо прорычал я.

— Я не видела ее. Ее не было в той комнате. Может, он уже...

Элис не договорила.

Она вспомнила голос матери Беллы по телефону, панику в этом голосе.

Белла вышла в другую комнату, чтобы успокоить мать. А потом видение стало сильнее Элис. Она никак не могла определиться со временем. Она его не видела.

Чувство вины затягивало ее. Я резко и приглушенно зашипел:

— На это нет времени, Элис.

Карлайл почти неслышно вводил в курс дела Эмметта, который уже потерял терпение. Он все понял, и я отчетливо ощутил его ужас, его чувство фиаско. Но они не шли ни в какое сравнение с моими.

Я просто не мог позволить себе поддаться им. Элис видела самое узкое из окон. Пожалуй, почти невозможное. И абсолютно невозможно было сейчас отыскать Беллу до того, как прольется ее кровь. В глубине души я понимал, что это значит, — что между моментом, когда следопыт найдет ее, и ее смертью пройдет некоторое время. Довольно большой промежуток времени. Я не мог позволить себе осознать это.

Мне требовалось действовать достаточно быстро.

— Мы знаем, куда едем?

Элис мысленно показала мне карту. Я заметил, как она рада, что самую важную информацию получила своевременно. После первого видения и перед звонком матери Белла рассказала ей про перекресток возле того места, где решил дождаться ее следопыт. Всего в двадцати милях, почти все их предстояло проделать по автомагистрали. Понадобятся считаные минуты.

Которых у Беллы в запасе не было.

Мы прошли через зону получения багажа к лифтам. Несколько компаний с тележками, нагруженными чемоданами, ждали, когда в очередной раз лифт откроет двери. Не сговариваясь, мы направились к лестнице. На ней было безлюдно.

Мы взбежали по ступеням и очутились на парковке меньше чем через секунду. Джаспер метнулся было туда, где они оставили машину, но Элис удержала его за руку.

— Полиция будет искать хозяев любой машины, на какой бы мы ни поехали.

Перед ее мысленным взглядом засверкала под ярким солнцем автострада с размытыми от скорости машинами на ней. Вращающиеся синие и красные огни, заграждение, какая-то авария — какая именно, пока неясно.

Все застыли, не зная точно, что это означает.

Времени не было.

Я стремительно рванул вдоль ряда машин, остальные опомнились и последовали за мной с более благоразумной скоростью. Народу на парковке скопилось немного, никто не видел меня толком.

Слышно было, как Элис просит Карлайла прихватить из багажника «мерседеса» его сумку. В каждой из наших машин Карлайл держал врачебный саквояж на случай аварий. Задумываться об этом я себе не позволил.

На поиски идеального варианта времени не осталось. Большинство машин в гараже были громоздкими внедорожниками или практичными седанами, но на глаза попалось и несколько скоростных моделей. Я колебался между новым «фордом-мустанг» и «ниссаном-350Z», надеясь, что Элис увидит, какая из этих машин лучше послужит нам, как вдруг еле уловимый и неожиданный запах привлек мое внимание.

Едва я унюхал закись азота, Элис увидела то, что я искал.

Я ринулся в дальний конец парковки, до самой границы вторжения солнечного света, где кто-то припарковал свой тюнингованный «субару WRX STI» — подальше от лифтов в надежде, что никто не поставит машину рядом и не поцарапает свежую краску.

Расписана тачка была омерзительно: вся в ядовито-оранжевых пузырях размером с мою голову, вспухающих на фоне, по-видимому, темно-лиловой лавы. За весь век своей жизни я ни разу не видел настолько приметной машины.

Однако она была явно ухоженной, чьей-то любимицей. Никаких стандартных компонентов, все до единого гоночные — от диффузора до гигантского, установленного уже после покупки спойлера. Стекла казались настолько темными, что вряд ли даже здесь, в этом солнечном краю, такая тонировка могла считаться законной.

Теперь видение Элис с расстилающимся впереди шоссе стало намного отчетливее.

Она уже подбежала с отломанной от какой-то другой машины антенной в руках, сплющила ее в пальцах, согнула конец крючком. И вскрыла замок, пока нас догоняли Джаспер, Эммет и Карлайл с черным кожаным саквояжем в руке.

Я скользнул на водительское место, сорвал коробку с колонки рулевого управления и скрутил вместе провода зажигания. Рядом с рычагом переключения скоростей торчал еще один, с двумя красными кнопками сверху, помеченными «Гони-1» и «Гони-2», и я оценил приверженность хозяина идее модернизации, если не его юмор. Если повезет, баки с закисью азота окажутся полными. Топливный бак был залит на три четверти — я мог обойтись и меньшим. Остальные сели в машину, Карлайл вперед, остальные сзади, двигатель с готовностью урчал, пока мы выезжали из ряда задним ходом. Никто не преграждал мне путь. Мы промчались через гигантскую парковку к выезду. Я щелкнул кнопкой отопления на панели. Понадобится минута, чтобы закись от тепла перешла из газообразного состояния в жидкое.

— Элис, дай мне опережение на тридцать секунд.

«Поняла».

Крутой пандус штопором спускался на четыре этажа вниз. Примерно на полпути я чуть не врезался в зад выезжающего «эскалейда», как и предвидела Элис. В тесноте было не разъехаться, так что мне осталось только сесть ему на хвост и попытаться напугать водителя долгим гудком. Элис видела, что это не подействует, но я все равно не удержался.

Мы проехали последний виток штопора и очутились в широкой, освещенной солнцем платежной зоне. Два из шести выездов были свободны, «эскалейд» свернул к ближайшему. К тому времени я уже подруливал к оставшемуся.

Тонкий шлагбаум в красно-белую полосу перегораживал выезд. Прежде чем я успел задуматься о том, не протаранить ли его, Элис мысленно завопила:

«Если полиция погонится за нами прямо сейчас, мы не успеем!»

Мои пальцы с силой сжались на ядовито-оранжевом руле. Заставив себя расслабить их, я затормозил у автоматического платежного окна. Карлайл достал из-за защитного козырька парковочный талон и отдал мне.

Его перехватила Элис, вовремя заметив, что я готов расколотить кулаком кардридер вместо того, чтобы терпеливо дожидаться, когда он сработает. Я проехал еще немного вперед, чтобы Джаспер опустил окно со своей стороны и расплатился одной из анонимных карт, которыми мы пользовались, чтобы не светиться.

Темный рукав он натянул до самых кончиков пальцев. Они лишь едва заметно блеснули, когда он высунул руку в окно, чтобы вставить талон в прорезь.

Я во все глаза уставился на полосатый шлагбаум. Он стал для меня подобием клетчатого флага. Как только шлагбаум поднимут, начнется гонка.

Кардридер издал урчание. Джаспер нажал кнопку.

Шлагбаум взлетел вверх, я ударил по педали.

Дорогу я знал. Элис видела ее отрезок вместе со всем, что попадалось нам на пути. Сейчас, в разгар дня, поток транспорта был умеренным. Я видел просветы в нем.

Уже через двенадцать секунд я перешел на шестую передачу. И менять ее на низшую не собирался.

Первый участок автомагистрали был почти пуст, но впереди виднелось сужение. Времени не хватит, чтобы использовать бак с закисью по полной. Я перестроился на крайнюю левую полосу, в сторону от вливающегося бокового потока.

В защиту Аризоны могу сказать, что хоть солнца здесь и до нелепости много, дороги превосходны. Шесть широких, гладких полос с настолько просторными обочинами с обеих сторон, что могли бы сойти за все восемь. Левой обочиной я и воспользовался, чтобы пронестись мимо двух пикапов, вообразивших, будто им самое место на скоростной полосе.

Вокруг шоссе вся местность была плоской и выжженной солнцем, обширной, необозримой, но без единого укрытия от света, а гигантский бледно-голубой купол неба настолько раскалился, что казался почти белым. Вся долина открывалась палящему солнцу, как еда в печи. Лишь несколько тонких, чахлых, еле цепляющихся за жизнь деревьев нарушали унылое каменистое однообразие этого пространства. Я не заметил в нем красоты, которую видела Белла. Мне просто не хватило времени.

Скорость достигла ста двадцати миль. Из этой тачки я мог бы, пожалуй, выжать еще тридцатку, но не хотел загнать ее раньше времени. Невозможно было определить, на какой стадии настройки находится двигатель; он мог оказаться капризным и нестабильным. Мне оставалось лишь следить за давлением и температурой масла и внимательно прислушиваться к тому, насколько напряженно шумит двигатель при работе.

Развязка с огромной, изогнутой дугой эстакадой, которая вывела бы нас к шоссе в сторону севера, уже приближалась, и она была однополосной. Но с непомерно широкой правой обочиной.

Я перестроился через все шесть полос к съезду. Несколько машин от неожиданности вильнули, но к тому времени они уже остались далеко позади меня.

Элис увидела, что ширины обочины недостаточно.

— Эм, Джазз, сейчас я потеряю боковые зеркала, — зарычал я. — Дайте мне обзор.

Оба повернулись на своих сиденьях, чтобы следить за дорогой слева, справа и сзади. В любом случае обзор у них в мыслях был лучше, чем я увидел бы в зеркалах.

Я мчался вдоль машин, которые ехали медленнее меня, и не мог удержать скорость выше сотни. Скрипнув зубами и вцепившись в руль, я задел широкий фургон, который двигался по правой полосе. Лязгнул металл, мое левое зеркало сорвал борт фургона, правое — бетонное ограждение.

Спотыкаясь, Белла бежала по почти белому раскаленному тротуару. Или должна была вскоре побежать.

— Только дорогу, Элис, — процедил я сквозь зубы.

«*Извини. Я стараюсь*».

Все ее мысли пронизывала паника. Белла вбегала на парковку. Или должна была вскоре вбежать.

— Прекрати!

Она закрыла глаза и попыталась не видеть ничего, кроме асфальта впереди.

Я понимал, что эти образы способны привести меня в состояние полной беспомощности. И отогнал их от себя.

Сделать это было не так сложно, как я ожидал.

Осталась только дорога. Я видел ее на все триста шестьдесят градусов и на тридцать секунд в будущее. Выехав на шоссе, ведущее на север, и вновь в дрифте сменив одну за другой все полосы, я опять выскочил на левую обочину и втопил до ста тридцати; казалось, все наши умы соединились, образовали один безупречно сосредоточенный организм, нечто большее, нежели сумма его составляющих. Я видел, как меняется расположение впереди идущего транспорта, как оно приобретает определенность, и вовремя успевал вклиниться в каждый образующийся просвет.

Через тени двух эстакад, следующих одна за другой, мы пронеслись так быстро, что вспышки темноты дали стробоскопический эффект.

Сто сорок пять.

Через пятнадцать секунд впереди должно было открыться идеальное окно. Я рывком перестроился на центральную полосу и откинул прозрачную защитную крышку с ярко-красной кнопки «Гони-1».

Вот он, идеальный момент. Едва вырвавшись из плотного ряда, я нажал кнопку, впрыскивая закись азота, и машина рванулась вперед, будто ее выстрелили из пушки.

Сто пятьдесят пять.

Сто семьдесят.

Белла открывала застекленную дверь в темную пустую комнату. Или должна была вскоре открыть.

Элис снова сосредоточилась и сама удивилась тому, как легко ей это далось. В мыслях у нее мелькнул Джаспер, и я понял, в чем дело.

Джаспер с трудом справлялся с ролью мирного жителя. Но в роли солдата был способен на многое, чего я даже представить себе не мог.

Сейчас всех нас объединяла его боевая сосредоточенность, с помощью которой он не давал отклониться от цели своей армии новорожденных в годы войны. И в нынешней совершенно иной ситуации он действовал безупречно, превратив нас в единую сверхэффективную машину. Я лишь радовался тому, что именно мой разум оказался на острие нашей атаки.

Действие заряда закиси уже иссякало.

Сто пятьдесят.

Я выискивал следующую возможность.

«*Ставят первый дорожный заслон*», — отметила Элис. Никто из нас не встревожился. Заслон ставили слишком близко, чтобы перехватить нас. Мы пронесемся мимо раньше, чем они справятся с работой.

«*И второй*», — она мысленно показала мне место на карте. Довольно далеко впереди, а значит, чревато проблемами, несмотря на то что еще одно окно возможностей должно было открыться через каких-нибудь четыре секунды.

Я перебирал варианты, Элис показывала мне последствия. Времени было слишком мало — нам не оставалось ничего другого, кроме как сменить машину.

Погруженный в мысли, я откинул крышечку и нажал кнопку «Гони-2». Машина послушно рванулась вперед.

Сто семьдесят.

Сто восемьдесят.

Элис показывала мне машины из находящихся впереди, я оценивал их, прежде чем остановить выбор.

В «корвете» будет тесно, наш совокупный вес повлияет на движение в большей степени, чем в нынешней стритрейсерской тачке. Мысленно я вычеркнул еще несколько машин. А потом Элис увидела его — лоснящийся черный «БМВ S1000 RR». Верхний предел скорости — сто девяносто.

«*Эдвард, это невозможно*».

Но вид меня верхом на обтекаемом черном байке был таким заманчивым, что я не стал ее слушать.

«*Эдвард, тебе понадобимся мы все*».

Внезапно ее мысли заполнились картинами увечий и крови, человеческими и нечеловеческими воплями, лязгом металла. В центре этого образа находился Карлайл с руками, блестящими от багровой влаги.

Джаспер по-прежнему не давал мне свернуть с пути. Моими чувствами он управлял так властно, что на секунду мне показалось, будто он стиснул пальцы на моем горле.

Совместными усилиями мы вернули мои мысли обратно к дороге, расстилающейся впереди. Нам остался самый короткий отрезок пути, выбор машины уже не имел особого значения. Элис продолжала показывать седаны, минивэны и внедорожники.

Вот он. Новехонький «порше кайенн турбо», еще даже без номеров, с верхним пределом скорости сто восемьдесят шесть, но уже с наклейкой на заднем окне, изображающей семью. Две дочери и три собаки.

Семья замедлила бы наше передвижение. Элис заглянула вперед, выяснить, что будет, если я решу взять эту машину. К счастью, в ней находился только водитель. Женщина чуть за тридцать, с темно-каштановым хвостом.

Элис больше не видела Беллу на тротуаре. Этот эпизод остался в прошлом. Как и эпизод на парковке. Белла находилась в здании, вместе со следопытом.

Я не стал мешать Джасперу поддерживать во мне сосредоточенность.

— Под следующей эстакадой меняем машину, — предупредил я всех.

Элис принялась распределять роли — щебетала, выговаривая слова быстрее, чем колибри трепещет крыльями.

Карлайл рылся в своем саквояже.

Эмметт машинально поигрывал мускулами.

Я обогнал белый внедорожник, изводясь от необходимости подстраиваться под его скорость. За каждую потерянную мной секунду Белла поплатится болью. Несмотря на сопротивление всех моих инстинктов, я понизил передачу, перешел на четвертую.

Мотоцикл «БМВ» ускорился и оказался вне досягаемости. Я подавил вздох.

До эстакады оставалось еще полмили. Она отбрасывала тень всего пятьдесят три фута длиной, солнце теперь висело прямо над нами.

Я начал оттеснять «кайенн» влево. Его хозяйка перестраивалась. Я сразу же последовал за ней, держась на линии разметки так, чтобы занимать половину ее полосы. Она начала сбавлять скорость, и я сделал то же самое.

Элис помогала мне рассчитывать время. Я слегка опередил «кайенн», потом снова забрал левее, вторгся на его полосу и резко сбросил газ. Хозяйка «кайенна» ударила по тормозам.

Прямо за нами «корвет», к которому я примеривался, сменил полосу и возмущенно засигналил, проезжая мимо. Вся транспортная масса метнулась вправо, как одно целое, чтобы объехать нас.

Мы остановились, не доехав последних десяти футов до края тени, и вышли из машины одновременно. Любопытные лица проносились мимо нас со скоростью семьдесят миль в час.

Хозяйка «кайенна» тоже выбралась из своей машины, хмурясь и яростно взмахивая хвостом. Карлайл бросился к ней навстречу. У нее была всего одна секунда, чтобы отметить, что на обочину ее оттеснил самый привлекательный мужчина из всех, каких она только встречала, и тут она рухнула ему на руки. Вероятно, даже не успев почувствовать укол.

Карлайл бережно уложил ее бесчувственное тело на бетонный выступ у обочины. Я занял место за рулем, Джаспер и Элис уже сидели сзади. Элис держала дверцу открытой для Эмметта. Тот присел на корточки рядом с нашей прежней машиной и не сводил глаз с Элис, ожидая, когда она подаст знак. Элис следила за мчащимися в нашу сторону машинами и ждала момента, когда ущерб будет минимальным.

— Давай! — крикнула она.

Эмметт метнул нашу кричаще-яркую тачку в сторону приближающегося транспорта.

Кувыркаясь, машина долетела до второй и третьей полосы справа. Послышался скрип, лязг и треск: машины резко тормозили одна за другой, и все равно врезались в идущие впереди. Звучно хлопали вспухающие подушки безопасности. Элис увидела несколько травм, но ни единого случая смерти. Полицейские, уже бросившиеся в погоню за нами, должны были появиться через несколько секунд.

Звуки отступили на второй план. Карлайл и Эмметт уже сидели на местах, и я снова погнал машину вперед, отчаянно стремясь наверстать потерянные под эстакадой секунды.

Следопыт навис над Беллой. Коснулся пальцами ее щеки. Это должно было случиться уже через несколько секунд.

Сто шестьдесят пять.

По другой стороне автострады с воем сирен пронеслись четыре патрульные машины, направляясь к месту нашей аварии. На внедорожник «футбольной мамаши», устремившийся на север, они не обратили внимания.

Еще два поворота.

Сто восемьдесят.

Никакого напряжения во внедорожнике я не ощущал, но знал, что сейчас опасность представляет не сбой двигателя — надо очень постараться, чтобы вывести из строя этот танк немецкого производства, — а прочность шин. Для такой скорости они не предназначались. Нельзя было допустить, чтобы какая-нибудь из них лопнула, но я, отпуская педаль газа, испытывал физическую боль.

Сто шестьдесят.

К нам стремительно приближался поворот. Я обогнал какой-то полуприцеп и вильнул вправо.

Элис показала мне схему. Перекресток занимал всю длину эстакады. В конце нашего съезда на светофоре только что загорелся желтый свет. Через секунду с западной стороны перекрестка загорится зеленая стрелка, и транспорт с двух полос помчится через шоссе.

Безмолвно умоляя шины продержаться, я ударил по газам.

Сто семьдесят.

Мы подлетели к повороту по узкой левой обочине, на несколько дюймов разминувшись с машинами, которые остановились на светофоре.

Я свернул влево уже под красный свет, зад внедорожника занесло, и я едва вписался в поворот, чуть не поцеловав бетонное ограждение с северной стороны эстакады.

Машины, направляющиеся к въезду на магистраль, уже были на полпути через перекресток. Оставалось только следовать намеченным курсом.

Мимо «лексуса», возглавлявшего этот поток, я пронесся впритирку, не оставив между нами даже дюйма.

Кактусовая улица предоставляла гораздо меньше возможностей, чем автомагистраль: всего две полосы, к которым выходил с десяток жилых проездов и даже несколько подъездных дорожек. От комнаты с зеркалами нас отделяло четыре светофора. Элис видела, что два из них мы пролетели на красный.

Мимо пронесся знак ограничения скорости — сорок миль в час.

Сто двадцать.

Эта улица дала мне одно небольшое преимущество: реверсивную полосу в обрамлении ярко-желтых линий, проходящую посередине улицы, почти по всей ее длине.

Белла ползла по сосновым половицам. Следопыт поднимал ногу.

Элис снова сосредоточилась, но я уже отвлекся. На десятую долю секунды я вернулся в Форкс, в свой «вольво», обдумывая способы самоубийства.

Эммет ни за что... а вот Джаспер может. Только он поймет, каково мне. Может, он даже *захочет* положить конец моей жизни, лишь бы избежать такой боли. Или же просто сбежит. Он не станет ранить Элис. Так что остается долгий путь в Италию.

Джаспер протянул руку и коснулся кончиками пальцев моей шеи сзади. Это прикосновение подействовало как обезболивающее, смыло мои мучения.

Я беспрепятственно проехал по центральной полосе примерно милю и свернул с нее на боковую, только чтобы пролететь на первый зеленый свет. Следующий перекресток стремительно приближался. Реверсивная полоса перешла в левоповоротную, три машины уже ждали здесь, выстроившись вереницей. Правоповоротная полоса была в основном свободна. Мотоцикл я смог объехать, выскочив на секунду на тротуар и с трудом не дав внедорожнику перевернуться.

Я взглянул на спидометр: восемьдесят. Недопустимо.

Перекресток со светофором я успешно проскочил, немногочисленные водители заметили мое приближение и резко затормозили на полпути, а я снова занял реверсивную полосу.

Сто.

Приближающийся перекресток был крупнее предыдущего, шире и вдвое оживленнее.

— Элис, дай все возможности!

В ее видениях транспорт на улице застыл. Элис повернула эту картину сначала против часовой стрелки, потом обратно.

Я увидел расположение машин сначала сбоку, потом сверху. Они находились довольно близко друг к другу, но между ними все же остались щели. Я запомнил их.

Сто двадцать.

Если на такой скорости мы с кем-нибудь столкнемся, обе машины будут уничтожены. Нам не останется ничего другого, кроме как под слепящим солнечным светом броситься бежать к месту, где находится Белла. Люди что-нибудь да... заметят. Остальным за мной не угнаться. Не знаю, какие пойдут слухи — про инопланетян, демонов или тайное правительственное оружие, — но пойдут они обязательно. И что тогда? Как мне спасти Беллу, когда власти мира бессмертных явятся с расспросами? Мне нельзя привлекать внимание Вольтури, если я еще не опоздал.

Но Белла *надрывалась* от крика.

Джаспер повысил дозу моего обезболивающего. Оцепенение распространилось по коже и достигло мозга.

Я вдавил в пол педаль газа и круто свернул на встречную полосу.

Места на ней едва хватало, чтобы лавировать между машинами. По сравнению со мной они ехали так медленно, что мне казалось, будто я объезжаю вокруг неподвижных предметов.

Сто тридцать.

Извилистым путем я проскочил застывший перекресток и свернул на правую сторону дороги, как только там появился просвет.

— Неплохо, — прошипел Эмметт.

Сто сорок.

На последнем светофоре должен был загореться зеленый. Но у Элис возникли другие мысли.

— Сверни здесь налево, — велела она, указывая на узкий проезд между домами за торговым районом, где располагалась балетная студия. Улица была обсажена высокими эвкалиптами, трепещущие листья которых казались скорее серебристыми, чем зелеными. Пятнистой тени хватило бы нам, чтобы пройти по улице незамеченными. Тем более вокруг не было ни души. Из-за жары.

— Сбавь скорость.

— Еще недостаточно...

СОЛНЦЕ ПОЛУНОЧИ

«*Если он услышит нас, она умрет!*»

Я нехотя передвинул ступню на педаль тормоза и начал снижать скорость. Не сделай я этого, на таком крутом повороте внедорожник перевернулся бы. Повернул я на скорости всего шестьдесят миль.

«*Еще медленнее*».

Сцепив зубы, я сбросил до сорока.

— Джаспер, — прошипела Элис такой стремительной скороговоркой, что казалось, она молчит, несмотря на всю горячность. — Обойди здание и войди со стороны улицы. Мы зайдем сзади. Карлайл, приготовься.

Кровь повсюду на разбитых зеркалах, лужицы на половицах.

Я затормозил в тени одного из высоких деревьев, остановив «кайенн» на расшатанных плитках тротуара почти беззвучно. Стена высотой восемь футов, сложенная из бетонных блоков, отмечала границу между жилой и торговой зонами. На противоположной стороне улицы виднелись стоящие вплотную друг к другу оштукатуренные дома, жалюзи на всех окнах были закрыты, чтобы сохранить внутри прохладу.

Благодаря Джасперу двигаясь совершенно синхронно, мы выскочили из машины, оставив дверцы приоткрытыми, чтобы не шуметь лишний раз. К северу и западу от здания уличное движение было довольно оживленным; оно наверняка заглушит все звуки, которые мы издаем.

Прошла, может, четверть секунды. Мы перемахнули через стену, старательно избегая ее усыпанного гравием основания, и приземлились на соседний тротуар почти бесшумно. За зданием проходил узкий переулок. С мусорным баком, штабелем пластиковых ящиков и запасным выходом.

Я не стал медлить. Что там, за этой дверью, я уже видел. Или то, что будет за ней через секунду. Я принял такую позу, чтобы не допустить ни малейшей ошибки, не оставить ни единого зазора, через который сможет улизнуть следопыт, и бросился на дверь.

Глава 26

Кровь

Сквозь дверь. Под моим натиском она разлетелась в щепки.

Звериный рев вырвался у меня изнутри совершенно инстинктивно. Следопыт вскинул голову и рывком нагнулся к малиновому пятну на полу рядом с ним. Я увидел бледную руку, вскинутую в тщетной попытке защититься.

Такое препятствие, как дверь, не снизило мою скорость. Я в прыжке налетел на Джеймса, оторвал от его добычи и швырнул об пол с такой силой, что проломил половицы. Потом перекатился, увлекая его за собой, и пинком отшвырнул на середину комнаты. Где ждал Эмметт.

На протяжении всей четверти секунды, которую я провел, сцепившись со следопытом, я едва воспринимал его как живое существо. Он был просто предметом на моем пути. Я знал, что в ближайшем будущем в какой-то момент позавидую Эмметту и Джасперу. Хотел бы я тоже получить шанс полосовать, рвать и терзать. Но сейчас все это не имело смысла. Я круто обернулся.

Как я уже знал по видениям, Белла лежала скорчившись у стены в окружении разбитых зеркал, как в раме. Все вокруг было красное.

Весь ужас и боль, которые я сдерживал с тех пор, как в аэропорту меня коснулось смятение Элис, обрушились на меня неудержимой приливной волной.

Ее глаза были закрыты. Бледная рука безвольно лежала рядом на полу. Сердце билось слабо и прерывисто.

Решения сдвинуться с места я не принимал — просто очутился рядом с ней, встал на колени в ее крови. Пламя бушевало в моей груди и голове, а я не мог разделить разные виды боли. Мне было страшно прикоснуться к ней — так много у нее насчитывалось переломов. Я боялся сделать хуже.

В ушах звучал мой собственный голос, вновь и вновь повторяющий одни и те же слова. Ее имя. «Нет». «Умоляю». Раз за разом, как в записи. И этим звуком я не управлял.

Я услышал, как во весь голос зову Карлайла, но он уже был рядом, стоял на коленях в крови по другую сторону от нее.

Слова, рвущиеся у меня изо рта, были уже не словами — исковерканными, натужными звуками. Всхлипами.

Карлайл провел ладонями от ее макушки до щиколоток и затем обратно — так быстро, что его руки размазались в воздухе. Прижал обе ладони к ее голове, отыскивая трещины. Крепко надавил двумя пальцами на точку тремя дюймами ниже правого уха. Я не видел, что он делает; ее волосы были пропитаны багровой влагой.

У нее вырвался слабый крик. Лицо исказилось от боли.

— Белла! — взмолился я.

Голос Карлайла звучал невозмутимо по сравнению с моими неистовыми воплями:

— У нее кровопотеря, но рана на голове неглубока. Осторожнее с ее ногой — она сломана.

Вой бешеной ярости огласил комнату, и на секунду я подумал, что Эмметт и Джаспер в беде. Коснулся их мыслей, обнаружил, что они уже собирают клочья, и понял, что вой издал я.

— И, кажется, несколько ребер, — все с тем же удивительным спокойствием добавил Карлайл.

Мысли его оставались практичными и бесстрастными. Он знал, что я слушаю их. Вместе с тем результаты осмотра обнадеживали его. Мы успели вовремя. Травмы не были критическими.

Однако я замечал в его оценке многочисленные «если». Если он сумеет остановить кровотечение. Если сломанное ребро не проткнуло легкое. Если внутренние повреждения действительно такие, как кажется. Если, если, если. За годы, которые он посвятил поддержанию жизни в человеческом организме, он повидал множество примеров тому, что и как может в нем разладиться.

Ее кровь впитывалась в мои джинсы. Покрывала мои руки. Я казался нарисованным ею.

Белла издала стон боли.

— Белла, с тобой все будет хорошо, — жарко, умоляюще выпалил я. — Ты слышишь меня, Белла? Я люблю тебя.

Снова стон... но нет: она пыталась что-то сказать.

— Эдвард... — выдохнула она.

— Да, я здесь.

Она шепнула:

— *Больно*.

— Знаю, Белла, знаю.

Зависть вдруг всплыла на поверхность, мне словно врезали кулаком в грудь. Как же мне хотелось изломать следопыта, медленно разодрать его на длинные полосы. Столько боли, так много крови, а я так и не сумел заставить его поплатиться за это. Мне было мало того, что он умирал и должен был сгореть. Этого не будет достаточно никогда.

— Неужели ничего нельзя сделать? — рявкнул я на Карлайла.

— Мою сумку, пожалуйста, — холодно обратился он к Элис.

Она издала негромкий звук, как будто поперхнулась.

Я не мог отвести глаз от лица Беллы, сплошь в ссадинах и крови. Ее кожа под запекшейся кровью была бледной, какой я еще никогда ее не видел. Веки казались почти неподвижными.

Но, заглянув в мысли Элис, я заметил осложнение.

Сам я пока не успел осознать толком, что стою на коленях в целом озере крови. Но где-то в глубине мое тело наверняка отреагировало на кровь, и я это понимал. Однако реакция, какой бы она ни была, оставалась запрятанной глубоко под болью и до сих пор не всплыла.

А Элис, хотя и любила Беллу, оказалась физически не готова к тому, что увидела. Она медлила в нерешительности, стискивала зубы, пыталась проглотить яд.

Эмметту и Джасперу тоже пришлось нелегко. Они вытаскивали из комнаты разодранного на куски следопыта, а я мстительно тешил себя надеждой, что эти куски до сих пор в состоянии ощущать боль. Эмметт внимательно следил за Джаспером, опасаясь, как бы тот не сорвался. Сам Эмметт превосходно владел собой. Тревога за Беллу пересилила свойственную ему беспечность.

— Задержи дыхание, Элис, — посоветовал Карлайл, — будет легче.

Она кивнула, перестала дышать, метнулась вперед и отшатнулась, оставив возле ноги Карлайла его саквояж. Двигалась она так осторожно, что даже ни разу не вступила в кровь. И поспешила удалиться к раздолбанной аварийной двери, чтобы глотнуть свежего воздуха.

Сквозь дверной проем слышались слабые звуки сирен — полиция искала машину, которая так безрассудно гоняла по улицам города. В том, что они найдут угнанный «кайенн», припаркованный в тени на тихой боковой улочке, я сомневался, но даже если найдут, мне все равно.

— Элис? — выговорила Белла.

— Элис здесь, — пробормотал я. — Она знала, где искать тебя.

Белла заскулила.

— Руку *больно*.

Я удивился тому, что она назвала именно руку. Повреждений было так много.

— Знаю, Белла. Карлайл даст тебе что-нибудь, и все пройдет.

Карлайл зашивал раны у нее на голове так быстро, что я не успевал следить за его руками. Ни одно место кровотечения не ускользало от его взгляда. Ему удавалось соединять крупные сосуды крошечными стежками, которые не сумел бы воспроизвести ни один другой хирург даже в идеальных условиях и при помощи систем вспомогательного кровообращения. Хорошо бы еще он прервался на время, чтобы ввести Белле какие-нибудь обезболивающие, но под сдержанностью и спокойствием я различал у него в голове мысли о том, что голова Беллы пострадала сильнее, чем ему казалось поначалу. Она потеряла так много крови.

Внезапно Белла вздрогнула и почти села. Карлайл удержал ее за голову железной хваткой левой руки. Ее глаза широко раскрылись — белки были красными от лопнувших сосудиков, — и она закричала. Я даже не подозревал, что у нее остались силы на такой пронзительный визг.

— Рука *горит!*

— Белла? — вскрикнул я, по глупости на миг решив, что ей жарко от огня, бушующего у меня внутри. Неужели я причинил ей страдания?

Ее глаза заметались, она ничего не видела от крови и упавших на лоб окровавленных волос.

— Огонь! — кричала она, выгибаясь дугой, несмотря на скрип ребер. — Потушите *огонь!*

От ее мучительного крика я впал в ступор. Я понимал, о чем она говорит, но в приступе паники у меня все перемешалось в голове. Как будто кто-то другой заставил меня отвести взгляд от ее лица, направил мои глаза на испещренную малиновыми пятнами руку, которую она отталкивала от себя, мучительно сжимая и выкручивая пальцы.

Короткий неглубокий порез рассекал кожу у основания ее ладони. По сравнению с другими ранами эта была пустяковой. Кровотечение уже останавливалось...

Я понимал, что вижу, но не мог подобрать слова.

Все, что я смог, — ахнуть:

— Карлайл, ее рука!

Он неохотно отвлекся от работы, и его пальцы замерли — впервые с тех пор, как он к ней приступил. Шок обрушился и на него.

Голос прозвучал опустошенно:

— Он укусил ее.

Вот они, эти слова: *он укусил ее.* Следопыт укусил Беллу. Ее сжигал яд.

Я увидел этот момент мысленно, будто на замедленном воспроизведении. Вламываюсь сквозь дверь. Следопыт делает бросок. Белла взмахивает рукой, заслоняясь от него. Я врезаюсь в него и оттаскиваю в сторону. Но зубы у него оскалены, шея вытянута... Я опоздал всего на миллисекунду.

Руки Карлайла все еще были неподвижны. «Зашивай ее!» — хотелось мне закричать на него, но я, как и он, знал, что теперь его усилия бесполезны. Все, что у нее сломано, срастется само собой. Каждая раздробленная кость, каждый порез, каждый крошечный кровоточащий разрыв тканей под кожей — все скоро снова станет целым.

Ее сердце остановится и больше никогда не будет биться.

Белла закричала и забилась в муках.

«*Эдвард*».

Элис вернулась и нашла в себе силы присесть рядом с Карлайлом, наступив в лужу крови, впитывающейся ей в туфли. Легким движением она отвела волосы с красных от крови глаз Беллы.

«*Нельзя допустить, чтобы это произошло вот так*». Она думала о Карлайле.

На Карлайла тоже нахлынули воспоминания. О следах зубов на его ладони и затяжных страданиях, которые привели к его метаморфозе.

Потом он задумался обо мне.

Фантомное жжение прошло по моей ладони, моей руке. Я тоже вспомнил.

— Эдвард, сделать это придется тебе, — настойчиво сказала Элис.

Я мог бы сделать так, чтобы у Беллы все прошло легче и быстрее. Ей незачем мучиться так долго, как мучился я.

Но страдать все-таки придется. Боль будет невообразимой. Пытка огнем продлится сутками. Просто... их будет не так много, этих суток.

А когда все кончится...

— Нет! — взвыл я, хотя и понимал, что протестовать бесполезно.

Сейчас видение Элис было настолько отчетливым, что казалось неизбежным. Как недавнее воспоминание, а не будущее. Мраморно-белая Белла с глазами, сияющими багрянцем в сто раз ярче, чем вся сцена бойни вокруг нас.

В эту картину вторглись мои воспоминания, наложились на видения Элис. Розали. Недовольная, исполненная сожалений. Вечно оплакивающая то, что потеряла. Так и не смирившаяся с тем, что с ней сделали. Выбора у нее не было, нас она так и не простила.

Выдержу ли я, если ближайшую тысячу лет с тем же упреком на меня будет смотреть Белла?

«*Да!*» — утверждала самая эгоистичная сторона моей натуры. Все лучше, чем если она исчезнет сразу, ускользнет от меня.

А лучше ли? Будь у нее возможность осознать все последствия и каждую потерю, выбрала бы *она* этот путь?

Осознал ли *я* сам, какую цену заплатил? Понял ли, что именно отдал в обмен на свое бессмертие? Неужели следопыт только что наткнулся на черную стену небытия, которая когда-нибудь суждена и мне? Или нам обоим уготовано вечное пламя?

— Элис... — простонала Белла, ее глаза закрылись. Заметила, что Элис снова рядом, или просто перестала рассчитывать на мою помощь? Ведь я же ничего не делал, только сходил с ума.

Белла снова закричала, издала долгий протяжный вой агонии.

«Эдвард!» — прикрикнула на меня Элис. Моя нерешительность доводила ее до исступления, но действовать сама она не решалась, не настолько доверяя себе.

Элис видела, что я тону. Видела, как в моем будущем раскручиваются тысячи разных вариантов отчаяния. На периферии она даже заметила тот, где я совершаю невообразимое, о чем пока не задумывался осознанно. То, на что я *твердо* считал себя неспособным по малодушию. Лишь заметив этот вариант у нее в видениях, я обнаружил, что и он мелькал у меня в голове.

И вот теперь я видел это.

Как я убиваю Беллу.

Правильно ли это — прекратить ее муки? Дать ей, в ее полном и абсолютном неведении, шанс на иную судьбу, нежели неизбежность, которая, как я знал, ждала меня? На посмертие иного рода, нежели то ледяное и кровожадное, к которому жжение приближало ее сейчас?

Боль была слишком сильна, и я не доверял собственным мыслям, которые переставали подчиняться мне, потому что Белла *кричала*.

Взглядом и мыслями я обратился к Карлайлу, надеясь на какое-нибудь уверение, прощение и оправдание, но увидел нечто совершенно другое.

Перед его мысленным взглядом свивалась кольцами пустынная гадюка, и ее чешуйки песчаного цвета терлись друг о друга с сухим скрежетом.

Образ был настолько неожиданным, что я потрясенно замер.

— Возможно, шанс есть, — сказал Карлайл.

Это был всего лишь проблеск надежды у него в мыслях. Он видел, как действуют на меня ее страдания, и тоже боялся того, что сделает с ней и со мной в будущем вынужденный переход к нашей жизни. Однако лучик надежды...

— Но как? — взмолился я. Каковы шансы?

Карлайл снова принялся зашивать раны у нее на голове. Он настолько верил в успех своей идеи, что посчитал необходимым вновь заняться ранами.

— Попробуй высосать яд, — с прежним спокойствием произнес он. — Рана сравнительно чистая.

Каждый мускул в моем теле сковала неподвижность.

— А это поможет? — спросила Элис. В поисках ответа на собственный вопрос она заглянула вперед. Все оставалось туманным. Решение еще не было принято. Я еще не принял его.

Карлайл не отрывался от работы.

— Не знаю. Но надо спешить.

Я знал, как распространяется яд. Первое жжение она ощутила всего минуту назад. Сначала он медленно поднимется по ее запястью, затем выше по руке. И чем дальше, тем быстрее.

Думать об этом было некогда.

«*Но ведь!..* — хотелось вскричать мне. — *Но ведь я же вампир!*»

От вкуса крови я обезумею. Особенно от вкуса *ее* крови. Сильнее пламени в моем горле и груди лишь жжение, которое мучает ее сейчас. И если я поддамся этой потребности хотя бы чуть-чуть...

— Карлайл, я... — от стыда у меня сорвался голос. Понимает ли он, что предлагает? — Не знаю, смогу ли я.

Игла в пальцах Карлайла летала так стремительно, что была почти невидима. Он уже перешел к затылку Беллы и теперь зашивал его левую сторону. Как же она изранена!

Его голос прозвучал ровно, но веско:

— Так или иначе, решать тебе, Эдвард.

Жизнь, или смерть, или полужизнь — что выбрать, решать мне. Но выбрать жизнь — разве это в моей власти? Я же никогда не обладал такой силой.

— Помочь тебе я не могу, — извиняющимся тоном добавил Карлайл. — Мне надо остановить кровотечение здесь, если ты будешь отсасывать кровь из руки.

Белла забилась, скорчилась в новом приступе боли, дернула сломанной ногой.

— Эдвард! — закричала она.

Ее налитые кровью глаза снова открылись, и на этот раз обращенный на меня взгляд был сосредоточенным, пристальным. Просительным и умоляющим.

Белла горела в огне.

— Элис! — отрывисто позвал Карлайл. — Поищи что-нибудь, чтобы зафиксировать ей ногу!

Элис метнулась за пределы моего поля зрения, я слышал, как она отдирает половицы и ломает их на части подходящего размера.

— Эдвард! — голос Карлайла утратил недавнюю сдержанность. В нем послышалась боль — за меня, за Беллу. — Начинать надо *немедленно*, или будет слишком поздно.

Глаза Беллы молили, отчаянно жаждали избавления.

Белла пылала, а я совсем не годился на роль ее спасителя. В буквальном смысле меньше, чем кто-либо во всей вселенной, подходил для этой задачи.

Но только я один находился здесь, чтобы справиться с ней.

«*Ты сделаешь это*, — приказал себе я. — *Другого пути нет. Потерпеть неудачу ты не имеешь права*».

Я схватил ее мечущуюся руку, разогнул стиснутые пальцы и удержал в своих. Потом перестал дышать и наклонился, чтобы прижаться к ее руке ртом.

Кожа вокруг раны уже была прохладнее, чем рука в целом. Она менялась. Твердела.

Я прильнул губами к короткому порезу, закрыл глаза и приступил.

Всего лишь тонкая струйка крови — яд уже вызвал заживление раны. Всего несколько капель для начала. Едва ли достаточно, чтобы смочить язык.

Они словно взорвали меня. Как будто бомба сработала у меня внутри, в моей голове. Впервые уловив запах Беллы, я думал, что погиб. Но тот случай был всего лишь пустяковой царапиной. А этот по сравнению с ним — обезглавливанием. Мой мозг отделили от тела.

Но боли не было. Кровь Беллы оказалась противоположностью боли. Она снимала все жжение, которое мучило меня ранее. И это было не просто отсутствие боли. Но и удовольствие, и *блаженство*. Меня наполняла странная радость — радость одного только тела. Я исцелился и ожил, и каждое нервное окончание во мне удовлетворенно вибрировало.

Я слегка отстранился от раны, и начался процесс, обратный действию яда. Кровь потекла равномерно, покрывала мой язык, вливалась в горло. Острый ледяной вкус яда служил ненадежным противовесом. Он нисколько не умалял власти ее крови.

Восторг. Эйфория.

Мое тело прекрасно понимало, что совсем рядом, под рукой, находится источник этого блаженства, и он не иссяк. *Еще*, мурлыкало оно, *еще*.

Но не могло пошевелиться. Я приказал ему оставаться неподвижным. Едва ли я понимал почему, но отказывался отменить приказ.

Мне требовалось думать. Требовалось перестать чувствовать и продолжать думать.

За пределами блаженства что-то было.

Боль, это была боль, недосягаемая для удовольствия. Боль снаружи и внутри моего разума.

Пронзительная боль, лишенная гармонии. Она нарастала крещендо.

Белла кричала.

Мысленно я поискал, за что бы уцепиться, и обнаружил, что меня ждет спасательный круг.

«*Да, Эдвард. Ты можешь это сделать. Видишь? Ты спасешь ее*».

Элис показывала мне тысячи проблесков будущего: Белла улыбалась, Белла смеялась, Белла тянулась к моей руке, Белла раскрывала мне объятия, Белла завороженно смотрела мне в глаза, Белла шла со мной по школе, Белла сидела рядом со мной в своем пикапе, Белла спала в моих объятиях, Белла прикладывала пальцы к моей щеке, Белла держала мое лицо в ладонях и осторожно прикасалась губами к моим губам. Тысячи разных сцен с участием Беллы — целой и невредимой, живой и счастливой. И со мной.

Блаженство, ощущение физической радости, потускнело. Привкус яда усилился. Но было еще слишком рано.

«*Я покажу тебе когда*», — пообещала Элис.

Но я чувствовал, как меня проносит мимо момента, когда я еще *мог* остановиться. Я терял власть над собой. Намеревался убить ее и всем телом непрестанно трепетал от радости.

Крики Беллы утихли, моя связь с болью, которую мне требовалось ощущать, ослабла. Белла всхлипнула несколько раз, потом вздохнула.

Я собирался убить ее.

— Эдвард... — шепнула она.

— Он здесь, Белла, — успокоила Элис.

Прямо здесь, и как раз сейчас убиваю тебя.

Я не замечал почти ничего вокруг. Звуки утихли, свет приглушили опущенные веки, исчезло все, кроме крови. Даже мысли Элис, которая почти орала на меня, казались еле слышными и далекими.

«*Пора*, — твердила Элис. — *Прямо сейчас, Эдвард*».

Я уловил этот вкус даже в состоянии почти полной сосредоточенности. Прежний, острый и ледяной, исчез, однако его место занял новый, химический, и я осознал, как быстро работает Карлайл.

«*Остановись, Эдвард! Сейчас же!*»

Но Элис видела, что я теряю голову. Я слышал, как она лихорадочно соображает, не оторвать ли меня от Беллы или эта схватка только сильнее повредит ей.

— Останься, Эдвард, — вздох Беллы теперь прозвучал умиротворенно. — Останься со мной...

Ее тихий голос проскользнул в мои мысли и оказался сильнее, чем паника Элис, громче хаоса у меня внутри и снаружи. Уверенность Беллы подействовала, словно поворот ключа, соединившего мой разум с моим телом. Она снова сделала меня целым.

И я просто позволил ее руке отделиться от моих губ и упасть. Поднял голову и посмотрел ей в лицо. Все еще перепачканное кровью, пепельно-бледное, с закрытыми глазами, но уже спокойное. Боль утихла.

— Я с тобой, — пообещал я окровавленными губами.

Ее губы дрогнули в слабой улыбке.

— Ничего не осталось? — спросил Карлайл, опасаясь, что слишком поспешил с обезболивающим и оно помешало мне различить жжение яда.

Но Элис уже видела, что все в порядке.

— На вкус кровь чистая, — мой голос прозвучал резко и сипло. — С привкусом морфия.

— Белла! — негромко и отчетливо позвал Карлайл.

— М-м-м?

— Больше не жжет?

— Нет, — выговорила она чуть более внятно. — Спасибо тебе, Эдвард.

— Я люблю тебя.

Она вздохнула, все так же не открывая глаз.

— Знаю.

Смешок вырвался сам собой и удивил меня. Я ощущал вкус крови на языке. Вероятно, она уже успела окрасить края моих радужек в алый цвет. Мало того, засыхала на моей одежде и покрывала пятнами кожу. Но Белле все равно удалось вызвать у меня смех.

— Белла! — снова позвал Карлайл.

— Что? — теперь ее тон был раздраженным. Судя по виду, она уже почти засыпала и ей хотелось уснуть совсем, без всяких «почти».

— Где твоя мама?

Ее веки задрожали, она вздохнула.

— Во Флориде. Он *схитрил*, Эдвард. Посмотрел наши *видео*.

Почти впадая в забытье после травмы и морфия, она все еще возмущалась таким бесцеремонным вторжением в личную жизнь. Я улыбнулся.

— Элис! — Белла попыталась открыть глаза, оставила тщетные попытки, но ее голос зазвучал настолько взволнованно и настойчиво, насколько это было возможно в ее состоянии. — Элис, видеозапись! Он узнал тебя, Элис, ему было известно, откуда ты взялась... Бензином пахнет?

Эмметт и Джаспер уже вернулись, нацедив необходимого нам горючего. Сирены все еще выли вдалеке, но теперь с другой стороны. Найти нас полицейским не светило.

Хмурясь, Элис порхнула по разгромленному полу к музыкальному центру, сняла с него все еще работающую маленькую ручную видеокамеру и выключила ее.

В тот же миг, как она решила забрать камеру, сотни обрывков будущего промелькнули у нее в голове — образы этой комнаты, Беллы, следопыта, крови: всего, что ей предстояло увидеть, воспроизводя запись. Но видение было слишком быстрым и беспорядочным, чтобы кто-нибудь из нас успел хоть что-то понять из него. Элис переглянулась со мной.

«Позже займемся. У нас впереди еще уйма дел, чтобы разобраться с этим кошмаром».

Я видел, что она намеренно оттоняет от себя мысли о камере и перебирает вместо них предстоящие хлопоты, поэтому не стал настаивать. Позже так позже.

— Пора уносить ее, — сказал Карлайл. Запах бензина, которым Эмметт и Джаспер обливали стены, становился удушливым.

— Нет, — забормотала Белла, — я хочу спать.

— Спи, милая, — проворковал я ей на ухо, — я тебя понесу.

Ее нога уже была надежно зафиксирована шинами из половицы, подготовленными Элис, Карлайл нашел время, чтобы наложить повязку на ребра. Двигаясь гораздо осторожнее, чем когда-либо прежде, я поднял Беллу с пропитанного кровью пола, стараясь при этом поддерживать все ее тело.

— А теперь спи, Белла, — прошептал я.

Глава 27

Хлопоты

— У нас есть время для?.. — начала Элис.

— Нет, — перебил Карлайл. — Белле немедленно нужна кровь.

Элис вздохнула. Если мы первым делом отправимся в больницу, возникнут сложности.

Карлайл сидел рядом со мной на заднем сиденье, осторожно приложив пальцы к сонной артерии Беллы и поддерживая ее голову. Нога в шинах была вытянута поперек ног Эмметта по другую сторону от меня. Эмметт не дышал. И глазел в окно, стараясь не думать о крови, запекающейся на Белле, Карлайле и мне. И не думать о том, что я только что сделал. О невозможности моего поступка. О силе, которой сам он не обладал и знал об этом.

Вместо этого он задумался о схватке, которой остался недоволен. Потому что... нет, ну *в самом деле!* Он *сделал* его, этого следопыта. Блокировал полностью, хотя следопыт отбивался, извивался, метался, чтобы ускользнуть от сокрушительных рук Эмметта. Но у следопыта не было ни единого шанса, несмотря на все сопротивление, и Эмметт уже рвал его, когда в залитую кровью комнату влетел Джаспер.

Закаленный в боях и свирепый, с глазами пронзительными и в то же время пустыми, Джаспер был похож на некое забытое божество или олицетворение войны, излучающее ауру ни с чем не смешанного насилия. И следопыт сдался. В то же мгновение, как он увидел Джаспера (впервые, но Эмметт об этом не знал), он покорился судьбе. И хотя его участь была решена еще в тот момент, когда он попал в руки Эмметта, именно *появление* Джаспера сломило его боевой дух.

И это доводило Эмметта до помешательства.

Когда-нибудь в ближайшем времени придется объяснить Эмметту, как он выглядел на вырубке и почему. Вряд ли что-нибудь другое исцелит его уязвленное самолюбие.

Джаспер сидел за рулем, в разбитое окно с его стороны вливался жаркий и сухой воздух снаружи, но, как и Эмметт, он не дышал. Элис, занявшая место рядом, выбирала маршрут — указывала повороты, полосы, максимальную скорость, которую он мог развить, не привлекая нежелательного внимания. Сейчас она удерживала его на шестидесяти семи милях в час. Я бы прибавил, но Элис была убеждена, что доставит нас до больницы быстрее, чем сделал бы я. Ускользая от патрульных машин, мы только потратили бы больше времени и осложнили *всю* ситуацию разом.

Несмотря на то что Элис следила за всеми подробностями поездки, мысленно она находилась в десятке разных мест, искала способы справиться с предстоящими ей делами, изучала последствия каждого возможного выбора.

И лишь в одном была уверена твердо.

Она достала телефон, позвонила в авиакомпанию, уже зная, что именно у этой компании найдется подходящий рейс, и заказала билет на два сорок до Сиэтла. Времени было в обрез, но она видела Эмметта в самолете.

Предстоящий день просматривался отчетливо, как в реальности, и я тоже видел его целиком.

Первым делом Джаспер высадит Карлайла, Беллу и меня у больницы Святого Иосифа. Больницу можно было найти и поближе, но Карлайл настоял на этой. Он знал тамошнего врача, который мог поручиться за него, вдобавок это был центр травматологии, признанный на общенациональном уровне. Из-за его настойчивости и пепельной бледности Беллы — несмотря на сильное и ровное сердцебиение, — я не стал вмешиваться, и мне осталось лишь молча паниковать и проклинать нашу предусмотрительно низкую скорость.

— С ней все будет хорошо, — тихо зарычала на меня Элис, заметив, что я снова готов разразиться жалобами. И показала мне видение, в котором Белла сидела на больничной койке и улыбалась, несмотря на все синяки и ссадины.

Но я поймал ее на жульничестве.

— Ну и *когда* это будет?

«*Через день-другой, ладно? Максимум через три. Все хорошо. Расслабься*».

До меня дошел смысл ее слов, и паника взвилась до небес. Три дня?!

Карлайлу было незачем читать мысли, чтобы все понять по моему лицу.

— Ей просто нужно время, Эдвард, — заверил он. — Ее телу необходим отдых, чтобы восстановиться, и психике тоже. С ней все будет хорошо.

Я попытался поверить, но вместо этого снова разволновался. И сосредоточил внимание на Элис. Лучше ее методичное планирование, чем мое бесполезное трепыхание.

Она видела, что этап с больницей обещает быть каверзным. Мы ехали на угнанной машине, связанной с еще одной угнанной машиной и аварией с участием двадцати семи автомобилей на шоссе 101. Возле входа в отделение «Скорой помощи» повсюду были расставлены камеры. Вот если бы мы пересели в машину получше, примерно такую же, как Элис позднее возьмет в прокате... Это дело каких-нибудь пятнадцати минут, понадобится сделать небольшой крюк, она уже точно знает, где искать...

Я зарычал, и она фыркнула, не глядя на меня.

«*Все так же бесит*», — мысленно проворчал Эмметт.

Так что никаких других машин. Элис смирилась и продолжала поиски решения. Нам придется припарковаться вне зоны видимости камер, в итоге мы будем выглядеть еще подозрительнее. Так почему бы не заехать прямо под металлический навес с нашей пациенткой? Зачем нести ее дальше, чем это необходимо? По крайней мере, так мы с Карлайлом пробежимся в тени, а в противном случае попадем на камеры, и Элис будет вынуждена пробираться в бастион службы безопасности, где хранятся видеозаписи. А у нее на это просто нет времени. Ей надо еще зарегистрироваться в отеле и подготовить место получения тяжелой травмы. Потому что эта травма предположительно была получена *до того*, как мы прибыли в больницу.

Так что надо спешить. Но сначала ей понадобится кровь.

В случае с кровью следовало действовать особенно быстро. Когда я ворвусь в приемное отделение в таком виде, будто на меня только что опрокинули ведро малиновой краски, с неподвижным телом на руках, поднимется суматоха. Все способные передвигаться медики в радиусе ста шагов от входа сбегутся к нам, не пройдет и нескольких секунд. Так что Элис не составит труда проскользнуть за спиной Карлайла и целеустремленно миновать стойку администратора. Никто ни о чем ее не спросит, она уже видела это. Пара синих бахил из ящика на стене прикроет пятна крови на ее обуви, и тогда останется просто попасть в хранилище крови, за закрытую дверь.

— Эм, дай мне свою толстовку.

Стараясь не потревожить ногу Беллы, Эммет стащил толстовку через голову и бросил ее Элис. Толстовка была на удивление чистой, особенно по сравнению с нашей одеждой — моей и Карлайла.

Эммет хотел спросить, зачем она понадобилась Элис, но не рискнул открыть рот и скорее всего учуять в воздухе запах или привкус крови.

Элис оделась, утонув миниатюрным телом в не по размеру огромной одежде. Тем не менее выглядела она стильно, как в любой другой одежде.

Она снова увидела себя в хранилище — в этом видении она набивала гигантские карманы толстовки пакетами с кровью.

— Какая у Беллы группа? — спросила она Карлайла.

— Первая положительная, — ответил он.

Значит, даже авария с участием фургона Тайлера принесла какую-то пользу. Благодаря ей мы теперь знали группу крови Беллы.

Пожалуй, напрасно Элис перестраховывалась. Кто станет проверять группу крови, оставшейся на месте «несчастного случая»? Но если оно будет слишком похоже на место преступления... Тогда ее дотошность не повредит, решил я.

— Не забудь оставить кровь для Беллы, — предупредил я.

Она развернулась на своем сиденье так, чтобы я видел, как она закатывает глаза, потом отвернулась и снова занялась планированием.

Джаспер и Эмметт останутся в угнанной тачке, глушить двигатель не станут. Ей понадобится всего две с половиной минуты, чтобы войти и выйти.

Она выберет отель неподалеку от больницы, чтобы временные рамки вызывали меньше подозрений. Едва приняв это решение, она увидела как раз такой отель, как ей требовался, всего в нескольких кварталах к югу. Разумеется, в таком месте она ни за что не *остановилась* бы, но для жуткого зрелища он прекрасно подходил.

Наблюдать, как в видениях она регистрируется в отеле, было все равно что следить за ней в реальном времени.

Элис входит в предельно скромный вестибюль отеля. На ней туфли в бордовых пятнах, длинная толстовка на талии смотрится в сочетании с ними как модный манифест. За стойкой сидит единственная женщина. Поднимает голову, поначалу не слишком заинтересованно, потом замечает поразительную красоту лица Элис. И восхищенно разглядывает его, даже не замечая, что при Элис нет вещей.

Но Элис недовольна.

Видение возвращается к началу. Элис снова в больнице, выходит из хранилища крови с карманами, в которых тихонько плещется содержимое четырех холодных пакетов. Она тратит минимум времени, юркнув в отгороженную занавесками палату. Какая-то женщина спит, на попискивающих мониторах за ней — жизненные показатели. Рядом пакет с вещами женщины, а еще — синяя спортивная сумка. Элис берет сумку и выходит в коридор. Сделанный крюк задержал ее всего на две секунды.

Элис снова в вестибюле отеля. Толстовки на ней нет, спортивная сумка висит на ремне через плечо. Женщина за стойкой окидывает ее внимательным оценивающим взглядом. Вот теперь все в этой картинке на своих местах. Элис спрашивает два номера — двухместный на одно имя, одноместный на другое. Выкладывает на стойку водительское удостоверение — настоящее! — вместе с кредиткой на ее имя. Щебечет, рассказывая о том, что приехала с отцом и братом, которые сейчас ищут место для машины на крытой парковке. Женщина начинает вбивать данные в компьютер. Элис бросает взгляд на свое запястье — на нем ничего нет.

Видение замирает.

— Джаспер, мне нужны твои часы.

Он протянул руку, она сняла с его запястья изготовленный на заказ «Брегет» — ее подарок. Спросить зачем он не удосужился, уже привык к таким просьбам. Ремешок свободно болтался на ее руке, часы смотрелись на Элис как браслет и выглядели идеально. Она могла бы ввести новый тренд.

Видение возобновляется.

Элис бросает взгляд на часы, так шикарно болтающиеся у нее на запястье.

— Еще только без десяти одиннадцать, — говорит она женщине за стойкой. — У вас вон те часы спешат.

Женщина рассеянно кивает и вбивает в компьютер время заселения, которое только что услышала от Элис.

В ожидании, когда женщина закончит, Элис стоит, пожалуй, слишком тихо. Ждать приходится дольше, чем предполагалось, но ничего не поделаешь.

Наконец женщина протягивает ей два комплекта ключей-карт и записывает номера. Оба начинаются с единицы: 106 и 108.

Видение возвращается к началу.

Элис входит в вестибюль. Женщина за стойкой оценивающе разглядывает ее. Элис просит два номера — один двухместный, другой одноместный. *«Если не затруднит, на втором этаже, пожалуйста»*. Выкладывает удостоверение и карту на стойку. Щебечет про своих спутников. Женщина вносит данные в компьютер. Элис исправляет время. Элис ждет.

Женщина вручает ей два комплекта ключей-карт. Пишет номера — 209 и 211. Элис улыбается ей и берет ключи. Двигается с человеческой скоростью, пока не скрывается на лестнице.

Потом влетает в оба номера, бросает спортивную сумку в первом, включает свет, задергивает шторы, вешает на двери таблички «не беспокоить». С полными пакетами крови в руке пролетает по пустому коридору к другой лестнице. Никто ее не видит. Она замирает на площадке между этажами. У подножия лестницы — выход на улицу. По обе стороны от двери — стеклянные панели от пола до потолка. Возле выхода никого нет.

Элис достает свой телефон, набирает номер.

— Посигналь секунды три.

С парковки слышится бесцеремонно-громкий рев клаксона, заглушающий гул оживленного движения на шоссе (другого шоссе, не того, которое мы, по сути дела, перекрыли).

Элис группируется, становится подобием шара для боулинга, бросается вниз с лестницы. И врезается точно в центр высокого окна. Битое стекло летит на тротуар и гравий за ним, град осколков долетает до самой парковки. Образуется рисунок наподобие солнечной вспышки, сверкающей под яркими лучами с неба. Элис отступает в тень у двери и один за другим вспарывает пакеты с кровью об торчащие в раме осколки стекла, пачкая их края. Содержимое одного пакета она выплескивает с размаха, так что оно разлетается веером. Оставшиеся два выливает на тротуар так, чтобы образовавшаяся лужица впиталась в бетон и стекла́ на асфальт.

Клаксон умолкает.

Элис снова говорит в телефон:

— Забирайте меня.

«Кайенн» появляется рядом почти мгновенно. Элис проносится через освещенный солнцем участок и прыгает на заднее сиденье, держа в руке последний пакет с кровью.

После чего я снова оказался в настоящем времени вместе с ней. Элис осталась довольна тем, как сложился этот этап, и обратилась к остальным — не таким увлекательным, конечно, но все равно жизненно важным.

— «Увлекательным», — фыркнул я. Она сделала вид, что не слышит.

Снова в аэропорт. Элис выбирает у стойки службы проката белый «сабербан». Внешне он не очень похож на «кайенн», но большой и белый, к тому же очевидца, детали рассказа которого не совпадают с остальными, не примут во внимание. Таких очевидцев Элис не видит, но скрупулезности ей не занимать.

Элис ведет «кайенн». Запах ей переносить легче, чем Джасперу и Эмметту; несмотря на то что Белле больше не угрожает опасность с их стороны, запах обжигает их при каждом вдохе. Сами они следуют на «сабербане» и держатся на расстоянии. Элис находит автомойку под названием «Детейлинг-люкс». Платит наличными, предупреждает парнишку за стойкой — тот таращится на ее лицо как загипнотизированный, — что ее племянницу обильно вырвало томатным соком на заднее сиденье. И указывает на свои туфли. Потерявший голову парнишка обещает, что в машине не останется ни пятнышка. (Никому и в голову не придет сомневаться. Работник мойки, боясь, что от запаха рвоты ему самому станет дурно, будет дышать только ртом.) Элис говорит, что ее зовут Мэри. Говорит, что подумывает, не сходить ли в туалет помыть туфли, но ясно же, что толку от этого будет немного.

Еще час она ждет, когда машину приведут в порядок. По прошествии первых пятнадцати минут звонит в отель, ускользает через заднюю дверь мойки и становится в тени там, где шум пылесосов и распылителей никому не даст подслушать ее слова.

Перед той самой женщиной, которую видела за стойкой, она извиняется взбудораженным тоном. Подруга зашла в гости, на задней лестнице случилось *ужасное*. Окно, *кровища*... (Элис не заботится о связности объяснений.) Да, сейчас она с подругой в больнице. Но *окно! Стекло!* А вдруг *пострадает* еще кто-нибудь. Пожалуйста, обязательно огородите его, пока стекло не заменят и не уберут осколки. Ей надо идти, ее обещают пустить к подруге. Спасибо. Она *так* сожалеет.

Элис видит, что женщина за стойкой не станет звонить в полицию. Позвонит начальству. Ей отдадут распоряжения убрать осколки, пока не поранился кто-нибудь еще. Эту историю они и заготовят к тому моменту, как придут бумаги от юриста: свидетельства несчастного случая убрали в целях безопасности. Мучаясь неизвестностью, они будут ждать судебного процесса, но так и не дождутся. Пройдет больше года, прежде чем они наконец поверят в свою неслыханную удачу.

Детейлинг машины закончен, Элис осматривает заднее сиденье. Никаких следов не видно. Она дает чаевые сотруднику мойки, садится в «кайенн» и делает глубокий вдох носом. Ну, хемилюминесцентный тест на кровь машина не пройдет, но, как видит Элис, его и проводить не станут.

Джаспер и Эмметт едут за ней до торгового центра в деловой части Скотсдейла. Элис пристраивает «кайенн» на третьем этаже огромной парковки. Пройдет четыре дня, прежде чем охрана сообщит о брошенной машине.

Элис и Джаспер идут по магазинам, Эмметт ждет в прокатной машине. Элис покупает в многолюдном «Гэпе» кроссовки. На ее ноги никто не смотрит. Платит она наличными.

Для Эмметта она выбирает тонкую, как футболка, толстовку с капюшоном точно ему по размеру. Еще набирает шесть больших пакетов одежды своего размера, размеров Карлайла, Эмметта и моего. На этот раз она пользуется другим удостоверением и кредиткой, не теми, как в отеле. Джаспер играет при ней роль носильщика-шерпа.

Последним делом Элис покупает четыре разных чемодана. Они с Джаспером относят их в прокатную машину, где Элис срывает этикетки и забивает чемоданы новенькой одеждой.

Свою окровавленную обувь она бросает в мусорный бак на обратном пути.

На этот раз — никаких возвращений в начало и повторных просмотров. Все проходит как по маслу.

Джаспер и Элис высаживают Эмметта в аэропорту. Он берет один из чемоданов, подходящих в качестве ручной клади; вид у него менее подозрительный, чем во время утреннего рейса.

«Мерседес» Карлайла они находят там, где оставили, — на парковке. Джаспер целует Элис и пускается в долгий путь домой на машине.

Как только ребята уезжают, Элис выливает последний пакет крови на заднее сиденье и пол прокатной машины. Потом едет на мойку самообслуживания возле заправки. С чисткой она справляется не так успешно, как мойщики в «Детейлинге». Когда она вернет машину в прокат, ее оштрафуют.

Эмметт приземлится в Сиэтле, когда там будет идти дождь, до заката останется всего полчаса. На такси он доберется до парома. Ему не составит труда незаметно улизнуть к заливу Пьюджет, бросить в воду чемодан, а затем вплавь и бегом за тридцать минут достичь дома. Там он сядет в пикап Беллы и сразу же выедет обратно в Финикс.

Элис в настоящем времени нахмурилась и покачала головой. Осуществление этого плана займет слишком много времени. Пикап тащится еле-еле.

Мы находились уже в четырех минутах езды от больницы. Белла все еще дышала медленно и ровно у меня на руках, а мы по-прежнему были перепачканы кровью. Эмметт и Джаспер все так же сидели не дыша. Я заморгал и попытался сориентироваться. Когда видения Элис становились настолько подробными, легко было потерять из виду, что именно происходит в настоящем. Переноситься из будущего в настоящее и обратно Элис было привычнее, чем мне.

Элис снова взяла телефон и набрала номер. Она утопала в складках мешковатой толстовки Эмметта, часы Джаспера болтались у нее на запястье.

— Роз?

В относительной тишине замкнутого пространства машины все мы услышали панику в голосе Розали:

— Что случилось? Эмметт?..

— С Эмметтом все в *полном* порядке. Мне надо...

— Где следопыт?

— Он вне игры.

Розали громко ахнула.

— Мне надо, чтобы ты взяла в аренду тягач с платформой, — сообщила Элис. — Или купила — как будет быстрее — какую-нибудь машину в этом роде. Погрузи в нее пикап Беллы и поезжай к Эмметту в Сиэтл. Его рейс прибывает в половине шестого.

— Эмметт едет домой? В чем дело? Зачем мне куда-то везти дурацкий пикап?

На краткий миг и я задумался, зачем Элис вообще отправляет Эмметта домой. Почему бы просто не попросить Розали приехать сюда на пикапе? Очевидное решение. Но потом я сообразил, что Элис не *видит* такой помощи со стороны Розали, и при этом напоминании меня окатила ледяная волна горечи. Розали сделала свой выбор.

Эмметт хотел было дотянуться до телефона и успокоить Роз, но все еще не мог открыть рот.

Просто удивительно, как здорово держались они с Джаспером. Я решил, что дополнительная стимуляция после схватки все еще действует на них, помогает не обращать внимание на кровь.

— Об этом не беспокойся, — отрывисто отозвалась Элис. — Я просто подчищаю хвосты. Подробности узнаешь

СОЛНЦЕ ПОЛУНОЧИ

у Эмметта. Сообщи Эсме, что все кончилось, но мы задержимся ненадолго. Пусть побудет неподалеку от отца Беллы на случай, если рыжая...

Голос Розали прозвучал ровно:

— Она явится за Чарли?

— Нет, я этого не вижу, — заверила Элис. — Но на всякий случай, ладно? Карлайл позвонит ей, как только сможет. Поторопись, Роз, у тебя жесткие сроки.

— Какая же ты зануда.

Элис отключилась.

«*Что ж, по крайней мере, одежду Эмметт сохранит. Вот и хорошо. Будет круто смотреться в ней*».

Эмметт был доволен звонком. Рад, что уже через несколько часов окажется рядом с Роз и перескажет ей свою версию случившегося. И ему вовсе незачем упоминать про дурацкую ситуацию с Джаспером. Если Элис не видит проблем со стороны рыжей, значит, Роз сможет отправиться вместе с ним в Финикс. Но она, возможно, не захочет... Он перевел взгляд на осунувшееся лицо Беллы, на ее сломанную ногу. И проникся глубоким чувством заботы и братской любви.

«*Хорошая она девчонка. А Роз привыкнет,* — думал он. — *И очень скоро*».

Элис хмурилась, думала о своих хлопотах и смотрела, какими будут последствия сотен принятых ею решений. Она увидела себя в больнице, увидела, как принесла нам одежду из чемоданов, чтобы мы сменили прежнюю, испачканную кровью. Все ли она предусмотрела? Может, упустила какие-нибудь мелочи?

Все складывалось прекрасно. Или должно было сложиться.

— Молодец, Элис, — одобрительно шепнул я.

Она улыбнулась.

Джаспер подрулил к приемному покою «Скорой помощи», держась на расстоянии от камеры по эту сторону от входа, и остановился в тени.

Я поудобнее взял на руки Беллу и приготовился в первый раз пройти все то, что уже видел.

Глава 28
Три разговора

Благодаря доктору Садарангани, другу Карлайла, в больнице все прошло сравнительно гладко. Карлайл вызвал его по пейджеру, пока для Беллы везли каталку. Уже через несколько минут доктор Садарангани, осмотрев Беллу, приступил к первой процедуре переливания крови. Как только переливание началось, Карлайл вздохнул с облегчением. Он не сомневался, что теперь все будет в порядке.

А мне никак не удавалось успокоиться. Разумеется, я доверял Карлайлу, и доктор Садарангани производил впечатление компетентного специалиста. Я слышал, как они мысленно оценивают состояние Беллы. Слышал, как удивляются доктор Садарангани и его подчиненные-врачи, осматривая идеально зашитые раны Беллы и безупречно наложенные во внебольничных условиях шины. Слышал, как за закрытыми дверями доктор Садарангани развлекал коллег рассказами о подвигах доктора Каллена в одной больнице в историческом центре Балтимора, где они работали вместе четырнадцать лет назад. Слышал, как он выразил вслух удивление оттого, что его давний друг совсем не изменился внешне, и мысленно заподозрил — хотя Карлайл и утверждал, что прохладный влажный воздух тихоокеанского северо-запада поистине источник молодости, — что Карлайл экспериментирует с пластической хирургией. Насчет Беллы доктор был настроен настолько оптимистично, что уговорил Карлайла посмотреть нескольких пациентов, которым еще не успели поставить диагноз, и объявил своим интернам, что лучшего диагноста, чем доктор Каллен, они еще не видели. А Карлайл был уверен в стабильности состояния Беллы настолько, что согласился помочь другим.

Но ни для кого из них вопрос о жизни и смерти не стоял так остро, как для меня. Это *моя* жизнь лежала на каталке. Моя жизнь, бледная и бесчувственная, опутанная трубками, оклеенная пластырем и загипсованная. Я держался из последних сил.

На правах лечащего врача доктор Садарангани первым же делом позвонил Чарли, убитый голос которого было больно слушать. Карлайл быстро сменил коллегу и как можно короче объяснил, что мы с ним делаем в Финиксе, заверил Чарли, что все уже налаживается, и пообещал в ближайшем времени сообщить подробности. Я слышал панику в голосе Чарли и понимал, что рассеять его тревоги не удалось, как и мои.

Довольно скоро состояние Беллы признали стабильным и перевели ее в обычную палату. Элис еще не вернулась из поездки по делам.

Перелитая Белле кровь изменила ее запах, чего мне следовало ожидать, а я оказался застигнутым врасплох. Хотя я заметил, что моя жажда и вызванные ею мучения значительно уменьшились, от перемен я был не в восторге. Непривычная кровь казалась чуждой, незваной гостьей. Она не принадлежала Белле, и это вторжение раздражало меня, какими бы иррациональными ни были эти чувства. Запах Беллы начал возвращаться уже через сутки, еще до того, как она пришла в себя. Но предстояли еще долгие недели восстановления, учитывая, сколько крови она потеряла. Тем не менее кратковременное искажение недвусмысленно напомнило мне, что в какой-то момент в будущем запах, так долго притягивающий меня, окажется потерянным навсегда.

Сделано было все возможное. И теперь оставалось лишь ждать.

Период затишья тянулся бесконечно, во время него мало что могло привлечь мое внимание. Я сообщал последние известия Эсме. Элис вернулась, но сразу же ушла, заметив, что мне лучше побыть одному. Сквозь обращенные на восток окна я смотрел на оживленное шоссе и пару невзрачных небоскребов. И прислушивался к ровному биению сердца Беллы, чтобы не сойти с ума.

Но несколько разговоров, состоявшихся в тот день, все же имели для меня значение.

Собираясь снова позвонить Чарли, Карлайл зашел в палату к Белле. Он знал, что я тоже хочу послушать.

— Алло, Чарли.

— Карлайл? Что-то случилось?

— Ей перелили кровь и сделали МРТ. Пока все выглядит отлично. Внутренних травм, которые мы могли упустить, у нее нет.

— Можно мне поговорить с ней?

— Ее пока держат на седативных препаратах. Это совершенно нормальная практика: находись она в сознании, ей было бы слишком больно. — Я поморщился, а Карлайл продолжал: — Ей потребуется несколько дней отдыха и восстановления.

— А с ней *точно* все в порядке?

— Уверяю вас, Чарли. Если появятся хоть какие-нибудь причины для беспокойства, я сразу же сообщу вам. Но с ней все будет хорошо. Какое-то время ей придется походить на костылях, но в остальном она вернется к обычной жизни.

— Спасибо, Карлайл. Как я рад, что вы оказались поблизости.

— Я тоже.

— Понимаю, из-за этой истории вы задержались...

— Даже говорить об этом не вздумайте, Чарли. Я только рад побыть с Беллой до тех пор, пока она не будет готова вернуться домой.

— Честно говоря, так я чувствую себя гораздо спокойнее. А... а Эдвард тоже останется? В смысле, как же быть со школой, и так далее?..

— Он уже беседовал с учителями, — сказал Карлайл, хотя на самом деле школьные дела должна была уладить Элис, — и ему разрешили заниматься дистанционно. Он следит и за заданиями для Беллы, хотя я не сомневаюсь, что учителя дадут ей поблажку. — Карлайл слегка понизил голос: — Знаете, он ведь буквально сам не свой из-за случившегося.

— Не уверен, что понимаю. Он ведь, в смысле, Эдвард, уговорил вас на поездку в такую даль, в Финикс?

— Да. Когда Белла уехала, он страшно встревожился. Считал, что это его вина. И думал, что обязан загладить ее.

— Так что же все-таки стряслось? — спросил Чарли озадаченно. — Только что было все нормально, и вдруг Белла кричит, что ваш парень ей нравится, в том-то и дело, а потом уезжает среди ночи! Вы от своего добились хоть сколько-нибудь внятных объяснений?

— Да, по дороге сюда мы успели все обсудить. Насколько я понимаю, Эдвард признался Белле, как она дорога ему. Он говорил, что поначалу она казалась счастливой, а потом что-то явно начало мучить ее. Она забеспокоилась и захотела домой. А когда они приехали к ее дому, сказала ему проваливать.

— Да, это я слышал.

— Эдвард до сих пор не понимает, в чем дело. Они не успели поговорить до того, как...

Чарли вздохнул:

— Это я уже понял. Все дело в сложностях с ее матерью. Ну и погорячилась она немного, по-моему.

— Наверняка у нее были на то причины.

Чарли неловко кашлянул.

— Но вы-то какого об этом мнения, Карлайл? В смысле, они же еще подростки. Не слишком ли все... серьезно?

Ответный смешок Карлайла прозвучал легко и весело.

— Неужели вы не помните себя в семнадцать лет?

— Вообще-то нет.

Карлайл снова засмеялся:

— Помните, как влюбились в первый раз?

Чарли ненадолго умолк.

— А как же, помню. Разве такое забудешь?

— Да уж. — Карлайл вздохнул. — Мне так жаль, Чарли. Если бы мы не приехали сюда, она вообще не очутилась бы на той лестнице.

— Нет-нет, об *этом* даже не начинайте, Карлайл. Не будь вас там, она вывалилась бы из какого-нибудь другого окна. И не окажись вы рядом, ей повезло бы гораздо меньше.

— Я просто рад, что теперь она в безопасности.

— А у меня сердце кровью обливается, как подумаю, что меня нет с ней рядом.

— Я с удовольствием закажу вам билет...

— Нет, дело не в этом. — Чарли вздохнул. — Знаете, у нас здесь тяжких преступлений совершается немного, но дело о злостном нападении, которое произошло прошлым летом, наконец передали в суд, и если меня не будет в городе, чтобы дать показания, это сыграет только на руку защите.

— Конечно, Чарли. Вам незачем беспокоиться. Занимайтесь своей работой, помогите наказать виновного, а я позабочусь о том, чтобы привезти к вам Беллу в хорошем состоянии и как можно скорее.

— Если бы не вы, я бы точно спятил. Так что спасибо вам еще раз. Направлю к вам Рене. Белла наверняка ей обрадуется.

— Это было бы замечательно! Буду очень рад возможности познакомиться с мамой Беллы.

— Имейте в виду, она поднимет шум.

— Это ее право, ведь она мать.

— Еще раз спасибо вам, Карлайл. Спасибо, что заботитесь о моей девочке.

— Ну конечно, Чарли.

Закончив разговор, Карлайл пробыл со мной всего несколько минут. Ему всегда с трудом удавалось сидеть сложа руки в больнице, полной страдающих людей. Мне следовало бы радоваться тому, что он не опасается оставлять Беллу без присмотра. Но нет, не получалось.

Следующим важным событием стал приезд матери Беллы. Была почти полночь, когда Элис известила меня, что через пятнадцать минут Рене войдет в палату Беллы.

Я попытался привести себя в порядок в маленькой ванной при палате. Элис привезла нам новую одежду, так что я, по крайней мере, не выглядел пугалом. К счастью, к тому времени, как я додумался проверить это, мои глаза снова приобрели обычный цвет темной охры. Не то чтобы тонкая красная кайма выглядела слишком заметной, особенно когда у нас и без того хватало забот: просто я сам не желал ее видеть.

Покончив с приготовлениями, я опять погрузился в угрюмые раздумья. И гадал, не сочтет ли мать Беллы в отличие от ее отца, что это я виноват во всем. Если бы только кто-нибудь из них знал, как все было на самом деле!..

Из трясины мыслей меня внезапно вырвало то, чего я не ожидал. Никогда не слышал ничего подобного, значит, это и вправду встречалось редко — голос настолько чистый и сильный, что на миг я подумал, что кто-то проник в палату незамеченным.

«*Моя дочь... Пожалуйста, кто-нибудь! Куда же мне? Детка моя...*»

Следующим моим предположением было, что кто-то кричит внизу, в вестибюле больницы, — кажется, оттуда доносился этот голос, как я определил, едва сосредоточился. Но поднятого шума никто не замечал.

Однако все в вестибюле заметили кое-кого.

Женщину лет тридцати, может, постарше. Миловидную и встревоженную. Ее беспокойство было явным, бросалось в глаза, хотя она тихо стояла в сторонке, никому не мешая, и, казалось, не знала, как быть. Несколько санитаров и две медсестры, спешившие по своим делам, помедлили, чтобы выяснить, что ей надо.

Несомненно, это была мать Беллы. Я видел ее в мыслях Чарли и еще тогда отметил ее поразительное сходство с дочерью. Но мне казалось, Чарли помнит ее более молодой, однако так же, как в его мыслях, она выглядела и сейчас — почти не постарела. Наверное, их с Беллой часто принимают за сестер.

— Я ищу свою дочь. Ее привезли сегодня днем, произошел несчастный случай. Она выпала из окна...

Обычный, не внутренний голос Рене был ничем не примечательным и похожим на голос Беллы, разве что чуть более высоким. Зато ее мысленный голос звучал пронзительно.

Любопытно было наблюдать реакцию в мыслях окружающих. Никто вроде бы не замечал оглушительный мысленный призыв Рене, но всем хотелось помочь ей. Каким-то образом люди улавливали ее потребность и были не в силах игнорировать ее. Я слушал, завороженный взаимодействием ее мыслей с мыслями окружающих. Санитар и одна из медсестер вели ее по коридорам, несли ее сумку, стремились помочь.

Я вспомнил, как когда-то строил догадки насчет матери Беллы — мне было любопытно, какой разум в сочетании с разумом Чарли породил такую редкость, как Белла.

Рене оказалась противоположностью Чарли. Интересно, что именно свело их вместе?

Не испытывая нехватки в сопровождающих, Рене вскоре разыскала палату Беллы. К ее помощникам по дороге прибавился еще один — палатная медсестра Беллы, обратившая внимание на спешку Рене.

На миг я представил Рене вампиром. Стал бы ее мысленный крик в этом случае неизбежно слышен всем? В ее шумную популярность мне не верилось. Я удивился, поймав себя на том, что улыбаюсь при этих мыслях — оказывается, я полностью отвлекся от недавнего уныния.

Рене влетела в комнату, бросила вещи на пол при входе, палатная сестра спешила за ней. Поначалу Рене не заметила меня у окна — она смотрела только на дочь. Белла лежала неподвижно, ссадины на ее лице только начали подживать. Голову ей забинтовали — хотя Карлайл убедил местных медиков не брить ее, — и трубки с мониторами, казалось, оплетали и окружали ее со всех сторон. Сломанную ногу загипсовали от пальцев до бедра и уложили на контурную опору.

«*Белла, детка, видела бы ты себя! О нет!*»

И еще одно сходство с Беллой: кровь Рене была сладкой. Не точно такой же, как у Беллы, а *чересчур* сладкой, почти приторной. И имела необычный, хоть и не самый притягательный аромат. В запахе Чарли я никогда не замечал ничего особенного, но сочетание запахов его и Рене получилось удивительным.

— Ей дали снотворное, — поспешила объяснить палатная сестра, пока Рене подбегала к кровати, простирая руки. — Она побудет пока в таком состоянии, но через несколько дней вы сможете поговорить с ней.

— А дотронуться до нее можно?

Это был и шепот, и в то же время крик.

— Конечно, можете погладить ее по руке вот здесь, если хотите, только осторожно.

Рене остановилась рядом с дочерью и легонько приложила два пальца к ее руке. Слезы ручьем лились по ее щекам, и палатная сестра по-матерински обняла ее. Я с трудом удержался на своем месте, так мне хотелось утешить ее.

«*Я так тебе сочувствую, детка. Как же я тебе сочувствую!*»

— Ну-ну, дорогая. Она ведь поправится, так? Тот симпатичный доктор наложил ей швы уж так аккуратно, никогда такого не видывала. Незачем плакать, голубушка. Давайте-ка усадим вас сюда отдохнуть. Наверняка перелет был длинный. Вы ведь из Джорджии прилетели?

Рене всхлипнула.

— Из Флориды.

— Должно быть, вы совсем из сил выбились. Никуда ваша дочь не денется и ничего больше не натворит. Может, попробуете пока и вы вздремнуть, дорогая?

Рене позволила подвести ее к синему креслу с откидной спинкой и виниловой обивкой, стоящему в углу палаты.

— Может, вам что-нибудь нужно? У нас на посту есть туалетные принадлежности, если захотите освежиться, — предложила медсестра. Выглядела она как типичная бабушка, ее длинные седые волосы были скручены в пучок на макушке, на бейджике значилось имя «Глория». Я уже видел ее раньше, в тот раз не обратил особого внимания, но теперь проникся к ней теплыми чувствами — из-за ее доброты или в ответ на признательность Рене к ней? Странно это — находиться рядом с человеком, который таким образом проецирует свои мысли, явно и совершенно безотчетно. По моим предположениям, примерно так же действовал Джаспер, только более прямолинейно и безыскусно. В случае Рене это была не эмоциональная проекция, а определенно ее мысли. Но лишь я сознавал, что слышу их.

Теперь я лучше понимал, какой была жизнь Беллы с ее матерью. Неудивительно, что Белла стала такой внимательной и заботливой. Неудивительно, что пожертвовала своим детством, чтобы опекать эту женщину.

— У меня с собой, — Рене устало кивнула в сторону маленького чемодана, брошенного у порога.

Самому себе я казался в этой комнате слоном. Ни та ни другая до сих пор не заметили меня, хотя я и не пытался прятаться. На ночь свет приглушили, но все равно он был достаточно ярким, чтобы медсестры могли выполнять свою работу.

Я решил заявить о своем присутствии.

— Разрешите, я вам его принесу.

Я быстро поставил чемодан на столик, удобно приставленный к креслу.

Как и у Чарли, первой реакцией Рене был внезапный всплеск страха и выброс адреналина. Но она быстро опомнилась, решила, что всему виной усталость, к тому же ее испугало мое порывистое движение.

«*Какая же я дерганая. Но кто бы это мог быть? Хм... хмм... Тот самый «симпатичный доктор»? С виду слишком молод*».

— А, ты здесь, сынок! — с легкой укоризной воскликнула Глория. Она уже успела привыкнуть к Карлайлу и ко мне. — Я думала, ты домой уехал.

— Отец просил меня побыть с Беллой, пока он помогает доктору Садарангани. Поручил мне следить за некоторыми показателями, которые ему нужны, — тем же предлогом я пользовался сегодня уже несколько раз. Говорил уверенно, и у медсестер не находилось возражений.

— Так они все еще заняты? Как бы не заснули на ходу.

Само собой, доктор Садарангани давно уехал домой. Но прежде познакомил Карлайла с гематологом, заступившим на ночное дежурство, и Карлайл ушел консультировать несколько сложных случаев.

Мать Беллы не скрывала растерянности. Глория поспешила представить меня:

— Это сын доктора Каллена — того самого, который спас вашей дочери жизнь.

— Так ты Эдвард! — догадалась Рене.

«*Так это и есть тот парень? Боже мой! У Беллы нет ни единого шанса*».

— Других кресел у меня нет, милый, — сообщила Глория, — а миссис Дуайер оно, по-моему, сейчас нужнее, чем тебе.

— Конечно. Я уже выспался. Так что постою, мне совершенно удобно.

— Но уже так поздно...

«*Хочу поговорить с ним*».

— Все в порядке, — сказала Рене. — Если можно, я хотела бы узнать подробнее про несчастный случай. Мы *тихонько*.

Последние слова чуть не рассмешили меня.

— Конечно. Сейчас сделаю обход и позднее загляну к вам. Только постарайтесь хотя бы немного отдохнуть, голубушка.

Я улыбнулся Глории так тепло, как только мог, и она немного смягчилась.

«*Бедный парнишка. И вправду переживает. Ничего страшного не случится, если он останется, тем более в присутствии матери*».

Я подошел к Рене и протянул руку. Не вставая, она слабо пожала ее. От холода она слегка вздрогнула, отголоски недавнего прилива адреналина напомнили о себе.

— О, извините, здесь прохладно от кондиционера. Я Эдвард Каллен. Очень рад познакомиться с вами, миссис Дуайер, — жаль только, что обстоятельства этого знакомства оставляют желать лучшего.

«*Говорит совсем как взрослый*». Палату огласило ее одобрение.

— Зови меня Рене, — машинально предложила она. — Я... извини, я сама не своя.

«*Но как же он хорош собой!*»

— Ничего удивительного. Вам надо отдохнуть, как и сказала медсестра.

— Нет, — возразила Рене тихо — по крайней мере, вслух. — Ты не против, если мы поговорим минутку?

— Конечно, нет, — ответил я. — У вас наверняка много вопросов.

Я перенес поближе к Рене складной пластиковый стул, стоявший возле койки Беллы.

— Она мне о тебе не рассказывала, — объявила Рене, и ее мысли стали обиженными.

— Я... мне очень жаль. Просто мы... не так давно встречаемся.

Рене кивнула, потом вздохнула:

— Думаю, это я виновата. Ситуация с графиком Фила получилась напряженной, и я... словом, плохой из меня был слушатель.

— Она обязательно рассказала бы вам в ближайшее время. — И, заметив, что она по-прежнему винит себя, я соврал: —

Я тоже не сразу все рассказал родителям. По-моему, мы просто молчали, чтобы не сглазить. Глупо как-то получилось.

Рене улыбнулась. «*Как мило*».

— Ничего не глупо.

Я улыбнулся в ответ.

«*Какая же у него сокрушительная улыбка. Хочется надеяться, что Белла для него не игрушка*».

Спеша убедить ее, я заметил, что запинаюсь.

— Я очень сожалею о случившемся. И поскольку я чувствую себя ужасно, потому что считаю, что это я во всем виноват, я готов на все, чтобы загладить вину. Если бы я мог, я поменялся бы с ней местами.

Это была чистая правда.

Она дотянулась и похлопала меня по руке. А я порадовался тому, что плотная ткань рукава скрывает температуру моей кожи.

— Ты не виноват, Эдвард.

Если бы она была права!

— Чарли кое-что рассказал мне, но он, кажется, был в замешательстве, — произнесла она.

— Как и все мы. В том числе и Белла.

Мне вспомнился тот вечер — как безобидно он начинался, сколько в нем было удовольствия и радости. И как быстро все пошло наперекосяк. Казалось, я до сих пор пытаюсь прийти в себя.

— Это моя вина, — вдруг с нечастным видом призналась Рене. — Кажется, я навредила своей дочери. Если она сбежала потому, что неравнодушна к тебе, — это все из-за меня.

— Нет, не надо так. — Я знал, какую боль испытала Белла, вынужденная ранить Чарли. Можно было представить себе, каково ей будет узнать, что ее мать винит в этом себя. — Белла — на редкость решительный и волевой человек. Ей известно, чего *она* хочет. Так или иначе, ей скорее всего просто понадобилось солнце.

При этих словах Рене слегка улыбнулась:

— Может быть.

— Рассказать вам про несчастный случай?

— Нет, я сказала, что хочу, только чтобы услышала медсестра. В том, что Белла упала на лестнице, нет ничего из ряда вон выходящего. — Поразительно, как легко родители Беллы поверили в нашу вымышленную историю. — Окно подвернулось некстати.

— Очень некстати.

— Мне просто хотелось получше узнать тебя. Белла не повела бы себя так, если бы ты ей просто нравился. Раньше она ни к кому не питала серьезных чувств. Не уверена даже, что ей известно, как при этом себя вести.

Я снова улыбнулся ей:

— Не только ей, но и мне.

«Да, как же, красавчик, — с сомнением отозвалась она. — *Здорово у него язык подвешен».*

— Не обижай мою девочку, — попросила она, посерьезнев. — Она слишком впечатлительная.

— Обещаю вам: я никогда и ничем не обижу ее, — эти слова я произнес совершенно искренне и отдал бы что угодно, лишь бы Белла была невредима и счастлива, и все же сомневался в том, что говорю правду. Ибо что причинило бы Белле наибольший вред? Самым честным из ответов неизбежно оказался бы лишь один.

Гранатовые зернышки и мое царство Аида. Разве не стал я только что свидетелем ужасного примера тому, как жестоко может обойтись с ней мой мир? Разве не по этой причине сейчас она лежала здесь, израненная и неподвижная?

Да, удерживать ее рядом означало бы причинять ей наибольший вред из всех возможных.

«Хм, кажется, он настроен серьезно. Что ж, сердца разбиваются, потом раны заживают. Такова жизнь. — Но тут она вспомнила лицо Чарли и смутилась. — *Мысли путаются, я так устала. Утром все прояснится».*

— Вам надо поспать. Во Флориде уже очень поздно. — Я услышал, как исказился от боли мой голос, но она еще слишком плохо знала его, чтобы заметить.

Она кивнула, у нее уже слипались глаза.

— Разбудишь меня, если ей что-нибудь понадобится?

— Обязательно.

Она поворочалась в неудобном кресле и быстро забылась сном.

Я перенес свой стул обратно к кровати Беллы. Было так странно видеть ее спящей неподвижно. Больше всего мне сейчас хотелось, чтобы она пролепетала что-нибудь во сне. Видит ли она меня рядом с собой в темноте прямо сейчас? Я не знал даже, есть ли у меня право надеяться на то, что видит.

Прислушиваясь к дыханию матери и дочери, я впервые за все время, как остался здесь, вспомнил об Элис. Обычно она не давала мне такой свободы, каким бы отчаянным ни было мое душевное состояние. Я понял, что уже некоторое время жду, что она вот-вот решит проведать меня с Беллой. И смог придумать лишь одну причину, по которой она меня избегала.

Мне с избытком хватило бы времени, чтобы обдумать события минувшего дня, но я этого *так и не сделал*. Только смотрел на Беллу и напрасно желал оказаться выше и лучше. Сделать правильный выбор и остаться верным ему еще до того, как ее затронул весь этот кошмар.

В этот момент я понял, что должен сделать кое-что. Я знал, что будет больно, но *недостаточно*: я заслуживал худшей кары. Оставлять Беллу не хотелось, но пришлось. С Элис я свяжусь по телефону, не зная точно, где она прячется от меня.

Я вышел в коридор — вызвав всплеск интереса со стороны двух медсестер, которые задались вопросом, отлучался ли я раньше из палаты, — и прежде чем успел достать телефон, услышал мысли Элис, поднимающейся по лестнице. Я двинулся навстречу, чтобы встретиться с ней за дверью на лестничную клетку.

Она несла в руках что-то маленькое, черное, обернутое тонким шнуром, и держала это нечто так, словно хотела сжать пальцы и раздавить, уничтожить свою ношу. В глубине души я удивился тому, что она этого так и не сделала.

«Этот спор с тобой я просмотрела больше трехсот раз, но так и не убедила тебя».

— И не сможешь. Мне надо это видеть.

«*На этом и остановимся. Вот, держи*». Элис сунула мне камеру, и я заметил, как рада она избавиться от нее. Я нехотя принял ее. В моей руке она выглядела чуждо и зловеще. «*Уйди куда-нибудь, чтобы тебе не помешали*».

Я кивнул. Совет был уместный.

«*А я пригляжу за Беллой. Это ни к чему, но я же знаю, что так тебе будет легче*».

— Спасибо.

Элис стрелой вылетела за дверь.

Некоторое время я блуждал по коридорам, в это время тихим, но не безлюдным. Подумывал укрыться в пустующей палате, но это убежище показалось мне недостаточно укромным. Потом спустился в вестибюль и вышел на территорию больницы. Здесь ощущение, что я один, усилилось, но все равно время от времени попадались сотрудники службы безопасности, проводящие обходы. Пока я шел с целеустремленным видом, я не внушал им подозрений, но если бы задержался на одном месте, ко мне наверняка обратились бы с расспросами.

Я искал уединенный уголок и с облегчением обнаружил его, начисто лишенный человеческих мыслей, прямо по другую сторону большого кругового проезда.

По иронии судьбы пустующее здание оказалось часовней при больнице, освещенной и незапертой, несмотря на поздний час. Я знал, что это место утешило бы Карлайла, но был совершенно уверен в том, что мне сейчас не поможет ничто.

Изнутри дверь не запиралась, и я прошел в переднюю часть зала, стараясь отойти от двери как можно дальше. Вместо скамей здесь были расставлены рядами складные деревянные стулья. Я придвинул один из них к стене в тени органа.

Элис оставила мне наушники, я вставил их в уши.

Закрыв глаза, я сделал глубокий вдох. Как только я увижу то, что собирался, оно поселится у меня в памяти навсегда. От него не будет спасения. И это справедливо. Белла пережила эти события. Мне же предстояло только увидеть их.

Я открыл глаза и включил камеру. Экран, на котором воспроизводилась запись, имел ширину всего два дюйма. Я так и не понял, стоит ли мне быть благодарным судьбе за это или же я обязан был посмотреть все это на экране значительно большего размера.

Запись начиналась со снятого вблизи лица следопыта. С Джеймса — это имя казалось слишком безобидным для него. Он улыбнулся мне, и я понял, что именно этого он хотел — улыбнуться *мне*. Все это предназначалось для меня. Все дальнейшее должно было стать разговором между им и мной. Односторонним, однако целью всего, что будет дальше, Белла никогда и не была. Был я.

— Привет, — любезным тоном произнес он. — Добро пожаловать на представление. Надеюсь, тебе понравится то, что я для тебя приготовил. К сожалению, готовиться пришлось наспех, недостаточно тщательно. Кто бы мог подумать, что мне понадобится всего несколько дней, чтобы победить? Но прежде чем, так сказать, поднимется занавес, хотелось бы напомнить, что это, в сущности, твоя вина. Если бы ты не встал у меня на пути, все бы кончилось сразу. Впрочем, так гораздо веселее, верно? Итак, приятного просмотра!

Экран почернел, потом началась новая сцена. Я узнал ракурс, который показывала камера. Она была установлена на телевизоре и направлена на длинную зеркальную стену. Следопыт как раз отходил от нее. Скорость, с которой он метнулся к дальнему правому краю кадра, камера зафиксировала как отдельный краткий проблеск. Он остановился у аварийного выхода, замер с протянутой рукой. В этой руке я разглядел черный прямоугольник. Пульт. Следопыт слегка наклонил голову, прислушался. Услышал слишком тихий и потому не записавшийся звук и улыбнулся прямо в камеру. Для меня.

А потом я тоже услышал. Сбивчивый топот бегущих ног. Срывающееся дыхание. Открылась дверь, последовала пауза.

Следопыт поднял пульт и нажал кнопку.

Громче всех предыдущих звуков из динамиков прямо под камерой донесся испуганный голос матери Беллы:

— Белла? Белла!

Шаги в другой комнате снова ускорились.

— Белла, как ты меня напугала! — сказала из динамиков Рене.

Белла ворвалась в комнату, озираясь в панике.

— Никогда больше не смей так делать, — со смехом продолжала Рене.

Белла резко обернулась на голос матери, очутилась лицом ко мне, сфокусировала взгляд чуть ниже камеры. Я увидел, как до нее дошло, в чем дело. Выстроить всю цепочку выводов она еще не успела, но уже вздохнула с облегчением. Ее матери ничто не угрожало.

Звуки в динамиках смолкли. Белла нехотя сдвинулась с места. Ей не хотелось видеть его, но она знала, что он рядом. И замерла, отыскав взглядом его, выжидательно застывшего. Беллу я видел только в профиль, зато его улыбку, адресованную ей, — совершенно отчетливо.

Он приблизился к ней, и я, спохватившись, разжал пальцы. Крушить камеру было еще слишком рано. Он прошел мимо Беллы, продолжил путь к телевизору, чтобы положить пульт. При этом он посмотрел в камеру и подмигнул мне. Потом повернулся к Белле. Теперь он стоял ко мне спиной, зато Беллу я видел прекрасно. Камера была повернута так, что в кадр не входило его отражение в зеркалах. Видимо, тут он просчитался. Он же хотел, чтобы я видел его представление.

— Извини, Белла, но ведь так даже лучше — не пришлось впутывать твою маму, верно?

Белла смотрела на него со странным, почти умиротворенным выражением.

— Да.

— Ты, похоже, не сердишься на меня за обман.

— Нет, — ее ответ прозвучал искренне.

Следопыт помедлил секунду.

— Странно. Ты говоришь правду. — Он склонил голову набок, но о выражении его лица я мог лишь догадываться. — Твоему странному клану надо отдать должное: вы, люди, способны вызвать любопытство. Пожалуй, я был бы не прочь понаблюдать за вами. Поразительно, насколько у некоторых из вас отсутствует страх за свою шкуру.

Он подался к ней, словно в ожидании ответа, но она молчала. Ее глаза стали непроницаемыми, не выдавали ничего.

— Наверное, хочешь сказать, что твой парень отомстит за тебя? — издевательски осведомился он. Издевка предназначалась не для нее.

— Вряд ли, — негромко возразила Белла. — По крайней мере, я просила его не делать этого.

— И что он ответил?

— Не знаю. Я написала ему это в письме.

«*И очень тебя прошу — не надо преследовать его*, — написала она. — *Я люблю тебя. Прости*».

Она вела себя почти беспечно. И это, казалось, беспокоило следопыта, потому что он заговорил резко, голос зазвучал зловеще.

— Как романтично, — сарказм был почти осязаем. — Прощальное письмо. Думаешь, он исполнит твою просьбу?

По ее глазам по-прежнему было невозможно прочесть хоть что-нибудь, а ее лицо осталось спокойным, когда она ответила:

— Надеюсь.

«*Это единственное, о чем я прошу тебя на прощание,* — писала она. — *Сделай это ради меня*».

— Хм-м. Ну, значит, наши надежды не совпадают, — голос стал кислым. Сдержанность Беллы рушила сцену, которую он спланировал. — Видишь ли, я нашел тебя слишком легко и быстро и потому немного разочарован. Я ожидал, что будет гораздо труднее. Честно говоря, мне просто повезло.

Лицо Беллы стало терпеливым, как у матери, которая знает, что рассказ ее двухлетки будет длинным и бессвязным, но все равно намерена дослушать, потакая ему.

В ответ следопыт заговорил еще резче:

— Когда Виктории не удалось подобраться к твоему отцу, я велел ей разузнать как можно больше о тебе. Какой смысл гоняться за тобой по всему свету, когда можно спокойно дождаться тебя в том месте, которое я назначу сам?..

И он продолжал говорить, чеканил слова самодовольно и медленно, но я чувствовал, как в нем назревает досада. Темп его речи ускорялся, Белла не реагировала. Она ждала, терпеливо и вежливо. Видимо, этим и бесила его.

До сих пор я почти не задумывался о том, как следопыт разыскал Беллу — времени не было ни на что, кроме действий, — но теперь все прояснялось. И ничуть не удивляло меня. Я слегка поморщился, осознав, что наш вылет в Финикс спровоцировал его последний ход. Но это была лишь одна из тысячи ошибок, тяжким грузом лежащих на моей совести.

Он закруглялся, заканчивал свой монолог — интересно, считал ли он, что произвел на меня впечатление? — и я сжался, готовясь к тому, что увижу дальше.

— Как видишь, все очень просто, — заключил он. — По моим меркам — так себе. Надеюсь, насчет своего парня ты ошибаешься. Как его — Эдвард?

Глупо это было с его стороны — притворяться, будто он забыл, как меня зовут. Забыть мое имя он просто не мог, как и я его.

Белла не ответила. И теперь казалась немного растерянной. Будто не понимала, в чем смысл. Не сознавала, что представление разыграно не для нее.

— Надеюсь, ты не станешь возражать, если я оставлю твоему Эдварду небольшое послание от себя?

Он отступал, пока не вышел из кадра. Камера вдруг показала крупно только лицо Беллы.

Смысл выражения на ее лице был для меня совершенно ясным. Только теперь она начинала понимать, что происходит. Она и раньше знала, что он убьет ее. Но не предполагала, что сначала он будет ее мучить. Впервые с тех пор, как она убедилась, что ее мать в безопасности, в ее глазах отразилась паника.

Мой ужас нарастал тем быстрее, чем страшнее становилось ей. Как мне это пережить? Я не знал. Но она выжила, значит, и я должен.

Следопыт убедился, что мне хватило времени проникнуться ее страхом, сменил план и слегка повернул камеру так, чтобы я видел его отражение в зеркале за спиной Беллы.

— Прости, но, посмотрев эту запись, он наверняка бросится за мной в погоню. — Затея вновь стала нравиться ему. Ужас Беллы был той самой драмой, которой он ждал, на которую рассчитывал. — Не хочу, чтобы он что-нибудь пропустил. Разумеется, все это предназначено для него. Ты ведь просто человек, на свою беду очутившийся в неудачном месте в неудачное время и, кстати, попавший в плохую компанию.

Он снова вошел в кадр, приблизился к ней. Его кривая ухмылка отразилась в зеркалах.

— Но прежде чем мы начнем...

У Беллы побелели губы.

— Я не прочь растравить рану, совсем чуть-чуть. — Его отражение в зеркале посмотрело прямо мне в глаза. — Решение было очевидным, и я побаивался, что Эдвард поймет это и испортит мне все удовольствие. Речь идет о том, что случилось когда-то давным-давно, очень давно. Это был первый и единственный раз, когда от меня ускользнула добыча.

Элис показывала мне способ сделать так, чтобы следопыт утратил интерес к добыче. Он понятия не имел, что я отверг эту мысль. И ни за что бы не понял почему.

Он продолжал очередной монолог, и хотя я сознавал, что благодаря его потребности позлорадствовать Белла дожила до нашего появления, я все равно скрипел зубами в досаде — все время, пока он не произнес слово «подружка»: только тогда я вдруг встрепенулся. Так вот о чем пыталась сообщить нам Белла! «*Элис, видеозапись! Он узнал тебя, Элис, ему было известно, откуда ты взялась*».

— ...А она, бедняжка, похоже, даже не заметила боли, — объяснял Джеймс. — Слишком уж долго она просидела в этой дыре. Веком ранее за такие видения ее сожгли бы на костре. А в двадцатых годах двадцатого века всего лишь упекли в психушку и лечили электрошоковой терапией. Когда она открыла глаза, свежая, полная сил и молодая, ей показалось, что она впервые увидела солнце. Старый вампир сделал ее сильной молодой вампиршей, тем самым лишив меня причины иметь с ней дело. В отместку я уничтожил старика.

— Элис... — выдохнула Белла. Откровения следопыта не вернули прежний цвет ее лицу. Ее губы уже приобрели еле уловимый зеленоватый оттенок. Неужели она лишится чувств? Я вдруг понял, что надеюсь на это — она получила бы передышку, спасение, пусть и ненадолго.

Здесь было о чем подумать, и в какой-то момент мне наверняка захочется узнать мнение Элис, но не сейчас. Не сейчас.

— Да, твоя миниатюрная подружка. Как я *удивился*, увидев ее на поле! — Он снова посмотрел мне в глаза. — Во всей этой истории хоть что-то послужит утешением для ее клана. Мне досталась ты, а им — она. Единственная жертва, сбежавшая от меня, — в сущности, это даже почетно.

А как восхитительно она пахла! До сих пор жалею, что так и не попробовал на вкус... Она пахла даже лучше, чем ты. Извини, не хотел тебя обидеть. Ты очень приятно пахнешь. Какими-то цветами...

Он подходил все ближе и ближе, пока не навис над ней, потом протянул руку, и я снова чуть не раздавил камеру. Но на этот раз он ничего ей не сделал — только стал играть прядью ее волос, продлевая ее ужас. Растягивая его.

Соскользнув со стула на пол, я поставил камеру рядом с собой. И крепко стиснул кулаки. Я успел как раз вовремя: следопыт легко провел по щеке Беллы, и я мимолетно задумался, не переломаю ли себе пальцы.

— Нет, не понимаю, — заключил следопыт. — Ну что ж, пора заняться делом. — Он снова взглянул на меня, на его губах обозначился намек на улыбку. Всем своим видом он давал мне понять, каким желанием горит, как твердо намерен наслаждаться происходящим. — А потом я позвоню твоим друзьям и объясню, где найти тебя и мое маленькое послание.

Белла задрожала. Ее лицо было таким серым, что я не мог понять, как ей до сих пор удается держаться на ногах. Следопыт заходил вокруг нее кругами, улыбаясь мне в зеркало. Он присел, перевел взгляд на ее лицо, и его улыбка превратилась в демонстрацию зубов.

Ужаснувшись, она ринулась к задней двери. Видимо, этого он и хотел, пытался побудить ее к действиям. Скаля зубы в довольной ухмылке, он опередил ее и небрежным ударом наотмашь отбросил обратно к зеркальной стене.

На мимолетный и бесконечный миг она взлетела в воздух, а затем с металлическим лязгом, хрустом костей и треском стекла ударилась о медный балетный станок и зеркало за ним. Перекладина станка выскочила из скоб и рухнула на половицы. Ее тело упало следом, обмякнув, соскользнуло на пол, и осколки зеркал засверкали вокруг как блестки. Я снова понадеялся, что она без сознания. Но потом увидел ее глаза.

Ошеломленные, беспомощные, застывшие.

Мои руки ныли в сокрушительном захвате собственных пальцев, но разжать их я не мог.

Следопыт направился к ней, направляя взгляд в отражающийся в зеркале объектив камеры, уставившись на меня.

— Эффектно, — заметил он, обращаясь ко мне в надежде, что я не приму как должное ни одну деталь его плана. — Как я и думал, этот зал визуально усиливает драматизм моего маленького кино. Потому я и выбрал его для встречи с тобой. Прекрасно, правда?

Я так и не понял, заметила ли Белла, что он отвлекся, или же просто руководствовалась чутьем, но она мучительно изогнулась всем телом, поставила ладони на пол и поползла к выходу.

Следопыт негромко засмеялся над этой жалкой попыткой и мгновенно очутился над ней.

Элис уже показывала мне этот момент. Я хотел бы отвести глаза, но не смог, и у меня на виду следопыт с силой опустил ступню на ее икру. Я услышал, как треснули и большая, и малая берцовые кости.

Все ее тело содрогнулось, вопль наполнил небольшую комнату, отразился от зеркал и полированного дерева. Он вылетел из наушников и ввинтился мне в уши. Ее лицо исказили напряжение и мука, в глазах лопнули крошечные сосудики.

— Может, передумаешь насчет своей последней просьбы? — спросил он Беллу, полностью переключив внимание на нее. Потом нацелился большим пальцем ноги и с филигранной точностью вдавил его в точку перелома.

Белла снова издала вопль, он заскрежетал, вырываясь из горла.

— Неужели ты так и не попросишь Эдварда найти меня? — Джеймс подстрекал ее с видом режиссера у края сцены.

Он намеревался мучить ее до тех пор, пока она не взмолится, чтобы я выследил его. Ей наверняка известно: я пойму, что ее к этому принудили. И она, конечно, быстро согласится на то, чего он хочет от нее.

— Скажи ему, что он хочет услышать, — беспомощным шепотом упрашивал я.

— Нет! — хрипло выкрикнула она. И впервые за все время посмотрела в объектив камеры, ее налитые кровью глаза стали умоляющими, и она обратилась прямо ко мне: — Нет, Эдвард, не вздумай...

Он пнул ее в поднятое лицо.

Я увидел, как слева на ее лице проступает след от этого удара. На ее скуле образовались две тонкие трещины. Он действовал осторожно, зная, что если вложит в удар хотя бы толику своей силы, она умрет, а заканчивать с ней он пока не собирался. Так что это был, в сущности, легкий шлепок.

Ее отбросило в сторону.

Я сразу же заметил его ошибку, едва увидел ее траекторию.

Зеркало было уже разбито, края торчали наружу, как обломки серебристых зубов. Белла ударилась о зеркало головой точно в том месте, где и раньше, но на этот раз зеркальные зубья разрезали ей кожу, когда гравитация потянула ее к полу. Треск поддающейся и рвущейся кожи было невозможно спутать ни с чем.

Он обернулся, и в зеркало я увидел, как окаменело его лицо, когда он понял, что натворил.

Кровь уже просачивалась сквозь ее волосы, малиновыми струйками стекала сбоку по лицу, скатывалась по шее и скапливалась лужицами во впадинках над ключицами. От этого зрелища у меня в горле вспыхнул пожар, я отчетливо вспомнил вкус этой крови.

Тем временем кровь достигла пола, капли падали на него с громким плеском, собираясь в лужицы вокруг ее локтей.

Крови было так много, утекала она так быстро. Это ошеломляло. Я смотрел, потрясенный тем, что она все-таки выжила. И следопыт смотрел, его недавние планы и самодовольство поблекли. Его лицо стало диким, нечеловеческим. Некая частица его сущности пыталась побороть жажду, я видел это по его глазам, но он был не в состоянии владеть собой. И едва помнил о своем представлении и зрителе.

Охотничий рык вырвался у него сквозь зубы. Она инстинктивно подняла руку, чтобы прикрыться. Ее глаза уже закатывались, лицо становилось безжизненным.

Взрывной треск, рев. Прыжок следопыта. Бледный силуэт мелькнул в кадре так быстро, что рассмотреть его было невозможно. Следопыт исчез с экрана, я увидел малиновый след его зубов на ладони Беллы, потом ее рука безвольно, с негромким всплеском упала в озерцо крови.

Почти оцепенев, я смотрел на себя, всхлипывающего на экране, и Карлайла, спасающего Беллу. Взгляд невольно устремлялся в нижний правый угол, где время от времени мелькали фрагменты следопыта. Локоть Эмметта, затылок Джаспера. По этим проблескам было невозможно представить, как идет схватка. Когда-нибудь я попрошу Эмметта или Джаспера вспомнить ее для меня. Но вряд ли это хоть сколько-нибудь приглушит мою ярость. Даже если бы я *сам* разорвал следопыта на куски и сжег его, этого мне было бы мало. Случившееся было ничем не исправить.

Наконец к объективу камеры приблизилась Элис. Мучительный спазм исказил ее черты, и я понял, что в ее видениях появилась эта видеозапись и я, просматривающий ее. Элис взяла камеру, и экран погас.

Я медленно протянул к камере руку, а потом так же медленно и методично искрошил ее, превратил в кучку металлической и пластиковой пыли.

А когда все было кончено, я достал из кармана рубашки крышечку от бутылки, которую носил с собой повсюду уже несколько недель. Мою память о Белле, мой талисман, мой дурацкий, но внушающий спокойствие знак физической связи между нами.

Мгновение крышечка тускло поблескивала у меня на ладони, а потом я стер ее в пыль большим и указательным пальцами, посыпая частицами металла останки камеры.

Я не заслужил никакого связующего звена, я вообще не имел права на нее.

Долгое время я сидел в пустой часовне. В какой-то момент в динамиках негромко заиграла музыка, но никто не вошел, и, судя по всему, никто не заметил меня. Видимо, музыка включилась по таймеру. Это было adagio sostenuto из Второго фортепианного концерта Рахманинова.

Я слушал, холодный и неподвижный, и старался напоминать себе, что с Беллой все будет хорошо. Что я могу прямо сейчас встать и вернуться к ней. Что Элис видела, как ее глаза вновь откроются через каких-нибудь тридцать шесть часов. Через день, ночь и еще день.

Но все это казалось сейчас ни при чем. Потому что только я виноват во всем, что она вынесла.

Я засмотрелся в высокие окна в противоположной стене, наблюдая, как ночная чернота неба постепенно уступает место бледной серости.

А потом я сделал то, чего не делал уже сто лет.

Сжавшись в комок на полу, неподвижный в агонии, я... стал молиться.

Я молился не своему Богу. Я всегда интуитивно понимал, что для таких, как я, нет божества. Бессмертным нет смысла иметь богов, мы сами вывели себя из-под любой божественной власти. Мы создали свою жизнь, и единственной силой, достаточной, чтобы отнять ее, была сила тех, кто подобен нам. Землетрясениям не сокрушить нас, потопам не утопить, огонь слишком медлителен, чтобы настигнуть нас. Про серу и разговора нет. Мы — боги в собственной альтернативной вселенной. В мире смертных и в то же время над ним, не в рабстве у законов этого мира, а лишь подчиняясь собственным.

Бога, которому я мог бы принадлежать, не существовало. Не к кому было возносить мольбы. Карлайл считал иначе, и, возможно — всего лишь возможно, — для таких, как он, делалось исключение. Но я не он. Я запятнан, как все мое племя.

Поэтому я молился *ее* Богу. Потому что если в ее вселенной есть некая высшая, благая сила, тогда, конечно, *конечно же*, эта сила, будь то он или она, тревожится за самую отважную и смелую из своих дочерей. А если нет, тогда в такой сущности нет никакого смысла. Я должен верить в то, что Белла имеет значение для ее далекого Бога, если он действительно существует.

И я молил ее Бога дать мне силы, в которых нуждался. Я понимал, что сам не настолько силен — недостаток понадобится восполнять извне. С предельной ясностью я вспомнил видения Элис, в которых брошенная Белла стала тенью самой себя — блеклой, опустошенной, с осунувшимся лицом. Вспомнил ее боль и кошмары. Мне ни разу не удалось представить себе, что моя решимость *не* сломается, *не* рухнет оттого, что мне известно о ее горе. Не мог я представить себе этого и сейчас. Но должен был решиться. Должен был познать силу.

Я молился ее Богу, изливал всю боль моей проклятой, пропащей души, чтобы он — или она, или оно — помог мне защитить Беллу от меня самого.

Глава 29
Неизбежность

Элис предвидела момент, когда Белла наконец откроет глаза. Побыть с ней наедине до того, как она успеет поговорить еще с кем-нибудь, мне требовалось по практическим соображениям: Белла понятия не имела о мерах, предпринятых нами для прикрытия. Разумеется, Элис и Карлайл могли позаботиться об этом, и Белле хватило бы сообразительности, чтобы разыгрывать амнезию, пока она не узнает все подробности, но Элис понимала, что мне надо не только прояснить ситуацию.

За долгие часы ожидания Элис познакомилась с Рене и сумела так обаять ее, что между ними установились близкие и доверительные отношения — по крайней мере, в представлении Рене. Именно Элис, точно рассчитав время, убедила Рене сходить пообедать.

Был второй час дня. Я закрыл жалюзи, отгораживаясь от полуденного солнца, но скоро я снова приоткрою их. Солнце уже заглядывало в окна с другой стороны больничного корпуса.

Едва Рене вышла, я придвинул свой стул поближе к кровати Беллы и поставил локти на край матраса рядом с ее плечом. Я не представлял, чувствует ли она, как проходит время, или ее разум все еще там, в проклятой комнате с зеркалами. Она нуждалась в утешении, и я знал ее достаточно, чтобы понимать, как мое лицо утешит ее. К худу или к добру, но мое присутствие ее успокаивало.

Она заворочалась как по расписанию. Ей и прежде случалось пошевелиться во сне, но это усилие было более осознанным. Она наморщила лоб, когда от напряжения ей стало больно, между бровями возникла маленькая тревожная галочка. Как мне часто хотелось, я легонько провел по этой галочке указательным пальцем, словно стирая ее. Она слегка разгладилась, веки Беллы затрепетали. Показания на мониторе свидетельствовали, что сердечный ритм чуть ускорился.

Она открыла глаза, снова закрыла. Предприняла еще попытку и зажмурилась от яркого верхнего света. Посмотрела в сторону окна, ожидая, когда привыкнут глаза. Теперь ее сердце билось еще быстрее. С трудом шевеля руками в проводах от мониторов, она потянулась к трубке под носом в явной попытке убрать ее. Я перехватил ее руку.

— Нет, не вздумай, — тихо произнес я.

Едва она услышала мой голос, стук ее сердца замедлился.

— Эдвард? — Голова у нее поворачивалась не так свободно, как ей хотелось. Я наклонился к ней. Наши взгляды встретились, и ее глаза, со все еще красными от крови белками, начали наполняться слезами. — Эдвард, прости меня, пожалуйста!

Когда она извинялась передо мной, боль возникала особенная, острая и пронизывающая.

— Ш-ш-ш... — перебил я. — Теперь все хорошо.

— Что случилось? — спросила она и наморщила лоб, словно пытаясь разгадать загадку.

Ответ у меня был заготовлен заранее. Я продумал наиболее щадящее из возможных объяснений. Но вместо него у меня вырвались страх и раскаяние.

— Я чуть было не опоздал. Я мог опоздать.

Долгую минуту она смотрела на меня во все глаза, и я видел, как к ней возвращаются воспоминания. Она поморщилась, ее дыхание участилось.

— Я поступила так глупо, Эдвард. Я ведь думала, что моя мама у него.

— Он всех нас провел.

От волнения и спешки она нахмурилась:

— Надо позвонить Чарли и маме!

— Им звонила Элис. — Она вызвалась делать это вместо Карлайла и теперь болтала с Чарли по несколько раз на дню. Как и Рене, он был совершенно очарован ею. Я знал, что Элис собирается позвонить ему сразу же, как только Белла придет в себя. И радуется тому, что это должно случиться сегодня. — Рене здесь — ну, здесь, в больнице. Только ушла перекусить.

Белла поерзала так, словно собиралась вскочить.

— Мама здесь?

Я удержал ее за плечо. Она заморгала, растерянно огляделась по сторонам.

— Она скоро вернется, — заверил я. — А ты лежи смирно.

Но успокоить ее так, как я надеялся, не удалось. В глазах заметалась паника.

— Но что вы ей сказали? Как объяснили ей, почему я попала в больницу?

Я слегка улыбнулся:

— Ты оступилась на лестнице, скатилась на два пролета вниз и выбила стекло в окне.

Поскольку ее родители поверили в это — и не просто как в убедительное объяснение, а как в то, чего и следовало ожидать, — я счел себя вправе добавить:

— Согласись, правдоподобно.

Она вздохнула, но заметно успокоилась теперь, когда знала, чем оправдываться. Несколько секунд она разглядывала собственное тело, укрытое одеялом.

— Сильно мне досталось? — спросила она.

Я перечислил только самые серьезные повреждения:

— Сломана нога и четыре ребра, несколько трещин в черепе, порезы и ссадины по всему телу и серьезная кровопотеря. Тебе несколько раз переливали кровь. Мне не понравилось: на какое-то время твой запах стал чужим.

Она улыбнулась и тут же поморщилась.

— Немного разнообразия тебе не повредит.

— Нет, мне нравится *твой* запах.

Она внимательно, испытующе вгляделась мне в глаза и после длинной паузы спросила:

— Как это у тебя получилось?

Я не понимал, почему поднимать эту тему настолько неприятно. Да, у меня *получилось*. Мое достижение до глубины души потрясло Эмметта, Джаспера и Элис. Но я воспринимал его иначе. Как поражение, которого я чудом избежал. Я с невыносимой отчетливостью помнил, как остро моему телу хотелось остаться в состоянии этого блаженства навсегда.

Больше я не мог выдержать ее взгляд. Перевел глаза на ее руку, осторожно взял ее. От нее в обе стороны отходили провода.

— Сам не знаю, — прошептал я.

Она молчала, но я чувствовал, что она смотрит на меня, ожидая продолжения. И вздохнул.

Еле слышно я добавил:

— Было невозможно... остановиться. Совершенно невозможно. Но я смог.

В этот момент я попытался улыбнуться ей, встретиться с ней взглядом.

— *Должно быть*, это любовь.

— Вкус у меня такой же приятный, как запах? — Она усмехнулась шутке и поморщилась от неприятных ощущений в скуле.

Я даже не пытался подстроиться к ее легкому тону. Улыбаться ей явно не стоило.

— Еще лучше, — честно, хотя и с оттенком горечи ответил я. — Гораздо лучше, чем мне представлялось.

— Прости.

Я закатил глаза.

— Не за то извиняешься.

Она изучила мое лицо и, кажется, не удовлетворилась результатами.

— А за что *надо*?

Ни за что, хотелось ответить мне, но я же видел, как она настроена извиниться, поэтому дал ей пищу для размышлений.

— За то, что чуть не покинула меня навсегда.

Она в задумчивости кивнула, принимая поправку.

— Прости.

Я гладил ее по руке и гадал, ощущает ли она мое прикосновение через многослойную повязку.

— Я понимаю, почему ты так поступила. И все-таки это было безрассудство. Надо было дождаться меня и обо всем рассказать.

В таком решении она не видела смысла.

— Ты бы меня не отпустил.

— Да, — сквозь зубы согласился я. — Не отпустил бы.

Взгляд ее ненадолго стал далеким, сердце заколотилось. Она передернулась и зашипела от боли, вызванной этим движением.

— Что такое, Белла?

Ее вопрос был жалобным:

— Что стало с Джеймсом?

По крайней мере, на этот раз мне было чем ее успокоить.

— После того как я отшвырнул его от тебя, им занялись Эмметт и Джаспер.

Она нахмурилась, поморщилась, и ее лицо прояснилось.

— А я не видела там Эмметта с Джаспером.

— Им пришлось покинуть комнату... там было слишком много крови.

Реки. На секунду мне показалось, что я все еще в кровавых пятнах.

— А ты остался, — выдохнула она.

— Да, остался.

— И Элис, и Карлайл... — полным удивления голосом продолжала она.

Я чуть улыбнулся:

— Знаешь, они тоже любят ее.

Ее лицо вдруг снова стало тревожным.

— Элис видела запись?

— Да.

Этой темы мы с Элис пока избегали. Я знал, что она сама ведет поиски, а она — что я еще не готов обсуждать их с ней.

— Она всегда жила, не осознавая себя, — с тревогой произнесла Белла. — Потому и не помнила ничего.

Как это было похоже на нее — беспокоиться о других даже в такой момент.

— Да. Теперь она это понимает.

Я не знал точно, что отражалось у меня на лице, но оно озаботило Беллу. Она попыталась протянуть руку и коснуться моей щеки, но ей не дала игла в кисти и подведенная к ней трубка капельницы.

— Фу... — простонала она.

Игла выскочила? Ее движение было не настолько резким, хотя пристально я за ним не следил.

— Что такое? — встрепенулся я.

— Иголка, — ответила она, глядя на потолок так сосредоточенно, словно на нем имелось нечто более примечательное, чем простые звукопоглощающие плитки. Она сделала глубокий вдох, и я удивился, заметив бледно-зеленую кайму по краям ее губ.

— Иголки испугалась, — проворчал я. — Вампир-садист, готовый замучить ее насмерть, — это пустяки, ради встречи с ним можно и удрать. То ли дело *капельница*!

Она закатила глаза. Зеленоватая бледность постепенно пропадала.

Наконец она снова уставилась на меня и обеспокоенно спросила:

— А *ты* почему здесь?

Я думал... но это не имело значения.

— Мне уйти?

Может, то, что мне следовало сделать, окажется проще, чем я думал. Боль впилась примерно туда, где когда-то находилось мое сердце.

— Нет! — почти в полный голос запротестовала она. И тут же понизила его почти до шепота: — Я о другом: как объяснить твое присутствие моей *маме*? Надо продумать мою версию, пока она не вернулась.

— А-а.

Разумеется, на легкий выход из ситуации нечего и рассчитывать. Сколько раз мне уже казалось, что она бросит меня, а этого так и не произошло.

— Я приехал в Финикс, чтобы образумить тебя, — объяснил я тем же искренним и открытым тоном, каким пользовался, когда требовалось уболтать медсестер, доказать, что мне положено оставаться в этой палате. — И убедить вернуться в Форкс. Ты согласилась на встречу и приехала в отель, где я остановился вместе с Карлайлом и Элис. — Я пошире открыл глаза, придавая себе наивный вид. — Само собой, здесь я находился под присмотром одного из родителей... Но на лестнице, поднимаясь ко мне в номер, ты споткнулась... а остальное ты уже знаешь. В подробности можешь не вдаваться: легкая путаница в твоем случае вполне оправданна.

Она задумалась над моими словами.

— В этой версии есть несколько изъянов. Например, отсутствие разбитых окон.

Я невольно усмехнулся:

— Вообще-то они есть. Элис немного перестаралась, пока фабриковала доказательства. Все было продумано до мелочей, ты даже можешь подать на отель в суд, если захочешь.

Эта мысль явно возмутила ее.

Я легонько коснулся ее щеки там, где не было ссадин.

— Тебе не о чем беспокоиться. Твое дело — поправляться.

И вдруг ее сердце вновь застучало быстрее. Я поискал признаки боли, предположил, что в моих словах что-то обидело ее, но потом заметил расширенные зрачки и понял. Она отреагировала на мое прикосновение.

Она посмотрела на прибор, который пищал, подавая сигнал о чрезмерной активности ее сердца, и прищурилась:

— Неловко получилось.

При виде выражения на ее лице я тихо рассмеялся. Легкий румянец проступил на ее неповрежденной щеке.

— Хм... интересно, а если...

Мое лицо уже находилось в нескольких дюймах от ее лица. Я медленно сократил эту дистанцию. Ее сердце ускорило бег. А когда я поцеловал ее, едва задев губами ее губы, сердечный ритм стал сбивчивым. Сердце в буквальном смысле пропустило положенный удар.

Я резко отстранился и успокоился, только когда услышал, что его ритм вновь стал ровным.

— Похоже, теперь придется обращаться с тобой еще осторожнее.

Она нахмурилась, поморщилась и возразила:

— Я еще не нацеловалась. Не вынуждай меня подниматься.

Улыбнувшись такой угрозе, я снова нежно поцеловал ее и прекратил поцелуй в ту же минуту, когда сердце опять зачастило. Поцелуй получился очень кратким.

Она, похоже, осталась недовольна и собиралась посетовать, но эксперименты в любом случае пора было прервать.

Я отодвинул стул на шаг от постели.

— Кажется, твоя мама идет.

Рене сейчас поднималась по лестнице, чтобы взять из сумки мелочь, и с беспокойством размышляла о том, что последние несколько дней питается одним фастфудом. И жалела, что у нее нет времени на тренажерный зал, так что остается лишь довольствоваться лестницей.

Лицо Беллы исказилось — я предположил, что от боли. Я наклонился к ней, в отчаянии гадая, чем помочь.

— Не уходи! — возглас Беллы прозвучал очень похоже на всхлип. Взгляд стал напряженным от страха.

Об этой реакции думать не хотелось.

Меня мучило видение Элис: Белла, скорчившаяся в агонии, хватающая ртом воздух...

Собравшись с силами, я ответил легким тоном:

— Я не уйду. Только... вздремну.

Усмехнувшись, я метнулся к бирюзовому креслу и перевел спинку в наклонное положение. Ведь Рене сама уговаривала меня занять его, если мне понадобится отдохнуть. Я закрыл глаза.

— Дышать не забывай, — шепнула она. Я вспомнил, как она притворялась спящей, чтобы развеять подозрения отца, и еле сдержал улыбку. Потом преувеличенно глубоко вздохнул.

Рене как раз проходила мимо поста медсестер.

— Есть изменения? — на ходу спросила она младшую медсестру, заступившую на дежурство, — плотную молодую женщину по имени Беа. По отсутствующему тону Рене было ясно, что она ждет отрицательного ответа. Она даже не замедлила шаг.

— Вообще-то были колебания на мониторах. Я как раз собиралась пойти посмотреть.

«*О нет! Напрасно я ушла*».

В тревоге Рене ускорила шаг.

— Сейчас проверю и сообщу вам.

Медсестра, уже начавшая подниматься, снова села, уступая желанию Рене.

Белла заворочалась, скрипнула койка. Было ясно, как ее расстраивает беспокойство матери.

Рене осторожно открыла дверь. Конечно, она хотела, чтобы Белла проснулась, но все равно стеснялась шуметь.

— Мама! — радостно шепнула Белла.

Выражения лица Рене я не мог видеть, так как притворялся спящим, но в ее мыслях воцарилось облегчение. Я услышал, как остановились ее шаги. Потом она увидела меня, якобы спящего в кресле.

— Он что, вообще уходить не собирается? — вслух она произнесла это еле слышно, а мысленно прокричала — впрочем, я уже привык к ее громким мыслям, и они не застигали меня врасплох, как раньше. Вместе с тем Рене слегка успокоилась. Она уже начинала гадать, сплю ли я *вообще* хоть когда-нибудь.

— Мама, как я рада тебя видеть! — воодушевленно воскликнула Белла.

На миг Рене оторопела при виде налитых кровью глаз Беллы. Глаза самой Рене сразу же наполнились слезами от еще одного свидетельства страданий дочери.

Я наблюдал сквозь ресницы, как Рене бережно обнимает дочь. По щекам Рене струились слезы.

— Белла, я так перепугалась!

— Прости, мама. Но все уже хорошо, все в порядке.

Было неловко слушать, как Белла в своем состоянии утешает здоровую мать, но я полагал, что такими их отношения были всегда. Возможно, особенности взаимодействия уникального разума Рене с окружающими людьми придавали ей черты нарциссизма. Это было неизбежно, ведь все вокруг спешили исполнить ее невысказанные желания.

— Хорошо уже то, что ты наконец пришла в себя. — И Рене снова внутренне поморщилась, увидев кровь в глазах дочери.

Последовала пауза, а потом Белла нерешительно спросила:

— Долго я пробыла без сознания?

Только тогда я сообразил, что об этом мы еще не упоминали.

— Сегодня пятница, дорогая, — сообщила ей Рене, — так что довольно долго.

Белла была потрясена.

— Пятница?

— Некоторое время тебя держали на успокоительных, дорогая, — слишком уж много травм ты получила.

— *Знаю*, — многозначительно подтвердила Белла, и я задумался, насколько ей сейчас больно.

— Тебе повезло, что рядом оказался доктор Каллен. Такой приятный человек... хотя и очень молодой... И похож скорее на супермодель, чем на врача...

— Ты познакомилась с Карлайлом?

— И с Элис, сестрой Эдварда. Она очень милая.

— Очень!

Пронзительно-громкие мысли Рене снова обратились ко мне.

— Ты не говорила мне, что в Форксе у тебя появились такие хорошие друзья.

«*Очень, очень хорошие*».

Белла вдруг застонала.

Мои глаза тут же открылись сами собой. Но не выдали меня: взгляд Рене был прикован к Белле.

— Где болит? — выпалила она.

— Все хорошо, — заверила Белла мать, и я понял, что эти слова предназначены и для меня. На миг наши взгляды встретились, и я снова закрыл глаза. — Просто забыла, что двигаться не стоит.

Рене без толку хлопотала над неподвижной дочерью, пока Белла не спросила, оживившись:

— А где Фил?

Рене тут же переключилась — видимо, на это и рассчитывала Белла.

«*Я же еще не сообщила ей хорошие новости. Она так обрадуется!*»

— Во Флориде... да, Белла, ты не поверишь! Мы как раз собирались уезжать, и тут такие новости!

— С Филом подписали контракт? — спросила Белла, и я различил в ее голосе улыбку: она точно знала, какой ответ услышит.

— Да! Как ты догадалась? С «Санс», представляешь?

— Здорово, мама! — отозвалась Белла, но еле уловимые нотки растерянности в ее голосе подсказали мне, что она понятия не имеет, кто такие эти «Санс».

— Вот увидишь, в Джексонвилле тебе понравится. — Рене буквально бурлила воодушевлением. Ее громогласные мысли были под стать ее словам, и я ничуть не сомневался, что эти мысли действуют на Беллу так же, как на всех вокруг. Рене увлеченно щебетала про погоду, океан, прелестный желтый дом с белой отделкой, ничуть не сомневаясь, что Белла будет в таком же восторге, как и она.

Я был в курсе всех подробностей плана Рене на будущее Беллы. Пока мы ждали, когда Белла очнется, мысленно Рене сотни раз представляла себе, как поделится с ней радостной вестью. Во многих отношениях ее план был именно тем решением, которое я искал.

— Мама, подожди! — в замешательстве воскликнула Белла. Мне представилось, как энтузиазм Рене давит на нее, словно тяжелое пуховое одеяло. — Что ты такое говоришь? Я не поеду во Флориду. Я живу в Форксе.

— Теперь это ни к чему, глупенькая, — засмеялась Рене. — Теперь Фил гораздо чаще будет дома... мы подробно все обсудили, и я готова поменять игры на выезде на половину времени с тобой и половину с ним.

И Рене умолкла в ожидании взрыва радости от Беллы.

— Мама... — медленно начала Белла. — Я *хочу* жить в Форксе. В школе я уже освоилась, у меня появились подруги...

Рене вновь искоса взглянула в мою сторону.

— И потом, я нужна Чарли, — продолжала Белла. — Ему там совсем одиноко, а готовить он *вообще* не умеет.

— Ты хочешь остаться в Форксе? — спросила Рене таким тоном, словно расставленные в этом порядке слова были начисто лишены смысла. — Почему?

«*Этот парень — вот истинная причина*».

— Я же объяснила: из-за школы, Чарли... ой!

И опять мне пришлось открыть глаза. Рене хлопотала над дочерью, нерешительно протягивала к ней руки, не зная, где можно дотронуться. В конце концов она приложила ладонь ко лбу Беллы.

— Белла, дорогая, ты ведь терпеть не можешь Форкс. — Рене явно встревожила забывчивость Беллы.

В голосе Беллы прорезалась твердость:

— Не настолько сильно.

Рене решила перейти к самой сути проблемы.

— Это из-за него? — шепнула она. Скорее упрекала, чем спрашивала.

Помедлив, Белла призналась:

— В том числе из-за него... Значит, с Эдвардом ты уже пообщалась?

— Да, и как раз хотела с тобой об этом поговорить.

— О чем об этом? — невинным тоном отозвалась Белла.

— По-моему, этот парень влюблен в тебя, — прошептала Рене.

— Мне тоже так кажется.

«*Белла влюбилась? Сколько же всего я пропустила? Как она могла скрыть такое от меня? И что мне теперь делать?*»

— А... ты как к нему относишься?

Белла вздохнула, ее тон стал невозмутимым:

— Я от него без ума.

— Знаешь, он *кажется* очень славным. Господи, а уж красавец, каких мало! Но ты же совсем ребенок, Белла...

«*И слишком уж похожа на Чарли. В общем, чересчур рано*».

— Понимаю, мама, — легко согласилась Белла. — Но ты не беспокойся, это же просто школьный роман.

— Верно, — согласилась Рене.

«*Вот и хорошо. Значит, она не относится к этому со всей серьезностью, как Чарли... Ой, а который час? Опоздаю!*»

Белла заметила, что Рене вдруг отвлеклась.

— Тебе пора?

— Скоро должен позвонить Фил... я же не знала, что ты очнешься...

«*Наверное, домашний телефон уже трезвонит. Надо было дать здешний номер*».

— Все в порядке, мама. — Белле едва удалось скрыть облегчение. — Одна я не останусь.

— Я скоро вернусь. Знаешь, я ведь спала прямо здесь, — добавила Рене, гордая своим поступком хорошей матери.

— Ну зачем ты, мама! — Беллу встревожило известие о том, что мать жертвовала собой ради нее. Обычно в их отношениях дело обстояло противоположным образом. — Надо было спать дома, я бы даже не заметила.

— Просто я перенервничала, — призналась Рене, слишком хорошо зная себя и потому застеснявшись сразу после хвастовства. — Неподалеку от нас произошло преступление, вот я и побоялась оставаться дома одна.

— Преступление? — мгновенно насторожилась Белла.

— Кто-то сначала вломился в ту балетную студию неподалеку от нас, а потом устроил поджог — она сгорела дотла! А перед студией бросили угнанную машину. Помнишь, ты когда-то ходила в ту студию, дорогая?

Угоняли машины не только мы. Следопыт припарковался с южной стороны от студии. А мы об этом не знали, чтобы замести его следы вместе с нашими. Вдобавок это пошло на пользу нашему алиби, так как та машина числилась в угоне за день до нашего прибытия в Финикс.

— Помню, — дрогнувшим голосом ответила Белла.

Я с трудом удержался в прежней позе. Рене тоже заволновалась.

— Детка, если хочешь, я останусь с тобой.

— Нет, мама, все хорошо. Со мной побудет Эдвард.

«*Да уж, побудет он... Ах да, у меня же еще стирка, и холодильник надо разобрать. То молоко несколько месяцев в нем простояло*».

— К вечеру вернусь.

— Я люблю тебя, мама.

— Я тоже тебя люблю, Белла. Постарайся впредь быть осторожнее, дорогая, я не хочу тебя потерять.

Мне пришлось взять себя в руки, чтобы не расплыться в усмешке.

Явилась Беа с обходом, привычно протиснулась мимо Рене, чтобы взглянуть на мониторы Беллы.

Рене поцеловала Беллу в лоб, похлопала по руке и ускользнула, спеша сообщить Филу известие о том, что дочери уже лучше.

— Тебя что-то беспокоит, детка? — спросила Беа. — Пульс резко повышался.

— Все хорошо, — ответила ей Белла.

— Сейчас скажу старшей медсестре, что ты в сознании. Она подойдет через минуту.

Прежде чем за Беа закрылась дверь, я был рядом с Беллой.

Она высоко вскинула брови — или встревожилась, или впечатлилась.

— Ты угнал машину?

Я понял, что она имеет в виду машину, брошенную на парковке, но она, в сущности, права. Только не одну, а две.

— Хорошая была машина, быстрая, — ответил я.

— Ну, как сон? — спросила она.

Шутливость нашего диалога поблекла.

— Интересный.

Смена настроения озадачила ее.

— То есть?

Не зная, что она прочтет по моим глазам, я смотрел на высокий бугор под одеялом в том месте, где лежала ее искалеченная нога.

— Удивительно, — с расстановкой выговорил я. — Я думал, Флорида... и твоя мама... в общем, мне казалось, что именно об этом ты мечтаешь.

— Но во Флориде тебе придется целыми днями сидеть взаперти, — возразила она, не уловив смысла моих слов. — Ты сможешь выходить только по ночам, как настоящий вампир.

Она сказала об этом так, что мне захотелось улыбнуться, но еще больше — *удержаться* от улыбки.

— Я останусь в Форксе, Белла. Или в другом таком же месте. Там, где я больше не причиню тебе вреда.

Она недоуменно уставилась на меня, будто я ответил ей на латыни. Я ждал, когда смысл моих слов дойдет до нее. Вдруг ее сердце заколотилось быстрее, дыхание участилось, грозя гипервентиляцией. От каждого вздоха она вздрагивала, ее легкие, расширяясь, толкали сломанные ребра.

Тень скорбного будущего мелькнула у нее на лице.

Это было больно видеть. Мне хотелось чем-нибудь облегчить ее боль, ее *ужас*, но ведь это решение должно было считаться правильным. Оно не выглядело правильным, однако своим эгоистичным чувствам я не мог доверять.

Глория, только что явившаяся на дневное дежурство, вошла в палату и окинула Беллу опытным взглядом.

«Я бы сказала, что-то она не очень. Хорошо хоть глаза открыла, бедняжка».

— Пора принять обезболивающие, милая? — ласково спросила она, регулируя капельницу.

— Нет-нет, — задыхаясь, запротестовала Белла. — Мне не нужно.

— Детка, не надо храбриться. Чем меньше стрессов, тем лучше для тебя; тебе нужен покой.

Глория подождала, когда Белла передумает. Белла опасливо покачала головой, на ее лице смешались боль и упрямство.

Глория вздохнула:

— Ладно. Когда надумаешь, нажми кнопку вызова.

Она взглянула на меня, не зная, как отнестись к моим неустанным бдениям, и перед уходом еще раз посмотрела на мониторы Беллы.

Взгляд Беллы по-прежнему был безумным. Я приложил ладони к ее щекам, стараясь еле касаться поврежденной левой.

— Ш-ш-ш, Белла, успокойся.

— Не оставляй меня, — взмолилась она.

Вот потому-то я и не справлялся своими силами. Как же я мог причинять ей новые муки? Она и так вся перебинтована, буквально собрана по частям, она изнывает от боли и просит лишь об одном — чтобы я остался.

— Не оставлю, — пообещал я, мысленно внося поправки в свой ответ: «*До тех пор, пока ты не поправишься. Пока не будешь готова. Пока я не найду в себе силы*». — А теперь успокойся, пока я не вызвал медсестру со снотворным.

Казалось, она услышала мои мысленные оговорки. Когда-то, еще до того, как начались охота и ужасы, я много раз обещал, что останусь с ней. Я всегда говорил искренне, и она всегда верила мне. Но теперь будто видела меня насквозь. Ее сердце не успокаивалось.

Я погладил ее здоровую щеку.

— Белла, никуда я не денусь. Я буду рядом до тех пор, пока я тебе нужен.

— Клянешься, что ты меня не бросишь? — прошептала она и невольно потянулась к собственному боку. Должно быть, болели ребра.

Для расставания она сейчас слишком хрупка. Мне следовало понять это и подождать. Несмотря на то что Рене только что предложила ей идеальный вариант жизни без вампиров.

Я снова взял ее лицо в ладони, позволил всепоглощающей любви к ней отразиться в моих глазах и солгал, призвав на помощь весь столетний опыт ежедневного обмана:

— Клянусь.

Напряжение покинуло ее. Она смотрела мне в глаза, не отрываясь, и уже через несколько секунд ее сердце забилось в нормальном ритме.

— Так лучше?

С настороженными глазами она неуверенно отозвалась:

— Да.

Должно быть, она чувствовала, что я чего-то недоговариваю.

Мне требовалось, чтобы она верила мне, — хотя бы настолько, чтобы благополучно поправиться. Я просто не мог допустить, чтобы даже ее затянувшееся выздоровление оказалось на моей совести.

И я попробовал вести себя так, будто ничего не скрываю. Будто я недоволен ее взвинченностью и подозрительностью. Я состроил раздраженную мину и проворчал:

— Незачем так горячиться, тебе не кажется?

Проворчал так быстро, чтобы она не разобрала ни слова.

— Зачем ты так? — с дрожью в голосе откликнулась она. — Тебе надоело все время спасать меня? *Хочешь*, чтобы я уехала?

Чего мне хотелось, так это ближайшую сотню лет смеяться над ее словами о том, что она мне надоела. Или рыдать тысячу.

Но теперь я уже не сомневался: придет время, когда я должен буду переубедить ее. И я умерил свою реакцию, сделал ее сдержанной и прохладной.

— Нет, Белла, конечно, я не хочу остаться без тебя. Рассуди здраво. И спасать тебя мне тоже не надоело, но именно из-за меня ты постоянно подвергаешься опасности... это из-за меня ты сейчас здесь.

Истина пробила себе дорогу в самом конце моей речи.

Белла нахмурилась:

— Да, из-за тебя я здесь и я *жива*.

Я больше не мог цепляться за сдержанность и прошептал, чтобы скрыть боль:

— Едва жива. Вся в бинтах и гипсе и даже пошевелиться толком не можешь.

— Мой последний околосмертный опыт тут ни при чем, — огрызнулась она. — Я имела в виду другие — назови, какой хочешь. Если бы не ты, я бы уже гнила на кладбище Форкса.

От этой картины я содрогнулся, но поспешил вернуться к своим доводам, чтобы не дать ей увести разговор в сторону.

— Но это еще не самое страшное. Увидеть тебя лежащей на полу... избитой и скорчившейся... — я с трудом сохранял власть над собственным голосом, — думать, что я опоздал, даже слышать, как ты страдаешь от боли, — все это невыносимо, эти воспоминания я унесу с собой в вечность. Но хуже всего — знать, что остановиться я не могу. Понимать, что сам убью тебя.

Она нахмурилась:

— Но ведь не убил.

— А мог. С легкостью.

Ее сердце опять судорожно заколотилось.

— Дай мне обещание, — шепотом выговорила она.

— Какое?

Она смотрела на меня в упор.

— Ты сам знаешь.

Белла поняла, к чему я веду. Услышала, как я настраиваю самого себя проявить необходимую силу. Не стоило мне забывать, что мои мысли она читает в тысячу раз успешнее, чем я читаю ее. Надо было подавить в себе потребность исповедаться. Сейчас важнее всего — ее выздоровление.

Я решил говорить только правду, чтобы она не раскусила меня так же легко, как раньше.

— Видимо, мне просто не хватит сил держаться от тебя подальше, так что ты все равно добьешься своего... даже если поплатишься за это жизнью.

— Вот и хорошо. — Но мне было ясно, что я ее не убедил. — Ты уже сказал, как сумел остановиться... Теперь я хочу знать почему.

— Почему — что? — растерянно переспросил я.

— *Почему* ты это сделал. Почему не дал яду подействовать. Сейчас я уже была бы просто одной из вас.

Этого я ей ни разу не объяснял. Я так старательно уклонялся от ее вопросов. *Такую* правду она не смогла бы узнать ни в каком Интернете, и это я прекрасно понимал. На миг глаза мне застлала красная пелена, и в центре этой пелены было лицо Элис.

— Да, никакого опыта отношений у меня нет, — Белла говорила быстро и пылко, спеша высказать то, что хотела, и отвлечь меня. — Но мужчина и женщина должны быть на равных — это же логично... то есть не может же кто-то один из них всякий раз спасать другого. Они должны спасать друг друга *поровну*.

В том, что она говорила, была доля истины, но главное она упускала. Я никогда не смог бы стать равным ей. Обратного пути для меня нет. А невредимой она могла остаться лишь в случае такого равенства.

Я скрестил руки на краю ее кровати, положил на них подбородок. Пора было умерить пыл нашего разговора.

— Ты уже спасала меня, — спокойно напомнил я. Это была чистая правда.

— Вечная роль Лоис Лейн меня не устраивает, — предупредила она. — Я тоже хочу быть Суперменом.

Я постарался смягчить голос, но был вынужден отвести глаза.

— Ты не понимаешь, о чем просишь.

— А по-моему, понимаю.

— Белла, ты не понимаешь *ничего*, — все так же мягко прошептал я. — У меня было почти девяносто лет на размышления об этом, но я до сих пор ни в чем не уверен.

— Ты жалеешь, что Карлайл спас тебя?

— Нет, об этом я не жалею. — Не спаси он меня, я не встретился бы с ней. — Но моя жизнь все равно была кончена. Мне не пришлось ничем жертвовать.

Кроме души.

— А моя жизнь — *ты*. Только тебя я боюсь потерять.

Она в точности описывала мою сторону наших отношений.

«*А когда она будет* умолять?» — прошептала Розали, возникнув в моей памяти.

— Я не могу, Белла. И не хочу так поступать с тобой.

— Но почему? — Ее голос был хриплым, зазвучал громче от гнева. — Только не говори, что это слишком трудно! После того, что было сегодня или, наверное, несколько дней назад... в общем, после того, что было, это пустяк!

Я изо всех сил старался сохранить спокойствие.

— А боль? — напомнил я. Думать об этом мне не хотелось. Я надеялся, что и ей тоже.

Ее лицо побелело так, что страшно стало смотреть. Долгую минуту она силилась перебороть воспоминания, потом упрямо вскинула голову.

— Это мои проблемы. Справлюсь.

— Храбрость можно довести до такого предела, где она превратится в безумие, — пробормотал я.

— Не вопрос. Подумаешь, три дня.

Элис! Может, даже к лучшему, что я понятия не имею, где она сейчас. Значит, это неспроста. Она решила избегать меня до тех пор, пока я не успокоюсь. Так и хотелось позвонить ей, сообщить, какого я мнения об этом трусливом бегстве, но я мог поручиться, что на звонок она не ответит.

Я сосредоточился на нашем разговоре. Если Белла желает продолжать его, придется указать ей на то, о чем она прежде не задумывалась.

— А Чарли? — коротко спросил я. — А Рене?

На этот раз отмахнуться ей было труднее. Прошли длинные минуты, а она все искала ответ. Открыла было рот, снова закрыла. И не отводила взгляд, но вызов в ее глазах постепенно уступал место поражению.

В конце концов она солгала. Как всегда, это было очевидно.

— Послушай, и это тоже не вопрос. В своем выборе Рене всегда исходила из собственных интересов, и она будет только рада, если я поступлю так же. А Чарли крепкий и выносливый, он привык справляться в одиночку. Не могу же я опекать их вечно. У меня есть своя жизнь.

— Вот именно, — веским тоном подхватил я. — И обрывать ее я не стану.

— Хочешь дождаться, когда я окажусь на смертном одре? К твоему сведению, я на нем только что побывала!

Я помедлил, чтобы мой голос прозвучал ровно:

— Ты поправишься.

Она сделала глубокий вдох, поморщилась и произнесла медленно и приглушенно:

— Нет. Не поправлюсь.

Неужели она решила, что я чего-то недоговариваю о ее состоянии?

— Поправишься, конечно! — горячо заверил я. — Ну, разве что останется шрам-другой...

— Ошибаешься. Я умру.

Дольше сдерживаться я не смог. И отчетливо услышал стресс в голосе.

— Белла, ну что ты говоришь! Тебя выпишут отсюда через несколько дней. Самое большее — через две недели.

Она тоскливо смотрела на меня.

— Может, прямо сейчас я и не умру... но когда-нибудь — обязательно. С каждой минутой я все ближе к смерти. Мало того: я *состарюсь*.

Беспокойство сменилось отчаянием, когда я понял, что она имеет в виду. Неужели она решила, что я об этом забыл? Что каким-то образом упустил из виду этот вопиющий факт, не заметил мельчайшие изменения в ее лице, особенно заметные в сравнении с моей застывшей неизменностью? Что я, не обладая даром Элис, не мог предвидеть явное будущее?

Я уронил голову на руки.

— Этого не может не произойти. Так и надо. Так было бы, если бы не было меня — а меня вообще *не должно быть*.

Белла фыркнула.

Я вскинул голову, удивленный внезапной сменой ее настроения.

— Глупость какая-то, — заявила она. — Все равно что прийти к человеку, который только что выиграл в лотерею, и отобрать у него деньги со словами: «Слушай, давай вернемся к тому, как должно быть. Так будет лучше». Я так не играю.

— Я тебе не выигрыш в лотерею, — огрызнулся я.

— Правильно. Ты гораздо лучше.

Я закатил глаза, потом попытался хотя бы отчасти вернуть себе самообладание. Наш разговор негативно сказывался на ней, о чем свидетельствовали мониторы.

— Белла, этот вопрос мы больше не обсуждаем. Я отказываюсь обрекать тебя на вечную ночь, и точка.

Едва у меня вырвались эти слова, я понял, как пренебрежительно они прозвучали. И знал, как она ответит, еще до того, как она прищурилась.

— Если ты рассчитываешь поставить точку таким способом, значит, ты слишком плохо меня знаешь. Ты не единственный вампир, с которым я знакома, — напомнила она.

Перед глазами у меня снова возникла красная пелена.

— Элис не посмеет.

— Элис уже видела что-то, да? — Белла почти не сомневалась в этом, но было ясно, что *кое-что* Элис от нее все-таки утаила. — Вот почему тебя тревожат ее слова. Она знает, что я стану такой, как вы... когда-нибудь.

— Она ошибается, — теперь и я заговорил уверенно. Мне уже случалось опровергать предсказания Элис. — Кстати, еще она видела тебя мертвой, а ты жива.

— Заключать пари против Элис я не стану, даже не уговаривай.

Она снова смотрела на меня с вызовом. Я почувствовал, как мое лицо становится суровым, и постарался расслабиться. Эти споры — напрасная трата времени, а его и так осталось мало.

— Так на чем мы остановились? — нерешительно спросила она.

Я вздохнул, затем издал невеселый смешок.

— Кажется, это и называется «зайти в тупик».

Тупик, ведущий к неизбежности.

Ее тяжкий вздох эхом повторил мой.

— Ай!

Я взглянул ей в лицо, перевел глаза на кнопку вызова медсестры.

— Больно?

— Все хорошо, — неубедительно заверила она.

Я улыбнулся ей.

— Не верю.

Она выпятила губу.

— Спать я больше не хочу.

— Тебе нужен отдых. А этот спор ни к чему хорошему не приведет.

Моя вина, конечно, — вечно моя вина.

— Так поддайся, — предложила она.

Я нажал кнопку.

— Зря стараешься.

— Нет! — жалобно воскликнула она.

— Да? — голос Беа в маленьком динамике казался дребезжащим.

— Кажется, нам снова требуется обезболивающее, — сообщил я ей. Белла хмуро взглянула на меня, потом поморщилась.

— Сейчас пришлю медсестру.

— Ничего принимать не буду, — пригрозила Белла.

Я многозначительно посмотрел на пакет на ее капельнице.

— А тебя и не спросят.

Ее сердце снова зачастило.

— Белла, тебе же больно. Необходимо расслабиться, чтобы началось восстановление. Зачем ты сопротивляешься? Тебя больше не будут колоть иголками.

С ее лица исчезло все упрямство, теперь оно было просто встревоженным.

— Я боюсь не иголок. Боюсь закрыть глаза.

Я протянул руки, чтобы приложить к ее щекам, и улыбнулся ей совершенно искренне. Это было нетрудно. Все, чего мне хотелось — и могло захотеться когда-либо, — смотреть ей в глаза вечно.

— Я же сказал: я никуда не денусь. Не бойся. Пока ты рада видеть меня, я буду рядом.

«*Пока ты не поправишься, пока не будешь готова. Пока я не найду в себе силы, в которых нуждаюсь*».

Она улыбнулась, несмотря на боль:

— Знаешь, а ведь я всегда буду рада.

«Всегда» — в понимании смертных.

— Ну, со временем пройдет. — И я поддразнил ее: — Это всего лишь школьный роман.

Она попыталась покачать головой, но поморщилась и прекратила попытки.

— До сих пор не верится, что Рене так легко купилась. Но *ты-то* должен понимать.

— В этом и заключается прелесть человеческой жизни, — тихо ответил я. — В переменах.

— Ждешь, затаив дыхание? Не дождешься.

Я невольно рассмеялся над ее недовольным выражением лица. Ей же известно, как долго я могу обходиться без дыхания.

Торопливо вошла Глория, уже держа шприц наготове.

«*Ему надо дать ей, бедняжке, отдохнуть и успокоиться*».

Я посторонился еще до того, как она успела пробормотать «разрешите?», шевеля только одной стороной рта. Отойдя, я прислонился к стене в другом углу палаты, чтобы освободить Глории место. Мне не хотелось раздражать ее, чтобы она не попыталась снова выставить меня. Где сейчас Карлайл, я точно не знал.

Белла тревожно смотрела на меня, явно опасаясь, что прямо сейчас я и уйду. Я попытался придать лицу ободряющее выражение. Когда она проснется, я буду рядом. Все время, пока я нужен ей.

Глория ввела в капельницу обезболивающее.

— Вот так, дорогая. Теперь тебе полегчает.

В ответном «спасибо» Беллы особой признательности не ощущалось.

Прошло всего несколько секунд, и у Беллы начали слипаться глаза.

— Действует, — отметила Глория.

Она многозначительно посмотрела на меня, но я отвернулся к окну, делая вид, что не заметил намека. Она бесшумно закрыла дверь за собой.

Я метнулся к Белле, приложил ладонь к невредимой стороне ее лица.

— Не уходи... — невнятно выговорила она.

— Не уйду, — пообещал я. Она уже засыпала, и я счел возможным сказать правду: — Как я уже говорил, пока ты рада мне... и пока это в твоих интересах.

Она вздохнула, уже уплывая в забытье.

— ...не одно и то же.

— Не думай сейчас об этом, Белла. Продолжим спор, когда ты проснешься.

Уголки ее губ загнулись кверху в слабой улыбке.

— Ага.

Я наклонился, поцеловал ее в висок и прошептал «я люблю тебя» ей на ухо.

— И я тебя, — пролепетала она.

Я невесело рассмеялся:
— Знаю.
В том-то и беда.
Борясь со сном, она повернула голову ко мне... испытующе вгляделась.
Я нежно поцеловал ее в разбитые губы.
— Спасибо.
— Не за что.
— Эдвард... — мое имя она едва выговорила.
— Что?
— Я ставлю на Элис, — пробормотала она.
Ее лицо расслабилось, она погрузилась в сон.
Я уткнулся лицом во впадинку на ее шее, вдохнул ее головокружительный аромат и снова, как в самом начале, пожалел, что не могу увидеть ее во сне.

Эпилог

Событие

Ее продержали в больнице еще шесть дней. Я видел, каким бесконечным показалось ей это время. Ей не терпелось вернуться к привычной жизни, отделаться от врачей, которые осматривали, ощупывали и кололи ее иголками.

Мне же казалось, что время летит, несмотря на то что было мучительно видеть ее на больничной койке, знать, что ей больно, и понимать, что я не в силах помочь ей. Это время было гарантированно моим: я поступил бы безусловно неправильно, оставив ее, пока она еще не оправилась. Мне хотелось растягивать каждую секунду, хотя они и причиняли боль. Но мне казалось, что они ускользают одна за другой.

Я терпеть не мог те минуты, когда мне приходилось ждать, пока врачи осматривали Беллу в присутствии Рене, хотя подслушивать их, находясь на лестнице, было проще простого. Пожалуй, даже к лучшему, что в такие минуты я покидал палату: мне не всегда удавалось следить за выражением собственного лица.

К примеру, в первый день после того, как она пришла в себя, когда доктор Садарангани восторгался рентгеновскими снимками, довольный тем, какими чистыми выглядят переломы и как успешно они срастаются, я видел перед мысленным взором только ступню, которую следопыт опускал на ногу Беллы. И слышал только резкий хруст ее костей. Хорошо, что при этом никто не видел моего лица.

Белла видела, что ее мать беспокоится: из-за своего длительного отсутствия в начальной школе Джексонвилла, где она заменяла одного из сотрудников, она могла лишиться работы и все же была готова остаться в Финиксе, рядом с дочерью. Без особого труда Белле удалось убедить Рене вернуться во Флориду, поскольку она, Белла, уже поправляется. Ее мать уехала на два дня раньше нас.

Белла часто говорила с Чарли по телефону, особенно после отъезда Рене, и теперь, когда опасность миновала и времени хватило все обдумать, он мало-помалу начинал злиться. Не на Беллу, конечно же, нет. Его гнев был направлен точно по адресу. В конце концов, ничего не случилось бы, если бы не я. Его крепнущие отношения с Элис только сильнее запутывали дело, но я не сомневался, что именно прочитаю в его негромких мыслях по возвращении.

Серьезных разговоров с Беллой я старался избегать. Это было проще, чем я ожидал. Мы редко оставались вдвоем даже после отъезда Рене — из-за постоянных визитов врачей и медсестер, к тому же Беллу часто клонило в сон от лекарств. Она, казалось, была довольна тем, что я рядом. Больше она не просила у меня заверений и обещаний. Но временами я видел сомнения в ее глазах. И хотел бы рассеять их, исполнить свои обещания, но лучше было не заикаться об этом вновь, чтобы не лгать лишний раз.

Я и опомниться не успел, как приблизился наш отъезд домой.

Согласно плану Чарли, Белла вместе с Карлайлом должны были полететь самолетом, а мы с Элис — привести пикап обратно в Вашингтон. Этот разговор взял на себя Карлайл: ему не требовалось долгих обсуждений, чтобы выяснить мое мнение по этому вопросу. Он убедил Чарли, что мы с Элис и без того пропустили много учебных дней, и Чарли не нашел, что возразить. Так что нам предстояло полететь втроем, а Карлайлу — пригнать домой пикап. Он пообещал Чарли, что это будет легко и ничуть не дорого устроить.

Как отличалось возвращение в тот же аэропорт, где начался худший из моих кошмаров! Наш рейс вылетал после наступления темноты, так что стеклянный потолок уже не представлял опасности. Я гадал, что видит Белла, глядя на просторные залы — вспоминает ли она всю боль и ужас, которыми сопровождалось ее предыдущее появление здесь? Спешить нам было уже некуда, мы двигались медленно, Элис везла Беллу в инвалидном кресле, чтобы я мог просто идти рядом и держать ее за руку. Как я и ожидал, Белле не нравилось передвигаться в кресле и особенно — любопытные взгляды, которые бросали на нее повсюду. Время от времени она поглядывала на толстый белый гипс на своей ноге так, будто хотела сорвать его голыми руками, но вслух не жаловалась.

Во время полета она спала и тихонько шептала во сне мое имя. Было бы так легко забыть о недавнем прошлом и позволить себе воскресить в памяти наш единственный идеальный день, задержаться во времени, когда мое имя на ее губах не обжигало чувством вины и зловещими предчувствиями. Но надвигающаяся разлука ощущалась слишком остро, чтобы предаваться грезам.

Чарли встретил нас в аэропорту Ситак, хотя был уже двенадцатый час, а обратный путь в Форкс должен был занять часа четыре. Карлайл с Элис пытались отговорить его от этой поездки, но я его понимал. И хотя яснее его мысли не стали, все же было очевидно, что я прав. Он догадался, на кого следует возлагать вину.

Не то чтобы у него возникли мрачные подозрения, что я сам столкнул Беллу с лестницы: скорее, он полагал, что Белла не стала бы действовать так импульсивно, если бы к этому ее не побудил я. И хотя насчет причин отъезда Беллы в Аризону он ошибался, в своем главном предположении был недалек от истины. В конечном счете это моя вина.

Поездка за полицейской машиной Чарли, при строгом соблюдении лимита скорости, получилась долгой, но время все равно летело слишком быстро. И даже временная разлука с Беллой нисколько не замедлила часы ожидания.

С новым порядком мы освоились почти сразу. Элис взяла на себя роль медсестры и фрейлины, и Чарли не знал, как ее благодарить. А Беллу хотя и смущало то, что теперь ей требовалась помощь с самыми насущными и интимными потребностями, она радовалась, что эту помощь ей оказывает не кто-нибудь, а Элис. За несколько дней, проведенных в Финиксе, видение Элис, в котором они с Беллой были лучшими подругами, наконец воплотилось в жизнь. Они держались друг с другом так непринужденно — уже сыпали бесчисленными шутками, понятными только им, и делились секретами, — как будто подружились много лет назад, а не познакомились всего несколькими неделями ранее. Чарли порой наблюдал за ними в растерянности, гадая, почему Белла ни разу не упоминала об этих отношениях, но был слишком благодарен Элис и очарован ею, чтобы настойчиво требовать ответов. И просто радовался, что его тяжело пострадавшей дочери обеспечен лучший уход из возможных. Элис бывала в доме Свонов почти так же часто, как я, хотя гораздо чаще при этом показывалась на глаза Чарли.

Насчет школы Белла терзалась сомнениями.

— С одной стороны, — объясняла она мне, — я просто хочу, чтобы все стало как раньше. И не желаю отстать еще больше. — Этот разговор состоялся рано утром после нашего возвращения: днем она столько спала, что у нее поменялся режим. — С другой стороны, как подумаю, что все станут глазеть на меня в этой штуке... — Она удостоила злобным взглядом ни в чем не повинное кресло, сложенное и стоящее у кровати.

— Если бы можно было носить тебя по школе на руках, я был бы рад, но...

Она вздохнула.

— ...но от этого глазеть на меня не перестали бы.

— Скорее всего. Но хотя ты никогда и не соглашалась признать как факт, что я способен внушать страх, уверяю, я смогу сделать так, что глазеть никто не будет.

— Как именно?

— Увидишь.

— Вот теперь мне любопытно. Так что возвращаемся в школу как можно скорее.

— Как скажешь.

Не успев выговорить эти слова, я внутренне вздрогнул. Я старался ничем не напоминать о нашем разговоре в больнице, но, на мою удачу, эту реплику она пропустила мимо ушей.

Вообще-то порой казалось, что обсуждать будущее ее не тянет точно так же, как и меня. Видимо, поэтому она стремилась к тому, чтобы все стало «как раньше». Надеялась, наверное, что мы сможем забыть этот эпизод как просто единственную неудачную главу, а не предвестник единственно возможного финала.

Сдержать это несущественное обещание оказалось проще простого. В первый же день, когда я возил ее в кресле из класса в класс, все, что от меня требовалось, — устанавливать зрительный контакт с каждым, кто проявлял слишком заметный интерес. Легкий прищур глаз, чуть приподнятая верхняя губа — и любопытные спешили найти другой предмет, чтобы глазеть на него.

Но Беллу я этим не убедил.

— Не уверена, что ты вообще хоть что-то делаешь. Как-то не слишком увлекательно. Напрасно я беспокоилась.

Как только Карлайл разрешил, она сменила тяжелый гипс на гипсовую повязку и пару костылей. Я бы предпочел кресло. Тяжко было смотреть, как она сражается с костылями, и не иметь возможности помочь, но она, похоже, воспряла духом, как только вновь начала передвигаться самостоятельно. Костыли она более-менее освоила за несколько дней.

Слухи, гуляющие по школе, были неверны во всех отношениях. О злополучном падении Беллы из окна отеля знали все — от проболтавшихся помощников Чарли. Но о причине, по которой Белла очутилась в Финиксе, Чарли умолчал. Поэтому пробелы восполнила Джессика Стэнли: оказывается, мы с Беллой отправились в Финикс вдвоем, знакомиться с ее матерью. Джессика намекала, что все дело в наших чрезвычайно серьезных отношениях. Ее версию приняли все, большинство уже успело забыть, откуда она взялась.

Эти сплетни Джессике пришлось выдумывать своими силами, так как Белла редко общалась с ней, разве что на уроках. Это было не труднее, чем в самом начале, когда я остановил тот фургон, — Белла умела держать язык за зубами, когда требовалось. На обедах она теперь сидела за нашим столом вместе с Элис, Джаспером и мной. Несмотря на отсутствие Эммета и Розали — они теперь притворялись, будто едят на свежем воздухе, а если было солнечно, прятались в машине, — никто из людей не решался в нашем присутствии подходить к Белле. Мне не нравилось, что она отдаляется от подруг, особенно от Анджелы, но я рассчитывал, что рано или поздно все вернется к прежнему состоянию, каким было до того, как я вторгся в ее жизнь.

После того как мы уедем.

Время так и не замедлилось, однако установившийся порядок начинал казаться привычным, и мне приходилось оставаться начеку. Порой я забывался: она улыбалась мне, и меня переполняло ощущение правильности, чувство, что нам суждено быть вместе. Трудно было помнить, что это чувство, такое чистое и сильное, тем не менее ложь. Трудно помнить, но лишь до тех пор, пока она не поворачивала корпус слишком резко и не морщилась от боли в срастающихся ребрах, или же охала, чересчур сильно опершись на ногу, или просто поворачивала запястье, и бледный и блестящий свежий шрам поперек основания ее ладони оказывался на свету.

Белла поправлялась, время шло. Я цеплялся за каждую секунду.

У Элис родился новый план, как разнообразить повседневность — приятным, по ее мнению, образом. Зная, что Белла будет возражать, поначалу я был против. Но чем больше размышлял, тем лучше видел этот план с другой точки зрения.

Но не с точки зрения Элис. Мотивы Элис были как минимум на семьдесят процентов эгоистичными; она обожала смену имиджа. Эгоистичность своих мотивов я оценил примерно в десять процентов. Да, мне хотелось иметь такие воспоминания, в этом я охотно признавался себе. Однако главной моей целью было изменить конкретную главу будущего Беллы. Ради этого я и согласился с безумным планом Элис.

У меня было видение — не как у Элис, не истинное пророчество. А просто вероятный сценарий. Это видение вызвало во всем моем теле острую боль особого рода — это была агония и вместе с тем блаженство.

Мне представилась Белла через двадцать лет — элегантно повзрослевшая, достигшая среднего возраста. Подобно ее матери, она будет выглядеть юной дольше большинства людей, но и морщинки, появившись, не испортят ее красоту. Я вообразил ее где-нибудь в солнечных краях, в симпатичном, но простом доме, в котором будет царить беспорядок, если ее образ жизни не изменится до неузнаваемости. Беспорядок будут создавать в том числе и дети — двое или трое. Может, мальчишка с вьющимися волосами и улыбкой Чарли и девочка, похожая на мать, как сама Белла.

Отца этих детей я не пытался представить, не думал, как проявятся в их внешности черты его лица — это было слишком мучительно.

Когда-нибудь, когда дети дорастут до раннего подросткового возраста, но будут еще младше нынешней Беллы, какая-нибудь молодежная романтическая комедия по телевизору (правда, Элис говорила мне, что медиапотребление в следующем десятилетии ощутимо изменится; она как раз ждала образования неких компаний, чтобы инвестировать в них средства) побудит детей спросить Беллу, каким был *ее* школьный выпускной.

Белла улыбнется и скажет: «Танцами я не увлекалась. И на выпускной не ходила». Дети не удовлетворятся этим ответом. Их мать никогда не рассказывала им ничего о том, как она училась в школе. Неужели *ничего* интересного с ней не происходило?

У Беллы не будет забавных, веселых историй — только нехватка обычного опыта, только скрытность, опасения и рассказы настолько фантастические, что когда-нибудь даже она задумается, не были ли они просто плодом ее воображения.

Или... Белла рассмеется, услышав от детей этот вопрос, и ее взгляд вдруг станет далеким.

«Это было что-то, — скажет она. — На самом деле мне не хотелось идти, вы же знаете, я не танцую. Но моя взбалмошная лучшая подруга похитила меня, чтобы устроить смену имиджа, а бойфренд отвез, несмотря на все мои протесты. В конечном итоге получилось неплохо. Я рада, что пошла на выпускной. По крайней мере, увидела, как украшен зал — как в бюджетной версии фильма «Кэрри». Нет, посмотреть «Кэрри» вам нельзя. Еще рано».

Так что ради этого момента в будущем Беллы я разрешил Элис привести в исполнение ее бесцеремонный и, пожалуй, даже навязчивый план. И не просто разрешил — я сам содействовал ему и участвовал в нем.

Вот так я и оказался облаченным в смокинг — естественно, выбранный Элис; по крайней мере, шопингом мне заниматься не пришлось, — с веточкой фрезий в руках, ждущим у подножия лестницы торжественного выхода Элис.

Все это я уже смотрел в ее видениях, но она не имела ничего против. Она стремилась воплотить все до единой шаблонные сцены из драматического действа, которое представляют собой человеческие выпускные балы.

Элис предупредила Чарли, что Белла задержится допоздна и что сама она, Элис, будет находиться на выпускном с самого начала и до конца. Чарли никогда не возражал, если Беллу сопровождала Элис. Зато часто протестовал, когда речь шла о моем участии, хотя, как правило, протестовал лишь мысленно.

Я слушал, как Элис помогает Белле доковылять до лестницы: Элис обнимала Беллу за талию, Белла держалась за ее плечо и тяжело опиралась на нее. С костылем Белла управлялась довольно ловко, но сегодня Элис забрала его. Я не знал точно, в какой мере ее решение объясняется эстетическими соображениями, а в какой — стремлением помешать Белле удрать. Когда до лестницы осталось несколько шагов, Элис высвободилась из рук Беллы, призывая ее продолжить путь самостоятельно.

— Что-о?! — возмутилась Белла. — В *этом* же ходить невозможно.

— Всего несколько шагов. Ты справишься. А я не вписываюсь, только испорчу всю картинку.

— Какую еще *картинку?* — голос Беллы взвился на пол-октавы. — Пусть только кто-нибудь попробует сфотографировать меня!

— Фотографировать никто никого не будет. Я имела в виду *мысленную картинку*, образ. Успокойся.

— Мысленную картинку? А ее кто-то увидит?

— Только Эдвард.

«*Так, сработало*». Элис заметила, как вспыхнули глаза Беллы при упоминании моего имени и как она оживилась, забыв про равнодушие, которое выказывала все время, пока ее причесывали и красили. Чем слегка обидела Элис.

Медленно и неловко Белла подошла к верхней ступеньке лестницы, отыскивая взглядом меня.

Ее платье я уже разглядывал в видениях Элис, но это было совсем другое дело. Тонкий шифон собирался в складки, струился и выглядел вроде бы скромно, но так льнул к ее коже, что неизбежно приковывал взгляд. Платье оставляло на виду ее алебастровые плечи, изящно ниспадало по рукам и облегало запястья. Асимметричный крой лифа придавал ее фигуре утонченные очертания песочных часов.

Разумеется, оно имело глубокий оттенок лазури: Элис заметила мои предпочтения.

Одна нога Беллы была обута в синюю атласную туфельку на тонком каблучке, которую удерживали на ее ступне длинные ленты, обвивающие щиколотку. На другой белела заношенная гипсовая повязка. Я удивился, что Элис не перекрасила ее в синий цвет.

Я смотрел на Беллу, а она широко раскрытыми глазами на меня.

— Ух ты, — выговорила она.

— Да уж, — согласился я, обводя ее платье многозначительным оценивающим взглядом.

Она перевела взгляд на свое платье и вспыхнула. Потом пожала плечами, словно желая сказать: «Ну да, это я в платье».

Я знал, как полюбилось Элис видение, в котором Белла эффектно спускалась по лестнице, но она уже поняла, что оно так и останется в ее мечтах. Поэтому я сам поднялся по лестнице к Белле. Приколов цветы к ее волосам — Элис оставила для них местечко среди ниспадающих каскадом локонов, — я поднял Беллу на руки. К такому обращению она уже привыкла. Когда никто из людей нас не видел, я носил ее повсюду.

Разумеется, так получалось быстрее, и к тому же облегчением было прижимать ее к себе. Чувствовать, что в этот момент она в безопасности и под надежной защитой.

— Счастливо! — крикнула Элис, убегая к себе. В свое платье она переоделась еще до того, как я спустился вместе с Беллой с лестницы. Я слышал, что Розали и остальные ждут Элис в гараже — одни терпеливо, другие не особенно. Она задержалась лишь затем, чтобы подвести глаза театральным гримом.

Я донес Беллу до «вольво» и бережно усадил на пассажирское сиденье, стараясь не прищемить дверью ее шифоновые складки и ленты. Ее молчаливость удивляла меня — и сейчас, и раньше. Элис она жаловалась на то, что приходится терпеть макияж, но против танцев не возразила ни разу.

Я сел за руль, мы выехали на дорожку.

— Ну и когда ты наконец объяснишь мне, что происходит? — спросила она, вложив в голос больше раздражения, чем в выражение лица.

Я присмотрелся, думая, что она шутит. Но под напускной сварливостью она, кажется, спрашивала серьезно. Не может быть, чтобы она не поняла очевидного.

— Поверить не могу, что ты еще не догадалась, — отозвался я с усмешкой, включаясь в игру. Потому что она наверняка дразнилась.

Она прерывисто вздохнула, я задумался о причинах. Но она просто не сводила с меня глаз.

— Я уже говорила, что ты отлично выглядишь? — спросила она.

Вероятно, эту мысль она вложила в свое недавнее «ух ты».

— Да.

Она нахмурилась, снова стала раздражительной.

— Если Элис еще раз попробует сделать из меня подопытную Барби, я к вам больше ни ногой.

Но прежде чем я успел вступиться за Элис или осудить ее, у меня в кармане зазвонил телефон. Я поспешил достать его, думая, что у Элис, наверное, нашлись новые указания для меня, но это был Чарли.

Как правило, отец Беллы мне не звонил. Так что «привет, Чарли» я произнес с беспокойством.

— Чарли? — тоже встревожилась Белла.

Чарли прокашлялся, и я даже по телефону понял, как ему неловко.

— Эм... слушай, Эдвард, извини, что беспокою тебя в такой... м-м... вечер, но я даже не знаю, как... Понимаешь, сюда только что заявился Тайлер Кроули при параде, и он, похоже, считает, что это *он* ведет Беллу на выпускной.

— Не может быть! — Я расхохотался.

Застать меня врасплох редко удавалось кому-нибудь кроме Беллы.

В школе я не замечал за Тайлером мыслей об этой выходке, но я так старался ловить каждую секунду, отпущенную нам с Беллой, что наверняка пропустил немало несущественного.

— Что там? — шепотом спросила Белла.

— Без понятия, как теперь быть, — продолжал явно смущенный Чарли.

— Вы не передадите ему трубку? — попросил я.

С нескрываемым облегчением Чарли отозвался:

— Что ж, можно, — и произнес, отстранившись от телефона: — Вот, Тайлер, это тебя.

Белла не сводила с меня глаз, озабоченная разговором между ее отцом и мной. Она даже не заметила, как нас обогнал резко вильнувший ярко-красный автомобиль. Я проигнорировал довольные мысли Розали, обогнавшей меня, как игнорировал ее теперь постоянно, и сосредоточил все внимание на разговоре по телефону.

Ломающийся мальчишеский голос произнес:

— Да?

— Привет, Тайлер, это Эдвард Каллен, — мой тон был безупречно вежливым, хотя понадобились некоторые усилия, чтобы он оставался таковым. Еще минуту назад я пребывал в шутливом настроении, а теперь его вытеснило инстинктивное стремление защищать свою территорию. Реакция довольно-таки инфантильная, но отрицать ее я не мог.

Белла судорожно ахнула. Я скосил на нее глаза и снова перевел взгляд на дорогу. Если раньше она и впрямь не понимала, что происходит, то теперь ее осенило.

— К сожалению, произошло недоразумение. Белла сегодня вечером занята, — сообщил я Тайлеру.

— А-а, — отозвался он.

Ревность и стремление оберегать не утихали, под их влиянием я продолжал более резко, чем следовало бы:

— Честно говоря, теперь она занята каждый вечер для всех, кроме меня. Так что без обид. Сочувствую, что вечер не удался.

И хотя я понимал, что от этих слов стоило воздержаться, я не мог не улыбнуться при мысли о том, как воспринял их Тайлер. И о том, какие чувства он испытает, когда мы с ним увидимся в школе в понедельник. Я закончил разговор и повернулся к Белле, чтобы оценить ее реакцию.

Лицо Беллы было ярко-багровым, выражение на нем — свирепым.

— Перестарался? — встревоженно спросил я. — Я не хотел тебя обидеть.

Мои действия выглядели доминированием в чистом виде, и хотя я ничуть не сомневался, что Тайлер Беллу не интересует, все же не мне было принимать решение за нее.

То, что я сказал, было неправильно и в других отношениях, но не в том смысле, который, как мне казалось, обидит ее.

После того разговора в больнице она больше не требовала от меня никаких обещаний, но затаенные сомнения явно не покидали ее. Мне приходилось искать баланс между ее потребностью в уверениях и моей неспособностью обмануть ее.

В наших отношениях я жил сегодняшним днем, нынешним часом. В будущее я не заглядывал. Хватало и того, что я чувствовал его приближение. И теперь, давая ей обещание «навсегда», я имел в виду «в обозримом времени». Дальше я не смотрел.

— Ты везешь меня на *выпускной бал!* — выкрикнула она.

Значит, она и правда не знала. А я не знал, что теперь делать. Чем еще было заняться в бальных нарядах вечером в Форксе?

На глаза Беллы навернулись слезы, рука сжалась на дверной ручке, словно она была готова выброситься из машины на ходу, лишь бы избежать ужасов школьного бала.

Я незаметно заблокировал двери.

Что сказать, я не знал; мне даже в голову не приходило, что она может не понять, что происходит. И я сказал, пожалуй, самое глупое, что только мог в нынешних обстоятельствах:

— Белла, не обижайся.

Она смотрела в окно так, словно все еще подумывала выпрыгнуть из машины.

— Зачем ты так со мной? — жалобно спросила она.

Я указал на свой смокинг:

— Сама посуди, Белла: куда еще мы могли собираться в таком виде?

Она утирала слезы, которые градом катились по ее щекам, на ее лице отражался ужас. Как будто я только что сообщил, что убил всех ее друзей и она следующая.

— Вот еще глупости, — высказался я. — Почему ты плачешь?

— Потому что *злюсь*! — выкрикнула она.

Я задумался, не повернуть ли обратно. Бал не имел особого смысла, а мне не хотелось расстраивать ее. Но я вспомнил о разговоре в далеком будущем и решил настоять на своем.

— Белла... — мягко произнес я.

Она встретилась со мной взглядом, и, похоже, ее ярость слегка утихла. По крайней мере, я все еще был в состоянии ослеплять ее.

— Ну что? — спросила она, окончательно отвлекаясь.

— Порадуй меня, объясни, — взмолился я.

Она смотрела на меня секунду дольше, чем в первый раз, с выражением, в котором обожания было больше, чем раздражения, а потом, сдаваясь, покачала головой.

— Ладно, я постараюсь ходить медленно, — пообещала она, покоряясь судьбе. — Но ты все увидишь сам. На этот раз новые напасти запоздали — значит, самое время сломать вторую ногу. Ты только посмотри на эту туфлю — это же дохлый номер!

Она ткнула мыском туфли в мою сторону.

Контраст широких атласных лент, по-балетному перекрещенных на ее узкой щиколотке, и ее кожи оттенка слоновой кости был прекрасен тем, что выходил за рамки моды. Здесь, в краю вечных зимних гардеробов, удивительно было смотреть на те части ее тела, которых я никогда не видел раньше. В игру вступили те самые десять процентов моего эгоизма.

— Хмм... — выдохнул я. — Напомни, чтобы я прямо сейчас поблагодарил за это Элис.

— Элис будет на выпускном?

Судя по ее тону, это известие утешило ее больше, чем мое присутствие.

Я понял, что должен сообщить ей всю правду.

— Вместе с Джаспером, и с Эмметтом... и с Розали.

Между ее бровями возникла тревожная галочка.

Эммет пытался, все они пытались — все, кроме меня: я не разговаривал с Розали с того вечера, когда она отказалась помочь спасти Белле жизнь. И теперь она доказывала делом свое сверхъестественное упрямство. Но не проявляла открытой враждебности по отношению к Белле в тех редких случаях, когда они оказывались в одной комнате, — если не приравнивать к враждебности стремление агрессивно игнорировать чье-либо существование.

Белла снова покачала головой, очевидно, решив не думать о Розали.

— Значит, Чарли был в курсе?

— А как же, — ответил я, умолчав о том, что весь Форкс и, вероятно, большая часть округа прекрасно знала тайну даты проведения выпускного бала. По этому случаю всю школу увешали совершенно секретными плакатами и афишами. Я рассмеялся: — В отличие от Тайлера.

Она громко скрипнула зубами, но я догадался, что эта вспышка вызвана скорее Тайлером, чем мной.

Мы въехали на школьную парковку, и на этот раз Белла заметила машину Розали, припаркованную по центру в первом ряду. И нервно разглядывала ее, пока я ставил машину, потом обходил ее с обычной человеческой скоростью. Открыв дверцу со стороны Беллы, я предложил ей руку.

Она сидела, скрестив руки на груди. И надув губы. Прекрасно понимая, что в присутствии такого множества свидетелей-людей я просто не смогу перекинуть ее через плечо и силой унести в пугающее средоточие ужаса — наш школьный кафетерий.

Я тяжело вздохнул, но она не шевельнулась.

— Когда тебя убивают, тебе не занимать смелости, — посетовал я. — Но стоит только завести речь о танцах... — Я разочарованно покачал головой.

При упоминании танцев у нее на лице отразился неподдельный испуг.

— Белла, навредить тебе я не позволю никому, — пообещал я. — Даже тебе самой. И обещаю не отходить от тебя ни на шаг.

Она задумалась, и, кажется, мои слова немного успокоили ее.

— Вот видишь, — продолжал убеждать я, — все не так уж плохо.

Я наклонился, сунулся в машину и обхватил Беллу за талию. Ее горло оказалось у моих губ, аромат был мощным, как лесной пожар, но вместе с тем нежнее благоухания цветов в ее волосах. Она не стала сопротивляться, когда я вынул ее из машины.

Желая показать, что всерьез настроен сдержать обещание, я крепко обнимал ее одной рукой и практически нес к школе. Досадно было то, что нельзя просто подхватить ее на руки.

Вскоре мы были уже у кафетерия. Его двери распахнули настежь. Из длинного зала вынесли все столы. Верхние лампы погасили, но их заменяли целые мили позаимствованных у рождественской елки гирлянд, закрепленных на стенах в виде неровных фестонов. Светили они довольно тускло, но все же не скрывали старомодные украшения. Гирлянды из гофрированной бумаги выглядели выцветшими и помятыми. Впрочем, арки из воздушных шариков были новыми.

Белла хихикнула.

Я улыбнулся ей.

— Прямо как декорации к фильму ужасов, — заметила она.

— Что ж, вампиров здесь *более* чем достаточно, — согласился я.

Я вел ее к билетному контролю, но ее взгляд был уже прикован к залу, в середине которого танцевали.

Там блистали мои братья и сестры.

Для них это что-то вроде отдушины, предположил я. Мы всегда вели себя слишком... сдержанно. Стать незаметными мы не могли, не позволяли наши нечеловеческие лица, но делали все возможное, чтобы никому не давать лишней причины заглядываться на нас.

Сегодня Розали, Эмметт, Джаспер и Элис растанцевались. Из сотен стилей, порожденных разными десятилетиями, они создали новый, не принадлежащий ни к какому времени. Само собой, их грация и ловкость превосходили человеческие возможности. На них во все глаза смотрела не только Белла.

Некоторые смельчаки из числа людей тоже танцевали, но держались на почтительном расстоянии от рисующихся вампиров.

— Хочешь, я запру двери, чтобы вы расправились с доверчивыми горожанами? — прошептала Белла. Даже массовое убийство казалось ей более предпочтительным, чем такое столкновение с реальностью, как выпускной бал.

— А на чью сторону встанешь ты? — поинтересовался я.

— Вампиров, конечно.

Не удержавшись, я улыбнулся:

— На все готова, лишь бы не танцевать.

— Да, на все.

И она снова засмотрелась на моих близких, а я тем временем купил два билета и сразу же повел ее в глубину зала. Лучше поскорее покончить с тем, чего она особенно боится. Иначе она так и не сумеет расслабиться.

Она хромала сильнее обычного и упиралась.

— Мы здесь до конца бала, — напомнил я.

— Эдвард... — полным ужаса голосом прошептала она и в панике взглянула на меня. — *Честное слово, я не умею танцевать!*

Неужели она думала, что я брошу ее среди танцующих, а сам отойду и буду наблюдать за ее сольным выступлением?

— Да не бойся ты, глупая, — мягко сказал я. — Зато я умею.

Я взял ее за руки, поднял их и закинул к себе на шею. Обхватил ладонями ее талию и приподнял на несколько дюймов над полом. Притянул к себе и поставил пальцы ее ног, скрытые под атласом и гипсом, на мыски моих бальных туфель.

Она заулыбалась.

Удерживая почти весь ее вес в руках, я закружил нас по залу, где правили бал мои братья и сестры. Я не старался угнаться за ними, просто прижимал Беллу к себе и свободно вальсировал под музыку.

Ее руки сжались на моей шее, она притянула меня еще ближе.

— Мне как будто пять лет, — засмеялась она.

Я приподнял ее так, что ее ноги повисли в воздухе, и прошептал ей на ухо:

— По виду не скажешь.

Она снова засмеялась, я поставил ее к себе на ступни. В ее глазах мерцали огни рождественских гирлянд.

Музыка сменилась, и я подстроился к ней, продолжая наш вальс. Теперь музыка звучала медленнее и мечтательнее. Белла прильнула ко мне. Я жалел только о том, что нельзя застыть здесь вдвоем, остановить время навсегда и застрять в этом танце.

— Да, — пробормотала она, — в самом деле неплохо.

Я надеялся, что примерно то же самое она скажет своим детям. Обнадеживало то, что ей не понадобилось двадцати лет, чтобы прийти к такому выводу.

«*Нет уж, ни за что не пойду. Верну деньги. Бр-р, позорище какое. Почему именно мне достался отец с прибабахом? Почему не кому-нибудь из квилов?*»

Этот отчетливый внутренний голос, доносящийся со стороны входа, показался мне знакомым. Даже в минуту тревоги и неловкости этот разум излучал чистоту. Он был честнее с самим собой, чем большинство окружающих.

— Что такое? — Белла заметила мою внезапную отвлеченность.

Я не был готов дать ответ. Казалось, ярость запечатала мне горло. Значит, квилеты все же не намерены отступать, несмотря на соглашение, которое *сами* заключили, предназначенное ни для чего иного, кроме как защищать *их*. Как будто им жизнь не в радость, пока мы не убьем кого-нибудь. Им хотелось выставить нас чудовищами.

Белла обернулась в моих объятиях, выясняя, куда я смотрю.

Джейкоб Блэк нерешительно вошел в двери, моргая, пока глаза не привыкли к приглушенному свету. Ему не понадобилось много времени, чтобы высмотреть то, что он искал.

«*Вот черт, она здесь. Сам не знаю, как меня угораздило. Ни за что не поверю, что отец и правда считает этого парня настоящим вампиром. Это же полный бред*».

Но, несмотря на все смущение, медлить он не стал. Не взглянув на киоск с билетами, он солдатским шагом промаршировал между танцующими прямиком к нам. Несмотря на весь свой гнев, я невольно восхищался его прямотой и отвагой.

«*Надо было прихватить с собой чеснока, наверное*». — Он фыркнул.

Я даже не сознавал, что довольно громко рычу, пока Белла не шикнула на меня:

— Веди себя прилично!

— Ему вздумалось поболтать с тобой.

Избежать этого разговора было невозможно. Как и с первым танцем, с ним следовало покончить сразу. Мне нельзя давать волю своему гневу. В сущности, так ли это важно, если горстка беспомощных стариков нарушила соглашение? Это мало что меняет, даже если они уже заказали рекламный щит на 101-м шоссе: «*Местный врач и его дети ВАМПИРЫ. Вас предупредили*». Никто им не поверит. Даже родной сын не верит Блэку.

Застыв, я ждал, когда Джейкоб приблизится. Смотрел он в основном на Беллу, причем выражение его лица было довольно комичным, демонстрируя нежелание делать то, что ему велели.

— Привет, Белла, я так и думал, что застану тебя здесь.

На самом деле было очевидно, что он питал прямо противоположные надежды.

Ответ Беллы прозвучал почти ласково — она наверняка заметила, как он смущен, и постаралась подбодрить его, как это было ей свойственно.

— Привет, Джейкоб. А в чем дело?

Он улыбнулся ей, потом взглянул на меня. Для этого ему не пришлось поднимать голову: парень подрос на несколько дюймов с тех пор, как я видел его в прошлый раз. И уже не выглядел таким малолетком.

— Можно разбить вашу пару? — спросил он уважительно, не желая переходить границы.

Я понимал, что злиться бессмысленно, тем более на этого парня, который ни в чем не виноват, но никак не мог взять себя в руки. Вместо того чтобы ответить и дать Джейкобу понять по моему голосу, как я недоволен, я бережно переставил Беллу с моих ног на пол и отступил.

— Спасибо, — произнес Джейкоб жизнерадостным тоном — видимо, обычным для него.

Я кивнул, еще раз вгляделся в лицо Беллы, убеждаясь, что она не против, и отошел.

«*Фу*, — мелькнуло в голове у Джейкоба, — *жуткие у Беллы духи*».

Странно. Белла не пользовалась духами, благоухали только цветы у нее в волосах. Но наверное, теперь, когда я отошел, другая пара приблизилась к Белле, и Джейкоб уловил запах, исходящий от нее.

— Ого, Джейк, какой же у тебя теперь рост? — услышал я вопрос Беллы.

— Шесть футов два дюйма[1].

Ростом он явно гордился.

«*С виду она в полном порядке, если не считать гипс. Как обычно, Билли делает из мухи слона*».

Я отошел к северной стене кафетерия и прислонился к ней. Лорен Мэллори и ее партнер, прямые, как палки, чинно кружились прямо у Джейкоба за спиной. Может, от Лорен и шел неприятный запах.

Джейкоб и Белла, в сущности, не танцевали. Он обнимал ее за талию, она едва касалась ладонями его плеч. Белла слегка покачивалась под музыку, но явно боялась оторвать ноги от пола. На месте переступал один Джейкоб.

— Так зачем ты пришел сюда сегодня? — подлинного любопытства в ее голосе не было. Она уже догадалась, что означает это вторжение.

Джейкоб поспешил указать на истинного виновника и снять вину с себя:

— Представляешь, отец дал мне двадцать баксов, чтобы я сходил к тебе на выпускной!

— Могу себе представить, — отозвалась она все тем же легким тоном, хотя в глубине души наверняка досадовала, что почти незнакомый человек пытается установить надзор за ее жизнью.

«*Она так спокойно к этому отнеслась. Лучшая девушка из всех, кого я знаю*».

— Ну, надеюсь, ты, по крайней мере, развлечешься, — продолжала Белла. — Присмотрел себе кого-нибудь? — Она шутливо кивнула в сторону девчонок, выстроившихся вдоль стены слева от меня.

— Ага, — кивнул Джейкоб, — но она занята.

Меня это не удивило — я много раз замечал свидетельства его влюбленности в Беллу. Но для нее откровенность Джейко-

---

[1] 188 см. — *Примеч. пер.*

ба стала сюрпризом. Белла не знала, что сказать. Еще раз посмотрев ему в лицо, чтобы убедиться, что он не шутит — нет, он не шутил, — она перевела взгляд на свои неподвижные ноги.

«Не стоило, наверное, даже заикаться об этом... ну и черт с ним. Терять все равно нечего».

— Кстати, отлично выглядишь, — добавил он.

Белла нахмурилась.

— Эм... спасибо. — Она сменила тему — на ту, которой ему больше всего хотелось избежать. Ту самую, которая привела его в школу: — Так зачем Билли заплатил тебе и послал тебя сюда?

Джейкоб смущенно переступил с ноги на ногу.

— Он сказал, что это самое безопасное из всех мест, где можно поговорить с тобой. Совсем старик из ума выжил.

«Вот и меня она примет за чокнутого».

Белла засмеялась вместе с ним, но смех получился натянутым.

— В общем, — продолжал Джейкоб, усмехаясь, чтобы развеять напряжение, — если я скажу тебе кое-что, он обещал достать мне главный цилиндр тормозной системы, как раз такой, как мне нужен.

Улыбка Беллы стала искренней.

— Так говори. Я тоже хочу, чтобы ты побыстрее доделал свою машину.

Джейкоб вздохнул, тронутый ее улыбкой. *«Хотел бы я, чтобы он и вправду был вампиром. Так у меня появилась бы хоть какая-то надежда».*

— Только не злись, ладно?

«Она и так отнеслась ко мне лучше, чем я мог рассчитывать».

— Джейкоб, я ни в коем случае не стану злиться на тебя, — заверила Белла. — Я не злюсь даже на Билли. Просто скажи то, что тебе поручил отец.

— Ну ладно... только все это глупости, так что ты извини, Белла. — Он сделал глубокий вдох. — В общем, он хочет, чтобы ты порвала со своим парнем. Он велел попросить вежливо.

Джейкоб покачал головой, давая понять, что к злополучному сообщению сам он отношения не имеет.

Ответная улыбка Беллы была полна сострадания.

— Он до сих пор верит в предчувствие?

— Ага. Он был прямо... не в себе после того случая с тобой в Финиксе. И не верил, что...

«*Что это сделали не они. Он считал, что они пили твою кровь, или что-то в этом роде*».

Впервые за весь разговор ее голос стал бесстрастным:

— Я упала.

— Знаю, — живо подтвердил Джейкоб.

— Билли считает, что Эдвард имеет какое-то отношение к тому, что случилось со мной?

Этот вопрос прозвучал резко.

Оба замерли, как будто оборвалась музыка.

Под ее пристальным взглядом Джейкоб отвел глаза.

«*Вот теперь я разозлил ее по-настоящему. Надо было сказать Билли, чтобы не лез не в свое дело или хотя бы меня не впутывал*».

Лицо Беллы смягчилось: она заметила, как он расстроен.

— Послушай, Джейкоб... — прежним мягким тоном начала она. Джейкоб уловил перемену и посмотрел Белле в глаза. — Я знаю, что Билли все равно не поверит мне, но, к *твоему* сведению... Эдвард действительно спас мне жизнь. Если бы не Эдвард и его отец, сейчас я была бы уже мертва.

В ее искренности было невозможно усомниться.

— Ясно, — поспешил кивнуть Джейкоб. Думать о том, что Белла чуть не умерла, ему не хотелось. Чувство благодарности начало нарастать у него в душе. Он решил в следующий раз не слушать, когда отец вновь примется плохо отзываться о Карлайле.

Белла улыбнулась ему.

Удивительно, каким вдруг повзрослевшим он казался сегодня. Теперь они смотрелись почти как ровесники — может, просто из-за того, что он подрос. Какими бы неловкими ни сделала ее нога в гипсе их отдаленно напоминающие танец движения, рядом с ним она чувствовала себя явно свободнее, чем со многими друзьями-людьми. Возможно, так действовал на людей его чистый, открытый разум.

У меня мелькнула странная мысль — то ли игра воображения, то ли страх.

СОЛНЦЕ ПОЛУНОЧИ

А если тот симпатичный домик с царящим в нем беспорядком находится в Ла-Пуше?

Я отмахнулся от этой мысли. Иррациональная ревность, и больше ничего. Ревность — такое человеческое чувство, мощное, но бессмысленное, вызванное всего лишь тем, как Белла делает вид, будто танцует с другом. Я не позволю этому будущему встревожить меня.

— Знаешь, мне жаль, что ради этого тебе пришлось сюда тащиться, — проговорила Белла. — Зато теперь ты получишь свои запчасти, верно?

— Ага, — пробормотал он.

«А вдруг он догадается, что я соврал? Сказать остальное не могу. Хватит с меня».

Белла догадалась по его лицу, о чем он думает.

— Что-нибудь еще? — с сомнением спросила она.

— Ну и ладно, — пробурчал он, не глядя на нее, — найду работу и сам накоплю.

Она дождалась, когда он встретится с ней взглядом.

— Выкладывай, Джейкоб.

— Да это уже вообще...

«Зря я сюда притащился. Сам виноват, согласился на такое».

— Не важно, — настаивала она. — Говори.

— Ладно, только это перебор. — Джейкоб тяжело вздохнул. — Отец велел сказать тебе — нет, *предостерег*, что мы... это он так сказал, во множественном числе, я тут ни при чем... — Джейкоб поднял правую руку и двумя пальцами показал знак кавычек в воздухе. — «Мы будем начеку».

И он застыл в ожидании ее реакции, готовый удрать.

Белла мелодично рассмеялась, словно никогда еще не слышала такой забавной шутки. И никак не могла остановиться. Давясь смехом, она выговорила:

— Сочувствую, Джейк, нелегко тебе пришлось.

На него накатило облегчение.

«Она права. Это же со смеху помереть».

— Да ладно, чего уж там.

«Какая она симпатичная. Если бы не пришел сюда, никогда не увидел бы ее в этом платье. Оно того стоит, хоть духи и воняют жутко».

— Может, передать отцу, куда ему пойти вместе со своими советами?

Она вздохнула:

— Не надо. Передай ему от меня спасибо. Я же понимаю, он хотел как лучше.

Песня кончилась, Белла опустила руки. Намек для меня. Джейкоб все еще держал ее за талию, не уверенный, что она устоит на ногах без поддержки.

— Может, еще потанцуем? Или отвести тебя куда-нибудь?

— Все в порядке, Джейкоб. Я сам справлюсь.

Он вздрогнул — так неожиданно близко раздался мой голос, — отступил на шаг, и по его спине пробежал острый холодок страха.

— А я и не заметил, как ты подошел, — сбивчиво выговорил он. «*Стало быть, Билли все-таки задурил мне голову. Не может быть*». — Ладно, Белла, увидимся.

— Ага, до встречи. — От ее воодушевленного ответа он воспрянул духом, помахал ей, еще раз пробормотал «извини» и направился к двери.

Я привлек Беллу к себе в объятия, снова поставил ее ноги к себе на ступни. И стал ждать, когда тепло ее тела рассеет окутавший меня холод. Только не думать о будущем. Жить этим вечером, этой минутой.

Она прижалась щекой к моей груди и довольно замурлыкала.

— Полегчало? — шепнула она.

Ну конечно, она ведь умела читать мои настроения.

— Пока нет. — Я вздохнул.

— Не злись на Билли. Он просто беспокоится за меня, ведь они с Чарли друзья. Так что не принимай близко к сердцу, — убеждала она.

— До Билли мне нет дела. А вот его сынок меня достал.

Истины в этих словах было даже слишком много. Хотя на самом деле меня раздражал вовсе не мальчишка — такой открытый ум, отличающийся от среднестатистического, всегда приятно встретить. Досаду у меня вызывало то, что он олицетворял. Нечто хорошее, доброе и *человеческое*.

Мне пришлось сделать над собой усилие, чтобы прийти в подходящее расположение духа.

Она отстранилась, взглянув на меня с любопытством и оттенком беспокойства:

— Чем?

Мысленно отмахнувшись от нелепой паники, я ответил ей в шутливом тоне:

— Во-первых, из-за него я нарушил обещание.

Она не помнила.

Я натянуто улыбнулся:

— Я же обещал сегодня не отходить от тебя ни на шаг.

— А-а. Ладно уж, прощаю, — с легкостью отозвалась она.

— Спасибо. — Я нахмурился, надеясь, что и эта гримаса получилась шутливой. — Но это еще не все.

Она ждала объяснений.

— Во-вторых, он сказал, что ты «отлично выглядишь», — я постарался придать последним словам оттенок недовольства. — А ты на самом деле выглядишь так, что это практически оскорбление. Ты не просто красива.

Она засмеялась, ее беспокойство за друга улетучилось.

— А может, ты просто судишь предвзято.

На этот раз я лучше справился с улыбкой.

— Вряд ли в этом дело. И потом, у меня превосходное зрение.

Она засмотрелась на мерцающие огоньки вокруг нас. Ее сердце билось медленнее, отставая от темпа играющей в ту минуту музыки, поэтому я двигался в ритме ее сердца. Вокруг звучали сотни голосов — обычных и мысленных, но я не слушал их. Для меня имел значение только стук ее сердца.

— Может, — заговорила она, когда песня снова сменилась, — все-таки объяснишь, зачем все это понадобилось?

Я не понял, и она многозначительно уставилась на гирлянды из гофрированной бумаги.

Я задумался о том, что мог бы ей сказать. Не про видение — у нее возникло бы слишком много возражений. Вдобавок оно относилось к слишком далекому будущему, о котором я изо всех сил старался не думать. Но пожалуй, можно было бы поделиться с ней некоторыми мыслями. Хотя обсуждать их лучше наедине, без посторонних.

В танце я изменил направление нашего движения и, продолжая кружиться, повел ее к задней двери. Мы прошли мимо ее друзей. Джессика помахала рукой, раздосадованная тем, что у Беллы платье лучше, чем у нее, и Белла улыбнулась ей. Никто из наших одноклассников-людей, похоже, не был полностью доволен этим вечером — кроме Анджелы и Бена, с благоговением смотревших друг другу в глаза. Эта пара вызвала улыбку и у меня.

Продолжая танец, я толкнул дверь спиной. Снаружи никого не было, хотя вечер выдался на редкость теплым. С облаков на западе как раз облетала последняя позолота заходящего солнца.

Поскольку нас никто не видел, я без колебаний подхватил Беллу на руки. И понес прочь от кафетерия, в тень земляничных деревьев, где было темно, как глубокой ночью. Я сел на ту же скамью, где видел Беллу солнечным утром много недель назад, и прижал свою ношу к груди. На востоке уже всходила бледная луна, просвечивая сквозь кружево облаков. Странный это был момент — вечер и ночь идеально уравновесили друг друга на небе.

Белла все еще ждала объяснений.

— Итак?.. — тихо спросила она.

— Снова сумерки, — задумчиво произнес я. — Конец еще одного дня. Каким бы хорошим ни был день, ему всегда приходит конец.

Эти дни так много значили и заканчивались так быстро.

Она насторожилась.

— Кое-что не кончается никогда.

На это мне было нечего ответить. Она права, но я думал совсем о другом непреходящем. Например, о боли. Боль не кончается.

Я вздохнул, потом ответил ей:

— Я привез тебя на выпускной бал, потому что хочу, чтобы ты ничего не упустила в своей жизни. Я не желаю, чтобы мое присутствие отняло что-нибудь у тебя, особенно если в моих силах этого не допустить. Хочу, чтобы ты была *человеком*. Чтобы твоя жизнь продолжалась, как случилось бы, если бы я, как и следовало, умер в восемнадцатом году.

Она передернулась и дважды с силой встряхнула головой, будто пытаясь избавиться от моих слов. Но когда заговорила, ее голос звучал насмешливо:

— В каком это параллельном мире мне *вообще* могло прийти в голову явиться на выпускной по своей воле? Если бы ты не был в тысячу раз сильнее меня, я ни за что не дала бы тебе затащить меня сюда.

Я улыбнулся:

— Ты же сама сказала, что здесь неплохо.

Ее ясные глаза казались бездонными.

— Только потому, что была рядом с тобой.

Я снова засмотрелся на луну. И чувствовал на своем лице ее взгляд. Не время тревожиться о будущем. Настоящее гораздо приятнее. Мне вспомнилось совсем недавнее прошлое и странная растерянность Беллы сегодня. Что она себе вообразила вместо того, чтобы прийти к очевидному ответу?

Я улыбнулся ей:

— Объяснишь мне кое-что?

— А когда я тебе отказывала?

— Пообещай, что объяснишь, — настаивал я.

— Обещаю, — нехотя согласилась она.

— По-моему, ты искренне удивилась, обнаружив, что я везу тебя сюда.

— *Конечно!* — перебила она.

— Вот именно. Значит, у тебя было какое-то другое предположение... Мне любопытно: зачем, *по-твоему*, мне вздумалось нарядить тебя?

Вопрос казался таким простым, шутливым и уместным. Никак не связанным с мыслями о будущем.

Но она смутилась, посерьезнела, чего я не ожидал.

— Не хочу об этом говорить.

— Ты обещала.

Она нахмурилась:

— Помню.

Я едва не улыбнулся, ощутив, как вспыхнули во мне давно знакомое любопытство и нетерпение. Есть вещи, которые не меняются никогда.

— Так в чем же дело?

— Мне кажется, ты разозлишься, — серьезно ответила она. — Или расстроишься.

Я никак не мог увязать ее помрачневшее выражение лица с моим глуповатым вопросом. И уже начинал бояться ее ответа, опасаться, что он напомнит о боли, которой я так старательно избегал. Вместе с тем я знал, что отсутствия ответа мое любопытство не выдержит.

— И все-таки я хочу знать. Пожалуйста!

Она вздохнула. Скользнула взглядом по серебристым облакам.

— Ну... — после долгой паузы начала она, — я думала, будет... торжественное событие. Но никак не предполагала, что настолько банальное и человеческое... как выпускной!

И она возмущенно фыркнула.

Мне понадобилось мгновение, чтобы обуздать свою реакцию.

— Человеческое? — переспросил я.

Она смотрела на свое нарядное платье и машинально теребила шифоновую оборку. Я уже знал, что будет дальше. И не мешал ей подыскивать верные слова.

— Ну ладно, — наконец сказала она, и ее взгляд стал пристальным и вызывающим. — Я надеялась, что ты передумал... и все-таки собираешься сделать *меня* такой, как ты.

Я столько долгих лет терпел эту боль. И жалел, что она вынудила меня вновь ощутить ее. Пока я все еще держал ее в объятиях. Пока на ней было чудесное платье, бледные плечи серебрились в лунном свете, тени ночными озерами залегли в изгибах ключиц.

Решив не обращать внимания на боль, я зацепился за самое очевидное, что было в ее ответе.

Я взял себя за лацкан.

— По-твоему, это достойный повод надеть смокинг, да?

Она сконфуженно нахмурилась:

— Откуда мне знать, как это вообще происходит? Мне, по крайней мере, это объяснение казалось более логичным, чем какой-то выпускной!

Я пытался удержать на лице улыбку, но этим лишь сильнее раздражал ее.

— Не вижу ничего смешного, — заявила она.

— Ты права, ничего смешного тут нет. Но я предпочел бы расценить это как шутку.

— Я совершенно серьезна.

— Ясно. — Я вздохнул.

Странная это была боль. Без тени соблазна в ней. Хотя она и желала того, что для меня было бы идеальным будущим, избавлением от агонии длительностью в десятилетия, оно меня не прельщало. Я ни за что не согласился бы заплатить за свое счастье тем, что лишит счастья ее.

Изливая душу ее далекому Богу, я умолял дать мне силы. И он их дал: я не чувствовал ни малейшего желания видеть Беллу бессмертной. Моим единственным стремлением и потребностью было видеть, что ее жизнь не запятнана мраком, и эта потребность стала для меня всепоглощающей.

Я знал, что будущее неизбежно, но не знал точно, сколько времени у меня еще есть. Твердо решив оставаться рядом, пока она не поправится полностью, я мог рассчитывать еще на несколько недель, — или, по крайней мере, пока она не сможет твердо стоять на обеих ногах. В глубине души я задавался вопросом, не лучше ли было бы дождаться, когда она перерастет меня, как я и собирался поначалу. Разве не будет такое расставание наименее болезненным для нее? Было бы так легко на этом решении и остановиться. Но я сомневался, что у меня есть такой запас времени. Казалось, будущее приближается неотвратимо. Я не знал, какой мне будет подан знак, но понимал, что узнаю его, когда придет время.

Я так старался избежать этого разговора, но теперь видел: она рада, что он состоялся сейчас. И я сдержал в себе боль и горе и заставил себя вернуться в настоящее, жить минутой. Я буду с ней, пока могу.

— И ты действительно этого хочешь? — спросил я.

Она прикусила губу и кивнула.

— Тогда приготовься, потому что этим все и закончится. — Я вздохнул, провел пальцем по ее щеке. — Наступят сумерки твоей жизни, которая едва началась. Тебе предстоит пожертвовать всем сразу.

— Это не конец, а начало, — шепнула она.

— Я того не стою.

Я уже знал, что свои человеческие потери она не считала. И явно даже не задумывалась о вечных потерях. Их не стоил никто.

— Помнишь, ты как-то говорил, что я не знаю сама себя? — спросила она. — Вот и у тебя та же разновидность слепоты.

— Я знаю, кто я и что я.

Она закатила глаза, раздраженная моим отказом согласиться с ней хоть в чем-нибудь.

Улыбка вдруг легко далась мне. Белла так пылала желанием, ей так не терпелось отдать все, лишь бы быть со мной. Невозможно было не растрогаться при виде такой любви.

Я решил, что немного шалости нам не повредит.

— Значит, ты уже готова? — спросил я, вскинув бровь.

— Эм... Да, а что? — Она нервно сглотнула.

Я наклонился к ней, нарочно замедляя каждое движение. Наконец мои губы коснулись ее горла.

Она снова сглотнула.

— Прямо сейчас? — шепнул я.

Она поежилась. Потом напряглась всем телом, стиснула кулаки, и ее сердце заколотилось наперегонки с ритмичной музыкой, доносящейся из зала.

— Да, — прошептала она.

Моя шалость не удалась. Засмеявшись над собой, я поднял голову.

— Ты же знала, что так просто я не сдамся.

Она заметно расслабилась, сердце застучало медленнее.

— Но помечтать-то можно, — возразила она.

— Так вот о чем ты мечтаешь? Стать чудовищем?

— Вообще-то нет. — Ей не понравилось это слово. Она понизила голос: — Просто я мечтаю быть с тобой вечно.

В ее голосе сквозила боль — сомнений в этом быть не могло. Неужели она считает, что я не хочу того же самого? Как бы мне хотелось утешить ее, развеять сомнения, но я не мог.

Я обвел пальцем ее губы и почти выдохнул ее имя — «Белла», — надеясь, что она услышит мою беззаветную преданность.

— Я буду с тобой.

«*До тех пор, пока я могу, пока мне это позволено, пока это не во вред тебе. Пока не будет подан знак, пока не окажется невозможным не обращать на него внимание...*»

— Разве этого не достаточно?

Она улыбнулась, но явно осталась неудовлетворенной.

— Достаточно. На сегодня.

Белла не понимала: сегодня, *сейчас* — это все, что у нас есть. У меня вырвался стон.

Она провела по краю моего подбородка кончиками пальцев.

— Послушай, — заговорила она, — я люблю тебя больше, чем весь мир, вместе взятый. Неужели этого не достаточно?

Только тогда я смог улыбнуться искренне.

— Достаточно, — заверил я. — Достаточно — отныне и навек.

На этот раз я говорил о *настоящем* «навек». О моей бесконечной вечности.

В тот момент, когда ночь наконец заняла место угасающего дня, я наклонил голову и прижался поцелуем к ее теплому горлу.

Благодарности

Эта книга висела надо мной дамокловым мечом столько лет, что уже трудно вспомнить всех, кто помогал мне в работе над ней, но вот те, кто внес самый значительный вклад:

Трое моих замечательных детей, Гейбриел, Сет и Илай (теперь уже взрослые мужчины!), которые так похвально вели себя последние пятнадцать лет, что я смогла посвятить все время, которое потратила бы на тревоги о *не сделанном ими* неудачном выборе, тревогам о неудачном выборе, который *таки* сделали мои персонажи.

Мой суперспособный муж, который справляется с большинством связанных с математикой и техникой сторон моей жизни.

Моя мать Кэнди, которая просто не желала верить, что я отказалась от намерений написать эту книгу.

Мой деловой партнер Меган Хиббетт, которая держала в курсе студию «Fickle Fish Productions», пока я надолго прекращала всякое общение с физическим миром. И моя лучшая подруга Меган Хиббетт, моя основная отдушина, когда мне требуется прокричаться, выреветься и выплеснуть злость на несносных персонажей.

Мой литературный агент Джоди Ример, которая разрешила мне не спешить с этой книгой, но приготовилась включиться в работу в ту же секунду, как я была готова к ней.

Мой киноагент Кэсси Ивашевски, невозмутимый здравый смысл которой оберегал меня.

Все замечательные сотрудники издательства «Little, Brown Books for Young Readers», которые оказывали мне всемерную поддержку — особенно Меган Тингли, которая пробыла со мной все семнадцать (!) лет моей писательской карьеры, и Ася Мучник, самый добрый и проницательный из редакторов.

Роджер Хейгадан — фотограф, который делал снимки для изумительных, запоминающихся обложек. Представить не могу, каким было бы впечатление от этой саги без вашего мастерства.

Прекрасные дамы из «Method Agency», Никки и Бека, неизменно жизнерадостные, с какой бы диковинной просьбой я к ним ни обратилась.

Великое множество одаренных мастеров, создавших бесподобные сайты и фан-арт по Сумеречной саге.

Великое множество авторов, создавших невероятные миры, в которых я спасалась бегством.

Великое множество музыкантов, не подозревающих, что им я обязана фоновым сопровождением, звучащим у меня в голове.

И наконец, читатели, которые так терпеливо и охотно ждали эту книгу. Без вашей поддержки я ни за что не сумела бы закончить ее. Ваше законное место — на этой странице. Пожалуйста, впишите на линии внизу свое имя и дайте себе пять.

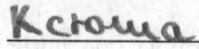

_Ксюша_____

Содержание

Глава	1. Первый взгляд	7
Глава	2. Открытая книга	33
Глава	3. Риск	65
Глава	4. Видения	92
Глава	5. Приглашения	109
Глава	6. Группа крови	143
Глава	7. Мелодия	172
Глава	8. Призрак	190
Глава	9. Порт-Анджелес	201
Глава	10. Гипотеза	233
Глава	11. Расспросы	260
Глава	12. Осложнения	292
Глава	13. Еще осложнения	314
Глава	14. На грани	345
Глава	15. Вероятность	362
Глава	16. Узел	390
Глава	17. Признания	405
Глава	18. Разум выше материи	453
Глава	19. Дом	495
Глава	20. Карлайл	533
Глава	21. Игра	551
Глава	22. Охота	595
Глава	23. Прощания	622
Глава	24. Западня	646
Глава	25. Гонка	662
Глава	26. Кровь	679
Глава	27. Хлопоты	692
Глава	28. Три разговора	703
Глава	29. Неизбежность	727
Эпилог	Событие	751
Благодарности		781

Исключительные права на публикацию книги на русском языке принадлежат издательству AST Publishers. Любое использование материала данной книги, полностью или частично, без разрешения правообладателя запрещается.

Литературно-художественное издание

Майер Стефани

СОЛНЦЕ ПОЛУНОЧИ

Роман

Ответственный редактор *А. Батурина*
Редактор *Д. Тарасова*
Художественный редактор *Е. Фрей*
Технический редактор *О. Серкина*
Компьютерная верстка *Г. Клочковой*
Корректор *А. Будаева*

Общероссийский классификатор продукции
ОК-034-2014 (КПЕС 2008); 58.11.1 — книги, брошюры печатные

Произведено в Российской Федерации
Изготовлено в 2021 г. Изготовитель: ООО «Издательство АСТ»

ООО «Издательство АСТ»
129085, г. Москва, Звёздный бульвар, дом 21, строение 1, комната 705, пом. I, 7 этаж.
Наш электронный адрес: www.ast.ru
E-mail: ask@ast.ru
ВКонтакте: vk.com/ast_neoclassic
Инстаграм: instagram.com/ast_neoclassic

«Баспа Аста» деген ООО
129085, Мәскеу қ., Звёздный бульвары, 21-үй, 1-құрылыс, 705-бөлме, І жай, 7-қабат.
Біздің электрондық мекенжайымыз: www.ast.ru
E-mail: ask@ast.ru

Интернет-магазин: www.book24.kz
Интернет-дүкен: www.book24.kz
Импортёр в Республику Казахстан ТОО «РДЦ-Алматы».
Қазақстан Республикасындағы импорттаушы «РДЦ-Алматы» ЖШС.
Дистрибьютор и представитель по приему претензий на продукцию в Республике Казахстан:
ТОО «РДЦ-Алматы».

Қазақстан Республикасында дистрибьютор
және өнім бойынша арыз-талаптарды қабылдаушының
өкілі «РДЦ-Алматы» ЖШС, Алматы қ., Домбровский көш., 3«а», литер Б, офис 1.
Тел.: 8(727) 2 51 59 89,90,91,92, факс: 8 (727) 251 58 12 вн. 107;
E-mail: RDC-Almaty@eksmo.kz
Өнімнің жарамдылық мерзімі шектелмеген.

Өндірген мемлекет: Ресей
Сертификация қарастырылмаған

Подписано в печать 01.06.2021. Формат 60x90 $^1/_{16}$.
Гарнитура «BalticaC». Печать офсетная. Усл. печ. л. 49,0.
Тираж 17 000 экз. Заказ 3636/21.

Отпечатано в соответствии с предоставленными материалами
в ООО «ИПК Парето-Принт», 170546, Тверская область,
Промышленная зона Боровлево-1, комплекс №3А, www.pareto-print.ru

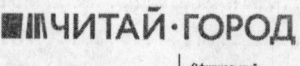

ISBN 978-5-17-133952-4

16+